# 华都

HUA DU

叶 辛 作品

中国工人出版社

图书在版编目（CIP）数据

华都 / 叶辛著. —北京：中国工人出版社，2017.6
ISBN 978-7-5008-6747-0

Ⅰ. ①华… Ⅱ. ①叶… Ⅲ. ①长篇小说—中国—当代
Ⅳ. ①I247.5

中国版本图书馆CIP数据核字（2017）第142850号

华　都

| | |
|---|---|
| 出 版 人 | 芮宗金 |
| 责任编辑 | 左　鹏 |
| 责任校对 | 董春娜 |
| 责任印制 | 黄　丽 |
| 出版发行 | 中国工人出版社 |
| 地　　址 | 北京市东城区鼓楼外大街45号　邮编：100120 |
| 网　　址 | http://www.wp-china.com |
| 电　　话 | （010）62005043（总编室）　（010）62005039（出版物流部）<br>（010）62379038（社科文艺分社） |
| 发行热线 | （010）62005049　（010）62005042（传真） |
| 经　　销 | 各地书店 |
| 印　　刷 | 三河市万龙印装有限公司 |
| 开　　本 | 710毫米×1000毫米　1/16 |
| 印　　张 | 24.75 |
| 字　　数 | 390千字 |
| 版　　次 | 2017年9月第1版　2017年9月第1次印刷 |
| 定　　价 | 49.00元 |

# 一

打这个电话以前，姚征冬考虑了很久很久，不是因为林月电台女主持人特殊的身份，也不仅仅是她的突然死亡，这些已被人渲染了又渲染，对他没多大的吸引力了。

深深吸引着他的，是林月死亡的地点——华都大楼。很多老上海都晓得，挨近外滩地区的这一幢华都大楼，已经将近有一百年的历史了，报纸上早有史学家在写文章，呼吁应该以何种形式，庆祝一下这幢大楼不同凡响的历史。

恰恰在这种时候，居住在华都大楼的林月却死了。

报纸上没有登，对林月的死宣传得有些过分的电台——也没有报道，可在社会上，却已零零星星地传出了一些消息，说她的死有些不同寻常，种种迹象表明，林月死前在华都大楼有一些预兆，一些颇费猜测的现象，甚至还有些神秘。姚征冬都听说了，林月死前的头一个晚上，大楼里出现了一系列怪诞事儿，有人失眠，有人在家中突然发出惊人的尖叫，有人在过道和电梯间胡言乱语，还有人在走廊里梦游……总之，整座大楼都有异常反应。

打这个电话，姚征冬却又是一瞬间的决定，似乎一分钟以前他还在犹豫。鬼使神差地，就在一刹那间，他没费多大劲儿就翻出了名片，平时他的名片都放得很乱，可这一张名片却很快找到了。他依照名片上的电话，拨通了厉言菁的电话。

她在家，听清了他的要求，她出乎意料地表了态。

“你要来坐坐我欢迎，像上次那样，”她爽朗地说，“要来华都大楼采访，我不赞成。”

“为什么?”

“你没听说过么?”她好像马上就要说出什么来，但旋即又改变了主意，“你来吧，来了之后我告诉你，都告诉你。”

于是他就和厉言菁约定了，第二天午后一点左右，到她的家来。

他到过一次她家，知道路怎么走。说一点左右，是怕万一路上塞车。现在的上海，塞车是常有的事。可实际上，第二天路上特别顺，午后一点还没到，他就来到了华都大楼对面的十字街头。他让出租车司机把车开到加油站前面的金陵大楼附近，就下了车。

梅雨季节里的阴天，空气中仿佛有无数的烟尘在沸扬，气压有些低，让人感到郁闷。

姚征冬刚要过马路，一辆疾驰的助动车从他的面前掠过，惊得他往后退了一步。一退就不行了，自行车流潮水一般漫过来。他抬起头来，马路中央，轿车、面包车、小客车、出租车一辆紧挨着一辆，排成了长龙，铺满了街面，缓缓从他的身前驶过。车身巨大的公共汽车开过时，空气中隆隆作响，他感到脚下的地面微震微颤的。

警察的吆喝声和哨子声，从十字街头那边传过来。门面漆成红色的麦当劳快餐店中，人影绰绰，已过了午饭时候，柜台前仍站满了食客。鞋店门前的廉价柜旁，两个妇女在讨价还价。烟纸店里，买烟的顾客不知为什么在和女店主争吵。弄堂口的公用电话亭边，站了四五个人，在等着打电话。一看他们的装束，就知道是外地来出差的，身旁放着几只装得鼓鼓囊囊的旅行袋。一个瘦削的女子，在他们前面，激动地抡着手臂，声嘶力竭地嚷嚷：“……不行，我的条件一点不能让。已经够便宜他们了，你告诉他……”

置身在这一派上海市井的喧嚣之中，姚征冬突然感觉到一点久违了的老上海的余韵。他觉得该平静一下心绪。环顾四周，路人熙熙攘攘地从自己身旁走过，每一个人都行色匆匆。

站在人行道边上，眺望对面那幢已显陈旧但仍十分凝重固实的大楼，他感觉有点滑稽与可笑，这幢名声赫赫的世纪之楼，比他原来想象的要矮小得多。重新涂过醒目的红色油漆的“华都大楼”四个字，也比他想象中的小多了。不知为什么，在上回第一次看到它之前，他感觉中的这四个字要气派得多、豪华得多。

姚征冬看了看表，等一个红绿灯，他和厉言菁约定的时间到了。他办任何事都喜欢准时，不愿迟到。

他穿过马路，走进了华都的大门，天天开关的足有三人高的大门，门框、门沿的油漆都已剥落了。高处的几块门板，还裂了缝。

大门只开了半扇，没开的那半扇后面，不规则地停着几辆自行车。门厅的墙上，凌乱错落、高高低低地钉着大大小小的木头信箱，仿佛在显示大楼内各家各户不同的个性。

电梯正在上升，指示灯指着七楼的位置，姚征冬不想等了，迈着稍显局促的步子，往楼梯口走去。

上次来的时候，他是坐电梯上去的。那是个雨天，电梯内放了一只塑料桶，专供客人放雨伞的。

林月的丈夫不愿接受姚征冬的采访，林月的父母姐妹忍受不了丧失亲人的悲痛，离开上海，到外地去了。姚征冬要完成关于林月的采访，很自然地想起了厉言菁，她就住在华都大楼，一定会对名声很大的林月有所了解。

但她为什么不赞成他采访和林月有关的话题呢？

旧社会留存下来的、上海外滩地区的八十多幢大楼，几乎都是这一格式。底层一律是车库，而一楼在二层，二楼在三层。厉言菁家的305室，实际在四层楼上。

据说这是最早在上海盖楼的洋人定的规矩。

大楼的楼层很高，一口气上到四层楼，等于一般楼房的八层了，姚征冬有些气喘。他伫立在楼梯口，歇息片刻，环顾了一下四周，径直走到305室门口，摁响了门铃。

有细碎的脚步声传出来，先是里面那扇木门被打开了，继而门帘被掀了起来，粗铁丝编织的网格门后面露出了厉言菁的笑脸。她笑的时候，那张俏丽的脸顿时倍添了几分妩媚。每次见到她，他都觉得她要比照片上动人得多，细细端详她照片的时候，他会感觉有这儿那儿的不足之处。见到她本人，这些不足之处全都不存在了。她看上去要比实际年龄小得多，神采焕发的脸上一丝皱纹也没有。

姚征冬走进门，看到门口有拖鞋，他询问地瞅着她，她摆着手说：

“不用换鞋，不用。”

她说话的神情似有些不耐烦。

他随着她走进里屋，她的身上散发出一股典雅的、在上海很少能闻到的幽香。她走到长沙发边上，指着沙发一端，示意他坐在那儿。

他在沙发上坐下，一眼看到隔着茶几端放着一把藤椅。上一次来，他也按她的指令，就坐在那把藤椅上，而她则坐在长沙发上织毛衣。他们远远地相对而坐，找出话来有一句没一句地闲聊着，都有一点拘谨，都有一些不自然。这样讲话很累，他端详着她家中的摆设，注意到墙角一侧的那架有些年头的钢琴，琴边有一套小小的音响，他的目光在窗户边她的那张放大的彩色照片上停留了片刻。他问她这张照片是什么时候拍的，她笑了一下说两三年前在复兴公园的大草坪上拍的，现在比那个时候又老了几分吧？他说一点不老，看上去就像三十出头，她笑出声来，说你在恭维我了，有这么年轻就好了。他说我恭维你干什么呢，我说的是实话。她说那我信。他分几次喝完一杯茶，就告辞离去。她客气地送他到门口，要换鞋送他下楼。他说不用送下去了。她不再坚持，伸进皮鞋的那只脚又缩回拖鞋里去，一下子没站稳，向他这一边倒来。他及时伸出手扶住她，她朝他抱歉地一笑，顺手拉开了门，邀他有空时来坐。

从打开的门里拂来一阵轻风，他也曾嗅到她身上那一股雅致的幽香，和今天他嗅到的一样，很好闻。

自那以后，他没有再来过。不过这中间，他们还有过一次接触，偶然的出乎意外的接触。

他接到社会学杂志社寄来的一张电影票，随票附着一张打印的文字说明，在影城四楼的小厅，放映两部最新的外国电影。他恰好有空，就去看电影了。走进小厅的时候，他以为会遇到社会学杂志社的很多熟人。谁知影片即将开映，小厅里寥寥落落的，也没几个人。就是持票走进来看电影的那些人，也都是二十出头、成双成对的情侣，一坐下就是一股卿卿我我的亲热劲儿，有的还旁若无人地接吻。见到这情形，姚征冬不由得十分感慨，想想“文化大革命”的中后期，一直延续至改革开放初期，能拿到一张内部参考电影票，那简直是一件大事，是一种身份的显示，谁也不肯轻易放弃的。可现在，无论是小厅先期放映的翻译片还是单位上选看的优秀影片，票子发出去，影院里常常是一大半位置都空着。世风真的在不知不觉间变了！

广告片放完的时候，姚征冬转脸一望，他坐的这一排，竟然只有他一个观众。他暗自笑了一下，心里说，下一回，真该给杂志社的主编说一声，千万别再请客看电影了。

电影正式放映时，一股雅致的香水味儿飘然而至，他的身旁落座了一位女士，他转过脸去，是她，厉言菁，怎么会这么巧。他主动向她点头，轻声说了句，你迟到了。她解释般说，我是坐公共汽车来的。哎呀，看电影的人怎么这样少？我还以为，单位发的票，都要来看的呢。言下之意好像是，早知可以不来，我也就不来了。

于是他俩静静地坐着看电影。第一部是间谍片，情节很紧张，有追杀、打斗和情爱，看得人一颗心自始至终都悬着。

影片结束时，姚征冬听到她长长地吁了一口气，轻声说："下一部还是这种片子，我就不看了。"

"不喜欢看这类片子？"姚征冬问她。

"是的，太紧张了，我不喜欢。再说情节也太假了，那个男主角，简直是无所不能。"

"电影嘛，本来就是假的，你没听说过，电影制片厂，可以改名叫电影片（骗）子厂。"

"这话谁说的？"

"'文化大革命'中，江青就说过。"

"那么你呢，觉得好看么？"

"我觉得好看，消遣嘛，也是一种休息。"

"你吃话梅么？来，吃一颗。"她朝着他捻开一只小瓶盖，他从她的小瓶子里取了一颗话梅咀嚼着。味道又香又甜。

第二部电影开始了，是原版片，没有翻译过来，也没打字幕，对话全是英文。姚征冬抱怨地咕哝了一声："怎么放一个没翻过来的电影？"

一开头，他看得有点累，不过意思基本上能看懂。

影片叙述了一位出身贫穷的纯情姑娘，意中人和她的地位悬殊，爱上她的人虽然也有钱有势，可她却不爱他，死也不肯嫁给他。可她还得活下去，迫于生计，姑娘只能追随她的母亲，步入风尘。初涉妓院前，曾是过来人的母亲把自己的感受、体会和经验一点一点教给她。她很快成了一个名妓，恰恰在这时，想娶她的人出现了，要她提供服务，而她心仪已久的意中人也来了，走进了她的生活……

也许是他一开头的嘀咕，影片一有对话，厉言菁就主动侧身过来翻给他听。为了不影响前后排的观众，她挨近他的身边，翻得声音很轻，他把头凑过去，才能听清她的话。她呢，也不时地转过脸来，凑近他耳边说。幽暗之中，她的发梢不时地触碰着他的额头和脸颊，她身上那股好闻的幽香气息，几乎包围了他。

翻着翻着，有时影片里明明在对话，她又闭嘴不翻了。剧情使然，片子里有一些意味深长的画面，有不少象征两性关系的镜头，有许多谈情说爱的对话、调情的话，还有不少令人敛声屏息的裸体镜头。银幕上在说话，说得很衷情热烈、很投入，她却一句也不翻出来。

每当这时候，姚征冬会情不自禁地用自己的眼角瞅瞅她。她呢，正大睁着眼睛，盯着银幕，眼睛一眨也不眨。他不好意思问，他们在说些什么。

视觉效果强烈的激情戏过后，他只能连猜带想象地看懂一半，不由得有些遗憾。

黑暗中，她的手伸过来，往他的手里塞了一块口香糖。他接口香糖的时候，无意中拉住了她的手，他有些惶恐、有些不安。她没有挣脱他的手，反而让手在他的掌心里停留了片刻，他在她的手背上极有风度地轻轻拍了两下，表示道谢。

她低低地说："你怎么这样客气。"

电影结束了，灯亮起来，他们双双站起来，她有些不自然地环顾四周，感叹着："呀！编辑部的人，一个也没来，都把票送人了。"

姚征冬点点头，礼貌地说："谢谢你，给我翻了那么多。"

他看到，她的脸色绯红绯红的，像喝了酒一样。她解释般地说："你知道，外国电影里的很多话，写得太直露了，不好翻。"

他表示理解，一起下楼走出影城时，他问她，她的外语为什么掌握得如此熟练？她说，她和家人正在申请移民去美国，这些年来一直在学，进英语补习学校，还天天听英语磁带。

他说真想不到。也不知说的是想不到她要出国去呢，还是想不到她的外语水平如此之高。

走到公共汽车站，他们互相告辞了。但是这次偶然的相逢，一下子大大拉近了他们之间的距离，姚征冬对她有了一种特殊的难以言说的感觉。当想到要采访和林月之死有关的题目时，他首先想到的就是她。甚至毋宁这么说，他之所以那么爽快地答应人家的约稿，就是因为可以借此接触到厉言菁。

今天，他又一次来了，她请他坐在沙发上，他猜她一定会坐在藤椅上了。

她给他冲了一杯咖啡。他说他想喝茶。她笑着说喝完咖啡再喝茶吧。为让他喝咖啡，她又解释般加了一句，这是牙买加的蓝山咖啡，很香很醇的。说话间神情自然地在他的身旁坐下，就坐在长沙发的中央，坐得离他那么近。像前些天无意中坐在一起看电影，近得他时时刻刻都能感受到她身上的气息，他对这一股气息已经不陌生了，这是一股温馨的气息，女性身上特有的诱人气息，典雅而又清香。

那一次他们杂志社所属的机关里教跳舞，他正好去送稿，编辑就约他下楼一起去看看。

他不置可否地去了，特意从舞蹈学校聘请来的专业老师讲授完规范动作后，就要求大家当场演练。

到底是舞校来的老师，带来的舞曲特别适宜练习。

一对一对舞伴兴致勃勃地随着音乐旋转开了，会堂里的气氛也随之活跃起来。唯独他，因为是客人，约他下楼的编辑自己也是个舞盲，被一位舞蹈老师逮住了正笨拙地学呢。

他孤零零地站在一旁，有一股被冷落的感觉。他乏味地四顾，意外地发现，厉言菁竟然也是一个人，没有人主动邀她跳舞。他很快明白了，如果说他是陌生人，和大家不熟悉，那么她则是长得太漂亮了，这些刚在学的男士没人敢贸然上前邀她。

正在忖度着，她走近他的身旁，向着他一伸手邀道："跳么?"

他受宠若惊地当即站了起来，和她初跳时，他就感觉到了她身上的那一股中年女性特有的素馨气息。而让他感受更为鲜明的，是她跳得甚好，不是一般的善跳，而是全身心似会飞起来一般的轻盈自如。他只会一般的三步四步，而在和她跳的时候，他觉得从未有过的轻松自在，一点负担也没有，他跳得信心倍增，游刃有余。自我感觉也特别好。记得她当时还说过，跳舞就是图个轻松自在，都像舞蹈老师要求的那样跳出国际标准，一板一眼，谁还跳啊。

他完全赞同她的观点。

可以说，正是从这一次开始，只要他去社会学杂志编辑部，他就会有意无意地注意她，眼角瞥向她坐的那个位置。

“你怎么会想到采访这件事的?”她侧转脸来问他，“电台、报纸，对林月的死说了那么多，你还要来凑这个热闹?”

“正因为媒体炒作得很凶，连外省市的报刊也注意到了。”他说，接到外地一家名刊主编的电话，让他无论如何写一篇报道，刊物给留着头条位置。不因为对方是主编，也不因为在这家刊物发头条，可以得一万元稿酬。主要是因为这位主编是多年的朋友，他们那里举行笔会，两次都邀请了他，又是游山玩水逛名胜古迹，又是请他去省社科院社会学所讲课，招待得十分热情周到，现在人家托上来了，实在是无法推托。

为了证明他说的是实情，他还补充说，几年之前，上海发生过一件轰动全市的案子，一个旅行社的老总，在上海很有知名度，前途一片辉煌灿烂，竟然亲自伙同司机杀了他多年的情人。报纸杂志也曾炒作得很凶，有人也约他写一点更深层次的东西，剖析一下这个案子。他没写。

如果是在电话中，他是不会这么说的，尤其是关于一万元稿酬的话。可一坐在她的身旁，也不知怎么的，他坦然地把一切都告诉她了。而且由此生发出去，讲到其他的事情。那一次跳舞以后，也真叫巧，他在又一次到编辑部来的公共汽车上，碰到了她，他们互相认出了对方，就交谈起来，下了车一路闲聊着走进院子，他自己也奇怪，面对着她善解人意的听得十分专注的目光，哪怕说的是最平常的事，他也对她十分坦率。也正是在那一次，他们互相之间交换了名片。要不，也不会有他对她家的第一次拜访。

“那你写吧。”她表示理解地瞥了他一眼说，“关于林月，上海的报纸、她工作的电台，已经发了那么多消息，你剪裁组织一下，就够你写的了。”

“答应了人家，我就想写得不一样。”他双眼凝定地望着她说，“你和她住在同一幢楼里，就不能和我谈一点外界还没报道过的东西?”

她神情淡漠地摇头：“我没什么好说的。”

“在电话中，你不赞成我采访，”他想从另一个角度切入话题，“好像还有什么话要告诉我?”

“我没什么要说的，真的。”她垂下了眼睑说：“一个女人，哪怕是像她那样的名女人，已经死了，我想她最需要的是安静。还需要兴师动众地请你这样的大名家去写她么?”

她话里的意思，他听明白了。

“可我听说了好些议论，神神秘秘的。”他仍不相信事情就这么简单，不由带些焦急地伸出手去，一把逮住了她的手说：“你长期住在华都大楼里，一定有话说的，你在电话里已经说了，我来了会告诉我……”

她受惊地想要缩回手去，他把她的手抓得紧紧的。她举起手来想要挣脱，他不让她挣扎，使劲儿地把她的手往自己的身前逮。一来一往，她手上的温暖传递到他的手上，他更不愿放开她的手了。她有些慌张地支身站起来，可没等她站稳身子，他逮的力量太大了，她一下子失去平衡，倒在他的怀里。

一切发展得很自然，一切又来得那么突然。

他顿觉不安地扶住她的双肩，她在他的怀里试探地仰起了脸，愕然而又委屈地瞅着他。天哪！她那一双大大的眼睛，似恐惧又似期待地瞅着他，那么羞怯不安、那么惶惑迟疑、美丽惊人的目光，简直要穿透他的灵魂。

他朝着她的脸俯下脸去。

她把脸转了过去。

他顽固地想要把她的脸扶正过来。

她是那种独特美丽的女人。

她的独特就在于她的生动。

美丽的女人都有一双动人的眼睛，那一双撩拨人的眼睛往往让人心生摇曳之感。而她除了一双眼睛之外，笔挺秀巧的鼻梁下，还有两片诱人的嘴唇。她的嘴唇每一努、每一掀、每一噘，配上那一对明眸和长眉的耸动，顿时给人以风情万种的感觉。姚征冬这会儿那么近地瞅着她，感到她仿佛要哭了，却又发现她的脸上荡漾着笑意。

他趁着她的脸上刚泛出甜美的笑容，在她的唇角上惶惶地吻了一下。他正想看她灿烂的笑容时，她的眼睫毛眨动了几下，扑簌簌滚下了泪来。

姚征冬整个儿慌了，不知所措地瞅着她，她的神情显示出并没有反感他的举动，他动情地俯下脸去，久久地深吻着她。一边吻，一边轻柔地拭去她脸颊上的泪珠。

她对他的吻有了回应，他感觉到她也在回吻自己了，于是想把她在怀里抱得更紧一些。

哪知他的手一伸过去，一下子触摸到了她光滑柔嫩的胸部。他的眼角扫过去，原来，她的上半身舒展地倒在他的怀里时，窄小贴身的夹衫掀了起来。他把掌心张开，手指尖即刻触碰到了她隆起的乳房。

她惬意地轻哼了一声，向他更靠近一点，他的手摸着了她戴着胸罩的乳房，他的手停在那里，不动了。她突然张开双臂，以一个快捷的动作，搂住了他的脖子，遂而噘起嘴，热辣辣地吻着他。

一阵狂喜掠过姚征冬的心头，这么说她也是钟情于他的。他轻柔地一把一把抚摸着她的乳房。

她轻声哼哼回应着他的抚摸，奔放狂热地吻着他，神情又专注又贪婪。

姚征冬只觉得自己的脸上印满了她湿漉漉的吻，他睁开眼一看，她的脸颊上满是泪，鼻尖下淌着清亮的涕水也一下一下地擦在他的脸上。

要在平时，如果什么人的鼻涕水抹拭到自己的脸上，姚征冬定会十分厌恶。可奇怪的是，此时此刻，他深受感动。他明白了，厉言菁对他动的是真情。要不，她绝不会兴奋到失态的地步。

她留神到了他的目光，顿时察觉了自己的忘情和失态，她嘀咕了一声："哦，对不起，我这是怎么了。"

说着，随即慌乱地伸手抓过一张餐巾纸，抹拭去涕水和眼泪，又动作敏捷地连连逮了两下，凑上前来，小心翼翼地为姚征冬拭去脸上涕泪的印迹。

这一连串亲昵的细小快捷的动作，一下子拉近了他们感情上的距离。拭净以后，她的双手捧着他的脸，左右轮流地抚摸着他的脸颊，遂而又低下头来，主动地深吻着他。

他明白了，像自己内心深处总是涌起接近她的欲望一样，她的心里对他也是有所期待的，至少她的内心深处也是喜欢他的。他的手推开了她戴得不紧的胸罩，舒展开手指，抚摸着她圆润的乳房。

他抚摸着她的那一瞬间，她喜悦地轻叹了一声，紧紧吻着他的嘴唇松开了，长长地吁了一口气。继而以一个更为热烈的动作，转过半边脸来吻着他。一边吻着，她的嘴里一边情不自禁地发出阵阵满足而又激励般的嗯嗯声。

这阵哼哼使得他全身心涌起一股欲望，他撩起了她的夹衫，垂下眼去似要窥视她的胸部。

她昂起了脸，托起他的下巴，不让他往她的胸部瞧，两眼朝他眨动着，悄声清晰地问："你喜欢我？"

他点头："我爱你。"

一片喜色从她脸上掠过："为什么会爱？我们不过偶然相遇看了一场电影，跳了一次舞，聊过很有限的几回。"

"你可爱。"

"哪里？"

"你身上一切的一切，包括你一展眉毛，一闪眼波，一甩手，还有走路的姿势，脸上的神情，还有你说话的语气，你的舞姿，都可爱……"

"真的么？"她的语气里透着惊喜。

"真的。"他想说，第一次和她跳舞的时候，跳着跳着，他真想把她轻盈如燕的身子抱起来。但他没说出口。

她叹了一口气："可你并不了解我。"

"你不就在杂志社工作嘛。"

"我不是编辑，也不是记者……"她有些委屈地说着。

"那你负责什么？"

"拉广告。"她说出这三个字的时候，双眼睁得大大的，注视着他，"而且就连这可怜的活，也不要我做了。"

"怎么回事？"

"完不成指标，下岗了。"她勉强笑着说，"说来你也许不信，我已经连续好几个月没完成指标了。"

他虽觉得愕然，但旋即就从她的神态中感觉到了，她非常在乎这一点，他坦然地笑着说："这有什么关系。"

"有关系，和你这个社会学界的名人比起来，我就是个彻底的小人物。"

"亏你想得出来，小人物，还彻底的。"他笑了，"这一点也不影响我们的爱情。"

"为什么？我们之间的差距太大了。"

"说不上来，"他坦率地摇着头，"爱，有时候是很盲目的。我只知道，就是那次跳舞之后，你的身上，有一种无形的吸引着我的东西。"

说话间，他又想去吻她，她把一只小小的手掌对着他，一边挡他一边用手指捏住了他的两片嘴唇，竖起另一只手的食指，一偏头说："我想，还有一个原因，你没说。"

"什么原因?"

"你妻子离你而去，好久好久了。"

他不觉一怔，这是他的心病，他嗫嚅道："你怎么知道?"

她摇头道："我不知道，编辑部里，人家都在传。说你妻子去了加拿大，提出与你离婚。你的态度……嗯，是真的么?"

"是的。"他神情黯然地一点头，尽量想使语气平静一些，但发出的声音却还是沮丧的。

"那你为什么不去呢? 听说起先她是要你去的，是你执意不去，她才提出离婚的。人家都说，加拿大是世界上最适宜居住的国家。"

他望着她关切的眼神，摊开一只手说："你想，我是一个社会学家，研究的是中国当前的现实生活，离开了中国，我的学问……"

"对不起，我们不该讲这些。"她主动地安慰一般向他挨近过来，直到这时，他才发现，她整个秀雅玲珑的小巧身躯蹲在沙发上，只要稍一扳动她，她就会整个儿倒在自己的怀里。

他轻柔地吻她，她像懂得他的心思一般，让他吻了左边脸颊，又主动把右半边脸颊送过来。

他搂过她来，撩起她的夹衫。她蹲直了身子，主动掀起了夹衫，露出了一对娇小挺拔的乳房，说："嗯，给。"

他惊喜地望着她微微颤动的乳房，乳晕小小的，乳头像两颗亮晶晶的豆子，似乎从未哺乳过婴儿。他的手托起了她的一只乳房，激动地低下头去亲吻着她另一只乳房。他先吻着她柔软的乳房边缘，继而含住了她的乳头。

他感觉到她的手伸进了他的颈项，不住地抚摸着，他耳朵里听到了她长长的呼吸和叹息。她的身子不安分地扭动着，一会儿伸展得直直的，一会儿又佝偻起来，她的手扩大了在他身上抚摸的面积，速度也在加快，她的呼吸和叹息变成了呻吟和呼叫一般的哼哼。她的两只手拉住了他的皮带，笨拙地抓弄了几下，解开了。

他仍俯首在她的酥胸前，嗅着她身躯甜美体香的醉人气息，执着地轮番亲吻着她的两个乳房。

她的手伸进了他的腹部，在他的肚脐周围轻轻抚摸了几下，又温暖又柔和，遂而，出其不意地伸到了他的两腿交叉处。

一阵舒适感顿时弥散到他的全身，身躯里波涛一般掀起了热潮，他长长吁出一口气，仰面倚在沙发上，合上了眼睑。

她的手刚一触摸到他的那儿，他就轻叹了一声，只觉得刹那间变得柔若无骨般轻软。她每摸一下，他就感到一阵快慰。

她敏捷地撕开他的拉链，双手逮住了他的裤子，重重地往下一扒拉，丢在一边茶几上。

他完全暴露在她的面前。

“哇！”她惊喜地发出一声轻轻的欢叫，两只手唯恐伤着什么似的轻轻地搓动着他的下腹深处。

他微启双唇，畅快地发出一声粗重的呼吸。一阵一阵的愉悦和快感向着全身播散。他觉得自己仿佛躺在平整细腻的沙滩上；温柔的海浪一波一波地拂过他的全身。太阳的光照得太强烈了，他合上的眼睛张开了一条缝，只见她的双眼圆睁，瞪得雪亮，正惊愕而又狂喜地欣赏着他的身子。

左右环看了一遍，她翻起眼皮来羞怯地偷窥着他，他赶紧合上了眼睛。

就在这一瞬间，更大的一波快感传递到他的腹部，传遍他的全身，他不由自主欢畅地哼出了声。

她亲着他，轻轻地，柔柔地，却又是贪婪地。一边亲吻，她的双手一边来回轻轻地摩挲着他的大腿根部。

他发自肺腑地吐出阵阵喘息，声气不由得越来越大。

她亲吻得有力了，随着她有节奏地亲吻，他不由得支吾出了声：“哦，你要把我的魂都亲飞起来了。”

她扑到他的身上，凑在他的耳畔说：“我的爱液淌出来，下面都湿了，湿透了。”他激动地把她拦腰抱了起来，她的双脚勾住了他的腰，把脸贴在他的脸上，说：“来，抱我到床上去。”

他抱着她，绕过茶几，一步一步走到床边，放她躺在床上。她舒展着身子，四肢放松下来，示意他躺在身边，利索地退去了裤子，扳过他的身子带点局促地说：“来，快来，快一点。”

他没费什么劲儿就进入了她的身体。正像她说的，她的下面滋润滑爽，他进去的时候，她快活地吼了一声，两只脚支得高高地晃了几下，牢牢地勾住了他的腰肢。她的双手捧住了他的头，张嘴就咬住他的双唇，一边狠狠地亲着，一边嘴里轻轻地胡乱号叫着，整个脑袋不住地摇晃。

自从妻子到了加拿大，他已经好久没接触异性了，他感觉到的是久旱逢甘霖一般的快慰和舒展，况且她表现得热烈而又主动，这是他的妻子从不会有的。他显得太激动了，也太紧张和激烈了，他真想能控制住自己，节奏放慢一点，但是不行，只感觉像骑在一匹快马上沿着山坡往下冲时那样，他一点也刹不住自己，只抽动了十几下，他就把自己整个儿交给了她。

她叫了起来，两手紧紧地抱着他，娇小的身子耸起来迎接着他，一张俏丽的脸快活得变了形："噢，再给我一点，再给一点，啊……"

他感觉到了她身子的颤动和体内的痉挛，长长地吁了一口气。这是头一次，他总算让她感受到了欲仙欲死的高潮，他的表现还差强人意。事实上，他完全可以做得更好的，只是今天太仓促、太没思想准备，也太慌张了。

他支身坐起来的时候，还怕她感觉不满足，她终究是过来人啊。

他不知道怎么跟她说，他真的没想到事态会这样子急转直下，发展得如此之快，他来的时候没这样想过。

她在轻轻推他："你怎么了？"

他回过头去，朝她俯下身去，她的眼神告诉他，她是怕他不悦。看到她额头晶亮的汗，泛着光泽的双颊，一脸的满足神情。他凑近她耳畔抱歉地说："我、我是不是做得不大好……"

"你已经够好的啦。"她坐起身来，"你怎么会有这样的想法？别说今天我的感觉好极了，就是没这回事，我们也该高兴啊。"

"为什么？"

"重要的是我们相爱了。你说是不是？"

"是的。"他让她挨近自己坐着，用手搂着她说，"现在，我们都这样了，你更该告诉我，为什么不赞成我写林月？"

她向着他转过脸来："你真的不明白？"

姚征冬摇头："这么多人写过她，我写写她又怎么了？"

"她的死不一般，外界都盛传她是自杀的，其实死因中有猫腻……"

"什么猫腻？"

“不纯粹是自杀……”

“那又是什么?”

“我也讲不清楚。华都大楼里的人都讲不清楚。外面传得越神乎其神，我们华都大楼的人越不敢讲。”

“有什么不敢讲的，人都死了。”

“可是死人联系着活人，她的丈夫欧阳明，听说现在是个很有钱的男人，有车，郊区还有别墅，呼风唤雨的，可了不得呢。”她依偎在他的怀里，把脸贴在他的胸前，一只手拨弄着他披上身的衬衣扣子说，“我只知道，林月这不是第一次，她以前自杀过几次，都没死成，都被救过来了。大楼里的人们说，这一次她肯定也以为自己是能被救过来的。因为近几天和她接触过的人都说，种种迹象表明，她并不想死。”

“那她又怎么死了呢?”

“这就是你的事了呀，你要写，就得盘根问底。而知情人不告诉你，甚至还可能恨你，你说烦不烦吧?”

姚征冬倒没觉得烦，相反，厉言菁越说，他越感到兴味浓郁:“这么说，我还真能写出点别人没写过的东西。”

厉言菁点着头:“林月一死，大楼里还说起她住的那套房子，406。”

“406又怎么了?”姚征冬几乎看过所有对林月之死的报道，这也是没人提及的。

“说还有两个女人也曾死在406，这套房子里住不得人。就连林月的女儿妙妙也听到了这样的话，自从她妈妈死后，再不愿住在家里了。这也是你为什么到这里找不到他们家人的原因。”厉言菁一股脑儿把知道的都说了出来，“这种话一传出来，就有人警告，不许再说。说多了，406这套房子，即使妙妙和她父亲以后搬走了，也再没人敢住了。”

姚征冬的胃口全被吊了起来:“那另外的两个女人是怎么死的?什么时候的事?”

“我也不知道，”厉言菁偎依着姚征冬胸前的脸转了一下，眼角瞥了一下挂在墙上的钟，“你想知道，以后人家讲起来，我会给你留神着。嗯，你什么时候再来?”

姚征冬已经注意到她看钟的眼神，他并没有表示要离去，她已经在问他什么时候再来了。他仿佛直到此时才意识到她是有丈夫的，他有些不安地穿好自己的衣服，站在藤椅边，一边看着她穿戴，一边说："我有空就会再来的。今天，他要回来了么?"

"哦不，"她的脸色有些不自然地说，"他每天都要到黄昏再回来。是孩子，他今天下午只有两节课。"

姚征冬也有些不安了，如果只是一般的拜访，他尽可以坐下去，把话说完再走，而今天，他和厉言菁之间的关系，整个儿发生了质的变化。当然见着她的孩子也没关系，可他不想在她家中撞见她的孩子，他尽可能保持语调平静地说："那我就走了。"

她扑了上来，唯恐他生气地搂紧了他说："有机会一定再来。"

他没答出话来，两人吻在一起。

他们吻了很久，分开走到门口时，他们又吻了一次。他有一股舍不得离去的感觉。

## A

姚征冬离去了，透过网格门，厉言菁看见他直接走向楼梯口，并没有等电梯上来。

她听着他下楼的脚步声渐渐消失，楼梯上一点声音都没有了，才转身退回屋内。

一进屋，她仰面朝天躺倒在床上，舒展地伸长了四肢，长长地吁了一口气。

她什么事儿都不想做，哪怕是把他曾经来过的痕迹收拾一下，她都懒得去做。她太需要平静一下、太需要回味一下了。

一切都来得那么突然，而一切又发展得那么自然。最主要的是，姚征冬给她洞开了一扇窗户，让她感受了四十多年的人生中从未感受过的东西，她和小雷结婚多年，儿子都已念高中前，还是第一次真切地感觉到，性爱是如此美妙无比的一件事情。

结婚快二十年了，她和小雷之间，从来没有过这样美好的感觉。好多年前，还是在她离开工厂前，一位比她年长的姐妹在浴室里绕着她的裸体走了一圈，瞪大双眼尽情地欣赏着她曲线毕露、匀称娇小的体态，突然凑近她的耳边，悄悄地问她："你有过性高潮么?"

她的脸顿时涨红了，茫然无措地瞪着这位比自己年长的同事，她还是第一次听到这一说法，她以为这位姐妹问的就是那档子事情，她想到自己长得健健壮壮的儿子开开，便羞红着脸点了一下头："有过。"

"瞧你的体态呀，这么惹人爱，男人见了不知要疯成个啥样呢，我就猜你有过那种体验。"不料她这一点头，竟惹出这位大姐羡慕得啧啧连声、滔滔不绝地发出一番议论，她的声气压得低低的，可眼神里却透着难得一见的光，脸上显出深深的沮丧："唉，我呢，我的老朋友都快不来了，可我还从来不晓得性高潮是怎么回事。想想，我这一辈子，真是白活了。像个清教徒，真的，说出来不怕难为情，厉言菁，有时候大白天做梦，我总想着要和一个像模像样的男人相好一场。"

"你疯了!"厉言菁惊叫。

她却说："是真的。若真有这么一个男人，我就和他上床。"

她语气里流露出的失望，至今仍让厉言菁心颤。

后来她调进了杂志社，有机会大量地接触各类书籍了，便在去资料室借书的时候，偷偷地找了一本性学方面的书来看。读了那本书，她才发现，工厂里那位大姐所说的性高潮，在她和小雷的性生活中，也从来不曾体验过。她的情绪顿时一落千丈，陷入一种不知所措的感觉之中。这以后，在和小雷过夫妻生活时，她总是照着书上提示的，准备了又准备，使劲儿地酝酿情绪，在卧室里调出那种诗意的、朦朦胧胧的灯光，制造那种所谓爱的氛围，可以说是尽了最大的努力，想要达到书本上描绘的那么一种至胜至美的境界，可她失望地发现，她还是没有找到那种感觉。

相反倒增添了深深的失落感。

久而久之，她觉得那种感觉简直是无法找到的。

是像有的健康卫生报刊上所说，书本中夸大了那种感受呢，还是他们的夫妻生活出了问题，本身就有着一种缺陷?

不管结论怎么样，但她对工厂里那位大姐，当时说出那样令人吃惊的话，已经理解了。

几年来，这件事一直是她的心病。

这种事又不是煮菜、接绒线或是身上哪里不舒服，可以和人提出来讨论。就是亲姐妹之间，这种事都不会说的。况且她现在待的是杂志社，她只不过是杂志社拉广告的一个聘用人员，除了七百元基本工资，其他的收入，全靠从拉来的广告中按规定拿回扣。和杂志社那些整天编稿、约稿的编辑，还有那些个纯粹的知识分子，差了一大个档次，本身也没多少话可说。

她到哪儿去找人讲这一类悄悄话呢。

可今天，她却意外地得到了！

她事前并没有渴望，事前并没有想到会和姚征冬的关系发展得如此神速。

是的，她对他有好感，什么女人都会对他有好感的，他是个名人，报纸上有他的名字，电台里有他的声音，时不时地，电视里还有对他的采访，社会上的很多事，突如其来的灾祸也好，意外事件也好，慈善活动也好，希望工程也好，引人注目的官司也好，甚至关于环境保护、关于风貌建筑、戏剧演出、有争议的影视作品等，仿佛都有他的份。更主要的是，他还是杂志社的撰稿人，几乎隔不了几期，杂志上就会有他的文章。还是在和他跳舞之前，她就在编辑部听说过关于他的种种议论。在她的周围，不知有多少亲属朋友，在想方设法地出国去，把出国当成改变后半生的砝码；就是他们全家，不也仗着小雷父母在美国定居，在申请移民么？

而他，轻轻易易地可以去过另一种不少上海人羡慕的生活，却断然不去，而且不惜与相爱的妻子离婚，与女儿分离。

这一切令她觉得甚为奇怪。

而之所以会入神地倾听编辑、记者们对他所发的议论，则纯粹是因为她在无意中读过他写的那些稿子，从心底深处由衷地佩服他。按说他写的那些学术性的理论文章，她平时没多大的兴趣。可在无意中翻到的他探讨二十世纪“婚外恋”“第三者”的那些系列文章时，一下子就打动了她。他分析的离婚率高的真正原因，他所说的社会经济发展对婚姻状态的影响，他提出的性健康意识和增进夫妻感情的关系，她每一次阅读，都会觉得有新意、有收获。

而令她对他产生强烈好感的，则是开开升高中这件事。小家伙的中考，总觉得自己进区重点是没什么问题的。谁知考下来，就只差了四分！差一大截分数，也就算了，只差四分，她的心里就有些不甘，于是就在编辑部里对一位老编辑说了。老编辑坦率地对她说，他本人没什么办法，不认识教育部门的实权人物，特别是重点中学的校长。但他可以托托姚征冬，姚征冬是名人，常有人请他出去讲课，认识的人多，也许会有办法。厉言菁当下就对老编辑千恩万谢，充满期待地盼望着。隔开几天，老编辑说已经跟姚征冬说了，又隔开几天，老编辑说没有回音，不好意思催，再等等吧。这一等，等得厉言菁几乎已经失望了，因为八月底要到了，很快就要开学了。很多人在传要进区重点，差一分得交一万元，她一分钱也没交，不会有希望了。就在她准备让开开去一般的中学报到时，老编辑的电话来了，让她直接去一所区重点中学找校长，说一切都讲好了。她问什么尺度，老编辑说不需要，一切都由姚征冬摆平了。于是，她就将信将疑地去了，谁知果真像老编辑说的那样，一切都已谈妥，对方既没提要赞助，更没提要额外付费，只简简单单地让厉言菁通知开开按时去报到。事情顺利办成了，厉言菁向老编辑深表谢意，并且明确表示，要按上海的办事规矩，上门去谢谢姚征冬。哪知老编辑向她连连摆手，说千万不能这么做。厉言菁问为什么，老编辑说，这是姚征冬事先提出的条件，事情他答应办，可只此一回，下不为例，事情办成以后，绝对不能有那种拖泥带水、请客送礼之类的事情，那样一来，就把好好的一件秀才人情，变成了庸俗之举。

正因如此，厉言菁对姚征冬的好感，还存有一种报恩般的心理。

有了报恩的心，对他的一切就格外注意。只要电视节目里有他的专访，她就会打开电视专心地看。她发现，这个人确实富有才华，很有才气，是难得的人才。怪不得他会成为上海滩上的名人呢！你看全社会都在讲希望小学，对希望小学说了许许多多好话，赞美的话。他却说，在贫穷的、交通不便的地区搞那么多希望小学干什么，那些地方本身就不适宜人居住，应该搬出来，让他们到生活条件好一点的地方居住，让他们的孩子接受好一点的教育。有一阵子上海交通严重堵塞，一些人就提倡骑自行车上下班，说什么骑自行车的多了，公交的压力就减轻了，汽车也就少了，还能锻炼人的身体，一举多得啊！他却在电视上大声疾呼，表示不同意见，上海自行车最多的时候达到七百万辆，那还得了啊，应该限制自行车的发展。骑自行车是骑不到人均 GDP 一万美元的。对个别人来说，自行车是有其便利之处，可是对城市来说，自行车轮子滚动得那么慢，占用地面的时间那么长，绝对不是现代化的速度。上海应该考虑的是让郊区城市化。

乍一听他的高论往往有些出格，可细细一想，却总还觉得有他的道理。更让厉言菁吃惊的是，有些话竟然还被他说中了，上海果然在依他预见到的情况发展。

又有一次，在谈及上海的文学现象，分析旧上海的三十年代热时，厉言菁简直为他说过的话捏了一把汗。他说，现在的上海文坛出了一种怪现象，出身于过去的革干家庭、红色家庭的作家，写起旧社会来，往往都盛赞那时的上海多么美好、多么值得留恋。那么我要问了，既然你们这些人都说那时美好，你为什么不回家去问一问你们的前辈，当年为什么还要闹革命呢？有趣的是，出身于大资本家或是没落家庭的作家，却公然宣称，他们一点也不留恋旧社会，万恶的旧社会使得他们只能当寄生虫。

他公开地说过这些话后，厉言菁以为他要遭遇麻烦了。嗨，结果什么事儿也没有。

还有一次，在谈到热门的文化现象时，他又在电视上说了，中国人的文化中有恶的一面。往往人死了，就把廉价的好话、赞扬的话拼命地堆给此人，有过之而无不及，总怕褒扬的话说得不够分量。而在此人活着的时候，哪怕他极有本事，却总有种种奇谈怪论暗里明里地诋毁他、妒忌他，恨不能把他踩在脚底下。在这方面，自以为聪明的上海人也不例外。

厉言菁总以为他的这些话不分青红皂白、一网打尽，有些伤人，会遭到人们的批判，结果呢，他还是啥事儿也没有。相反，到处有人请他去讲演。

不知不觉间，厉言菁已经情不自禁地被他的风范迷住了。

和他交换过名片之后，她没想到他会提出来家里拜访。第一次来，他打来电话说，他就在外滩的大楼里开会，吃过盒饭以后，有一个半小时的休息时间，下午还要继续开会，他没处可去。临时想起她家就在附近，就想前来坐坐。

她信他的话，也不信他的话。仅仅要打发中午一个多小时的空闲时间，没必要非得到女同事家中去，再说他们之间还不是同事。他对自己有好感，这是厉言菁能感觉得到的。

其实她对他的好感更强，她甚至还有点莫名其妙地仰慕他。故而她热情地欢迎他的到来。

他第一次来，她心灵深处还期待着会发生些什么，要不，他为何来呢？

他来了，那么拘谨地坐了一阵，和他在镜头前的潇洒自在，全然不同。他只讲了不多的几句话，喝完一杯茶，又匆匆地告辞走了，她不由得有些失望。她在心中暗自嘲笑自己的一厢情愿。送他到门口时，由于过分紧张，她险些跌倒，是他及时扶住了她。她当时眼前一晕，如果他表现得主动一点，哪怕只是重重地逮一逮她，或者哪怕只是暗示般有一丝表示，她都会眼睛一闭倒在他的怀里的，那会是多么陶醉啊。

可他没有这么做，他彬彬有礼地扶住了她，温文尔雅地向她告辞离去。她不由得涌起一股伤感，她想到了自己的年龄，她为自己脑子里闪现的非分之想感到阵阵羞愧。

她不能明白的是，什么也不做，他来干什么呢？

他的电话又来了，这一次他来的目的很明确，就是为了细致了解林月的死因。

听他说是为死去的林月而来，她本能地感觉到不悦。林月的死，炒得还不够么？值得像他这么有名的学者也参与写她么？

他又不是一个普通的记者。

过去她对林月的成功就有些不以为然，她觉得林月既不漂亮，也没多少灵气，在电梯里碰到她，总像没睡醒般显得很瘦削、很憔悴。她不过是逮着了进入电台的机会罢了。

她欢迎他来，但她不赞成他去写。她把这一层意思在电话中就明白无误地告诉了他。

知道他要在一点左右来，她奇怪自己怎么会从一早起就处于亢奋状态。雷家田照例是七点一过就得去上班的，开开的学校离得近，七点半也得走了。她收拾了他们父子用过早餐的碗筷，打破常规地躺在浴缸里泡了一个澡。她洗得分外细致，洗净了走出浴缸，她还忍不住走到屋里的大橱镜子前，端详着自己饱满得胖瘦得体的身躯。她的皮肤滑爽细腻，她的脸颊容光焕发，她的一对乳房挺得高高的，不像那些和她同一年龄段的女性，早早地已经朝下垂落了。她满意地注视着大镜子中的自己，光彩焕发的脸上没有一丝皱纹，她情不自禁地想起了同事们带点妒忌的议论，说她上了四十，脸上怎会保养得那么好，竟然找不见一条皱纹，那些比她年龄小些的，都有了皱纹呢。站在大镜子跟前，唯一感觉遗憾的，是她的腹部有了几条皱纹，那是生开开的时候留下的。

自下岗待在家中以来，她一个人吃午饭的时间从来没有准时过，经常是随心所欲。早晨睡懒觉，早饭吃得迟了，午饭就拖到一两点钟才吃。有时候出去随意地逛马路，干脆就在外面尝点心，不回家专门煮午饭了。

可今天，她十一点半下了面条吃，遂而就一心一意地等待着姚征冬的到来。床上她收拾整齐了，桌子上零乱的东西看上去也入眼了，她又在屋里转了一圈，看还有什么不舒服的地方。

十二点半以后，也不知是怎么回事，她切盼的心理分外地强烈，自上午以来的亢奋变成了激动，其中还掺杂着丝丝不安。她扪心问着自己，上次他不是来过一次么，什么也没有发生，她为啥仍然这样子充满了期待呢？年轻谈恋爱的时候，和小雷谈之前介绍给她的那一个个对象，她见过足有十几个，有的听上去条件一般，有的听介绍人一说，条件蛮不错的，她也从来没有这么忐忑不安过呀！就是后来和小雷谈定了，每次出去看电影、逛公园、听音乐，她也会化妆打扮，可都是平平静静、安安然然的。

今天她怎么像从来没恋爱过的小姑娘一般啊。最好笑的是，过了十二点四十分，每次电梯升到三楼，她都要跑到门后面，向外面的门厅里张望。有两次电梯就没在三楼停，直接升上去了。一次电梯停了，她在猫眼里急切地向外望着，走出来的却是往走廊里面去的人。还有一次更可笑，她明明觉得脚步声响到了家门口，她飞快地跑出来，拉开一条门缝小心翼翼地望去，却是一个推销保险的。

她觉得自己有些疯了。如果他不来，她真不知自己会怎么样？

他终于来了，而且很准时。

进了屋，这一次她请他在沙发上入座。遂而她就在他的身旁坐下。在细细地回忆他上次来的每一个细节的时候，她忖度过，他为什么不曾对她有丝毫亲昵的表示，她发现他们之间相对坐着是一个重要原因。离得这么远地坐着，难道要他离座起身，唐突地走到她的面前来，有什么表示么？

现在想来她的这一判断是对的，今天，不是一切都发生了么？哦，就是此刻回想起来，一切都是那么令人迷醉，一切都是那么让人激动，一切都是那么美好。

唯一令人难堪的是，她今天有几次失态的时候，她怎会在和他狂吻的时候涕泪直下呢？这可是从未有过的事！就是这会儿回想起来，她的脸都羞得通红，脸颊上烫乎乎的，浑身都不自在。幸好他一点都没在意，若是他的神色中露出哪怕是一丝厌恶的神情，她都会懊悔万分的。

在拉下他的裤子，陡地看见他裸露的男性身躯时，她惊喜地叫出了声音，把她的欢快、她的疑讶全都暴露了。她尽情地端详着他的不胖不瘦的身体，她几乎嗅到了他异性的体味。她是情不自禁地欢叫出声的，几乎是在这一刹那间，她内心的欲望火焰般燃烧起来，下边喷涌着全都湿透了，浑身上下都升起了一股要得到他、给予他的激情。她的羞涩、她的胆怯、她的自尊在这时候全都消失了，她从来没有这样迫切、这样渴望、这样急不可耐过。那一瞬间，她简直是在发疯、是在癫狂、是在燃烧。他几乎不费啥力气进入她的身子时，她像腾云驾雾般飘飘欲仙，她的心在那一刻跳荡得使她喘不过气来，她的眼睛冒出万千细碎的星星点点的光斑，她不由自主地合上了眼睑，她的头晕得像在水上浮动，脑子里一片混沌，思维整个儿消逝而去，她只感到他的躯体热乎乎的，他整个人带着灼灼的热量，她焦渴而又热切地迎合着他，却又觉得酥软无力，灵魂如同出了窍，在挣扎着漫空里游荡。在他有力地撞击她的时候，她全身上下都在顷刻间豁爽起来，眼前一片光明，一阵舒适，遂而是一阵茫然和虚无……她终于按捺不住低沉地吼叫起来。

她简直不敢相信，此时此刻回味着刚刚逝去的一切，她还是那么激动，她全身沁出了汗，她的眼睛一片辉亮，心灵深处阵阵神往。是的，她是失态了，可她不后悔，在他面前她觉得不难为情。不因为他们都是过来人，而是她就在今天的那一时刻，陡然明白了，一个人活着的全部意义，就是为了得到这种心灵、精神、躯体和性的水乳交融。在姚征冬的身上，厉言菁第一次充分感受到了性的冲动和接纳的欢喜……唷，他才离去了没多少时间，她就在思念他了。这真是她从没有体验过的感情。

电话铃响。

厉言菁转过脸去，她甚至有些怨恨电话在这时候不合时宜地响起来。沉浸在那激动人心的一幕幕的回味之中，她都感觉是一种幸福。

电话固执地响着，厉言菁无奈地起身过去接电话，刚“喂”了一声，对方就干脆利落地说：“你是华都大楼305的厉言菁么?”

“是的。你哪里?”

“我们是华都居委会的，听说你最近下岗了，找到新的工作了么?”

“还没有。”厉言菁拿着无线话筒，走到大镜子前面，她惊讶地发现，自己的眼角边还残留着泪珠。哦，这个姚征冬，真正地让她动了真情。她又移动几步，伸手去拿餐巾纸，居委会干部在电话里给她直奔主题了：

“是这样，厉言菁，我们最近正在准备在试点发放社保卡。一来人手少，工作量大；二来华都大楼的住户人口最难核对，白天到你们大楼里来，往往铁将军把门，家里没人。晚上来呢，又说好些人家晚上没人，要来白天来，害得我们一次次地跑，还是经常遇不到人。比如，你隔壁的306，有几次敲门，我们明明听到里面有响动……”

“306有人住么?”厉言菁忍不住问，“据我所知，306好久都空着。”

“住上人了！装修过后不久，就住上人了。瞧瞧你们华都大楼的人，紧挨着的两套房子，都老死不相往来。我们也核查了，买下这套居住权房的，是一位单身女经理罗卉。你碰见过么?”

“女经理么？哦，没见过。”厉言菁抱歉地说，“隔壁住着人，我还是今天刚听说。”

“住上人了是肯定的，不会错。只是每次去，揿铃也好、敲门也好，就是没人来开门。也不知是怎么搞的！真是急煞人、难死人了。最近我们听说了你的情况，我们想聘你做点工作，具体就是想请你帮忙，完成华都大楼的人口核定工作。你千万帮帮忙，报酬问题我们好商量，如果你愿意，我们想让你来一趟具体谈……”

一听说这些婆婆妈妈的事情，厉言菁本想一口回绝。可转念一想，姚征冬不是正要细致了解关于林月之死的详情么，核对户籍人口，正是进入华都大楼每家每户一个最好的机会、最正当的理由。故而对方一讲完，她就一口答应下来，并约定了，明天就去居委会和他们见面。

挂断电话，她情绪很好地清理了一下姚征冬曾经来过的痕迹，心里说，真叫怪，心里有了他，凡事竟然就会替他着想。

午后的三点半，小雷下班回家还早，以往上两节课的开开该回家了呀!

今天怎么还没回来?

害得她早早地就示意他离去。这会儿,他在哪儿呢?是去别处采访,还是去他的研究所,或是……她忍不住想和他说说话,把接受了核对户籍人口的好消息告诉他。

她找出他的电话号码,她还记不住他的电话号码,得尽快地记下来,他是一个人住着的,以后不知将怎样频繁地和他通话呢。

刚要拨号,华都大楼的老式电梯一声轰响,遂而传来一阵熟悉的脚步声,紧接着就听见开开的叫喊声:"妈,开门,我回来了!"

她给儿子开了门,抬头望着个头比他父亲还高的开开,忍不住问:"你不是说,考试复习,下午就两节课,怎么回来得这么晚?"

"是两节课啊,妈妈,都考得差不多了,我们学校里有活动,"开开一面利索地回答,一面把书包甩在外屋小间他自己的单人床上,遂而一阵风似的跑进来,打开冰箱,拿出一大瓶可乐,对着嘴喝了一大口,一边抹了抹嘴一边说:"几个同学在楼下等着,我们还要出去呢。"说着,把可乐瓶放回冰箱,又朝门口大步走去。

"哎,到哪里搞活动,回来吃晚饭么?"厉言菁追着儿子到门口,提高了声音问。

"不知道,妈,我们要为暑假准备个大活动,以后天天下午都要出去,你们不要等我了。"开开头也不回地从楼梯口跑下去了。

唉,这孩子,天气要热了,搞什么活动,出去耽搁多少时间,他一概不说。连晚饭回不回来吃,也答得模棱两可的,让她怎么准备晚饭?还说以后天天下午都出去,到哪儿去啊?

厉言菁叹了一口气,孩子念高二,完全是大人了,不要她当妈的操心了。

厉言菁退回屋里,刚在沙发上落座,电话响了。

她操起话筒,"喂"了一声,就听见了姚征冬的声音:"你好。"

她惊喜地扬起了眉毛:"是你!你在哪儿?"

"我回到家了。"

"一个人?"

他在电话那头笑了:"不一个人,我还能是几个人。"

“一到家就想我了？”

“是的。”

她的心里甜甜的，刚想着要给他打电话，不料他的电话先来了，真是心心相印。她情绪甚好地道：“我也是一个人，儿子回来过，又出去了。”

“那好，我还担心不能长聊。现在可以说些话了。”

“我听着。”她自己也没觉得，说话间她的语气不知不觉地就变得柔顺亲切了。她的心里溢满了喜悦，说话的语气中都显示了出来。

“我要说，谢谢你。”

“谢我什么？”她有些不解。

他沉默了片刻。她催促道：“说呀。”

不知为什么，她突然又不想把核对户籍人口的事马上告诉他了。

“不知道，自从妻子去了加拿大，我已经好久好久没有过性生活了……”

“真的么？”她相信他的话，但她还是这么问。

“真的，”他的声音放低了，“而且我要告诉你，是难能可贵地真好。就是，就是，她就是在上海，她也不会……”

他说话吞吞吐吐的，她忍不住问：“不会什么？”

“不会像你这样对我的。”他的声音一下子放低了。但她还是听懂了，脸上不由一片绯红，她想起了刚才他们在一起时缠缠绵绵的那一幕。她忍不住凑近话筒，低声说：“只要你喜欢，以后还会更好的。真的。”

“我信，谢谢你。”

“还要谢啊。”

“那你要我说什么？”

“好听的。”

“我今天回到家，什么事情也做不成了。”

“为什么？”

“我像换了一个人，一直待在那儿回想……”

厉言菁笑了，人的感情真是相像的，她明知故问：“回想什么？”

“和你在一起时的情景，一幕一幕。”

她真想告诉他，她也一样，但她忍着没说，只是说：“我们还有机会待在一起的。”

“我知道，不过你的儿子马上要放暑假了。”

她听出他的担心，说：“孩子大了，事情很多，不着家的。再说，我也可以到你那里去啊。欢迎么?”

“我现在就想你能来。”

她又笑了，情人间的心态真是相通的，他想的怎么都和她思念的一样呢？他一离去，她不就迫切地想念起他来了么？她说：“只要你愿意，我随时可以来，我没多少事……”

话没说完，门铃“叮咚、叮咚”响了起来。这会儿什么人会来呢？厉言菁真不想理，千言万语，她刚说了一个开头呢，就被这门铃声搅了！电话那头的姚征冬也听见了，他问：“有人来了么?”

她只得无奈地说：“是的，不知是什么人。”

“那好，我们再抽时间通话。再见。”姚征冬的语气局促而又礼貌。

“再见。”厉言菁无奈地挂断了电话，这当儿，门铃持续不断地响着，她一边答应着来了，一边向门口走去。心里说，会是谁呢？平时在家中，一整天也没人上门的，今天倒好，一会儿居委会来电话，一会儿又有人找上门来。

她打开虚掩的房门，隔着网格门，一个三十多岁的女子站在门前，面熟又生的，厉言菁迟疑地问：“你是……”

“噢，我是楼上512的，我姓冯，冯小末。”

“什么事?”她这一说，厉言菁有点印象，上楼顶阳台晒衣裳，或是在电梯中，见过她，知道是华都大楼的邻居。她随手扳开了网格门的插销。

冯小末并不进屋，只是站在门口问：“我只是想打听，你见过我女儿么?”

厉言菁看出来了，冯小末的脸上显出担忧之色，她忙说：“你女儿是谁？我没见过她呀！”

“她叫晶晶，曹金晶，我离家时她还在午睡，可等我出去一趟回到家里，她就不见了！所有的亲戚、朋友还有和她关系密切的同学，我都打电话问了，都说没见过她。”

厉言菁看到，说话间，冯小末的眼里有泪花在闪烁。她宽慰道：“不碍事吧，孩子在念中学还是小学?”

“念中学了。”

“那不要紧，孩子大了，也许她一个人出去转转，就会回来的。”厉言菁安慰道。

“但愿是这样，谢谢。”冯小末说着，转过身离去，嘴里还在自言自语：“对不起，我简直急昏头了，明知道她也不会到你家来玩儿的。”

见她神思恍惚，厉言菁忍不住同情地说：“你要不要到家里来坐坐？”

“不了，”冯小末又转过身来，面对着厉言菁，眼睛却并没望着她，说：“你不知道，这次考试晶晶作弊，被老师当场抓获，赶出考场。姑娘大了，感到在学校无脸见人，回家又遭她父亲训斥，不吃饭，也不睡，几天里情绪反常。我真怕她出事……”

话没说完，冯小末啜泣着捂住脸，踉踉跄跄离去了。

“那你得快去找找，到处去找找，居委会、街道里弄、派出所，请他们一起帮忙找找。”听她这一说，厉言菁也觉得这事儿非同小可，她又提高了声气说：“越快越好。”

冯小末答应着下楼去了。

看着她的背影在楼梯口消失，厉言菁不由叹了一口气：都住在华都大楼里，一户挨着一户，看上去活得滋滋润润的，可一旦进入每一个家庭内部，深入地了解一下呢，真叫作家家都有一本难念的经啊。

## I

晶晶死了。

舒宇虹穿过零乱的大厅，走进电梯，开电梯的冷大姐一边按三楼的指示键，一边轻轻地说了一句。

电梯门关上了，舒宇虹环顾四周，没旁人，她知道冷大姐是在对自己报告这一令人震惊的消息。

舒宇虹总是这样，意识上的反应要比一般人慢半拍。其实她的心里都知道，可就是一瞬间反应不过来。

晶晶是谁，起先舒宇虹一点都不晓得。是这几天华都大楼里的人都在说，她才听明白了。晶晶是个中学生，一所重点中学的学生，人们都说舒宇虹一定见过她，但舒宇虹怎么也想不起来晶晶是什么模样。她凭什么要记住华都大楼里每个孩子的模样啊！把晶晶描绘得再纯洁可爱，也不会有舒宇虹美吧。人们总说她美得有上海味，美得洋气，美得性感，是那种折服男人的美。真的，舒宇虹的美是有口皆碑的。在舒宇虹还年轻的时候，那是一个不讲美只讲革命的年代，舒宇虹不论走到哪儿，不但吸引所有男人的目光，还吸引女人的目光哩。女人羡慕的目光，女人妒忌的目光。

都说晶晶的死是个故事，这故事不比前一阵炒得沸沸扬扬的林月之死复杂，却也吸引了媒体的注意。

前不久学校里期终考试，晶晶在考场上作弊，被老师当场抓获，取消考试资格，轰出考场。小姑娘觉得从此在这所学校没脸见人，活不下去了。她妈妈冯小末可怜孩子，答应她的要求，通过自己的关系，帮她联系转学。却不料冯小末在求爷爷告奶奶地四处打电话时，被孩子的父亲曹宏炎听见了。曹宏炎本来对女儿就十分严格，上学期晶晶有几门成绩考得不理想，他把晶晶骂得几次哭出声来。这回听见冯小末打电话求人，他铁青着一张脸，听着听着，不由得勃然大怒，指着晶晶的鼻子一顿臭骂。

华都大楼虽有近一个世纪的历史，造得很久远了，可它的建筑质量却是全市闻名的，隔音效果特别好。

而曹宏炎在家中的这一顿臭骂，连周围邻居都听见了。他骂得那个不堪入耳、那个难听啊！五楼的邻居都听不下去了。他说，你这没出息的，你就不想想，当年为了你能进这所重点中学，我花了多少心血，动用了那么多的关系，还贴了钱，才硬把你给连推带塞地送了进去。容易么？你倒好，平时不好好用功，只晓得玩游戏机，打俄罗斯方块、采蘑菇、美少女梦工厂，迷得不分白天黑夜。临到考试，考不出就作弊，让人给轰出来，闹得全校都知道，还传到了我工作的单位。犯了错，你不思悔改，不想努力，就想逃避，转学，你倒想得轻巧，你怎么就不为我想一想？你转学自以为有了面子，我的面子呢？我的心血呢？

曹宏炎暴跳如雷的这一顿臭骂，骂得冯小末只得无奈地挂断了正在打的电话，他却还不罢休，骂得兴起，火冒八丈高，站起身来打开抽屉抓起几张游戏卡，丢在地板上狠狠地踏碎了，遂而又朝着低头啜泣的女儿一个巴掌打过去："你这不争气的！讲讲你，你就装野胡弹，真是要把我气死。"

晶晶坐在床沿上，被他一巴掌打倒在地上，惊恐万状地爬起身来，捂着脸跑进了自己的屋子，“嘭”的一声撞上了门。

曹宏炎堵着女儿的门，还拍桌子敲门板地连骂了好几声，那神情似乎要把女儿给吃了。

等他骂停了，冯小末拿着钥匙开门跟进女儿屋里，劝慰了半天，晶晶才勉强止住了哭声。那一晚，晶晶房间里的灯一直亮到下半夜，冯小末隔着门缝偷偷地望过她几回，看到她埋着头在做作业，也就放心了。

第二天上班前，冯小末拿着早点走进晶晶的房间，晶晶还在桌上写东西，看她是在作文簿上写，冯小末以为她在做作文，就劝慰道：“就是补课，也得循序渐进，慢慢来，不能急的。吃过早饭以后再做吧。”

晶晶抬头瞅了一眼妈妈，说了一声：“谢谢妈妈。”

听她说话的语气已经恢复到了正常，脸上的神情也很安详，冯小末以为昨晚的家庭风暴过去了，也就放心了，在女儿的肩上安抚地轻拍了两下，上班去了。

上班时分，不知什么缘故，冯小末就是定不下神来，心烦意乱，做什么都丢三落四的。

熬到十一点十分，冯小末再没耐心在单位待下去了，就提前回到家中。晶晶还在，情绪似乎也平静，冯小末就给女儿下面条吃午饭。饭后，晶晶马上又要做作业，冯小末心疼女儿，就劝女儿先睡一个午觉，睡醒了再做。晶晶听话地上了床，闭上了眼睛。

下午上班，冯小末还是放心不下女儿。坐在办公室里，她一件事情也做不成，于是就推说有点不舒服，赶早回了家。

一进家，发现晶晶不见了！

考完试已经放了假的晶晶应该在家里的呀。她的桌上没有条子说明她去了哪儿，她的抽屉里的零用钱也没拿，平时她和小朋友们一起去玩儿，总是要带上零用钱的呀。

冯小末先是在华都大楼里挨家挨户地找，她想晶晶会不会在楼里的哪户人家串门。几乎每一家的门都被她敲过了，也没发现晶晶的影子。冯小末预感到不好了，只有她当母亲的心里明白，别看晶晶柔柔弱弱的，但晶晶的性格中有她冯小末刚强暴烈的一面。

她慌了，赶紧给曹宏炎打电话。初接电话，曹宏炎还余怒未消地抱怨，嘴里嘀嘀咕咕的，及至冯小末在电话里发了火，说找不到女儿，就要他用命来抵，曹宏炎才感觉到事态的严重，赶回家来和冯小末一起找晶晶。

华都大楼里所有的邻居，晶晶的同学、小学里的朋友、上海的亲戚家，全找遍了，谁也没见过晶晶的踪影。

关于晶晶失踪之谜，关于晶晶的话题，在华都大楼里一下子盖过了前阵的林月之死。人们之所以揪心地议论着晶晶，一来因为晶晶是个漂亮的小姑娘，一个情窦未开的孩子；二来因为孩子的考试、孩子的升学，是所有家庭都关注的热点话题。这年头，谁家都是独生子女，谁家的孩子都是头等大事，万事只要一提孩子，都得让道。没什么事儿的时候，邻居们凑在一块儿，都要谈半天呢，从入幼儿园到报考重点大学，全是热门话题。更主要的，是冯小末的脸色，这些天里，华都大楼里的人都怕在大门口、电梯里和楼道里与冯小末相遇，她那欲哭无泪的脸上，嘴角不时抽搐，眼神直直的好吓人，那眉梢不住耸动的模样，让人总觉得，她的心被绷紧了在使劲儿绞着，痛得不行，使得谁都不敢和她搭话。哎呀，人们私底下在说，哪怕你号啕大哭一番，人家倒可以上来劝你了。你又强忍着不哭，眼角却又敏感地乜斜着人，拒人于千里之外般，就算有话说的人也闭住了嘴，不敢和你搭腔了。

不少人担心地说，晶晶再找不到啊，冯小末自己倒要出事了。

现在好了，开电梯的冷大姐说晶晶死了，那么肯定的，晶晶是真死了。连续几天的猜测和寻找，得到一个肯定的答案了。晶晶这小姑娘，也太经受不起压力了，到底是中学生了呀，怎么一点点事情想不通，就去寻死呢？要都这样，当年一起在杉木凼插队落户的上海姑娘们，最早嫁给农民的安小琼，跟着落水的姜云娣，喜欢唱歌的林璐，出去看看病、看看病就看得嫁了人的陈岚岚，还有那个泼辣得敢作敢为的韩灵，不都有理由去死了么？也太脆弱了！

不过，有件事让华都大楼的人猜了好几天——晶晶死在哪儿？

舒宇虹想到问这话，电梯已经到了三楼。平时十分健谈的冷大姐诧异地瞅了她一眼，好像是在奇怪，她怎么老半天才问出这话，于是一边开电梯的门，一边说："听说是在郊区的小河里。唉，都在传，风水轮流转，这两年，华都的风水不灵光了。"

电梯门开了，舒宇虹迟疑了一下，走出电梯，朝自己住的 306 房间走去。

电梯门没关，她感觉得到，冷大姐一定仰着她那宽大的脸庞，还在背后望着她。因为是白天，大楼里用电梯的人不多，楼道里静悄悄的。

林月刚死不久，晶晶又死了。华都大楼里是怎么回事啊？受罗卉的影响，舒宇虹是不相信什么风水不风水的。自小出生在南市一带的罗卉不是说过嘛，要说风水，今天的外滩是风水最不好的地方，一百六七十年前，这里是上海老城厢北面的荒滩，芦苇丛生，连沪剧里都唱：风吹芦苇沙沙响，一片荒凉。放眼望去，都是淤泥臭水，大小滨河纵横，人烟稀少，属于江、浦交汇之地，风水先生认为这里是阴阳调和之处，宜于安葬。故零零星星的坟场在荒滩上起伏，黄鼠狼、水老鼠常在土堆间出没，被叫作北郊李家庄边的李家场。

年年清明节，老城厢的居民，为安抚荒滩上的饿鬼孤魂，都要请出城隍庙里的城隍老爷，敲锣打鼓、祭旗摇幡、燃烧香火、捧着鲜花，来出巡一番。罗卉说，十个以今天的外滩自豪的上海人里，有十个不晓得这段历史，至于成千上万的外来者，有谁会想到，整个二十世纪上海的近代史，就是从当年这么块外滩起源的。

就是牢牢地在上海滩矗立了近百年的华都大楼，当年不也就建在这一片荒滩之上嘛。

舒宇虹依赖着罗卉，更崇拜罗卉。她这后半辈子的生活，靠的全是罗卉。舒宇虹的爸爸是大学里的英语教授，可能是他的英语讲得太地道了吧，学生们给他起了一个“假洋鬼子”的绰号，本来这没多少贬义，不过是年轻的大学生们调侃性的玩笑，可到了“文化大革命”中，“假洋鬼子”活不下去了，他的英语讲得好，那自然是帝国主义的忠实走狗，是里通外国分子，是帝国主义的间谍，是比鲁迅笔下的“假洋鬼子”不知要坏、要阴险毒辣多少倍的家伙。爸爸不堪批斗的折磨跳了楼，被斥为畏罪自杀，罪加一等。舒宇虹去插队落户不久，在中学里教英语的妈妈病忧交加，忍受不了孤独，也离开了人世。当知青期间突发精神病的舒宇虹，回到上海以后，被告知住房已被没收，早就没有家了。是罗卉安排她住院治疗，出院以后又是罗卉一次一次地给她找住处，最终把她安顿在华都大楼里。没有罗卉，她活都活不到今天。罗卉的话，对她就是圣旨，就是最高指示。罗卉让她住在华都大楼，说住在这幢楼里，离外滩近，离她上班的地方近，她可以随时抽空过来探望。舒宇虹就住过来了。

住过来后就听说306的风水不好，因为顶在306上面的406，三十年代死过一个漂亮的名女人，六十年代又死过一个美丽的名女人，挨着这么一套房子住，实在不吉利。这话说过没多久，现住在406房里风度秀雅的名女人林月又死了，死于九十年代的中期。

竟这么巧，似乎是让人不信也得信了。舒宇虹把听来的话告诉罗卉，罗卉不屑地说，有什么不吉利的，哼，风水，别信那一套。哪一套有点年成的老房间里没有死过人，为了证明她说得在理，于是她就说了关于外滩历史的那一段话。

罗卉还说，上海这个城市，过去被人叫作华洋杂处的大都会、纸醉金迷的冶游场，是冒险家的乐园。今天，上海是一个创造奇迹的城市。而要创造奇迹，不能靠别人，靠的就是我们自己，靠的是人的魄力和勇气，靠的是把握历史和现实的机遇。

舒宇虹佩服的就是罗卉的这么股子劲儿，也就继续在306住下来了。不过，和以往不同的是，她不是整天待在这么一套宽敞的房间里了。在屋子里待得久了，她会自己走出去转转，白天和夜晚、晴天和雨天，外滩浦江两岸的风光都是十分迷人、百看不厌的。过去，只能站在浦西的外滩看浦东；现在，黄浦江底下的隧道通了，到浦东去看浦西这一边也很方便，舒宇虹更愿意出去了。听说，外国的总统来上海时，晚上都要抽空到外滩来待一阵，看上一阵璀璨的灯光呢。

正是夏天上海难耐的闷热天气，黄梅天是过去了，气温高，气压低，太阳出得不透，时而飘一阵雨。稍动一动，就要出汗。舒宇虹只在外滩的高楼底下走了一小圈，想吹吹风，可汗水就把丝绸衬衣湿透了，粘在皮肤上，难受极了。

回到家里，她放了半缸温水，躺进了浴缸。舒舒服服地洗了个澡，跨出浴缸用浴巾抹拭着秀美颀长的胴体时，舒宇虹听到了异样的隐隐约约的声音。

她以为没把门关好，她是经常糊里糊涂的，连忙急促地跑出去看，大门关得好好的。屋子里的一切像平时一样安然宁静。

可奇怪的是，那从没听到过的声音还在继续。似是人在痛苦地呻吟，又仿佛是人愉快地喘息，纤细中带着亢奋，粗放中伴着柔情，迫切中透着舒缓，贪婪中显出激情。

这是什么声音呢？长声吆吆地听着令舒宇虹阵阵心颤。

她又恐惧又不安地寻觅着这时隐时现、时高时低的声音来自何方。当她手捧着洁白的大浴巾抹拭着胸部，在屋子里盲无目的地转了两个圈后，她察觉到了，声音是从半掩着的小屋里传出来的。

这间小屋原设计是用来做储藏室的，可罗卉说舒宇虹没多少要储藏的东西，就把它设计改成了一个小书房。两边贴壁做了两排直顶到天花板的书橱，中间横放着一张小巧玲珑的两抽桌。桌面上配了一盏雅致的台灯，她来的时候，有时候在这里翻翻书，有时候也在这里往本子上记下一点什么。但她写字的本子，从不留在两抽桌的抽屉里。往往一写完，就习惯地放进自己的手提包。

舒宇虹推开了小屋的门，屋子里空空如也，什么也没有。正在疑惑，那声音又陡地传了过来，还夹杂着话语：“——哦……真好，真快活、真正地好……嗯……”

舒宇虹一下子明白了，奇怪的声音是从隔壁传过来的。可这是什么声音呢？舒宇虹光脚走进小屋，轻轻撩起门板上的那本海滨风光挂历，挂历后面露出一个圆圆的小洞。她记得很清楚，罗卉在这个位置挂上一本精美的挂历，就是为了遮盖这个洞眼。

那混合着粗重纤长喘息的声音还在传过来，舒宇虹的眼睛凑近洞眼，好奇地往隔壁望去。

天哪，她看见的是什么呀？

她呆若木鸡地站在那里，一脸的惊恐，双眼里露出骇人的光。仿佛是想起了什么久远的往事，她只痴呆了一瞬间，又咽了一口唾沫，再次凑近洞眼，往隔壁窥视着。

隔壁小屋的门半开着，一个赤裸着身子的女人把头埋在小桌上的臂弯里，雪白硕大的屁股高高地撅起来，诱人地轻摇慢凑着。她身后一个男人，同样光裸着身子，支身紧顶着她的臀部，把整个身子趴到女人身上去。那阵阵欢悦的呻吟，就是女人回肠荡气般发出来的。她边哼哼着，边左右摇晃着屁股，一阵比一阵晃得剧烈，男人的双手紧搂着女人的腰部，似乎要把女人整个儿抱起来。两人贴得越紧，动作得越加猛烈，声音就越大。女人的声音仿佛是从灵魂深处发出来的，尖锐而又细长，难耐中带着喜悦。男人的喘息则显得粗重而又局促。起先他们都显得手足无措，紧张而慌乱，贪婪而性急，渐渐地他们配合默契了，一个有节奏地抽送着，一个摆动迎凑着，发出阵阵欢悦无比的轻叫。

“可以慢一点么?”男人哀求一般说话了。

女人直起身子，转过溢满了喜悦红光的脸来，欢爱无尽地伸出两条手臂，搂住了男人，在他的嘴上倾心地吻了一下，柔声轻问：“你吃不消了?”

男人摇头，也用双手环抱着女人，在她亮津津的额头上吻着说：“我只是想使得这美好的时刻延续得长一些，再长一些。”

“我依你，全依你，你要怎么样就怎么样，你想怎么样就怎么样。”女人热情地张开双臂拥抱着他，整个身子贴紧了男人。那亲昵的神情就像要把自己融化在男人的怀里。

舒宇虹没想到自己无意间撞见的却是人家夫妻之间白天在家里做爱。

她的脸顿时涨得通红，她的胸脯随之在起伏，她的眼睛里透出惊愕、慌张、羡慕、不安的光，她不由自主地一口口咽着唾沫。

紧张的偷窥使得她几乎忘记了自身的存在。

真的，她万万没想到，男人和女人间的爱会是那么热烈执着，像燃烧起来的两团火焰，烧灼着、欢腾着、纠缠着，分不清你我一般。瞧他俩在一起，那么美丽诱人、那么旁若无人、那么欢乐尽兴。在她的人生中，在她过去的体验里，她怎么感觉到的全是丑恶、肮脏和不堪入目的血污呢?

岂止她这么认为，就是成功如罗卉这样的女人，不也和她一样，是这么认为的么?

但她今天看见的是什么呀，是心心相印，是情投意合，是水乳交融一般的幸福和欢乐。更让她惊骇的是，就在不知不觉地偷窥间，她的生理上竟也在起着微妙的变化。她的脸上热乎乎的，她的一对乳房胀鼓鼓的，她浑身莫名其妙地觉得阵阵燥热，就连下腹的大腿根部，也淌出了涓涓爱液。

“你知道么，刚才我为什么要把你带进小房间来?”女人的问话，打断了舒宇虹的忖度冥想。

“不知道，刚才在床上，不也很好么?当你捧着我的脚，无所顾忌地亲吻的时候，我内心震颤般地感动了。从没有人这样倾心爱过我。”

“你原来的妻子也没有过么？”

“没有。”

“小房间里光线暗，到这儿来，我们可以放得更开一些。你没觉得么？”

“我感觉到了。你呢？”

“满意极了！如果说到你家里那一次是彻底放松、感觉至情极乐的话，那么我总还是觉得环境有点陌生，有点不自在，今天我们简直是步入仙境了。”女人陶醉的语气像瓷器相撞一般，声声都是发颤的。

“怎么会呢，你不像我，有丈夫，小雷天天和你在一起生活。你们……”

“哎呀，你快别提他了！”

“为什么？”

“还记得我第一次看见你的身体，惊叫了一声么？”

舒宇虹从洞眼里望过去，也看得清清楚楚，女人的双手紧搂着男人的背脊，在他后背上轻柔地抚摸着、摩挲着、脸上的神情显得无限的爱怜、温存。

“嗯。让你这么摸着，很舒服很舒服的。”

“真的么？”女人瞥了男人一眼，温顺地把脸贴在男人胸前。

“我讲的是自己的真实感觉。心头颤悠悠的，又惶惑又盼望。”

“我还不是一样，跟你说实话，在这之前，除了小雷的，我从来没见过第二个成年男人的东西。”她的语气一下子哑了，说话的声音也轻下来，好像极不情愿地，朝着男人伸出了自己的小拇指，掐着前半截不屑地说：“小雷的那个东西，撑直了也就这么大。你想想，见了你的，我怎会不激动？”

“好在你们生下了孩子。”

“也是糊里糊涂怀上的，这都是我们这一代人的悲剧，临到恋爱结婚了，什么都不懂，结婚半年不到，就有了。总觉得已经是过来人了，男女之间，不过就是那么回事。哪晓得，我这半辈子，陪的就是这么个男人。”女人说着，伤心地啜泣出了声。

男人把女人抱了起来，还给她轻轻拭去眼角的泪，安慰说：“别哭，别哭。以后就好了呀！”

女人仰着脸，噘起了嘴，委屈地说：“说实话，这些年里开放了，我也看过人体画像和那种影碟片，总觉得那是编出来的。真实的生活不是这样子的。可自从和你在一起，我才明白，人生真是有那么美妙的一刻……”

听着两人之间的对话，舒宇虹恍然大悟，这不是一对夫妻。他们两个是在偷情，在搞婚外恋。305 的那个女人她认得，曾经在电梯里见过，特别是前两天，她还为准备发放社保卡的事儿，来敲过 306 的门。真想不到，看上去那么端庄正经的一个女子，隐藏在人后面竟有这么多故事。

这个男人又是谁呢？舒宇虹很想看清他的相貌，但他站的位置总让她看不清楚，她至多只能看到他的一个侧面。舒宇虹心头涌起一股强烈的遗憾，随之又起了一股莫名的冲动，她很想捶击板壁，惊动一下这对偷情的人。她的手都举起来了，恰在这时，隔壁的男人转过了半边身子，只要改换一个角度，舒宇虹就能看清他的脸了，她转换一下身子，正想把他看个分明，从隔壁 305 的门外，清晰地传来一记拉门声。

“哐当！”

继而传来一个男人的叫声：“言菁，门闩上了，来给我开门啊！”

随着他的呼叫，拉门一声接一声地响着。

## 二

男人的声音陡地传进来，姚征冬听来恰似晴天霹雳。

他的整个身心还沉浸在性的兴奋点上，没有尽兴，他正要和厉言菁双双享受洪峰激流般的酣畅淋漓，却被这一声突如其来的招呼打断了。

他感觉到紧贴着自己的厉言菁浑身一震，方才还是柔软多情的身体顿时僵硬了。

“来了，家田。”她大声回应着丈夫，声音又尖又脆，却是平静的，“我在小房间里，你等一等。”

姚征冬只觉得汗毛凛凛，神经全绷紧了！四肢不由自主地颤抖起来。唉，她在这时候怎么还要把小房间特意点出来呢？他已把随手带进来的衬衣、裤子拿在手里，想以最快的速度穿上身。

却见厉言菁并不忙着穿衣，而是向他轻轻一摆手，悄声说：“你别穿衣服了，来不及了，先从这里走。”

说着举起手来，扒开了隔壁房门上的一个铜扣，往后一逮门，令人惊奇的是，门竟然开了，还带进来一股风，她的一只手在姚征冬身后一推，姚征冬利索地闪身到了隔壁，门就在他的身后轻轻无声地合上了。

隔着门，厉言菁又对家门外的丈夫喊着：“家田，你再稍等一会儿，我马上来了、来了！”

姚征冬长长地吁了一口气，刚镇定下来，连忙抖开衣衫，找出短裤，欲往身上穿。

两条光溜溜的手臂冷不防伸了过来，带着洗净的沐浴液的香气，紧紧地抱住了他：“不忙穿啊！嘻嘻，她把你送过来了，就是我们的缘分。来，快到屋里来。”

姚征冬惊愕得几乎要叫出声来，他慌张得双手一抖，衣裳落在地上。等他定睛望去，一个通体雪白、浑身裸露得一丝不挂的女子，双手紧搂着他，在往屋里走。

让他觉得不可思议的是，这是一个身材瘦长的绝色美女，一眼就看得出来的美女，无论是她颀长匀称的体态、一双大大的双眼皮仿佛勾勒出来的、黑白分明的眼睛，还是那一对沉甸甸的高高耸起的乳房，都显示着她令人惊艳的美。

他一边随着她走进屋去，一边轻声问："你、你要干什么？"

她猛地一下扑上来，身子紧贴着他，双臂紧搂着他，脸颊贴到他的下巴上来说："和你亲呀！像你刚才和她一样。"

说着话，她紧贴着他的身子水蛇般扭动起来，让他感到阵阵舒适和刺激。

"这怎么行？"他试图推开她，"我们不认识。"

"现在不是就认识了嘛。"她仰脸瞅着他，那一双波光闪闪的眼睛美得令他心颤。

"可我连你叫什么都不晓得。"

"我叫舒宇虹。"她一边说，一边更紧地搂着他，还噘起了厚厚的丰满红润的嘴唇，"反正她把你送过来了，我是不会让你走的。嗯，嘿嘿。"

说着，她笑起来，笑的样子特别性感，似乎还有点放肆。

姚征冬觉得她的力气出奇地大，紧搂着他的两条手臂，就像箍着他一般。紧贴着他的身子，随着她说笑而波动起伏着，使他感觉到一阵一阵的舒适。

"你放开，"他放缓了语气提议，"我们先穿好衣裳，坐下好好说。"

"不！就这样。"她断然反对，两片嘴唇诱人地鼓了起来，向他喷射着女人温馨的气息。

"那我要走了。"姚征冬的脸一沉，双手扳着她的手。

"走？"她的身子往后一仰，眯缝起眼睛媚媚地乜斜了他一眼，鼓起嘴说："好啊，那我就把你送回去。走，回到隔壁去！"

说着，她就往小房间推他。

姚征冬拼命稳住自己："哎、哎，你听我说……"

"哈哈哈，你不敢去了吧？哈哈，不要以为我不晓得，你们是偷情，那女人的丈夫回来了！她不像我，我没有丈夫，孤孤单单的，一个人住在这套房子里，你尽可以放心。"说完，舒宇虹不管不顾地耸起两片红润的嘴唇，响亮地啧啧有声地吻了他。吻完了，还余兴未尽地品咂着两片嘴唇，自我欣赏地说："滋味真的好。"

姚征冬觉得她虽是个成年妇女，可接吻时却像个小孩子，沾了他一脸的唾沫，湿漉漉的。尤其是她吻完后啧啧有声地品咂嘴唇的神情，更让人感觉有些神经质的莫名其妙，简直像个幼童。可她这样子，又不是故意装出来的天真，那神态完全是自自然然的。心中便愈加疑惑、愈加想摆脱她的纠缠，他哀求道："你就让我走吧。"

"好，你走!"她出其不意狠狠地推了他一把，姚征冬没提防，一下子被推倒在地板上，他觉得狼狈极了，挣扎着爬起身来，她却咯咯咯笑着，俯下身来一边扶他，一边说："你真走，我就把你和隔壁女人的事，嚷嚷得华都大楼全都晓得。"

这简直是在威胁恫吓他了。

"你……"姚征冬抬起头来，舒宇虹胸前那对乳房在他眼前晃动，由于她俯下了身子，这对乳房更显得硕大丰满，乳晕发着亮，褐红色的乳头大大的，像两颗大红枣。

舒宇虹留神到了他的目光，嫣然一笑，一只手托起了自己的乳房，指甲轻轻地在乳头上刮了两下，送到他跟前来说："你喜欢么？给，给你。"

没待姚征冬反应过来，她柔软的乳房直贴到他的脸上，双手紧紧地扳住了他的头，在她的酥胸上摩挲。她的头也左摇右晃着，身子一阵比一阵贴得紧。

姚征冬的头脑烘热起来，他从没有见过女性这么美的乳房，他离婚的妻子没有这么美的乳房，隔壁的厉言菁也没有这么诱人的乳房。在305不曾得到满足的欲望重新燃烧起来，他情不自禁地搂住了她，亲吻着她晃悠悠颤动着凑到他嘴边的乳房。

他一边亲她的乳房，一边用双手轻柔地抚摸着她的背脊。

他坐在地板上，她屈膝蹲在他的跟前，毫无羞耻感的双手捧着自己的乳房，目光柔顺痴迷地瞅着他，整个体态显出陶醉的神情，使劲儿地把乳房送到他的嘴里，那模样似要都塞给他一样。

她的皮肤光洁溜滑，肤色嫩白细腻，骨节突出的四肢修长，稍显瘦削。让姚征冬感觉惊疑的是，她所有的动作都带点生硬，带点任性，带点强迫劲儿，却又完全是自然的显露。

他稍亲吻得久一些，她就晃动起身子来，无所顾忌地叫着：“慌了，我慌极了，真的舒服呀，真的惬意呀，哎呀，我的眼睛睁不开了，我喘不过气来了，你的身体怎么这样烫啊……”

在她声声呼唤般的哼哼里，姚征冬在厉言菁家里被忽然阻断的情欲完全被她唤醒了。

他浑身燥热得仿佛沉浸在热浪之中，伸出双手安慰般抚摸着她滑爽至极的皮肤，动作轻柔地引领着让她仰躺在地板上，遂而支身坐起来，俯下身去向着她，一一亲吻着她泛着光泽的动人的脸，她发亮的额头，她颤动的眼睑，她线条柔美的脸颊，她挺直的鼻梁，她微张的两片嘴唇。哦，她真是个美人，和厉言菁的小家碧玉决然不同的女人，他由上而下地抚摸着她身躯上高低起伏的田野和土丘，欣赏着她富有弹性的波动的曲线。在他小心翼翼地抚慰和按摩下，她带点狂躁的情绪平静下来了，如同微风拂过成熟的麦田，麦浪在摇头晃脑地摆曳。她柔顺地接受着他的安抚，只是忍俊不禁地发出几声轻笑。在她不时发出的轻朗笑声的鼓动之下，他扒开她峡谷里密密的蓬草，亲吻她峡谷深处的幽香。

在这么做的过程中，他身躯内按捺不住地燃烧起了一股野火，脑子完全被升起的欲望控制了。

起先她只是温顺地承受着他的爱抚，喉咙里低低欢畅地发着声，当他俯首到她的峡谷深处，解渴般地咀嚼着流水时，她突然像浑身着火一般低吼起来，她的双手一把抓住了他的肩胛，动作粗犷地一阵推搡搓动，连声叫着：“来啊，来啊，我要你进来啊！你一直翘得高高的，为啥还不来？”

他让她这一刺激，起身贴近了她仰面朝天的身体，很慢很慢地穿进她的峡谷，进入山洞口，逐渐探入峡谷的深处。

“哎哟，哎哟，我……我痛、痛，我真的痛、痛……啊——啊——”

姚征冬也觉得奇怪，她的峡谷里窄小紧凑，往里深入的时候，裹挟得他十分地舒适。看她的年龄，起码也在四十以上了，她怎么会喊痛呢？

他试探地稍支起身子，耳语般问：“我退出来吧？”

“哦不，不要！”她锐声喊了起来，“不要退。”

“那我轻一点。”

“好的、好的、好的。轻一点，轻一点好，我明白了，我明白了，我明白了……”她躺着，左右晃动着头，双手紧搂着他，一声一声地重复着，声气喘喘得有时候长、有时候短。

“你明白了什么?”

“隔壁那女人，为什么要偷情、为什么要偷你。噢，这真是……我又痛了，痛极了。”

随着她呻吟般的叫唤，奇妙的一刻刹那间来临了。姚征冬只是轻轻地往起一提，往前挺进的时候，她的峡谷里弹性般颤动起来，仿佛两片厚实的鱼唇牢牢地挟住了他的身子，在有节奏地舔食着他，哪怕他一动不动，他都感到那一波一波的快感抚慰着他，在向着全身弥散。哦，这是他从未感受过的欢悦，这是他从没有体验过的酣畅。那一股弥漫到全身的欢乐波涛令他产生腾云驾雾、飘飘欲仙之感。他只想使得这一时刻长久一些、再长久一些，他只想往前挺进，再在深深的峡谷里多待一会儿。

她紧紧地搂抱着他，嘴里还在语无伦次地哼哼唧唧：“噢，天哪，我的灵魂着了火，烧着了，燃烧起来了，要飞起来了呀！啊……”

当姚征冬把浑身酥软无力、出了一身透汗的舒宇虹搀扶起来时，愕然发现光洁的地板上，有一小摊发亮的血迹，他真正地惊骇震撼了。

莫非这女人真是处女，他昏乱中撞上的是一个老处女？而且是个有病的老处女?

断定她有病，是因为姚征冬刚把她扶到床边，她朝他咧嘴出声地笑了笑，在他的背脊上响亮地拍打了两下，重重地揪住了他的鼻子使劲儿地逮了几下，便摇摇晃晃地倒下身去，翻过一个身，随手扯过一条白漂布被单，往身上随意地一裹，闭上眼睛，顾自睡去了。起先，他还以为她这是故意装的、闹着玩儿的，是假睡，可凑近她细细一看，她真睡着了，随着她自然的舒缓有致的呼吸，她那两边好看的鼻翼轻微地扇动着，他再一次欣赏着她浑身蜷曲起来的美妙体态，她的乌发映衬着少见阳光的雪白的脸庞，哦，她的皮肤真正的好，白净细腻，泛着透明的光泽。即使睡着了，也能清晰地看见她皮肤下一条条的血管，他的心头涌起一股极其复杂的情绪，自责中交织着怜悯，不安里混杂着负疚。怕她着凉，他轻轻拉过一条薄薄的空调被，给她盖上，遂而不知所措地在床沿上坐了片刻，矛盾地思忖着是走还是留时，他意外地听见，她竟然发出了轻微的鼾声。

姚征冬穿上了衣裳，在床边呆坐了一阵，这才有时间细细地端详306这套房子。

这是比305明显宽敞的一套房子，除了和305相通的小屋，有厨房和卫生间之外，竟有三间相通的正房。只见开着门的宽敞的房间里，完全以现代风格装修得焕然一新。

姚征冬看得出来，无论是门套、窗帘架，还是屋子里的陈设，线条虽然简洁，却也凸显华美。天花板上长长的线条，动感极强，间隔得恰到好处的灯盏，显得娴静柔和，哪怕是一件件小摆设，也处理得用心精巧，给人以清雅明逸的舒适印象，一看就知是格调高雅的女性，才会有这么清适怡人的素净处理。

可不知为何，姚征冬又觉得，这样的装修风格，不会是躺在床上自称舒宇虹的女子所为。

这个女子，究竟是何许人呢？她怎么会赤身裸体，一个人待在这套房间里？她又怎么会把自己轻而易举地奉献给他呢？

这真是难解之谜。

若是她的家人，此时此刻从外面回来，看到他这个陌生人在屋里，会作何想？

想到这儿，姚征冬一分钟也待不下去了。他又瞅了床上睡得一动不动的女人一眼，她正沉入酣睡之中。他蹑手蹑脚走到306的大门边，隔着门板听了听，外面没什么动静，他笨拙地打开房门，又拨开防盗门，走了出去。

楼道里没有人，他关上房门，又撞上防盗门，向楼梯口走去。306的房门，离305的房门有一段距离，走过305的房门时，姚征冬故意放缓了脚步，铁丝网格后面的房门半掩着，屋里既没有说话声，也没有什么动静，姚征冬做贼一般走了过去，快快地逃遁一般直接从楼梯口上走下去。下到底楼大厅，他埋着头，生怕撞见什么人似的往外直冲。

走出华都大楼，来到人行道上，确信自己不会惹上任何麻烦了，姚征冬不由得回头望了华都大楼一眼，就在这一瞬间，他陡地觉得，大楼的外表看去和往常似乎有些不同。仿佛那不是他已经看熟悉了的那幢楼房，楼房的气息，也和往常不一样了。那好像是另一个世界。

不管怎么说，他从大楼里出来了，摆脱出来了。他从身心里涌起一股庆幸感，情不自禁地长吁了一口气。

当乍一听见厉言菁的丈夫喊门的声音时，姚征冬呆立在那里，整个儿僵滞了。他的眼前直冒金星，预感到即将发生十分难堪和尴尬的一幕，而在这以后的几分钟里发生的一切，真可谓出人意料地惊心动魄，他做梦也不会想到。

是的，自从前妻携带女儿离去以后，他在接连两次的打击和重创之下，整整半年之久，没有了性生活，成了个禁欲者。

妻子主动向他提出离婚，对他的打击已经够大了，没想到她还提出要带着女儿离去。姚征冬自然不同意，不想妻子铁了心，一定要带女儿走，说女儿跟着他这个只知道做学问的父亲，没有温情，感受不到家庭的爱，也不会接受到全面的教育，她远在他乡，实在不放心。他不赞成妻子的话，强调自己对女儿是尽心尽责的，妻子不在的这些年里也是他在照顾女儿。双方各有各的理，争执不下，只好由女儿自己做主。姚征冬本以为自妻子去加拿大以后，女儿多年来一直随自己生活，会对自己有难以割舍的父女感情。这段经历和电视剧《夺子战争》里的情节几乎完全一样，但完全不一样的是，他的女儿毫不犹豫地当场表示，要跟妈妈到外国去。

他一下子被人抛弃了，变成了孤家寡人。

绝望的情绪久久地笼罩着姚征冬，他仿佛看破了红尘，把感情上的事情看得很淡了。时间稍长一些，他不是没想过重新开始，他甚至想过短时间内找不着合适的，哪怕是先找一位看得上眼的谈谈也无妨。初恋时期的情人郑夕和他在一个会议上重逢以后打来电话，他不也怀着一种复杂的心态接了么？几次通话，时间越来越长，他不也没有觉得厌烦么？

可今天的事情性质完全不同，一点点精神因素都扯不上，更别说思想交流了。

他刚和厉言菁达到两情相悦、倾心相爱的境界，怎么会又和舒宇虹发生了这么一档子事情？

这算是什么呢？和厉言菁之间，还有着逐渐发展的感情，还有一条虽然短暂却仍可循的发展轨迹。但是和舒宇虹呢，这叫什么？没有任何的感情基础，有的就是性欲，就是发泄的欲望，就是对舒宇虹美貌的贪婪和占有。或者干脆说就是兽性！因为和厉言菁之间没有尽兴，而转移到了出奇美丽的舒宇虹身上。当然要寻找借口，还可以说是害怕舒宇虹把他和厉言菁的关系声张出去，他是出于无奈。舒宇虹就是这么威胁他的。

只有他的心灵深处晓得，恰恰是和素不相识的舒宇虹的做爱，让他感受到了满足和前所未有的欢情。

有过和舒宇虹刚才的那种前所未有的感受，以往的一切，都可以说是不在话下了。

半年多的时间里都过着禁欲者的生活，而一旦开禁，就有悖常理地和两个女人发生了关系。姚征冬在回想刚刚逝去的一幕幕时，内心涌起一阵阵的自责。他一个独身男子，既有身份，又有地位，蛮可以重新结识一位新的女友，要年轻，更要漂亮，还要有幽默感、善解人意、温顺体贴、知书达理，和她享受浪漫情怀，和她公开地谈恋爱，去游山玩水，出入公众场合，进大剧院看戏，到祖国各地甚至出国旅游。他在这一过程中，既能体验一次崭新的恋爱，又能回味一番青春的美好，可他是怎么搞的？

厉言菁是有夫之妇，舒宇虹呢，是什么人都没闹明白。他这不是堕落是什么呢？

和厉言菁的关系传出去要遭人的唾弃，和舒宇虹的关系若是被人知道了，更要被人责骂。

他这个著名学者，真闹到这一地步，也就身败名裂了。这些年里，看到一些名人遭惹一篇篇文章冷嘲热讽，看到不少学者也缠上官司，他常常为自己能有一份清静做学问而暗自庆幸。可一旦陷入两个女人的感情旋涡，他还会有平时的清静和安宁么？

姚征冬想起八十年代时，有位学者写作了一本婚姻心理方面的畅销书，一时间名声大振，可没多久，就因同时玩弄十几个崇拜他的女性，锒铛入狱。他现在和厉言菁与舒宇虹之间的关系，不也形同犯罪，不也要被人视作流氓么？幸好这一切只有他自己知道，幸好厉言菁和舒宇虹都是心甘情愿的，他没有胁迫过她们。这是他作为人的两面性的充分表演。作为一名学者，他研究过两面性，他曾经认为自己不至于堕入这种两面性之中。可如今他恰恰陷入了两面性的罗网。

走进华都大楼，他不是来探究林月之死的原因的么？他不是进一步想要探究华都大楼的神秘传说么?

没想到，调查情况、了解真相的进展不大，自个儿却坠入了感情的陷阱，铺满了鲜花的甜蜜的陷阱，他的心地怎么会变得如此肮脏，如此见不得人，他的行为怎么会变得这样下流无耻啊？这难道是他这么个时常在报纸上洋洋洒洒地发表论文、被电台请去当嘉宾、上电视侃侃而谈地评介社会现象的社会学家该干的事么?

姚征冬被自责的思绪骚扰着，震惊地站停下来，可这一切不又都实实在在地发生了么?

车流在他身边的马路中央滚动。姚征冬沉浸在矛盾自责的思绪中不能自拔，走到街沿边，扬手要了一辆出租，坐了进去。

## B

雷家田大声叫门的那一瞬间，厉言菁惊得心都跳到了喉咙口，整个人僵滞在那里，四肢颤抖着无所适从了。头发也好像被人一把扯紧了。

及至看到姚征冬提起了衣裳，她才灵机一动地想到了储藏室通隔壁的小门，平时用铜搭扣牢牢关死的小门。

她心中有了底，当即故意放开嗓门回答了雷家田，让姚征冬从小门里脱身。重新慌慌张张地扣上铜搭扣，她一边穿衣衫，一边迎了出去，垂着眼睑、屏住呼吸给丈夫开门，语气平静地询问着："今天这么早回来啊。"

"你在小屋里干什么?"雷家田一面低头换拖鞋，一面随口问着。瞅他的神情，丝毫也没有半点怀疑。

"太闷热了，我洗了个澡，走出浴室穿衣时，看见气窗上头晃过一个人影，我就拐进了小屋。"厉言菁带点怨气地说着，指了指气窗。

气窗上头有一条走廊，此刻走廊上空无一人。

这种事在以往的生活中也曾发生过，但她从未和气量狭小的雷家田说过。

雷家田仰起脸来朝着气窗细细地看了两眼，转过头说："以后你洗澡，应该把衣裳拿进浴室去换。"

厉言菁“嗯”了一声，雷家田随手拿起放在沙发上的《羊城晚报》翻看，这是他每天回家的例行公事，报纸上有申请去美国移民的序号，自从全家三口申请了移民美国，最关心的就是这件事了。开开的读书成绩，厉言菁的下岗，对他都无所谓了。雷家田的父母都在美国，就家田一个独养儿子，一心一意盼着他们申请移民成功，一家老少三代五口人能在美国团聚。

“你发现没有，”雷家田一边看报纸一边笑着对厉言菁说，“近来走得特别快，照这个速度，有大半年光景，就轮到我们了。”

“是啊。”厉言菁淡淡地应了一声。一提这个话题，她就觉得心烦意乱。原先她和家田、开开一样，一门心思等待着能尽快地办理赴美手续，她已经下岗，年过四十，在上海还有什么盼头，不如到美国去拼搏一番。可这些天，情况完全变了，她和姚征冬一往情深地恋爱上了，他虽然还没正式开口，事实却明显地摆在那里，他们爱得难舍难分，恨不得二十四小时不分开，现在就搬到一处去住。每次离别，总是像初恋的情人般依依不舍地吻了又吻，拥抱了又拥抱，对于离了婚孤身一人居住的姚征冬，这是没有任何问题的。

问题将取决于她。她有丈夫有儿子，三口之家一向是和睦平静、相安无事的，突然间提出离婚，岂是一件容易的事情。

她若是向家田提出来，不要说他会吃惊，就是儿子，恐怕也接受不了这一事实。而如若她下决心提出离婚，那么美国当然是不会去了。

雷家田看她兴致不高，走进厨房找出钳子、扳头，在手里晃了晃，对她说，今天厂里要他到虹口联系一项业务，哪晓得骑着自行车刚刚摆渡过江，自行车铰链就松脱了，他把车子推到离家很近的那个车摊上修，怕修好了半路上又坏，干脆回家来带上工具，有备无患。说着，拉开屋门又下楼去了。

看着他的背影在门口消失，呆痴痴坐在椅子上的厉言菁“怦怦”直跳的心才稍稍平静下来。她太紧张了，紧张得浑身出了汗。听着雷家田走进电梯下楼，她的心里又有些不忍。实事求是地说，除了性事上不能令厉言菁满意，除了日常生活中有些小气之外，雷家田是个好人，老实人，大大的老实人，要不，怎么会进厂时是个工人，现在还是工人一个呢？听他自己时常说，和他一起进厂的那些个师兄、师弟们，最差的也当上了工会副主席，最能干的已经当上了副局长、公司经理，天天轿车接送了。二十多年了，他却仍在原地踏步，而且还安于现状。想想也真叫窝囊！

刚才听见他回来的喊声，厉言菁慌得手足无措，倒不是怕他，而是怕伤害他。自从和姚征冬进入了如胶似漆的情人关系，厉言菁冷静下来时也想过，一旦雷家田知道了这件事，会是怎么个态度？其实不用想，厉言菁也预料得到，他不会叫，也不会闹，肯定是听天由命。如果她提出离婚，他当场就会说：钱怎么个分法？他脑子里盯得最紧的，不过就是钱罢了。伴着这样的男人过了将近二十年，想起来厉言菁忍不住会双眼噙泪。

婚姻的质量这么差，生活实在是极无滋味的。

和姚征冬的相爱一下子给她的生活增添了浓墨重彩的一笔，这些天里，她脑子里灌得满满的，全是姚征冬的形象，真是闭上眼睛他的脸貌浮现在跟前，睁开眼睛仿佛他就在身边。只要空闲下来，她的每一分钟都在想他。似乎她这一辈子从来没和人恋爱过。

今天就是她主动约他来的，开开他们高中里的男女同学相约着去游杭州，还要去富春江，说是桐庐那里又有了旅游新景点，别致的小木屋，温馨而又自在，很有情趣。他们要在外面住两夜，而雷家田每天不过下午的五点钟，是不会到家的。想象着他们可以在一起无拘无束地待整整一下午，充分地享受两人世界的欢悦，她迫不及待地给他打了电话，把他约来了。其实那天她第一次到他的家中去，还只是三天前的事情，他们在一起度过了相当轻松和愉快的大半天，可仅仅相隔了没几天，她却像是和他分别了很久很久一样，迫不及待地想要依偎在他的身上了。

她贪恋着和他在一起时充满温馨和刺激的幸福，她陶醉于和他亲密无间地搂在一起时的美好感觉。万万没有想到的是，雷家田会在下午出其不意地突然回到家中。

现在家田走了，厉言菁的心又情不自禁地牵挂着姚征冬了。

还不知他的遭遇怎么样了，他溜进了306，不知是不是见到了舒宇虹，那个神经错乱的美丽女人。前两天去核对306的户籍人口时，厉言菁问过开电梯的冷大姐，306有人么？冷大姐用不屑的语气说，去不去都没关系，306就一个人，一个神经病。你去问她话，真正是大舞台对过——

厉言菁见她笑着不往下说，忍不住问："怎么了？"

"天晓得呀，"冷大姐嫌弃地一摆手说，"一包气，你讲三句话，她也答不出一个字的。”

厉言菁刚接手居委会的这一工作，她承诺要一家一户地去核对华都大楼里的每个家庭，还是敲开了306的门。

舒宇虹真是一个非同一般的绝色美人，剪着齐耳短发，一双大眼睛坦率地瞪着人，厚实红润的嘴唇不说话都显得特有表情，浑身透着女人的性感和妩媚。尽管她看上去和自己年龄相仿，但她容貌的那种冷冷的美，仍然令厉言菁暗暗惊讶。

不和她讲话，你感觉不到她有病。开门时，她虽然没问什么事儿，但她脸上询问的表情，已代替她问了。厉言菁对她说明了自己的来意，还特意告诉她，自己就住在她的隔壁305，是她的近邻，让她尽管放心。厉言菁还提出了自己的疑惑，为什么306房产的主人是罗卉，而住在这儿的，却是她舒宇虹？她们之间，是什么关系？房东和房客的关系呢，还是朋友之间借住？

舒宇虹笑了，她面对厉言菁的问题，一概以摇头作答。待她问完了，舒宇虹才慢吞吞地答出一句话来：“罗卉来了，都晓得了。”说完了她又笑。她的笑容会令你诧异。

光听她这么说，也不能认定她有精神病。不过，厉言菁从她的眼神、脸部的表情，笑起来的肆无忌惮，整个儿的形体语言，也觉得她有异于常人。

厉言菁没有和她多说下去，她关照了冷大姐，哪一天306的罗卉来了，务必要告诉她一声，以便于她和罗卉亲自谈一谈。

姚征冬突然闯进306，不知有没有撞见舒宇虹，或者是被舒宇虹发现。从小屋那边，没听见惊叫声，想来不会有什么意外。若是舒宇虹正巧不在家，那就最好，姚征冬可以神不知鬼不觉地脱身。她若在家，没有大惊小怪地闹起来，不知发生了一些什么？舒宇虹会不会把姚征冬当小偷呢？

厉言菁走进小屋，侧耳细细地倾听了一阵，什么动静也没听见。她回进屋里，拨通了姚征冬的手机：“喂，征冬，你在哪里啊？”

“我在出租车上。”

“回家么？”

“是的，快到家了。”

“你穿过306，碰到麻烦了么？”

“哦，没、没有。”

“女主人在家么?”

“在，我只瞟了一眼，她躺在床上，睡着了。我就轻手轻脚打开门，下楼离开了。”

厉言菁想象得出姚征冬蹑手蹑脚穿过306的情形，她长长地吁了一口气：“阿弥陀佛，总算安然无事。征冬，真对不起，让你受惊了。我真的感到歉疚。”

“你怎么说这话呢，这是我们双方的事情。要说受惊，你受的惊吓更大，他问你了?”

“什么事儿也没有，他又走了。”

“走了么?”

“走了，待了只一会儿，就走了。我只是担心你，真的。”

“这样的经历，简直像历险记，哦，历险记都不能相比，我真的……真是难以忘怀。”

“你还是受惊了，回到家，好好休息一会儿。”她对着话筒，发出响亮的亲吻声，“拜拜。”

“再见。”他也挂断了手机。

时间还早，一整幢华都大楼里静悄悄的，也听不见常有的嘈杂声。

厉言菁波动不宁的心平静下来，没什么事做，她又取出从居委会领来的登记本，趁这段时间去走访华都大楼里白天在家的居民。

陈旧老式的电梯正停在三层。厉言菁走进电梯，冷大姐端坐在高椅上，低头看一本时尚杂志，见她进来，微笑着抬起头问她去谁家，她说想去607的姜子道家。

冷大姐说：“你在607找不到他的。”

厉言菁问：“他又出去了?”

“没有，”冷大姐笑出声来了，颇有深意地眨着眼说：“他没有离开华都，不过不在自己家里。”

“那他在谁家?”

“在他喜欢去的人家，你不要闯去坏了人家的好事。”

好说笑的冷大姐话里有话，厉言菁知道这话不能问下去了，冷大姐却仍在自言自语：“别看姜子道年纪一把，他的怪事儿多得很。没听说林月死的前一夜，华都大楼里尽出怪事么？他就是出怪事的一个人。”

厉言菁问出了什么怪事，冷大姐说：“他在楼里梦游。笑话，梦游？什么梦游啊！他是无法解释自己为什么三更半夜出现在阮莉住的楼层里，鬼扯说自己梦游。”

阮莉？阮莉不是那个做服装发起来的女人么？厉言菁还听说，这个女人曾因为出入宾馆勾搭男人，进去过。

“就是她，她的事你听说过么？”冷大姐凑近厉言菁，轻声问。

厉言菁点点头：“不是说她出来后，改邪归正，正儿八经地做生意了么？”

“是啊是啊，发起来以后，也不知道怎么搞的，就和老伴去了美国的607搞上了。这件事在华都大楼是公开的秘密，现在的世道啊，真正叫人开眼界，大开眼界，你想想，一个是正正经经、过去总是教育人的老干部，一个是山上下来的女人，嗨，竟然也……哈哈哈，你说好笑不好笑？”

厉言菁点了一下头：“世道真是变了。那么，607的老伴，回来了怎么办？”

“不会回来啦！”冷大姐用肯定的语气道，“你不知道呀！那个去美国的老伴，和607也不是原配。去了美国以后，勾搭上美国有钱的老头儿了。607是无奈啊！”

厉言菁“噢”了一声，说不出话来了。在华都大楼，冷大姐是出名的热心肠，更是明白人。知道什么该说，什么不该说。什么能说，说到啥程度。她不说了，厉言菁也就不往下问了。

联想到姜子道是个老干部，不便在背后议论人家，赶紧改换话题，问冷大姐：“那么702的连茵芸老太太在么？”

她准备去访问的人家，都是社保登记处特意画出来，认为有疑惑的户头，让她重点把这些人家核对清楚。

“在的在的，她就在顶层阳台上看风景，我送你上顶层去吧。”

厉言菁说：“好的，从我嫁到雷家，只看到702住着连茵芸孤老太一个人，可她的户籍簿上，却写着两个人，是怎么回事？”

“你嫁给雷家一二十年都讲不清楚，我到这里开电梯不过五六年，怎么弄得清楚。你还是问老太太去吧。”

说话间电梯已到了顶楼，“壳通”一阵响，陈旧的电梯门打开，厉言菁到了顶层阳台。

风吹起了阳台上晒着的几床被单衣物，“哗啦啦”作响，西斜的阳光被附近的高楼挡去一片，阳台上有一大片阴凉的地方。

连茵芸老太安详地坐在轮椅上，手里拿着一本杂志样大的文稿，大约是读得累了，正眺望着南面的风景出神。

厉言菁叫了一声连阿婆，走近她的身旁。

“哎，言菁，听说你找过我。快来，在这儿坐，蛮凉快的。”连茵芸说的是一口糯糯的苏州口音，光是听那爽洁热情的语气，都会让人觉得这是个小姑娘。她的手指着一只油漆已脱尽了的凳子，示意厉言菁坐。

这是一只老式的小凳子，不知哪家放在阳台上，以便垫脚晾晒衣物的。厉言菁把凳子拉近连茵芸的身旁刚坐下，瞅着连阿婆手里的书问：“你读的什么书呀?”

连阿婆把手上的书往厉言菁面前一放，“还没成书呢。是人家编来准备出的书，征求我意见的。”

厉言菁看了一眼稿名：《上海在中国和世界的地位》，忙说：“连阿婆，你真了不起。退休在家这么多年了，还有人来征求你意见。”

“这有啥呀，哈哈，随意翻翻罢了。”连茵芸指点着周围的景致说，“我喜欢这阳台，坐在这里，人就仿佛置身于上海的历史之中。”

厉言菁时常到阳台上来晾晒东西，嫁到华都大楼快二十年了，还是第一次听到这样的说法，她“噢”了一声，忍不住问：“阳台上能看到上海的历史?”

“是啊，你看，”连茵芸显然很喜欢有一个交谈对象，她的手往南面一指：“看见了么，那一整片青色的瓦顶，有飞檐翘角的——”

“那不是老城隍庙嘛。”

“是啊，所谓七百年的上海，就是指老城厢而言。过去的小学课本上，说七百年前的上海，只是一个小小的渔村，那是不准确的。七百年前今天的海潮路那一片，就是县衙门。那是隶属于松江府的上海县，县城怎么会是小小的渔村呢?”

“是啊!”厉言菁说，“我小时候，课本上也是这么说的。”

“误人子弟啊。今天的松江是上海的一个区，古人曾说：‘纺不尽的魏塘纱，织不尽的松江布。’承认松江也是上海，那么元朝时期的松江府，至今就有近一千二百五十年的历史了。”

“让你这一说，连阿婆，我脑子里就清晰了。真到外国去，我就可以对外国人这么说。”

“记上海的历史，还要记住两个时间。”连阿婆竖起了两根手指。

“快讲给我听，连阿婆。”

“一个是五千九百年前，青浦崧泽一带，已有最早的上海人在那里生活。”见厉言菁是真心想听，连茵芸转过脸来端详了她一眼说：“还有一个是一八四三年，近现代上海的历史，就由此开始书写。”

“那么上海这块地方，究竟是怎么来的呢？”

“说来话长，言菁啊，南北朝时期，今天的南市一带成陆，地势平缓，是典型的长江三角洲冲积平原。那时，黄浦和上海浦汇合于吴淞江南面。宋代以后，浦西一片形成居民村落，后来发展成市镇。明朝初年，又拓宽范家浜，形成黄浦、范家浜、南跄浦组成的新河道。也就是上海今天的母亲河，黄浦江。你不是想了解华都大楼的百年演变嘛。弄清楚了这些情况，讲华都就方便了。”

真是一个明白人。厉言菁暗自忖度着，连阿婆不但晓得为什么要找她，甚至连自己很想听听华都大楼百年的沧桑，她都了解了。她连忙说：“连阿婆，我太喜欢听你说古论今了。你说。”

“我为什么要你记住一八四三年呢？这一年，根据中英《南京条约》，五口通商，上海被辟为通商口岸开埠，英国人擅自规定吴淞江口，就是今天的外白渡桥到洋泾浜，也就是我们今天的延安东路之间，一共一千一百六十八平方米的黄浦江面，作为他们洋船停泊区。”

“这一段不就是我们的外滩么？”

“就是今天的外滩。现在上海要建设南外滩、北外滩，那么，这一截外滩就可以说是外滩的源头。”连茵芸接着说，“又过了两年，一个叫巴富尔的英国人，认为老城隍庙的旧县城束缚了上海的发展，他利用自己是英国驻上海领事的身份，经和上海道台宫慕久交涉了两年，商定了所谓的《上海土地章程》，由此议定了黄浦江以西，延安东路以北，北京东路以南，河南中路以东的八百三十亩土地，租给英国商人建屋居住。”

“外国人真精，”厉言菁感叹地说，“他一圈就圈了最好的一块地皮。”

“是啊，”连茵芸点着头说，“所以你要记住，十九世纪的五六十年代，典型的移民城区上海滩，就是由这一片外滩为主的地块为发端地，逐渐向西发展起来，到十九世纪七十年代，慢慢延伸到了今天的浙江路，二十世纪初，已达西藏路。后来就越来越向纵深扩展，形成人们习惯说的十里洋场。十里、十里，就是从外滩到静安寺，正好十里路。”

“为什么光往浦西发展，不往浦东发展呢？”

“浦西人口稠密，气温比浦东高一二度，还有，就是风水先生说的了，那时的风水先生说，浦西风水比浦东那边好。”

厉言菁忍不住问：“那么，外滩的那么多房子，就是英国人那时候开始造的？”

“不，”连茵芸摆了摆手，“外国人最早在外滩造的那些堆栈似的房子，并不好看，现在也只能在图书馆的旧照片上才能看到了。所有今天在外滩见到的房子，全都是在十里洋场上发了财的外国人和一小部分中国人造的。他们把最早造的那些不好看的房子翻掉，重新造起紧跟当时世界潮流发展的、富丽堂皇的高楼大厦。华都大楼，就是在二十世纪初造起的一幢供达官贵人居住的公寓。不过，定名叫它华都，就因为它是中国人出的钱，中国人造的，造的一点也不比外国人差，不比同时期洋人造的楼逊色。”

“一百年来，听说华都大楼有很多故事呢。”厉言菁不知不觉地把话题绕到了自己感兴趣的地方来，“电台的节目主持人林月死去以后，大楼里就有人说，406这套房子有鬼，三十年代、六十年代，都在里面死过花容月貌的美人，是真的么？连阿婆。”

“传得活灵活现的呀，”连茵芸一抬手，脸上白皙细腻的皮肤皱拢来微微地颤动起来，声气发抖地说：“那套常常被人非议的406，三十年代确实死过一个女人！”

厉言菁见她没说下去，轻声问：“那时候，你住在华都大楼么？”

连茵芸闭上了眼睛，点了一下头：“我一搬进来，就住在702室。一住就是七十来年。”

“那你一定知道406的事。”

“知道，陈谷子烂芝麻了，不过和今天的故事有些相像罢了。”

“相像?”

“是啊。不是听说，今天的上海，一些富豪的公寓楼里，什么古北新区啊，什么佳景、丽景、美景别墅啊，都生活着一些金丝雀嘛。”

“连阿婆什么都晓得。”

连茵芸嘴角透出一丝笑纹：“报纸杂志都登了，我还能不知道？三十年代时，住在406的那个女人，叫庄欣娜。一住进来，在电梯里上上下下，就引得华都住户议论纷纷。看她衣着华丽高贵，说她是交际花嘛，除了看戏，她深居简出，几乎和外界无甚交往；说她是贤妻良母嘛，实在称不上，况且她也没个丈夫儿女……”

“那她是什么人?”

“住不多久，她的身份就明显了。隔三岔五地，总有一个四十挂零的男人，进出406，有时待半天，有时待一整天，有时在406过夜，有时不住在这里。华都大楼住户的眼睛，都是一双双上海精怪人的眼睛啊，从那男人的衣着打扮、风度气质，一眼就看得出来，这是一个吃价的男人、有身份的男人。庄欣娜呢，是这男人的外室无疑。”

“旧社会，这种事不是很普遍嘛。”

“是啊，华都大楼的住户，司空见惯了。但是那个男人，很快就被人认了出来。”

“他是谁?”

“不说没人知道，一说出来吓人一跳。他竟是上海滩当年大名鼎鼎的买办严泳臣，家财万贯啊。在那时候，严泳臣的发家史，也像上海滩三大亨黄金荣、杜月笙、张啸林的流氓传奇一样，传得神乎其神，让人羡慕不已的。严泳臣对庄欣娜，可谓恩宠有加，百依百顺。庄欣娜要什么，严泳臣就给她什么。”

“条件这么好，庄欣娜又是怎么死的呢?”

“严泳臣再是百依百顺，可也分身无术啊！他要做生意，要在场面上应酬，要在生意场上摸爬滚打，应付四方八面的关系，容易么?”

“这倒也是。”

连茵芸淡淡一笑：“这大人物有大人物的难处啊，严泳臣忙完了回到家来，还要应付家中已娶的三房太太，一周之中，他最多只能到华都来两次。其他五天时间，庄欣娜都是百无聊赖，她终究年轻，精力充沛啊，怎么可能一天到晚像刚生下孩子的舍姆娘似的待在家里。她有空就打扮得花枝招展地出去看戏、看电影。住在华都大楼，最为便利的一件事，不过就是吃喝玩乐了，这附近，有被称为世界主义化的南京路，有让人形容为租界里的华界的福州路，有报纸标榜东方华尔街的江西路，一式巍峨的高楼，大型的花岗岩墙体，坚固的铜铁门。说到底，就是饭店多、酒家多、妓院多、百货店多、豪华场所多、戏院子多，再有就是电影院多，白相地方多。投机、应酬、恐慌、紧张过后，人就需要消遣和放松。她原本就是个京戏迷，天天去看戏，看着看着，就看上了一个戏子，一个刚崭露头角的名角儿。名角儿也不是根木头啊，天天在台上看见了她，有机会就向她飞媚眼。起先，只是眉来眼去地暗送秋波，只要有那个名角儿的戏，庄欣娜像着了魔，逢场必看，去看必定送上漂亮的花篮；遂而两个人就有意识地同到一个店里吃夜宵，有了见面机会。见过面，说过了话，你有情来我有意，他们就开始悄悄地在外面幽会了。那年头的幽会，和现在一样，无非也是喝茶、喝咖啡、看电影……”

“哎呀，”厉言菁忍不住叫了起来，“连阿婆，这些枝枝叶叶的细节，你怎么都晓得啊？”

“噢，”连阿婆不觉一怔，继而笑了笑说，“怎么不晓得，都这样在传啊。发展到后来，名角儿就按捺不住，干脆跑到华都来了，开初还是偷偷摸摸的，避着看门的印度人，那时叫‘红头阿三’的，也不坐电梯，步行上楼。过了些日子，名角儿来得比严泳臣还要勤了，邻居们都在说：这不是鸠占鹊巢了么，要出事。还有好事的人当面去对庄欣娜说，这样下去，不会有好结果的。可庄欣娜对那个年轻貌美的名角儿，迷得神魂颠倒，哪里听得进去呀！再说那名角儿确实也会待女人啊，庄欣娜只要见了他，就眉开眼笑，啥都记不得了。华都大楼的人没说错啊，没隔多久，果不其然，事情越发展越厉害了。有好几次，严泳臣这头前脚刚走，名角儿那头后脚就赶场子一般到了。华都大楼里的住户都在看白戏，暗自觉得好笑，看上海滩赫赫有名的大老板严泳臣的笑话：不怕你钱多得莫佬佬、花也花不完啊，你还是被小白脸的名角儿戴上了一顶不大不小的绿帽子。严泳臣呢，是人老了感觉迟钝真糊涂，还是装聋作哑，没有人讲得清了。总之，看他进出华都大楼的模样，喜滋滋乐呵呵的，仍是蒙在鼓里一般，啥都不晓得，照样每周来两次，照样对庄欣娜有求必应。买好多的衣裳、好多的化妆品、好多的金银首饰翡翠珠宝哟！”

“如此精明之人，会一点风声听不到？”厉言菁两眼眨巴眨巴，不相信地瞅了一眼远处，自语般问。

“你听我往下说嘛。”连茵芸轻轻地在厉言菁的手背上拍了两下，接着说，“突然有一天，消息传到华都大楼，与庄欣娜有情的名角儿在散戏回家路上，有的说是吃完了消夜的回家路上，其实这都无关紧要了。反正是夜深人静的回家路上，他悠悠然地坐在黄包车上，跷着二郎腿，被人出其不意地掀开帘子，劈头盖面撒了一脸的石灰……”

“哎呀！那怎么办？”厉言菁惊叫起来。

“怎么办，两眼当场瞎了呀。这种事，旧社会多着呢。”

“后来呢？”厉言菁问这话的时候，直觉得心惊肉跳。不知为什么，她想到了自己和姚征冬的关系。

“后来的事嘛，猜也猜得到的。不足一月，名角儿就被逐出了梨园戏班子，流落街头。以后再没了他的音讯。庄欣娜闻讯浑身颤抖，失了魂一般，天天在406以泪洗面。华都大楼里有说她可怜的，也有说她活该的，活得好好的，有人管着你吃、管着你穿、管着你玩儿，你凭什么还要偷偷养一个小白脸？这不是吃里爬外是什么，这不是犯傻作践是什么，一时传得天花乱坠，争得面红耳赤，谁都不会想到，又出事了！”

“出什么事？”

“那一日，什么预兆也没有，进进出出华都大楼都是昂着头、从不和人打招呼的严泳臣，出乎意料地挨家挨户询问，看见庄欣娜没有？答话的人有说没见的，也有人说昨天还见她下楼的，还有人称在楼道里见过她的，打扮得好漂亮。就是没一个讲得清她去了哪儿。众人讲完了，严泳臣脸色一变，双手一摊，说他走进406，一切全和以往一样，就是不见人！找遍了也不见人，甚觉奇怪，故而特向邻居们来打听。于是，华都大楼的住户都知道，庄欣娜失踪了！又是一番猜测，怎么猜的都有。两天后，庄欣娜的尸体在黄浦江中被捞了起来……”

“哎呀呀，连阿婆，你这一说，我怎么越听越像是前两年在古北新区发生的一个故事。”厉言菁打断了连阿婆的话，惊叫起来。

连阿婆眼皮连连地眨了又眨，困惑地问：“前两年，有这样的事？”

“我是说像啊。说是一个台商还是港商，噢，对了，是个日本商人，养了一只金丝鸟。在日本人回国去时，金丝鸟又和一个小区里的管道工勾搭上了。你想想，这种关系，会有什么好结果，最后的结局，也和你讲的事差不多。”

连阿婆点了一下头说：“历史啊，不讲远的啦，就说我这一辈子吧，有时候真的会演出很多惊人相似的故事呢！”

“那么，后来呢？连阿婆，庄欣娜死后，又怎么样了？”

“消息传来，华都大楼里当然又是一番议论啰。”连阿婆接着道，“人们说这女子痴情，为那名角儿殉情而死，实在不值得。可后来一张小报披露，庄欣娜不是自杀，不是殉情而死。她是被包了饺子……”

厉言菁忍不住问：“什么叫包饺子？”

“就是人被塞进麻袋，捆绑得严严实实，丢进了黄浦江。”

“好惨！”

“是啊，从那以后，华都大楼就形成了一个不成文的规矩，只要哪家挨家挨户地找人，就是不祥之兆，就要死人。”

厉言菁内心一惊：冯小末挨家挨户地找晶晶不多久，小姑娘不就死了么？这华都大楼……

厉言菁不敢往下想，接着问：“那么，她……我是说庄欣娜，是被谁谋害的呢？”

“信奉各人自扫门前雪的华都住户，虽有好奇心，可没一个人会主动去弄清这个问题。当然，华都大楼内外，猜测多得不得了，说什么的都有。”

“有人怀疑严泳臣么？”

“怎么会没有，可庄欣娜的后事，全是严泳臣一手操办的。葬礼上，这老头儿哭得好凶，站都站不稳，就更没人说闲话了。”

厉言菁愤愤道：“可我总觉得，这一对恋人的悲剧，和严泳臣有关。”

“不要把人想得那么坏呀，”连茵芸转脸瞅了厉言菁一眼，用历经沧桑的过来人语气说，“说他是买办出身的官僚资本家嘛，日本人打进上海的汪伪时期，他又断然停了生意，拒不和日本人合作，真正做到了深居简出，大有民族气节。现在被人吹捧得了不得的张爱玲，不还嫁了个汉奸嘛!”

厉言菁不由点头：“人啊，真是复杂的。”

“和巴结日本人的商人比较，人们说严泳臣爱国，说他和美英亲、恨日本人，说他归根结底是害怕万贯家产被敌伪敲诈勒索。唉，那个年头，绑票杀人是家常便饭，真是人心惶惶啊！我记得第一个被绑的，是做固本肥皂起家的五洲大药房老板项松茂，报上说他那一天刚走出租界，就被绑走了，没几天就传出死讯。遂而又是中国化学工业社的老板兼总经理方液仙被绑，要晓得此人不仅是老板，还是中国著名的化学家，他经营的三星牌蚊香和牙膏，直到解放后的上海滩还很吃香呢。就是这样一个著名人士，坐自备轿车刚出家门，就被人绑票了，同行的保镖头上吃了七颗子弹，满脸是血，当场被打死。方液仙又挣扎又狂叫，也被打伤。三天之后就被活活折磨而死。家属光为赎回方液仙的尸体，就花了十万。以后又接二连三地传来绸业银行的卢允之、银行界人士许建屏被绑案。要晓得，这些人，过去和严泳臣都是社交场合、商场酒桌上时常见面的朋友，地位不相上下的。严泳臣何等聪明之人，他能不怕么？可以说他整天都在想着这事，待在家里难得出一趟门，连汽车也不敢坐了!”

“汽车也不敢坐？”

“是啰，长夜难眠，终日枯待在家中，整天里担惊受怕，愁肠百结，精神渐渐抑郁，坐立不安，终于有一日，也像庄欣娜一样，事前什么预兆都没有，他突发神经病，出门以后，一头撞到马路上疾驰的汽车自杀了。”

“真的么？”厉言菁万没想到会听到这么一个结局。

“还会有假？”连茵芸无声地笑了笑说，“旧社会嘛，这都是些有头有脸的人物，你去翻翻当年的报纸，都有报道的。好了，雷家新嫂嫂，闲话扯得很远了，说吧，你找我，想问清我家的什么事？”

“噢，连阿婆，进进出出的，我们都只见你一个人。”厉言菁用不经意的语气说，“你的户籍登记册上，怎么是两个人呢？”

连茵芸脸色坦然地道：“另一个是我外甥的儿媳妇，她把户口登在我这里，就是等着我死，想继承我 702 的房子。”

“噢——”厉言菁的语气拖得长长的，一下子恍然大悟。这么简单的事情，她怎么就没想到呢？她忍不住问：“那么，她要房子。怎么就不来照顾一下你呢?”

“算了算了，我也不要她的照顾，省得看她的脸色。还是请一个保姆，比生闲气强。怎么，这就是你要问的?”

“要核对的。”厉言菁点头解释道，“如果把她登在华都大楼，她实际居住的长宁区那一边就不要重复登记。如果登在长宁区那一边，我们这头就不登记了，现在的上海，人户分离的现象逐渐严重，怕搞错。”

连茵芸连连颔首道：“我明白了，打一个电话联系以后，再告诉你。”

“那就麻烦连阿婆了。”厉言菁起身扶着连阿婆的轮椅问道，“在阳台上坐久了，要不要我推你下去?”

连阿婆向她摆了摆手：“谢谢你了，到时间，保姆会来的。你先下去吧。房间里闷得很，还是这儿爽气，我还想坐一会儿。”

厉言菁走进下行的电梯，冷大姐诧异地问：“核对一下人数，你有那么多的话跟连阿婆说?”

“啊呀，不接触不知道，”厉言菁深有感触地说，“一交谈啊，真叫有文化。华都大楼的典故，她都晓得。”

“她当然晓得啰，”冷大姐说，“她这一辈子，都是故事。”

“什么故事?”厉言菁的好奇心又被好说话的冷大姐逗了起来，平时，住在华都大楼里，她从不爱打听东家长西家短的。

冷大姐的身子往厉言菁面前凑凑，神秘地说：“你晓得她是怎么瘫的么?”

“不是年老瘫的身子?”

“她身上没病，两只脚筋是被人挑断瘫的。”

“啊!”厉言菁望着冷大姐有点得意的脸色，不由大吃一惊，如此安详端庄的一个老人，人生中竟有这样惊心动魄的经历，忙问那是怎么回事。

“我也讲不清，你自己设法打听吧。哎，你是回家还是……”

“我想去512，他们家有人么?”

“巧了，今天曹家两口子，先后都早早回来了。作孽啊!”

厉言菁知道，冷大姐又把话题扯到曹家晶晶的死上头去了。

电梯到了五楼，厉言菁来到512门前，揿了一下电铃，把脸侧到一边，她没有听到脚步声，也没有听见说话声和其他动静，正在疑惑，冷大姐不是说他们两口子都回来了么，怎么不应声呢？她忍不住又摁了一下电铃。

不料手还没放下，防盗门里面的那扇木门开了，冯小末冷若冰霜的脸出现在防盗门后：“有事么？”

“是这样，我在帮助居委会核对住户人口。这个……”一见冯小末这副模样，厉言菁就感到自己来得极不是时候，她咽了一口唾沫，勉强把话说完，“你们家要没有暂住人什么的，我就照你们现在的实际情况上报了。”

“不用报了。”

“为什么？”

“晶晶死了，还需要报么？”

“她当然不报了。你们还是要报的……”

“也别报了。”

“核对以后，将来要发放社保卡的。”

“那就请便吧。”

说着，冯小末随手关上了门，就在门合上的那一瞬间，厉言菁只觉得一股阴气扑面而来，她一抬头，看见冯小末身后，曹宏炎的身影一闪而过，她只看见曹宏炎瞪得很大的一双愤愤然的眼睛。

转身下楼的时候，厉言菁直懊悔不该在这一时刻去找冯小末。除了明显地感觉到的那一股不欢迎她的阴气，她还有一种说不出味道的不适，一种不祥之兆。

晶晶死了，只要注明已亡故就行了。可家里明明还有两个大活人，冯小末为啥也说不要报了呢？真不好理解。

从宽敞的楼梯走回到三楼时，电梯门恰巧打开，从电梯里走出一位气质高雅、服饰讲究的女士。

坐在电梯里的冷大姐一眼看见厉言菁，忙扬手叫道：“厉言菁，你不是要找306的主人么，她就是罗卉。有什么事情，你问她，就全搞清楚了。”

## Ⅱ

听说有人找，罗卉缓缓地转过身来，一眼看到一位身材娇小、脸容俏丽的女子，正朝着自己很得体地微笑说：“你就是306的罗卉么？”

罗卉不认识她，便也报以淡淡一笑，轻声问：“有事么？”

她说她叫厉言菁，就住在305，是近邻，目前在为准备发放社保卡核对华都大楼住户的准确人数。她想知道，306这套房，是登记一个人呢，还是登记她和舒宇虹两个人？

罗卉告诉她，自己另有住处，就登记舒宇虹一个人吧。

厉言菁显然存在疑惑，为什么不登记房主，反而登记一位房客的名字。但她没多问，只是提醒罗卉，应该及时通知舒宇虹的户籍所在地，不要发生重复登记的情况。

罗卉请她放心，不会发生这类情况。

厉言菁微笑着转身回到了305室。

罗卉开门进屋，屋子里静悄悄的，她不由嗅了嗅鼻子，屋里有一股从没有过的异味，她从来没有闻到过的味道。直觉告诉她，这屋里来过陌生人！

而且肯定是个异性。

她慢慢地走进里屋，看见舒宇虹背朝内躺在床上，睡得很熟。和她以往多次来的时候碰到的情形相仿。她凝定般站在屋中央，仅仅移动了两步，一眼看见了地板上的血迹。

不大不小的，一摊殷红的血迹。虽然已快干了，可那一片血痕，在清扫得干干净净的水曲柳地板上还是清晰可见的。起先她不认为这是血，她还以为是不小心滴落在地的涂料、颜料什么的，可她遍顾这一套熟悉的屋子，联想到屋子里从未有过的那股异味儿，马上想到了血，她对血的味道太敏感了。她忖度着，屋子里从来不曾嗅到过的这股异味，多半也是这摊血迹产生的。

这是谁的血呢？是舒宇虹不小心伤着了自己，还是……看她睡得这么安详的样子，一点也不像有什么地方被伤着了。那么，这是哪儿来的血呢，下意识中，罗卉已经猜着了，只是，多少年来，舒宇虹虽说神志不清，精神上有毛病，反应比常人慢半拍，可在料理自己的事情上，却从未出过差错啊。更别说她现在还处于恢复期，各方面都很正常哩。

但地板上的血，是实实在在的。在这个家中，血，只可能从她的身上淌下来呀。

罗卉简直不敢相信，会是那么回事。

可屋子里的异味，那一摊不时地晃在眼前的殷红的血，却又在告诉她，在这个家里，发生过她意想不到的事情。

罗卉真想立时推醒舒宇虹问一问，可她忍住了。她不想吵醒舒宇虹的酣睡，再说，以往的经验告诉她，舒宇虹睡得充足，记忆就会清晰。如果她睡都没睡醒，那么，反应就更迟钝，话也说不清楚了。

罗卉呆痴痴地坐着，细细地回想着刚才走进华都大楼时的每一个细节，从走进大门，等那座历史已很久远的陈旧的电梯，走进电梯时，过去在里弄生产组工作的冷大姐像平时那样，敬畏地问了一句："罗总来了。"

罗卉没怎么搭理她，只是淡淡地朝她一点头。遂而电梯上楼，走出电梯时又和隔壁那个叫厉言菁的女子对话，一切的一切都在告诉她，华都大楼里和平时一样宁静，不可能发生过什么事情。

那么，屋子里的这摊血，是怎么回事呢？

罗卉的眼睛里一片迷茫。为了保护舒宇虹和她自己的贞操，年轻的时候，她们付出了多么大的代价。可今天……她简直不能相信眼前发生的事情，她简直不敢想象在这套她视为十分安全的房间里发生了一些什么。

她不无茫然地仰起脸来，眼睛里看见的是山乡里的那一幢干打垒的泥墙茅草屋，那漏风的泥墙缝隙里塞着废报纸，山墙上头的茅草被风吹得"飒飒"作响。和她一起插队的十一个女知青都躺下了，把自己劳累了一天的身躯仰在竹笆床垫上，却又睡不着。讨厌的韩灵又以炫耀的语气叙述她那些得意的往事了。她的嗓音和她高高的个头、宽宽的肩膀一样浑厚，还带着一点磁性，一说话满屋子全听得见。其他的十个姑娘都知道，韩灵和她们不一样。她们都是学校里出来的六六、六七、六八届的学生，韩灵也是学生，也来自学校，可她是从工读学校出来的。

她是个"赖三"，那个年头上海人对女流氓的称呼。

她有事没事都爱说：我是过来人了，我什么都经历过，什么福都享过，什么好吃的都尝过，什么高级衣裳都穿过。国际饭店十四楼的孔雀厅，你们去过么？我去过！我还在乎什么，现在吃这点苦也值了。可惜的是你们，一朵朵花都没开，就到这穷乡僻壤来吃苦。等到熬出头，花都凋谢了，还能找什么样的男人啊。

最早她吹嘘的往往是吃过的高级宴席，国际饭店的北京烤鸭，扬州饭店的狮子头，衡山饭店的蚝油牛肉，南京路新雅的香酥鸭，梅龙镇的干烧明虾……在每天都以白菜、老南瓜蘸着盐巴辣椒水度日的杉木凼知青听来，这种精神会餐式的吹嘘，更具有刺激性。遂而她当然不会忘记炫耀穿过一件件什么高级衣裳，羊毛衫、皮靴子、全毛大衣、透明性感的丝光内衣、朋街服装商店的呢大衣。

不知从什么时候开始，她说起了和男人们的关系。谁都知道这很自然，韩灵就是因为当赖三出卖色相进的工读学校，她所谓的吃过穿过什么都享受过，就是因为她当过赖三，吃那些男人的，和男人玩儿过。

既然她要说，愿意说，喜欢说，知青们也就愿意听。她们的业余生活太枯燥了，她们的精神生活太贫乏了，听她说也是一种调剂。起先她只是说些一般的经历，如何给男人甩媚眼啊，怎么观察男人的心理啊，男人喜欢怎样的女子啊，女人要怎样才能讨得男人欢心啊，爱花钱的男人最喜欢在什么时候掏腰包啊，身为女人该怎么去吸引男人、控制男人啊，怎么样同几个男人周旋啊，和男人们打交道时要主动进攻却又不要自作多情，要寻找话题却又不要啰唆，要不动声色地施展魅力却又不要自惭形秽，要含蓄一点却也要有巧妙的暗示，要打消顾虑却也要谨慎从事，要充分显示个性却不必过分张扬。真不知道她哪里来的这么多经验和关于男人和女人的警句，比如她说，男人们在谈恋爱时，常常不懂装懂，男人们往往对女人的微笑和眼泪分不清真假，男人们吃醋的时候，往往说明他动心了等。说多了她就说漏嘴了，说起了第一次和男人亲嘴是什么滋味，第一次让男人摸身子时是什么感觉。

韩灵说这些话时都是在一片乌漆墨黑之中，女知青们劳累了一整天，回到知青屋填饱了肚子，四肢舒展地躺在床上，为省油，灯是熄了，却又睡不着，大家扯一些闲话。开头总是天南海北随便讲，讲着讲着，不知怎么的，韩灵自然而然地就成了主角。

那回她又以炫耀的语气讲到男人的手伸到她胸前的情形了，胆小的林璐“哎呀”叫出了声，用她那爱唱歌的好听嗓音忍不住问道：“那你怎么办？”

“瞧你大惊小怪的，老阿姐啥没经历过。”韩灵满不在乎地说，陡地提高了嗓门：“我装着什么都没感觉啊。”

“假的。”

“当然是假装的。其实我时时刻刻提防着呢。”韩灵用描绘的口吻讲起了男人探进她胸部时的感受，“不要以为男人都是粗暴的，乱摸乱捏的。会来事的男人出手都是轻轻的、柔柔的，那种感觉，我跟你们说实话，和我们自己摸自己完全是不一样的。适宜极了，惬意极了，比吃红烧肉还要舒服，真的，绝对的。”韩灵用了一连串的形容词。

茅草屋子里出奇地静，杉木凼山寨的夜晚，时而有几声狗咬传来，翻床引起的竹笆“吱吱嘎嘎”响听不见了，咳嗽声听不见了，连一张张床挨得太近时常可以听闻的喘息声也听不见了。

但每一个人都晓得，谁都没睡着，大家都静声屏息地体味着韩灵的话。她们都是妙龄少女，都有健壮的体魄和内心的渴念，都在忍受着青春的煎熬。可她们都是白纸一张，在对待异性的了解上，一无所知。自小到大，没有人跟她们讲过这样的话题，没有人跟她们探讨过青春期的烦恼和困惑。一旦偶尔触及这种问题，往往还没说什么，就会被斥之为流氓、无赖。

而在日复一日的插队生活中，杉木凼的十二个女知青，又都在寨子上感觉到了来自异性的男子汉们热辣辣的目光。

来插队以后，女知青们才听说，杉木凼这地方表面上看起来山清水秀，自然景色多姿多彩，可偏僻闭塞，蛮荒得远离通汽车的公路，好多人连县城也没去过，寨子上终究穷啊。世世代代居住在这儿的人们，自古以来就流传着一句俗话：“杉木凼是好地方，就是缺少大姑娘。”

后来还听说，到其他地方、其他寨子落户的知青，都是男女知青相搭配的，不是六男四女，就是四男六女，或者干脆就是五对五，之所以给杉木凼配清一色的女知青，就是因为大队支书兼革委会主任卢光飞强烈要求才答应他的。杉木凼是四清运动的典型，卢光飞又是四清运动中涌现出来的年轻干部，县里、地区都挂上号的，为了把杉木凼的强壮劳动力留在寨子上，使他们安心抓革命、促生产，彻底改变杉木凼的面貌，把杉木凼建设成又一个大寨式的村庄，支持卢光飞把杉木凼的工作做得更好，保证红旗不倒。他的这点小小要求，县里就满足他了。

十二个白净细腻、漂亮晃人的上海姑娘一到，顿时成了杉木凼男子汉们想当然的天仙美女，做梦也想娶进家门的对象。那些光棍汉子们甚至在坡上高声叫道：“上头给老子们送婆娘来啦！”

可别小看了杉木凼的汉子们，他们中有的初中毕业，大多数人只有高小毕业，还有些连初小也没毕业，不少人县城都没去过。但在追起女知青这件事情上，他们各自耍出了是人能想出的种种手段。况且他们还有那么多的帮手，到了后来，恐惧的罗卉只觉得一整个杉木凼寨子的人，都在四面八方地给她们挖陷阱，想方设法让她们往里跳，要她们嫁给村寨上的光棍汉。

出工劳动时，收工途中，去赶场回来的山路上，菜园子边，洗衣衫的小河旁、堰塘边，都会有杉木凼寨子上的老伯妈、大叔娘、嫂子、媳妇甚至时常和你说些悄悄话的大姑娘，会盛情地邀请女知青到屋头去坐、去耍、去吃一顿便饭。接受贫下中农的再教育，对于他们的热情相邀，当然是不可随意推托的，一开始，有些女知青去了人家屋头，受到人家的招待，回来后还不无炫耀地表白自己和贫下中农的关系好、感情深，得到他们的信任呢。

只要去当过一回客人，这户人家就会时常来关心你了，对你嘘寒问暖，往你的怀里塞鸡蛋，开饭之前，给你端一大碗热气腾腾的豆腐。女知青们也是稍懂一点情理之人，吃了人家的饭，收了人家的鸡蛋蔬菜，总觉得该还人家一点礼，听说人家屋头哪个娃娃咳嗽了，就把咳嗽药水给人家送去；听说人家赶场去没有粮票买粑粑吃，就送人家一斤粮票；听说哪个小姑娘喜欢她使用的花手帕，把手帕洗干净，干脆就送给小姑娘。

起先的一切，完全可以说是贫下中农听毛主席的话，关心远方来的知识青年，而女知青们，想得更多的则是要和贫下中农搞好关系，将来一旦有机会抽调，不至于有人说她对待贫下中农没感情。那可是一顶不大不小的帽子，戴上去吃不消的。双方相处，互相之间还是受影响的。杉木凼的汉子们，历来都不刷牙的。看到女知青们天天早晨、晚上，都要刷一遍牙。也不知哪一位最先模仿起来的，反正，一年过后，杉木凼家家户户都刷牙了！

还有，寨子上的家家户户，天天挑水的桶都是木头做的，又厚实又重，挑一担水就是一百来斤。女知青们挑水的塑料桶，轻巧得多了！两只一红一蓝的塑料桶里装满了清凉的井水，在太阳光下闪着波光，好看极了。水装得一样多，挑起来却要轻二十来斤。农民们也十分羡慕，有的小伙子就时常来借塑料桶用。

事情似乎是突然之间变味儿的，事态也似乎是一夜之间骤变的，女知青们也似乎是陡地发现自己已经不知不觉地步入了可怕的婚姻的陷阱。

那一天收工回来，女知青们发现，饭烧焦了，洗净的菜却没有炒，轮到在屋头煮饭的安小琼趴在床上，一个劲儿地哭。姑娘们预感到，一个人守在屋头的安小琼发生了什么意外，大家把锄头一扔、背篼一放，脸顾不上洗，家务活顾不上做，团团围住了她，七嘴八舌一迭连声地问，出了什么事。

安小琼就是耸动着浑圆的双肩捂住了脸哭，任怎么问也不回答。平时总拿安小琼的一举一动作为榜样的舒宇虹抬起了双手，示意众人静下来，俯下身子问：

“安小琼，你说，是不是你一个人在家，受谁的欺负了？”

始终埋着头哭不答话的安小琼出乎大伙儿意料地“嗯”了一声。

“出了什么事？”好几个人脸色变了，异口同声地问。

费了好大的口舌，事情总算弄清楚了。轮到今天在知青屋看家的安小琼打扫完屋子，洗净了菜，把十二个人吃的饭蹾到灶上去煮时，便趁着空闲，倒了一大盆温水，到里屋去抹洗身子。

杉木凼这地方，男子汉们喜欢在天气热的时候，直接跳进河沟里洗澡；而女人们，则都是躲在屋头沐浴。天气凉的日子，她们关紧了灶屋的门，把水舀进盆里抹洗，或者在屋头烧起火，干脆站在大木桶里，用手提小木桶舀起温水来一遍一遍地冲洗。大热天，她们就把水“哗哗”倒进家中的大木桶，人整个儿站进去，舒舒服服地在木桶里洗。知识青年的集体户，没有这个条件。杉木凼附近寨子上的男知青们，也像农民们一样，天稍热一点，就跳进河里洗。杉木凼的女知青们，不管天热天冷，一律都是舀一盆水，躲在屋里抹洗劳动后出过汗的身子。

十多天一个轮回，轮到在集体户看家煮饭打扫卫生的那一个，总要趁这清静时刻，好好地抹洗一把身子。

在幽暗的里屋，安小琼脱光了身子，正在专心致志地抹洗时，突然听到一声“嘿嘿”的嬉笑，她骇然抬起头来，只见原先关得紧紧的木格窗户，不知什么时候被推开了一条缝，大队革委会主任兼党支书卢光飞的憨包弟弟卢光良，正趴在窗台上，两只眼睛瞪得贼大，目不转睛地盯着她看。一边看一边咧歪了嘴傻笑，还伸出手指，在自己的胸前画着圆弧形。

安小琼骇然惨叫了一声，手足无措地低声喝道：“卢光良，憨包，快走开。我要喊了。”

安小琼想用衣衫遮住自己身子，可她刚在身上抹了香皂，还没清洗，拿起衣衫跑进屋去嘛，还得回来端盆水。她想扑过去把木窗关上，又怕卢光良的手趁机伸过来。

卢光良的双眼滴溜溜地直转，闪烁着贪婪的光芒。他像没听见安小琼的嚷嚷一般，一双粗壮的手臂伸过来，把窗户推得更大，笑得更欢了，嘴巴里口齿不清地道："我不走，我要看你，好看、好看，真好看。"一面说一面摇头晃脑地跺着脚直乐。

气得安小琼急中生智，端起一大盆水，就往窗口泼去。趁着卢光良一声怪叫，缩下身子时，安小琼扑过去，重重地把窗户关上，狠狠地闩紧。这才转身抱起一堆衣裳，拿着盆回到灶屋去，重新兑水性急慌忙地匆匆清洗完身子。

可怕的是，卢光良被泼得满身是水，仍一点不觉狼狈，反而把窗户擂得"咚咚"响，扯直了嗓门放肆地喊着："开窗、开窗啊，我都已经看到你身子了，看到你的两只咪咪了，大咪咪！真好看呀，白白的，嫩嫩的，你让我看啊。"

见安小琼不理睬，他干脆绕到知青屋的大门口，推搡着门叫："开门，让我看你啊，看你的大咪咪啊！我还没看够。"

吓得安小琼缩在墙角落，浑身直打哆嗦。

透过竹笆门的缝隙，安小琼看得清清楚楚，这个憨包汉子，一边喊叫，一边还用手指抹着脸上的水，蘸到嘴唇上，咂巴着嘴说："香，嘿嘿，好香啊，比糖水还甜。"

更糟糕的是，卢光良在女知青屋门前大吵大闹，逗引来了一大帮山寨上的老人和娃娃，这些人听着卢光良前言不搭后语地叙说安小琼如何脱下了衣衫给他看，发出一阵阵粗野的大笑声。

众人听完安小琼断断续续、哭哭啼啼的叙述，不由得面面相觑，眼里露出庆幸的、总算没出啥大事的神情。

有的说，碰到一个傻瓜、杉木囪有名的憨包，你有什么办法。以后沐浴千万关紧门窗，小心一点就是了。

有的说，若是个正常人，还能去告他。他是个神经病，告也没用。算了吧，只当吃了一个哑巴亏，不要提了。提出来，在这封闭地方，反而更被全寨子的人耻笑。再说，安小琼平时和卢光飞关系还不错的，不要为这事得罪了这个大队里的一把手。

有的说，以后一个人留着看家，还真得警惕一点为妙。

有的说……

“真正想不到，接受再教育，会是这么个样子。”身材纤小的姜云娣眼圈红红的，纳闷地对安小琼说，“你还敢端一盆水泼他呢，要是我遇上这种事，还不晓得怎么办呢！”

“怎么办，拿起一把锄头劈他。”韩灵扯直了嗓门说，“怕他什么。”

“那是要出人命的。”高高瘦瘦的陈岚岚说，“要不得。”

林璐低着头说：“明天，就轮到我值日了。安小琼出了这件事，我连歌都不敢唱了。”

“那为什么？”舒宇虹问。

罗卉连忙逮一逮舒宇虹的衣袖说：“她是怕一唱歌，把下流汉子引来了。说真的，从今往后，我们真该小心一点。同时，互相之间也照应一点，凡事多一个心眼。”

姑娘们劝慰了一阵，纷纷散开去，炒菜的炒菜，挑水的挑水，洗衣的洗衣，忙开了。

吃晚饭时，姑娘们团团围坐在一起，再没人提起这事。临睡之前，照例要说一说寨子上家长里短话题的，这一天也没人再提及。

表面上看来，安小琼也逐渐平静下来。只是，她再不像平时那么活跃，比往常要沉默多了。

安小琼是那种性格开朗的漂亮姑娘，所有人一致公认，在杉木凼的十二个上海女知青中，她是仅次于舒宇虹的美人。有人还说，论相貌，她差着舒宇虹一点，可舒宇虹死了爹妈，是个冰美人，浑身透着一股子寒气，只能远远地看，近身不得。而安小琼呢，则比舒宇虹可爱，她爱说爱笑，上至天文地理、下至鸡毛蒜皮，她都能说，还健谈，和哪个也合得来；寨子上无论哪个，小安小安的喊她，她都答得欢欢的，脆声朗朗的，好亲切。卢光飞有事也爱找她，凡是知识青年集体户的情况，卢光飞都最先找她了解。公社让派知青代表去开的会，卢光飞都叫安小琼去，遂而让她回来给大伙儿传达，给记最高的工分。就连寨子上的普通农民，也说这女娃儿有女人味儿，善解人意，招人喜欢。她要有机会出去工作，准能干一番事业。

谁能想到，第一个吞下鱼饵，嫁给杉木凼农民的，竟会是她呢？

谁会想到，接二连三地，杉木凼的一个个女知青，都会随着安小琼的落水，先后情不自禁地上钩呢？

谁又能想象，正因为一一目睹了女伴们的遭遇，罗卉和舒宇虹对于世上的男人，对于神圣而美好的婚姻，会视如毒蛇、猛兽，在躲也躲不了、避也避不开的时候，为了维护姑娘的尊严，以至于视婚姻如坟墓，落到至今厌恶男人，年过四十还独身的命运呢？

酣睡中的舒宇虹哼哼着翻了一个身，打断了罗卉的思绪。罗卉一转脸，看到舒宇虹翻身揭开的毛巾被中央，也染上了长长的一条血痕。她正盯着这一条血痕看时，舒宇虹说话了。

“罗卉，你来了。”舒宇虹醒了，她慢吞吞地揉着眼睛，长声吆吆地打了一个哈欠，支身坐在罗卉跟前。

罗卉从久远的沉吟中回过神来，定睛望着舒宇虹，只觉得她的气色比哪一次酣睡醒来都好。她不像受过谁的欺负，也不像受过什么委屈。一切似乎都和平时一样。罗卉不动声色地柔声问：“宇虹，家中有什么事么？”

舒宇虹摇了摇头，用几乎是懒散的语气道：“没什么事啊。”

“真的么？”

“真的。”

“那么……”罗卉转过身子，手指着洁净的地板上那一摊醒目的血迹问，“这是什么？”

“什么？”

“你还看不出么？”

“告诉我，罗卉，这是什么？”

“这是血。”

“血？”舒宇虹皱起了眉头，脸上呈现出思忖的神情。

“你想一想，家中来过什么人么？”

这句话仿佛一下子提醒了她，罗卉看得十分清楚，好似阳光逐渐穿透云层，照耀着山峦河谷一般，舒宇虹的脸膛刹那间变得辉亮红润起来，她的眼睛里掠过一阵惊喜，回忆起了一切。

“啊，是的，是来过一个人……”

“什么人？男人么?”

“男人，是一个男人。可爱的……哎呀……”舒宇虹的双手忽然亲昵地扳住了罗卉的肩膀，上下嘴唇颤动着，喃喃自语似的，在罗卉的耳边低低地说了几句。

“什么?”罗卉浑身一震，骇然离开床沿站直身子，手指着舒宇虹，放大了嗓门问，“你、你在说什么呀?”

舒宇虹的脸涨得通红，双眼定定地望着罗卉，讷讷地说：“我说的是一个男人，来过家里的一个男人。”

“你认识他么?”

“我……”

“你是怎么认识他的?”

“我……说不清楚……”舒宇虹的双眼瞪直了，眼睛里显出一股茫然无措的神情，“他是……”

罗卉感觉到了问题的严重：“你仔细地想想，不要急。他是怎么进我们家里来的，他不会有我们家中的钥匙吧？总不是你把门打开，他才进屋的吧？……”

“不，不是。”

“那他又是怎么进屋的呢？总不见得是从窗口爬进来的吧？宇虹，你安心想想，好好想想，别急。”

让舒宇虹别急，可罗卉的神情显示出，比舒宇虹还要急。

舒宇虹从罗卉的目光中看出了她的不悦和愤懑，她双手捂住自己的耳朵，连连晃着脑袋叫起来：“我不晓得，真的不晓得。哦，罗卉，我什么都记不清了。”

一看她脸上惊慌地掠过的那副厌倦模样，熟悉她身上一切形体语言和神情变化的罗卉知道，这是她犯病的前兆，不能再问下去了。再问下去，舒宇虹就会歇斯底里地叫起来，那就啥都不能晓得了。

可让罗卉把一肚皮的疑惑都憋着，她难受极了。她站起身来，在屋子里来回走动着，极力压抑着自己波动得很厉害的情绪。

# 三

荧屏上一片掌声，参加录制节目的姚征冬知道，这都是场上导演鼓动的。

谈话节目在电视上快播完了，姚征冬目不转睛地注视着电视画面上自己的形象，领带是无可挑剔的，西装也很挺，像一位观众曾经给他的信中所说的，有一股王者风范。脸部稍作化妆，作了美化处理，一般观众是看不出来的。最主要的是，对刚才自己在荧屏上讲完的那段话还是满意的，口齿还清晰，语言流利顺畅，至少显示出了他的理论思辨能力和水平。

下面是作家亭飞在讲了，这个胖乎乎的中年汉子一脸福相，讲起话来滔滔不绝，他虽然没说出多少理论上的东西，但举出的那个例子十分生动——一个漂亮的吸毒少女卖淫被抓、强制戒毒又复吸的经历，一下子吸引了观众，紧紧扣住了关于吸毒人员回归社会的思考这么一个谈话题目。

看着他在电视画面上侃侃而谈，姚征冬想起了什么，不由掏出小小记事本翻阅着，就是在做这档节目的那天，无意中谈及林月案件，姚征冬讲起采访不到其家人的难处。亭飞说他和林月的丈夫欧阳明是好朋友，那年欧阳明参与演出的电视剧一炮打响，亭飞曾去采访过他，为他写过一篇专访，虽说欧阳明在电视剧中不是主角，但亭飞仍肯定了他的演技，两人聊得很投机，以后就成了朋友，他可以帮助联系他们见面，聊一聊这个话题。

据亭飞说，欧阳明这个人还是可以的，不像外界流传的那么卑鄙，戏虽然演得不怎么样，但他有经营才能，下海短短几年，现在大发了，少说也有个几百万吧。他和林月之间，主要是性格不合，追求不一样，志不同道不合。欧阳明要的是钱，是实惠，是舒适有排场的生活。而林月呢，则更多考虑的是名声。在林月死后，他还没有走出林月之死带来的阴影，他颇为烦恼，明显地感觉到社会舆论的压力。前一阵他不想见人，不想谈和林月有关的任何话题，近来他的态度有所改变，希望和人谈谈，如果遇上能理解他的记者或文人，他也巴望有人能给他在报刊上说说话，减轻一点心理负担。

姚征冬记得，做完这档节目没两天，亭飞就来了电话，说他已同欧阳明约好了，就在今晚八点，和欧阳明一起喝茶。事儿太多了，姚征冬要翻查一下本子，看看自己有没有把日期记错。小本子上记得清清楚楚，就是今晚，在南京路展览中心附近的一个酒吧喝咖啡。他太忙了，经常把这类小事情忘记。

亭飞在电视上的话已经讲完了，主持人正在给这一档节目作总结，讲到吸毒人员回归社会的现实状况和存在的问题，家庭不接纳、社会的歧视、公众及他们自身的原因……电话响了，姚征冬操起话筒，“喂”了一声，电话里传来厉言菁亲切中带一点激动的声音：“征冬，我刚在电视上看见你了。”

“真叫巧啊，我也在看。”

“这么说你事前是知道的。”

“是啊，电视台事前通知的。”

“那你为什么不告诉我？”她的语气变成责问式的了。

他听出她有点生气，小心翼翼地回答：“我先对你说，不是有向你故意炫耀之嫌嘛。”语气里显示出上电视台做节目只不过是一件挺平常的事情。

“谁说过你向我炫耀了，这么大的好事情，你事前应该告诉我，让我也高兴高兴嘛，对不对？”

“我还不习惯这样自我吹嘘……”

“我要你习惯。”她撒娇地说，“我又不是要你敲着锣鼓向全世界宣布，我只要你跟我一个人讲。”

“那好，以后我尽量告诉你。”听到她这么说，姚征冬忍不住笑出声来。

“什么叫尽量啊，你上了电视，应该每一次都告诉我。让我也能及时地欣赏到你的风度，你的才华，你的潇洒，你的风采，从心底里为你高兴。哼！我看你啊，是把我忘了！”

“怎么会呢？”

“怎么不会？你为什么连续几天不来电话，是不是那天的一场虚惊，把你给吓怕了？”

“怕是不怕，影响还是有的。”姚征冬说着实话，“你想么……”

“我就知道你怕了，”他的话被厉言菁打断了，“征冬，我想你，想见你，特别是刚才看了电视，我更想见你了。”

“为什么?”他听出她的语调中有迫切地想要前来安慰他的意思，但还明知故问。

“瞧你，风度多么自在，谈吐自然洒脱，真是顶极了，不是我故意恭维你，就是连那条领带，你都比其他嘉宾强。你知道，我看着看着，想干什么么?”

“猜不上来。”

“你应该猜得出来的，看着看着，我就想亲你。”

“那我们什么时候见个面吧?”

“还要什么时候啊，我现在就想见你。”

“那你来吧，”他抢先说，这会儿离晚上还有好长一段时间，他怕她又叫他过去，“你到我这儿来。”

“好，我现在就来。你等着啊!”厉言菁的语气一下子变得兴奋起来，说着话，她就急促地挂断了电话。

姚征冬慢慢地搁下话筒，脑子里浮现出一句话来，女人对心爱的男人都有一股领袖般的控制欲，当不了领袖哪怕就当奴隶，她也心甘。他沉吟着坐在沙发上。刚才在电话中，他说的是实话，但又没说出自己的难言之隐。自从和厉言菁好上以后，他是从心底深处爱她也是衷心地感激她的，她漂亮美丽，虽不是那种标准型的美人，但是走在马路上，她的形象是很显眼的，回头率也是很高的；她善解人意，终究是上了一点年纪，她有中年妇女的那种体贴和温顺，情韵和魅力；难得的是，她在性事上又那么放得开，他们之间在一起亲热的时候，相互强烈地吸引着，和谐自然、水乳交融，总使他感觉到极大的快感和幸福感。她说她和丈夫小雷在一起的时候从没有过这么好的感觉，而他和前妻在一起的时候也从未体会过这种敏感的、巨大的欢悦。八十年代时做关于婚姻恋爱、家庭伦理的研究，他们一帮同行都有过一个共同的认识，他们这整整一代人，青少年时期都缺失了这一课，以至于临近结婚，有不少人甚至在婚后步入了中年，才来补上这一课。就是他，作为一个名学者，不也是这样么?和厉言菁好上之后，他暗自庆幸，在自己步入中年时代，终于品尝到了这只能意会不可言传的人生的甘露。书上不是说嘛，爱情和性统一，那么这婚姻必是美满的。他衷心地感到，和好多同时代人相比，他真是幸运的。他想过也愿意，只要她真能离婚，他就娶她为妻。他觉得自己缺的就是像她这样一位妻子。

说心里话，在产生娶她的念头时，他是激动的，他之所以没有马上采取行动，唯有一个顾虑，那就是怕她在离婚时遇到障碍，怕她的离婚会闹得满城风雨，她的丈夫又不愿离婚，追究她为何离婚的原因，最终影响到他的声誉。他毕竟是一个有名的学者，一个上海滩上的名人，一个人们常说的报刊上有名字、广播里有声音、电视上有形象的公众人物。一旦变成一个第三者遭人追究，这是他不愿意看到的。

不过，对此他也仅是顾虑而已。他相信只要他和厉言菁悄悄地处理得好，在厉言菁离婚之前，他们之间的关系尽量不让外人知道，是不会存在多大问题的。现在的人，对离婚已经司空见惯，再也不会大惊小怪了。

可是自从那天他和舒宇虹之间唐突地发生了亲密的肉体关系之后，尽管事出极端偶然，但是留给他的印象却是永世难忘。且别说雷家田的突然归来使他的慌张躲避是多么狼狈不堪、惊心动魄，就是陡地出现在他面前的舒宇虹绝色美人身上那股独特的风韵、舒宇虹病态的狂热，还有做爱时带给他的从未体验过的快感，都是他事后久久地回味时难以相信的。他曾一次次地扪心问着自己，难道这一切曾经发生过么？难道这是真的么？他怎么会在短暂的这一瞬间，就变得那么无耻，变得如禽兽一般无赖。最无法解释的是，在心灵深处，他忽然开始重新审视起与厉言菁之间的关系。舒宇虹的出现，使他猛地发现生活中还有比厉言菁更美、更可爱的女人，他何必非要娶一个既有丈夫又有快成年儿子、正在等待签证去美国的女人，承担破坏人家家庭的罪名。他完全有条件、有能力娶一位更好的，娶一位不会给他带来任何麻烦的未婚女子，那该有多么单纯。是的，他现在对那个舒宇虹一无所知，他也察觉到了舒宇虹精神上的失态和疯癫一般的眼神和情态，舒宇虹不可能成为他的妻子，但他还是不无烦躁地思忖着，要是厉言菁的善解人意、温情体贴和舒宇虹的单身及她的绝色之美能糅合在一个女性身上，那就好了，那他就会不顾一切地爱上她并和她结婚了。

当然他更清楚，这只是像他这样一个中年男人的梦幻，只能想想而已，一笑而过。这就是他连续几天没主动和厉言菁打电话的原因，他需要时间冷静下来，他需要时间好好地忖度一番。不主动和厉言菁联系，还因为他怕，他一给她去电话，她必然会邀他到华都大楼去。尽管她已到他这儿来过一次，明知道他是一个人住，她却仍觉得不自在、总好像有什么人随时会闯进来。她说过，她反而觉得在自己家里踏实，兴致也高。而他现在却怕到她那儿去，他怕会撞见舒宇虹，要知道舒宇虹就住在厉言菁家隔壁，从她说出的话里已经显示，他在厉言菁家幽会偷情，舒宇虹是有所知的，当时她不正是以此来要挟他的么？说真的，一旦让他同时面对厉言菁和舒宇虹两个女人，那种尴尬境地，在他来说简直是不可想象的。

故而那天在他安然抵家以后，他便拿定了主意，再不到厉言菁那儿去了，至少在近期内是不会去的。

厉言菁主动打电话来，并高兴地说要赶过来，那又作别论了。和她待在一起，享受两人世界的温馨和尽欢极乐，终归是一件令人兴奋不已的事情。

姚征冬思考着这一切的同时，目光已在自己的房间里搜索，看看有哪些不顺眼的地方。他对自己的这一套住房还是满意的，前妻和女儿离他远去他国以后，他实在不想在原来的家中再待下去，那时时会使他触景生情，想起很多很多愉快的和不愉快的往事甚至细节，这对他恢复颓丧的心理是极为不利的。他变卖了原先的那套小三室一厅，买下了现在这一套两室一厅的房子。卧室十八平方，同样朝南的厅很大，足足有三十八平方，朋友和同事开玩笑说，在这么大的厅里开舞会都可以。加上卫生间和厨房，这一套建筑面积共计一百三十八平方的房子，他一个人住，不但绰绰有余，而且在装修格调上充分体现了宽敞、舒适、透光、典雅的现代风格。

不是有人说嘛，七八十年代以来，上海建的房子，经历了三个阶段，起先是不中看不中用，接着是中用不中看或者中看不中用，直到近几年，才发展到了中看又中用的阶段。可以说，他的这套房子，就是既中看又中用的典范。当然，从选择地段房型，直到设计装修，室内布置，费了他不少心血，也动用了他这个知名的社会学学者的很多社会关系。厉言菁第一次来，他就从她的目光中看到了她对他这一住处的满意和赞赏之意。平时收拾房间，他请了一个钟点工，一个年轻的乡下女孩小秋，每个星期四来上大半天，给他里里外外擦洗抹拭一遍，整理得干干净净。之所以让钟点工周四那天来，是因为每周四他必须要去社会学所转一转，过去是学习，现在叫碰头，研究年度课题啊，处理一下来信啊，指导研究生啊，借几本书啊，和同事们聊一聊啊，听听来自各方面的政治、经济、文化、社会新闻啊，对他来说也是重要的。

这是他和单位联系的唯一渠道。他需要这么个单位，在这个单位里领取一份能保证生活的工资和福利，他不是中共党员，他只是一个学者，做学问不受任何拘束。他觉得这是人生的最佳状态。

这个叫小秋的钟点工很有意思，也颇能领会他的意图。记得她头一次来的时候，久久地不断地擦拭着那几块磨砂玻璃，却又不问。直到姚征冬思忖问题时，无意中看见她怎么一遍又一遍地使劲儿擦着磨砂玻璃，走过去问她，这几块玻璃，你怎么擦了这么久？

她这才抬起头来皱着眉头烦恼地说："姚老师，你看，擦来擦去总是糊的，怎么也擦不干净。"说完她委屈的眼泪都淌出来了。姚征冬顿觉老大的不忍，他告诉她，你已经把玻璃擦干净了，这是磨砂的，是故意做成这样的，和窗户上的玻璃不一样。小秋又拿布擦了两下，对比着望望窗玻璃，这才不好意思地笑了。她小声惭愧地说："对不起，我不懂的。我刚从乡下来。姚老师，你不会不要我做下去了吧？"

"不，你做下去，"姚征冬心头一热，说不清是同情还是怜悯，他大声申明般道，"我就是要你这样的钟点工做下去、做下去。"

姚征冬没有看错，其实她是个聪明人，只不过来了两回，就摸透了他的脾气，她只清扫屋里除书本、稿纸之外的一切，绝不动一下他的书、纸张和电脑。他喜欢干净，却不允许她整理他的桌面。平时工作完毕，他就将自己的办公桌面收拾得一尘不染。他最厌恶那种借口工作忙而不收拾办公桌面还自以为有个性的知识分子。

每周四回到家里，看到钟点工清扫得十分整洁的房间，他总会满意地里里外外兜一圈。每个月末的周四，他会把钟点工的一百块钱放在茶几上，并在纸条上写下六个字：这是你的工钱。

有趣的是，钟点工每次也会在他的纸条上画去前面两个字，再添上两个字：谢谢。

头一次看到她写得东歪西扭的谢谢两个字，他把她写的和自己留的连在一起念了一遍，忍不住笑了起来。

有一个月末，不知什么原因，好像是出国访问了半个月吧，反正他把工钱的事忘了，忘得那么彻底。

过了半个月的周四，他晚上回家来，看见了钟点工给他留下的一张纸条：姚老师，上个月的工钱你忘了给我。

直截了当，一目了然。

他只觉得羞愧，下一个星期四，他特意留在家里，等到她来之后，他把上个月的工钱补给她，还送了她一条从国外带回来的纱巾表示自己的歉意。他解释说当时出国在外，没把工钱留出来。他还说她提醒得对，以后遇到这类事，她都可以写纸条提醒自己。说完他就信赖地让她在家中收拾房间，自己到单位去了。

身体柔弱的钟点工小秋捧着那条绣满金丝线的红纱巾，嘴里连连道谢着一直送他到门口。

给他介绍这位钟点工的居委会干部说，小秋身子这么柔弱，是因为她的身世十分可怜。在乡下的时候，她抗拒男人的强暴，被试图强奸她的男人打破了头，后来缝了十四针。如果觉得她身体不好，不灵活，可以另外换一个来的。

姚征冬说不要换了，我是要打扫整理房间的钟点工，又不是搬运工。

而小秋仅仅来过几次以后，他就信任地给了她一把房间钥匙。一晃快两年了，他的房间里从来没有少过任何东西。

浏览着家里的一切，想到厉言菁来了以后，总要喝点什么，姚征冬舀了一点咖啡煮上。他记得厉言菁不爱喝茶，喜欢喝咖啡。她有一点洋习惯的。他盼着她的到来，希望她来了以后快活，尽享两人世界的温馨和欢悦感觉到幸福。知道她马上要来，他有些心猿意马，有些饥渴。这是他独身的原因，有性的因素。是的，性是天性的召唤，他也拒绝不了。

煮着咖啡，他回到自己的电脑桌前，整理自己的文稿。近两年来，他一直在写作一本探讨上海开埠以来一百五十年间恋爱、婚姻、家庭、伦理方面的书《上海：波动的婚恋史》，在写到上海人的婚恋情况之前，他在序言里说了，尽管两性之间的关系，是人和人之间最大的话题。但这是一本探讨上海男女婚恋的书，他们生活在上海这块土地上，因此有必要简述一下上海这座大都会的历史。他觉得这很重要，他把卡片一张张平摊在桌子上，思忖着该把这些文字写在哪里。

钻头打入上海地底下五百米后，钻探出形成于十四亿年前的岩石，科学家们找到了很多证据，证明了十四亿年前的上海，是一片汪洋大海。

在上海西南部的佘山、天马山上发现的火山活动的遗迹。比如，橄榄形的火山弹和凝固的岩浆流，证明约在一亿三千五百万年前，上海发生过强烈的火山喷发。

在今天的浦东白龙港到芦潮港一带，被长江三角洲沉积的泥沙覆盖的地底下，取出的玄武岩证实，上海最近的一次火山喷发，距今也已一千八百七十万年了。

而近百万年来，海水至少有六次，将上海这块土地淹没，终于又退却。

地球上最近一次天寒地冻的冰期，出现在一万五千年至三万年前，那时候，大量的海水冻结在两极地区，海平面下降了一百三十米。上海地区的海岸线也由此从“隔湖海进”时的常州、隔湖一带，一直退到了今天的东海大陆架上，留下了大片的陆地、湖荡和沼泽。

海水最近一次入侵上海地区，是距今七千年至六千年前。当时汹涌澎湃的海水向西漫过太湖，直达宁镇山脉东麓，长江口一直退至镇江附近，被称为“镇江海进”。自那以后，海水逐渐退却，海岸线慢慢东移，这才有了今天上海我们一千七百万人栖息生存的这片土地。

姚征冬追述了这一段远古的地质史，俏皮地写下一句：在如此漫长的岁月里，这一片土地上是无所谓恋爱、婚姻、家庭、伦理而言的。

这几段精辟简练的文字，他觉得是不可缺失的。你看，从厉言菁在电话中絮絮叨叨转述给他听的，有学问的连阿婆叙述的上海历史，也仅仅是从五千九百年前谈起。那么，姚征冬觉得，自己书中出现的这些文字，恰恰是把远古的上海和有文字记载的上海联系在了一起。

这是十分有必要的。

咖啡浓郁的香味从壶里弥散了出来，房间里溢满了好闻的香气，姚征冬的思绪被打断了。他刚想去把咖啡倒进杯子，门铃响了。姚征冬朝着门那边瞅了瞅，他真没想到，她会来得这么快。他喜出望外地迎去开门，门外站着气喘吁吁、一脸是汗的厉言菁，由于走得急，她的脸上亮津津的、浑身弥散着一股炎夏里热烘烘的气息。

看到他把门打开，她笑了。姚征冬说："你来得真快，快进来。"

"我是坐出租来的。"她说着，一闪身进了屋。他轻轻地把门关上了。她手中的小皮包落在地上，双臂一张，扑进他的怀里，搂紧了他，朝着他抬起头、努着嘴，咕哝了一句："咖啡真香。"

"那是为你煮的。"

"谢谢!"

他俯下头去，久久地吻着她双唇上一嘴咸津津的汗。

她在他的怀抱里扭动了一下，他感觉到她身上一股温热。他不由得问："你出了这么多汗，要不要开空调?"

她的手捂住了他的嘴说："不要开了，你这屋里很凉快，我一激动，汗就出得特别多，车子离你家越近，我就越激动。上你这五楼的时候，想到马上可以和你在一起，我浑身都在冒汗。你看看。"

"你要不要洗个澡，很方便的。"他突发奇想地提议。

她仅仅是怔了一下，即刻就说："好啊，让我也在你这里享受享受。"

"我替你去放水。"他转身就往卫生间走。

她一把逮住了他的手臂，踮起脚跟，凑近他耳畔喜滋滋地说："我要和你一起洗。"

他也愣怔了一下，他的这一形体语言，被她及时察觉了。她轻声问："行么?"

"怎么不行，走吧。"他掩饰着自己感觉突然的情绪，领先走进了卫生间。

姚征冬打开了水龙头，调节着水温，他转身轻问跟进来的厉言菁，要水热一点，还是凉一些。

厉言菁说热一点泡着舒服。

水声“哗哗哗”响起来，有些微的热气在蒸腾。

姚征冬调节了水温，刚转过身来，厉言菁就扑进了他的怀里。她已经脱去了丝绸衬衫，肉色的荷叶边胸罩将她高挺的乳房衬托得饱满而又丰硕。姚征冬情不自禁地抚摸着她的胸部。她妩媚地昂起脸瞅了他一眼，不知不觉悄声问：“喜欢么?”

姚征冬使劲儿点着头，俯首在她的胸部吻了一下。

厉言菁把手探到背后，一边松开自己的胸罩，一边低声催促：“快，你也脱了吧。”

卫生间是按照他的意愿设计的，黑色自然纹地砖，奶黄色的瓷砖，中央镶了一条墨绿色的腰带，整个卫生间色彩对比强烈，却又不乏温馨。磨光玻璃使得卫生间里的光线柔和，更醒目地反衬着墙上的玫瑰红蜡烛灯光诱人地闪烁着。

是夏天，又有几分难以言说的惶惑，虽然赤裸着身子，姚征冬激动得也出了汗。他轻柔地抚摸着皮肤湿漉漉的厉言菁，赞赏着她那曲线分外分明的体态，他觉得厉言菁的乳房耸立得比以往哪一回都高，乳头亮晶晶地闪烁着光芒，强烈地吸引着他一次一次地去吻它。她呢，不无骄傲地双手捧着她的乳房，只要见他稍一俯首，就把它送到他的嘴边来，当他贪婪地亲着它的时候，她就发出一阵一阵欢乐的轻声哼哼。她也主动地灵活地抚摸着他，向他传递着玩味的信息，当他体会着不可言传的美妙瞬间，如胶似漆地贴向她身子的时候，她温顺而激情地迎合着他。他感觉到欲望在一阵比一阵激荡到高潮，本能似有无穷无尽的冲击力。

浴缸里的水快溢出来了，一条干毛巾掉进浴缸，漂浮在水面上。他吃惊地轻轻叫了一声，抱着厉言菁，一起躺进了浴缸。

水漫出了缸沿，淌在卫生间里，流溢得满地都是，黑色自然纹的地砖全湿透了，亮闪闪的。厉言菁在浴缸里扑腾着，激起一阵一阵雪白的水花。姚征冬躺在水中，欢悦无尽地合上了眼，他觉得自己正在享受着海洋里上升到水面和下降到幽邃深处那种带着惶恐的幸福。他觉得自己也在变成翻腾不息的波浪，要把厉言菁整个儿淹没……

“我要告诉你，放下电话往你这儿赶的时候，我浑身的毛细血管都像舒展开了。”擦干身子，走出卫生间，躺在床上的时候，她凑近他耳畔，抚摸着他爽洁的胸部，小声说。

姚征冬感觉有一点倦意，把她搂进怀里，亲了一下问：“后来呢？”

“说出来真不好意思，”她接着说，“快到你这儿的时候，我整个身子都腾起一股拥抱你的欲望。身上的血像在沸腾，整个身子都在颤动。真的，我像在重新做一个女人，哦，今天要是见不到你，我真不晓得会怎么办。”

说着她翻身躺在他的身上，热辣辣地吻着他，在他耳边热烈地说：“我离不开你了，征冬，我的老公，我要嫁给你。”

姚征冬半合的眼皮弹跳了一下，感动地凝视着她，是的，尽管由于性欲的满足肌肉有些松弛，可他还是那么爱她。哦，爱情是文明的召唤，它能使人格升华。如果说性欲是戏剧性的，那么爱情是有色彩的，是诗情画意的。性欲感受到的是短暂的极度的快感，爱情则使他感觉到持久的温情。想到这里，他的眼睛陡地睁大了。他沉吟着没有即刻答话，厉言菁顿时感觉到了，她惊觉地问：“你，愿意娶我么？”

“当然了。这还用问。”

“好老公。”

姚征冬知道谈话要进入一个实质性的重要阶段，不能敷衍了事，更不能昏昏欲睡。他再一次搂紧了厉言菁，语气低沉却十分认真：“你不想去美国了？”

“能和你在一起，我哪里都不要去了。”

她的语气是真诚执着的，姚征冬心中很受感动，他忍不住吻了她一下：“那你丈夫，不同意离婚怎么办？”

“他不会不答应的，他只管守住他的钱。老婆对他来说并不重要，他父母从美国寄来的美元，都是他严严地保管的。你只要不嫌弃我没钱就成了。”

“钱我不在乎，我也不会要你从他那儿分的钱。不过……”

“怎么……嗯？”

“现在你说的，只是你平时的直觉，觉得只要你态度坚决，他就会同意离婚，事到临头，就不一定了。”

“为什么?”

“你想，你这么好、这么美的一个妻子，他会轻易放弃么？我想是不会的。”

厉言菁转过脸来吻着他说：“那是你的感觉，他才不会把我看得这么美好呢。知道他父母在美国，厂里主动追他的女人还不止一个呢。有一回……哦，我不说了，说了心烦。这样吧，你也不要担心，我这一头离婚的事，由我自己解决，一点不牵涉到你。主要的是，你要像你说的那样爱我，始终如一地爱我。要不，我真惨了，婚离了，美国又去不成，儿子也失去了……”

“不会的，对我，你也尽管放心。”

“我知道，你是被人抛弃过的，不会这么对我。”

“只是，我要提醒你……”

“什么?”

“你在离婚期间，我们之间一定要谨慎。不要让你丈夫觉察，以后你那儿，我尽量少去或不去。”

“我懂，我会珍惜你名誉的。上一次，我知道把你吓着了。我也没想到他会在这种时候回来。”

“不是吓，主要是后果，你想想，真撞上了，有什么话好说。”

“我明白。以后，我多到你这儿来。”

“也要注意万无一失。”

“来的时候，我会留神的。”

“除了星期四下午，我这儿都是绝对安全的。”

“不管怎么说，比起两处可以走动，总没原来那么自由了。今天我要在你这儿多待一阵。”

“行。”

“待到吃完晚饭。”

“也行。”

“待过夜。”

“只要你敢，我这里完全可以。”

“我是跟你说着玩的。嘿嘿，”厉言菁笑了，“你可以，我也敢。事后却无法讲清。这就是没离婚的难处。”

“也难得，你真可以吃过晚饭再走。”姚征冬正色道，“晚饭后，我和你一起走。”

“晚饭后你要出去？”

“是啊，作家亭飞帮我联系了欧阳明，他愿意和我谈谈林月的话题。”

“本事真大。我知道，凡是你要办什么事，总是能办成的。”

“亭飞也很忙，约的是八点，我们还有足够的时间在一起。”

“那么……行，我给你好好做一顿晚饭。让你也尝尝我的手艺。”

“太好了，我已经好久好久没吃过一餐像模像样的家庭式晚饭了。”

“真可怜。”

“我希望尽快结束这样的日子。来，在你做晚饭以前，我们先喝点咖啡，醒醒神。”

“好的。”

……

炎炎夏日的上海之夜。在南京路铜仁路口，姚征冬让出租车停一停，下了有空调的车，他“嘭”的一声关上出租车门，朝车内的厉言菁挥手告别的一瞬间，已经感觉到了室外的酷热。

出租车朝外滩方向开去，车里的厉言菁恋恋不舍地隔着车窗玻璃在向他挥手，这个女人真是从心底里爱他的。每一次和她幽会以后，姚征冬都会强烈地感受到这一点。离开家一起出来的时候，她还舍不得坐出租，说坐公共汽车回去，也很方便。是姚征冬不由分说拽着她上了车，还把一张三百元的交通卡硬塞给了她，她脸上的不悦才渐渐消失。

姚征冬心里对她的节俭之举还是赞赏的，真正要在一起过日子，还得娶这样的女人，那才可能有持久的幸福。

这里离和亭飞约定的咖啡馆还有一小截路，他镇定了一下自己，瞄了一眼马路边树梢头明明灭灭、闪闪烁烁的霓虹灯和另一侧饭店里影影绰绰的人影，慢悠悠往前走去。

“呦，我说我来得早，你也来得够早的。”没走出两步，路旁阴影里，闪出了亭飞的身影，他笑吟吟地迎上前来，习惯地和姚征冬握一下手，眼角却向着出租车驶去的方向瞅了一眼，半开玩笑地说：“巧极了，姚兄，我还无意中发现了你的一点小秘密。怎么样，你老兄什么时候可以结束单身汉的日子?”

姚征冬的目光也向远去的出租车望了一眼，坦然说：“八字刚有一撇，还得看发展呢。”

“那你得抓紧，这种事啊，抓而不紧，等于不抓。不过我看你大有希望。”

“何以见得?”

“出租车里那小家碧玉型的漂亮女子，车子开出老远了，还在回头望你，对你依恋着呢。”

“谢谢你敏锐的观察，真不愧是作家，我都没察觉到的地方，你已经看出来了。”姚征冬自嘲一般点着头，心里明白，他下车前后的情形，亭飞全看见了。他一边往前走，一边指了指马路对面波特曼的建筑说：“你看看，这幢建筑的外观像什么?”

亭飞也明白，他不想继续这一话题。他瞅了姚征冬一眼，又抬头看看波特曼耸立在夜空中的三幢高楼，摇着头说：“像什么，我一下子看不出来。”

“你再细细看，”姚征冬举手指点着夜空中波特曼的主楼，用手指比画了一下说：“这楼的外墙不是笔直朝上的，而是带一点弯曲的。有人说它就像一条眼镜蛇高高昂起的头，俯视着这一边的展览中心大片楼群。”

“嘿，你别说，被你这一讲，还真有点形象哩。”亭飞啧啧连声说着，“走吧，我们进咖啡馆去。外面太热了，说话间就出汗了。”

路侧的一家咖啡馆里，灯光微暗，空调打得很足，显得幽静而又典雅。客人不多，这儿那儿的角落里，大芭蕉叶后面，坐着几对情侣。只有一张小桌旁，围着几个谈生意的男士。咖啡馆里的音乐是苏格兰风笛，悠悠地演奏很有点儿情调。

一个身穿白衬衣系着黑色领结的男招待迎上前来，亭飞低声对他说了一句什么，他把他们带到一个独立的小桌旁。桌子上放了一张小标签：留座。

原来亭飞很认真，为这次见面做了充分准备。

刚点了咖啡，招待又领进来一位高大英俊、五官出众的男士。亭飞先站起来和他握手，遂而给姚征冬作了介绍。

事前姚征冬就知道，欧阳明是位风度翩翩的男子，但是真见了面，他还得承认，就是在众多的男演员中，他的相貌也是属于出挑的。如果只看照片，那么姚征冬已经看到的许许多多林月近几年来人到中年的各种照片，无论是微笑的还是忧郁的，她那瘦削的脸上都带着一丝抹不去的憔悴。若是把两人的照片放在一起，不相识的人自会说这一对夫妻是不般配的。

像有着欧阳明这样形象的男子，没女人追那才是怪事呢。

也许这就是林月的悲剧所在。

“你们谈吧，慢慢谈，充分地谈。双方都是我的好朋友，林月生前，我也认识，说实在的，像写林月这样的文章，只有姚征冬姚兄这样的大手笔来写，才能写出深度来。我就不在这儿碍手碍脚了。”亭飞利索地喝完一杯咖啡，把杯子放在托盘上，便起身告辞。

风笛还在如泣如诉地吹奏着伤感的曲子，姚征冬端起咖啡，呷了一口，抬起头来，看见欧阳明恰好也在瞅他，于是淡淡一笑说：“随便聊聊，一般的情况，我大多已了解。我想深一步了解的是你们两人世界的一些往事。希望你不要介意。”

“请便。在林月死后，这是我第一次接触和媒体有关的人士，我既然答应来，就愿意回答你的问题。”

“听说，早在两年之前，你们就有过一次协议离婚。”姚征冬单刀直入地挑开了话题。在来之前，他是有考虑的，只有从欧阳明最愿意谈的话题开始，他的这次采访才能达到预期的目的。

“是的，这是林月家人在接待记者时刻意回避的。”

“你能不能谈谈协议离婚前后的情况。”

“可以。”欧阳明很配合，他垂下了眼睑，稍显迟疑，不过说话一点也不打顿：“一年多之前的春天，噢，就是去年春天，你看我，说话都语无伦次了，总觉得这些事情已经发生了很久很久。我们又一次爆发了争吵，我说爆发，指的是我们吵得很凶，不是一般的夫妻之间吵架拌嘴。”

“我明白，能说一下为什么爆发争吵么？”

“还不是为一点小事，那天她希望我去参加她侄女的婚礼，我说对不起，婚礼那天有个剧组约我谈戏，这对我来说是事业上的大事，我去不了。于是就闹开了，她说什么了不起的戏，不能打电话改约时间么？我说不行，不能失约，对我这样的演员来说机会难得。总不见得你的事业轰轰烈烈，我老是坐冷板凳，她说你心中就是没有我。我说，你做起节目来，什么时候想到我呢。她说，你上戏也不是一次两次了，怎么拍出来的都是那种破戏呢。这话大大地伤了我的自尊心，我也就不客气地回敬过去，骂出难听的话来……嗨，夫妻之间吵架就是这样，说着说着跑了题，早就不是关于她侄女婚礼的话题了……”

“这我完全理解。”姚征冬点头，他和妻子离婚时，不也这样么？

“关键不在这里，我不说这些话题了，说起吵架的内容来，几天几夜也说不完。”

“关键在哪里呢？”

“关键是我们之间已经有了隔阂。”

“怎么而起的？”

“最初是为了我约同事来家中搓麻将。你知道，我是演员，上戏的时候，忙得顾不上家。没戏的时候，就闲得无聊，不能老是待在家里看书、看碟片呀，同事朋友之间，就搓搓麻将，你来我往的，也好沟通点信息、介绍个剧组什么的。说到底，我经营的那摊子事，也需要应酬啊！搓麻将本身也是增进感情和友谊的方式。要不，谁理你啊！不过，那天我们是玩得晚了一点，可我也没办法啊，人家兴致正高，我能催人家走么？她忙完回家来，正好有几个同事在家搓麻将，香烟味儿弥漫了一房间，她当场就火了，沉下脸来赶人家走不说，还把麻将桌子掀翻了。弄得几个朋友灰溜溜地离去，你想想我坍台不坍台？我的面子还要不要，以后怎么跟人家相处。那一天，我们发生了剧烈的争吵，几天没说话。直到我们的女儿妙妙两头求我们，我们才重新开口讲话，但心里的疙瘩仍没解开。说实在的，搓麻将只是表面现象。”

“那么实质矛盾又是什么？”

“实质问题是她认为我在外头有女朋友。”

“你有没有呢？”

“当演员的，哪能没几个朋友呢，男女朋友都有啊，况且我还有几个崇拜者。”

“崇拜者中也有女性。”

“没错。她就受不了啦，威胁到她的身份了，危及她的家庭了，后院起火了，你想想，她工作的电台信息多，什么事儿听不到，什么话儿传不到他们那儿去。对不对?”看得出，欧阳明的情绪上来了，显得有几分愤然，一抬头的当儿，发现了姚征冬端详的目光，他自我解嘲地一摆手，端起杯子喝咖啡。太激动了，他喝了一大口，当即咽了下去，喉咙里发出咕哝一声响。

姚征冬心里说，别看他是演员，品位也就那么回事。他就是因为长相漂亮才当上演员的。

“我想，林月感觉到危及家庭的女朋友，是有特指的吧?”

“就是这么回事。她认为有女人对我产生了感情，我就应该负责任，家庭就有了危机，保不住了。动不动就扳错头，挑我的不是。纯粹是神经过敏嘛。连他们单位女同事到家里来，和我多说了几句，她也要吃醋。你说这日子还怎么过，她自已整天在电台上和千千万万的男男女女说话，收那么多的听众来信，很多男性听众的信说什么的都有，简直肉麻至极，读也读不下去。我要像她一样，那就不要活了。”

“你对她所说会引发危机的女性，”姚征冬小心翼翼地提出了一个尖锐的问题，“肯定是年轻漂亮的女性，有无感情呢?”

“那还用问么，你也是男人，也是个名学者，比我年长不了几岁。没好感我也就不跟人交往了。你说是不是?”没想到欧阳明答得十分爽快，这一点给姚征冬留下了一个颇为良好的印象，他丝毫也不遮遮掩掩的：“好吧，不说了不说了，要这么说下去，永远牵丝攀藤缠不清楚。我挑主要的说吧。那天大吵之后，我们双方都觉得没法厮守下去了，于是我们都感到缘分尽了，反而倒冷静下来，心平气和地商定了离婚，为免留后患，我们还分别去咨询了有关部门，双方逐条拟定了离婚的协议书。”

“拟了离婚协议，后来为什么没离呢?”这正是姚征冬今晚想了解的。

“呵呵，”欧阳明淡淡一笑，“说起来就像影视剧里的剧情。那天说好了，还是她催的，下午三点去民政部门盖章，我准时去了，左等她不来，右等她也不来。给她打拷机，不回电，打手机，关机。等到将近四点，我无聊得转了好几个圈子，人家办公的都快下班了，她还是没来。婚就这样没离成……”

刚说到这里，欧阳明入座时放在桌上的手机响了，是那种悠扬的铃声，声音响得很突然，姚征冬不由朝桌面上的手机瞅了一眼，欧阳明抱歉地一摆手，说了声：“对不起!”

姚征冬的手提醒般地指了指他的手机，端起咖啡杯，垂下眼睑做出一副专心品尝咖啡的模样。

欧阳明拿起桌面上的手机，沉着脸通起话来："喂，你好，我在干什么，哦，我在和一个记者谈点情况。什么事儿，你说什么？嗯、嗯，我明白了，我立刻赶过来。好的，好的，再见。"

姚征冬眼看着他通话的一二分钟时间里，语气刹那间变得严峻起来。合上手机，他脸上浮起一点笑，说："对不起，姚老师，一位朋友有急事，让我赶去，今天只能谈到这儿了。我们再联系。"说着话，他不容置疑地伸过手来，姚征冬和他握了握手，他示意要埋单，姚征冬让他别添事儿，赶快走，他也没再客气，起身离座，迈着潇洒的步子，在悠然的风笛声中，出门离去。

姚征冬拿起小匙，轻轻搅着喝到一半的咖啡，在苏格兰风笛伴奏中沉吟着。毕竟仅隔着一张二人小咖啡桌，从欧阳明手机里，还是能听出一个柔柔的女孩说话声。当然，女孩说些什么，姚征冬一句也没听见。判断对方是个女孩，也有点儿盲目和主观，但那是个女人却是无疑的。是的，林月离世已经有一些日子，哀悼她的热潮已然过去，欧阳明在人世间的日子还要继续过下去。对欧阳明不必苛求。

一个人在咖啡厅里枯坐下去，已了无情趣，哪怕这地方格调高雅。姚征冬三口两口喝尽了杯中的咖啡，埋了单。

重新走到南京西路上，又一阵盛夏的烘热迎面拂来，马路对面的波特曼酒店人声鼎沸，灯光通明，豪华的小车熙来攘往地进进出出，从旋转门里走出来的客人们手里都提着礼品袋，又是一场什么活动刚结束吧。这也是八九十年代开放后上海滩上的一大景观，人们都熟视无睹了。姚征冬要参加什么活动，也要提的。他的嘴角露出一缕笑容，昂起脸来，无意间再次眺望着波特曼的主楼，不知为什么，耸立在夜空中微向前倾的主楼顶部，有几扇窗户正亮着灯。远远地望去，真像一条巨大的眼镜蛇瞪着眼睛俯视着地面。

姚征冬正为自己新的发现惊异，兜里的手机响了。他摸出手机接听，万没想到这是厉言菁打来的，他们相识以来，她从来没在晚上主动给他打过电话。况且他们今天刚分别没多长时间。

她在电话里慌慌张张地说："征冬，对不起，这时候给你打电话，唉，你简直想象不到，华都大楼里又死人了！”

姚征冬陡然感到一阵酷热，浑身上下都出了汗，黏糊糊的，难受极了。

## C

厉言菁回家的时候，华都大楼里还是安安静静、太太平平的，一点也没有出事的迹象。只是家里的气氛有点僵。

雷家田开着空调，换了一身浴后的睡衣裤，整个身子倚靠着沙发背，两脚高高地跷在前面的茶几上，正眯缝着眼睛在看电视。看见她进屋，他身子一点没挪动，只是转了一下脑袋，懒懒地说了一句：“你又出去了。”

“嗯，”厉言菁也只淡淡地回他一句，进屋后一头钻进了浴间，“嘭”的一声关上了门。

每次他回家，只要厉言菁没在家，他都是这样冷若冰霜地对待她，遂而就半天不说话。过去她上班时是这样，如今她下岗待业，他那张脸绷得就更难看了，明显地就是在报复她的离家和没做晚饭。

尽管厉言菁离家时在桌上留了条子，托词说有人介绍工作，他还是表现出男子汉的不悦来。这个家，真是难以维持下去了。前些年，跟他说上海人家里都装了空调，我们也买一台，他总是寻找种种理由表示反对，一会儿说是老房子，装了噪音大，怕影响邻居关系，一会儿说空调质量还没过关哩，再等等，一会儿又直截了当反对说人都要到美国去了，装它干什么，又用不了两三年。后来，厉言菁趁他去无锡出差，擅自买来空调装好，收拾得一干二净，他回家后仍是老大不满地唠叨了很久。现在用起来，他倒比哪个都积极。开开不在家，他一个人把空调开得很足，“脚跷黄天霸”在家里享清福呢。

打开淋浴龙头，厉言菁一边让温水冲淋着自己的胴体，一边不由低头俯视着自己的体态，水声哗哗，水珠顺着洁白的皮肤往下淌去，闪闪烁烁的水光里，她洁白的皮肤泛起仿佛透明的肉色，格外诱人，说真的，除了拱起的腹部那儿有点起皱，她的整个身躯仍是紧绷绷的，像个妙龄少女。站在腾起一点雾气的水帘中，眯缝起双眼回味着，刚才在姚征冬家里时和他亲昵的一幕一幕，不由晃晃悠悠地浮现在眼前，一个手势、一个动作、一个眼神、一个体态，哦！实实在在令人迷醉，浑身上下有一股美不胜收之感。说真的，今天她没有白去，姚征冬对她，不是像她下意识地担心的那样填补光棍单身汉的空白，也不是司空见惯的逢场作戏，他愿意娶她为妻。

这是最重要的，他说得那么认真，考虑得那么细致。现在，球已经落在她的手里，主动权在她这边。

对于自己的相貌，厉言菁还是自信的，她晓得自己比实际的年龄要长得年轻，这是她的优势，可能是来自遗传，可能是她自小习惯了逆来顺受的生活，容易满足，吃得下，睡得香。特别是睡得香这一点，当年在纺织厂里，小姐妹们都羡慕她，怎么脑袋一搁到枕头上，顷刻就能睡着。正因为显得比实际年龄还年轻，和姚征冬在一起，她还是配得上他的。在他的家里幽会时，她和他双双搂抱着站在镜子前相互端详，她觉得自己站在他的身旁一点也不逊色，她问过他：仔细看看，我配得上你么？他是怎么答的，反正答得她心里舒服极了。他说，你就像是为了嫁给我而到人世间来的。听了他这话，她当时主动地吻了他好久好久，现在的关键问题是，她该在什么时候向雷家田开口提离婚的事呢，总不见得一点没来由的，就跟他提吧。总得候一个机会吧。从这一点来说，她还巴不得他向自己发脾气，趁机和他大吵一场呢。可他永远是个温吞水，就是对她不满，也只是冷冷地对待她，不会朝她大发雷霆。

这么忖度着，厉言菁仰起脸来，承受着温热的自来水的冲刷。其实，她在姚征冬那儿已经洗过，身上一点儿也不脏，下了出租车，她并没走多少路，身上仅有些微汗，不进浴间也可以。一头钻进这里来，一是她不想看雷家田那张欠他多还他少的脸；二是她想一个人好好待会儿，平静一下激动不已的心绪；三是她每次和姚征冬做爱后，总感觉自己身上会留下一点强烈的体味儿，好闻的令自己留恋的体味儿。她怕雷家田挨近过来闻到了会有所觉察。

浴间里没有装空调，沐浴了一阵，她反而出了一身的透汗，穿上换洗的睡衣衫，走进凉爽宜人的空调间，她只觉得神清气爽。她抹拭着鬓角的汗，仰着脸问雷家田：“开开回来吃晚饭了么?”

“他来过一个电话，说和同学在外面玩儿。”雷家田转了一下脸，朝她留神地瞅了一眼，遂而又转过头去，仍然一动不动地盯着电视荧屏。

厉言菁挂起毛巾，冲一杯淡淡的咖啡，走到单人沙发边，刚入座，雷家田就出其不意地扑了上来，她被吓了一跳，雷家田却在她额头上吻了一下，凑得她很近地说：“言菁，这会儿，你脸上红扑扑的，美极了，美得我都有点不认识你了。”

“你才发现啊，”这个木头，平时很少说她的恭维话，今天一开口，还有些动听哩，厉言菁轻轻推一推他，转脸去说，“快去坐好，挨得这么近，你热不热啊？”

雷家田整个身子全挨了上来，他局促地说了一句：“我就是要和你亲热。”遂而就捧着厉言菁的脸一阵亲，嘴巴里的热气一阵一阵直冲厉言菁的脸。

他想干什么，厉言菁心里是清楚的，老夫老妻不少年了呀，要在往常，厉言菁也就半推半就地依顺他了，说到底，他终究是她的丈夫，再说他也难得有这样的心情。可今天，她实在没有这个情绪了，刚和姚征冬度过欲仙欲醉、云里雾里的一个下午，她已经筋疲力尽了，哪里还有精力和情绪应付雷家田。况且姚征冬明确表示要娶她，她也一心一意想着要嫁给他，怎么还能够……她僵直着娇小的身子，双手使劲儿地推搡着他说：“我累了，在外面跑了半天找工作，看人家的脸色，现在不行……”

可雷家田就像浑身着了火，今天晚上显得非常固执，他像没听见厉言菁的咕哝一般，一副馋相地耸着嘴，从她的脸上，吻到她的颈项，又从她的下巴，吻到她的胸部，一边吻一边粗暴地撕扯着厉言菁的睡衣，嘴里呼呼出气地说：“言菁，你别怪我，今天晚上我特别想，我们，我们，我们好久好久没过性生活了，你、你、你就不想么……”

他一边说，一边胡乱抚摸着厉言菁的身子，整个身子压到她的身上来。厉言菁把头往沙发背上一靠，晓得今晚是躲不过去了，她要再反对，再回避，雷家田就要起疑心了。她心头不无怜悯地掠过一个念头，随他去吧，反正他十次总有九次都是草草收兵的。这么想着，她的躯体随之松弛下来。

雷家田似熟悉她的肢体语言一般，利索地扒开了她的睡衣，手在她的腹部摩挲着。

屋外有声音，说话声和嘈杂的脚步声。

厉言菁难受地一直身子，双手一把抓住雷家田的手，紧张地说：“家田，你听，楼道里好像有什么声音。”

当真的，从楼道上传来踢踢踏踏的一阵一阵脚步声，还有高高低低的说话声，很热烈的。

这种情形，在华都大楼里是很少见的，人一多，人们都习惯了依靠电梯上下。她的脸转向门口，自言自语地问：

“不会出什么事吧？”

“不知道。刚才你洗澡时，电梯上上下下也很频繁，有好几次了。”雷家田说话的口吻，还是各人自扫门前雪的腔调，但他的兴致，显然已被室外越来越响的声音和厉言菁的敷衍打消了。

楼道里的噪音没有消失，反而越发嘈杂了。厉言菁轻轻推开一脸扫兴的雷家田，装作有兴趣的样子，离座慢悠悠向门口走去：“我去看看。”

她一开门，不由疑讶地瞪大了眼睛。只见一帮接一帮穿着汗衫短裤、睡衣睡裤甚至赤膊的男子，都在涌上楼来，又朝楼上走去。楼上也有人不时走下来，但没涌上去的人多。

“楼上出什么事儿了？”厉言菁大声问。

“出什么事儿，嗨，怪味儿，你们住在一幢楼里，竟然都会不晓得。告诉你，弹老三，死人了！”一个从楼上下来的中年男子大惊小怪地说道。

厉言菁甚为震惊：“死的是哪家？”

“512，曹宏炎死了。”另一个人答。

马上有人跟着介绍：“自杀还是他杀不清楚。”

“真的么？”待在屋里的雷家田又来了劲，他追问着，冲出房门，就随着人流朝楼上走去。

厉言菁像被人重重地击了一棒，呆站在门口。她的眼前闪过前几天在512门口核实家庭人数时感觉到的阴森森的一幕，那一瞬间，她就有一种不祥之兆，没想到，这事儿说来就来了。

厉言菁回转身去，拿了钥匙，关上房门，也向楼上走去。

楼梯上拥满了人，一股股热浪迎面拂来，到了五楼，厉言菁费了老大劲儿才挤到512门前。铁门关着，里面的木门也关着，不让进。厉言菁个儿小，在人堆里被人推来搡去，有一股透不过气来的感觉。没一会儿，她已经满身是汗了，只听身前左右都有人在议论，在七嘴八舌地争相说着512发生的死亡事件，别说不让进去，就是让进也看不到什么东西。死者曹宏炎今天黄昏一经发现，死亡已两天了，他的面部乌黑肿胀，七窍淌血，看见他惨相的一个姑娘吓得锐声叫了起来，简直是令人目不忍睹。经法医验证，曹宏炎是在昏睡状态下吸入一氧化碳死亡的。验证以后，尸体就被拉走了。这么热的天，尸体再放在屋里，不是要臭死人了。邻居们也不会答应啊。

厉言菁只觉得疑惑，她忍不住问："那么女主人呢？"

冯小末失踪了。

稀奇就在这里。

那么是谁最先发现曹宏炎死了呢？

五楼上的邻居，他们感觉到楼道里有煤气味儿，到处检查，最后查清煤气味儿是从曹家泄漏出来的，于是拼命敲门，就是没人应。邻居找来了居委会、派出所的人，同时给曹宏炎和冯小末两家单位打电话，两家单位都回话说这两个人两天没来了。事态越发蹊跷，派出所做主，请来了锁匠，没费多大劲儿把512的房门打开了。

满屋子弥散着呛鼻的煤气味儿。

先开门窗透气，然后再进去查看。

曹宏炎煤气中毒，死在床上，是典型的煤气中毒症状。不过，听说曹宏炎死前吃了很多安眠药。到底是自杀还是他杀，现在还无从下结论。

有一点却是清楚的，曹宏炎的妻子冯小末找不到了。

发现曹宏炎尸体以后，有人怀疑他们是不是忍受不了丧女之痛，双双自寻短见。

可在512室内，所有的角落都找遍了，也没见着冯小末的踪影和她留下的纸条、信件以及告知她去了何方的线索什么的。联想到单位说她两天没去上班，初步认定，这女子是失踪了。

当然，也有人怀疑，曹宏炎的死，和她有关。五楼上的邻居说，这事发生前几天，他们两口子经常拌嘴、吵架。就是两个人在楼道、电梯里一起上下，难看的脸色也是让人一望而知，两口子在闹别扭。

厉言菁在人群里钻来钻去，耳朵里塞满了各种各样的议论和说法，基本上把事情弄清楚了。

转来转去，她的身上黏糊糊的已满是汗，她一向爱干净，不能再在五楼上待下去了。她一边往下走，一边四处张望，就是没见雷家田的影子，她心头一直在犯疑，他不是先上楼的么，怎么就是没见他的身么。

回到开着空调的家中，顿觉凉爽惬意。厉言菁一面拿着毛巾抹汗，一面想问问雷家田，还听到些什么，不料雷家田并没回家来。这么长的时间，他到哪里去了呢？

从来没有过，厉言菁整个儿感觉到一股坐立不安的烦躁，刚刚抹去的汗又冒了出来，她的心绪波动不宁，待在家中，也觉得魂不守舍。

是因为雷家田没回来么？显然不是。

是因为冯小末的失踪么？好像也和她没多大关系。

是因为听说了曹宏炎的意外死亡么？那明明是人家的事嘛。

可她就是感觉六神无主，她是情不自禁地给姚征冬拨去电话的，他不是在探究林月之死的缘由么？瞧瞧，林月死亡的阴影还没抹去，晶晶死了，紧接着晶晶的父亲曹宏炎又死了。

是的，一个伟人说过，死人的事儿是经常发生的，但华都大楼最近这一连串的死亡，似乎是过于频繁了一些。怎么不是呢，照常人看来，林月、晶晶、曹宏炎，都不属于正常死亡，他们不该在这么年轻的时候死去，他们理应活得比大多数人还要好些。可他们却死了，死得那么突然，那么让人觉得意外。这是不是和华都大楼有什么关系呢？

姚征冬是爱她的，他只听她说了几句话，就听出了她的不安。他问她是怎么回事，她说她也讲不清楚。在华都大楼生活将近二十年了，她都不曾有过这种感觉。

姚征冬安慰着她，向她表示着关心和爱意，她的心头好受些了，说话的语调也变得亲切自然起来，充满了感情。但她惊觉到这是在家里，雷家田随时随地都有可能回家来，她不能像家中无人时那样随心所欲地和他通话，她更不能无所顾忌地向他倾诉心里话，她向他表示了感谢，匆匆挂断了电话。

雷家田还是没有回来，他肯定又混在人群中，听着街坊邻居们海阔天空的议论，不时地自己也插上几句话，乐不思蜀地把家置之脑后了。他就是喜欢这样，就是在这样的场合感觉到分外自在。标准一个上海滩小市民。

厉言菁身上的汗不像刚回屋时那样冒得凶了，她坐在铺展了竹席的沙发上，一无所思地呆望着电视机的荧屏。

雷家田刚才冲出家门上楼去时，电视机还是关了的。屋子里除了空调的嗡响，显得分外静。楼梯上、过道里的喧嘈仍在不断地传进来，厉言菁倚靠在沙发背上，泥塑木雕般凝坐着。

一无所思么？哦，她的思绪像奔泻的急流似的在脑子里翻腾。快二十年了，一晃，她嫁到华都大楼里来竟有那么长的时间了。她是怎么嫁来的呀？她这半世人生是怎么走过来的呀？

她的眼前清晰地出现了一幢石库门房子。

普通的不带卫生间的石库门房子。

弄堂很短，总共只有十幢房子。

她就出生在这条弄堂的 5 号，三楼上。

那是二十世纪五十年代的一个冬夜。

后来她知道，一百个上海人当中，几乎有六十五个生活在像她这样的弄堂环境中。

二十世纪的上海，可以称作一个弄堂的城市。过街楼啊，客堂、厢房啊，灶披间、天井、老虎灶啊，门牌号码在前门、进出得走后门啊，几乎是所有上海人的共识。

在厉言菁下岗以前供职的那家社会学杂志编辑部里，自从九十年代旧城改造掀起高潮，弄堂逐渐消失以来，那些学者们写下了很多和弄堂有关的文章和掌故，她随便翻阅杂志，也逐渐知道了，一八五四年的时候，在上海滩，最早叫弄堂的，就是现在全国闻名的南京路，那时候称为花园弄，老百姓也叫它大马路。至于堂，有的说“堂”因和“唐”同音，弄堂里住的都是中国人，中国人习惯叫唐人。有的又说“唐”在古代是庭中甬道的意思。也有学者写文章考证，在江浙一带的县城或州府，早有叫弄堂的，后来这些地方的人涌进上海，把家乡的称呼带了进来，弄堂也就叫开了。厉言菁知道那么个含义，也就不去深究了。

花园弄、花园弄，没有花园，只有弄，就是外滩到现在浙江北路的这一段，弄面并不大，行人稀少，市面冷清清的，两旁多的是简陋的二层楼房。

一八五三年，太平天国及上海老城厢里的小刀会起义，江南一带和老城厢内外的难民纷纷迁居租界，以求得安宁和保护。于是乎，原先华洋分居的租界内地价疯涨。以英国人史密斯为首的洋商们看准这是一个发财的大好机会，在有限的土地上建造了一排排仿照欧洲联排式住宅的木板房，以供逃进租界来的华人居住。

这么一来，原来只有五百华人住的租界地，在短短的两年时间里，骤增到两万多人。

一八六三年，以“里”称谓的弄堂，达到了八千七百多幢。十五年之后，华人越增越多，又因木板式排房极易引起火灾，很快就被砖木结构的连排屋取代。这种连排式住宅，占地少，造价低，增加了高大的封火墙，融汇了西洋格调的檐饰和窗饰，又和古老的江南明清民居有着相传承的文化脉络，无论是其间的黑漆大门，铜制门环，木格窗棂，封火山墙，红漆木裙板，屋门内的天井，客堂，楼梯，无不体现着中西文化交汇移植的特色。当然它又经济实用，租金不高，很快地得到推广，在上海居民急骤大增的时代里，弄堂石库门房子，成为上海最为主要的一种居住形式。久而久之，弄堂成了上海的特产，好像就只属于上海了。确实，布满全城的弄堂，记载了上海的历史，展示着上海人的心态、文化和生活方式。

厉言菁也知道，进入二十世纪二三十年代以后，一批一批留学西方的中国建筑师回到国内，他们投身于建筑市场，发挥了自己的才华，建造了一批异彩纷呈的新式里弄石库门房子，房间里融汇了西方的厨房、卫生设备，到了后期还配了煤气，真所谓闹中取静，舒适中包含着典雅，自成一个小小的天地，一下子大大提升了石库门的身价。

但是，这不是她家住得起的。在她的记忆里，她出生的时候，家里过的就是拮据的苦日子。

奶奶一共生了五个孩子。老大是个女的，接下来的四个全是男的。厉言菁的父亲是最小的一个，叫厉文昌。

爷爷虽然过世得早，可大伯父懂事早，靠着他接手经营一家黄酒厂，厉言菁的父亲顺利地进入了小学、中学读书。

厉文昌曾是南市敬业中学的高才生。

那一年，抗日战争爆发，厉文昌瞒着家里人，跟着校长，唱着抗日战歌，毅然离开了上海，到江浙一带，参加了国民党。

在国民党的抗战部队里，厉文昌担任了团的政治指导员，曾受嘉奖获“中正剑”一把。

部队驻扎在浙江永嘉时，厉文昌在老街上发现了一个花容月貌的县城姑娘，打听到了姑娘的家，他按当地规矩，托人上门说媒。外公也是个文化人，在永嘉县城里当中学教师。老人觉得这个讲一口宁波话的小个子，虽然是个当兵的，却十分难得地有文化，知书达理，又从大上海跑出来抗日，抗日就是为国为民啊！于是一口答应了这门婚事。

那一年，母亲十八岁，厉文昌二十七。在那个年头，男比女大九岁，是很平常的事情。

一九四八年，厉文昌离开军队，带着母亲和姐姐，回到阔别多年的上海，仍和奶奶住在一起。

那时，大姑、二伯、三伯已相继成家立业，在外头另租房居住。

厉文昌和大哥一家，伴着奶奶住在一幢宽敞的石库门楼里。

在厉言菁有限的幼年生活的记忆中，奶奶的身边常围着一大群儿孙。她是奶奶最小的一个孙女。

当她慢慢地学会抬头、微笑、开口、爬行时，大人们总会忍不住对她的相貌夸上几句。说她圆圆的脸蛋，白里透红的皮肤，一双明亮的大眼睛忽闪忽闪的像会说话一般，薄薄的嘴唇微向上翘，一张小嘴整天“呱呱呱”地说个不停。奶奶说她乖巧，父亲讲她说出来的话讨人喜欢。

除了亭子间租给一家女儿害肺病的门房外，这一幢石库门房子，都是他们厉家的。

大伯父只生了一个儿子。堂哥大她二十多岁，大伯父特别喜欢自己的小弟生下的一双女儿。厉言菁至今仍记得，只要一有空儿，大伯父就会牵着她和姐姐厉言莓的小手，到弄堂对面的小杂货店买一大包糖果回来。到了家里，大伯父舒舒服服地往床上一躺，要她们姐妹帮着把他脚上的大鞋子脱下来，然后再奖励她们糖吃。

厉言菁很喜欢大伯父，她觉得他要比严厉的父亲和蔼可亲，大伯父脸上的胡子也要比父亲的胡子硬扎好多。

朦朦胧胧地，厉言菁仿佛听说过，大伯父试图逃去香港，可大伯父离家没多久，又回来了。他说他舍不得妻子、儿子和房子。除了闹市区的石库门房子，大伯父家在市郊有一幢别墅，家里人说大伯父曾带厉言菁去过，但在厉言菁的记忆里，怎么也没有这幢别墅的影子。她想，那一定是她像弟弟那样被抱在妈妈的怀里时去过的吧。

终于大伯父被抓走了。

二伯父被抓走了。

厉言菁的父亲惶惶不可终日地度过了一段恐怖的日子以后，难逃厄运，同样被抓走了。

厉家兄弟四个，除了三伯父是地下党，解放以后当了共产党的官以外，三兄弟都是国民党。

家中失去了往日的欢声笑语，整幢石库门房子死一般的静寂。

只有亭子间那户看门的老婆活跃起来了。她再也不因老公患心脏病，大女儿害肺病而愁眉苦脸了。仿佛她家的两个病人，比起厉家昔日辉煌、今日落魄的处境要强得多了。她的话多了，嗓门也响亮了，厉言菁的耳畔，时不时地，还能听到她指桑骂槐的讥诮声。

夜半三更，奶奶撕心裂肺的哭声会把厉言菁从梦中惊醒，那断断续续从门缝中传来的凄惨呼叫，至今仍令她心有余悸："我的儿啊，你在哪里啊……"

厉言菁的奶奶，一个七十几岁的老人，不久便去世了。

草草为奶奶落葬那一天，下着小雨，厉言菁生平第一次，鞋头上缝了两小块麻布，身上扎了一条白色的腰带。

刚给奶奶办完丧事，家里接到信息，大伯父死了。不晓得死因，也不能收尸。

大伯母、堂哥、堂嫂抱着大伯父的遗像，呼天号地。

厉言菁傻傻地呆立在一边，脸上淌满了泪。她晓得，大伯父再也不会买糖给她吃了。

老人走了，顶梁柱倒了，失去了依靠的妈妈，面对着三个嗷嗷待哺的孩子，整日里以泪洗面。妈妈经常淌着热泪，但她从来都不哭出声。因为没有奶，小弟弟瘦得皮包骨头，连哭的力气也没有了。

弄堂里这个说，小弟弟不行了；那个说，我喜欢这男孩，送给我吧；夜里还有人悄悄来递话，说千万别送给那人啊，他是想转手卖出去赚钱！上海滩旧社会的拆白党，到了新社会并没有完全消失。

一听拆白党，妈妈脸色发白，浑身颤抖，紧紧地抱着小弟弟，仿佛真怕有人从她手中将小弟弟抢去。

姑妈传来话，她家附近有一户人家，需要人帮佣，讲好了，妈妈可以带上姐姐和小弟弟同去。白天，大姐和小弟弟可以放在姑妈家。

厉言菁被送到二伯母家里。

二伯父的处境比大伯父稍好一点，他被判了刑，人还活着。可家中的生活同样拮据，依靠二伯母娘家偶然接济一下，二伯母自己又从外头接一些针线活来，从早到晚不停地穿针引线，得到一些微薄的收入，维持着生计。

大堂姐进了中专，一周回家一次。因为家中没有固定的床铺，她一回家，就和厉言菁一起睡地铺。

那一次，堂姐姐又从学校回来了，厉言菁听她讲灰姑娘的故事，那一双神奇的水晶鞋，激发起厉言菁无限的想象，使得厉言菁兴奋得久久不能入睡。她幻想着，等她长大了，也能得到一双这样的鞋子，那该是多么幸福，她如果嫁给一个王子，一定要让一大家子人，都过上团团圆圆的、美满的生活。是太兴奋了吧，她半夜里尿床了，早晨醒来被窝里湿漉漉的，厉言菁知道自己闯祸了，赖在被子里，捂紧被窝不肯起床。堂姐姐其实早就明白了，她一边逗着小言菁，一边鼓励她快起床。堂姐姐拆洗被子的时候，一点也没责备她，使得她一辈子都觉得忧郁的堂姐姐是个好人。

小小年纪，她已懂得了，寄人篱下过日子，处处要知趣、要谨慎。

一个冬天的晚上，二伯母还在裁剪衣裳。厉言菁坐在桌子旁，等待二伯母干完活，给她打地铺睡觉。那一晚，二伯母的活总做不完，睡意浓了的厉言菁不由像鸡啄米般打起了瞌睡。

忙着裁剪的二伯母顺手扔下剪刀，剪刀顺着布匹滑过来，一下碰到厉言菁的鼻子，霎时鲜血流了下来，厉言菁也痛醒过来，她忍住了疼痛，任凭泪水往下淌，就是不哭出声。

正是在那时，她陡然明白了，妈妈的泪为什么总是无声地往下淌。

妈妈帮佣没多久，就被东家辞退了。表面上的理由是他们家也不富裕，当初雇用妈妈只是出于同情，给这可怜的女人一家混口饭吃。而深层里的理由，是在厉言菁真正长大成人后才晓得的。东家的主妇说，妈妈长得太年轻、太漂亮了。

妈妈带着姐姐和弟弟回到了家中，而厉言菁则被转送到了姑妈家寄养。

姑妈年逾花甲，是个典型的旧式家庭妇女。一天到晚在家里领养孙儿、孙女和外孙儿女。厉言菁的表姐虽已出嫁，可男方在外地，夫妻关系不和，表姐就回娘家和姑妈同住。

每天晚上，表姐钻进仅放着一张床铺的阁楼里睡觉，早晨，又从阁楼里爬出来。

姑父天天上午推着一辆木制的四轮车，上面放些牛皮、鞋钉、榔头、钳子、蜡线，到离家不远的小商品市场摆修理摊。黄昏时分，天黑下来，他又推着“壳隆壳隆”的破车回家来，只是车里多了一瓶酒。

姑父长着一只酒糟鼻子，那鼻头终年都是红红的。他从不骂厉言菁，也不管她，每天只要有那么一瓶酒，他的脸上总是笑呵呵的。晚饭时，姑父先吃酒，他的孙儿孙女、外孙儿女们，也跟着争先恐后、无拘无束地爬上桌子，和姑父争吃的。有时姑父高兴了，会用筷子头蘸一点酒，让孙孙们尝尝，小孙孙们先是皱眉头，继而尝到了甜头，伸手过来夺酒杯，喝了一口又“哇哇”大叫，乐得姑父哈哈大笑。

终日在风霜雨雪中辛劳的姑父，也只有在这个时候，享受着他那一份天伦之乐。

而厉言菁却似一个局外人，木然地瞧着这一切。在姑妈家中，虽没有人阻止她上前去夹一筷子菜，但是她懂得，这不是她的家，这一切都不属于她。姑妈知道她懂事，常会用一只小碟子，给她专门夹上一碟菜肴或是冷不防往她的嘴里塞进一块肉来。

一个人面对厉言菁时，姑妈情不自禁地会讲起她的四个弟弟，特别是可怜的小弟弟，她把对小弟弟的思念之情全都倾注在对厉言菁的关爱上。

这一切厉言菁全明白，但她还是不快活。

一天早晨喝豆浆，表哥的女儿吵着就是不肯喝，她指着杯子说厉言菁的那一杯比她多。急得好心的姑妈只好把她的那一杯倒得满满的。

小小年纪，厉言菁整天郁郁寡欢的。到了夜里，她又睡不着，一钻进被窝，她就想妈妈，想姐姐，想弟弟，想她自己的家。

终于有一天，姑父没把四轮车推出去，他歇了活，带着她到家里去了。

家已不称其为家了，除了一间房和一只阁楼，其余的一、二、三楼全搬进了陌生人。

原来是约好的，大伯母、二伯母都来了。照例的，当官的三伯父、三伯母要和这个家庭划清界限，这种聚会是不来的。但家里已经挤得满满的了，大人们在房间里聊天，厉言菁偷偷躲进了小阁楼。

天近黄昏，姑父和大人们要回家了，他们发现厉言菁不见了，于是只得四处找。

“我肚子痛。”躲不住的厉言菁站在阁楼上，捂着肚子，假惺惺地说。

“我们哪里对你不好？”姑父生气地独自回家了。

妈妈容忍了厉言菁，只因为她终于能去一家毛纺厂做临时工，有几个钱的收入了。

还显得太小的弟弟托付给离家不远的一户陌生人家领养。

厉言菁和姐姐都在想念小弟弟。一天，两姐妹大着胆子，按着门牌、号，一路找去，寻到了那户人家，小心翼翼地上得楼去，只听见小弟弟断断续续的哭声。

两人推开门走了进去，只见可怜的小弟弟孤零零一个人坐在床上干哭。一见了两个姐姐，他的双手就往前伸过来，厉言菁和姐姐一齐扑了上去，三个人抱在一起痛哭失声。

在楼下洗菜的女主人听见哭声，急急忙忙地赶上来看，一见了她们两姐妹，就大声地训斥她们，把她俩一顿臭骂。骂得她俩只得灰溜溜地离去。当她们走出门时，背后还传来小弟弟声嘶力竭的哭喊。

那一晚，在厉言菁和厉言莓的苦苦哀求之下，妈妈终于流着泪答应，不再把小弟弟送到那户人家里去了。

毛纺厂在浦东，每天一早，妈妈天不亮起床，匆匆忙忙地给三个孩子烧好了饭就上班去。

妈妈出门赶去坐摆渡船的时候，三个孩子往往还在熟睡之中。有时候，黄浦江上的汽笛声把厉言菁吵醒，厉言菁会想到，妈妈这时候准定坐在船上。船上的风很大。

但大多数时候，他们都熟睡着。天大亮以后，等他们睁开眼，才发现妈妈不见了。好在是夏天，有饭吃就行了。

有一天，邻家的小伙伴指着她们姐妹一阵乱叫，说她们头发上全是屎，吓得她俩拼命往家中的镜子前跑。

原来，三个小孩挤在一张床上，小弟弟半夜里拉屎在床上，而她俩的睡相不好，一夜下来，头发上全沾着了。言菁和言莓赶快拿着盆子盛来水，相互帮着足足用了半天时间，才将头发洗净了。

童年时代狼狈不堪的往事，愈是埋在记忆深处，愈加不会忘怀。

太阳西斜，妈妈该回家了。一天太阳的暴晒，马路上的柏油路面还是滚烫滚烫的。厉言菁往往会光着稚嫩的小脚，到电车站上去接妈妈。

那天，黄昏时分下了一场大暴雨，天黑之前，雨停了。妈妈还没回家，厉言菁光着小脚，踩着大雨过后的积水，哗哗啦啦的，又到车站上去了。

电车站上好多人都在等车，看见人群里挤进了一个光脚的小丫头，昂着脸眼巴巴地瞪着远方，一些大人好奇地逗她：

“小姑娘，你多大了？”

“六岁。”

“你在等谁？”

“等我妈妈。”

一个人和她搭腔，周围的人纷纷议论起来：

“这小姑娘长得真可爱。”

“小小巧巧的，像个洋娃娃。”

一个中年妇女朝着她弯下了腰问：“从家里出来，为什么不穿鞋子？”

“鞋子穿破了。”

感叹声中，又一个人问：“你爸爸呢？”

“给抓去了。”

厉言菁不懂，车站上的人为什么都露出了吃惊的愕然之色，为什么这些大人们不问下去了。车站上一片默然。

车来了，不见妈妈的身影。

等车的人上去了，车站上只剩下了她一个。慢慢地人又多起来，再有人问她，她抿紧了嘴不答话。

车又来了，妈妈从车上下来。走在行人中，妈妈和所有下班的大人们一样，带着一只饭盒，里面往往有工厂食堂的馒头。她已经由一个家庭妇女，变成了一个职工。

七岁那年，厉言菁和所有同龄的孩子一样，走进了学校。这是她第一次感到，自己和别人可以享受同等的接受教育的权利。姐姐言莓比她大几岁，只因家里穷，仅比她早读一年书，高一届。在班上，姐姐是年龄最大的学生。

家里穷，学费被免去了一半。读书的日子，她觉得不要费多大周折，成绩就能在班上名列前茅。过六一儿童节，她也参加了文艺演出。她记得，那是个阴天，她穿上了借来的裙子，抱着借来的洋娃娃，老师将她的小嘴涂上了口红，周围的老师们啧啧有声地夸着她的漂亮，说她本身就像一个大洋娃娃，她在周围很多同学羡慕的眼光注视之下，上台边唱边舞，出尽了风头，还为班上争得了荣誉。

班上的女孩，都愿意和她在一起玩儿，她不再感到孤单。

可是，这样无忧无虑的好日子没过上几年，四年级时，不知从什么时候起，同学们知道了她的身世，说她家里没有爸爸，爸爸在外地改造，那些调皮的男同学，时不时地会来欺侮她。

特别是班主任李老师，在那次班会课上，猝不及防地点到她的名字，让她站起来回答，还欠着的学费，什么时候付清，她用低得像蚊子叫一样的声音说，要回去以后问过妈妈才知道。李老师先是说听不见，让她大声重复一遍，接着又用嫌弃的语气道，已经减免了一半，只收你们一半钱，还拖拖拖，拖到猴年马月去啊！

厉言菁只觉得全班几十双眼睛全向着她转了过来，所有的同学都在瞪着她。

她无地自容。

唯一能宽慰自己的是，她的成绩好，又和同学们合群，大伙儿并没有瞧不起她。相反，在一次民主选举中队干部中，她的票数名列全班第二，第一是学校里的大队长，她当中队长是没有问题的。

可是李老师说："她的个子太小了。"把她刷了下来，她当了一名小队长。

这只是因为她的家庭出身，初遭受到的一些冷遇。随着年龄的增长，这样的事情就越来越多了。

一次舞校的老师走进教室，在目测了所有的同学之后，指定她出去面试。

那回她在操场上玩儿，体育老师把她叫进办公室，对她说，你的机会来了，一位严格的体操健将要带她到体操队去训练。

最有希望的是，大队辅导员特意为她开好了介绍信，推荐她去市红孩子艺术团参加最后一次的面试。

她觉得命运向她露出了笑靥，这一趟肯定有望了，因为初选时，她在一大帮漂亮的姑娘中，经过严格考核后，让她站进了少数复考的队列里。

复考时，她又亲眼看到主考老师在她的名字后面写着“可培养”。

但是，最终她也没有收到任何一份录取通知书。

没有人告诉她这是为什么，是她后来逐渐明白的。在她填写的表格上，家庭出身栏里，清晰地写着：四类分子。第一次是老师帮她填上的，并且关照她，以后填表，都得如实填写，不得隐瞒。隐瞒成分，查出来后果更糟糕。

自那以后，厉言菁就背驮着“四类分子”子女的十字架。

这十字架让一个天真无邪的小女孩背着，一直背到她人近中年。

自小，她不知不觉学会了忍耐、学会了默认。学校里发生的这一切，她不能告诉妈妈，妈妈太辛苦了。

妈妈上班的地方很远，每天天蒙蒙亮就起床，赶着给孩子们煮好饭，妈妈并不是直接就赶去上班，她还得将几户邻居的马桶拎出来、倒掉、洗涮干净、晾晒在各家门前，然后再赶着去上班。

时间紧，来不及了，剩下的马桶来不及倒，就留给两个女儿。

年龄在增长，厉言菁懂事了，她已长成了一个亭亭玉立的少女，知道害羞了。拎着马桶走在弄堂里，她只觉得羞愧难当。

可有什么办法呢？她体谅妈妈的辛苦，即使万般无奈，硬着头皮，她也得去干啊。

她只能低着头，很快地将马桶洗涮干净，送到人家家门口。

这是一个永远令她羞愧难忘的日子。太阳躲在云层里迟迟不肯探出脸来，天气显得异常闷热难耐，天空中一片灰暗，厉言菁像往常一样，从一户人家拎出马桶，正走在弄堂里。迎面走来一个大小伙子，平时见了她，小伙子就爱死死地盯着她看，就是擦身而过了，他还会转过身来瞅她。这会儿，她拎着马桶，走得慢，他就死劲儿地盯着她瞧，直看得厉言菁心慌脸红，只想低着头快点走过去，不料脚底下一滑，被石头绊了一跤。身子摔痛了不说，顿时，一桶粪便洒了一地。

厉言菁躲进了自家小阁楼，哭了半天。

那些年里，小阁楼成了她宣泄感情的天地。冬天，小阁楼里暖洋洋的，只要用报纸将窗洞糊上，风吹不进，妈妈也不用操棉被薄的心了。

可是到了夏天，小阁楼里像蒸笼，热得无法入睡。每当到了上海最热的那些天里，厉言菁三姐弟就随着妈妈，用几块木板，搭在弄堂里过夜。

睡在硬木板上，望着满天的星斗，厉言菁眨巴着眼睛，总在忖度着，广寒宫里的嫦娥虽然寂寞，可她有美丽的衣裳，有小白兔陪伴，没有人欺负她。人间虽然繁华热闹，却有着多少苦难啊。每逢这时，她心中始终哽着一个问题，父亲究竟犯了什么罪，害得一家人要受这么多的苦。认识父亲的人都说他聪明、善良，他在外头到底做过什么坏事。她想念父亲，可父亲的形象，在她的记忆中却越来越模糊不清了。

没人给她解答这个问题，她不能问妈妈，也不能和任何人探讨，更不能和姐姐、弟弟谈及这一话题。她能做的，就是在心中默默忍受。

天上的星星闪闪烁烁，伴着她度过一个又一个不眠之夜。

天亮之前，疲倦至极的她才回到小阁楼里去，借着清晨的凉爽，贪婪地睡上一会儿。

一九六五年，一个夏天的晚上，父亲终于出现在厉言菁的面前。他刑满释放成为留场人员。这一次，征得场部同意，他有一周的探亲假。这一个星期的时间，包括路程假在内。

天天思念的父亲，出现在厉言菁面前，厉言菁却觉得他像一个陌生人。站在父亲面前，她不敢直视父亲，而当父亲不注意的时候，她会在一旁久久地端详着他。她觉得父亲的形象，完全是一个老农民，他的目光呆滞，动作有点迟钝，一不说话，脸上就不由自主呈现出忧郁的神情，不管谁对他说话，他都先堆起似要讨好人的笑容。

厉言菁内心里怀疑地问，这就是我的父亲么？他的身上哪里有一点国民党反动军官的模样？

抑或，他真是被劳动改造成了一个新人。

当时，父亲剃着光头，肩上扛着一大捆甘蔗，走进家门。三个孩子不认识他，都怔怔地望着他。言莓还以为他是来卖甘蔗的，对他尖声说：“我们不买你的甘蔗。”

妈妈一眼看到他，惊得发了呆。半天，她才指着放下甘蔗后一直在微笑的父亲对孩子们说：“他……他是你们爸爸啊……”

话声一落，妈妈啜泣成声。

三个孩子，没一个人叫父亲。他们一会儿哭，一会儿笑，哭几声，又笑几声。邻居们闻声纷纷来看热闹，一家人就把父亲扛回来的甘蔗分给他们吃。一人一根，来的人都有份。

一个星期过得很快，好像还没来得及感受一丝天伦之乐，父亲就要走了。奇怪的是三个孩子并不依恋他，厉言菁隐隐约约地感到，就连妈妈似乎也不怎么留恋。父亲在家的一个星期里，留给厉言菁最深的印象，就是他的病。

父亲的胃不好，厉言菁是稍懂一点事就知道的，以前妈妈经常会备一些治胃的药往农场里寄。

这一次厉言菁总算看到父亲发病时的惨状了，他手捂着肚皮，满头是汗地在床上翻过来滚过去，实在受不了，他就哀声哼哼着。

床头有一张仁济医院的病历卡，姓名一栏里写着厉文昌三个字，只写了病情，却没有配药。

厉言菁小声问父亲，为什么不配药。父亲抬起头来瞅了她一眼，闷声说了一句：“没钱啊。”

厉言菁忍着眼泪，跑出了屋子。

一个深夜，厉言菁被妈妈压抑的抽泣声惊醒了。她正要坐起来问妈妈怎么回事，只听父亲在说：“再苦，我总算熬出来了。农场里一个河南信阳的留场人员，探亲回来悄悄说，一九五九年冬一九六〇年春，他们那里，活活饿死的，就有一百多万人！和他们比比……”

厉言菁骇然瞪大了双眼，牙关都咬紧了。妈妈也不再哭了。

一九六八年五月，浙江安吉南湖林场寄来一封信，信上说留场人员厉文昌病情恶化，经医治无效，已于前日死于场部医院。

妈妈在接信后的第二天一大早就往安吉赶，第三天的傍晚，天刚黑，姐弟饿得等不及了，刚刚端起一人一大碗面当晚饭吃，妈妈悄无声息地出现在家门口，三姐弟一齐扑了上去，因为他们都看出来了，仅仅离家一天，一直被人夸长得年轻的妈妈的鬓角上出现了一缕白发，妈妈的脸庞一下子老了好几岁。妈妈什么也没对三个孩子说，只在夜深人静的时候，给他们每人的颈项和手腕上拴了两根麻绳。她悄声说，就把这当作披麻戴孝，追悼一下你们可怜的父亲吧。

那年头，厉言菁和姐姐完全懂事了，“文化大革命”的洪流正以势不可挡之劲头，狂卷全国，她们内心里再悲伤，又怎么敢为失去的父亲失声痛哭啊。

况且言莓和她，又都面临着毕业分配。尽管一个六八届、一个七〇届，她们两姐妹都没读上什么书，但是在中学里也算注册了三年，读过几段语录，听过几个报告，在六六、六七届分配之后，也轮到她们毕业了。

厉言菁长大了，懂得了生活，懂得了追求，也懂得了虚荣。

家中太小，穷得太寒碜。中学三年，她最怕的就是那些好串门的同学到家里来，她怕他们来了以后耻笑她住在直不起身子的阁楼里，她怕同学们知道自己的身世。

背上驮着的十字架始终伴随着她，提醒着她，没有权利要求什么，没有资格得到什么。全国掀起红卫兵造反浪潮时，她学会了几句革命道理。比如，“出身不好无法选择，道路完全可以自己选择。”又如“可以教育好的子女”，等等。她想参加红卫兵，没有一个红卫兵组织愿意要她。这时势单力薄的造反派正在招兵买马，她跟着几个出身不好的同学，跑到造反派那里。造反派把她们全收下了。

造反的势头越来越大，连临时工、合同工、外包工、菜场里卖菜的，也都起来要求革命，要求国家转为正式职工时，从来不敢参加任何活动的妈妈，也随着“一月风暴”席卷全国，上海造反派的最先得势，由连续当了多年的合同工，随大流变成了正式职工。

这件事刺激了厉言菁，她鼓动妈妈去申请住房。她和姐姐都长大成人，身边的老朋友月月不请自至，弟弟的个头蹿得比她们都高了，可一家四口还挤在小小的阁楼上，这日子真是度日如年。

机会来了，街道里统一登记住房面积，妈妈拿上户口簿去登记了。厉言菁急于想知道登记以后的结果，大着胆子去询问。工作人员被这小姑娘的美貌吸引住了，一边搭腔一边说：“好好好，我给你查一下，哎，你是帮谁来打听的啊，瞧，这是四类分子家属，不能登记！登过也给画掉了，你看你看。怪不得这户人家不敢来，叫你来打听呢。”

厉言菁哑口无言，她能说什么呢？等待毕业分配的日子，是焦虑而又无奈的。家中又小得待不住，厉言菁整天就在学校和马路上逛。从小，她喜欢唱歌，更喜欢跳舞，在唱歌跳舞中抒发自己久被压抑的情感。她做梦都在苦苦地追寻着舞台。那几年里，到处是毛泽东思想宣传队，中学里也成立了文艺小分队，还在校门口石阶上搭了一个大舞台，可没有厉言菁上台的份。一个个晚上，她只能站在马路上看热闹的人群中，看着她熟悉和不熟悉的同学、校友们表演。说真的，他们的演技，比起她来差得远了。可有什么办法呢？人家就是能上台，你就只能待在台下。

文化革命中的中学校园，一会儿口号阵阵，锣鼓喧天，大字报、批斗会、誓师会，一个接一个。一会儿异常冷清，师生们都悄无声息地享受逍遥去了。

直到毕业分配临近，人们才重新会聚到学校里来。

厉言菁所在的那个班，被学校里称作成分最为复杂的一个班。没有任何肩胛的班主任是个右派，早靠边了。毕业分配由工宣队、军宣队和造反得势的革命委员会统一分配。具体工作由毕业分配领导小组负责，根据厉言菁的条件，被分配在崇明农场。第一榜公布以后，她急了，姐姐厉言莓比她早分配，六八、六九届是一片红，言莓已被分配赴安徽蒙城，这几天她正在准备插队落户的行装呢。现在，她当妹妹的又要走，妈妈怎么接受得了。这风风火火的革命年头，一家两兄弟、两姐妹同去插队的，不在少数。报纸上也登过多次，不过厉言菁一次一次往学校跑，也听说过，一般来说，家中有两兄弟、两姐妹的，一个分配去了农村，另一个可以安排在上海工矿。她回到家中给妈妈一说，妈妈请了假，陪着她一起找到了“毕工组”，也算巧了，负责毕工组的头头，正是厉言菁要求参加造反派时的那个头头，现在他成了校革会副主任，手上有了权力。听了厉言菁和妈妈噙着眼泪的陈述及要求，他当场表了态，学校还有上海仪表局的名额，可以考虑分给她。

这真正是喜从天降。

以后的几天里，厉言菁天天守在家里，尤其是邮递员早晚两次到弄堂里来送信的时候，她干脆等在弄堂里，来来回回地在那条自小长大的短短的弄堂里徘徊。

通知来了，不是仪表局，是纺织局下面的一家大厂。

不管是什么局了，只要是上海，只要能进工厂，什么都可以。班上一个男生，分配到煤球店去卖煤球，还欢天喜地地庆贺呢。厉言菁高兴得合不拢嘴。没几天就要成行的厉言莓比她还要激动，她看着通知书，淌下了热泪。

言莓走后，她到厂里去报到，分配在细纱车间，做三班倒的挡车工。也就是一周上七个夜班、一周上六个早班、一周上五个中班，这样翻来覆去地轮流倒。

厉言菁管它怎么个倒法了，只要有工作，就是幸福的。那年头，像姐姐言莓那样无奈地去上山下乡的，有多少人啊！光是上海，就去了一百零九万。和这么多去农场、插队的同时代人相比，她是有福之人，她是从心底深处感到自己是真正的有福之人。因为，自小就比她能干、比她强的姐姐言莓，每一封来信都细致地讲述着插队落户生活的详情和在精神乃至肉体上所受的折磨和苦难。时时都在拿姐姐相比的言菁，把所有的精力都花在了极不容易得来的挡车工作上。

“文化大革命”之前，细纱挡车工都通过技术考评，高级挡车工要挡一千八百锭纱，略差一点的就挡一千六百锭纱。工资的级别，也根据挡纱的多少拉开距离。进厂不久，厉言菁就能挡一千六百锭纱了。一年以后，带她的师傅退休了，她挡的一千八百锭纱的车弄，没有哪个愿意顶上去。谁的心里都明白，挡一千八百锭纱，要累得多，可是工资却不会增加一分一厘。

“小青年嘛，要吃苦在前。”车间里要厉言菁顶上去。

明明知道是一件吃亏的事情，可从小已习惯了忍耐、习惯了谦让的厉言菁，默默地顶了上去。

有人说她笨，有人说她傻，有人要她顶撞车间头头，她都没那么做。

不忍耐、不谦让，你又能怎样？她在心里问着自己。

她不反抗，她也不会反抗。进工厂以后，她就这么老老实实地上班，勤勤恳恳地工作，真心诚意地待人。细纱挡车工确实辛苦，除了半小时吃饭，一天八小时，不停地在车弄内来回地走，将断了的线接上，换下用完粗纱的筒子，几乎一刻也不能空闲。一个班做下来，走出厂门时，两条腿怎么也走不动了。

久而久之，在老职工影响下，她也学会了偷空休息。关车吃饭前，她抓紧将纱接清，提前五分钟，有时甚至提前十分钟到食堂。以最快的速度吃完饭，当车间里吃饭关车时，她就可以抓紧时间闭一下眼睛或是躺下睡一小会儿。她的能躺能睡，脑袋一碰到枕头就能入眠，就是这么练出来的。

有时实在累了，躲进厕所里多蹲一会儿。工长表面上凶，其实是个明白人，她就是那么一步步走过来的，怎么会不知道这些小伎俩呢?

上班虽累虽苦，可终究有了一份安定的工作。业余时间，她还是喜欢拉手风琴，轻轻地唱歌。厂里有文艺演出，总少不了她的份。参加文艺演出，一来是她的爱好，二来可以脱产。随着走向社会，一切都变得实际起来。

生产第一线人手最紧的是夏季，车间里闷热难耐，老工人们多年做下来，几乎个个血压不正常，病假条一开就是好几天。像厉言菁这样的青年工人，只得一天不落地顶着班。

见她老实，大伙儿都说她的好话。厂里的团组织来找她谈话了，希望她不要背上出身不好的包袱，写入团申请书。

她同意了，不过她坦率地告诉来谈话的团委副书记，我不能像在学校里那样，再写骂我父亲的话了，我出身不好，大家都知道。但我父亲不好在哪里，我真不知道，我将闭口不谈。

比她想象得还要快，她竟然入团了。满师以后，纺织女工们谈得最多的话题就是谈朋友。稍比她们大几岁的老阿姐们醉心于给小姐妹们介绍对象，年岁更大的老阿姨们更热心于当红娘。厉言菁是车间里公认的漂亮姑娘，早有人说她一进厂，就把原来的厂花比下去了。她周围的热心人就更多了。她的心灵深处，也随着学徒满师期间的来临，暗暗留心着周围的男子。当她吃过了满师酒，连妈妈也在有意无意地说，真有合适的，就找一个吧。

唉！她何曾不是这样想呢?

问题就在这“合适的”三个字。表面上说得很大路，也含蓄。可在心底深处，厉言菁懂得，所谓合适，最主要的一条，就是男方得有住房。

姐姐言莓插队落户去了，暂时缓解了一点家里房子的逼仄。可弟弟完全是个成年人了，妈妈、言菁、弟弟三个人再睡在小阁楼上，简直是受罪。好在她上的是三班倒，三周里有两周可以和妈妈、弟弟错开睡觉时间。但这总不是长久之计啊。从这个意义上说，心底深处，找一个有婚房的男子，对厉言菁变得十分迫切。

恋爱季节，在大阿姐们、老阿姨们、亲朋好友们热心的介绍之下，厉言菁前前后后一共和十五六个各式各样的男子见过面。厂里的小姐妹们把这称作“打样”，或者是“擦眼药”。说实话，大多数男青年，都被厉言菁接触一次就“派司”掉了。其中有一半人，厉言菁甚至看一眼，就不想和他对话了。只是碍于介绍人的面子，她才勉强和男方搭搭腔。这些人中，有的颇有自知之明，一看到厉言菁出众的美貌，知道自己条件不够，就知趣地主动后退了。也有的不知天高地厚，殷勤备至地贴上来，紧追不舍，弄得厉言菁哭笑不得，只好请介绍人明确地传话过去，才把事情了却掉。

可有三个人，头一次见面，厉言菁是有好感、表示了愿意接触下去的。一位是部队里的连级军官，听介绍说半年之后即将转业回上海，相貌堂堂，家中有婚房，父母双全，双职工，父亲是厂里的工会干部，母亲是幼儿园老师。条件是再合适也没有了，年轻的军官对厉言菁似乎也很满意，短短的半个月探亲假期间，就和她见了四次面，除了头一次在介绍人家中见面之外，逛过一次公园，看过一场样板戏电影，还逛过一次淮海路，请她吃了一次冷饮。回部队去时，厉言菁到北火车站去送了他。列车启动了，军官恋恋不舍地挥着手对她说，到了部队，他就会给她写信。

信没有如厉言菁所愿寄来，半个月后，已经对此事不抱希望的厉言菁接到了他的信。信写得很客气，但意思表示得十分明白，厉言菁的一切都很好，不过他身在部队，了解到她的家庭出身、社会关系，他们之间是不可能发展为进一步的恋爱关系的。厉言菁能说什么呢？他至少在表面上说的是实话，也是实情，那就拜拜吧。她晓得人家顾忌的还是她的家庭出身。

第二位小伙子是个机关团干部，笔头来得快，报纸上发表过通信稿，父母双亲都是血统工人，红五类，暂时虽然没婚房，可他们领导已经明确表态，只要他定下了女朋友，准定分房子给他。小伙子相貌不如那个军官，不过个头很高，也还长得清秀，看上去蛮养眼的。厉言菁觉得他的条件也还差强人意，表示可以接触下去。

谁知刚见过两次面，对方就请介绍人来回了话，说厉言菁长得娇小玲珑，和小伙子的高个头相差太多了，两人在逛马路时，被弄堂里的人看见了，弄堂里都在笑话他，实在对不起，请厉言菁另找般配的吧！

这也是表面上回绝她的理由，介绍人是个直性子，说这理由还是男方绞尽脑汁想出来的，他们真正顾忌的，还是厉言菁的家庭背景。

厉言菁面对直爽的介绍人，一句话也说不出来。她能说什么呢？这家人还能考虑到她的面子，编一个理由出来，总算给一点面子。

第三位厉言菁见过面中意的男子，是个政工干部，年纪轻轻的，很快就要调任革委会副主任了。不说现在就有婚房了，单位里都知道，调任以后，还要给他调整更大更好的房子。长得比较一般，不高不矮、不胖不瘦，相貌没什么过人之处。五官虽端正，可眼睛有点小，鼻头有点塌，嘴唇有点厚，但整个人看上去还是蛮精神的。厉言菁愿意和他谈下去，是因为他明白地说了，什么条件也不要，就要一样：漂亮。

这条件厉言菁是有的，除了漂亮，她也没什么其他条件了。

双方你有心来我有意，厉言菁和他的进展是神速的。短短一个多月时间，见面将近十次了，看电影时，他的手已经不安分地伸过来搭在她肩膀上，在外滩情人墙边，他大胆地抓着她的手不放，还把脸使劲儿朝她凑过来，想出其不意地吻她。

厉言菁不让他越轨，在他没有明确表白爱情之前，厉言菁不想和他过分地亲昵。

什么预兆也没有，厉言菁极偶然地在纺织厂浴室里听说，有人到政工科来调查她的表现和家庭情况。对方明明白白说清楚了，是为了决定能否和她明确恋爱关系。厉言菁差点儿在浴室里晕过去，下班以后，她就用公用电话给这家伙打了一个电话，和他一刀两断。

雷家田是堂姐姐给她介绍的。堂姐姐听说了她的情况，劝她现实点，也不要对那些个讲究家庭出身的男子怨天尤人，这年头，谁不把这当作一个主要条件呢？既然出身不好，干脆也找个不好的算了，将来相处起来，也好平等点。看到堂姐姐，厉言菁就想起小时候和她一起睡时尿床的事情。她信赖地把堂姐姐的话听进去了，堂姐姐就给她介绍了雷家田。

雷家田的家庭出身几乎和厉言菁一样，不过他父亲不是因解放前的历史问题抓进去的，而是在五十年代开地下工厂被抓的。刑满释放以后，他父亲没有留场，给放回来了。比厉言菁强的，雷家田是独子，家中在华都大楼里有一套房子，父母双亲说了，房子虽不大，只有一间正房，但煤卫齐全，只要雷家田娶妻，宽大的卫生间里的浴缸可以拆搬到厨房里去合用，老两口搬进卫生间里住，把正房让给儿子结婚。这种事在华都大楼里比比皆是。在住房紧张的上海，现在执行的是搭搭放放的政策。华都大楼里不能搭也不能放，只能自我调剂。房管所都是眼开眼闭默许的。

谁叫大上海就是这么个住房条件呢？

雷家这样的条件简直没话讲了，看对象已经看得心灰意冷的厉言菁，还有什么可说的呢？

雷家田相貌一点不比人差，有一份固定工作，老实、厚道、小气，她嫁到雷家，住房条件上可说是一步登天了。

是的，谈恋爱时她不曾体验过激情；是的，婚前对雷家田的一切她了解得实在不多。可这又有什么关系呢？重要的是她出嫁了，有了工作的弟弟也可以找朋友了，苦了一辈子的妈妈可以宽心了。以后的日子，她只要一心一意地当好孝顺儿媳、贤妻良母就行了。

她就是这样子从那条短短的石库门弄堂狭小逼仄的阁楼房子里搬进华都的，晃眼之际，快二十年了，住户们搬进搬出，一年之中总有几户要迁移，好些人家她已经不熟悉了。她已成了华都大楼里的老住户，比她更老的住户搬走的搬走了，去世的去世了，一些新住户连她住在几楼都不知道。现在，眼看着她也面临着迁移，原先是准备着追随阿公、阿婆去美国，如今若是离婚再嫁给姚征冬，她也得离开华都大楼。她在这幢楼房里住得确实是够长的了。

唉，不断地死人，非正常地死亡，不祥之兆啊……

“你找谁？”雷家田说话的声音打断了厉言菁深深的沉吟，她不由使劲儿地眨眨眼睛，凝神倾听，会有谁找上门来。

粗铁丝编织的网格门响动了一下，一个女声说：“哦，我是306的……”

“我怎么没见过你？”雷家田打断人家的语气很不礼貌。

“哦，我和你们家是贴隔壁，我叫罗卉。”

“你有什么事？”雷家田问话的语气，还是充满狐疑的。也别怪他，罗卉来得少，华都大楼很多人不认识她。

“我找305的女主人，想了解一点事情。她在家么？”罗卉的声音清晰可闻。

“在家，”人家找上门来了，厉言菁离座而起，边朝门口迎去边说，“在家的，家田，请客人进来吧。”

## Ⅲ

华都大楼里难得的喧嚣热闹也惊动了罗卉。她是在听说了512男主人的死讯以后赶过来的。

当然，没人会留神她匆匆而来的举动，其实在听说林月煤气中毒和晶晶失踪的消息时，她也及时地赶过来了。都是令人震惊和骇然的消息，她怎能不过来呢？

以往仅仅是死亡或是失踪一件事，这回可好，男主人死亡，女主人失踪，一家人就此从这个地球上消失了。局外人听说这种事情也要议论半天，整天同住在一幢楼里的舒宇虹不晓得会有什么反应。

都是刺激人的消息，都是会令人联想起好多往事来的消息。舒宇虹终究是病人啊，万一她受到刺激，一下子想起什么发起病来，身旁没个人照顾，怎么办呢？

华都大楼里的反应，比罗卉料想的还要严重得多。底层大厅里电梯口挤满了要到楼上去看个究竟的居民，冷大姐挡不住附近居民们的好奇心，只得开着电梯不间断地一批批往上运送着，都供不应求，根本来不及。

好多来看热闹的人等不及，都说512并不高，自己走上去了。

罗卉也是走到306的，还好，外面这么大的响动似乎并没有吸引舒宇虹，她只是有一小点儿烦躁，坐立不安，时不时地脸朝窗户那边望望，凝神细听着什么。

对于罗卉的到来，舒宇虹仿佛也没在意。罗卉用一种无奈的、怜悯的、探究的目光瞅着她，那一次，她已被人破身，这是肯定的。而且事情是在306发生的，这也无可置疑，她承认这一点，她承认家里来过一个男人，凑在罗卉耳畔，她还说了一句让罗卉万分惊讶的话，罗卉听得清清楚楚，她说：“好舒服、好快活呀！”

从舒宇虹那迷醉的神情和眯缝起双眼的样子，罗卉看得出她说的是实话，是真实的感受。

可她就是讲不清这个男人是谁，他是怎么走进家的，他叫什么名字，在哪个单位工作，又是怎么走的，以后还会来么？她一概都讲不清楚。

罗卉明白舒宇虹不是隐瞒不讲，她是真的不晓得。由此罗卉猜测对方是在她处于半清醒半疯癫的情形之下诱奸了她，如果真是这样，那么事态会严重得多。可看她那副追忆、喜悦的样子，罗卉又觉得事实的真相不是诱奸。

罗卉知道舒宇虹的病态没有彻底消失，可罗卉也看得出，她的基本生活能够自理。这以后的几天里，她能给自己弄吃的，她会把306整理得井井有条，和她谈一般的事情，她就是反应慢半拍，没什么异常的地方。

百思不得其解，罗卉实在憋不住了，曾带着两盒护手霜，单独去问过开电梯的冷大姐，在306家中发现血迹的那一天，有人来过她家没有。

冷大姐收到罗总送的护手霜，受宠若惊地连连点头微笑。她回答得再明白不过，在她当班的时候，可以肯定没有男人去过306。每一个上电梯的陌生人，不管是男是女是老人是孩子，她都要问，你去哪家，对方若讲不清楚，或是答话吞吞吐吐，冷大姐是不开电梯的。就是那些去一楼、二楼，不坐电梯上去的陌生人，只要被冷大姐看到了，她也会喊住那人，问清楚了才允许人家上楼。

这一点，罗卉是相信的，她在电梯里，就见冷大姐盘问过陌生人。

那么，到306来的男人，或者说曾经出现在306的男人，又是怎么回事呢？这事儿成了罗卉的一块心病。

罗卉想从306和舒宇虹身边的一系列蛛丝马迹发现事态的真相，可她所有的努力都是徒劳。她就是接近不了事实的真相，看着舒宇虹心神不宁的模样，她忧心地从旁细查着，忍不住没话找话地说："宇虹，还记得我们在乡下的那些日子么？"

舒宇虹转过脸来，定睛久久地瞅了罗卉一眼，罗卉被她瞅得心都慌了，舒宇虹才轻轻地说："记得，怎么会忘啊！"

"这么说，你的记忆在恢复？"罗卉笑着问，可她自己也讲不清是怎么搞的，说话的声音却在发颤。

舒宇虹重重地一点头："我还依稀记得。"

"记得什么？"

"安小琼第一个出嫁。"

"说说看。"罗卉自己都听得出来，说话的声音很不自然。

舒宇虹伸出舌头，舔了舔嘴唇。她的这个不雅观的动作，使罗卉仍觉得她还是病态的。舒宇虹跟着吐出一句：“太出乎我们意料了，太意外了！就像一颗炸弹，在我们知青点集体户爆炸了，轰——一声响……”

形容炸弹爆炸的声音时，舒宇虹的双手一起抬了起来，使劲儿地摆动着。

罗卉呆呆地盯着她的一举一动，眼睛眨也不眨。舒宇虹接着说：“那天，她没出工，说是公社有会议，可我们收工回来，她已经在家中了。我们一进集体户的门，就闻到了肉香，大伙儿都欢呼起来……”

罗卉还需要舒宇虹来回忆给她听吗？那些久远的往事，虽然随着岁月的流逝已尘封般埋藏在她的心灵深处，但那些细节，那些过程，只要稍一触及，就会像沉渣泛起似的在她眼前一一掠过。

姑娘们太长时间没有尝到肉味儿了呀，她们分成了两拨，一拨围住了安小琼，另一拨干脆围在灶台边，看肉煮熟了没有。叽叽喳喳七嘴八舌地问：

“你从哪儿买来的猪肉？”

“多少钱一斤？”

“是哪个人卖给你的？”

“一共买了多少？”

……

“是卢光良提来的。”等大家兴奋地问完了之后，安小琼才淡然地轻轻答了一句。

她那出奇冷漠的语气，使得众姑娘不由得愣怔了一下，相互以询问的目光对视着。

“小琼，你这是怎么了？有肉吃，是喜事啊。”林璐小心翼翼地柔声发问。

“憨包提肉来的，”韩灵脑子转得很快地问，“不会又对你动手动脚了吧？”

这话一问出口，大家都把目光移到安小琼的脸上。

安小琼出乎意料地平静，她脸上一片淡然，摇摇头说：“那倒没有。不过……”她吞吞吐吐地没讲下去。

“哎呀，你今天是怎么了，平时爽爽气气的人，怎么说一句又不说下去了。肚肠被你痒死了。”连罗卉也有些不耐烦了。

安小琼抬起头来，朝众人瞅了一眼，罗卉看得十分分明，安小琼的眼里噙着泪。罗卉暗自震惊地猜测，姑娘们上坡出工的这一天中，知青点集体户里，一定发生过什么事儿。

安小琼用淡淡的口气道："卢家杀了猪。卢光飞说了一声，卢光良就提了一大块肉来。"

"又不是年终岁末，卢家杀什么猪啊？"

"说不定卢家有老人祝寿，要办喜事。"

"要我说啊，卢主任是用这块肉，来为他憨包弟弟上次的行为赔礼道歉的。"

"有道理。"

"哎呀，你们管那么多干什么，有肉吃，我们就补油水，大家吃个痛快。我提议，我们烧腌笃鲜吃，切一块咸肉，多放一点山笋。"

……

姑娘们你一言我一语地议论着的时候，安小琼的脸色变了。待大家伙儿瞎猜的话语刚一落音，她声音不高地说："卢家是为喜事杀的猪。"

"他家有什么喜事？"林璐小声问。

"接亲。"

"他们家什么人接亲啊，卢光飞早就成了家，生下两个拖鼻涕娃娃了。难道，难道是憨包卢光良要接亲了？"韩灵拉直了嗓门说。

安小琼以肯定的语气道："就是卢光良接亲。"

"新娘是哪个寨子的？"罗卉也觉得好奇，痴呆的汉子，竟然也能娶妻结婚，"是不是卢家仗着当干部，耍手腕蒙哄了人家姑娘？"

安小琼站直了身子，面向着一个集体户的姑娘们，抿了一下嘴，冷静地说："我直说了吧，新娘就是我！"

"什么？你疯了！"一屋子的姑娘，异口同声地一齐喊了出来，目光不约而同地扫过来。

林璐的声音像在哭："小琼，你、你要嫁给这个憨包？"

"告诉你，安小琼，"舒宇虹用提醒的语气道，"像卢光良这样的男人，连杉木凼寨子上相貌平平的姑娘，都看不上眼。"

"武大郎都要比他强几分呢！"平时在众人叽叽喳喳说话时极少开腔的

陈岚岚，也打破了常规道："真不知道你心里是怎么想的。"

舒宇虹的话说得斩钉截铁，后来竟成了杉木凼知青点传出去的经典："安小琼，你这不是结婚，是热昏！"

"你是不是跟我们开玩笑啊，安小琼？"个儿小小的，出工特别卖力的姜云娣说，"我看你这副样子，不像是吃错了药，神经有毛病啊！"

"好了好了，都怪我，"韩灵摆着手说，"睡觉前讲同男人交往的事，讲得太多了。安小琼，你就是下了天大的决心，要把青春献给革命，要以实际行动和贫下中农相结合，卢光良这么个人，还是不值得嫁的。就是赖三寻男人，还要看看对方中眼不中眼呢。老阿姐跟你说句真心话，你就好好想想再作决定吧！"

众人都觉得韩灵这话有理，纷纷转过脸，望着安小琼。

不料安小琼不假思索地答："不用想了，我已经决定了。"

十多个姑娘都用不解和愕然的目光瞪着她，她的双肩耸动，脸顿时拉长了，嘴角一撇一撇，一副欲哭无泪的模样。

料定其中必有隐情的罗卉朝大家摆了一下手，放缓了语气问："安小琼，我们不在的时候，集体户里到底出了什么事儿，你实话告诉我们。集体户，集体户，我们终究是十二个人的集体，众人拾柴火焰高，给你出出主意也好啊！"

"不！什么事儿都没出。"安小琼突然失态地叫了起来，"你们什么也别问了，婚礼的日子已经定下。到时候，卢家就要来接亲了。"说着，不等姑娘们再说些什么，她陡地一个转身，冲进了卧室，"嘭"的一声关上了门。

只一会儿工夫，就从屋内传出安小琼压抑的、撕心裂肺的哭声。

姑娘们面面相觑，一张张脸都绷得紧紧的，什么话儿也说不出来。

罗卉只觉得自己的心在往下沉、往下沉。

"扎根农村六十年，革命到底志不移。"这句下乡那年写在门口黄泥墙上的大标语，已经不是口号，不是豪言壮语，而是活生生的现实。

只是这一现实和一代憧憬未来、追求理想、向往革命的姑娘们心目中想象的崇高、壮丽的事业，相差实在太远太远了。

一离开上海到山乡来的时候，同学、朋友、亲属们送给姑娘们最多的东西，就是《毛主席语录》、《毛泽东选集》四卷本、学习毛选少不了的大小笔记本、钢笔，还有日常生活必需的脸盆、搪瓷茶杯、毛巾、牙膏、香皂、枕巾、围巾、手帕。每个姑娘的箱子里，都存放着不止一件这样的东西。

故而她们没费多大的劲儿，只花了一个晚上的时间翻箱子。就把送安小琼结婚的礼品配齐全了。特别难得的是，罗卉和舒宇虹商量了很久，还送给安小琼一台半导体收音机。

杉木凼寨子上的十二个女知青，一共只有三个人下乡时带了收音机，韩灵的那一台，据她说是相好的男朋友送的，她从来都视为珍贵之物，旁人是碰不得的。平时她也是随心所欲地使用着，要开就开，要关就关，从来就不会顾及其他人要不要听，爱不爱听。而舒宇虹和罗卉，一人也带了一台下乡，由于两人的床位相近，平时又是无话不说的好朋友，一个人开了机，另一个人就不开了。大家呢，也是从她俩的收音机里，经常可以听到新闻和文艺节目，还有那些朗朗上口的儿歌。

安小琼要出嫁了，尽管她不说，大家也碍于卢光飞是大队领导，不便多说，但是罗卉和舒宇虹却在私下里认定了，安小琼是有苦难言，“是不是安小琼瞒着我们什么？”罗卉单独和舒宇虹在堰塘边洗衣衫时，悄声疑惑地问。

“她瞒我们什么呢？”舒宇虹眨巴着双眼问。

“比如说……”罗卉小声地讲出了自己的猜测：“卢光良已经、已经……强奸了她。生米煮成了熟饭？”

“哎呀，那……那……”舒宇虹的脸拉长了，“那怎么办呀？”

“没办法了，安小琼只能破罐子破摔。”罗卉照着自己思路猜着。

舒宇虹两眼瞪得直直的，点了一下头。两人认定了，安小琼这一嫁出去，必然是苦海无边，回头都找不着路走。于是，两个人就决定，拿出一台收音机，也作为一份集体户的礼品，祝贺安小琼的新婚大喜。

结婚大喜，在杉木凼寨子上，照例是“婚喜饭甑开”。换句话说，就是任何人都可以在办喜事这一天跑来坐席吃饭。

大队支书兼革委会主任的憨包兄弟讨老婆、娶亲，况且娶的又是如花似玉的一个上海女知青，更是喜上加喜。

自古以来，“杉木凼是好地方，就是缺少大姑娘。”流传了千百年，现如今，闹起了“文化大革命”，几千里外白白嫩嫩的上海姑娘嫁进了深山老沟，嫁给了大字不识几个的穷汉子，这还不是开天辟地的大事是什么？全寨子放假不干活，全寨子的男女老幼都会聚到卢书记家院坝喝喜酒。那些姓卢的族人，更是带着一家老小，一天三顿饭都在喜宴上吃。

唢呐吹起来了，锣鼓敲起来了，卢书记派来接亲的是杉木凼寨子上清一色的光棍小伙子，安小琼的娘家没有来人，她压根儿就没把自己嫁人的事告诉上海的父母，代表娘家送亲的，就是和她一道来杉木凼落户的十一个姑娘。

十一个姑娘都换上了新衣裳，众星捧月般地把新娘子安小琼打扮得花枝招展。姑娘们虽然个个都很漂亮，个个都会打扮，但送亲这一天，她们知道安小琼是主角，她们都极有分寸地像绿叶配红花那样，把安小琼突出在最主要的位置。

接亲的汉子们来到集体户门前，跺脚舞手拍巴掌，又是吼又是笑，唢呐吹得震天般响，一帮杉木凼的媳妇、嫂子，齐声朗朗地唱起了婚嫁时的情歌：唱个歌儿给妹听，看妹知情不知情，点灯还要双灯草，唱歌还要妹接音。……媒婆挥舞着红绸帕，按照媒婆的吩咐，出嫁的姑娘该放声大哭时，安小琼张嘴刚一哭出声，十一个送亲的姑娘联想到自己的命运，全都陪伴着安小琼一起哭了起来，一刹那间，姑娘们高高低低的哭声盖过了唢呐的吹奏。

接亲的汉子们还以为这是上海的规矩，见到这一群姑娘们齐声哭起来，他们反而乐呵呵地捧腹大笑。

幸好那帮拉开嗓门唱歌的媳妇婆娘，用清亮的歌声，把汉子们粗野笑声压了下去：

找哥要找有情哥，
别嫌家贫房屋破，
只要夫妻情义深，
缺吃少穿心也乐。
……

在罗卉的心目中，安小琼出嫁的整个婚礼仪式，是一个三结合的大杂烩，既有杉木凼乡间的传统，又包含了上海姑娘们的新潮，还带有浓烈的“文化大革命”的色彩。

送亲的姑娘们被安排在一桌，小小个子的姜云娣担当伴娘，在新房里陪着安小琼。剩下的十个姑娘正好一桌，照例地，桌面上放一瓶农家自酿的包谷烧酒，少说也有六十度。在邻近寨子插队的男知青们喝过，说这是六十五度土烧，难喝极了，直辣喉咙。平时姑娘们都是滴酒不沾的，可这一天，她们也像难得打一次牙祭的农民们一样，菜只上到一半，就把一斤酒喝光了。终究是青春年少，不胜酒力，酒上了脸，把姑娘们的一张张脸，都映得绯红绯红的。好在每一桌只有一瓶酒，匀下来每人也只喝到一两，姑娘们谁都没醉，只是都带了一点酒意。

罗卉就是在下乡的日子里晓得自己有酒量的，看着舒宇虹喝了几口酒，不但一张脸涨得通红通红，就连颈脖、手臂、小腿肚子都红了。罗卉喝下一小碗酒，只觉得脸颊上微热、微烫，其他什么感觉也没有。看到舒宇虹和陈岚岚、林璐甚至平时咋咋呼呼吹嘘自己经常上酒席的韩灵，脸上都变成了粉红色，她只觉得好笑。不是舒宇虹撩起通红的小腿肚子让她瞧，她还真不敢相信，小小的一杯烧酒，会有这么大的酒力。

酒喝光了，又没有其他饮料，姑娘们只好喝汤，吃随后端上桌面的菜。幸好每桌只有一瓶酒，杉木凼那些端起酒杯就往嘴里倒的汉子们，只能到姑娘们桌前来敬一次酒。若是酒多得随他们喝，一拨一拨上来敬酒的汉子，非得把十个姑娘都灌倒了不可。

杉木凼寨子上家家户户喂养的狗，也在卢家办席这天开了大荤，全跑来了。它们在桌子底下、院坝里外乱钻乱拱，抢吃着骨头。姑娘们平时见着狗都怕，一见狗拱到脚跟前来，就赶紧把骨头往桌下扔。愈扔得多，狗们就拱得愈凶，吓得姑娘们眼角不时地往四边溜，生怕狗就待在自己身旁。

一餐酒席，吃得实在是非常紧张的。

舒宇虹平时就吃得不多，今天也是头一个搁下筷子。她轻轻地拽一拽罗卉的衣袖，在罗卉耳畔说：“你看到了么？”

罗卉以为她是在问看到进入新房的安小琼没有，摇着头问：“看到什么，小琼不是进新房了么？有姜云娣陪着呢。没事的，我问过了，他们卢家会替云娣留菜的。”

“不是。忙里忙外的，就是卢光飞。你看他那喜气洋洋的样子，好像不是他憨包兄弟卢光良接亲，倒是他办喜事呢。”舒宇虹眼角溜着正在给乡亲们散烟的卢光飞，在罗卉身边咬着耳朵。

“快别乱说。”罗卉嘴上在阻止舒宇虹，眼睛也不由得移到正在放声大笑的卢光飞那边。不怪舒宇虹产生这样的想法，卢光飞今天显得特别风光，身穿一件托人从省城买回来的崭新的涤卡中山装，胸前别一枚金光闪闪的毛主席像章，上衣兜里插着两支钢笔，脸上始终挂着自得的笑容。一把把地给寨邻乡亲们散发着“向阳花”香烟，嘴里不住地说着：“烟不好，对付着抽、对付着抽。”

而身为新郎官的卢光良，却只穿着一身半新旧的蓝卡其布衣衫，站在屋檐下朝着来吃酒的人们咧着嘴笑，嘴巴里时不时地吐出一句，要走近了才能听清，他说的是：“我讨婆娘了，嘿嘿嘿，我讨得一个漂亮婆娘了。”

当最后一道红色的油豆腐粉丝汤吃得见底的时候，女知青们纷纷把探询的目光移到罗卉和韩灵的脸上。过去，她们习惯了听从最革命、最进步的安小琼吩咐，仿佛她就是她们大伙儿的知青组长。她呢，也时时摆出一副当仁不让的姿势。也不知怎么的，自从知道安小琼即将出嫁以后，罗卉和韩灵自然而然就成了姑娘们的主心骨。特别是罗卉，姑娘门对她简直是言听计从。

罗卉晓得她们已不想在卢家待下去，她带头站起身来，手支着桌面说：“这样吧，我们去和安小琼告个别，就回集体户去。”

和外面的欢声笑语、人声鼎沸形成极大的反差，新房里出人意料地安静。姑娘们走进去的时候，还在疑惑，是不是走错了地方。直到走进新房，看见安小琼呆痴痴地坐在铺展一新的床沿上，姜云娣抿着嘴儿，一声不吭地陪伴着她，女知青们才晓得，她俩一直在这里静静地坐着。

不知为什么，姑娘们谁也没说一句祝福的话。好像这当儿说出来，反而会有另外一种滋味似的。

一个穿得破破烂烂的娃儿走进来了，他睁大两只眼睛盯着桌上的瓜子、花生和饼干，从嘴里拔出一只沾满口水的手指头，向着安小琼伸过来，说：“小叔娘，我要吃糖果。”

“要得，阿姨拿给你吃。”姜云娣见安小琼没听见一般泥塑木雕似的坐着，主动答着话，抓起大把的花生、瓜子，往娃娃的手心里放。

罗卉疑惑地望着舒宇虹，舒宇虹像看透了她的心思，悄声说：“这是卢光飞的儿子。”

姑娘们只坐了一小会儿，由韩灵带头站起来说了几句客气话，就告辞离开了卢家。

青岗石级路上除了姑娘们的脚步声，什么声音也没有。直到离开卢家院坝很远很远了，院坝里的喧嚣嘈杂和时不时响起一阵的唢呐也听不见了，林璐才长长地吁了口气尖声说："哎哟，好憋气啊！"

姑娘们忍不住，陡地爆发出一阵哄笑声。

安小琼出嫁那一夜，不知是比平时吃得饱，还是集体户大家庭突然之间少了一个人，尽管灯熄得比往常要早，但是姑娘们谁都没睡着。

罗卉只听见一张张竹笆床上，不断地传来一阵阵"吱吱嘎嘎"的翻来覆去的响声和叹息，可就是没一个人打破沉默，说一句话。

唢呐好像是吹累了，那激昂飞越的声音再没在夜空中响起。杉木凼寨子上，显得出奇地宁静。连平时叫得很欢的狗，也仿佛白天吃得过饱，不再叫了。知青点集体户里，比任何时候都显得寂静。

终于，韩灵忍不住了，她放大了嗓门，不自然地嚷嚷着说："我晓得你们谁都没睡着，有话，你们就说啊。"

"我睡不着，"林璐叹了口气说，"是在想，姜云娣怎么还不回来呀！伴娘、伴娘，总不见得要陪伴过夜。"

"还是晚些回来好，她要回来了、回来了……"很少说话的陈岚岚轻声地带着恐惧说："我简直不敢想象，她一离开安小琼，安小琼将怎么面对憨包卢光良。这样的两个人，怎么、怎么……"

"怎么睡在一个被窝里，是么?"韩灵把陈岚岚吞吞吐吐没说的话，直率地点出来了，"哈哈哈，亏你平时沉默寡言的，还有这么丰富的想象力。哈哈，真不简单！"

"你快别说了，别说了，"陈岚岚嗓音发颤地说，"你一说出来，我浑身都在发抖。"

"哎哟哟，"林璐叫起来，"我鸡皮疙瘩都起来了！"

"换了我啊，"舒宇虹突然很认真地冒出一句，"我情愿去死，也不会这么嫁人。"

"那你也把自己的命看得太薄了，宇虹。"韩灵以过来人的语气直白道，"这种事情，关了灯，是俊是丑都无所谓了。关键是自己个人的感觉。我在想，安小琼既然同意出嫁，她是有这个思想准备的。哼！谁叫她平时那么喜欢追求进步、喜欢靠近贫下中农、喜欢讲大道理呢？她不是要坚定地一辈子走与工农相结合的道路么？她不是要身体力行地滚一身泥巴，和贫下中农完完全全打成一片么？现在轮到她实践了！”

“别说了，”听韩灵的话越说越刻薄，罗卉再也忍不住了，用不耐烦的口气呵斥道：“你们听，有脚步声，是不是姜云娣回来了？”

知青点外头是清晰地传来了脚步声，可脚步声由轻而重、渐远渐近，又由重而轻、渐近渐远，最后消失了。后来的事实证明，姜云娣那一夜回来得很晚很晚，且一回来说出的话就像给集体户扔下了一颗炸弹。可以说，杉木凼上海女知青们的厄运，就是从安小琼出嫁开始的。从那以后，不可想象的噩梦一直陪伴着姑娘们的人生……

华都大楼里的脚步声骤响起来，似乎又有很多人在涌上楼来，似乎还有人就在门口要夺门而入，罗卉警觉地朝大门那边望去。恰在这时，同样听见响声的舒宇虹烦躁地左顾右盼，遂而旁若无人地离座而起，冲进了那间储藏室改建的小屋。

罗卉诧异地眨动着双眼，不动声色地注视着她的举动，蹑手蹑脚地跟在她的身后。

舒宇虹的身子紧紧地贴在里面暗门的板壁上，趴在墙上的小洞上，踮起脚跟往隔壁张望着。

偷窥人家房间里发生的事情，这是不道德的呀。罗卉刚想去阻止，舒虹转回身来，困惑地眨动了一下眼睛，失望地轻声说：“看不见，怎么啥也看不见呢？”

一边说，一边使劲儿地向罗卉招手，示意罗卉也向着小洞张望。

罗卉注意到了她失望的语气，眼睛一亮，猛地感觉到，舒宇虹的难解之谜也许恰巧能在这里找到答案。

“看不见啥子？”罗卉一面走上前来，一面漫不经心地问。

“人啊，隔壁房间里出现的人。”舒宇虹说着，拼命地向罗卉招着手，要罗卉过去看。

罗卉瞅了急不可待的舒宇虹一眼，走近暗门板壁，稍稍一踮脚跟，趴在小洞子上，朝隔壁张望。

隔壁显然也是一间储藏室，没有开灯，里面什么也看不见。

306 这套房子，是罗卉亲自张罗着装修的，有着碍眼小洞的这扇暗门板壁，她曾想把它换掉。可一个年长的装修工说，像这种厚实的真正的柚木板门，现在已经找不到了，换下来十分可惜。他参与装修了多次的上海公家老大楼里类似的实心柚木板门，都是不换的。一定要换，只能装上柚木夹板，重新油漆以后，不但和旁边的板壁会有色差，还没原来原始的板门牢靠、经久，用个十年八年，薄薄的夹板门很可能又要换了。把小洞子堵上呢，倒是可以的，只是弄不好就会有裂纹。还不如就让它存在着，挂上一小幅画，或是一个镜框，就遮住了。

就因为舍不得换下具有几十年历史的这扇真正的柚木板门，板门上方使用了多年的铜插销也没换掉。

罗卉在没看见隔壁任何动静的同时，不由抬头仔细端详着这扇柚木板门。她一眼就发现，柚木板门上方的铜插销的销头，脱落下来了。

这一发现非同小可，罗卉随手用力推了推暗门。门关得紧紧的，动也不动，这就是说，隔壁 305 那边的铜插销，是销紧了的。只是 306 脱落下来了！

305 那边的人，只要松开插销，就能轻而易举地走进 306 来。罗卉不由惊出一身汗来。她踮起脚跟，顺手把松脱下来的插销销紧了。

舒宇虹见了，走向前来，不由分说地就把插销松脱下来。罗卉不觉一怔，她像陡地明白了什么似的，把双手亲切地搭上舒宇虹肩头，柔声问："宇虹，告诉我，那个男的，你说的那个男人，是不是从这里走进来的？"

"是的，是的，就是从这里进来的。"

"他是 306 的那个男主人么？"

"不是，"舒宇虹摇着头，一脸困惑地说："他再没来过，再不出现了。"

怕隔墙有耳，罗卉不想在这间一门之隔的储藏室里和舒宇虹继续这个话题，她扶着舒宇虹来到正房里，心里却在想着要对 305 作一次拜访。但她又不想当着宇虹的面就到 305 去。

好在华都大楼里的喧嚣嘈杂似乎没对宇虹产生多大的影响。一会儿工夫，她就躺下睡着了。

罗卉轻手轻脚出了门，自报家门地走进了 305 室。

男主人的品位不怎么样，罗卉在门口就感觉到了。这一感觉也印证了舒宇虹的话，像这样一个男人，是不可能去诱奸宇虹的。舒宇虹也不可能为这样一个男人痴迷的。

进屋坐定下来，罗卉更有一种直觉，像她见过的很多夫妇一样，这一对夫妇并不般配。

她不多寒暄，直截了当地说明了来意："我冒昧前来，是想打听一下，最近一段时间，你们有没有见过什么人，特别是男性，去过我们306家中。"

"没有，我天天早出晚归上班，白天看不见。晚上嘛，也从来没见什么男人进出过306。"雷家田连连摇头道，"再说，在电梯里碰到你们306的那位女士，人家和她打招呼，她也是爱理不理的。光拿眼睛看人家，就是高傲地不答话。"

罗卉笑着解释："其实呀，宇虹的心地并不坏，她不过是反应迟钝一些罢了。"

"怪不得人家说她有……有病呢，嘿嘿。"雷家田干笑了两声道，"你想嘛，这样的一个人，就算长得漂亮，又有谁会主动去串门啊？"

罗卉把脸转向女主人："那么你呢，见过什么人去我们306么？"

"没有。"厉言菁淡淡地说，"我想明白的是，你为什么要了解这一点呢？"

"噢，那一天，就是天气特别闷热难耐的那一天下午，我走进306房间，发现家里有陌生人……陌生男人来过的痕迹。我问了宇虹，她承认，是有男人来过……"

"这男人是谁？"雷家田抢着问。

罗卉苦笑了一下："她要讲得清楚，我也就不来问了。让人难受的是，这男人是谁，叫什么名字，住在哪儿，长相怎么样，是怎么进屋的，她一概都讲不清楚。"

"这就奇怪了。"厉言菁喃喃自语着。

"简直是无头案子，我看你啊，"雷家田站起身来说，"还是到别家，或是开电梯的那儿去问一下吧。冷大姐很细心、很热情的。反正我们家是不知道。"

这等于是下逐客令了，罗卉离座起身道：“打扰你们了。以后，若是你们发现有什么动静，请及时地告诉我。”

走出305房间的时候，罗卉凝定一般瞅了瞅厉言菁，她认定了，305的女主人厉言菁，是知道这个男人系何许人的。

在她讲话的时候，她留神观察了厉言菁情绪和眼色的变化，有那么一瞬间，她甚至感觉到厉言菁的呼吸都显得紧张了。

# 四

厉言菁来电话的时候，姚征冬在家里正悉心阅读着有关林月事件的一切材料，综合采访得到的印象和林月死以后各种报刊的各式报道，姚冬觉得外省杂志主编约他写的这篇文章，已成竹在胸、呼之欲出，况且写出之后，必定会给人以耳目一新之感，和已经写下的悼念林月的无数篇文章都不相同。

是的，林月死得太突然了，与其像很多报章所渲染的说林月死得太不一般，不如实事求是地说她死得突然更准确些。

不是么，煤气中毒而死，是每年的初冬时节，上海的报纸都要刊登的内容之一。十几年间几乎成了一个永恒的话题。

尽管如此，关于煤气中毒的事件，还是层出不穷。强调她开煤气自尽，也显示不出多少特别之处来。就她而言，人们更想知道的，是为什么像她这样一个在普通人看来生活在高高的云端里的公众人物，却要选择如此残忍的死法。

要是她不是电台《林月听你说》的主持人，要是她没有受到那么多听众的崇拜，她的死也不会引起这么大的轰动。

不是么，最早报道林月死讯的，是《新民晚报》文艺记者于亮，他写得极为简洁，所有文字不过就一块豆腐干那么大小：

> 昨天黄昏七时许，上海电台《林月听你说》的主持人林月，因煤气中毒，不幸倒在家中，经送医院多方抢救无效辞世。消息传来，广大听众深感惋惜。
>
> 林月曾获得全国广播主持人“金话筒奖”和上海电台“十佳”主持人奖。据悉，消息传开，拨打电台观众来电了解内情的电话铃声不绝于耳，寄往电台打听情况的信件和明信片，像雪片般飞来。

以后所有的报道和记录林月身世的文章，都沿用了这一报道的口径。记者和作者们对她的人品、播音和主持的栏目，都给以热情有加的赞颂。

作为一个感情细腻、音色独到的节目主持人，有多少听众给她写过信、打过电话呀？这些人里有大中学生、老中青三代教师、工人、农民、打工者、护士、离退休老人、营业员、个体老板、下岗待业人员、失业者、海归派、正在改造的两劳人员、文艺界人士、小孩子、科技工作者、民营企业家、各个年龄层次的留守人士……

所有的人向她敞开心扉，向她倾诉酸甜苦辣，向她陈述着人生的喜怒哀乐，有的人向她追悔，有的人跟她叙说失恋的痛苦，有的人向她描绘病魔带来的灾难，有的人要她给自己找女朋友，找像她这样温馨、可爱、善解人意的女朋友，有的人出差到了外地，来不及给自己的亲人祝福生日，也灵机一动地想到了她，让她在节目中，给亲人选播一首祝贺生日的歌，令亲人得到了一份意外的惊喜。

一个品学兼优的高中生，体检时突然被查出患了白血病，班上的同学们发动了对她的募捐，可募得的钱根本不够她的医疗费用，他们中的一位想到了林月，给她写了一封求助的信，请求她的帮助。林月在自己的节目中声情并茂地播放了这封信，似乎不经意地提及，她不仅是个优秀学生，而且相貌格外清秀，还配上了动人的音乐。节目播出以后，在上海引起了强烈反响，人们纷纷捐款、捐物，用行动献出自己的爱心，向这个中学生伸出了援助的手。林月赶到医院，给中学生送上自己的捐款，还录下了她微弱的声音。抢救的钱募集到了，孩子的病情也曾一度有所好转，但终究是不治之症，最后还是被白血病夺去了生命。她在弥留之际的最大愿望，就是盼林月能出席她的追悼会。

一个自尊心极为强烈的漂亮姑娘，交上了一位深深地令她倾心的英俊小伙子，他是个外籍公民，在上海的一家外资公司里担任部门经理。他们相恋了两年，逛遍了上海所有的景点，始终沉醉在热恋之中，姑娘把自己的一切都交给了小伙子。小伙子也曾对姑娘海誓山盟，可是两年以后，小伙子奉调去往别国，尽管那个国家仍在亚洲，但终究是外国啊！他们在机场依依惜别。小伙子还含着泪向她表示自己的爱永不会变。他甚至会出其不意地飞过来，给她一个惊喜。姑娘深信不疑，但在几个月以后，姑娘就接到了小伙子的一封断交信。他用外籍人士的坦率，感谢她两年多来对他的深情和给予他的爱和欢乐，那将是他对上海岁月最美好的回忆，不过事过境迁，这个故事不可能延续下去。他也不能把自己的未来全部都交给她。姑娘接到这封信以后，痛不欲生，她买好了毒药，给林月写了一封信，倾诉遭受的天塌地陷一般的苦难。林月接到信以后，打断了自己原先安排好的节目，通过电波向姑娘发出了真诚的呼唤："天没有塌，地没有陷，明朗的阳光仍在照耀着你，痴心的姑娘，请你马上与我取得联系，告诉我你在哪儿，好让所有关心你、爱护你的人走近你的心灵。要坚强地面对人生，生活是美好的，这个世界上值得你留恋的东西很多很多，需要你去做的事情很多很多，知音不只是你曾相中的一个，况且他还是一个负心汉！……"

姑娘听到了林月的呼唤，她放弃了轻生，重新扬起了生活的风帆，她从人生经历的一段泥泞中走了出来。

一个市郊农村的中年男子，憨厚老实，三十好几了才迎娶了一位湖南来沪打工的美丽姑娘。可这姑娘光有一张漂亮的脸蛋，生下女儿以后就像给他家立下了大功，根本不愿意外出打工。中年男子对她十分迁就，对女儿也百般宠爱，家里家外，他担负起了一切粗细活。也许是过于劳累了吧，他在一次上班时从高空坠落，双目失明。妻子狠心地抛下了孩子，弃他而去。中年男子守着一份勉强维持生活的补助，在年迈的老父老母的帮助下，和女儿相依为命。女儿十分懂事，成绩也好。很偶然的一次机会，中年男子听到了《林月对你说》的节目，他认识了林月，喜欢上了她甜美的音色和亲切的话语。从此以后他成了《林月对你说》节目的热心听众，林月的声音成了他的精神支柱，林月也变成了他心中的偶像。不幸的是，时常给他送来蔬菜的父母亲也相继去世，原本就很困难的家庭愈加度日如年了，恰好女儿又要开学了，丧事、学费，一下子愁白了他的头发。他鼓足勇气拨通了林月的电话。林月把他平实而无奈的故事配上音乐播出了。她温柔的声音，似呢喃燕语、涓涓细流，使得这个真实的故事倍加引人注目，不少听众向困境中的男子伸出了援助之手，他们给他寄钱寄物，林月也给他寄去了一千元，让他赶快给女儿去交学费。开学了，林月播出了女儿感谢社会各界对她和父亲的关爱，还有学校小朋友们对她的帮助，和她发自肺腑的呼唤妈妈回家的声音。这个节目连续播出了几回，奇迹出现了，那个狠心离家出走的妈妈，听到了女儿的声声呼唤，回到了丈夫和女儿的身旁。原来她走得并不远，原来她就在离家不远的地方打工。

读着这些原始材料，姚征冬觉得，林月把电波这个无形的载体，制作得充满温馨和深情，达到了炉火纯青的境界；电波这一特殊的载体，也把林月的名字送进了千千万万听众的心房。他们高兴了想到她，不幸的时候也想到她；他们遇到了难题想到她，他们想要表达亲情时也想到她；他们给她写信、发 E－mail，要求她公布手机号码，好给她发短信。他们想象着她的如花似玉一般的美貌，他们根据她的音色判断她的年龄，逢年过节的时候，她收到的贺卡只得用麻袋来装走，她把其中最好、最美、写着最值得珍视的贺词留了下来，那也得整整地放满几个书橱，贴满几块墙壁，吊满整个厅堂。

几年时间里，《林月对你说》的名声大振，林月受到广大听众的关爱和拥戴。她成了听众们心目中的偶像，电波世界里既真实又朦胧的“安琪儿”。

电台里的同行戏称这是特殊的“林月效应”。

林月是名人，她自然而然也会碰到许多名人遇见过的尴尬处境。

一个爱好美术的听众给她寄来了一张她的肖像，把她画成了一个绝色美人；

常有一些热情奔放的听众，在夏秋之交的午夜，等候在电台门口，期待着一睹林月的风采；

甚至有一位大学生来信说，见一见林月，是他这个学期要完成的一个最大的心愿，因为他就要毕业回内地的故乡去了；

有一个深夜，林月代另一位生病的同事做了一期谈心节目，刚走出电台大门，一辆出租车开到她的面前，要免费送她回家；

还有一位摄影师，把她参加一个公益活动时，在台上主持节目中的种种姿势，拍了一百张照片配上相册寄给了她。

有个帅哥，才二十出头，天天给林月发 E－mail，每周给她写信，还不时地找上门来，表达他的爱情和倾心，林月只得告知他：我早已结婚，家庭生活幸福美满，小孩子已经上学了，况且我比你大了十几岁……

这一切还不算什么，林月还能应付。糟糕的是，也有人给林月写来下流的信，打来责问的电话，把她的照片和外国男明星的剪接拼贴在一起，下面还附上她的签名，有人暗中盯梢她，有人远远地偷拍她的照片，很多只听过她的节目，没见过她的人，被她那看不见的魅力深深地吸引把她想象得似人间的天使，写来七荤八素的信。

林月好像也没被这点小小的不悦吓倒，她坚信，广大的听众是深爱她的、欢迎她的、喜欢她的。

姚征冬在所看的材料中，摘录下了多少动人的赞美啊：

“感谢你接听我的电话，林月，你和我的对话已被我录下，刻成了盘，一有空我就要播放来听。哦，我这个最底层的老百姓，也有了一个幸福的日子。”

“那天，当着很多同事的面，听到了你在电台里讲我的名字，耐心地回答我的问题，当时同事们都把目光投到我的脸上，有惊异、有羡慕，我真是感动得热泪盈眶，内心的感受简直无法用语言形容。衷心地谢谢你！”

“多谢你给了我一个最值得回味的时刻。”

“从报纸上看到你资助人的消息，再在电波里听到你的声音，我觉得你简直就是美的化身……”

“你岂止是天使啊，你就是我顶礼膜拜的女神。”

面对所有这一切，尽管林月还是冷静的，尽管她理智地在报纸上发表声明一般的文章说：“林月是一个普通人，她只是有幸成为谈心节目的主持人，通过电台为大家服务，任何人有了这样的机会，都有可能成为明星，甚至做得更好。千万别把一个人的名声和她的才华等同起来，听众们善意地想象中的林月不是我，我是一位普普通通的女性，我就生活在你们中间，在上下班自行车的潮流中，在搭乘公交车的乘客里，在坐着出租车赶往下一个活动地点，而且愿比她更贴近大家。”可姚征冬觉得，千百个听众把她想象成了一个完美无缺的人物，沉湎在理想化的境界之中，在电话、书信、E-mail中给她讲了那么多赞美的话和颂词，对她的心理还是会产生影响的。林月是有理智的中年女性，她虽不会在表面上显现出飘飘然的陶醉，但她的自我感觉必定是甚好的。

她习惯了解答人们生活中遇到的难题。

她泰然自若地出现在鲜花、掌声、堆着笑脸的人群、闪光灯和镜头前面。

她的一举一动都会被敏感的记者捕捉下来，反映在报纸的娱乐版上。

面对听众们天天向她倾诉的烦恼、痛苦、困惑、受到的委屈与伤害，她仿佛都有办法抚平他们心灵的创伤。那些听众，那些芸芸众生，那些下岗职工，听了她清柔委婉、细诉衷肠的劝慰，有的受到了启示，有的得到了激励，有的接受了告诫，有的听到了祝福。为他们多少分担了忧愁、减轻了精神上的痛苦，传递了友情，一颗颗失意的心至少是暂时获取了面对现实的勇气和力量，一个个受到伤害的灵魂因她的安抚至少当着她的面感觉到了宽慰，甚至真有极少数意欲轻生的人被她美好的音色、温馨的语调打动，走出了阴影的笼罩。

她不承认听众们奉送给她的那些称号：精神的富翁、上帝、天使、女神。但是她知道，听众们敬慕她，虔诚地仰望她，关爱她的一切。

她在不知不觉之间，成了听众们排遣失意、宣泄苦闷的偶像。但是几乎所有的人都忽略了，这个接受着广大听众顶礼膜拜的林月并不是能够拯救一切的圣母。相反，她本人也是活在现实中的一个中年女性，她和所有的女性一样，要操持家务，要面对丈夫和女儿，有着具体而世俗的欲望。

不幸的是，在一片崇拜声里，她自己也忘记了这一点。她想当然地觉得，她林月的一切理应是美好的，不能蒙有尘垢、不能沾上污点，她是工作和事业上的成功者，她有无微不至地关心她的父母，她有一个可爱的女儿，她也有幸福的爱情和美满的家庭。

可是，偏偏就在最为敏感、最为人关注的爱情上，出了偏差，她以一个女人的直觉，感觉到欧阳明和她之间志不同、道不合，感觉到他们的共同语言越来越少，感觉到丈夫有了花心。

这是她内心最大的伤痛，要知道，那些好奇的听众们，不管是出于什么心理，多少次直率而唐突地向她发问，她的丈夫是一个什么样的人，在他们的想象中，她这样一个天使一般的女人，一定会有一个无比爱她的十全十美的白马王子。

遇到的次数多了，林月会自然而平静地把话题岔开去，轻轻地一笔带过，即使遇到穷追不舍的听众，她也会制造一点小小的悬念，增添一些神秘感，说一些顾左右而言他的话题。

谁也看不出这是她最大的忌讳，听众们甚至连她在不知不觉地规避也感觉不到。可恰恰这是搅动她心灵深处的痛。

姚征冬觉得，林月最终选择了自杀，其根本原因正是在这里。他要写好林月之死的文章，就要从这个角度往里开掘。

一位外国学者在他的著作里说过，做了名女人的人，多少都有些变态心理。就是在表面上显示不出来的那些女人身上，也不例外。

姚征冬是相信这一点的，重新听了林月做过的很多节目，姚征冬从她选择的那些春风拂来似的音乐，从她每每言及的亲情、友情和爱情，从她诗一般的语言阐述的人生哲理，深感林月的心是敏感的，而敏感的心往往又是脆弱的，正是因为脆弱，她的心底深处，这应该是埋藏得最最深的深处了，却是悲凉。正如美国自白派女诗人西尔维亚·普拉斯一样。

林月人生最后几年里留下的照片，可以印证他的推断。她的事业处于巅峰状态，她经常被欢呼声、掌声、鲜花和闪光灯包围着，她走到哪儿一旦被人认出来或是喊出名字，马上就会有人上来请她签名。她身体健康，她精力旺盛，可她为什么那么瘦？可她的脸色为什么那么憔悴？

只有一个解释，她的心在忍受着煎熬。

要写林月，就得从这里切入。

是的，对广大听众来说，林月的死是个突然。可对林月本人来说，却已是酝酿已久的事了。

心里决定以此开篇的姚征冬，拉出了键盘，打开了电脑，轻捷地在荧屏上打下了即将写下的这篇文章的标题：《她不是大众的情人》。

姚征冬停顿了一下，他对这个题目很满意，开门见山地道出了他书写这篇文章的独特角度。不是么？在林月活着的时候，她几乎就是一个与大众情人、青春偶像同义的名字。最初希望从厉言菁那里了解一点她的情况时，受到厉言菁断然回绝，而且显得很反感，也和林月大众情人般的身份有关系。

电话铃响了，姚征冬伸手过去提起话筒，轻轻地“喂”了一声。

“征冬，你在忙么?”是厉言菁的声音，还是像往常通话时那样亲切，姚征冬晓得，每当这种时候，她必定是一个人独处，可以随心所欲地说话。

“正准备写文章，没关系，你说吧。”

“征冬，那天，就是……就是我们在一起时……那个、那个雷家田突然闯回来那天……”

“我记得。”这种经历怎么可能忘记。

“你不是说，从储藏室小门里进入306以后，没碰见女主人么?”

“是啊，怎么啦?”

“可人家女主人却说，她见过你!”

“见过我?”姚征冬的头皮一下子发了麻，浑身顿时变得紧张起来，身子也坐直了，“她……她是这么跟你说的么?”

一刹那间，和疯癫的舒宇虹在一起时的那些几近疯狂的画面，全闪现在他的眼前。姚征冬只觉得脑子里一片混乱，一片空白，难道这一切也能跟人说么? 那么这女人真的是疯子。

“倒不是她说的，是跟她一起住的另外一个人说的……”

“那套房间里有两个人么?”

“当时只有一个人，可她说看见你进去了，你们说话了么?”

“没有。”姚征冬答话的语气是迟疑的，呼吸也好似屏住了，他不知道厉言菁了解到多少情况，更不知道舒宇虹讲了一些什么。“也许，我在小屋里匆匆忙忙穿好衣裳离去时，躺在床上的女人没真正睡着，她看见了我的背影。”

“也许吧，”厉言菁的语气是将信将疑的，“可和她同住的罗卉说，屋子里有明显的男人进去过的痕迹。匆匆忙忙穿衣裳时，你没掉落下什么吧?”

“没有啊。”

“我想想也是啊，唉，这件事整个儿把我给搞糊涂了，可能一年四季住着女人的房间，一有男人进去过，就能让人感觉到吧。我在想，罗卉还会来找我问的。”

“你怎么知道?”

“我从她满腹狐疑的眼神里看出来的。昨天她来时，正好雷家田也在，对她不怎么客气……好没趣的，不说了，征冬，我们见面细说吧，我想见你。你、你来么?”

最后那句话，厉言菁的语气又放柔了，带了点嗲嗲的声气。

“你还让我来啊。”姚征冬不悦地说。

“那么，我一会儿过来，你等着我。”

“今天不行，言菁，”姚征冬尽可能把语气放得轻柔一些，她一过来，两个人待在一起，势必将继续刚才那个话题。而无论他怎么巧舌如簧，他都不可能把那一天在华都大楼306室发生的真实情况讲得清楚，他还需要时间好好地冷静想想。“改天好么?”

“你不是说在家写东西么?”

一句话提醒了他，他连忙说：“是的，可我傍晚有个应酬，前几天就约好的，你来了，也待不长。”

“是饭局么?”

“嗯。”

“那好吧，”厉言菁息事宁人地说，“我们再约时间。”

厉言菁把电话挂了。一个电话打得这么紧张、这么累，对姚征冬来说，还真是第一次。他沮丧地搁下了话筒，呆痴痴地坐着，两眼瞪得直直的，满脑子里都是舒宇虹活灵活现的形象和厉言菁说话时充满困惑不解的声音，再也没了写作的情绪。和林月的意外死亡有关的一切，虽然深深地吸引着他，但是在华都大楼306和舒宇虹之间的真相如若让厉言菁知道了，他这个人在厉言菁心目中的印象就轰然倒塌彻底地完了。别说爱情关系，以后等她离婚再娶她了，就是眼前的情人关系，也维持不下去了。

这是他不愿看到的结局。

他还有什么心思写林月的文章啊，还有什么心思探求林月之死的谜啊。

电话又响了，响了两下他才接：“喂，是的，是的，是我。郑夕，不变，是，已经腾出时间来了，我会准时到的。”

## D

第一次，和姚征冬通完电话，厉言菁有一股强烈的不满足感。以往每次通话，他们都是情话绵绵，说个不停，谁都舍不得挂断电话，谁都舍不得打断对方的话。别说白天那一次次的通话了，有天晚上，开开出去玩儿了，雷家田跑出去看京戏，她把电话打到姚征冬家，他们整整说了两个小时，直说到家田看完京戏回来，还感觉意犹未尽，只得无奈地恋恋不舍地搁下电话。有多少次，厉言菁都把这样的通话视作一种心灵的沟通和抚慰，是一种难得的享受和幸福，是精神上的盛餐。她觉得自己不仅在补偿青春时期不曾体会过的真正的恋爱，而且人也仿佛年轻得多了。

可刚才这个电话，她没有以往获得的那种感觉，相反，他像是换了一个人，那滋味儿全变了。他说话的时候吞吞吐吐的，仿佛每一句话，总要想一想才能回答她，话音里还带着一点戒备和迟疑。自他们认识以来，她每次提出去他那儿，他都表现出极大的热情，声音里有一股迫不及待的情绪，急切得恨不能马上见着她，多少次他都说你坐直升机来，最好你现在就飞来，或者是说快下楼，坐上出租车一会儿就到了，我现在就想拥抱你。

今天他却拒绝了她，她期待着他主动说出明后天见面的时间，他只说了改天，改天改天，什么叫改天？改天就是另外再约。这就是说，他并不迫切，他在拖延。

是什么使他对她的感情发生了变化呢？

是她追问了他躲进306室那件事，还是他今晚确实另有约会？

无数的念头在涌出来，无数的疑问在冒出来，厉言菁显得焦灼而又不安，勉强站在屋中间的时候，才觉察到自己一直在家里来回不停地走动。她有一种不安的亢奋，她一分钟都平静不下来，她的心跳得自己都能听见，是的，她太爱姚征冬了，她知道自己是在搞婚外恋，按传统的观念来说这是不道德的，可她从没对其他异性有过这样的感情。况且世道在变，多少人在摒弃过去了的那个时代带来的婚恋，她也有权利追求自己的幸福。陡地，也不知是怎么回事，现在这爱情变了味儿，发现了一丝丝瑕疵，她怎么受得了。

不行，她还得和他通话，让他讲个明白。她又操起电话打过去，姚征冬的电话是忙音，这么说他并没在写东西，他在和人通话，他在和什么人通话呢？厉言菁一无所知。

她心里涌起一丝妒意的同时，还有着一股从未有过的困惑。是的，她和姚征冬之间已是陷得很深的情人关系，他们肌肤相亲，他们的性事水乳交融，他们幽会时总是感觉到幸福美满得无与伦比，她和雷家田亲热时总会感受到的性欲苦恼得到了宣泄和释放，她和姚征冬在一起时总能感受到自觉奉献的陶醉和心灵满足，他们之间似乎比什么都亲。她的一切都告诉了他，而他呢？她自以为对他也是了解的。可直到此时此刻，她才惊觉到，她对他的很多方面还不了解。或者说她对他的了解只是肤浅的。

比如说他那天走进306室以后究竟发生了一些什么，为什么他的说法和罗卉的说法截然不同，是他向她隐瞒了什么，还是罗卉在瞎猜测。又比如他今晚上有什么应酬，和什么人在一起吃饭。照理说，依他们之间这种亲密得浑如一人的关系，他完全可以告诉她的，他为什么不说。

纷乱的思绪不断涌起的同时，厉言菁冒出了一个强烈的念头，到他那儿去，到姚征冬家里去，和他在一起，让他把一切都告诉她。要不，她的心灵不会安宁，她会什么事儿都做不成，吃得不香，睡不着觉。

她动作敏捷地换好衣裳，朝着镜子端详一下自己的形象，嘴里咀嚼着一颗口香糖，走向电梯口。电梯口已站着一个人，正是306的舒宇虹，这女人真是一个绝色美人，就是瞅她的侧面，也很好看，让看见她的人眼球一亮。可惜她似乎有病，反应迟钝，也没见她有丈夫，浑身上下都是冷冰冰的，一副拒人于千里之外的模样。

听到她的脚步声，舒宇虹转过脸来了，一眼看见了厉言菁，她先是微微一怔，继而露出了笑脸。

厉言菁愕然地回望着她，像不认识似的瞪着舒宇虹。

没错，她确实在笑。厉言菁也向她点点头打招呼，淡淡地一笑，算是礼貌地回答了她。

上面的电梯下来了，她们一先一后走进电梯，相对站着。

“出去啊。”开电梯的冷大姐抬起头来，诧异地轮流瞅了她俩一眼，向她们职业性地招呼着，关上了电梯门。

“是的。”厉言菁应答着抬起头来，电梯在下行，厉言菁吃惊地发现，舒宇虹和以往一样仰着脸，似乎什么也没听见，不搭理冷大姐，可她还在朝着自己微笑，而且、而且她的笑带着明显地讨好自己的那么一种神情，不、不，完全就是一种谄媚的笑，那亮晶晶的眼神里，仿佛还迫切地想要和自己交流、想要和自己说话。这可是从未有过的事啊，这不，连冷大姐都发现了，疑讶地瞪着舒宇虹。

电梯下到了大厅，冷大姐打开了电梯门。厉言菁再次朝舒宇虹点了一下头，算是接受了她的好意的微笑，快步走出了电梯。

她感觉得到，舒宇虹也走出了电梯，只是动作要比自己慢。当厉言菁走出华都大楼的那一瞬间，她听见舒宇虹在说：“你让他来呀，呵。”

厉言菁没有回头，她以为舒宇虹是在和别人说话，及至她想起也许这是对自己说的，再回过头去，却并没见舒宇虹跟着走出来。她暗怪自己有点儿神经质，也就把这事儿置之脑后了。现在她满脑子里装的，全是姚征冬。

这么贸然地闯到他家去，他会怎么想，得找一个什么借口呢。坐在出租车上，她老在想着这个问题。

出租车拐到肇嘉浜路上来的时候，她决定不用找任何借口解释自己的行动，干脆实话实说，把自己的直觉、把自己的疑惑统统向姚征冬倾诉出来，他们之间不是一向十分坦率么？没有必要向他隐瞒自己的心情。

和以往几次一样，她让出租车在离姚征冬家小区附近的马路边停下。付了车费，下车站在人行道边，她轻轻地吁了一口气。

上海的气候，已经进入盛夏，午后的四五点钟，热得人难耐。厉言菁的心头烦躁，从带空调的出租车里一出来，身上的汗直往外冒。她想快点穿过马路，到姚征冬家里去凉快凉快，她还记得他家中开着空调时的那种舒适惬意的感觉。

宽敞的肇嘉浜路上车流不绝，她无奈地站在路边，等着车流停下来。对面就是姚征冬居住的小区大门，这地方交通便利，离繁华热闹的徐家汇又很近，以往每一次来，厉言菁都会想到，离了婚，真正地和姚征冬生活在一起，她就会长长久久地在这一带过日子。故而她对这里绿化带中的一景一物、一草一木，都带着一种感情。红灯亮，车流总算停下来了。她急急匆匆地过着马路，忍不住又朝那已经熟悉的小区大门望去。

怎么回事，她费劲地眨动着眼睛，额头上的细汗不时地沁出来，流淌到眼睑上。她的眼睛一眨动，汗水就滴落下来。

穿着一件格子T恤衫的姚征冬站在小区门口，正挥着手要出租。

他没看见厉言菁。厉言菁放快了脚步，她想快些穿过马路，出其不意地站到他的面前。她觉得这一幕会很有趣，她急得几乎小跑起来。可惜迟了，一辆强生出租车停在他的面前，他拉开了车门，坐了进去。出租车门刚一关上，车就开了。

厉言菁大步跑过了马路，不假思索地扬招出租。

停在她面前的是一辆大众，厉言菁坐进车，对司机说："跟着前面那辆强生，看见了么?"

"明白。"

没几分钟，桂圆黄颜色的强生开到前面的襄阳路口转弯，笔直地朝北开去。天蓝色的大众不紧不慢地跟在它的后面。

计划就在一刹那间改变了，厉言菁没想到姚征冬恰好会在这个时候出门。这么说他是有应酬。厉言菁决定要跟去看一看，他是到什么地方去、和什么人应酬。

车流如织，出租车开开停停，但襄阳路是单行道，没怎么堵车。开到淮海路，强生又一个大转弯，往西开去。大众跟着转过弯去，司机似是发问，又像是自言自语地说了一句："去哪儿啊?"

"饭店。"厉言菁脱口而出。这已是接近傍晚五点，例行的应酬总该是在饭店吧?

强生又沿着淮海路弯进了常熟路，大众跟着来到常熟路上。

强生随着常熟路长长的车队徐徐开去，快到静安寺的时候，一个大转弯，弯进了希尔顿。

这么说姚征冬是在五星级的希尔顿有应酬。厉言菁敏捷地挥了一下手说："跟进去。"

大众开到希尔顿大门口的台阶前时，姚征冬钻出强生车门，矫健地步上希尔顿的台阶。厉言菁一边付费一边盯着他的身影。当她跟着走上台阶时，姚征冬走进了大堂。厉言菁对自己的行为暗自好笑，她心里说只要了解了他参加什么活动，或是何种应酬，她就离开希尔顿，从静安寺坐公交车回华都大楼。

戴着领结的侍应生给她拉开大门时，她一眼看到，一个女子笑吟吟地迎向前来和姚征冬打招呼，他们握了一下手，遂而就站在那儿说话。

这女人五官端正，身上那件红色的无袖无领套头衫质地上乘，飘逸的深色长裙，整个打扮线条简洁却不失高雅。一眼望去，她的年龄要比姚征冬显得大一点。

她会是哪个公司负责接待的公关人员呢，还是某个单位的办公室主任?厉言菁猜测着。

寒暄几句，接下去，她就会把姚征冬带进某个会议室或者直接上楼进包房了。这种接待客人的活儿厉言菁也干过，总归是那么一套。

厉言菁已不想跟踪下去，她觉得自己今天的所作所为真是可笑，他们一旦走开，她就想转身走了。

不料姚征冬和那女子说了几句，女子的手往里侧指点了一下，姚征冬点了点头，两人并肩往里面走去。

厉言菁看清了，这女子的身材挺拔修长，个儿差不多和姚征冬一般高。大堂的一边传来钢琴声，那是喝咖啡的地方，是叫酒吧还是咖啡吧。而姚征冬随那女子走进去的地方，别有洞天，是个自助餐厅。

难道姚征冬今晚参加的应酬，就在大堂旁边的自助餐厅举行，这倒是新鲜。厉言菁远远地瞅进去，心存疑惑。

终究是五星级宾馆，进来没多久，厉言菁原先感觉到的燥热不知不觉消失了，身上也没了汗津津的不适。大堂里的钢琴弹得叮咚作响，一点也不悠扬，那些喝啤酒、品咖啡的，谈话不知如何能进行下去。

姚征冬和那女子，在人工流水边的一张双人餐桌旁坐了下来，餐厅服务小姐斟上了红葡萄酒，两个人双双举起酒杯，轻轻地叩碰了一下，微微地抿了一小口，遂而分别站起身来，取了盘子，在大餐桌边选起菜来。

厉言菁顿时瞪大了眼睛，如梦初醒般明白了，姚征冬所谓的应酬，就是和这个比他年龄还大的女子幽会！

为了和这么个女子的幽会，他拒绝了她。这女子是谁？和姚征冬是什么关系？姚征冬要和她谈些什么，或是有求于她什么？

厉言菁的嘴角露出了一丝讥诮的笑，姚征冬可真有胃口，连比他年长的女子都会有兴致。

厉言菁心头涌起一股鄙视的情感和酸溜溜的醋意，她和姚征冬有过那么浓烈的情人关系，他都没请她来过希尔顿这样高级的地方呢。而和这么一个相貌平平的女子，他却……她觉得委屈、觉得妒忌，她有一股发泄的欲望，她想大声狂笑，又想失声哭泣，甚为复杂的情感在一瞬间交织地撞击着厉言菁的胸口，不知怎么搞的，愤然、眼泪、气恼使得她不管不顾地挺起胸脯，也往自助餐厅走去。

自助餐厅的入口立着一张醒目的广告，每位一百二十八元，啤酒和饮料随意，红葡萄酒每杯四十元，这就是说，一顿晚餐至少消费一百六十八元。厉言菁只是稍稍停顿了片刻，就走了进去。

“小姐几位？”一位个儿高高的小伙子迎上前来，礼貌地招呼着。

厉言菁向他竖起一根食指。

“就你一位，”小伙子愣怔了一下，显然觉得有些意外，但是他很快露出一个笑容说：“我们这儿有个极好的单人座位，小姐请。”

厉言菁往里走去的时候，眼角的余光扫向姚征冬和那女子坐的方位，幸好小伙子把她带去的是另一个方向，姚征冬根本没有看见她。

对厉言菁来说，这确实是一个绝佳的单人座，座位旁也有一股潺潺的流水，入座以后，人就淹没在几张硕大的轻轻摇晃的芭蕉叶后面。小伙子给厉言菁拉开座椅：“小姐，你请坐。”

厉言菁端庄地坐下，哎呀，真是美极了。她简直要惊叹出声，这儿的地势微高，她的脚下是一块硕大的山石，正可以居高临下地俯视大半个自助餐厅的风光。更主要的是，坐在这儿，恰好面对着姚征冬的背影，姚征冬看不见她，而她却可以把他们幽会时的情形看得一清二楚。特别是和姚征冬相对而坐的那个女子，脸正对着厉言菁这个方向，那女子脸上的每一个细微的表情，厉言菁都可以看见。

“小姐，这位置你满意么?”小伙子彬彬有礼地问道。

“很好，谢谢。”厉言菁微笑地朝小伙子点头。

“这是我们特为单身的外宾设置的座位，今天你来早了。”小伙子补充说着，又微微俯身轻问：“小姐，请问用些什么酒水饮料?”

厉言菁的手举了起来，她想说来一杯红葡萄酒，但就在举起手的那一瞬间，她改变了主意：“就来点啤酒吧，我渴极了。”

小伙子颔首退去，厉言菁站起身来，走向大餐桌。

待她选了盘菜肴走回到自己座位的时候，绿色厚玻璃的啤酒杯里已满满地斟了一大杯啤酒。

厉言菁惬意地靠在椅背上，目光游离地端详着自助餐厅里的情形。她活了这么一把年纪，还没花这么贵的价格吃过一顿自助餐呢。况且她也不饿，不忙着吃东西。花了一百二十八元，她要好好地看看自助餐厅里的情形，她要把姚征冬和那女子的幽会看出个究竟。

她发现那女子和姚征冬也不怎么吃东西，他们更多的是在交谈，谈得十分热络、十分投机，看上去姚征冬说话不多，倒是那女子滔滔不绝地一直在说话，兴奋地说话，讲着什么有趣味的话题，那女子还不时地发出阵阵轻笑。厉言菁承认，这女子化了妆，脸上亮晃晃的，虽说不上漂亮，可端正的脸上一颦一笑却很生动，看久了，她也不显得初看上去那么老态了。

而当姚征冬说话的时候，那女子听得特别专注，她自己说话时还边说边吃一小点东西，而当姚征冬说话时，她什么东西也不吃，一手托着腮，两眼睁得大大的，一往情深地盯着姚征冬。

厉言菁最受不了的就是她的这副目光，这副目光对姚征冬充满了崇拜之情，一点也没掩饰她对他的好感和倾心。在倾听姚征冬讲话时，她的脸部表情也十分生动，一会儿睁大了双眼，一会儿露出疑讶的表情，一会儿清脆地笑出声来，笑声传得很远，连厉言菁都隐隐地听见了。当她讲话时，她的两片嘴唇掀动得很快，虽然听不见她在说些什么，却可以感受到她的语速很快。

这个女人是谁，他们之间是什么关系，老同学、老相识、老朋友还是……老情人，厉言菁一概不知，她也从没听姚征冬露过一丝口风，他们看上去有说不完的话儿，在说些什么，是关于社会学的学术问题，还是过去的事，或是和他们两人感情有关的话题。

厉言菁不知自己挑选的菜肴是什么滋味儿，她也不知自己怎么就会在短短的时间内把满满的一杯啤酒喝完了。服务员又来给她斟满了，她的手扶着带点冰凉的杯子，眼睛里一会儿茫然，一会儿又忍不住往姚征冬和那女人坐的地方瞟去一眼。

她的心里酸溜溜的，明明是和自己亲密无间的姚征冬，一个她觉得一切都可以触摸得到、感受得到的实实在在的男人，现在就在她的眼前，和另一个女人倾心地交谈着。她的心里窝着一团火，无从发泄的火，她气恼、她烦躁、她浑身不安。她从没有体验过什么叫妒忌，和雷家田恋爱时她没有体验过，婚后她也没有感受过。只有一次，那时她还没有下岗，还在上班，雷家田在家休息，她提前下班回家，就在华都大楼的楼厅里，她看见雷家田在送厂里的一个同事，是个女的，她没有走上前去打招呼，她只是默默地站在一边看着那女同事打开自行车锁，推着自行车走出楼厅，雷家田送女同事到门口，那女同事上了车，还回过头来朝着雷家田微微地一笑。雷家田一挥手，他们告别了。厉言菁在那女同事回头微笑的一瞬间，感觉到一点什么，但她实在也说不出是什么。她只是第一次恍然大悟，当她不在家的时候，雷家田也会在家招待女客人的。不过也就仅此而已，事后她装作不经意地问起，雷家田“噢”了一声，想起了什么似的轻描淡写地说，她是来打听具体怎么申办移民手续的。说真的，这一次以后厉言菁只是留了一个心眼，并没有什么妒忌之感。她甚至还觉得，雷家田如若真正和什么人相好的话，那倒好了，她就可以正正当当地离婚了，心理上也就不会有什么负担了。此时此刻，她可是真正尝到妒忌的滋味儿了，姚征冬和这个女子怎么会有这样多的话好说，他和自己在一起的时候，也没这么多话说呢。

令厉言菁愕然的事紧接着发生了，姚征冬和那女人边吃边聊了不到一个小时，喝完红葡萄酒，添了一次水果，匆匆喝了一杯咖啡，与那女人争着付了款，离座走了。说他们是幽会嘛，他们在这儿待的时间并不长，连头搭尾不过一个多小时，这种自助餐，就是吃到晚上九十点钟，也没有人来干预的。他们结完账，还要去哪儿呢？走出餐厅的时候，那个女人自自然然地挽着姚征冬的臂膀，两个人相偎相依地离去。

远远地看见女人的这一动作，仿佛一下子点明了他们之间的关系。厉言菁看得清清楚楚，姚征冬没有丝毫的迟疑和不安，似乎他们之间原本就该是这样的关系。望着他们的背影，厉言菁看到，女人的嘴凑到姚征冬的耳畔，亲昵地说了一句什么，两个人一起笑了。笑得几乎把脑袋凑在一起。

犹如被人当头揍了一棒，血直往头上涌。厉言菁不知所措地坐在那儿，这个人一定是姚征冬原先的情人无疑，一定，一定是的，要不他们不会这么亲密，不会这么默契。这下她可看清姚征冬的真面目了，这下她可明白姚征冬是个什么样的人了。她一定要揭露他，一定要戳穿他的庐山真面貌。他们离开得太突然、太快了，厉言菁刚吃得半饱，杯子里的啤酒还有大半杯，她顾不得这些细节了，她想招呼人来埋单，刚抬起头，她不由得愣住了。

华都大楼 306 的女主人罗卉，打扮得雍容华贵，正在向她走来。

## Ⅳ

罗卉的发家和她在杉木凼的生活有关系，那时候她正诚惶诚恐、度日如年地待在杉木凼寨子上，不知道有什么办法能改变她的厄运。那些年里，她已经眼看着和她一同去插队落户的姑娘们陷入了泥坑，跌进暗无天日的可怕婚姻之中。

她也曾拼命地抗争过，可没用，就是夜里躺在竹笆床上，她都能感觉到有人在伸手过来，要把她拖进杉木凼汉子们的屋头去。

恰在这时候，邻近杉木凼寨子的梨木凼大队，一个中年妇女胸口生了一种怪病，起先是乳房下头生了一个疮，来找当了赤脚医生的罗卉看。罗卉按常规让她擦消炎药，哪晓得，擦了药并不见效。有什么办法呢？罗卉这个赤脚医生，本来就是杉木凼一肩扛着两颗印的大队支书兼革委会主任卢光飞逼着她干的，没多少实际的本事。只因她从上海来插队时，大包小包地带了很多药。杉木凼寨上的姑娘、媳妇有个头疼脑涨、伤风感冒、三病两痛、生疮长疔的，都喜欢到知青点来讨免费药吃。罗卉热心地对照着那本下乡时带来的《赤脚医生手册》，一样一样地给寨邻乡亲发药。对她来说，时间长了，药放久了会失效，送给人家多少是个人情，会被人说对贫下中农有深厚的无产阶级感情；而对寨邻乡亲们来说，则纯粹是图个方便，又加上她不要钱。或许他们生的本来就是小毛病，稀奇的是，罗卉发出的药都见了效。一来二去的，罗卉会看病、抓药的名声就传开了。

恰好上头来了精神，要偏远村寨培养自家的赤脚医生，最好在有文化的上山下乡知青、回乡知青、复员退伍军人中优先培养。卢光飞说罗卉原本就有基础，让她去县里上了一个月的培训班，背上一个绿色的药箱，罗卉就这样当上了不脱产的赤脚医生。

哪里晓得，这一回碰上真正难治的病，她就抓瞎了。她急啊，人命关天，罗卉费了好多口舌，陪着那个中年妇女，就去了公社卫生院，照例地，公社卫生院给病人打针吃药，可就是不见效。相反，那恶疮从里头发出来，把胸脯鼓得老高，两只乳房愈胀愈大，胀得衣衫都穿不得了。罗卉在旁边看着都感到害怕。卫生院急得要往县医院送，县医院在电话里一听是这么种怪病，说送来了也没法，把县医院名声倒弄坏了。病人家里要有点钱，干脆就往省城里送吧。

病人家中哪儿来的钱啊，再说，送进公社卫生院以后，病人的乳房胀得像皮球那么大不说，还发起了高烧，几天几夜不退，连神志也不清了，胡话连篇，痛得直哼哼，蹬脚舞手呻吟不绝，陪在一边的家里人急得只会哭。

罗卉是赤脚医生，也觉得自己责任重大。那天午间正逢赶场，头昏脑涨的她又累又饿，抽身走出病房去街上吃一碗米粉充饥，坐在米粉馆角落里的一张桌子边，她万没想到，四乡八寨来赶场的农民们都在议论梨木凼这中年农妇的怪病。罗卉边上，幽暗的角落里，一个七十多岁的老汉，一边喝着一碗包谷烧酒，呛鼻的酒味儿直冲罗卉拂来，一边咀嚼着下酒的脆哨和豆腐干，带着点酒意，长长的山羊胡子一翘一翘地说：

“这有啥难的嘛，憨包。”

“难极了，把人都愁死。老人家，莫非你有办法治？”

“有啊，没办法治，我还敢吱声？”

“啥办法？”

“偏方呗！”

“啥子偏方？老人家。”

老汉淡淡地一笑说：“掐点仙人掌的浓液，捂在胸前，那肿自会消。”

说者无心，听者有意。

罗卉又喊来一碗牛肉米粉端在老汉的面前，朝他亲切地笑着，一脸谦恭地说：“老人家，你说的话当真？”

老汉瞪起一双混浊的眼睛，凝定一般瞅了她两眼，见是一个漂漂亮亮的姑娘，赌气似的说：“我骗你干哪样？”

“你说的仙人掌，就是坡上随处可见的那种？”

“不是那种，还有啥子仙人掌？”

“老人家，我平时看到的仙人掌，只看到它的刺。它哪儿来的浓液啊？”

“那是你不懂，把它扒开，里头就有浓液淌出来。”

“浓液要淌，咋个把它捂在胸前呢？”

“真是憨，你想办法啊！”

“谢谢你，谢谢你老人家。”

“有啥可谢的，不就是几句酒话嘛。真是的，哼！”

……

自始至终，罗卉和这神神秘秘的老汉对话时，老汉都是带着点酒意，气冲冲的。

可罗卉就是凭着老汉的这几句话，到坡上去割来了仙人掌，小心翼翼地把它扒开，里头果不其然淌出了白色的浓液，罗卉把浓液挤在纱布上，涂抹了厚厚的一层，拿去捂到梨木凼农妇的胸口。起先她想用绷带把纱布绷紧，可那中年农妇痛得“哇哇”大叫，绷得太松了，药力又贴不到胸口。急得罗卉只好用自己的双手，捧着涂满浓液的纱布捂在农妇的胸前。

神了，几个小时捂下来，农妇鼓胀的胸脯在缩下去，肿在逐渐消下去，一个晚上捂下来，农妇的烧退了，嘴感到渴了，喊着要喝水，要吃东西。罗卉可是累坏了，她的一双手始终紧张地捂在农妇胸前，已经酸疼得麻木了。公社卫生院见罗卉用出了白色的奇药，派护士来帮忙，轮流着替换她。说来也怪，其他护士来捂，那中年农妇不是叫痛，就是喊不舒服，非得罗卉捂着她胸部，她才不哼不哈，微合着眼，乖乖地歪在床上休息。

这么一来，把罗卉真是累坏了。

可罗卉神奇的名声，也因此一下子传开了。

多少年以后，罗卉下海经商，几经沉浮、几经沧桑，虽说积累了一些经验，可就是逮不着大发的机会。有一次从难受的酒醉中醒来，恍恍惚惚之中很偶然地想起人生中这一难忘的经历，她陡地眼睛一亮，突发奇想。仙人掌既然救得了那个胸部肿胀的活不过来的农妇的性命，它必然会有消炎收缩伤口的作用，用它做原料，来开发一种专门用于消炎、消肿护理皮肤的药，岂不是不大不小的一个发明？

她将自己的设想付诸实践，化验了仙人掌浓液的成分，注册了商标，申请了专利，陆陆续续开发出了新型的消炎、消肿、护手、护脚的软膏和雪霜，一下子用低廉的成本，创造了收益可观的利润。她成了一个同时代人中的佼佼者。

她从没把自己的发家经历告诉过任何人，也从来不接受热心的记者们的采访，更不给任何人、包括当年像她一样有着插队落户经历的知识青年们讲她的商业秘密。

她有了实业，有了名声，有了钱，置了房子买了车，可她没有家，她始终不曾嫁人。多少年里，她一直照顾着插队时的伙伴舒宇虹，舒宇虹住进精神病院，她定期去探望她。舒宇虹病愈出院了，她给安顿了住处，几经迁居，最后让舒宇虹住进了她买下的华都大楼306号房。

她在外滩的商务楼里有自己的公司，只要稍有空闲，她就能到华都大楼来看望宇虹。

她已经有了两千万的身价，成了一个不大不小的老板，她厌恶人们所说的女强人的称呼，可人家还是把她视为女强人。商场如战场，她上了战场，就要应付一个商人必须应付的一切，差不多每个晚上，她都是在饭店酒楼的餐桌上度过的。但她也仅限于吃饭，要打通一个关节，她请人家吃饭；要认识一个官员，她请人家吃饭；要谈一个项目，她请人家吃饭；要融一笔资金，她请人家吃饭；要和一个新的关系户联络，她请人家吃饭，联络不上，她就想方设法、转弯抹角地找关系让人介绍着吃饭，对待客户是这样，对待推销商也是这样。这绝不是说她不送礼，在商场上不送礼是不可能的，她也送，用她的话来说，她不害人，她往往送的就是厂里的产品。这些产品虽然都有价格，但那不值多少钱，可却都是有用的，官员、大款、权势人物也许用不上护手霜之类的软膏，但这些人有家属，家属们要用、也喜欢用，用不完还可以转送给别人，是个人情。她也不是吃小亏占大便宜，送一点小礼品就妄想赚大钱。她不，她计算成本利润，对于帮助过她的企业、她的产品、她的推销的人，她按他们付出的劳动，给他们付酬。这些酬劳，有时候以商场代币券的形式，有时候以出租车单的形式，有时候则是交通卡。更多的时候，她也学着社会上惯常的做法，花不菲的价格收买一些名家书画作品，有的装裱好，有的配上合适的镜框，在节假日，在人家的生日庆典时，作为礼品送出去。上海滩出现了一些特色会所，遇到喜欢唱京戏昆曲的，她把聚会地点设在会场里，让人家玩儿个高兴畅快。有爱好收藏的，她把客人带到设有收藏品专柜的会所去，让客人挑选中意的藏品，她主动埋单。可别小瞧了这些私密性很强的会所。去多了，罗卉发现，在这些会所里时常能遇到各界名人，退下来的官员，国企和民营的老板，大大扩展了她的交际圈。当然，在无法避免的时候，她也送现金。但是送现金她掌握着两个不变的原则，一是数额绝不超过一万元，二是她在付出之前就替对方设想好了这是什么收入。故而收她钱的人心安理得，她付出得也十分坦然。她会明确跟对方说，我不想给帮助过我的人找麻烦。

在她的公司里，这些酬劳全部有记录。她付出得正当，经受得住查账，她把它们全都计算进成本。最主要的是从来没有出过任何事情。久而久之，人家一听是她相托的事，也愿意帮她的忙。

在场面上，她请人吃的饭多了，人家也会还请她，这年头吃个饭算什么，吃饭可以交朋友，吃饭可以谈工作，革命就是请客吃饭，不吃饭办不成事，吃了饭不见得就能办成事。不过吃过饭就算认识了，成了朋友，朋友的圈子大了，其他的事自可以慢慢地来，来日方长嘛。

当然，有一点是绝对不可否认的，人家愿意和她在一起吃饭，和她的相貌美丽有关系。像她这样气质高雅、雍容华贵的中年女子请什么人吃饭，一般人家都会欣然接受邀请。就是不做任何事情，和她在一起坐坐也是一件快事啊。

但在生意上，她绝不利用自己的姿色去谋求利益。相反，若是什么人对她借酒调情或是产生非分之想，她情愿不做这笔生意，甚至还会勃然大怒，拂袖而去。也许她的这种性格已在生意场上不胫而走悄悄传开了，多少年里，也没发生过那种不愉快的事情。

她在商场上驾轻就熟，可以说是做得如鱼得水，意满志得，好似她永远浮现在脸上沉着自如的微笑。但是这一切，仍旧弥补不了她独身一人的孤独，和舒宇虹相依为命，更多是因为内心的隐痛、因为友谊、因为对舒宇虹的怜悯和责任、因为同病相怜，可宇虹终究不是她的伴侣啊。

她的身旁不乏追求者，比她年长的有，比她年轻的也有，甚至还有年轻十多岁的，逢场作戏的有，痴迷得几乎要发疯的也有，她总是冷冷地对待他们。她看不上这些男人，她觉得他们骨子里看上的都是她的钱。她对涉及钱的感情绝对地警戒。

她看上的男人，却又得不到。在一个联谊性质的知青聚会中，她认识了一个知青出身的作家。她读过他的一本书，知道他是自己的同时代人，相互能理解。聚餐之后就是舞会，罗卉不想和那些当年的男知青们跳舞。刚才在餐桌上她就觉得那些个自鸣得意、怀才不遇和下岗失意的男知青们不同程度地有了些醉意。她不愿在跳舞时闻到他们身上的酒味儿，更不想碰到漂亮女性在公众场合难免要碰到的邀舞及其他的尴尬。再说，老都老到这个程度了，还跳什么舞啊，她趁大伙儿兴致勃勃地清理舞场，独自走到了花园里。她就是在花园里碰到那个知青作家的。

他们相互笑了笑算是打过了招呼，是他先开口对她说话的：“你怎么不跳舞?”

她不便说真心话，就反问他：“那你呢？”

他的回答让她吃了一惊：“我不会跳。”

她笑起来，认为他在说假话：“你怎么会……不可能的，那你的书里要写到跳舞怎么办?”

他说作家写小说，主要写的是场面、感觉和情绪。她说对啊，你跳都不会跳，还怎么去写感觉和情绪，他说他就是写了，没有一个读者说他写的不像跳舞。她说以后要在报纸上写一篇文章揭发他。他说我欢迎还来不及呢，你一揭发批评，我就出名了。

她笑出声来，她没想到他那么幽默。

他们就这样谈开了，谈插队落户的生活、谈今天截然不同的文坛和商场、谈文物收藏。她只读过他的一本书，但她知道他很出名，后来又写过很多书，但她因为忙于实业和生意，一本也没读过，不过她在电视上见过他，看见他当颁奖嘉宾、参加谈话节目，但她对他一点儿也不了解。也许正因为这样，那个晚上他们谈得十分投机，她心里还有一种莫名的兴奋和愉快。舞会开始了，灯光随着舞场里的旋律，在他的脸上一闪一闪，她突然对他产生了一股亲切感，仿佛他们不是今天才认识，他们已经认识了好久好久，年龄在他们之间模糊了，陌生感消失殆尽，哦，多少年里，她第一次对一位男性丧失了戒备心理。当知青联谊活动的一个组织者惊叫着跑来说：“你们在这里啊，快进屋去跳舞啊!”他们双双走了进去，他没有说谎，真的不会跳舞，一点儿也不会跳，但她拉着他，告诉他不会跳就是随着节奏摇也可以的，于是他俩自然而然地在舞会上摇了起来。

灯光忽明忽暗，舞曲忽高忽低，大屏幕上不时地迭现出男女之间的凝视和亲昵，音乐牵扯着罗卉的心，她带着他，一会儿快三步，一会儿慢四步，和他相偎相依着，她第一次在舞厅里觉得悠悠然的陶醉。

那个晚上她失眠了，痴痴地把他想了个够。她知道他早年成名，必定是有家的，但她还是忍不住想他。不过她历来有自制力，她不会主动给他打电话。时间在流逝，她觉得如果她不主动打电话，他永远不会打电话来的。她都快要坚持不下去了。突然有一天，他来了电话，她竟然有些激动，他问她还记得起他么？他是为一件事情求她的。也是一位当年的知青，近几年里业余写了一些微型小说，他就职的群众艺术馆贴了点钱，给他出了一本微型小说集，四十多岁了，出第一本书，他很想在上海开一个作品讨论会或者叫研讨会什么的，扩大一点影响，对他回到内地那个地级市的群众艺术馆去，也好有个交代；当然，这个会一开，他以后评职称什么的，就会顺当得多。可他有想法，就是没有钱。微型小说家求到了他，他呢，虽然有名，虽然在作家协会也有职务，却也不能利用职务给这位微型小说家开后门，因为上海还有很多比他写得好的作家，都没开过作品讨论会呢。说了很多，最后就是一句话，他问她，愿不愿意出一点资，帮帮这位也曾当过知青的素不相识的朋友。

一听这种事她就心烦，要换了别人她早就断然拒绝了。发了财之后，找上门来谈这种事情的人实在太多了，拉赞助的、做广告的、做善事的、献爱心的，打着各种各样社会公益事业的旗号，托着各种门道找上来的关系，她一概婉辞、一概谢绝。可这一次，电话是他打来的，她若婉辞了，他就再不会来电话了。她问开这么个会大约需要多少钱？他说场租费、吃一顿饭的费用还有记者的红包、与会者的礼品费什么的，节约点算，大约一万五吧。她觉得钱不多，就说我从来没做过这种事，你到我这里来具体谈吧。他说我约这位微型小说家一起来。她说不必，我是看在你的面子上才愿意出资的。他来了，随身带来了几本他写的书，还有一张细细的预算表，看得出他做事很认真。她当场签字，让财务送来了一张一万五千元的支票。

作品讨论会如愿开了，电视上还播了一条三十秒的镜头，镜头里有他还有那个她赞助的微型小说家。对于她来说，出了一万五千元，事儿也就完了。但在她的内心深处，总还有着隐隐的期待，期待什么呢，她也说不上来。每晚临睡之前，她总要翻一翻他送给她的书，读一读他写下的那些小说，一边读一边想着他。哦，爱情真是一个很可怕的东西。明知道无所期待，她却还是盼着。果然，没过几天，他的电话来了，请她出来吃饭，说是为了感谢她的慷慨相助，他个人想请她吃饭，微型小说家也一再表示要来当面感谢她。她说千万别这样，我最不习惯人家当面恭维，再说他不是很困难嘛，就免了吧。他在电话中说，我也是这么跟他说的，他也确实忙，已经回内地去了，但是临走之前，留下了一盒当地产的茶叶，实在拿不出手，只是表表心意。就为了把茶叶交给她，他个人也得请请她呀。

听明白了是他个人请，她欣然答应下来。他要她定地点和时间，他说她经商在各种饭店酒楼吃得多，由她做主。内心深处，她并不要他请客，于是便灵机一动，定下了时间地点。

这是南京东路海仑宾馆里的一个雅座，他们相对坐下来的时候，整个悠然暗淡的环境，营造出的完全是一个诗意的情人世界。轻音乐在奏着，桌子上是飘在透明的玻璃盆水中的烛光，她想他就是再笨，也能看得出她的用意。名义上是他请客，她就不客气地点了几道菜，都是价格不菲的名贵菜肴，鱼翅、鲍鱼、燕窝，还有每人那一盅汤，是改良过的小小的一钵佛跳墙，味道美极了。菜不多，可是毛估估也得两三千元，看见他疑讶的目光，她干脆地一挥手说："你能想到请我吃饭，我就很高兴了，今天这餐，还是我来埋单。"

"这怎么可以……"

他还想说什么，她把手伸过来，压在他的手背上，爽快地说："这个话题就说到这里，不要往下讲了。"

他们谈得比前两次还要好，如果说第一次是他们相互间有好感，是自然的异性相吸引的话，那么第二次则纯粹是在第一次相互信任的基础上谈赞助微型小说家。而这第三次，就是他带着感激之情来道谢了。她点的是红酒，一九九五年的红葡萄酒，她说一九九五年世界各国的葡萄都获得大丰收，酿的酒特别醇美。吃饭的时候她一次一次举起酒杯，脉脉含情地瞅着他，和他轻轻地叩碰一下。她看到他的脸颊也渐渐泛了红，两眼闪烁着兴奋的光芒，不时地瞅着自己。她一点也不回避他的目光，反而还鼓励地回望着他。

他说很感激她对微型小说家的支持，那人终究是个当年的知青，极为难得地一辈子对文学怀有深情。好不容易出了一本书，对于他来说，也许这一辈子就是那么一本书了。在内地地级市的群众艺术馆里，他每月的工资不过就是六七百元，加上奖金也不足一千的，她真是做了一件大好事。说着他拿出了微型小说家送她的一本书和那盒作为礼品的茶叶，就是从极为一般的纸糊硬板包装上看，这盒茶叶也只是中低档次的。他抱歉地说明，微型小说家一再申明，这是乡间的土茶，拿不出手，只是一小点心意。不过有一点可以放心，这种茶叶绝对没污染。

她看也没看就把茶叶放在自己的身旁座椅上，她说什么样的茶叶自己都能喝，还告诉他自己也曾热爱过文学，多少次她都想把她们十二个姑娘在杉木凼的经历写成小说，那是真正的血泪控诉，一点光明面也没有。她很自然地给他讲起了安小琼的落网、姜云娣无奈的出嫁。至今她仍记得安小琼出嫁的那个夜晚杉木凼知青点集体户里发生的一切。那一夜她们虽然回家了，可是一晚上都失眠，一晚上都没睡着，再困也睡不着。起先她们是为安小琼嫁给了憨包卢光良，夜里就要同这么个男人钻进同一个被窝而恐怖。随着夜逐渐深沉，唢呐声渐渐消失，连狗咬声也稀少下来，担当伴娘的小个子姜云娣久久不归，她们就在猜测，姜云娣肯定是被安小琼留住了，而姜云娣又磨不开面子，只得一留再留地拖了下来。她们没有想到会出事，因为终究是在同一个寨子上，插队几年，那几条寨路，就是摸黑也能走回来，平时姑娘们走黑路，也是惯了的。后来姜云娣终于回来了，她轻手轻脚地走进屋，一头钻进帐子，什么话也没有说，就睡下了。任凭姑娘们七嘴八舌地打听卢家的情况，她都一言不发。没有人想到她心头揣着委屈，没有人想到她是在回家的路上出了事，姑娘们关心的只是当天出嫁的安小琼。见她不说话，大家都以为她是当伴娘当累了，当伴娘得站，站的时间长了，自然就没情绪说话。

直到她捂紧被子压抑地哭出声来，姑娘们才惊觉到她出了事。韩灵第一个披衣站到她的床前去问，姑娘们一个个也都钻出了被窝，披着衣裳来到了她的床跟前，她们俯身摇她，她们一迭连声问她，她带着哭声嘶叫："我被人拖进黑屋子，被……被平时总来缠我的那个李荣生按倒在床……"

姑娘们惊风扯火地叫了起来："强奸，这还了得!"

"到公社去告他!"

"还让不让人活了!"

……

油灯点亮了，在闪烁的光影里，姑娘们一个个全看得清清楚楚，姜云娣像变了一个人，和早晨出去当伴娘时打扮得眉清目秀、衣衫整洁截然不同，脸色晦暗疲惫，头发蓬乱，脸上青一块紫一块，连嘴角都有一块血痕，似乎刚被人狠狠地打了一顿。

听着姑娘们愤愤的嚷嚷声，她勉强苦笑了一下，嘴巴歪了歪说："谁叫你们一个个跑得这么快呢？告也迟了。"

"不迟，一点不迟，"罗卉认真地说，"告他个强奸罪，破坏上山下乡，准定关个十年八年的，没听说黑龙江那个强奸知青的，还判了死刑么?"

"谢谢你们了，"姜云娣用手遮挡着闪烁的灯光，有气无力地说，"我已经是李荣生的人了，一传十、十传百，要不了多久，全县的知青都会晓得。反正，身子已经脏了，就……就选个日子嫁吧。"

听她说出如此沮丧的话，姑娘们惊得往后退了好几步，韩灵粗声喊起来：“姜云娣，你怎么可以这样自暴自弃?”

“哪是自暴自弃，我是怕怀上他的种。”

“不可能的，我是过来人，就一回怎么会怀上。况且他还是强奸。告他。”韩灵替她拿着主意。

姜云娣的手无力地一摆，两眼噙着泪说：“也有可能怀的呀。你们不晓得他有多凶，整了又整。算了吧，和安小琼嫁个憨包相比，这李荣生终究是个身强力壮的汉子。”

说着，姜云娣绝望地转过身去，背朝着一屋子愕然的姑娘们……

听罗卉讲到这些往事，同样是知青出身的作家好像在听天方夜谭。他连声说着：“怎么可能，怎么可能，怎么会是这样的，这怎么可能呢?”

看他露出的那一脸诧异神情，罗卉觉得他不像个名作家，倒像个涉世不深的年轻人。

她苦涩地一笑说：“怎么不可能呢！这都是我亲身经历的事情。”

“你要讲给我听，细细地讲给我听。我要写出来，都写出来。”他一本正经地说。

“好的。”这一会儿，她觉得自己答应得像一个乖学生了。他愿意听她说，他们之间不就有了更多的接触机会了么?

他们谈得十分融洽，时间也流逝得分外快，饭吃得差不多的时候，他从包里取出了一只信封，从信封里抖落出几张零票和一张纸，他展开那张纸，指点着上面的数字说:“这是你那一万五千元的花销情况和发票，你请过目。”

她哪有兴趣看啊，可转念一想，她主动移位，坐到他的身边，接过那张纸点着头说：“好的，我看看。看你们是怎么花这一万五千元的。”

坐到他身边的时候，她故意紧紧地挨着他，臂膀像情人般几乎贴紧了他的臂膀。说着话，她转过脸去，睁大了双眼，目不转睛地瞅着他。

他显然是感觉到了，起先把身子往里侧移动了一下，而她则不动声色地紧贴着他。她想，只要他稍有些表示，他们之间的关系就可以向前跃进一步。

他带点惶惑地抬起头来，斜对面的情人座里，一对男女正在旁若无人地热吻着。那个男孩一边吻着，一只手还不忘抚摸着女孩的胸部。女孩则忘情地扭动着把整个身子贴到男孩身上去。柔柔的音乐中，还能听见男孩女孩忘乎所以的喘息。

罗卉从身心里涌现出一股对男人的渴望，她的目光里带着情，她的脸色泛着光，她能闻到从他身上散发出来的浓浓的男子气息，她把整张脸移过来向着他，那么近地用鼓励和带点挑逗的目光望着他，慢慢把脸向他挨近。

他的脸也向她凑了过来，像害怕什么似的耸起嘴，在她的额头上很轻很轻地吻了一下。

她就在等着他有所表示，当他刚把嘴唇移开的时候，她就张开双臂紧搂着他，无所顾忌地把嘴贴到他的脸上去。

那一对年轻的恋人就好像他们的镜子，他们也忘乎所以地吻了起来。狂吻的间隙中，他还不忘低下头去，把烛光吹熄了。

当夜，一个人静静地躺在床上，她把那甜蜜的一幕一幕，想了一遍又一遍。她感叹这晚来的爱情竟然也仿佛野火一般燃烧得那么热烈，她想象着要和他继续保持联系。这是不难的，为了提高她公司员工的素质，她经常请社会上一些名人来给管理层的员工们讲课，讲经济、讲管理、讲营销，她甚至还请过演艺界的名人、大学里的教授，都很受员工们欢迎。特别是那一回，她请到了社会学家姚征冬，公司上下一片欢腾。姚征冬的演讲多次被热烈的掌声打断，以致罗卉不由得对这位学者多瞅了几眼。现在她完全可以请他这位作家前来讲课，增进他们之间的接触。当双方的感情深沉了，她思忖着他将怎么离婚，她甚至觉得可以给对方的女人多一点的补偿，她可不想得罪和伤害人家，她可以出一大笔钱的。从今往后，她这后半辈子就有了一个倾心的男人，想想也是十分美好的，他写作，她经商，他们都已有了很好的人生基础。他们互不干扰，他们又能相互理解和支持。她真懊悔把他约去了海仑宾馆，早晓得是这样，她应该把他约到家里来，她一个人的布置得典雅而又华贵舒适的家里来。如果到了家中，那就不会只是久久地热吻和拥抱，那就一切都会发生，生米也就煮成熟饭了。不过没关系，她还有机会约他，还有机会和他进展神速地往前走的。

第二天上班时，所有碰到她的人都说总经理遇上了什么喜事，美得让人妒忌。谁也没看出她兴奋得一晚上没睡。

这爱情真是一个奇妙的东西。

刚在宽大的老板桌前坐下，他的电话就打进来了，听到他声音的那一瞬间，她还是喜不自胜的，觉得他肯定和自己一样，想了自己一夜，一早就迫不及待地把电话打来了。

可这个电话一下子把她丢进了冰窖里。

他说，他想了整整一夜，是的，他们之间仿佛很般配，如表面看上去的那样，不过他们不能往前走，他们终究不是知青时代的年轻人了，他们各自都有自己的家，自己的配偶和孩子，他不知道她的家庭情况，但他的一切都不错，无论是妻子还是女儿，他很珍惜这么一个家，他不想砸碎这个家再去重筑一个。对他的唐突和已经发生的一切，他向她表示歉意。在他的心目中，她自始至终都是一个好人，这一点不会变。

罗卉光是听着他讲，一句话也没有说，一句话也不想辩驳或是解释。电话挂断的时候，她真想放声大笑，可她没笑出来；她也很想大哭一场，但她也没哭出声来。她把深深的沮丧和颓唐埋葬在心底，她能说什么呢？他连她从没结过婚、从没谈过恋爱这一点都不知晓，她就一厢情愿、一往情深地爱上了他。她太自以为是了，她不知不觉间已经养成了老板脾气，不知不觉地把感情也商业化了。

她总认为，凭她的相貌和身份条件，凭她今天的地位和财富，只要她愿意，她想找一个什么样的男人，就能找着一个什么样的男人。潜意识里，她确实也无数次地想过，只要让她看上了一个，无论他婚否，她都有办法得到他。这个知青作家让她碰了一次壁，让她清醒地意识到，对于婚姻来说，她的年龄已经到了如履薄冰的时刻。这个人，也是她在人生经历中，见过的唯一的一个在感情上不贪恋女色的男人。是的，他吻了她，但在那一时刻他要不吻她，她就会觉得他不是个男人。

故而每当在夜深人静感觉孤独的时候，她情不自禁地会想起他和他的吻来。后来她在他写的小说集里读到一篇小说，那是他刚成名时期的作品。一个年轻活泼的宾馆服务员，爱上了一位名声如日中天般升起的青年作家。她把住在远郊宾馆里写作的青年作家，当作贵宾服侍着，无论他在生活中提出什么大小要求，她都想方设法地满足他，只要一有机会，她就到他居住的客房里去，寻找一切机会接近他，和他说话。在他休息时找出话来和他聊天，在他散步时她故意装作和他在庭院里不期而遇，遂而和他一起走上山去，走到湖边去。他的小说改完通过了，马上就要离开这个清静的远郊宾馆了，漂亮的姑娘鼓足勇气向他表白了自己的爱情。青年作家对充满了憧憬和向往的姑娘说，你以为我住在省城、住在大城市里、有很好的生活条件么？姑娘点头。青年作家诚恳地说，哦不，我住在比这个远郊宾馆还要偏僻闭塞得多的山乡，那里两天才通一班客车，那里的一座座山头比人头还多，那里要用竹笕引来泉水才能过日子，那里山高谷深、蒙纱似的雾岚终年笼在山巅……姑娘打断他的话说，这多有诗意啊，我不怕，只要身边有你。青年作家淡淡地一笑说，你还没听我讲完呢，最主要的是，那里生活着我的妻子和女儿，她们在盼着我回去。说完这话，青年作家走了，姑娘久久地凝坐在山石上，向着远方眺望，一直坐到黄昏天擦黑了，她才拖着沉重的脚步走回宾馆。青年作家已经走了，他给姑娘留下了一张条子：生活中充满了无数的机遇，美好的未来在等待着你。

不知为什么，罗卉觉得，小说中的青年作家，就是作者本人，与其说他写的是小说，不如说他在写自己，也许，在年轻时代，成名很早的知青作家，就有过类似的艳遇了。

这就是她这辈子唯一的短暂的感情经历，连头搭尾不过就是两个多月时间，见过三次面，有过一次吻。

自那以后，再没有男子走进她的心灵，再没有男人和她擦出爱的火花。好在她忙忙碌碌，极少有空闲的时候。像今天这样晚饭没有应酬，是很少有的事情。

罗卉来到希尔顿底层的自助餐厅，只想消消闲闲地吃一顿晚餐，带着点儿酒意回家休息。她喜欢这里的生蚝，清新、鲜美，她也喜欢这里的氛围，雅致沉静。一个人待在这里，快捷的生活节奏会缓慢下来，烦躁的情绪会安定下来，她在这儿边吃饭边能得到充分的休息。

她没想到一走进来就会在这里遇见华都大楼305的厉言菁，看见厉言菁独自一人在这里晚餐，她不觉一怔。她到这里来，是因为过的是单身女子的生活。而厉言菁不同，厉言菁有一个实实在在的家，况且她的经济收入不允许到这种高消费的地方来。

远远地看清了厉言菁果真只有孤身一人，罗卉顿时想起了舒宇虹莫名其妙的失身，那天在厉言菁家，由于厉言菁丈夫雷家田的在场，谈话进行不下去，今天不正可以趁这个机会，再把这一话题进行下去么？

罗卉顾不上挑选菜肴，匆匆端起一杯红葡萄酒，顺着餐厅里的小径，走到厉言菁那一张小餐桌前，一手撩开一张舒张的阔叶，一手姿态优雅地扬了扬手中的杯子，向厉言菁打着招呼："你好，真没想到会在这儿碰到你。"

厉言菁先是明显地一愣，继而也笑了，一低头，端起自己的啤酒杯，礼貌地站起身来，轻轻地和罗卉叩碰了一下说："我也想不到，会在这里遇见你。你是宴请客人……"

"哦不，不，我倒是时常请零星的贵客、生意上的客人到这儿来，可今天是一个人，一个人来吃顿晚餐。你呢？"

"我么？我也是……哦不，我是极为难得到这种地方来的。"厉言菁左右环顾了一下，又往出口处那里瞧了一眼，心神不宁地说："你刚来么？噢，实在对不起，我已经吃完了，失陪、失陪。"

她匆匆地离座起身，抱歉地摆了一下手，走到账台边，付了款，急急地往外走去。

罗卉望着她的背影远去，又低头瞅了一下她桌上没吃净的菜肴，不由蹙起眉头，她明明没吃多少东西，怎么就性急慌忙地走了呢？是有意识地回避自己，还是……还是另有隐情？

# 五

走出静安希尔顿，郑夕的手臂牢牢地挽着姚征冬的臂膀，就是她那含情脉脉主动挨近他的样子，还有压在他手臂上的力量，也在表示着她对他的亲昵。

穿过华山路的时候，路灯亮得耀眼，她的手稍稍放松了些，毕竟上了一把年纪，不是青春年华的少男少女了，两边马路上的行人见了，是要多瞅上一眼的。她还是怕被什么熟人看见了。

过了马路，走进梧桐树浓荫下的阴影里，郑夕的手又把他逮紧了，还凑近他的耳畔，悄声问："今天晚上，你愉快么?"

她的鼻息拂到他的脸上，他轻轻哼了一声："感觉不错。"

"那么，我们再去静安公园里坐坐，好么?"她用很嗲的语气问。

"回去得晚了，你的丈夫……那个老吴，会生疑心么?"

"他呀，出差去了，连开会带旅游，要一个多星期呢!"

"去哪儿出差?"

"成都，听说还要去九寨沟。"

姚征冬心里说，怪不得她的情绪那么浓。

"不过，就是不出差，他也不管我，说实话，也管不着我。"她又以不屑的口气道。

"你们之间的感情怎么样?"

"什么叫怎么样，凑合罢了。和中国的很多家庭一样，就那么过。"

姚征冬知道，她对老吴的平庸、老吴的自以为是、老吴的社会地位，都不甚满意。

说话间，步入静安公园，没走多远，就见一对恋人从树荫后面走出来，郑夕轻轻地一拉姚征冬，示意他放慢脚步，等那两个情人刚走出几步，郑夕就掖着姚征冬走进去，只见幽暗的林荫里，置放着一张座椅。背后是浓密的树荫，座椅前是黑黝黝隆起的一个小山包，小山包上种着树。一坐下去，两个人就置身在一片夜色里，能清晰地听见马路上市井的喧嚣，汽车驶过的隆隆声，自行车的铃声，响亮的说话声，还有行人的脚步声，就是见不着任何人影。

“这是标准的情人座。”一坐下去，郑夕就喜滋滋地对姚征冬说。

姚征冬只觉得座椅被刚才那对情侣坐得热乎乎的，他移动了一下自己的臀部，想让座椅上的热量散发得快一点。不料这一细节旋即被郑夕发现了，她往他的肩上一靠，不悦地问：“你不想坐得离我近一点么？”

“哪里呀，”姚征冬只得解释，“是座椅上太烫了！你没觉得么？”

“是烫一点，不过能找到这么个位置，不是比在公园里茫无目的地瞎逛好得多么？我甚至觉得，比在希尔顿餐厅里吃自助餐讲话都好。你说是不是？”说着，她转过脸来，两眼紧盯着他问。

她挨得他太近了，一对忽闪忽闪的眼睛直瞪着他。

姚征冬感受得到从她身上散发出来的热辣辣的情感，他的手轻轻地搭上她的肩头说：“是，讲话自在多了。”

“就是嘛，我还以为今天晚上我们没机会了呢。”她鼓着嘴嘟哝了一声，话音刚落，她的脸就向着他主动挨近过来，两片厚实有力的嘴唇，吻着他的嘴。

他捧着她的脸回吻她，她的双手在他的身上游走一般抚摸了几下，就伸进他的格子T恤衫，轻柔地抚摸着他的胸部。一边轻抚，她一边柔声问：“你舒服么？”

“嗯。”

“还记得我们当年逛静安公园、中山公园、长风公园时的情形么？”

“记得。那时候我们逛了大半天，能偷偷摸摸地亲一下，已经非常满足了。”

“那年头我们多么单纯、多么美好。”

“最主要的是年轻，可惜好景不长。”

“是啊，这个……你现在还恨我么？”

姚征冬的心紧缩了一下，沉默了片刻，尽量用平静的语气道：“还恨什么，二十多年了，都被岁月的流水冲刷走了。”

“那你仍爱我？”

“不爱，你一和我联系，一约我，我怎么会出来?”

“还爱得像初恋时一样深?”

“一样深。”

“你真好。”她扎实贪婪地给了他一个深长的吻，说话间，她一直在吻他，在他的额头上、眼角边、脸颊上、鼻梁上，不间断地投下一个接一个的吻，似要用这些热乎乎的吻，来补偿他青春岁月里失去的一切。“哎，跟你说心里话呀，征冬，一听说你离了婚，你的妻子甩下你去了加拿大，我的心就像煮沸的开水，一刻也没平息过，真的，连夜连夜地睡不着，想你，想我们经历过的一切，你知道，我最想的是什么？猜猜。”

姚征冬摇头：“我猜不出来。”

“我想对你好，想离了婚嫁给你。你不知道，我的婚姻整个儿是误会，我不爱老吴，我对他没有一点儿激情，我一点也感受不到幸福。”说话间，她淌下了泪，委屈地把脸贴到他的脸上来。

姚征冬暗暗感觉震惊，她的脸在他脸上抹拭的时候，他感受得到她的泪热乎乎的。他不由得用手掌轻轻地拭去她眼角的泪痕，安慰说：“别哭。”

“你呢，重新开始一个人生活了，想过要娶我么?”

没有，姚征冬没想过，但他此刻不能这么说，他只得说：“我不敢想……”

“为什么?”

“你是别人的妻子啊。”

“你就没想过我能离婚?”

“没朝这方面想。”

她又吻他了：“那你现在想。”

她的吻已不像当年姑娘时代那样充满了芬芳和甜蜜的诱惑，她吻得久了，姚征冬还能感觉到她口腔里异样的气息。况且，她不断地吻他，一点也激不起他的情感，一点也没有他和厉言菁倾心相爱时荡人心魄的热吻那种感觉。

她却什么也感觉不到，说话间，她的身子一歪，自自然然地倒在他的怀里说：“你怎么一点不像个男子汉呢，我不停地在摸你，而你、你为什么不在我身上碰一下，我不吸引你了么?”

她的头一歪，把他的手抓过来放在她的胸脯上。

他的手触摸到了她的乳房，她鼓励似的叹息了一声说：“这才对了，你还记得第一次摸我时的情形么？”

他点点头说：“记得。”

那回，他是无意间碰到她的乳房的，那一瞬间，他浑身的血液都仿佛凝固了一般，触电似的收回了手。及至看到她受惊的脸上露出赞许的笑容，他才又把手小心翼翼地伸过去。他轻柔地抚摸她的时候，她惬意地发出了低低的哼哼，还对他说：“你讲怪不怪，少女时代，我的胸脯隆起来以后，有的人说我的胸脯鼓得太高，有的人又说我的乳房太小，没有男人会喜欢的。”

“我喜欢。”当年他是由衷地这么说的。

可今天，他再触摸着她的乳房，他感觉不到当年的惶惑和冲动，感觉不到愉悦和巨大的幸福。他只觉得她的乳房有些松软，也失去了当年的弹性。他只是完成任务般机械地一把一把地摸着她。

她轻哼着坐了起来，张开双手紧搂着他，在他耳畔说：“征冬，我觉得真幸福，我们之间，仿佛又回到了当年狂热的初恋中。哦，你吻我呀，用力吻。”

姚征冬吻她时，她张开两片嘴唇，紧紧地咬着他。一只手出其不意地摸着姚征冬的身子，说：“瞧，你虽说不讲话，可身体已经代你说了。热辣辣烫乎乎的，像有团火烧起来。征冬，征冬，你说我这时候最想干什么么？”

“你想干什么？”

“想给你。”

“在这儿么？”

“这儿当然不行，我是说想。我家不行，我家里有个女儿，她还爱管闲事，像小大人似的，什么都要管，什么都要打听，疑心又重。我想去你家里，你不是一个人住么，你说行么？”她毫不掩饰自己急切的心理。

“你不觉得这样太快了么？”

“我还觉得太慢了呢！”她直白地说，“和你约了又约，打了多少次电话啊！你现在是名人、大忙人，好几次打电话，你都不在。好不容易和你见了面，续上了原先的缘分，你还觉得太快了。快什么，你妻子甩下你都那么长时间了，你就不想找个知根知底的人在一块儿亲热？要不，你暗中还有情人？有没有，老实告诉我。跟你说，有也是很正常的，没关系。你说老实话，我不会妒忌，谁叫我当年做过对不起你的事情呢？你说，有没有？”

姚征冬真的没想到，几十年过去了，她的个性还是这样直爽坦率，心里想什么，嘴巴里就说什么。是啊，他当年喜欢她的，不也是她的这种率直爽朗的性格么？原先他还以为，要费老大的劲儿，才能唤回他们之间当年的情感，才能恢复他们炽热的爱情，谁知道，只见了两次面，她就像团火一样燃烧着包围了他。想想真是不可思议，那头一次见面，还是一个学术会上的匆匆邂逅，话也没说上几句，很多情况，都是在电话里说的。

“没有，”姚征冬被她一迭连声的追问搅得心烦，只得口是心非地说：“要有，我还出来和你这么坐在一起。”

“我看你也不像是有，”郑夕满意地说，“不过，像你现在这样的单身男人，在上海滩可吃香了。要住房有住房，要钱有钱，要名利有名利，要地位有地位，只要放点风出去，那些有沉鱼落雁之貌的姑娘，准会把你包围得水泄不通。”

“你别瞎三话四。”

“绝不是瞎三话四，你没听说么？那些个有点品味、有点气质的美貌姑娘，特别爱你们这种年纪的男人呢！她们可不会像你这样子拘谨。”

“哪会有这种姑娘。”

“你不信，要不要我给你介绍几个？”郑夕正色道，“优雅得很哪！”

“只要你真介绍，”姚征冬一面说，一面出其不意地捧过她的脸来，在她的脸颊上响亮地吻了一下，遂而一个猛烈的拥抱，把她紧紧地搂抱在怀里，双手在她的背脊上疾速地来来回回一阵抚摸。

她依偎在他的怀里，轻轻地惊叫一声：“轻点声，要给人听见了，你真是疯了！”

可姚征冬仍然听得出，她心头还是喜悦的。

姚征冬明白，他要再不有所表示，一个热、一个冷得那么明显，事后郑夕就要引起怀疑了。趁着郑夕又把手伸进了他的胸膛，他也顺势捋起了她的上衣，埋下头去，亲着她的乳房。

郑夕轻笑着，把身子坐端正些，干脆双手捧起自己的另一只乳房，往姚征冬脸上贴来，还带笑悄声说：“你不知道，征冬，自从重新和你联系上以后，我天天晚上想你，想得最多的，就是像现在这样。真的，我一点不骗你，你理解么？对你，我的心头一直有股深重的歉疚感，还有的，就是那股追悔的强烈的爱。和老吴在一起，我就从来没有过和你待在一起的感觉。现在我总算想明白了，爱情真是有缘分的。我们女人，只对自己心爱的男人，才会有激情。哎哟，轻点，你轻一点，我的冤家。你要把我咬痛了，你的前妻，你也这样亲她乳房么？"

郑夕含羞带娇的嗔怪声，突地提醒了姚征冬，他低低地说了声对不起，遂而昂起脸来，眨着迷茫的双眼，呆呆地瞅着郑夕。

"哦，我从没有这样的迫切，征冬。听说过这句话么？"

"什么？"

"人生的秋色是最美好的。"

"有人说过这句话？"

"瞧你这副傻样，"郑夕在他的脸上亲昵地揪了一把说，"再让你亲下去，今晚上我真的要跟着你回去了。"

"你愿意么？"

"只要你愿意，我怎么会不愿……"

"今晚太唐突了，下一次吧。"

"好，就下一次。"说着，郑夕又朝着姚征冬扑上来，凑近他耳畔说，"征冬，可我真的舍不得离开你。"

离开那张座椅之前，郑夕恋恋不舍地吻了他很久。姚征冬站起身来，她又一个耸身扑上来，张开双臂久久地拥抱着他，还把脸贴着他的脸，一阵阵地摩挲着，凑近他耳边急切地问："我们什么时候再见？"

"你说呢？"

"要我说就是明天，我明天就想去你家。"

"明天我有一整日的学术会。"

"那就后天。"

"后天我也约出去了。"

"那你说什么时候行，"她不耐烦地说，"唉，和你这种人相约真没劲。我告诉你，反正得在一个星期之内，趁老吴出差没回来。我天天晚上都是自由的。"

“好，我定下来告诉你。”

“可得快点啊！越快越好。”

她家住在南市新建的一幢高层里，他们是同一个方向，坐上同一辆出租，她的手一直握着他的手。车在他家附近停下时，她俯身过来扳住他的肩问：“告诉我，你住在哪幢楼里？”

“就在这一幢后面。”他顺手随便地一指，打开车门，利索地下了车。出租车又朝前开去，郑夕回过头，趴在后车窗上，不停地向他挥手。

目送着出租车远去，消失在卢家湾那一片高楼的灯火映照之下的车流之中，姚征冬满意地点了一下头，轻轻吹了一声口哨。

这个女人是爱他的，不管是像她说的，出于她对他的歉疚，还是她多年来对自己婚姻的不满，她都是爱他的。他就是要达到这一目的，让她爱他，陷入感情的泥坑，陷得越深越好。是什么人说的，女人的美丽犹如盛夏的水果，是容易腐烂和难以保持的。初次和郑夕重逢，他就有了这个感觉，她老得真快。原来他还以为，他必须得花些工夫，才能使他们之间的感情恢复到初恋时候的缠绵和狂热，谁知她整个儿就像是一堆干柴，一点就“砰”的一声燃烧起来了。瞧她刚才吻他时的那股劲头，瞧她分别时那副依恋不舍的感情。他不想迎合她，不想火上浇油，他只想慢慢地来。慢慢地占有她，以欣赏的姿态玩弄她，实施他向往已久的计划。

想象这一切的时候，他觉得有一股得到宣泄的快感，有一种从未体验过的满足和自傲感。可奇怪的是，他刚一付诸实践，就觉得别扭，觉得一阵阵乏味，就感到一片虚无，还有点儿厌烦。是的，照郑夕今天如此痴迷的感情，他只消一个微笑，一个赞许的眼神，轻轻地说一声，她就会跟着他下车，到他的家里去。他之所以没有这么邀她，只因为凭直觉他感到这一切发展得太快、太迅速、太容易了，他不希望这样，他要整个事态更有味儿一些，更跌宕一些，看上去多少有那么点儿诗意。

掏出钥匙开门的时候，他就听到了电话铃声，开门进屋，电话声还在持续。他扑过去抓起话筒“喂”了一声，电话里传来厉言菁如释重负的声音：“噢，你总算回家了。是一个人么？”

“是一个人呀，”他疑讶地说，厉言菁是不常在夜间给他打电话的，夜里给他电话，她一定是有什么急事，“怎么了？”

“我还以为你仍和那个女人在一起呢。”

“什么女人？”姚征冬心一紧，觉得整个身子都绷直了，难道……

“你别装了，你和一个女人在静安希尔顿吃饭，我碰巧都看见了。”

“碰巧……你看见了什么，不就是吃一顿饭嘛。”

“你承认就好。我要求解释，我告诉你，姚征冬，我现在是在外面给你打电话，一个多钟头前我回家时就已经打过了，你还没回家，这就是说，你和那女人离开希尔顿之后，又在一起缠绵了至少一个小时。我要求解释，我不能这么不明不白地受你的骗，我明天一早就到你那里去。”

“啪嗒”一声，电话挂断了。

厉言菁话里明显的愤然情绪，是表达得很充分的。姚征冬倒在床上，灯也没开，窗也没开，空调也没开，在一片闷热黝黑的房间里，躺了很久很久。

## E

察觉了姚征冬背着她另有一个亲近的女人，厉言菁心里涌起的妒忌，强烈得连她自已都不敢相信。妒忌本已是一种具有魔力的欲望，而当这一欲望与爱情搅在一起时，蛊惑起的毁灭力，足以令人寝食不安了。亲身体会到了，厉言菁才陡然发现，她爱姚征冬，爱得有多深。

在他身后盯梢的时候，眼睛看得见他的一举一动，她的感觉还不曾那么强烈。把罗卉扔下，走出希尔顿宾馆，不见了姚征冬和那女人的踪影，她的整个情绪一下子毛了，心里乱成一团。

她茫然四顾，见不着两人的身影，不知道他们去了哪里，直觉告诉她，那个女子亲昵地挽着姚征冬，两人是不会很快分手的。也许他们走进了静安寺附近的商场，也许他们急急地赶去看戏、看电影，也许去了百乐门，在那里跳舞呢。那不是上海滩的情人们都爱去的地方么？也许……当然，她盼望他们尽快分手，两个人是不是分了手，只要往他家中打一个电话就晓得了。

服务周到的保安见她站着，招手给她要来了一辆出租。厉言菁眉毛一展，顺势坐进了出租。已是盛夏的夜晚，虽是车流不息，但是车子一拐上高架，几分钟时间里，很快就把她送到华都大楼附近。下了出租，没走几步路，她就烦躁得出了一身的汗。可她没忙着回去，而是走近华都大楼旁边的一个传呼电话亭，给姚征冬家中拨了一个电话。电话铃声响过了五下以上，都没人接。这就证明，走出希尔顿，姚征冬仍和那个女人待在一起。虽是意料之中的事，可一旦确认，厉言菁浑身都似冒了火。她勉强沉住气，又拨了一次电话，还是没人接。她只得悻悻地挂断电话，对管电话的烟纸店主道了一声对不起，往家中走去。她的心“怦怦”跳着，脸涨得通红，眼睛睁得出奇地大。

开电梯的冷大姐正在和一个钟点工神秘地说着什么，见她跨进电梯，淡淡一笑说：“来了。你老公和开开都回家了，问起你，我说你是出去找工作了吧。”

厉言菁感激地朝她一笑，她已把老公和开开都忘了，现在经冷大姐一提醒，她才想到得有一个没在家煮晚饭的借口，冷大姐给她找了理由，她稍觉心安了些。

冷大姐一边关上电梯门，一边又对她说：“你还没听说吧，512 的冯小末，在外地被抓回来了。嘿，这个人也真怪，明明吞安眠药想自杀，却还给家里人写信，说她想在外地找一个适合自己干的工作，啧啧，真叫前世作孽。”

和她对话的钟点工连声叹息着：“好好的一个家庭，就这样子没有了。一个人也没留下，真可惜。”

厉言菁“哦”了一声，眼前晃过冯小末那张冷冰冰的脸，这女人也真是的，狠得下心来做那么残忍的事情。可此时此刻，她实在也没心思多询问 512 的故事。电梯上了三楼，她朝冷大姐点了点头，匆匆走回家里。

家中开着空调，开开在电脑桌前玩游戏，雷家田靠在沙发上，双脚跷在茶几上，懒心无肠地看着电视。见她进屋，他只把头转了一下问：“怎么样？”

“有点希望，不过还没签合同。”

“以后出去寻工作，不烧晚饭，你就留一张条子，或者打一个电话回来。没头没脑的，叫人家干等，我晓得你到哪儿去了呀。太呒轻头了！”雷家田有一句没一句地啰唆起来，表示着他的不满，“害得我叫开开去问了冷大姐，才晓得你的去向。”

“我也是临时接到电话，匆匆赶出去的。哎呀！热死了、热死了，我要快点洗个澡。”厉言菁不耐烦地说着，一头钻进了浴室，把丈夫的唠叨关在了门外。她窝着一肚子的火，真怕自己和雷家田吵起来。

泡在温热的浴缸里，仰面朝天望着起了一串黄色斑点的天花板，厉言菁逐渐冷静下来，但她满脑子里想的，还是姚征冬。他和那女人钻到哪里去了呢？他们究竟会是什么个关系？唉！这个男人真是深奥莫测，瞧啊，和他在一起，已经亲密到那种程度，连他都承认好得如一个人了，他竟然从来没向自己透露过丝毫和这女人有关的话题。不行，一定要弄清楚他们之间的关系，一定要向他摊牌。和那女人一刀两断，否则的话，她就坚决地和他断绝一切联系。她是说得到做得到的。她不喜欢牵丝攀藤，她厉言菁绝不可能当他两个情人中的一个。

轻轻地把水抹上隆起的胸脯，厉言菁感觉到从没有过的委屈，她把一腔深情都给了他，可他、他却瞒着她，和另一个女人这么亲近。她有一种被耍弄了的感觉。他在欺骗她，而她，却还想为了这份爱情，为了他，放弃去美国的机会，把丈夫和儿子双双撇下，和他重组幸福美满的家庭，她真是昏了头。

她合上了眼睛，眼里沁出了两颗泪珠，她伤心得哭了。浴缸里的水放多了，她浑身一放松，水的浮力就把她娇小的身子托起来，轻飘飘的，真舒服。她已把自己整个身子给了他，她不能这样不明不白地受他的骗，她一定要将事情弄个水落石出。不行，她临睡之前还得跟他通一个电话，一定要和他联系上，晓得他今晚的行踪。

一个小时以后，她借口冷大姐刚才要给她细细地讲512冯小末被抓的事，走出家门，下了电梯。

还是在刚才那个烟纸店的公用电话上，她拨了一遍电话，连续响了七声都没人接，汗水沁出了她的额头，这就是说，姚征冬和那个女人还待在一起！天哪，妒忌的情绪整个儿控制了她。是哪一本书上说的，热恋是和妒忌交织在一起的，恨是爱的一部分，这些话像鬼使神差一般再三地浮现出来。厉言菁不死心，挂上电话，又拨了一遍，铃声一下接一下地响着，厉言菁只感到自己快要疯了。哦，电话又一次响到第七声了，姚征冬总算来接电话了，她像连珠炮一般把要说的话都说了，怕他寻找什么理由躲避。她一讲完话，就把电话挂断了。

付了电话费，她感觉一阵轻松，现在她知道了姚征冬并没有和那女人纠缠太久，他已经回家了，她也知道那女人并没有跟着他回家。哦，她对姚征冬的一切已经太熟悉了，她想到哪里去了呀。那个女人终究像个半老太婆，一点也不漂亮，从相貌上来看，她有哪一点可以同自己相比。

风从外滩那边吹来，带过来阵阵凉爽。过去，在盛夏的夜晚，华都大楼的楼脚下总是坐着、躺着很多乘凉的人们，和上海所有的弄堂里、阳台上一样，现在这样的景观已经看不见了。

厉言菁让楼脚下的风吹拂着洗过的乌发，故意显得步履悠闲地走回华都大楼。

电梯正停靠在大厅里，厉言菁往门框上一倚，对闲着无事的冷大姐说："刚才我回来时，你说512的冯小末被从哪儿抓回来了？我没听清楚。"

"听说是郑州。中原路上的一个旅馆里。哎呀，这个女人可真叫人看不出，竟有那么深的心计。"冷大姐顿时来了精神，双眼瞪得老大，"你想想看，厉言菁，她明明在郑州寻死，却在武汉给家里母亲写信说要找个工作干上一段时间。她不仅对自己的老公下得了毒手，对自己也狠得下心呢！你知道她这回吞了多少安眠药自杀么?"

"多少?"

"二百片！也是该她死不了，正因为吞多了，听人说是药物反应太强烈，她在昏睡中从床上滚落到地上来，进客房换水的宾馆服务员以为她是发重病，赶紧把她送进医院。等她从病床上醒来，公安局的人已经坐在她床头了。嗨，她要是少吞点药，人家服务员见客人睡在床上，就不会打扰她，她也就如愿死成了。"

"公安局消息这么灵通?"

"哪儿呀，送进郑州的医院，人家大夫一检查，她是吞安眠药自杀，立刻就报告了当地公安。当地公安从她身上随身带的物品，判断她是上海人，和上海警方一联系，上海公安正到处找她呢，这不，正好撞在枪口上。好在她也不怕，她早准备死了，还怕你逮她。"

"死都要死了，她为什么还要骗家人?"

“要不怎么说她心计深呢，她是不想要她的老母亲伤心，你不知道啊，她用的身份证都是从乱七八糟的地方买来的，真正的身份证，她寄给了大她两岁的姐姐，是要姐姐在她死后，能顺利地取到他们全家存在银行里的钱。”

厉言菁不由惊叹：“她可想得真周到。”

“还有呢，吞安眠药之前，她还给所住的宾馆写了封信……”

“那又是为什么？”厉言菁也觉得好奇了。

“不为什么，”冷大姐似乎什么事都知道，“她在信上对自己选择在这里结束生命，向宾馆表示歉意。”

“这人也真是，装模作样的。”厉言菁都觉得这是多此一举。

“才不是呢，她这是要表现自己是个好人。”冷大姐说了这话，又往电梯外头张望了一下，脸上露出神秘之色，“告诉你啊，厉言菁，把她押回上海一审问，她又出新花样了！”

“什么新花样？”

“让我们这种人做梦也想不出来的。”冷大姐压低了嗓门说，“她交代说，杀死丈夫曹宏炎，不仅仅是因为女儿的死，还因为曹宏炎对她不忠实，在外面拈花惹草、泡妞、搞婚外恋。”

厉言菁内心里一阵震惊，她留神地瞅着冷大姐，讷讷地问：“有这种事么？”

“说不准，”冷大姐一阵摇头，“反正她是这么说了，人家还来调查了呢。”

“问到你了么？”

“我是开电梯的呀。在他们看来，开电梯的什么都该知道。嗨，你说怪不怪，我为什么样样都该知道啊。就算我看见有时候男人来找女人，女人来找这楼里的男人，我也不能胡言乱语啊，你说是不是？”冷大姐说着，睁大一双眼睛，牢牢地盯着厉言菁。

厉言菁都被她看得有点心虚了，只得说：“那你……见过曹宏炎和什么女人有过来往么？”

“没有，天地良心，还真没有。”冷大姐回答得斩钉截铁，“我对来问话的人也是这么说的。不能人家死了，就不负责任乱讲一气。你说对不对？哎，我说厉言菁，曹宏炎有没有外遇这件事，和冯小末杀死他有什么关系，反正她已把人杀死了。”

厉言菁抬起头，思忖着说：“真要有她说的这种事，那么，就说明她杀丈夫事出有因。对她的判决有利。”

“我说嘛我说嘛，冯小末还是精明，会掉枪花①，这会儿人都死了，还不是由着她说，死无对证啊。说到头来，她还是想留自己一条命啊。”冷大姐又感慨起来了，“厉言菁，你别看我在这儿开电梯，华都大楼里家家户户、大大小小的事情，我都能知道。”

“真的？”厉言菁又心虚起来，她实在不晓得，姚征冬来了几回，有没有引起冷大姐的注意。

冷大姐一点也没在乎她的反应，只顾自己兴致勃勃地往下讲：“就说前几年吧，来了一个矮矮小小的日本老头儿，随身还陪着一个翻译，好怪，这日本老头儿能说中国话，他和翻译在大门外上上下下地看了一阵，一进楼厅就连声说：‘没错、没错，就是这儿。’你猜猜是怎么回事？”

厉言菁摇头。

冷大姐一拍巴掌：“原来这日本老头儿，当年打进中国的时候，是侵略军的一个小兵，才十八九岁，他的长官派他在华都大楼门口站岗。”

“在这儿站岗干什么？”

“华都大楼里住着日本人的一个总经理啊。这当年的小兵走进我的电梯，手不住地摸着电梯说，没变没变，就是这架电梯，就是这架电梯。你说好笑不好笑啊，多少年了，他还来认亲了。”

厉言菁没觉得有什么好笑之处，她只觉得，这架电梯确实是老得可以当文物了。

冷大姐笑道：“其实，这日本老头儿也是少见多怪，在外滩的老大楼里，这样的老电梯才不止一架呢。”

从冯小末的被捕，说到风马牛不相关的电梯，扯得也够远的了。厉言菁已不想和冷大姐闲聊下去。可冷大姐一点也没开电梯的意思，谈兴正浓呢！厉言菁直盼望这会儿有个人上楼，偏偏这时候，就是没人上下。

“冯小末家全死了，你可以给他们销户了。”冷大姐又捡起了话题，“厉

---

① 掉枪花——沪语，故设疑阵以眩惑他人，或是空言搪塞作掩饰手段。

言菁，我看你下岗以后，心态倒是蛮好的。找找工作，在家里替老公、小孩做做饭，一点也不性急的。”

“性急也没用啊。”

“我是说你，长得这么漂亮，一点不像这楼里的有些人，老公前脚出门，下了岗的老婆后脚就下楼了，浑身擦得喷香，打扮得花枝招展的，你说出去干什么呀?”

“人家也许是出去找工作。”

“找工作？哼，骗别人可以，要骗我呀，谈也不要谈。找工作有找到家里来的么?”

“你是说……”

“就是就是，”冷大姐向厉言菁连连点头，“这女人只要不出门，那男人就会来了。楼层高呀，他不坐电梯不行啊，还能瞒过我的眼睛？当然，厉言菁，我只是跟你说说，住户家里的事，我从来不会瞎三话四乱嚼西瓜子的。”

厉言菁点头：“应该的，这是你的职业道德。”

楼上有人要电梯了，电梯门关上，厉言菁主动在3字钮上按了一下。冷大姐微笑着问：“不再聊下去了？和你随便讲讲，解解厌气①，蛮开心的。”

“下次再聊吧。”

“你们全家去了美国，就聊不成了。”

没想到冷大姐把他们全家要移民美国的事情，记得这么牢。真不能小看她的。

是感情上的大起大落累了，还是内心深处一直在思考姚征冬身边另有一个女人的事，这一夜厉言菁总是做梦，离奇古怪的梦，睡得一点也不踏实。头皮一阵阵发麻，脑子昏乎乎的。临到天亮以前，她才沉沉地睡去。

一觉睡醒过来，家中出奇地静。石英钟指着八点二十，雷家田早去上班了，开开也不知去了哪儿。厉言菁坐起身来，才惊觉到，清晨凉爽宜人，她睡过头了。想到要去姚征冬那儿把事情问个水落石出，她一骨碌起了床，麻利地收拾起来。

二十分钟以后，她坐着出租，随着上海马路上高峰时段的车流，来到了

① 厌气——沪语，烦闷而厌倦之状。

姚征冬居住的小区。

姚征冬给她开门的时候，眼神和平时有些异样。他一定意识到了，这是一个严峻的时刻。

门边的那面大镜子映出了她穿的一袭黑色连衫裙，她没有像往常那样风一般扑进他的怀里，他也没像多次相见时那样热烈地拥抱她。

以往他们每次幽会，一见面总要情深意长地吻好久才坐得下来，今天他们分别坐在两张椅子上，他给她倒了杯茶。她端起茶来，还没喝一口，就目光灼灼地瞪着他，劈头就问："你说，那女人是谁？"

"郑夕，她是我的初恋情人。"

"初恋，你们几十年来都保持着联系？"问出这句话，厉言菁顿觉内心里酸溜溜的，眼泪也在往上涌。

"哦，不。多少年都没联系了，初恋一结束就没联系了。"

"那昨天晚上……"

他一摆手打断了她的问话："只是前不久刚在一个会议上碰到。"

"一碰到就黏上了，一碰到就重温旧梦了是不是？挽着手，那么亲热，你骗鬼去啊？"她一连迭地抢白着，"你说，前不久，是多久？是在和我以前还是以后？"

"以后。"他垂下了眼睑。

"以后，你都和我那样了，你还和她……你、你、你……"厉言菁满腹的委屈全涌了上来，双眼里噙满了泪，"你简直成了……成了……玩弄女性的老手，一个文质彬彬的流氓。你说，你为什么要这样，是我对你不好么？是我让你不满足么？你说呀！说呀！你为什么还要和她——一个这么老、这么不般配的女人鬼混？"

"报复。"他轻声地吐出两个字。

在厉言菁听来，却如雷贯耳，她瞪大了愕然的双眼："你说什么？"

"很简单，我就为了报复。"

尽管他的回答完全出乎她的意料和想象，尽管她还是将信将疑，很奇怪地，一旦明白他不爱那个女人，厉言菁郁积在胸口的火气已在消下去："报复人家什么，多少人的初恋，都是不成功的。"

"你不要激动，听我说，好么？"他显然要比她冷静得多，"你不能想象，当年我是多么珍视我的初恋，你也不能想象，她给了我怎样的奇耻大辱。我蒙受了多么大的痛苦和压力。可以说，当时受到的伤害，影响了我的命运，影响了我的一辈子。”

他拿起茶杯，呷了口茶，给她讲了起来。他说他们的初恋像所有人的初恋一样美好，像所有人一样爱得纯洁而又深沉。只因为他的家庭出身不好，她就断然斩断了和他之间的关系。这本属正常，在那样一个年代，这种事也多得数不胜数。但你简直想象不到，她拒绝他时那种嫌弃的态度，那种丑恶的脸相，那种令人难以忍受的鄙视的目光，还有、还有她愤愤地往地上吐的那一口痰。哦！这样的侮辱比他去了加拿大的前妻提出离婚、比他的亲生女儿表示要跟着母亲去往异国他乡，对他的刺激大得太多太多。多少年里，他都忘不了那一幕。在他的新婚之夜，他会想起那一幕；在他站在电视台摄影棚的闪光灯前，他会想起那一幕；在他成为一个知名的学者以后，他耿耿于怀不肯原谅的，还是那一幕。

他还说，他想要忘却，但怎么也忘却不了。甚至离婚的前妻和远去的女儿对他造成的伤害，他都能淡忘，可他就是忘不了她曾经给过他的侮辱。

他说乍浦路、黄河路上分别有两个发了大财的个体户饭店老板，在发家之前都是上海滩上的穷小子。一个穷小子生理上有缺陷，年轻时追求一个美貌姑娘遭到姑娘的白眼，发家以后费尽心机把美貌姑娘娶到手，满足了姑娘种种虚荣的要求后却又把她打入“冷宫”，自己在外头花天酒地、不断地花钱，玩弄女性。她问他为什么要这样，他给了她一个响亮的耳光，道出了谜底，对她实施了报复。另一个穷小子不但把当年嘲笑地对他吐了口水的美女娶回了家，还把当年嫌他穷而坚决反对两人接触的丈母娘一起睡了，遂而又丢了一大笔钱把她们母女双双休了，实施了他蓄谋已久的报复。

“你想想，他们只是个体户、饭店老板，都能达到报复的目的，取得心理的平衡，出一口恶气。我一个堂堂的学者，我为什么那么窝囊。再说，又不是我蓄意要去报复她，是她主动贴上来、送上门来的，重逢以后她打来一个又一个电话，一次又一次地约我出去吃饭。我觉得机会来了，你主动投怀送抱，我再不利用这次机会，不是太傻了么?”

“你想怎样报复她?”厉言菁问这话的时候，已经一点火气也没有了。她扑闪着一对大眼睛，声音也柔和下来。

姚征冬笑着说："她现在的婚姻完全是凑合型的，平庸而又乏味，充满了失望和不满，听说了我的现状，她一心想要离了婚和我生活在一起。我就是要让她充满希望、充满向往，充分激起她的愿望和热情，鼓励她一步一步地往前走、走、走。让她离婚，让她抛弃丈夫、女儿，让她一直走进铺满鲜花的陷阱，掉进一个火坑。到那时我再以她当年对待我的态度去对待她，让她家破人亡，让她孤家寡人，让她后半辈子永远沉浸在追悔和愧疚之中不能自拔。像一把迟钝的刀子慢慢地割着皮肉，摧毁她的精神，折磨她的感情……"

"不要这样，"厉言菁锐声叫着打断了他，离开座位，一步一步走近他的跟前。她先移走了姚征冬手中的茶杯，继而把双手搭在他的肩头，双眼睁得圆溜溜的，定定地望着他，劝慰说："征冬，你不要这么做。我们相好得很快，感情上发展神速，从没有互相讲过家里的事。可你刚才一讲到家庭出身，我就理解了，全身心地理解了，只因我的出身也不好，我能想象得出你当年所受到的刻骨铭心的凌辱，你不说我也能感受得到，真的，感受得到……不，你不用插嘴，听我说。"

见他又要说话，厉言菁用手掌掩住姚征冬的嘴，指缝还把他的两片嘴唇轻轻地按抚了两下，接着说："不过我还是要劝你，不要报复这个女人……"

姚征冬向她仰起脸来，目光炯炯咬牙切齿地愤声说："可是我恨她，恨。"

"也不要恨，不要报复她。"厉言菁的一只手抚摸着姚征冬的额颅，纤细的手指全都插进他的发根里，劝慰着说，"她的年龄和你相仿，是么？"

"小我一岁。"

"这就对了，你看命运已经对她施行了报复，乍一眼看到她，我还以为她比你大几岁呢。你今天取得的成就，本身对她就是一种刺激、一种最有力的报复，你还需要像那些个体户一样去报复别人么？这只会贬低你自己。我们都活一把年纪了，人生一世，百年花谢，能有多少日子啊？让你的仇人也好好活下去吧，她也是人，也懂得懊悔。而你，你终究是一个学者，一位知名人士，何必跟这种人一般见识呢？"说话间，姚征冬的脸埋进了厉言菁的两乳之间。

厉言菁明白自己的话起了作用，她使劲儿地扳过他的脸来，让他昂起脸来望着自己。她俯下脸去，亲吻着他的两片嘴唇，柔声说："亲爱的，答应我，不要施行你的报复了。你若真心爱我，你就答应我。"

她又一次动情地吻着他。

"我答应你。"她感觉到姚征冬的双臂环抱着自己，他的脸又一次埋进了她的怀抱，嗅着她胸部的芬芳，"言菁，只有你，心地这么善良，这么宽容。哦，其实我和她在一起真是难受，完全是逢场作戏，别扭极了。昨晚接了你的电话，我只感到对自己和对她的厌恶，只感到茫然和恶心，我也是极度的怨恨和矛盾。一会儿我想象着最终掴她耳光的快感，一会儿我又厌烦和她周旋。言菁，我听你的，听你的，真的听你，你的表现，你刚才说的话，真像一位天使……"

说话间，他紧紧地搂抱着她，不住地亲吻她裸露的胸部。厉言菁被他恭维得心也随之热了起来，她浑身涌起一股轻飘飘的奉献给他的欲望，全身都燥热得直想宣泄。她的汗水不住地沁出来，濡湿了头发，见他的脑袋仍在不管不顾地往她的连衫裙里钻，便把纽扣解开，松开胸罩，捧起一对圆滚滚的乳房，轻轻地向他"努"了一声。

他略一抬头，眼睛里顿时掠过一片惊喜，一边吻着她红亮的乳头，一边离座起身，把她整个儿腾空抱了起来。

她全身向后一仰，失惊地叫了一声，遂而紧紧地抱住了他的头颅。他把她抱向自己的卧室。

倒在他的床上，他一边吻她，一边脱下了她的连衫裙。她的心"怦怦"直跳，激动得满脸通红。真是奇怪，话一讲清楚，她的牢骚和不满、妒忌和愤恨全都消失了。她的胸脯在一阵接一阵地波动起伏着，当她看着他把自己的衣服也脱光了时，她一眼看见了他的身躯英气勃勃地溢满了生气，他的皮肤泛着亮闪闪的光泽，一双聪慧的眼睛闪烁着灵光，似在有意识逗引着她。她迫不及待地向着他扑了过去，狂热地张开双臂，往他的身上一坐，让他准确地插进了她的沼泽地里。

一阵弥散到全身的快感让她哼哼哈哈轻吟般叫出声来，紧紧地往他身上贴去。哦，经历了昨天晚上唯恐失去他的恐怖和失望，经历了那段坠入深渊般要死要活的情感波折，她更爱他了，更爱了。

他柔柔的声音在她耳畔不失时机地轻响着："只有你，言菁，我的亲人才能唤起我这么高涨激越的感情，真的……"

厉言菁只觉得自己像要溶化到他的身上，整个儿都眩晕了。

## V

楼厅里又泛潮了，湿黏黏的。细腻的水磨石地板上，满是脚印踩的污迹。就连墙壁上，也能看见沁出的水珠。

罗卉走进楼厅，只觉得整个人也潮了，发根仿佛都贴在皮肤上。电梯门"壳通"一声打开，走出两个中学生，罗卉走了进去。开电梯的冷大姐一眼看见她，伸手关上电梯门的同时，热情地跟她打招呼："又来了呀，罗总。"

"是啊，天气闷得人难受，我来看看。"

"是啊，这种天气，人就是坐着也心烦。"冷大姐用手摸了摸电梯的板壁，"你看看，这还是整天在上上下下动的电梯，都湿乎乎的。罗总，最近，你比原先来得勤多了。"

罗卉淡淡一笑："气候异常，我是怕宇虹犯病。"

"像你们这样好的朋友，世上少见。罗总，不过，近来宇虹显得很正常，出出进进的我看她和正常人没啥两样。到了。"

电梯停靠下来，冷大姐伸手开电梯门，罗卉向她颔首微笑："那就好，那就好，也是托你的福。"

"罗总客气。"

走出电梯，还没走到306门前，只听屋里传出舒宇虹哼唱的歌声，那熟悉的旋律，让罗卉不觉一怔：

大山上头种仙桃，
根牢不怕大风摇，
知青妹妹有的是，
怕你害羞不敢找。
……

听着那带一点谐趣味的歌声，罗卉不由在门前伫立了片刻，一直倾听到歌声停下来，她才掏钥匙开门。

见她走进屋，舒宇虹喜吟吟地向她迎来："罗卉，听见我唱歌了？"

"听见了，难得你有这么好的心情，接着唱啊。"罗卉进了屋，还是觉得家里闷，没入座就过去把窗户一扇扇打开，"就接着唱你刚才那首歌的下一段。"

舒宇虹沉吟着讷讷地说："那是男生唱的。"

"男生唱的，女生就不能唱了，谁规定的？"说着，罗卉压低嗓门，轻轻地哼了下去：

你说不敢找，
我就偏要找，
要找要找偏要找，
面前的妹妹就是好。
一根枯藤两朵花，
唯有我俩情意好。

舒宇虹一边听一边拍着巴掌打节拍，还乐呵呵地笑，罗卉刚一哼完，她就接着往下唱道：

哥为妹来妹为哥，
鸟为青山鱼为河。
知青哥哥知青妹，
下乡以来心一条，
不怕我们命不好，
不怕我们吃不饱。
等到今后大招工，
我们再把朋友交。

罗卉的兴致也被舒宇虹逗上来了，紧接着仿照男声唱道：

你说今后是几年？

舒宇虹跟着哼道：

我说你得等三年。

罗卉笑朗朗地接着往下唱：

你说三年就三年，
哪怕等上七八年，
只要妹妹心不变，
我当哥哥的心甘，
心甘情愿，
心甘情愿。
等着坐彩楼。

歌声一落，两个人心照不宣地相对瞅了一眼，不由得放声笑了起来。

“没想到，罗卉，你的歌也唱得那么好。”舒宇虹感叹地说，“那年头，知青歌曲传来传去的，大家都喜欢唱，我可从来没听你哼过一句。”

“我只是在心里跟着你们哼，那个年头，怎么唱得出来呀！要说唱，还是你唱得好。”

“我哪算唱得好呀！我们杉木凼集体户，唱得最好的，要算是林璐了！”

罗卉疑讶中又带点惊喜地瞅着舒宇虹，都说她因为病反应迟钝，这几句对话，她每次都紧接着自己的话头，可是答得一点儿也不打“格楞”呀，罗卉不动声色地继续和她说下去：“是啊，林璐的歌声真的动听。可、可她的祸事，不也是唱歌惹出来的嘛。”

“对了，那一次赶场回来，她就是听见邻近寨子的一个男知青在山上放开嗓门唱：知识青年满山坡，没得一个有老婆。大家都说他唱得好玩儿，引来了阵阵喝彩，还有人叫他再来一个，爱唱歌的林璐嗓子痒痒了，跟着就唱歌对了上去。一来二去的，他们两个就悄悄地好上了。”

“你还记得么，他们是怎么好上的？”

“记得，记得，怎么不记得。”舒宇虹连声说，“那一阵，一逢赶场，林璐到了街上，转几个身就不见了。原来她是背着我们和那歌声嘹亮的小伙子谈恋爱去了。散场时，总是急得我们乱找。”

“再后来，”罗卉的两眼睁得大大的，望着舒宇虹脸上每一个细微的表情变化，字斟句酌地说，“等不到赶场天，他们就约好了见面。惹出了事儿。”

“是啊，我们谁都觉得这事儿很正常，知识青年在乡间谈恋爱的太多了呀，哪晓得，偏偏就是林璐，惹恼了杉木凼的老乡。”

罗卉斟了两杯茶，给舒宇虹端过去一杯，坐在椅子上感慨地说：“偷偷摸摸的爱，也是爱啊!”

“谁说不是呢!”

“我记得，出事儿那天是赶场，秋阳特别明丽……”

“你记错了，罗卉，那天是赶场，”舒宇虹纠正她道，“不过出事儿不是在白天，是在晚上，天都黑下来了，我们都在担心林璐怎么赶场还不回来。”

“是的，白天天气好。出事儿是晚上，我记岔了。”罗卉连连点头，接着端起杯子喝茶，罗卉又惊又喜又恐惧地定睛瞅了舒宇虹一眼。这么说冷大姐的观察没错，舒宇虹正在逐渐恢复成一个正常人，她的记忆不比自已差了。她望着杯子里漂浮着的茶叶，低声说：“后来，天黑下来，林璐回来了，没头苍蝇似的乱转，魂儿像掉了似的，神色惊慌……”

舒宇虹不再接罗卉的话，她也不喝手中端着的茶，只是呆痴痴坐着，两眼定定地盯住窗户那边。

林璐把恐怖的气息带进了知青点集体户，没等姑娘们问她怎么回事，杉木凼整个寨子的狗一齐咬了起来，那“汪汪汪”的狗吠声，仿佛要把满寨子咬得抬起来，这种异样的情况是极少见的。平时，即使有什么陌生人赶路穿过寨子，各家各户的狗也只不过是在人走过它们的院坝前才狠狠地叫几声。今天晚上这是怎么了?

大伙儿都觉得不解，纷纷交换着狐疑的眼色。

林璐的脸色刷的一下变了，她求救地眼巴巴望着大家。

众人也预感到要出什么事儿，都不约而同地把目光扫到她脸上去。

随着一声连一声的狗咬，一阵急促的脚步声响到知青点门前来，没等大步走到窗边去的韩灵看个究竟，门板已被擂得鼓一样响，“嘭嘭嘭、嘭嘭嘭”的，直敲到姑娘们的心上。

女知青们心惊肉跳地互相打量着，不知如何是好。

“快开门呀，开门救救我。”门板被敲得好像要倒下来，这会儿，大家都听清了，门外是那个唱“没老婆”的嗓门，和林璐相好的邻寨男知青。

韩灵扑过去，“呼”的一下把门打开，那男知青满头大汗，一脸慌张地扑进屋来，连声说：“救我，快救我。他们在追我，快呀！”

狗在寨子上此起彼伏地叫着，寨路上传来阵阵脚步声和说话声。男知青没头苍蝇似的在陌生的女知青屋里乱转。一屋的姑娘们不知道发生了什么事，都被吓得没了主意。

“别瞎转了，育江，”林璐一声喝，手指着墙边的一张窄木梯子，声音发颤地说，“快爬到阁楼上去，那上头有放洋芋和谷子的大囤箩，你躲到那里去。”

育江的脸色惨白，额头上豆大的汗珠直往地上落，他望了一眼竹编的阁楼，迟疑地问了一声：“行么？”

“只有这一处地方了，快上吧。”韩灵一边催促，一边把贴着墙壁的窄木梯放过来搭在阁楼进口处。

寨路上的脚步声响起来，阵阵喧嚣嘈杂地传来。

育江三脚两步顺着梯子爬上阁楼，阁楼上的竹子被踩得“吱吱嘎嘎”一阵乱响，遂而就没声响了。

韩灵又动作麻利地把木梯贴墙放好。

林璐不放心地问了一声：“躲好了么？”

“还可以。”育江的声音小得像蚊子叫。

姑娘们的心却顿时悬了起来。原本胆子就小的陈岚岚双眼骨碌碌转着悄声说：“你们听，刚才吵吵嚷嚷的声音，怎么听不见了？”

经她这一提醒，果然，杉木凼寨子上杂沓的脚步声、叫喊声，都听不见了。唯独那声声狗咬，还在不间断地叫着。

“看，他们追到门前了。”陡地，舒宇虹手指着窗户外划过的手电光，压着嗓门叫了一声。

透过窗户、门缝和泥墙上伸得进拳头来的裂缝，姑娘们也都看见了，知青屋外头，手电筒的光在划来划去，点燃的火把在“毕剥”作响，黑黝黝的人影子在不住地摇晃。能感觉得到，屋外的人故意放轻了脚步，说不定就在偷听壁角。

知青点屋头，空气像窒息了一般。女知青们不知道外头来了多少人，和林璐相好的叫育江的小伙子究竟在什么地方惹恼了寨邻乡亲们。越是不晓得，心中无底，她们越是心慌，只觉得末日即将来临一般恐惧。

突然，有人敲门了，天哪，这哪是敲门，简直是要把门板砸了："咚咚咚，咚咚咚咚，咚咚……"

砸门声似要把门板推倒。

"是哪个？"还是韩灵胆子大，她尖脆着嗓门，大喝一声，冲到门边去，抽开门闩，"呼"的一下拉开了大门。

紧跟着她走过去的罗卉先发制人地把雪亮的手电筒照射出去。

噢，知青点大门外头的院坝里，站满了黑压压的一大帮人，姑娘们不由得倒抽了一口凉气。

贴着韩灵站的罗卉，腿肚子都在发颤。还是韩灵见过世面，她大喊一声："你们想要干啥子，抢人啊！还让不让人活了？"

她吼这一嗓子，倒把农民们镇住了，来看热闹的先自讪笑起来，跟着跑来的娃娃崽崽们在人堆里乱窜乱拱，狗们也都拥来了，在电筒和火把的光影里伸出长长的舌头喘息。

沉默了片刻，一个粗嗓门嚷嚷着："和你们女娃儿不相干，大家伙儿是要抓野汉子！"

话音刚落，就引来一阵哄笑。

人堆散开，革委会主任卢光飞悍然不顾地朝前走来，边做出拨开韩灵的手势边往里闯去，嘴里气势汹汹地说："有人看见了，那龟儿子逃进了你们屋头。他胆儿不小，竟敢耍起杉木凼的姑娘来了。快，进屋搜啊！"

他举起手臂，喊口号般猛的一声吼，门前的汉子们都壮了胆，一拥而上，推开了堵在门口的韩灵和罗卉，一窝蜂拥进了屋头。

刹那间，知青点灶屋里，站满了杉木凼寨子上的男男女女。拿着手电筒的在屋里上下左右地一阵乱晃乱摇，一道道白色的电筒光交错着把角角落落都照了个遍。

一个汉子喊着："灶屋里咋会有啊，得进屋到床上搜。"

又是一阵哄笑。

操着手电筒的汉子们利索地钻进了姑娘们的卧室，女知青们哪里挡得住这股人流。只得眼睁睁地看着他们粗暴地掀起帐子，在床上、床底下晃着白光搜寻。还有人把枕头和折叠得整整齐齐的被子也掀翻抖开了。

差不多同时，几支手电筒的光一起照在一只大大的圆米桶上。这只圆米桶还是舒宇虹带下乡来的，这是十二个姑娘带下乡来的最大的一只铁皮桶。只因姑娘们人多，粮食消耗得快，每天要吃的米打少了嘛，经常要去米机房打米，累得慌；打多了放着呢，时常要被老鼠偷吃。还是舒宇虹主动提出，腾出她的铁皮桶来装米。这么大的铁皮桶，能装二百斤米。谷子打成米以后，装在里头，既可以吃一长段时间，又能防鼠害。连寨子上时常来耍的姑娘媳妇们都晓得，这是知青们的大米桶。

只因为铁皮桶太大了，躲一个人绰绰有余，又加桶盖上着锁，进屋搜寻的人都围拢来了。一道道手电光汇聚在米桶子上晃过来晃过去。

屋里出现了一阵难耐的静默。

灶屋里有人在说："要把那野汉子逮出来，才好笑哩，这么多姑娘藏一个野汉子。"

又有人声气怪怪地笑了几声。

"把桶盖打开啊！"卢光飞不耐烦地催促着，"打开我们看过后就走，不在这里多耽搁。"

罗卉掏出钥匙，走过去，打开了沉甸甸的铁锁，掀开了桶盖。

手电光一齐扫了进去，铁皮桶里，只有小半桶大米。

卢光飞走近去瞅了一眼，自嘲道："嗨，都说你们吃的东西多，这桶里也没多少米了嘛，啊，真是，是哪个看走了眼，硬说那野汉子钻进了姑娘们屋头。走、走、走，赶紧到别处去追。"

他挥着手，带头往外走去。

有几个不甘心的汉子，退回到灶屋里又停了下来，一个人朝走到门口的卢光飞叫了一声："卢支书。"

卢光飞转过脸来问："又有啥子名堂？"

有人指了指竹笆阁楼，提醒地说："这楼笆上头，还没查呢！"

"楼笆？"卢光飞又转过身来，目光犀利地朝姑娘们脸上一一扫过，在望着林璐的时候，他的目光还在林璐隆起的胸脯上停留了片刻，遂而出其不意地指着阁楼的入口，大声问：“楼笆上藏人没得，你们说啊！”

没有吭气，没人答他的言。

“哈哈哈，”卢光飞咧嘴大笑起来，“看你们一个个胆小如鼠的模样，谅你们也不敢藏野汉。算俅了，走吧，到别处去查。”

像拥进屋来时一样，杉木凼寨子上的人们轰轰烈烈地退出去了，“汪汪汪”的狗咬声又在寨路上持续一阵，终于也平息了。

知青点集体户恢复了宁静，寨子上也如往常那样安宁下来。

“林璐，我真不明白，”当凑着窗户往外瞅了一阵，确信人们都退去了以后，韩灵忍不住问起来，“他们为什么要追你们，指名道姓地抓育江？”

林璐哭丧着脸双手一摊说：“我也不晓得，我们什么也没做。”

“什么也没做，人家会这样兴师动众地抓人？”韩灵一脸的不屑。

“真的呀，赶场回来，我和育江不愿分手，就坐在杉木林里聊天，天擦黑时分，忽然之间，就看到一大帮人涌上坡来了，育江感到他们是冲着我们来的，就喊我快走……”

“你们坐在杉木林里，有什么动作没有？”

“没有啊，我们是正当恋爱，相挨坐着。比起上海外滩情人墙边的恋人，我们规矩多了。只是……只是，有时、有时候他忍不住，就吻我一下。”

“哎呀，你们也真是，”陈岚岚轻声说，“山乡野林子里，你们以为是上海的外滩啊！”

韩灵一摆手，示意陈岚岚别插嘴，走到林璐跟前说：“除了吻，还有什么动作？你不要难为情，林璐，老阿姐是过来人，你照实说。”

林璐害羞地低下了头，啜泣着说：“真没什么，韩灵姐，就是……就是他吻我的时候，有时候摸摸我……这也犯了罪么？”

“啪”的一声，韩灵响亮地拍了一下巴掌，“事情就出在这里。他们这些人，哪见过这个啊！你们的小动作，在杉木凼人看来，就是有伤风化的大事，而且你们的一举一动肯定被钻在树林里的什么人看见，跑回去报告了。你们在林子里坐好长时间了吧？”

“是的。”

“这就对了，在你们看来，是正当恋爱，可在杉木凼人看来，这是大逆不道。还了得啊，这是公开的耍流氓，光天化日之下败坏风气，怪不得他们口口声声说要抓野汉子呢！你不也听见了么？”韩灵一下子点穿了问题的实质。

“那、那怎么办呢？”林璐吓得哭了。

“小事一桩，小事一桩。过去了就不会再有事，你不必放在心上。”韩灵挥着手，不以为然地道，“只是我们必须送走这尊神，唉，今晚上我们只好熬到下半夜再睡了。”

夜是难熬的，白天，女知青们有的去赶了一天场，有的在屋头洗洗涮涮，都累了，但是，明晓得楼笆上躲着一个小伙子，居高临下地透过竹篾笆能看到她们的一举一动，她们哪一个会脱衣上床啊。清一色的姑娘们已过惯了屋头没有异性的生活，楼笆上来了一个男的，她们的心头都是怪怪的。

灶火上的开水，烧开了一锅又一锅，火力都不那么旺了，陈岚岚又去通了一次火，添了一次煤。育江在阁楼上等得大约不耐烦了，或是他的四肢总保持一种姿势僵着不动酸麻了，楼笆竹不时被他弄出“吱吱”的响声。

鸡啼了，众人都惊得相互望了一眼，难道天要亮了，狗不叫已经好长时间了呀。楼笆竹又被育江踩响了，林璐忍不住，放声说：“夜深人静，不会有什么事了。你不要躲下去了，下楼走吧。”

育江答应一声，下楼来了，才几个时辰呀，这家伙的脸整个儿变成了菊青色，眼里仍带着余悸。他脸上堆着笑，抱歉地对每一个姑娘赔着小心点头。

“认识回去的路么？”林璐悄然问。

“认识。”育江回答得甚有把握。

“不忙，”韩灵打断了两人的对话，“我替你出去瞧瞧，确保安全了，你才能走。”

韩灵拿上两件要清洗的衣裳，装在盆里，做出一副出去清洗衣裳的样子，打着电筒出去转了一圈回来说：“家家户户都熄了灯，连狗也都睡熟了。你放心大胆地走吧。”

育江躲躲闪闪地走了。

姑娘们这才长长地吁了口气，放下心来。她们手脚麻利地洗的洗、擦的擦，以最快的速度躺上了床。可是兴奋过后，却又睡不着，大家七嘴八舌地议论着刚才惊险的一幕，胆小的陈岚岚竟然猜测着说，要是刚才育江被农民们当场搜出来，会是怎么样的一个情形。有人说他要被狠打一顿，有人说他要被拖到杉木凼寨子上游街。直到屋外的风吹得紧起来，继而又落雨了，起先是滴滴答答的雨声，后来越下越响，下得远处的山水沟里，水都淌得欢起来，女知青们才渐渐地睡着了。

“想想，那真不是人过的日子。”罗卉回忆起那些往事，心头还是揪得紧紧的，见舒宇虹一直痴呆呆地凝坐着不吭气儿，她轻声提起了话头。

舒宇虹闻声抬起头来，罗卉内心震惊得一哆嗦，舒宇虹一双美丽的大眼里，噙满了晶莹的泪水，她的嘴唇嚅动了两下，手一抬说：“那一夜，我们是安心睡下去了，可、可我们哪晓得，第二天清晨，会发生惨祸呀。”

她的话音一落，泪水也随之夺眶而出，顺着她的脸颊淌下来。

罗卉受惊地离座而起：“这么说，你都记得！”

“咋个会忘啊！”舒宇虹脱口而出的，竟然是杉木凼老乡的说话口音，“罗卉，我俩至今还在过着孤家寡人的日子，不就是遭过那些罪、伤痕总是留在心上抹不去么?”

舒宇虹把手中的杯子往桌上一放，泪流满面地朝着罗卉扑来，失声啜泣起来。

罗卉搀扶着宇虹，一只手在她的背脊上按抚摩挲着，嘴角在颤动着，一句话也说不出来。

衣橱的大镜子里，映出了她那严峻的脸和她脸上一双充满了隐忧的眼睛。

# 六

嘈杂的电话铃声把姚征冬从酣睡中吵醒过来，响了一声，又响了一声，对方似乎认定了他必然在家一样，姚征冬无奈地从床头柜上抓过话筒来："喂，哪位?"

他的语气里有一股梦中醒来的迷糊和无奈。

"哦，实在对不起，姚老师，把你吵醒了。我是欧阳明啊。"对方在电话里清晰地说。

这个人来电话，是他想不到的，为了掩饰刚才有点恼人的不耐烦口气，他故意用还没彻底睡醒的语气问："谁呀?"

"是我啊，姚老师，我是欧阳明。"欧阳明又报了一遍自己的名字。

"噢，是你啊，欧阳明，对不起对不起，昨天晚上赶一篇稿，弄得太晚了。"姚征冬显得分外热情，以弥补他刚才语气里的不悦，他也不想得罪欧阳明，"有什么事么?"

"是这样，我们正在策划一个电视专题节目《人生驿站》，决定先做一系列的上海名人，做出一定影响以后，再逐渐向全国辐射。你看这点子怎么样啊?"

"好主意。"

"承蒙夸奖。我们的初定人选当中有谢晋、余秋雨、陈逸飞、叶辛、徐根宝、黄蜀芹、沙叶新等，您是著名学者，当然也是名列其中的……"

"哎呀，我就算了。"

"你千万别推辞，姚老师，我们拟定今天下午三点，在和平饭店顶楼的沙逊厅，约请你们这些即将成为我们节目的嘉宾，一起聊一聊，给我们出出主意，想一些金点子，顺便也把我们已有的设想，跟你们说一说。时间紧迫，请柬我们就不发了，也不专门派车接你们了，您就打的来，来回车费剧组统一支付。姚老师，务必请您支持我，大驾光临，不胜荣幸。您看……您今下午没其他安排吧?"

欧阳明像相声演员般一口气说下来，由不得他插嘴。照例，今天是星期四，他得去社会学所，只因前两天通知，所里的办公房出租了，新的办公地点刚开始装修，这两个月可以不到所里集中，他才在家里放心大胆地睡懒觉。他对欧阳明说："没安排。"

"那我就恭候姚老师的大驾了。沙逊厅你去过么？"

上海滩很多有点档次的地方，他都去过，去当过嘉宾，去参加过晚宴，或是沙龙、研讨会、小型的派对，唯独没进过沙逊厅。有一回陪外宾，人家提出来要看和平饭店的老年爵士乐队，他去过一次底层爵士吧，听过几个怀旧的曲子，没到楼上去过。他只得如实说道："还没有。"

"那您来看看吧，一切又恢复成老样子了。蛮有味道的。"

"行。"

电话挂断了，姚征冬也不可能再睡了。窗帘上一片白光，今天准是上海夏天里的又一个晴天。一看墙上的钟，九点零五分，他睡得也够了。夏天能睡得这么晚，也真难得。

不过，整个身躯散在床上，他仍不想起来。欧阳明来这个电话，意图显然是很明白的，是要他笔下留情。从他报出的那张名单来看，全是当前上海滩十分活跃的人物。他有自知之明，自己还没到那个档次。欧阳明请他，是有意而为之。引得他感慨的是，节目的策划者选了和平饭店重新恢复原样的沙逊厅。从欧阳明的话里，听得出有几分炫耀的意思。沙逊何许人也，爱利斯·维克多·沙逊在第一次世界大战中当过英国皇家空军的飞行队长，飞机失事摔断了腿。所有的上海人看到他的时候，他就是一个瘸子。尽管当时的报纸上和官方都尊称他为沙逊爵士，而且据说他们家族的爵士头衔真是英国女皇维多利亚在一八九零年封的，不像是有些暴发户那样富起来以后用钱买来的，但上海人还是一如既往地按照他们最为直截了当和简洁的方式，叫他跷脚沙逊。

在姚征冬小时候的记忆里，跷脚沙逊和他的父辈、祖辈都是大鸦片贩子，他们赚的大堆的金钱上沾满了中国人民的斑斑血迹，就是赫赫有名的沙逊大厦（和平饭店）与旁边那一幢原来设计为三十四层的银行总部大楼之争，也是几代上海人妇孺皆知的往事：官司打到伦敦，结果还是中国人被迫造得比沙逊大厦的金字塔尖低三十厘米而告终。多少年里，外滩成环形的大楼这么近地贴近黄浦江，一直是被说成帝国主义如此方便地年复一年地把从中国人民身上榨取的钱财装上远洋轮，满载回国。

可现在，到沙逊厅去策划一次节目、参加一次聚会、吃一顿晚饭，变成一种荣耀了。

姚征冬不由觉得世事的变迁，真是难以预料。

打的去当嘉宾，根据拟定的主题，即兴说上一段话，带一点哲理、带一点文采，对他来说已是驾轻就熟的事情，完了还有一顿丰盛的晚餐，而且还能在沙逊厅一开眼界，姚征冬没什么事情，当然是要去的。况且按照惯例，当一次嘉宾终归是有一点报酬的。有名有利有口福，何乐而不为呢？

他想多睡一会儿，然后下一点面，把早点和中餐一起对付了。反正晚餐营养必定超常，他不需要为吃饭多费脑子了。过单身汉的生活，这是他不得不考虑的问题。

虽然有一份小报上说，上海的单身汉是最幸福的单身汉，他们适应了上海的社会环境，享受着上海诸如地铁、出租车等的便捷和福利，在一个称心如意的机关或公司里谋到一个得心应手的工作，随时瞅准了机会做些无伤大雅的生意和买卖，炒炒股，变卖一小点房产，赚一点钱，很满意却时时不知足地做着大都市里的一个小市民，惬意地住在煤卫设施齐全的房子里，做做发财梦，安度着他们的小康日子。他们从不投机，从不性急慌忙地作出一个重大决策，也从不冒险。尽管他们口头上一说起上海的时候一直会说那句老话，上海是冒险家的乐园。过去是，现在仍旧是，改革开放以来，特别是股市开设以来，上海造就了多少个新的百万富翁啊！但是，他们自己绝不冒险，绝不会去莽撞行事。他们所期望的是安安稳稳地做他们的生意，太太平平地做他们心目中标准的上海人。只因为他们太喜爱上海了，上海是他们心目中的一切。从外地出差回来的上海人，不管是哪一个层面上的，尽管在外地会客气地称赞人家的成就和美丽的风光，但他们骨子里还是只觉得唯有上海最好。只要回到上海来，人还没到家，哪怕是冲着不认识的出租车司机，他们就会忍不住由衷地说：走遍全中国，还是上海好啊。他们宁愿在上海这座城市里永久地居住下去，直至找到合适的女人组成家庭，才无奈而依恋地结束单身汉的生活。

姚征冬读到这段文字的时候，露出了一丝令人费解的笑。这似乎是他目前生活状态的写照，可又不完全是他的写照。他也是一个单身汉，不过他是一个结了婚又离婚的单身汉，和报纸上描绘的那些年轻单身汉相比，他是一个人到中年的单身汉。他有显见的优势，他也有和青年人相比明显的弱势。他觉得这些话把单身汉的生活稍稍美化了一点。他这个曾经享受过家的温暖的男人，就常常觉得单身汉生活的无奈和孤独。

电话又把他的思绪打断了，响第二下的时候，他操起了话筒："喂。"

"你在家啊，征冬。"

"在家，郑夕。"不待对方报出名字，他就听出来了，是他初恋的情人，他不由皱了皱眉头。

"太好了，我能上你这儿来么？"郑夕的语气十分迫切和热情。

"不能。"他淡淡地说。

"为什么？你现在不是就在家里嘛。"

"我答应了人家要去策划节目。"他不想临时再编一个理由了。

"那我们什么时候再见面，我什么时候能去你那儿看看？你不是说，有了时间，就给我来电话么？"

是的，姚征冬无言可答，他是这么答应郑夕的。可他也答应了厉言菁，但他始终没有给郑夕打去这个断交的电话。一来是放弃对郑夕当年绝情的报复，实在是有些遗憾，郑夕春风满面地主动贴上来，他之所以那么快地答应和她见面，就是被这个报复的念头以及所引起的快感深深地吸引，他的内心深处有着一种存之久远的征服郑夕的欲望，一种潜在的虚荣心。二来是真要给她打断交的电话，他又感到没找到一个合适的理由。三来嘛，说起来就得联系男人的角色本身，显得奥妙复杂了。姚征冬觉得，男人的角色总是永远不变的，他往往来者不拒地接受着婚姻以外的女性，只要这个女性中他的意，什么爱情、什么真挚的感情，都可以放在一边暂不考虑，对像郑夕这样主动靠上来的女人，他自有着一种不占白不占的阴暗心理。说到底，性情感是一种生物的本能意识，对异性用心是人自幼养成的习性，在两情相悦的情况下，见异思迁的邪念往往就会滋长出来。男人在两性关系上的人性肮脏，决定了他不会轻易放弃这种占有女性的欲望。

郑夕是主动的、坦率的，甚至是堂而皇之的，她的语气中除了迫切和急不可待，还含了些对他的责备。姚征冬冷冷地说："我会给你去电话的，你不要急，这终究是一件大事。你说是不是?”

“那好，”也许是他的语气让她感觉到了分量，郑夕的态度顿时变得温柔了，“我等你的电话。只是……不要让我久等。”

“不会让你久等的，再见。”姚征冬挂断电话的一瞬间，自己也觉得对郑夕的态度有些生硬了，但这是必要的，这也给他以后打去断交的电话做好一个铺垫。

起床后，姚征冬正在卫生间里洗脸，每周来一次的保姆小秋开门进屋来了。听到钥匙插进门锁的声音，姚征冬吃惊地转过脸去。看见小秋进门，他才想起来，今天是她来打扫屋子的日子。

看见他在家，小秋显然也感觉愕然，她连忙解释说：“姚老师在家啊，我还以为你也像往常一样，已经到单位去了呢。”

姚征冬边说单位办公室在装修，边走进厨房点火烧水。小秋跟进厨房来说，姚老师还没吃早饭吧，我来帮你煮。姚征冬连忙摆手说，你快忙你的去，煮一点面条我还能对付。小秋也不勉强，退出去按惯例干起属于她的分内事儿来。姚征冬守在厨房里，等着水开下面条。

当姚征冬把一大碗面条快吃完时，他看见正在擦拭着卫生间门的小秋莫名其妙地身子歪了歪，倚着墙软绵绵地倒了下去，卫生间的那扇门被她撞得发出“咚咚”两声响。

姚征冬惊愕地扑过去，把小秋扶起来：“你怎么了?”

小秋的脸色苍白得骇人，眼皮耷拉下来，声音虚弱地说：“对不起，姚老师，我头昏……”

别看她长得瘦弱憔悴，还真重，姚征冬扶她站起来，费了老大的劲，只因她一点力气也没有。好不容易把她扶到沙发上坐下，她又无力地倚靠在沙发背上。

姚征冬给她倒来一杯白开水，扶起她的身子，让她喝了两口，见她的身子又要歪下去，他示意她可以躺下。

小秋躺在沙发上，还说：“休息一会儿，我就会好的。对不起，姚老师，我会把你家里的事情做完。”

“你不要做了。”姚征冬正色道，“你应该休息。恢复一下，就去医院看医生。”

小秋一阵惊慌，眼里噙满了泪："姚老师，你不要赶我，求求你，我也不要看医生。"

姚征冬把手放在她的额头上，小秋的额头并不烫，不像是感冒发烧。他知道小秋这么慌张，是怕他不要她来做了，心中更觉怜悯和不忍，就放缓了语气，和颜悦色地说："你头昏，应该去看医生。"

"我不要看，姚老师，我是老毛病了。自从被人强奸时打破头，我就落下了头昏病。"

"那就更要去看了，小秋，做钟点工，靠的就是身体。你放心，今天的工钱我照付，看病的钱也由我付。你要去看。"姚征冬把话点穿了。

小秋哭泣着扑到姚征冬怀里："姚老师，你真好。"

姚征冬手里沾了小秋一脸热乎乎的泪水，深感震惊地在她肩头轻轻拍了两下。他让她躺得更舒服一些，起身打电话要了一辆出租车。

二十分钟以后，姚征冬扶着小秋下楼，坐上出租，陪着她走进地段医院的门诊室。

门诊室里坐满了懒神无气的候诊病人，有些病人没座位，还倚墙站着。姚征冬找到一位相熟的医生，安排小秋提前看了。

医生说小秋没什么大病，就是营养差，做的人家多，太累以后又没休息好，造成低血糖头昏。配了一点药，让回去好好休息，喝一点糖开水，就会恢复的。

走出医院大门，等出租车开来的间歇，姚征冬问她，回去以后在哪儿休息。小秋说，她平时夜里就在表姐看管的自行车棚内搭出来的小屋里睡觉。

"那怎么睡得好！"他自言自语地嘀咕了一声。

坐上出租车，姚征冬让车子开回自己家中，他让小秋先喝一杯糖开水，又让她吃下药，然后郑重其事地对她说："你就躺在沙发上休息，不要干活，什么事都不要你做。你要做了，今天的工钱我就不给了，以后我也不要你再来了，听见了没有？"

"听见了。"

"这才对。"

小秋感激地望着他，眨动着睫毛问："那你呢？"

姚征冬说自己要出去开一个会，晚饭不回来吃，你可以放心睡，睡够了再离去。

看着小秋听话地闭上了眼睛，他才轻手轻脚地关上门离开。

下午的会是三点钟的，时间还早着哪。他已经打好了主意，先坐公交车到福州路（解放前的四马路）逛逛书店，时间差不多了，再到和平饭店沙逊厅去。

在人满为患的书城里随意地翻看着新书的时候，姚征冬的眼前不时地晃现出小秋那微显苍白而又清秀的脸。说真的，小秋不过是钟点工，地位低下而已，仅就相貌而言，她是长得很中看的。

姚征冬是算计着时间来到沙逊厅的，一走进去，他就察觉自己又太老实，来得太早了。

休息厅里静悄悄的，似有什么人在里面喁喁细语，姚征冬在门上轻叩了两下，一脚踏进去的时候，看见欧阳明从一位花容月貌的姑娘身边一跃而起，热情地招呼着："姚老师，您好，您是第一位到的，最准时了。"

他身边那位漂亮的姑娘也站了起来，微显羞涩地笑了一下。她穿着一件黑色的束腰绸衬衣，笑的时候那一对杏眼格外撩人，嘴角边还露出一对酒窝，欧阳明简单地介绍道："琳希。"

琳希轻轻招呼了声姚老师，主动伸出手来，大方地和姚征冬握了一下，姚征冬点点头说你好。他看不出琳希的准确年龄，站得近了，他发觉她的妆化得很浓。他也猜不出她和欧阳明是个什么关系，反正她不会是嘉宾。所以当欧阳明让他坐时，姚征冬马上说你们坐，我头一次来，刘姥姥初进大观园，想细细看一下沙逊厅的布置。

说完他就背着双手转出休息厅。

沙逊厅里一色的深栗色板壁，一直刷到天花板。据说这是跷脚沙逊当年的风格，他认为吃饭的时候，一定要有个静谧安宁的氛围。欧阳明一边陪着他参观，一边给他做着介绍。

姚征冬最为赞叹的是餐厅所占的方位，临窗望出去，外滩远远近近的景观尽收眼底。坦荡的黄浦江在阳光下闪烁着波光，江面上的客轮、游轮、万吨轮穿梭往来，就是江对岸近十年来开发的浦东陆家嘴金融贸易区，也是历历在目，看得清清楚楚。

"真是个好地方。"姚征冬不由感慨着。

“不错吧，”欧阳明不无自得地说，“就是考虑到大家可能都没来过，我才选了这个地方。”

“呵哈，征冬，没想到你来得比我还早。”作家亭飞的声音在他们身后响起，姚征冬连忙回身和他握手。此刻有个熟人来到，姚征冬觉得比往常相逢更觉亲热几分。

“我跟欧阳说，我俩参与策划的节目，你是一定会支持的。怎么样，欧阳，果不其然吧。”亭飞亲热地拉着姚征冬的手走进休息厅，一眼看见琳希，他马上转过脸问欧阳明，“介绍过了么？来来来，征冬，我来介绍，这是欧阳明的女朋友，近期是热络得不得了啦。对不对？”

欧阳明哈哈大笑，琳希却在一旁红了脸。

“没啥难为情的。征冬，我跟你道实情。他俩啊，在松江买了别墅，小车也配好了，只等一个大吉大利的日子，办喜事了！当然不会大操大办，只是请几位知心朋友聚一聚。”

三点半以后，上海滩的几位名人陆陆续续地先后来到。没等人来齐，话题就开始聊起来了，其实也没有多少话好讲，不过就是把策划的情况说一下，给各人确定一下人生岁月中的重点事件及具体的采访日期。临近吃晚饭的时候，最为忙碌的谢晋才姗姗来迟，而叶辛却已说要走了。

晚餐结束时每人发了一只信封，里面是一千六百元，其中一百元是交通费，一千五百元则是预付的嘉宾费。

这费用不高，却也不低了。姚征冬当嘉宾，最低的费用，仅二三百元，最高的一次，是外省电视台请他担当特邀嘉宾，两千元。但大多数节目给的是六百元至八百元的费用。可有一个惯例，每一次付费，都是在节目做过以后，唯独这一次，刚进入程序，费用就发了。姚征冬心里说，这大约是为了做起节目来，请嘉宾们到场时，更好说话一些吧。也可能是这一节目的赞助方，款子已经到账了。无论怎么说，这一切都是有意识地讨好嘉宾，那是看得出的。

微带着点酒意坐上出租车时，姚征冬还隐隐感觉到，欧阳明请他来当嘉宾，又故意把他的新女朋友琳希约来，另有一些弦外之音。自己在写关于林月之死的文章，他是知道的。欧阳的这一系列示好的举动，无非是希望他在落笔的时候，对他这个林月的丈夫，笔下留情罢了。

望着出租车窗外一掠而过的闪闪烁烁的霓虹灯，姚征冬想起刚才敬酒时的一幕。欧阳把他拉到一边，满身喷着酒气压低了嗓门说："姚老师，说心里话，今天你看见琳希了，你给我说一句实话，对她的感觉怎么样？实话实说。"

"不错啊，是个好姑娘。"他催逼得紧，姚征冬只好连连点头说，"气质优雅、纯情朴素、坦诚大方，看得出是你的得力助手。"

"哎呀，姚老师，你这么说我就放心了。跟你坦白讲，在我和琳希的关系上，我是有对不起林月的地方。我没处理好这两对矛盾，我有错，确实有错。但我得申明，把林月自暴自弃地离开这个世界，完全归结为我有外遇，这是不公正、也不公平的。好几年了，我们夫妇之间没有共同语言，大大小小的事情上都说不到一处去。她喜欢扮演她的天使，我却讲究实际。用她的话说，就是话不投机，志不同道不合，个人追求不一样。所以我们总吵架。光说我在外头有女朋友，也是不客观的。她在外头也不是没有男朋友啊！我说过她么？我从来没在任何媒体面前披露过。"

语气中辩白的感觉是很强烈的。

在那种场合，姚征冬当然不可能进行深入的采访，但至少他搞清楚了好几层关系，其一今天到场的这位琳希，不是等闲人物，早在林月没死之前，他们已经是朋友了；其二作为已死去的林月，离别人世之前，她也有自己的异性朋友。这可是所有的报章杂志上从来也没写过的情况。

出租车从徐家汇路匝道口驶下来的时候，姚征冬心里已然决定，在他应约撰写的关于林月的文章定稿之前，他一定要去见见林月的父母、姐妹。也许从他们那里，还真能得到些第一手材料呢。

回到家门口，掏出钥匙开门的时候，姚征冬才想起，钟点工小秋还在他家中休息呢。他顿时警觉起来，小心翼翼地打开门，屋内一股舒适凉爽的气息扑面而来，空调轻响着，送出阵阵凉风，姚征冬打开灯，只见里里外外打扫得焕然一新，比往常小秋来过以后更要清洁几分。沙发上的靠垫也摆放得整整齐齐，哪里还有小秋的身影。

茶几上，留有小秋写下的一张纸条：姚老师，我已经休息好了。大热天，你的冰箱里没啥吃的，我给你做了酸梅汤，留了冰咖啡，还有一点我们家乡夏天常吃的豆豉大葱，你尝尝。谢谢你，你太好了。

读着纸条上这朴实无华的文字，一个人生活惯了的姚征冬，竟然感到一阵温暖。他知道为向自己表示感激，小秋忙碌了一下午，酸梅汤、豆豉大葱都要去超市买，买回来了还要切、要拌、要烧，酸梅汤烧过要滤，滤过以后得等它凉下来，冰咖啡同样得在煮开以后放在一边晾凉，最后才能放进冰箱。想象得到，这一切都是很费事的。

他径直走去打开冰箱门，果然，平时空空荡荡的冰箱里，汤罐、咖啡瓶灌得满满的，一只加盖的大碗中，大约就是小秋特意为他做的豆豉大葱。他打开碗盖，白色的大葱、红色的豆豉，看上去分外诱人，一股难得闻到的清香扑鼻而来，尽管已在沙逊厅吃饱了，他忍不住取筷尝了一口。哎呀，那入口时的滋味儿，真是妙不可言，和平饭店的宴席上也没有这种味道，真正可谓色、香、味俱佳。姚征冬取一只杯子，倒出一杯酸梅汤，坐在沙发上品尝着，同样倍感温馨和惬意。这个小秋，平时来光是干粗活，打扫卫生，没想到她在安排生活上，还有这一手呢！姚征冬在心里提醒着自己，下一回付工钱的时候，他一定得把小秋今天贴的钱算进去，别让这可怜的姑娘破费了。

## F

又是夏日里一个清静的早晨。厉言菁收拾完了屋子，环顾着房间里的一切，一时觉得找不到什么事儿做。她想起来，冷大姐告诉过她，天气一热，702 的连茵芸老人，经常是在清晨空气凉爽的时候，到阳台上去坐一阵子，透透新鲜空气。今晨天气爽，老人一大早就上去了。

雷家田和开开半个小时前离家出去了，厉言菁从洗衣机里取出需要晾晒的衣物，坐着电梯，上了屋顶阳台。

阳台上光线明亮得有些晃眼，厉言菁一面往晾绳上晒衣裳，一面大声和连茵芸打招呼：“连阿婆，你一大早就上来乘风凉了。”

“是啊，早晨上来，吹吹黄浦江上拂过来的风，很舒服的。你也来坐一会儿吧。”

“好的，我一会儿就来陪你坐坐。”

晾晒完衣裳，有风，厉言菁用塑料夹子夹好衣服，遂走来坐到连阿婆身旁。答应了姚征冬的要求，她是有意识地要多来会会连阿婆，听她继续讲讲华都大楼的轶事。自从姚征冬明确表示不愿再来华都大楼以后，她对此表示完全能理解，也深感自己有义务代他了解一些华都大楼的真情，对406林月之死的各式议论啊，512一家人惨死的后续新闻啊，还有她也曾隐隐约约听说过的406室六十年代死去的那个叫骆秀音的名女人啊。

华都大楼里的家家户户对当前各种事态的议论，她平时为核对户籍走家串户时总能听到一些，就是有些遗漏，开电梯的冷大姐也会时不时地告诉她一点。唯独涉及过去久远的往事，她找不到人问，只有来询问连阿婆。而连阿婆说的那些事儿，往往更有价值，对正在写作大部头著作《上海：波动的婚恋史》的姚征冬来说，也确乎更有用处。

“居委会让你核对华都大楼住户的人数，你做完了么?”连阿婆把手抬了抬，挑起了话题。

“全大楼都核对了，唯独607的姜子道，我去了多次，就是没碰到过他。”厉言菁不无烦恼地说，“唉，这老头也是，都离休了，怎么还是那样忙。”

连茵芸笑了起来：“这事儿啊，我看你还是得托冷大姐，看见姜子道在家，立刻就通知你，你马上赶去，准能找到他。”

“是的是的。”厉言菁笑着直点头，其实她何曾不是这么做的呢，有两次，听到冷大姐来喊她，她赶紧上楼，去敲607的门，敲了半天，也没人应。弄得看见姜子道上电梯的冷大姐也感到莫名其妙。直到后来，冷大姐才从其他渠道获得情报，原来姜子道坐电梯上了六楼，但他并没回自己那个空荡荡的家，而是再步行两层楼，上到八楼，进了804阮莉家。阮莉是个做服装生意的中年独身女人，厉言菁为核对户籍人口，特意去过她家，这人长得胖瘦适中，相貌姣好，很会打扮的，乍一眼看见她，充满了成熟女性的风韵。姜子道配她，还显得太老呢！但他俩似乎完全不在乎这一切，暗中很热络的。冷大姐把这一切神秘地告诉她时，一边使劲儿地眨着眼睛，让厉言菁去体会其中的弦外之音。厉言菁怎么可能把这些情况告诉连阿婆呢。

“连阿婆，林月死后，前前后后走马灯似的来过很多看406这套房子的人，看的时候都说好。”

“好，华都大楼的房子，怎么会有人说不好呢。”

“可是人家深入一了解，听说电台主持人林月就死在这套房里，看房人转身就走了。”

“这也难怪，过去也是这样的呀。严泳臣的外室庄欣娜从这里出走失踪以后，很长一段时间，406 都空关着。”连阿婆以司空见惯的语气说，“后来，骆秀音的男人……”

“男人?”

“哦，就是她的丈夫。”

“你见过他么?”

“见过，怎么会没见过他呢。”连阿婆大概觉得厉言菁的问题实在问得可笑，不由得昂着脸呵呵笑了两声，接着说，“那个既漂亮又风流潇洒的才子，认为共产党一来，他肯定没有好日子过，一撒手就离开了她，去了国外，没几年又娶了一位年轻美貌的洋太太。骆秀音痛苦至极，对我说不想住在和才子共同生活过的房子里，一回到家里就触景生情。”

“这么说，骆秀音对他还是很有感情的。”

“那还用说。她想换一个住处，来找到我。我有什么办法啊，再说那一年，解放军眼看着就要打来，国民党政权崩溃在即，到哪去找一住下来就能安心的房子啊。我就给她介绍了 406 这套房子，同时也给她讲了庄欣娜的失踪。谁知她来一看房子，十分满意。而且她觉得，庄欣娜是金丝鸟，怎么能和她一个名演员相提并论啊。她义无反顾地搬了进来，一住就是十七八年，什么事儿也没有。谁又能想到，这么漂亮的一代影星，最终又会死在 406。从那以后，关于这套房子有不吉利邪气的说法就传开了，骆秀音死后的好长一段时间里，都无人问津了。你想想，对了，你这个年龄，也是过来人，‘文革’期间，上海的住房多紧张啊，都没新房客搬进来。足有好几年，406 只好作为暂住房借给房客住。那些个房客也都像约好了似的，搬进来临时住一住，一有了自己的住房，马上就搬出去了。”

“就是啰，现在林月又死在 406，一套房子里，死了三个漂亮的名女人，差不多隔开三十年，就要死一个人。上海人不是说要触煞霉头了嘛。”

“是啊，”连茵芸的双眼眯缝起来，眺望着外滩方向，感慨地说：“历史，有时候就是这样，会不断地重复一些往事，像在跟人开玩笑。”

“死人的话儿一传十、十传百，一说就要说到三十年代大名鼎鼎的严泳臣小老婆死在这里，六十年代又有一个名女人骆秀音也死在这里，总而言之，是越说越玄了。”

连茵芸用淡淡的语气说：“那就只好让406再空关一阵。”

厉言菁连忙将话头套上去：“连阿婆，我只听说骆秀音是个名演员，记得小时候还看过她演的电影，多美的一个女人啊，她为什么想不通，要自杀呢？那种年头，中国有哪一个名演员不受到冲击、不挨批斗呢。人家都熬过来了，她为什么想不通呢？”

“她和别人不一样。”

“怎么不一样？”

“她心硬。”

“心硬？”

“是啰。你看嘛，中国历史上的文学作品中《西厢记》里的崔莺莺，为了爱情，不避淫奔之名。《牡丹亭》里的杜丽娘，为了追求柳梦海，不惜死而复生。《桃花扇》中的李香君，更显执着。至于怒沉百宝箱的杜十娘，性格刚烈得令一些现代人感到不可理解。她们哪一个的心不硬啊。骆秀音也同样啊。”连阿婆用深知内情的语气说着，把她的一只手伸过来，在厉言菁的手背上意味深长地摩挲了几下，以饱经沧桑、感慨万千的语气道：“漂亮的名女人，命苦啊！用自古以来的话说，红颜薄命啊。”

听到连阿婆微颤的语气，厉言菁不由抬头望去，只见老人的眼眶里噙着泪，摸着厉言菁的手也在颤抖。

“言菁，不瞒你说，”连阿婆从远处收回目光，透过泪眼，慈祥地瞅着厉言菁，动情地说，“你这副长相，有几分像她呢。也是小家碧玉，笑起来也是千娇百媚，人见人爱，可惜，她上了四十多岁，就没你这么漂亮了。”

“连阿婆，我怎么能跟她相比啊！”

“我只是说相貌，仅仅是说相貌。真的，你看你啊，细皮嫩肉的，颊头眼角上光滑得一丝儿皱纹也没有，又白皙又有光泽，真正一点不比她差的。她过了四十，就一下子瘦了、老了。”

“那是怎么回事？不是听说，演员都很会化妆保养么？”

“骆秀音啊，一是因为病，二是因为愁。”

“是因病而愁？”

“哪里，是愁比病更可怕、更骇人。”连阿婆长长地吁了口气，“言菁，跟你道一句知心的话儿，刚刚打倒‘四人帮’，有人要写骆秀音的传记，后来还有骆秀音老家的人，也说要编什么地方志，需要传记材料。近几年来，又是讲发展旅游的需要，索要关于骆秀音的传奇。五花八门的，专门来采访我，要我说，尽情地说，我一句话也没有讲。”

“为什么？”

“是不愿讲，也不想讲。只想把一切尘封在记忆里。可你刚才极不理解她自杀的那一句话，一下子触动了我。你想啊，像你这个年龄的人，多少还亲身经历过那个岁月，尚且都不理解、不知情。比你年轻的一代人，就更不会理解我们这个年龄的人了。我要讲、要说，至少要讲给你听。”

厉言菁往连阿婆身边靠靠，柔声道：“连阿婆，我听着。回去以后，我还会记下来的。”

在华都大楼顶层阳台上，夏日凉爽的清风吹拂中，连阿婆说起来了，哦，原来连阿婆本来就是骆秀音的好朋友，当年连阿婆作为一个文笔清丽的记者和享誉沪上的女作家，曾经采访过骆秀音。骆秀音的入住华都大楼，也和久住在这里的连阿婆有关系，特别是骆秀音生活的最后几年，由于同住在华都大楼，又都是独身女子，她们互相之间经常走动，生活上相互关心，政治上互通消息，工作上相互帮衬，经济上互有接济。尤其是骆秀音被关进牛棚的那些日子，她的女儿回到被封条封住的家门口，还是连茵芸，让骆菲菲住到自己家中来，供这个走投无路的大学生吃，还悄悄地提供机会让她和自己的情人见面，并给她零用钱。

她们之间的关系不可谓不深，她们之间的友情不可谓不亲，她们是真正无话不谈的好朋友。

骆秀音的厄运，是从她赴江西永安参加“四清”工作队开始的。现在想想真是可怜，骆秀音是欢欣鼓舞、踌躇满志地出发的。不是么？从一九五八年以来，每一次下厂、下乡、下基层，都是无条件地去接受工农兵的再教育，去改造世界观，因为他们都是旧社会过来的艺人，必须要通过劳动，长期地到基层去改造，去经受太阳的暴晒、狂雨的饱淋，在不怕苦、不怕脏的艰苦劳动当中，滚一身泥巴，沾一身油污，才能晒黑了皮肤炼红了心。每一次下去，她都觉得这是党对文艺工作者的悉心爱护，同时也是对每一个文艺工作者的考验。她也都是积极地下去经受这种考验的。去的次数多了，以至于她还专为劳动缝制了厚实的垫肩，用几层布缝制了袜子，这种垫肩和袜子，既能保护肩胛和脚上皮肤，又能起到防雨、御寒的作用，还很坚固、实用。她在劳动当中一使用，其他男女演员纷纷效仿，让家属学着做了穿。名演员的一举一动影响大，慢慢地传到社会上，一下子还声名远扬，连劳动保护部门也还专门组织生产、在全社会推广哩。

而这一次去江西，是去当“四清”工作队队员，是去参加社会主义教育运动，是去农村里整那些腐化堕落了的“四不清”坏干部，在她看来，这是上了一级台阶，比以往光是下乡劳动锻炼，要光荣得多。她对连茵芸说，下去以后，一定要争当一个好队员，不能辜负了党对自己的信任和考验。

可是，真正下乡以后，她又能干些什么呢？

春节期间，她回到上海来了，连茵芸听说后下楼去看她，乍一眼看见她，顿时吓了一大跳，骆秀音脸晒黑了不说，人也瘦了，两只眼睛眍进去，皮肤明显的松弛了，一笑，眼角、嘴边出现了皱纹。更令连茵芸不安的，是她的脸上出现一种病态，身子骨也不像过去那么敏捷灵活了。

连茵芸几乎是惊叫着问：“下乡后你都干些什么呀，天天都在农田里拼命干活么？”

“哪里像你说的这么可怕，”骆秀音倒是笑得十分坦然，“在‘四清’工作队，我能干什么呢，无非就是整理一点材料，跟着工作队长、副队长去一个个公社、大队，一个个村子考察、审查乡村干部。干部们白天要劳动，很多工作只能晚上搞，一搞就得熬夜，经常还得为准备文字材料熬通宵……”

“天哪！”连茵芸惊叹着，“那你怎么吃得消?!”

“说实话，我只会演戏，这种处理人的工作，我确实不适应。可不适应也得去做啊，最开心的就是下田劳动和为贫下中农们表演节目了……”

“那是你的拿手好戏。”

“是啊，你没见那些农民们，他们有的在电影里看见过我，当我简单给他们朗诵一个小节目以后，他们把巴掌都拍红了。”骆秀音感动地眨巴着双眼说。

“照你这么说，虽然艰苦，心情还是愉快的。你就不该这么瘦、这么苍老啊。”连茵芸仔细端详着她，纳闷地说，“有不少人，下乡后光是劳动，吃得多，不动脑筋，还都胖了呢，说是没心事。”

“就是你作家的眼光厉害，”骆秀音承认道，“不瞒你说，下乡不久，只要一熬夜，我就莫名其妙地头疼，有时还有眼花现象……”

“你这个年龄，当然也有老花的。”连茵芸说，“不过，眼睛老花，也不该连带着把人拖得这么瘦啊！你一定得去检查检查。”

事实证明，连茵芸的担心不是多余的，检查的结果很快出来了，骆秀音患的是恶性脑瘤，也就是脑癌。

天呀，光是癌已经令人害怕了，她竟然患的是脑子里的癌！是什么人说的，人身上的癌，生的越是高，越是危害大！

绝症。

医生不让她回家了，她必须尽快手术，做可怕的劈脑手术，以切除恶性的脑瘤。否则后果不堪设想。

不过，即使是手术，难度也极大，再高超的医生也没有绝对把握，生死存亡的比例，医生说得最满的一句话，只敢说三七开。

别说是三七开，就是成功的希望再小，手术也得做啊。

听到这个消息，连茵芸去探望她。骆秀音躺在病床上，正在翻看她自踏上中国剧坛、影坛以来所演出角色的影集。

连茵芸默默地坐在她的身旁，她太理解骆秀音的心情了。在解放前采访骆秀音的时候，她就翻看过这本影集。这是骆秀音人生之路的轨迹。她从江南号称鱼米之乡的太湖之畔走出来，刚出生时，由于她的哭声过于响亮，乡间就有算命先生说，这小丫头哭声好听，就似唱歌，日后定是个戏子，哭起来都那么好听，将来唱戏啊，准定要唱进皇宫里去。

冥冥之中，仿佛真有命运之神在拨弄着她。她长大了，长得如花似玉、水灵灵的人见人爱，个儿虽说不高，却长得十分匀称，浑身透着小家碧玉的可爱相。乡里的粗人说她身上透着风骚之相，镇上的说书人说她长得媚，姑苏城茶馆店里的汉子们说她性感，文人雅士们则会久久地目不转睛地凝视着她，她呀，无论何种男人见了都会喜欢。

只因她太有戏相，太爱演戏了呀，嫁都嫁了男人，她又受不了封建的婆母一而再再而三的挑剔，一趟从江南水乡跑进了上海滩。丈夫舍不得她的美貌，跟着她来到了上海。凭着她娇艳妩媚的相貌，她先是进了照相馆当一个职员，给客人开票，引领着客人上楼坐好。随着她服务态度的周到礼貌、和蔼可亲，随着她本人的照片放大了摆进橱窗，和那些出名的影星照片放在一起，非但没半点逊色，一些不明底细的顾客还直截了当地指着她的照片，说她要比那些明星更漂亮。

照相馆的生意兴隆了，她的漂亮和名气也传开了，家中已有三四个妻妾的影业公司老板也在暗中瞄上了她。他请她出任影片主角，他为她在百乐门举行大小报纸的记者招待会，收受了特别报酬的记者们预言：上海滩出现了一颗压倒一切明星的新星，她的未来前程无量，她的演技无与伦比……肉麻的吹捧配上了她的全套照片，丰盈盈的体态、细弯弯的眉毛，瞅着令人动心的双眼。有她个人的全身照、半身照，更有拍摄得光彩夺目的特写，还有记者招待会上她和老板亲昵地站在一起的照片，其中一张，老板的手不知何时搭在了她的肩上。哦，可以说她未踏进银海就先已引起了人们的注意和种种议论。她红了，她辞去了照相馆职员的工作，一门心思准备着拍电影、上镜头，一门心思准备着做一个梦寐以求的大明星。

她把一切想象得太美好了，接下来的事情是她做梦也想不到的。影业公司的老板想要她当又一个小妾，让她既演电影，又当他的金丝鸟，而闻讯醋性大发的妻妾们勾结了小报的记者，说她如何有心计地勾引了大老板。她那老实本分的丈夫，就连她去照相馆上班，都是持反对态度，看到那一张张报纸上的报道，哪里还忍受得了。

冲突避免不了啦。执意反对她演戏的丈夫和她离了婚，一次次精心安排约会她的老板落了空，连续吹捧了她一个多月的小报，像约好了似的，突然一夜之间翻了脸，说她绣花枕头一包草，说她乡下姑娘出洋相，说她是聪明面孔笨肚肠，说她的演技真是蹩脚到了家。

怎么办，电影演不成了，赖以生存的照相馆工作已经辞了，骆秀音从飘飘然的九天云雾之中，一下子跌入了十八层地狱。

幸运中蕴含着危机，厄运里闪现出希望。她初进上海滩的这段经历，仿佛就是她一辈子的宿命。

她不认命，没有老板捧她，她照样要走上舞台、走上银幕。她决心一切从头开始，进业余剧社学戏，她如饥似渴地学习着和演戏有关的一切知识。

报纸上翻手为云、覆手为雨的炒作，对一个初出茅庐的小女子截然不同的评价，那种前后一百八十度的大转弯，终究使人们注意到了她。她被邀在曹禺的名剧《雷雨》中演出，她的演技很快被大众和专业人士认可，影业公司争相邀她拍片。随着她的前夫另择佳偶，她也找到了自己的意中人，那是一个有名的留学归来的才子杨城，会演戏，更会编戏，搞创作，而且和当局关系甚为密切，还是她的大同乡。随着她在一片“郎才女貌”的赞颂声里嫁给了才子杨城，她迎来了演艺生涯中的高峰期。

她演过贵妇人、交际花、汉奸夫人、反动女性、姘妇、秘密夫人、克夫的事儿妇、泼辣女子、风骚女性、压寨夫人、女强人……不知为什么，一个个导演都让美貌的骆秀音扮演那些坏女人、可怜女人，偶尔让她出演一个坚强的女工角色，影片放出来，连观众也不认可。人们说，她的戏路子就是这样，能演好坏女人，演好被侮辱、被损害的角色，就是演不好光明磊落的正面人物。

抗战胜利了，解放战争又开始了。共产党和国民党两党、两军交战的消息由远而近地传来，淮海战役硝烟刚散，百万雄师直逼长江。就在这历史的当口上，和当局的关系十分密切的杨城、那个既会演又会编的才子走了。他认定了共产党一来，不会有他的好日子过，他认定了这是他的末日，他不厌其烦、几次三番、苦口婆心地劝骆秀音和自己一起走，一起跑到海外，凭他们才貌双全的本事，和他们在上海已经打好的基础，到海外无论是美国还是香港、新加坡，都能争取到新的前程，去过名剧作家和电影皇后的高贵生活，住洋楼别墅，出入坐小轿车，家中有仆人侍候，起码当个百万富翁，过享不尽荣华富贵的日子。

骆秀音心里只有演戏，这一阵她正在拍一部新戏，在新戏中她扮演了一个从没演过的角色，她指望在这个角色上自己的戏路子有所突破。听了丈夫描绘的未来生活的海市蜃楼，她断然回绝了，她不相信他吹嘘的那些话，要真能赚钱，上海也是个自由赚钱的地方，他怎么没赚上，他也很勤奋啊，他和当局关系也很好啊。再说她从来没去过外国，不像他，原来就从国外留学回来，语言、生活习惯都有基础。

杨城说服不了她，她也说服不了丈夫留下来，经历了多次争吵，他们终于决裂了，分道扬镳。

丈夫走了，她终究留不住他，再浓烈的爱，都无济于事。骆秀音为家庭的破裂哭了整整一夜。

尽管如此，她对这一次分手给她一辈子造成的那种影响的估计，还是远远不足的。

解放以后，她心目中的才子杨城，被说成是仇视新中国的反动文人。从新中国诞生直到骆秀音这一次自己参加其中的“四清”运动，思想改造、三反五反、文艺整风、反右、大炼钢铁、大跃进、人民公社、反右倾机会主义……在没完没了的、一个接一个的政治运动中，骆秀音都是提心吊胆地、树叶子落下来都怕打破头地参加着。只因她始终自卑着是旧社会大染缸里过来的人，自卑着自己的丈夫杨城这条反动的“尾巴”。她没有跟着杨城走，当然表明了她的态度，但杨城终归曾是她的丈夫，她必须得夹着尾巴做人。

当然她也有幸福的时候，幸福的时候是她又有了一位倾心的情人，和情人偷偷相好着；幸福的时候是她被允许上过几次银幕，在几部电影中出演过几个次要的角色。而每一次新片，哪怕她出演的是再次要的角色，她的演技总是会被报纸盛赞，她的表演总是会被观众们热烈地评价着。

当然她还有一般人都不晓得的狂喜的时刻。狂喜的时刻到来时总还有些神秘，每一次到来之前华都大楼都会有些隐隐的迹象。会有一辆擦拭得明光锃亮的车子，窗帘拉得严严实实的，悄没声息地等在华都大楼附近，而她早已接到电话，那年头几户人家能有电话啊，她家中有。挂断电话，心理上、形象上都作好了精心准备的骆秀音下楼以后，会不慌不忙地走近车子。当她走到车门前时，车门会自动打开，她优雅地坐进车子，去到一个她始终不愿对人讲的地方。

由于一辈子生活在上海，由于当了几十年的名演员，凡是上海滩的高档场所，可以说没有她不曾到过的。但是那个地方，去过几次，回来以后，连茵芸逗她说，引她回忆，她都闭紧了嘴不吐露丝毫，或者干脆把话题扯了开去。

她只说车子开得很快，从来不停；她只说那个地方一眼就看得出很高级、很幽雅，周围很少见到人，她从未去过。她只说去过那种地方，才知道什么是天堂般的生活。

每一次去过以后回来，她红润的脸上总是闪耀着光泽，她纤嫩的皮肤总是泛着兴奋的光芒，她双眼里总是透着莫名的憧憬和向往。哪怕是触景生情地回忆起来，她说话的嗓音都会变得清亮如流水。她的这种喜悦太强烈、太明显了，强烈得和她同居的情人都醋心大发，以致两人往往会大吵大闹。只是，这样尴尬的局面没有维持多久，她的情人就被抓走了，罪名是历史反革命。说他在解放前，借着开五金店，私底下当包打听，出卖过地下党……

“连阿婆，”听到这里时，厉言菁再也忍不住，她反手抓住连茵芸的手，摇了两下，插进话来说，“你说的神秘人物把她接走这一点，老百姓中间也有传言哪！”

连茵芸瞥了厉言菁一眼：“民间是怎么传的？”

“都说……都说接她去的，是个极有身份、极为神秘的人物。”

“可我感觉，那人虽然令骆秀音十分倾心，却也有难言之隐。”

“那这个男人究竟是谁呢？”厉言菁自言自语地说。

“反正，”连茵芸把话题扯开了，“我和她交了一辈子的朋友，可以说是莫逆之交了。我试过多少次，无论是用话套她，她高兴的时候认真问她，推心置腹的时候把话题绕上去……用了各种各样的办法，她都没对我讲过。”

厉言菁兴味浓郁，不肯善罢甘休，又问道：“那你说，会是什么人约了她去？人们还说，去了是过夜的，有时候还不是一夜。”

“那倒不假。”连茵芸以肯定的语气说，“她虽然没讲是什么人，但她离开华都大楼多久，我还是知道的。”

厉言菁不甘心地叹了口气：“连你都讲不清，看样子，这事儿要成为千古之谜了。”

“呵呵，”连茵芸淡然一笑，“我们这民族漫长的历史上，千古谜团还少了么。”

“可我总觉得……哎呀，不说这个了吧。连阿婆，你说到她患了恶性肿瘤，要动手术，后来呢？后来骆秀音的手术成功么？还是留下了后遗症，促使她在‘文革’当中发疯而自杀？”

“手术……”连阿婆显然也沉浸在往事的回忆之中，她喃喃地说，“所幸她是个名演员，所幸她曾受到过党和国家领导人的接见，手术是当时的名大夫亲自操刀做的，出乎意料的顺利。只是，只是女人的命，终究苦啊，终究是劈脑手术啊……”

“连阿婆，你慢慢地说。”厉言菁一抬头的当儿，看见两颗清泪沁出了连阿婆的眼眶，她心中一惊，不安地问道，“手术之后，她怎么了?”

经历了一段令人揪心的病休，连茵芸去看她，她双眼直瞪瞪地望着天花板，眼珠儿一动也不动，竟然不认识她。连茵芸真怕她会变成白痴、变成傻瓜、变成植物人。不过她不敢说，谁也不敢说。可骆秀音是顽强的，她不但经历了劈脑手术，不但活了过来，还恢复了正常人的思维。她呆痴痴的眼珠转动了，她的手也能抬起来上下了，她张了张嘴，能含糊而又低微地发出声音来了。她一天比一天焕然一新地恢复了健康，恢复了往日的风韵美姿。最令她喜悦的，是她又可以上银幕了，连茵芸去探望她的时候，她用发颤的嗓音说，厂领导明确地告诉她，一部大片等待着她去出任主角。她还把连茵芸拉近身边，悄悄地在连茵芸的耳畔说，让她担任主角，是有人为她说了话。

哦，她当时那种喜悦、那种欢欣、那种激动，真是用语言难以形容。她的胸脯在波动起伏，她的脸蛋儿泛着光泽，她的嗓音发亮发脆，总之使人觉得她的整个身躯都处于亢奋之中。

可她没能如愿，“文化大革命”的风暴刮进了病房，横扫一切牛鬼蛇神的狂潮怎么会把她这么一个名演员遗忘。

她的病房被造反的红卫兵包围了，极尽丑化之能事的大字报、漫画、对联和“反革命文艺黑线干将骆秀音”的大幅标语，把整个病房贴得只剩一个进出的门洞。

骆秀音吓得大睁着双眼一夜没睡。

紧接着而来的，更让她胆战心惊。一帮穿着绿军装，腰扎铜头宽皮带，套着红袖章的红卫兵闯进屋来，站满了病房。他们挥舞着拳头先喊口号：

“打倒反动文人的老婆骆秀音!”

“打倒烂婊子骆秀音!”

“打倒黑妖婆骆秀音!”

……

什么难听他们喊什么，什么刺耳他们骂什么，骆秀音被勒令滚出病房，最后被拖回厂里关进了牛棚。吃食堂伙食、睡地铺她能忍受，诬说她解放前陪影业公司老板睡觉、嫁给反动文人里通外国分子她也能忍受，她试过想和审讯她的人讲道理，但是只要她一开口，就会遭来一个狠狠的耳光，打得她牙齿松动，血流不断。后来她终于学聪明了，他们说什么，她就承认什么，她以为这样子就可以避开对方的毒打，但审到最后，她还是没有躲过那些人连摸带捏身子的辱打。

直到她被折磨得眼前一黑，昏倒在地。

如果她也像其他名演员们一样始终被关在牛棚里，也许就不会有她后来的冤死。

回到牛棚里，她醒了，她不吃、不喝、不睡、不说一句话。人们纷纷传说她被逼疯了，变傻了，成了呆子、白痴。

消息在上海滩也传开了。同样天天在经受批斗的连茵芸听到这些传言，暗自在为她担心。

她却被出乎意料地送回了家。

有人说造反派怕她死在牛棚里，将来无法交代；有人说这是造反派接到了密令，放了她一马。也是这一放，小道消息盛传的上海滩又不胫而走地传播着她和某个神秘人物的秘闻。那年头的小道消息啊，民间都有代号。比如说到张春桥，人家称狗头军师，说到江青，人家就简称“三点水”。无论什么专案，只要说是“三点水”过问的，那就等于永无出头之日的铁案，上海话叫作“死蟹一只”。

“连阿婆，你，你怎么啦?”厉言菁正垂头听得津津有味，发现连阿婆久久没有往下说，抬起头来一看，连茵芸大张着嘴，直喘着粗气，一只手不知什么时候抚在胸前，脸色一片苍白。厉言菁吓坏了，她赶紧起身，扶着连茵芸问：“哪里不舒服?”

连阿婆费劲地转过脸来瞅了她一眼，嘴张了张说：“没，没啥，你从我衣兜里掏……掏出救心丸来，我含两颗就，就能缓过来的……”

厉言菁连忙在连阿婆的衬衣兜里掏出小小的救心丸瓶子，倒出两颗药，她闻到了一股浓烈的麝香，连忙把两小颗药放进连阿婆的嘴里。

含着药，连阿婆微合上眼睑，靠在轮椅上。站在一旁的厉言菁紧张地望着她，观察着她脸上的变化。有风吹来，那拂来的风里，带着一阵阵燥热。厉言菁看着连阿婆的脸色渐渐起了潮红，眼皮眨动了几下，又张开来，忙说：“连阿婆，你好点了么?”

连阿婆微点了点头。

“这里热，我们下楼去吧。”

“好，好的。”

厉言菁推着轮椅，走进了楼道说：“连阿婆，要不要送你去医院?”

“不用，”连阿婆的手抬了一下，说话的声气又缓过来了，“这对我是常事，一激动，一累，我就要犯病。随身带着药，防的就是这个。”

轮椅推到电梯门前，厉言菁一边按电钮一边说：“连阿婆，等你身体好一些，我再来听你讲。要不，悬着颗心，牵肠挂肚的。”

“好啊，你随时都可以来。你来，多多地来。”

说话间，电梯上到了顶层，门一开，厉言菁刚把轮椅推进去，冷大姐就关着电梯门说：“你不是要找607的姜子道么？他回来了。两个人一起回来的，不在607，你就去804找，准在。”

“好，那好，”厉言菁答应着，连声道好，“我送连阿婆回房间就去。”

电梯在下降，冷大姐又说起了华都大楼的新闻：“你们还没听说吧，抓回来的512冯小末，招供说，她杀死丈夫曹宏炎，是事出有因。不仅仅是大家认为的女儿晶晶的死，还因为曹宏炎有外遇。”

“这话你给我讲过了。”厉言菁提醒她，“冷大姐。”

“是的，我也听你讲过。”连阿婆证实。

“讲过了么？还有呢!”冷大姐接着说，“冯小末又揭发，曹宏炎勾结单位上的头头，贪污!”

## Ⅵ

“快去看野汉子啊!”一个惊风扯火的嗓门打破了杉木凼雨后清晨的寂静，声音似要震破人的耳膜。

青岗石级寨路上，杂沓的脚步声像要把一整个寨子掀翻。一个男人的声气跟着吼道：“偷姑娘的野汉子被抓啦，快去看哪!”

知青点上的姑娘们不知道自己是怎么慌慌张张地穿上衣裳跑出去的，舒宇虹只觉得自己是在空中随着晨雾飘出集体户的那一幢茅草屋的，她踉踉跄跄落了地，挤在一大堆姑娘、媳妇们中间，仍觉得有点冷。她一面扣着衣服扣子，一面抬头望去，不由打了一个寒战。

寨门口一棵粗大的梓木树干上，林璐的那位男朋友育江，被五花大绑地捆着，粗粗细细的麻绳、棕绳，把他结结实实地贴牢树干捆绑着。他的衣衫被撕烂了，露出了身上白皙的皮肉，一夜没合眼的脸上，布满了深一道浅一道的血痕，树干下露出了他的一双脚，一只脚穿着鞋子，另一只脚上，鞋子和袜子都不见了，光裸着踏在泥地上，还不时恐惧地离地缩进裤管里去。整整一夜的折磨和惊恐，使得他脸色发青，嘴唇泛白，下巴一下子削尖了，看上去让人觉得瘦了好多。特别是那一对滴溜溜转的惊慌失措的眼睛，令舒宇虹看了不寒而栗。

站在梓木树下的汉子们，不时地朝他指指点点，粗声讪笑着发出一阵阵嘲讽声：

"狗日的骚呀，竟敢来耍我们杉木凼的姑娘！"

"再来，用条条抽烂他下头那个东西。"

"再喊他唱歌嘛，唱得长声吆吆的来蒙我们姑娘。"

"到杉木凼来刷马子，那是找死！"

"光天化日之下，他就敢摸我们杉木凼姑娘的胸脯哩。"

"打死他。"

"来拐我们杉木凼姑娘的，就得这么狠狠地整。"

……

汉子们声气高高低低地谩骂、诅咒，倒大不小的娃娃们，就更放肆了，有的往他身上吐口水，有的捡起地上的石头、瓦片，朝他的身上扔。育江惊恐地左右晃脑壳躲避着泥巴、石块的攻击。那一副狼狈的样子，又遭来寨邻乡亲们的阵阵耻笑。

"让开，快让开！让憨包泼这龟儿子一身大粪。"随着讨不到婆娘的光棍卢光祥一声喊，人群纷纷散开。舒宇虹惊惶地转脸望去，只见憨包卢光良手提着长柄粪瓢，雄赳赳地大步朝着育江冲过来，没待众人看清是怎么回事，一大瓢粪水已经准准地泼在育江的脑壳上。

育江发出一声惨叫，雨后清晨凉爽的空气中，顿时弥散着一股浓烈的粪臭。污秽的粪水，顺着他的脸庞淌下来。看热闹的乡亲们不忍瞅下去，捂着鼻子，四散走开，站到远处去。也有人不满地咕哝着："泼粪水干啥子？脏不脏嘛！"

"你们饶了他吧，把他放了吧！"林璐不知什么时候站在杉木凼老乡们的跟前，哭丧着脸哀求着，“让他回去吧。”

老少乡亲们只是嬉笑着，一个个盯着她的脸，看她的笑话。一个不高不低的嗓门在人堆里说：“放他回去可以，你得同他断交，嫁给杉木凼的汉子。”

“是啰，”马上有人接嘴，“那么漂亮的姑娘，我们咋个舍得白白地让给外来汉子。”

又是一阵哄笑。

林璐双手捂紧了脸，失声哭了起来。

嫁给憨包卢光良没多久的安小琼一阵风般冲过来，朝着憨包一跺脚怒道：“你就会干这种憨事。欺压上山下乡的知青，是要判刑定罪的，你知不知道？还不赶紧回屋头去。”

稀奇的是，憨包一见了安小琼，顿时就换了脸色，傻呵呵地笑着，把长柄粪瓢往地上一扔，手背搓了搓鼻子，又提了提裤子，双手不住地在两只裤袋边揉搓着，点头哈腰地说：“要得，要得。我听你的。”

“要得个鬼！还不快回去。”憨包勾了勾腰，背起双手离去了。

不知哪个人说了一声：“卢支书来了。”

寨门口自然就安静下来，卢光飞威风凛凛地从人堆里站出来，眼角斜了安小琼一眼说：“贫下中农也是懂政策的。小子，念你是头一回在杉木凼耍流氓，初犯，今天饶了你。但也不能就这样子白白便宜了你，来两个民兵，把他押到公社去，由公社教育处理。哼，我看哪个还敢来打杉木凼知青们的歪主意。”

说完他狠狠地跺了一下脚。

人群里走出了两个背着枪的民兵，给育江松了绑，推推搡搡地沿着泥泞的山路，往寨子外头押去。

“哇”的一声，林璐扑倒在罗卉怀里，号啕大哭起来……

哭声那么清晰地传来。惊醒了酣睡中的舒宇虹，她费劲地睁大了双眼，从哪家窗户里，传出一个婴儿的哭声。舒宇虹眨动着双眼，回味着刚才梦境里的一切，这才觉察到眼角上挂着泪，自己浑身上下都是黏糊糊的汗。她伸手摸了摸自己的肩胛、锁骨、隆起得高高的胸部、腹部、腰部、大腿，哦，都是汗，天气很热，上海的夏天从来都是很热的，这没错，可像这样子人似浸在水里般出汗，完全是因为刚才那个可怕的梦。

她眨巴着眼睛，始终不能想明白，哪户人家婴儿的哭声，怎么会和她梦中林璐的哭声，叠在一起的。

重新装修过的天花板做得很平，刷了乳胶漆，装上了顶灯。舒宇虹瞪着天花板瞅了好一阵子，才意识到她这是躺在华都大楼的306房里，她是安全的，没有人会来骚扰她、欺负她、讥诮她、嘲弄她，可为啥子梦里重现的一切会是这么清楚，就像发生在昨天，不，发生在刚才一样。是的，是的，事情是由林璐引起的，从那以后，林璐就变了，像变了一个人。可她变成什么样子了呢？她后来的命运怎么样了呢？舒宇虹一点也记不起来了，她使劲儿地想，费劲儿地回忆，想得脑壳都痛了，脑子里还是一片空白、一片茫然。

身上黏糊糊、潮滋滋的太难受了。她起了床，走进卫生间去往浴缸里放水，准备沐浴。不知咋搞的，人站在浴缸边上，一会儿工夫，水又放多了，快溢出浴缸了，她只得放掉了点水，这才舒展四肢躺进盆水中。水波发亮，她的整个身子舒服得要浮起来，但还是想不起林璐后来怎么样了。她想得一阵阵头都晕了。

在盆水中躺了很久，只觉得水发凉了，她又站起来，用喷淋头冲着自己修长的身躯。

沐浴以后，她又去把出过一身透汗的凉席抹干净，抹了一遍又一遍，她总觉得没抹干净，总觉得凉席上还有汗渍，有血，她都记不清自己抹多少遍了。直到搓洗抹布时，她发现搓洗以后的水清凉清凉的，一点也不脏，一点也不带血丝，她才晓得抹干净了。

她想知道林璐后来怎么样了，反正她是没有嫁给那个唱歌唱得人心痒痒的育江，那个唱“知识青年满山坡，没有一个有老婆”的俏皮知青，她嫁给谁了呢？她是嫁了人的，是女人都要嫁人，不像她和罗卉，不会嫁了，不会嫁了！如果为了嫁人而嫁人，嫁给蛮汉、野汉，嫁给自己不喜欢甚至厌恶的人，那还毋宁去死！这是舒宇虹和罗卉要守住的最后一道防线。不过，林璐是嫁了的，那么，林璐她嫁到哪家了呢？

舒宇虹想得烦躁起来，想得脑壳完全眩晕了，想得身上又要出汗了，还是想不出来，她的脑子是怎么搞的呀？不行，她一定得晓得，林璐后来怎么样了，她回上海了么？

她的这一股欲望出奇地强烈。

坐定下来的时候，舒宇虹突然觉得可以给罗卉拨一个电话，问问她，她的记性好，准会记得，她准知道林璐后来嫁给了谁。

她在这么想着的时候，电话拨通了，是忙音，“嘟嘟嘟”的，她又拨，还是忙音，对了，罗卉是很忙的，她要做生意，做大生意，做生意赚回钱来养活她们两个，她一天要打很多很多电话。她继续拨，嗨！这下通了，罗卉接电话了：“喂。”

“喂。”她也说了一声喂，她听到罗卉问，你是谁啊，声音有点吃惊，她高兴地说：“我是宇虹呀，你听不出么？”

“啊，宇虹宇虹，我听出来啦。你能打电话了，真好，真好，你记得住我的电话号码了。那太好了，我真高兴。真的。”

不知为什么，舒宇虹觉得，罗卉的语气里显示的并不是真高兴，而是有点忧心。难道不是她说，有事给她打电话么？难道不是她把电话号码醒目地写在纸上，让照着号码拨的么？她怎么有点忧心呢？她问舒宇虹打电话来有什么事，舒宇虹告诉她，自己做了一个梦，梦见了林璐，你还记得林璐么？那个唱歌唱得很好的姑娘，“文革”中她在学校里参加过宣传队，人们都说她会成为一个歌唱家的林璐。可梦醒以后，就是想不起林璐后来怎么样了。宇虹说想得头都疼了，才给她打起电话来，实在对不起。

罗卉听得十分细致，听得很耐心，听完宇虹的话，她说，她也正想到华都大楼来看宇虹，她要给宇虹看一封信，她要宇虹猜，信是谁写来的，是她们一个知青点集体户的同伴，多少年没联系了。真没想到她还会来信。宇虹说难道信就是林璐写的。罗卉说不是，那么是谁呢？宇虹猜不出来，罗卉说信是陈岚岚写的，你想得到么？想不到，宇虹当然想不到，罗卉说出陈岚岚的名字，宇虹一时反应不过来她是谁。宇虹知道陈岚岚也是一个集体户的，也是她们十二个女知青中的一个，十二朵花中间的一朵，好像也嫁给了杉木凼的农民。但她现在最想知道的，是林璐的命运，是林璐后来嫁给谁了，宇虹用固执的语气追问。罗卉这才说，她当然记得林璐嫁给什么人了，难道你宇虹就忘了么？

“她嫁给了哪个？”舒宇虹盯着问。

“嫁给了老光棍卢光祥了呀。”

啊，对了，对了，就像一道光劈开了宇虹的天灵盖，舒宇虹看到大橱的镜子里映出她的双眼陡地发了亮。她记起来了，她什么都想起来了，她怎么会忘记呢？林璐后来就是嫁给了那个阴丝丝的、老是用眼睛斜斜地瞅人的老光棍卢光祥。

舒宇虹的眼前晃悠悠地出现了一个中年农民的形象。他的个儿不高，身材结结实实的，仿佛永远都有使不完的力气。他身上的衣服总是穿得很巴身，好像家中一直有个专为他裁衣裳的裁缝，在给他裁着衣裳。最让人忘不了的是，女知青们刚到杉木凼的时候，问他多大年龄，他说三十八九奔四十了，到他真娶林璐为妻的时候，他还说自个儿是三十九岁。

自从育江被泼粪水事件发生之后，林璐就像变了一个人。知青点集体户再也听不见她那动人的歌声和银铃般的笑声了，姑娘们七嘴八舌热烈地讲着一件事的时候，她也变得无动于衷地听着，连眼睛也很少眨一眨，仿佛那事情和她毫无干系。做什么事情，也总是丢三落四的，干农活时，更是懒神无气地拖在大伙儿后头。就是天擦黑收工时，女知青们都忙着往屋头赶，想抢在天黑之前多做掉一些家务，她都是落在大家的后面。有好几次薅苞谷，人家都薅到头了，她还站在大大的田土中间，才只薅到一半哩。往往在这种时候，老光棍总会出现在田土的另一边，接着林璐没有薅完的那条犁沟，帮助林璐把苞谷薅完。有几次，林璐在集体户看家，都是卢光祥跑来，趁大家不在时，把集体户的水缸挑得满满的，连第二天值班的人也不需挑水了。那一天是收苞谷，也不知是林璐背篼里装多了呢，还是她原来就没多少劳动力，背着满满的一大背篼苞谷顺着下坡的弯拐小路走回杉木凼寨子时，林璐越走越慢越走越慢，慢得跟在她后头的婆娘、媳妇们都不耐烦地吼了起来：“前头是哪个，饭没吃饱不是，走路像蚂蚁爬!”

骂声未落，林璐连人带一大背篼包谷，跌倒在地上，背篼里的包谷，滚落了一地，林璐倒在泥巴地上，一动也不动。

妇女们吓得尖声拉气地叫了起来，可就是没一个人晓得该咋个办。

包谷林里一阵哗哗作响，闪出了卢光祥，他向众人扫了一眼，二话没说，把肩上的箩筐扁担往地上一扔，蹲下身子，朝着围观的妇女们一声吼：“把她搭在我肩上。”

走来两三个胆大的妇女，扶起林璐，卢光祥背起林璐，就往寨子上赶，进了寨子，又拉出马车，在车厢里铺上厚实的棉被，让林璐躺在里头，遂而挥动着哨鞭，一路紧赶急冲，把林璐送进了公社卫生院。卫生院一诊断，是急性肠痉挛，开了一点药，就叫往县医院送。又是卢光祥，冲到公路边，拦了一辆汽车，求人家帮忙，把林璐送进了县医院。

事后，杉木凼寨子上就传开了，要不是卢光祥当机立断，奋不顾身地把林璐往医院送，林璐这条命难保。是卢光祥，救了林璐的命。关键时候，一同来的女知青姐妹也好，嗓门吊得再高、再会唱歌也好，都不起作用。还是贫下中农好，贫下中农亲。

病愈之后，林璐觉得应该谢谢卢光祥，送他一件小礼品，送啥子呢？林璐久想都没想出个道道来。不知哪个的一句话启发了林璐，你们记得啵，我们刚来的时候，老乡们总喜欢问我们要毛主席像章，送老光棍一个毛主席像章吧。是啊，那个年头，最珍贵的东西就是毛主席像章了。林璐箱子里还藏着一只硕大的金光闪闪的毛主席像章，身穿草绿色军装的毛主席像在中间，向着四周辐射的万丈光芒涂着金色，人见人爱。这是林璐下乡时，自己的阿姨送给她的。刚刚来到杉木凼时，十二个姑娘把带下乡来的毛主席像章作过比较，大伙儿一致公认，林璐这一只足有小碟子那么大的像章，是最大、最好的一只。林璐当时说过，哪个能帮助她上调到工矿，她就把这只像章送给哪个。现在，卢光祥差不多救了她一条命，功劳不比上调小了。她就把毛主席像章用纸包好，请韩灵和罗卉陪同着，到了卢光祥家，亲手送给了老光棍，向他当面表示了感谢。

卢光祥收到这一礼物，当场就显得激动万分，他打开了纸包，凑着灯光，左看右瞅，眯起眼睛瞧，睁大了双眼放远了瞄，三个姑娘离开时，他一而再再而三地朝着林璐鞠躬。

走回知青点的路上，韩灵提醒林璐："你这礼物送好了，卢光祥激动得眼角泪花闪烁。"

"他喜欢就好。"林璐没当一回事地说。

谁晓得，第二天，上海姑娘林璐送给卢光祥一个毛主席金像章的消息，传遍了杉木凼。出工之前，男女劳动力们照例地站在高高的沙塘树下等待队长的出工哨响。硕大的毛主席金像章从这个人的手中传到那个人的手上，看过的人都叫好，都说这是宝贵礼物，要卢光祥珍藏好。卢光祥自豪地把衣裳扯开，露出自己贴身的那一件褂子，指着贴心的位置对众人说："看见没得，我老妈专门为我缝了一个兜，我天天把它放在这里。得空我就取出来看上几眼。"

寨邻乡亲们欢快地哄笑着，说些趣话逗他：

"卢光祥，藏好一点噢，莫叫别人抢去了。"

"抢不去，我贴心放着哪。"

"想想嘛，林璐像朵花一样的姑娘，送你这么贵重的礼，怕是看上你了。"

"嘿嘿嘿，怕是，怕是。"

"这上头该有林璐身上的香气。"

"有，硬是有哩。"

……

原先只是传传而已的趣话，久而久之，传得满寨子的人都晓得，出工之前的沙塘树下，收工以后的堰塘边、水井边，男女劳动力一起干活的田土里，只要是公众场合，只要有卢光祥和林璐一起出现的地方，人们就会起哄一般地逗老光棍，并且斜起眼睛看林璐。特别是开群众大会时，他们还会故意把卢光祥往林璐跟前推。卢光祥呢，也会半推半就地站到林璐身边来，嘿嘿嘿、嘿嘿嘿地朝着她憨笑不停，引得众人一阵一阵拍手跺脚的狂呼怪叫。

起先，林璐似乎没当一回事。

时间一长，她就表示出了自己的不满和愤怒，有时候还会红脸。

再后来，人们一闹起来，林璐就会变得脸煞白，呆呆地瞅着远处不吭声。

就在这种不断地重复着的嬉笑哄闹之中，一张无形的网把林璐死死地罩住，使得她精神上难以摆脱。

岂止是林璐，就是集体户所有的姑娘们，都感觉到了一种无形的压力。她们仿佛意识到了，林璐的命运，就是她们未来命运的写照。

不是么？春去秋来，大半年时间过去了，那个叫育江的男知青再也没来找过林璐，林璐也从来不跟任何人谈起育江，好像他们之间从来就不曾有过那么一段恋爱经历。只是罗卉出诊时听说，育江觉得无脸再在乡间待下去，已经通过上海家里，转点到浙江安吉农村去了。

卢光祥厉害的一面开始显示出来了，他说全寨子都传遍了，林璐得嫁给他，他也看上了林璐，非林璐不娶。他熬了这么一大把年纪，就是在等待林璐这样的好姑娘。俗话说，有缘千里来相会，他救了林璐的命，那就是他和林璐的缘分，天作的缘分，也可以说是天缘。

这些话不是他到集体户上门来说的，而是他请的媒人到知青点说的。他请的媒人不是寨子上的媒婆，而是大队支书兼革委会主任卢光飞。

卢光飞传达完老光棍的意思以后，还补充了一点，他说这一点是个人看法，也是大队革命委员会的意思。那就是姜云娣嫁给了李荣生，安小琼嫁给了他的弟弟卢光良，都是用实际行动证实了她们一辈子和贫下中农相结合的决心，这是比说任何大话和豪言壮语都强的最好表现，比什么表现都要优秀。杉木凼的老乡是知情的，纯朴的寨邻乡亲们会记住报答她们，会在知识青年们有机会上调到公社、区县、厂矿、单位的时候，优先考虑她俩的。况且，你可以看嘛，她俩出嫁以后，过得都不比你们差呀。

他让林璐好好考虑后作出回答。

说完，他就甩着双手勾一下腰离开了知青点。他一出门，林璐的脸就抽搐着揪成了一团。舒宇虹凄厉地喊出一声："天哪……"

林璐双手捂住脸，扑进屋头，倒在床上，用被子蒙住脑壳，嘶声哭了起来。

"这个老光棍，亏他想得出来，"陈岚岚愤愤地说，"他那副样子，都可以当林璐的爹了！"

"不嫁！"罗卉一甩手，说得更坚决，"卢光飞说得比唱得还好听，和贫下中农相结合，也没说女知青都要嫁给他们。死也不嫁，看他们敢怎么样。"

韩灵沉吟着说："看样子，杉木凼人喜欢上女知青了，他们是张好了一张大网，要把我们这些人一网打尽呢！怪不得，我们这个知青点，一个男生都没有呢。"

"说不定啊，"舒宇虹如梦初醒般说，"我们来之前，杉木凼寨子就和上头说好了。"

陈岚岚浑身发抖地惨叫起来："那……那我们怎么办啊？"

"哼，"韩灵不明不白地说，"我倒要看看，到底是谁耍得过谁呢。"

林璐终究没有逃出卢光祥的巴掌心。她反抗了一阵，抵挡了一阵，天天晚上泪水洗面了一个多月，这一天吃晚饭时，她刚刚扒了两口饭，突然神经质地放下碗筷，低垂着脑壳，什么人也不看地说："要不，我就嫁了吧。"

"什么？"大惊失色的舒宇虹叫了起来。

韩灵连忙拉了一下她的衣袖。

林璐垂落的眼睑在颤抖，声气低弱地说；"他，他一天到黑缠着我，我，我只觉得，觉得……身上被一根麻绳越缠越紧，越缠越紧，都怕透不过气来了。我……嗯？……"

她没有说完，一只手狠狠地一扒拉，桌前的碗筷全被她扫落在地，她的双手往桌上一撑，头埋在臂弯里，压抑地哭泣着。

姑娘们的眼睛都瞪直了，谁也吃不下一口饭。

又像安小琼和姜云娣一样，又举行一场乡村婚礼，又是唢呐吹得震天响，热闹而又喧嚣，歌声唱得清亮而又悠长，又一个来杉木凼插队落户的女知青，嫁给了农村汉子。

和前两个不同的是，林璐在嫁给卢光祥以后，体力劳动上是明显轻松多了，杉木凼有妇女出工的日子，她扛一把锄头跟着出工就是，回家以后，卢光祥的老娘自会把饭菜煮好了，等着她和卢光祥回来吃。不要她挑水、担煤，不要她下自留地，不要她像家家户户的姑娘、媳妇一样掏猪草、斩猪草、煮猪潲，甚至不要她淘米、洗衣裳。回屋头以后，她清闲得很！

但是，只有一样限制，她不能随便出门、不能随便和男人说话。走在寨路上，到水井边、堰塘边，出工、收工的路上，都不能和男人搭腔。林璐嫁到卢光祥家的第二天就发现了，他家的坝墙用石头砌高了，坝墙上头都插满了尖尖的玻璃片片。吃过晚饭，只要她说想回知青点集体户和姑娘们说说话，婆婆的脸就会垮下来，卢光祥则一声不吭。开头几次，问她，去有什么事，她就编排几句，还能去。不过她进了集体户，屁股还没坐热，婆婆就来叫她了，问她事儿说完了没得，该回家睡觉了，卢光祥等着你呢，被窝都焐热了。弄得她极没面子，女知青们也觉得极没滋味。有过几次，她就不去了。逢到赶场，她都是和婆婆、卢光祥一路，到了场街上，她始终都处于婆婆的视野之中，稍离婆婆远一点，婆婆就会不客气地大声叫她，问她想要去哪里。有一次，她和卢光祥一路去赶场，走进百货公司，看见来了很多花布，她不由得挤进去翻看了一阵，还用手不住地摸。回过头卢光祥不见了，她走出百货公司，碰到外寨的几个女知青，就和她们亲热地说起话来。散场了，她和女知青们告别，一路顺着街走过来，走到场口上，看见卢光祥一脸愠怒地等在那里，没等她走到卢光祥跟前，卢光祥就扑过来，劈脸就是两个耳光，凶神恶煞地问她："溜哪里去了，是不是又去和那唱歌的流氓鬼混了?"

林璐的脸火辣辣地痛，她争辩说碰到了几个女知青，一直在说闲话。你，你凭什么打人？卢光祥吼着说，你背着我做亏心事，我就是要打。

回杉木凼的路上，林璐再也不同他说话；以后的几天里，林璐也像个哑巴一样，不同他娘儿两个搭腔。

夜里到了床上，卢光祥就死皮赖脸地来央她，说他全是为了她好，说他就怕她有点闪失，说他心中就是挂念她。

时间稍长一点，林璐的气也消了。有什么办法呢，日子还得一天天过下去，她总不能天天沉着一张脸，她总不能天天和他娘儿俩吵架。特别是半年之后，她有了身孕，身子有了种种特别的反应，天天一大清早，想吐的感觉比什么都强烈。真的，她还得依赖着他娘儿俩照顾呢。

天长日久的，连她自己都没察觉，她和一同来的女知青之间，和杉木凼寨子上的姑娘、媳妇们之间，和整个外面的世界，都像隔着一堵墙，看不见、摸不着的无形的墙。她被与世隔绝似地笼罩在这娘和儿子两个人的世界里，话说得越来越少，也不到知青点来串门了，更听不到她动听的歌声了。集体户的姑娘们也很少再谈起她，像是把她给忘记了。

# 七

大概以往总是不易约见到吧，姚征冬总以为林月的家人架子很大，真正见面一接触，姚征冬才发现林月的父母，林月的哥哥和妹妹，都是最最实惠、最最普通的上海人，没有什么架子。这一点恰恰与充满了浪漫情怀和幻想的林月截然不同。

林家刚搬了新房子，在浦东东方路一侧的高层里，九楼上的三室一厅，像所有的上海家庭一样，装修得焕然一新，就是在此刻这样夏夜的灯光下，还是有一股喜气。

"妙妙不在，"林月的母亲坦然地说，"平时她住在我这里。今天一大早，欧阳明把她接去了，要明天晚上才送回来。"

姚征冬明显地一怔，她看出来了，接着解释道："他终归是妙妙的父亲嘛，他要见女儿，我们从不对此说三道四。你想见妙妙，以后还会有机会的。"

"妙妙还小，"林月的妹妹林河插话说，"我们不希望你和她谈我姐姐的事儿，真的。"

姚征冬把脸转向她，他已经看了很多张林月的照片，觉得林河和姐姐很相像，但要比姐姐还漂亮，她脸上的气色明朗得多。

"她需要从丧母的阴影中走出来。"林月的哥哥林浩长得高高胖胖，仪表堂堂，活像电影上的大干部，他用浑厚的嗓音说："你现在看到她，会觉得比她的实际年龄成熟。"

仅从初次见面这家人说的话，姚征冬就觉得他们是通情达理的。尽管他事前早已了解到，林月的父亲只不过是个普普通通的工人，船厂工人。现在瘦削的老父亲只是坐在沙发的一角，默默地抽着烟，黝黑的脸上，眉头皱得老深，退休了，还能从外表上看得出他原来是做体力活的，不知为什么，姚征冬感觉他是在船厂里烧电焊的。显然，一提及曾经给这个平凡的家庭带来过许多欢乐和自豪的林月，老人很难受。

姚征冬从心里充分理解他们的心情，所以说话特别小心。

“你看，这是我姐姐为《林月对你说》节目三百期庆典，特意请有名的摄影师拍的照片。”林河把一本相册摊在姚征冬的面前，“拍得多好，说实话，她不想死啊！”

姚征冬一一翻看着，在这些照片上，林月的形象都要比姚征冬已看到的那些发表出来的照片强，看得出摄影师是精心拍的，拍以前林月也化了妆，换过好几套衣衫，每一套衣裳都是名牌，各有特色，使得这一张张特写颇有风采。无论取其中的哪一张，都可以拿出去发表。若是挂到任何的公众场合去，不会比那些明星照逊色。

不过，姚征冬还是从一张张大大小小的照片上，看出林月脸上那一股抹不去的忧郁和化妆掩饰不了的憔悴。特别是在她微笑的照片上，这一点显示得格外明显，往往她的脸在笑，而眼睛里的笑意，却是愁惨的。

“他是演员，”谈起欧阳明的时候，林母的嘴角撇了一下说，“在什么场合，都像在演戏。在我记忆里，他俩啊，从相识到结婚，从结婚到林月离去，都是在演戏。”

“林月名声大，像我们这种普通工人家庭出来的，多不容易啊！”林浩似在替他母亲的话作注解，“她有一个公众形象问题，当然时时处处要注意维护这个美好的形象。欧阳明你就不要那样了嘛，何必总在生活中演戏。”

“哼，什么演员，”林河不屑地说，“不就是个三流演员嘛。他有的，就是一张脸。”

“人家有钱，听说发了。可钱再多又有什么用，一天不就是吃三顿饭，晚上不就是用一张床睡。”林父叹息了一声，也开了口，“到了后来，我们也看出来了。林月生活得很累，工作累，培养妙妙累，家务活累，在外应酬累，可说实在话，哪个已婚女人不累呢。最使她累、使她受不了的，就是她的婚姻，那是心累啊。你想想，她处处受人尊敬，风光无限，时时注意自己的一举一动，说话做事，考虑到影响，无不谨慎小心，为的是什么？还不是……唉，到头来，她自己的丈夫却在外头和别的女人搞七捻三，天天累够了回到家里，冷冷清清的。这反差有多大，是一般人也受不了啊。我敢说，他要对月月好一点，月月绝不会走这条路。”

“我妹妹，苦的就是这一点啊，总是绷紧了神经维护自己的形象，可她在听众面前和在现实生活中，扮演着两种不同的角色。姚作家，你看见报纸上登的那些追念妹妹的文章了么?”

姚征冬把脸转向林浩：“读过一些。”

“全是好心人的文章，他们都对妹妹的离去表示不能理解啊，说她那么幸福，说她是精神世界里最最富裕的人，说她拥有那么多崇拜者。唉……”

林母抹着泪说：“就是她爸爸说的，月月是心苦啊，她的心累啊。听众们怎么会知道她心上的那些辛酸。”

“有一天，”林河接着说，“按照好心同事含蓄的指点，姐姐下班以后，骑着自行车一路寻找过去。果然，在上海人都晓得的那一条爱情之路上，看见了欧阳和那个姑娘……”

“这叫个什么事，”林父低沉地吼了起来，“你有家、有女儿，趁着老婆上班忙得够呛，就仗着有了钱，却在外头……这不是拿着刀往月月心上捅么？我们月月没做什么对不起他的事啊。”

林河瞅了父亲一眼，沉吟了片刻说：“这样吧，说起来也是极难听的。为了使你对姐姐更加了解，你可以看看姐姐留下的日记，很多事，包括刚才我们说的那件事，她在日记上都写了，写得一清二楚。看完了，事情你也就完全明白了。”

“太好了。”这对姚征冬来说，是意外的收获，这本日记，对于他正在做的研究，对于他正潜心创作的《上海：波动的婚恋史》，也有极大的帮助和参考价值。

林母补充说：“看完了，你得还给我们。”

“那当然，这是林月的遗物。”

可以说，采访林家，虽然没说上多少话，却取得了意想不到的很大成果。能够和林家联系上，也是作家亭飞的功劳。他不知通过什么渠道，告诉了他们，著名学者姚征冬正在采写一篇和林月之死有关的文章，已找欧阳采访过，也想找找他们。以往总是拒绝采访的林家，一听姚征冬的名字，知道他是写非常严肃的学术文章的，又有名气，当即就答应了接受采访。

捧着厚厚的丝绸封面的日记本，走出林家居住的小区，借着小区里明亮的路灯光，姚征冬迫不及待地翻看了几页。林月写得一手好字，字体小巧清晰而又娟秀，一句深深的感慨跳入他的眼睑：哦，青春的追寻中，那些梦寐以求的东西，其实是没有的呀……

仅只一句话，就打动了姚征冬。

姚征冬预感到这本日记是林月心灵的倾诉，会对他有很大的帮助，不但对他写好和林月有关的那篇文章，就是对他意欲写作上有所突破的《上海：波动的婚恋史》以及其他方面的研究，都会有些启示，林月到底是个名人啊。他合上本子，走出小区大门，正想招手要出租车，放在衣兜里的手机响了。

是厉言菁打来的电话，她仍像以往一样信赖他，就是在电话里，每一句话都透着她的热情。她说已在连阿婆那里了解到骆秀音的身世，那真是很好听的，简直就是故事。只不过最精彩的部分老人还没有讲完，连阿婆毕竟年纪大了，得一次一次慢慢给她讲。联系406那套房子里三十年代的那个名女人庄欣娜和我们的同时代人林月，真是一个极有意思的现象，连她不会写文章的人，都能想象到，这样的文章会好看的。她顺便还讲起开电梯的冷大姐说起的512曹家的悲剧，女主人冯小未对于自己谋杀亲夫所作的新的辩白。姚征冬听后心头又是一动，这不又是一个社会学的好题目么？厉言菁真是一个好女人，一个给他带来福音的女人，她时时会给他带来无穷的灵感。

她一个劲儿地说着，直到把想说的话都讲完了，才想起问一问他现在在哪里，听说他正在路上，她抱歉地连声说着对不起，等他到了家再打电话来，挂断了电话。

每次接到言菁的电话，姚征冬都能感受到她对他的爱，而他呢，却已亵渎了她的爱，鬼使神差地会和306的陌生女人发生那样的事。原本以为那个叫舒宇虹的女人神经不正常，这事儿一过去，也就烟消云散了，没任何人会知道，只要以后避得远些，尽量少到华都大楼去，事情就瞒住了，不会有事儿了。可没想到，那个女人这么快就把事儿说了出来，只要再仔细地一盘问，这件事的真相必然瞒不住，而最先知道这事儿的，肯定是厉言菁。到那个时候，她还会原谅他么？她还会像现在这样一往情深、义无反顾地爱他么？

哦，不会了，不会了，她之所以和他倾心相爱，就是对自己低质量的婚姻感觉强烈的不满足，她的老实巴交的、平庸俗气的丈夫满足不了她丰富多彩的感情世界。当她发现深爱着的人竟然是一个如此轻佻、如此下流、如此荒淫好色的人物的时候，她一定会深感失望且……

姚征冬不寒而栗，不敢想下去。正是预感到这一点，每次她打来电话，每次和她重逢，他都有些心虚，都有一种深深的歉疚。

一辆出租车停在他的面前，姚征冬拉开车门，坐了上去。司机问他去哪儿，他说了家的位置，司机说那我们走南浦大桥过江，姚征冬说行。

车子直驱南浦大桥，浦东的夜晚也在热闹起来，远远近近的高楼和街面商铺闪烁着霓虹灯光，行人熙来攘往，络绎不绝，姚征冬却熟视无睹地瞅着马路两边的景致，心头还是一阵阵的烦恼。

说真的，最初和厉言菁倾心相爱的时候，一切是多么地美好，他由衷地从身心两方面都感到一种幸福。这是极为难得的。作为一个社会学家，姚征冬深深地意识到，所谓幸福的相恋，那就是男女之间相互满足了双方的欲望。厉言菁在爱情和性事上，给了他最大的欢悦和满足。在他和她的每一次独处中，他还感觉得到，两人的心靠得很近很近，十分融洽。更令他感动的是，他看得出，他也能给予厉言菁以满足和欢悦。两人可谓心心相印了。现在事情怎么会变得这样，变成了一团糟的局面，这都怪他，怪他自己。那一天，他要是粗暴地把306的女人推开，大步地跑出去，一切也就没事了，她未必真会闹起来……唉，现在再懊悔，已经来不及了。如果事发的话，他还必须对此有一个说法，要不，他怎么面对厉言菁的深情和幽怨。瞧她呀，把他的事情完全当成自己的事情在办，去帮他了解华都大楼的百年历史，去做着她能所做的一切。只要他随便开一声口，她就悉心地帮着他去做。而他，却做出了愧对于她的事情，在她了解事情的真相以后，他很快就会失去她。

想到一旦可能失去她，姚征冬不由觉得一阵失落和惆然。

回到家里，姚征冬一直处于这种自责的情绪中不能自拔，他不想洗澡，只想开了空调以后，坐在沙发上翻阅林月的日记，让对于林月的思考，冲淡自己的颓丧和不安心理。

他倒了一杯冰咖啡，自从小秋给他制作冰咖啡以后，他不知不觉地就有滋有味地喝上了。以往那些打开以后就想不到喝的咖啡，最近消耗得很快。

坐在沙发上，他没有从头开始读林月的日记，而是随便翻开一页，潜神地往下读，他万没想到，林月的日记会是这么吸引人。

……一个读者给我来信，愤愤地发着牢骚，他说他连续八次给我写信、打听众电话、发短信，都没得到我的答复。他显然生气了，那一天夜里，他再也不能忍受，竟然跑到电台门口来，守着我下班，终于见了我一眼。上了一整天的班，我一定是神情疲惫得不堪入目。他说他见了我以后，就不生气了。原来大名鼎鼎的林月不过就是一个普通中年女人，原来林月竟然这么憔悴和心事重重，一脸愁惨。他获得了从未有过的满足，他说他不再欣赏我，也不再生我的气，妒忌我了。因为一眼就看得出，我也有心事，也有苦恼。天哪，这就是听众，我怎么会知道，他会守在电台附近呢。

要早知道，我出门之前至少化一化淡妆也好呀。他还一针见血地说，别看你那么风光，你自有其不可告人的悲哀。（真是给他一言中的）他继续说，作为一个普通人，我还可以给你写信发牢骚，可以向我的亲属、朋友倾诉心头的不悦，发泄自己的不满。而你却未必有这个勇气，因为你是一个被光环包围的人物。你生活在四面八方的目光注视之中，你时时刻刻、事事处处都得装，都得小心翼翼，都得注意自己的影响，都得扮演一个角色，说得好听一点是公众角色，说得不好听就是一个欺骗人的角色，我不羡慕你！哎呀，这个人怎么就像钻进了我的心里，仅仅看了我一眼，就把一切看得这么穿呢。我不恨他，一点都不恨他，我能够做的，是尽快地给他点播一首温情的歌，尽量地弥补工作中的疏漏。

可这是我无意中造成的疏漏啊。

……欧阳和那个年轻美丽的姑娘逛马路，怎么总会被丽姐碰到呢？每一次丽姐怀着同情，用她那双怜悯的目光欲言又止地要和我说话时，要告诉我她新的发现时，我的心总像被一根针狠狠地刺中般那么痛。丽姐是我多年的好友，若是换了旁人，人家是不会来跟我说类似的私房话的，这一点我完全明白。看丽姐担忧的眼神我就知道，她是在为我的婚姻担心呢。丽姐说看得出他发了，丽姐说你没听到一句流传甚广的话嘛：男人有钱就变坏。

可我……噢，我又有什么办法呢。欧阳和异性朋友约会荡马路，数次让人碰上，说明他已经不在乎让别人知道了。我，我总不能每次都像刚听说那时一样装糊涂，都说不在乎吧。其实，在我的心底深处，我比谁都在乎我的家、我的感情啊。我总希望我的家是个幸福温馨的港湾啊。至少让别人感觉到是这样吧。

不行，老是听人说、说，耳听终究为虚，眼见才是实啊，亲眼见了，我也才有理由和欧阳摊牌啊。

下班了，夜已深，我自己也不知道是怎么会骑着自行车往那条爱情之路上驰去的。天那么晚了，我心里是要去寻找他们不在那里的证据啊！

可是我看见了什么呀，那个姑娘挽着欧阳的手臂，走得那么悠闲、那么慢，情意绵绵地，就像是在丈量马路。我的自行车骑到他们的前面，噢，他们谈得是那样热络、亲切、和睦，俨然一对热恋中的情侣。他们笑得是那么欢、那么自在、那样的旁若无人。瞧瞧那个不知羞耻的姑娘，她边笑边把头靠到欧阳肩上去了，哎呀呀，欧阳在干些什么，他掏出一张餐巾纸，在给她抹拭着额头的汗。我的浑身就似着了火，简直不相信自己的眼睛，婚后多少年了，他对我从没有过这样的关切，这样的亲昵之举。最初那一瞬间，我看得呆了，血直往头上冲，两眼乱冒金星，继而我疯了，真疯了，我按响了车铃，悍然不顾地朝着两人冲去。

他们万万想不到我会出现，冲突不可避免地发生了，最令我不能容忍的，是欧阳竟然毫无廉耻地站在那女人一边。我大声和他俩争吵起来，真理是在我这一边啊，可是看到渐渐围观上来的路人，有人已在瞅着我窃窃私语了。我像只泄气的皮球一般软下来，我不愿意让人们知道我就是林月，我怕啊，我怕泄露了我的身份，我……结果是我像一个第三者那样狼狈地跳上自行车逃离了现场。

我听到身后传来素不相识的路人的笑声，我似乎看见了欧阳和那姑娘也在开怀大笑。这恶毒的笑声几天里一直伴随在我的梦中，唉，我怎么变得这样窝囊，怎么……

我是爱欧阳的，爱他英俊的相貌，爱他演戏的才华，爱他从底层奋发、追求上进的拼搏精神，我也爱他能赚钱的本事。我们今天虽然不能说是取得了多少伟大的成就，可是双双从普通的职工家庭出身，相互搀扶、相濡以沫地走到这一步，是多么地不容易。难道他就不懂得珍惜？

我不允许另一个女人出来夺我所爱，我不能让她来轻易地摘取胜利的丰硕果实。

我打听清楚了，她叫琳希，就从姓名来说，也像是我的克星，我得通过中间人约她见一面，明明白白地告诉她。就是不知道她敢不敢来？

我料想她是不敢来的。可她却爽快地答应见面，真让人想不到，现在的年轻人啊，叫人捉摸不透。

既然答应来了，那我就得好好准备，无论是在外表上还是精神气质上，我都要压倒她，千万不能在和琳希见面时吃了败仗。

上午我做好了一个节目。一个姑娘已和一位小伙子领取了结婚证，就等待举行仪式了，可她又对另一个男青年舍弃不下，矛盾重重，好些天里也委决不下，苦恼至极。她发来了 E－mail 向我请教，详细地叙述了自己犹豫不决的心态，问我该怎么对待这段感情。

我毫不客气地向她提出了忠告：爱情的珍贵和可歌可泣，就在于它水晶般的纯洁和自始至终的专一，古往今来，多少美好的爱情故事和民间传说都证实了这一点。把握好人生的航船吧，千万别因一时的鬼迷心窍触礁沉没。我还给她播送了一支歌：《永不变心》。

但愿琳希来和我见面之前，也能听到这段节目。

她来了，飘然而至。

地方是我定的，这是衡山路上的一家酒吧，刚开不久，就吸引了很多人，特别是在上海的外国人。我是先到的，坐下以后，我环顾四周，虽然不清静，可酒吧里半数以上的客人是外国男女。那些人听不懂我们会说些什么。而我想，约琳希来到这样一个她感觉陌生的地方，就能使她一进门就怯场。她终归是个没见过多大世面的小姑娘。

我还以为她会因为心虚有些惭愧，不敢正视我的眼睛。谁知她笔挺地来到我的面前，大睁着那双很花、很会蛊惑男人的眼睛瞪着我，像和我谈判似地说起了开场白：

“你这样约我来，想谈什么？”

好像她真不知道我为何约她来似的。真是岂有此理。

既然这样，我原来想好的一番开导的话也不必说了。我开门见山、直奔主题地对她说：“琳希，你应该明白，欧阳是我的丈夫。我们有女儿妙妙，有一个美满的家庭……”

“美满不美满，就像脚上的皮鞋穿着舒服不舒服一样，只有自己知道。没必要发布宣言。”

万万没想到，她会用如此蹩脚的比喻来打断我的话。

我顿时愤愤地对她说：“我是爱欧阳的，希望你自重，不要来横插一脚，破坏我们的家庭。”

我以为把问题挑开了说，会镇住她。

哪晓得她轻飘飘地说：“你的家庭和我无关。我从来没想过要去破坏谁的家庭，真正好的家庭，外人要去破坏，破坏得了么？”

“你……”我被她气得呃住了。

她扬扬自得地说：“难道不是这样么？我还可以告诉你，每一次我和欧阳在一起，都是他主动约的我，我从没有主动约过他。怎么能说我破坏你的家庭呢。照你说的，你们的家庭那么美满，他为什么还要一次又一次有时甚至是磨劲很足地约我呢？检讨一下你自己吧。”

“那是你不自重，你要缠着他，你明知他是有妻室女儿的男人，你还要黏着他。你这不是……”

“犯贱，是么？”琳希脸上始终挂着一点得意，“我知道你要说这话。不错，我是有点犯贱，欧阳漂亮，欧阳会演戏，他是演员，很有才华，又会来事，会赚钱，女孩子对男演员，尤其是年纪稍大的男演员天生有一种崇拜、有种好感，况且他在社会上认识很多人，有很多朋友和社会关系，吃得开，兜得转，而且他什么事儿都会想到我。最主要的是，我们待在一起的时候，都觉得轻松愉快，性情相投，有说不完的话，我们能够互补，特别是在下海经商时，他离不开我，我也离不开他。我们合作往往取得双倍的效益。我为什么要拒绝他的邀请呢。你是他的老婆，你一定知道，他在社会上不止我一个女朋友，我就碰到过不止一次，但我从不吃醋。我还觉得，有竞争、有比较那才好呢。有人来跟我争夺一个男人，那才有意思呢。不过我得对你说声对不起，认识他的时候，我不知道他是你的丈夫，他也没在额头上写着：我是林月的老公。哈哈，我是认识他很久以后才偶然知道你们是夫妻的。说实话，乍一晓得的时候，我还愣了一下……”

“愣什么，你不自在了。”

“完全不是这么回事。”

“那又是为什么发愣?”

“我愣……嗯，实说吧。”

“当然应该实说。”

“是我心里奇怪，欧阳有这么优秀的一个妻子，你的公众形象确实是非常优秀的，优秀得无可挑剔，这一点你肯定知道。”

“不用你提醒。”

“让我不能理解的是，有你这么优秀的一个妻子，他为什么还要一次又一次地来找我、缠我?”

“那是你投怀送抱。你不要不承认。”

“我承认，我没有怎么拒绝他，这是真的。因为他对我也有强烈的吸引力，而我的疑惑，恰恰是他给我解释的；他的解释，又最大限度地满足了我的虚荣心。”

“他是怎么给你解释的，说我忙?”

“不，他说你确实是一个非常优秀的女人……”

“他还知道这一点。”

“他接着说，在他眼里，作为一个女人，我要比你更优秀、更吸引着他。”

“无耻!”

“我可以对天发誓，这是他亲口对我说的。也是他深深吸引我的地方。”说这话时，琳希脸上露出的那股得意劲儿，简直气得我七窍生烟。

“你这样做不觉得自己不道德、不觉得自己在扮演一个丑陋的角色么?”我终于对她不客气了。

“一个人受到不同寻常的恭维，我高兴还来不及呢。”她自得地晃着脑袋笑着说，“在我看来，一个女人，连她的丈夫也不爱她了，那才叫可怜和真正的丑陋呢。小姐，埋单。”

她一扬手，看见小姐答应着走过来，拿出皮夹子，丢下一张五十元票，离座起身，又像来的时候一样，飘然而去。

我木呆呆地坐在那里，在这场交锋般的谈判中，我不能承认自己是一个失败者。但我必须承认，我并没有达到自己的目的，也没有起到让这个叫琳希的姑娘望而却步、离开欧阳的作用。相反，我还增添了新的忧郁和担心。和这样的女孩在一起，欧阳怎么可能守身如玉，怎么可能再想到我们这个家、想到我呢。也许，在他们之间，所有该发生的一切已经都发生了，只是我始终不知道而已。

近来的生活完全乱了套，我也不知道这是怎么了。

一切都是我想不到的。

文亮是一个诗人，他曾来《林月对你说》节目做过嘉宾，我对他的印象一直很好。不仅仅是我读过他的那些饱含激情的诗，不仅仅是他在我做的节目中表现得特别出色，还因为他的朗诵格外出色，他的嗓音带着男性特有的浑厚和磁性，他的演讲充满了思辨的理性，他写的散文也充满了哲理，经常获得世人好评。每次来当嘉宾，总有很多崇拜他的姑娘打进听众电话来，向他提出各种各样的问题。

总而言之，他是一个优秀的人。正因如此，我才会在和他讨论过下一阶段的节目之后，讲起我的烦恼，讲起我和欧阳近来的矛盾，讲起我精神上的压抑。

我的原意只不过是在发泄，是想向他讨教一下，我该怎么办?谁能想到他竟会做出这种举动，竟会……竟会图谋不轨。怪我太大意了，怪我只是一味地沉浸在自己的悲伤之中，只顾自己喋喋不休地叙说，没有察觉他的双眼睁大了含情脉脉地瞅着我，没有发现他在倾听的同时一点一点地在挨近我。直到他的身子贴到我的身上，直到他粗重的喘息直喷到我的脸上，直到他充满了欲望的眼睛明白无疑地瞪着我，直到他的双手环抱着我，我才意识到事情的不对劲，我才说你误会了，我不是这个意思，我没有这个意思。我……但我的话已经对他不起作用，他的欲望被煽动起来，他的嘴已在向我的脸上亲来，头一次我避让不及，让他在额头上亲了一下，第二次他干脆悍然不顾地追着我的嘴唇逼来了。我有什么办法，我只有拼全力反抗了。他把我看成了什么呀，以为我是一个感情的乞讨者，一个书本上多次写到的性饥渴者，以为也想在他那儿获得感情上的补偿。他真是昏了头，我狠狠地甩了他一个耳光，我叫嚷着让他清醒一点，我不是那种女人。

我的手臂被他抓痛了，我的纽扣被他抓落了一个，表带也断了下来。幸好我逃脱了，幸好我的尖声嚷嚷把他吓着了。可我怎么也不能明白，文亮，我们多少年的朋友，怎么能对我做出这样侮辱人的事情。那一次，为了准备和欧阳分居，请一个人帮助找房子，他在要我去看房子时趁着室内无人对我动手动脚。我虽然气愤，虽然大怒，但事后想想，他是一个品质低劣的生意人，就这德行，我犯不着耿耿于怀地老记着这件事情，影响自己的情绪，和他一刀两断也就了结了。可是，文亮是名诗人，他写下的那么多诗文，他当嘉宾时侃侃而谈的那么多教育人的大道理，不是全在白扯么？

哦，这是怎么回事儿、怎么回事儿啊？

是的，冥冥之中，在对欧阳极端不满和愤恨的时候，我也想过，既然你可以在外面乱交异性朋友，和人家乱搞，我为什么不能，周围崇拜我的男人多着呢，有的还是很优秀的男人，比欧阳优秀得多。作家、演员、主持人、企业家、海归派中的成功人士，我也从中挑上一个，和他一起出去喝咖啡、幽会、跳舞、唱卡拉OK，慰藉自己的心灵，甚至做出更出格的行动。可那不过就是气愤至极时想想罢了，我怎么能做出那样的事。如果做了那样的事情，我还是林月么？

姚征冬读完这一节日记的时候，移开目光，在记忆里搜索着，上海滩，哪一位有点名气的诗人叫“文亮”？他的眼前晃过一个个名诗人的脸，罗洛、宁宇、宫玺、赵丽宏……他认识的诗人中，似乎没有一个叫文亮的，这人是谁呢？

他不想费神地去追索了，也许是林月在日记中取的代名，也许是一个更为年轻的诗人，也许是某一个诗人的小名，反正是有这么一个叫文亮的诗人的。

姚征冬收回目光，又随意地翻开一页日记。

噢，我又经历了一次。

有过一次打开煤气的体验了，我把门窗紧闭，我还趁着冬天，把门缝下边粘贴了橡皮条，这样可以使得房间不透风。我化了妆，打开了煤气，敞开了厨房间的门，跑回床上躺下，我仿佛能听见煤气弥散开的嗞嗞声，真的，我还嗅到了煤气味。让我离去吧，就这样死去，离开这个可爱的我活够了的世界。听说，“文化大革命”的初期，一个有名的诗人就是这么自杀的。自杀以前，他用报纸一条一条的白边，把门窗的缝都紧紧地粘牢，不让空气流通。他那么做是绝望了，对命运绝望，对不能实现的爱情之梦失望，对他的人生绝望。现在我也是绝望了，我的生命有过辉煌、有过灿烂，可也有着无奈，有过厌烦和困倦，我已经无所恋了。我希望就像平时累极了以后睡着一样离开这个世界，我还真昏睡过去了……

可是我又醒过来了，我睁大眼四顾，不是在医院里，仍旧在这间我都住厌了的406室，门窗大开，我显得很清醒。煤气早关上了，原来是我刚躺下去不久，欧阳就回来了，怎么会这样巧。他采取了抢救措施。我也并未中毒，对于他来说，甚至比上一次割腕淌了半床的血受的惊吓还小，他像个陌生人漠然地望着我，整个体态都显示出一种无动于衷的淡漠。哎呀，我如今在他的心目中，究竟算个什么呀？

这一次我不割腕、也不开煤气，我吞吃了大把的安眠药。我想这一次一定要成功，我希望我能睡着，比往常睡得沉、睡得深。可是这安眠药是怎么回事啊，我吞吃了这么多，就是睡不着。不但睡不着，还难受，先是胸闷、继而是头胀、遂而是恶心得想吐，气也喘得急起来，喘不上来一般，口干、舌燥、胃翻。天哪！这股难受劲儿：我再也受不了啦，我一分钟也熬不下去了，我在床上呻吟、翻滚，跌落在地板上。终于忍受不住，我费劲地伸出手去抓住了话筒，给一个热心的听众拔去了电话，让她快来，尽快来，来……她来了，我得救了。我仍得面对这个世界，面对烦心的一切，面对我的听众和我的人生。破碎的人生。

……

“丁零零零”电话响了，姚征冬从林月日记的世界里回到现实中来，他挪过身去接电话的时候，身心还沉浸在林月日记书写的情绪中。是的，现在，在姚征冬的印象中，有了三个林月的形象。广播跳跃灵动的旋律里她自己参与塑造出来的是一个林月，公众的林月，诗意的林月，被听众们的想象捧到半天云空之中身上布满了光环的林月，一个神化了的林月。生活中的又是一个林月，烦躁的真实的林月，为情苦恼的林月，天天在忙忙碌碌中度过的林月，同样有着七情六欲和种种遗憾的林月。还有一个是灵魂的林月，时时在发愁、焦虑、厌世、无奈中挣扎的林月，感情上被丈夫漠视甚至抛弃的林月，内心极度矛盾痛苦的林月。

三个林月不断地在打架，不断地在撕扯，不断地在排斥，久而久之，她自己都不知道，哪一个林月是真正的灵肉交融的林月了。她要维护自己的形象，她怕人在背后对自己指指点点的议论，她受不了人言的骚扰，可她又需要听众，需要人们的赞颂和倾慕。而她最亲爱的人却又爱上了别人。她陷入了迷失之中，她也找不到自己了。

“……喂，喂喂，你怎么不说话啊？”姚征冬听见电话里传来厉言菁有些焦急的询问，这才意识到自己是在接电话。他一定是走神了，连忙说：“我在听呢，对不起。”

“你怎么回事啊，我说了好几句，你一声也不吭，把我吓了一跳。”厉言菁在电话里责备他。

“噢,”他连忙解释,“我正在凝神想一件事情。”

厉言菁倒没在意,说:“我告诉你呀,和连阿婆聊了两次,我们关系更融洽了。我还看得出来,她老人家有点儿喜欢我。果真,今天,她主动让开电梯的冷大姐捎话给我,欢迎我去她家坐坐呢。”

“那太好了,”姚征冬说,“通过她这个老住户,你能从她那里听到很多关于华都大楼的掌故和逸事。”

“那还不都是为了你。”

“我太感激了。要知道,在上海,这样的老人越来越难找了。你没听一个名导演说么?外滩地区,哪一幢楼里没有动人心弦的故事啊!”

“等我把骆秀音的故事听完全了,我就来找你。你欢迎么?”说最后一句的时候,厉言菁的嗓音又变柔了。

“我恨不得你现在就来。”姚征冬的声音也放低了。

“真的?”尽管不是第一次听到这句话,她从话筒里传来的声音还是透着惊喜,“那我现在就飞来。”

“来吧,我等着。”

她笑了,放缓了语气无奈地说:“刚才那个电话,我是趁雷家田出去在家打的。后来他回家了,我是借口下楼吹吹风,在外面投币亭给你打的。还是隔天来吧,来了就给你复述骆秀音的故事,多待一会儿。”

挂断电话的时候,她还出声地在话筒里吻了他一下。他搁下话筒,身心里涌起一股拥抱她的欲望。哦,随着时间的推移,不知不觉地,他对她的爱,逐渐深沉了。

## G

厉言菁还是头一次走进连阿婆的家。

上一次把连阿婆从阳台上送回702门口,钟点工就从屋里迎出来了,厉言菁只是站在门口,端详了一眼连阿婆家的陈设。匆匆之间,只觉得屋内有一股雅致、素洁的书卷气息扑面而来。

今天走进屋来,她的这种感觉越发强烈了。

这是一套两居室住房，外面这一间放着一张红木的八仙桌，紧靠着封闭不用的壁炉。临窗放置着一套座位高高的大小沙发。两只小沙发各自靠着左右两侧的墙，一只大沙发则放在窗边。连阿婆坐在大沙发的一侧，旁边就是厉言菁熟悉的那一把轮椅。

看见厉言菁走进屋来，她移开身上的报纸，微抬一下手热情地招呼着："言菁，你来了，真准时，说好九点，就是九点。老邻居了，你还是头一次到我家里来吧。"

"几次到了门口，没进屋。"

"是啊，和我一样，不爱串门，哎，那一天，你后来去找了姜子道和阮莉没有？"

"找了，连阿婆，"厉言菁没想到连阿婆还记着这事，"这次，总算给我碰上了，两人果然在一起。冷大姐说他们不般配，我看他俩完全是一副情投意合的样子嘛！"

"是啰，跑去美国的老伴已经不回来了，你让姜子道一个孤老头怎么办？阮莉一个能干的中年女子，愿意陪伴他，我看是姜子道的福气。"连阿婆说："前些年，上海的留守女士，有不少故事。这几年啊，又出现不少留守老人的故事呢。"

厉言菁连连点头："连阿婆，什么事被你一说，就说到点子上了。"

"哈哈，你又夸我了。不过我听了高兴，"连阿婆乐了："言菁，这样吧，我腿脚不方便，你自己里外看一下，也算是参观吧。"

"连阿婆，你今天的气色又恢复了，精神也好，好。"厉言菁夸着连阿婆的脸色，点着头走进里面的那间卧室，连阿婆的声音还在传进来："承蒙你夸我，哈哈，我这是老住户，老陈设了。和现今的年轻人可没法比。"

卧室里的窗户大开着，风把窗帘拂起来，拍打着窗框。里屋的一张五尺大床上，铺设着一张凉席，一只枕头，一只靠垫，枕头边放着几本书。面对着床头的墙上，挂着一幅花鸟画。厉言菁看不出这是哪位画家的作品。挨着墙，是几只封闭的老式书橱，橱门玻璃上都用洁白的纸糊上了。一切都显得爽洁、朴素，却又自成格调。

厉言菁从屋里退出来说："连阿婆，你收拾得真干净。"

"都是钟点工的功劳。我还能做什么呀。"连阿婆说着，以手势示意厉言菁在她身旁的小沙发上入座。

厨房里的钟点工端出了两杯茶，退出去了。

连阿婆端起茶，呷了一口，放下杯子说："心脏不适发作得越来越频繁，提醒着我，得把埋在心里的那些事，一一讲出来了。前些年，身体好，我曾经想把它们写出来，可是写了几篇，到什么地方去发啊。退了几次稿，我心灰意冷，不写了！"

"真正有价值的东西，总会有人识货的。"

"说得对，近几年来，有人倒对这些老话题感兴趣了，来约我写，还说可以优稿优酬，我却写不动了。这就是我们这一辈人的命。现在你愿意听，我就太高兴了，给你讲讲，对我来说，是一种宣泄；对你呢，也是加一些素材。听说，你原先也在杂志社，一定能写。"

"我算什么呀，"厉言菁含糊其词地说，她不好意思说自己在杂志社是个拉广告的，赶紧把话题扯开，"我就是喜欢听您讲，有朝一日，把这些东西写下来，真是很有意义的。"

她心里说，当她把这些独一无二的事情转述给姚征冬听以后，他确实是有能力写下来的，而且必然会写得很精彩。

"上次，在楼顶阳台，我给你讲到哪儿了？"

"经历过批斗、谩骂、耳光、殴打，一系列非人的折磨以后，骆秀音意外地被放回家里来了。"厉言菁提醒一般说。

"对，对对。你的记性真好。"连阿婆脸上露出了一丝笑纹，继而随即收敛了，放慢了语气一字一顿地说："你一定要记住，我说的是辱身的殴打。"

"这是什么原因呢？"

"原因嘛，"连茵芸的眼睛里喷射出了怒火，这在她是极少有的，"打人就是打人嘛，那些畜生，打人中还有动作。为什么，骆秀音漂亮、出名啊，尤其是她的漂亮，妩媚中透着惊人的美，美中含着诱人的妩媚。那些个人，平时至多只能远远地瞅她一眼，和她搭讪打招呼、说话的资格也没有的呀。他们就趁着打她的时候，一次次地摸她、捏她、揉她、搓她，侮辱她呀！有一回，她被人打得昏倒在地，有人硬是摸着她身体敏感的地方，把她弄醒过来。骆秀音亲口对我说，吐她口水、咒骂她、打她耳光，她都可以忍受，最不能忍受的，就是这帮挥舞着语录口口声声呼喊着革命、呼喊着解放全人类的家伙，一有机会就侮辱她。”

同样作为女人，厉言菁完全能理解骆秀音当年的恶心程度，她愤愤地说：“真是可恶至极。”

“是啊，那是一段什么日子啊！”连阿婆显然也联想到了她自己的遭遇，她的脸揪成了一团，脸上的皱纹一条条显露无遗，嘴唇也颤动起来，“听说骆秀音回到华都大楼几天了，在一个夜晚，我摸下楼去看她，那年头，开电梯的人都负有监督我们的任务啊。腿脚好的人，从七层楼到四层，走下去就行了，我不行啊，我非得依靠电梯才行。”

“你怎么办呢？”

“强调要完成监督牛鬼蛇神的任务，那些开电梯的人，就不随着电梯上下，上班时站在大门口，看着每一个进出华都大楼的人。我看准了这一点，就摸下楼去看她了。”

厉言菁也经历过那个年代，她完全想象得出那是一种什么气氛、什么境遇，随着连阿婆的讲述，她仿佛也跟着回到了那个年代，回到了“文化大革命”中带着恐怖气息的华都大楼，那一扇扇色彩晦暗紧闭的大门后面，仿佛都有一双双警惕的眼睛在窥视着过往的每一个人。真是奇怪，自从连阿婆说她的长相和名演员骆秀音活脱似像以后，厉言菁再听骆秀音的身世时，便有了一种感同身受的体会。

骆秀音放回家时，社会上盛传她一辈子和几十个男人睡过觉，说她可狡猾了，死猪不怕开水烫，只要造反派一问到她的生活作风问题，她就交代得特别爽快，问她什么她就说什么，要她把和她睡过觉的那些明星男人的名字写下来，她就写下来，一口气就能写一二十个，脸也不会红一红，因为她心里明白，这种事最多只不过是作风问题，联系不上反党反社会主义。而只要一问到关键问题，如和她睡觉的有什么要人，过程怎么样，她就闭嘴了，什么都不说，逼得她紧了，她就哭。再以后就说她疯了，变成了哑疯，或者直接就说她成了白痴。连续几天几夜，她都可以不吃、不喝、不睡、不哼，整天在床上大睁双眼躺着。她乡下的姐姐被允许到上海来照顾她的饮食起居，维持她最基本的人生需要。

连阿婆第一次摸进406那一夜，她姐姐骆秀芬吓得脸色也变了，躺在床上的骆秀音见了连阿婆，眼珠转动起来了，两片干枯的嘴唇颤动了好一阵，终于说出话来了。

“茵芸，”她亲热地叫着她的名字，“有人来找我了么？”

骆秀芬见连续多天都像哑巴一样的妹妹认得来人，又说出话来了，惊喜得连连在屋子里打转，泪水都淌下来了，连忙给连茵芸倒了一杯茶水。

连茵芸要她安心静养，劝她既来之则安之，乌云不可能永远遮住太阳，不是她骆秀音一个人在遭难，现在是所有像她那样的名演员、名作家、名教授、名学者都在遭难，整个民族和国家都在遭难，你已经回了家，好多好多人还在牛棚里待着呢，有的人甚至还被关进了监狱。

这一番话显然对她起了作用，或许她脑子里原本就是这么想的。

几天以后的一个夜晚，骆秀芬主动找上 702 来了，说她是骆秀音的姐姐，比骆秀音大两岁，华都大楼的人都不信，说颠倒过来还差不多。骆秀芬虽是下放到江南水乡去的一个识字不多的妇女，可她无论是长相、身材、动作、走路时的快捷，都要比骆秀音显得健朗。她进了连茵芸家，拉着连茵芸的手悄声说，妹妹要她来推连茵芸下楼去说说话。连茵芸问秀芬，秀音怎么样，秀芬说妹妹几天里翻来覆去讲的，就是一句话：“有人来找我了么？”

内心深处，像是在急切地盼着什么。

她在盼望什么呢？连茵芸起先也是毫无所知，时间长了，她颠过来倒过去地总是和她们进行着同样的问答，连茵芸的心头有点数了。

“茵芸，你来了我真高兴，以后，我让姐姐天天上去推你下来。”

“只要你喜欢，我就下来陪你。”

“太好了，这年头，只有你不嫌弃我。”

“哪里啊，我还不是和你一样，是批斗靠边的份儿。”

“你的境遇比我好。”

“我们是脚碰脚，亲姐妹。”

“你实话告诉我，有人到华都大楼来找过我么？”

“没听说啊。”

“你也像姐姐一样骗我，怎么会没人找我呢？”

“秀音，难道你还没给那帮人折磨够？”

“我不是说那些人……”

“你遭受的折磨比我大，现在需要的就是清静。”

“可你想想这事儿，我和进牛棚时一样，什么也没说，什么也没按他们的要求交代，他们怎么把我说放出来就放出来了呢。”

“这个……”连茵芸也说不上来了。

“茵芸，你给我说真话，真的没有人来找过我？”

连茵芸为难地转过脸去，和骆秀芬交换着眼色，骆秀芬在一边使劲儿地摇着头提醒她。连茵芸望着秀音迫切盼望的脸色，说：“真没人来过。”

“你不会也像姐姐一样在骗我吧。”

“秀音，我们交往这几十年，我骗过你么？”

“那倒真没有……”骆秀音缓缓地侧转脸，露出了笑脸，既像是对着连茵芸，又像是讷讷自语般说，“这么说，再没人来折腾我、欺负我了，多安宁、多平静啊，多好啊，我摆脱了、解放了！以后又可以演电影了，哎，你们知道，冥冥之中，是谁在救我么？”

她说完这话，一双眼睛陡地瞪得很大很大，眼神光里充满了希冀、充满了渴望和幸福，一双眼睛也刹那间变得很美很美。

骆秀芬向她俯下身去，安慰般说：“那是你人好、心善、脸也漂亮，是菩萨在保佑你。”

“菩萨么？”骆秀音咕噜着，眼神有些迷离。

“当真的哩，我的好妹妹，乡下那些看了你电影的人，都说你给我们家乡人争了光彩。菩萨会保佑你的。”

“不对！”骆秀音突然间正色道。那陡然提高的声气，吓了连茵芸和骆秀芬一跳。

她虔诚地说：“哪里有什么菩萨呀，是中央首长在北京下的命令，是，是……他救了我。只因为他们接见过我们一帮名演员。我的情况，……哎，秀芬，那张照片呢？”

“影集不是在抄家时搜走的搜走，撕的撕了么……”

“就是撕坏的那一张。”

“哦，就是你后来补贴起来的那一张么？”

“就是、就是，快拿来。”

骆秀芬急忙拉开抽屉，把一张用塑料纸细心糊贴起来的照片取出来，递给骆秀音。

骆秀音接过照片，目不转睛地凝视着，两片略显苍白的嘴唇轻微地嚅动着，胸脯也随之波动起伏。

骆秀芬转脸对连茵芸悄声说："她天天都要看。"

连茵芸到她家去得多了，逐渐也习惯了骆秀音天天要说的这一番话，看熟了她每天都要激动地凝视一阵的照片。那是骆秀音和中央领导的合影，领导在笑，她更是在笑，由衷幸福的笑，欢乐无比的笑。

"我能体会她那种心情，"厉言菁插话说，"那年头经常听说，抄家的时候，那些曾经去北京开会，受到过中央领导接见，和国家领导合过影的各界人士，特意把照片配上镜框，挂在家里最醒目的地方。你别说，还真起作用呢。那些跑进家里乱打、乱砸、乱抢的家伙，见了照片，抄起家来文明多了。"

"我也听说过，"连茵芸点着头说，"可这一招，没有帮上骆秀音，相反，还使她遭了更大的罪。"

厉言菁不觉一怔："这又是怎么回事呢？"

"实际上，照片被撕，就最说明问题了。"

"他们还敢撕和国家领导的合影？"

"我见过那张被撕的照片，其实撕的是半边骆秀音的像。我听秀音说过，当时，她阻止过抄家的人，可那家伙大吼一声：你这种女人有什么资格和中央首长待在一起，你是自己硬挤上去的。还来骗我们呢。说着，当着她面，把照片撕了，摔在她的脸上。"

就是从听说了这一细节以后，连茵芸意识到骆秀音的命运凶多吉少。后来事情的发展，果然逐渐印证了她内心的猜疑。

平静的日子使得骆秀音的身体渐渐恢复，她能自己起床了，她能在房间里慢慢地走动了。这一天，什么预感也没有，来了两位不速之客。

连茵芸记得很清楚，那是一个冬日没有阳光的下午，天阴着，骆秀音家中的光线有些晦暗，她刚被秀芬推下楼来没多久，就有人敲门。秀芬去开门前，特地把连茵芸推进了厨房，让她装作拣菜。

两个身穿军大衣的人进了屋，高个儿那人很瘦，很少说话；矮个子的那人脸色白净，戴一副眼镜。

骆秀芬让他们在椅子上坐下，给他们倒上两杯茶，大着嗓门问："请问，你们从哪儿来？"

"北京。"

"北京？什么单位的？我妹妹的单位在上海啊。"

"没错，"脸色白净的小个子显得十分精明，他操着一口标准的普通话，指指高个儿说，"他是医生，我呢，我是记者，哦，就是就是……就是给中央领导可以写内参的记者。听说骆秀音同志病得不轻，我们奉上级之命，一是来探望一下骆秀音同志的病情，看看她是否还需要治疗；二是顺便向她了解几个问题。骆秀音同志还好吧？"

来人说的话，坐在厨房门口的连茵芸听得清清楚楚。

"噢，我妹妹刚睡着不久，让她多睡一会儿。有什么要了解的，你们先问我吧。"骆秀芬放低了嗓门说，"医生，你是北京哪家医院的？"

"部队医院。"

"部队医院，怎么会想到给我妹妹来看病？"

"嘿，"高个儿淡淡一笑，"我是军人，领导让我做什么，我就做什么，从来不问为什么。你妹妹她近来好些了么？"

"她不好，睡不着觉，总是自言自语，也不知说些什么。"骆秀芬说，"你能为她治病么？"

"当然。她还有些什么症状？"

"睡不好，吃得很少。时常大睁着两眼发呆……"

"发呆？能讲具体点么？"

"具体一点……我们，就是我和邻居，"骆秀芬见两人说话时不断地把脸转向厨房那边，机灵地用手指指厨房说，"有时在她面前走来走去，说些排队买肉、买蹄膀、买活鱼、菜场上的事情，或者是家常话儿，她就像没听见一样。事后总会像想起什么似的问我，你们在说些什么。"

"她能认识你这个当姐姐的么？"

"认识，当然认识。一有事儿就会叫我。"

"她的记忆怎么样？"

"记忆嘛……"骆秀芬摇着头，正不知怎么回答时，卧室里有动静了。

"外边来的是谁啊？"骆秀音先在屋里搭上话了，"姐姐，你快扶我起来，我要见客人。”

秀芬见两个客人相对颇有含意地望了一眼，她还有什么可说的呢。她一边离座，一边抱歉地让客人稍坐，就匆匆进屋去了。

在等待骆秀音出来的时间里，连茵芸还感觉到，两位客人悄悄地咬了几声耳朵，其中一位，走到厨房门口来，朝着连茵芸瞅了一眼。连茵芸装作丝毫不知，只顾埋头在挑拣着菠菜。

一会儿工夫，骆秀音就在姐姐的搀扶下走进客厅。两位军人立即起身恭敬地迎上去，小个子热情地说：“骆秀音同志，你受苦了。我们奉上级领导之命，特意从北京来探望你。”

“北京？不是上海么？”

“不，我们是专程从北京来的。”

骆秀音坐下以后，秀芬也给她倒了一杯茶。骆秀音有些激动，她迟疑地发问：“上级……”

“噢，就是首长。”

“太感谢你们了。”一听首长两字，骆秀音顿显受宠若惊的脸色：“你们那么远地来，辛苦了。”

“这是我们应该做的。”

高个子的嗓门插进来了：“骆秀音同志，这些天来，身体感觉还好吧？”

“还好。”

“记忆呢？”

“记忆，记忆可就差远了。一会儿刚才的事情就忘了，一会儿小时候在水乡农村里的一幕一幕，也会出现在眼前。你们说说，这是怎么回事啊？”

“这是常有的事。比如说，前一阵子，挨批、挨斗的情形，还记得么？”

“平时都忘在脑后，你这一提，我就想起来了。”

“想起些什么？”

“不都是些骇人听闻的事嘛，还是不提吧。我就是不懂，是人，怎么可以这样，前两年，我们全国人民不还在学习雷锋嘛，争着做好人好事。怎么眨个眼，人和人之间就斗成这样子。”骆秀音说话时，明显地带着情绪。

“我搭一下你的脉。”

“谢谢。”

客厅里静寂了一阵，小个子的嗓门又响起来了："骆秀音同志，你是全国闻名的大影星、大艺术家……"

"快别提这些了。"

"历史总归是历史。你能给我们回忆一下，一些值得珍视的往事么？"

"往事嘛……我个人，实在没什么可说的。只要不故意把我抹黑，我就很满足了。"

"那给我们讲讲你周围的一些人，也好啊。比如说赵丹、王蘋，你们都是差不多时候涌现出来的。"

"演艺界，这样的人那就多了。"

"是啊。"

"被人议论最多的，就是周璇了。"

"她——我们比较了解，讲点其他人的事吧。"

"还有就是解放后跑到香港去的胡蝶。"

"跑到其他地方去的，你还记得么？"

"记得，蓝苹小姐，跑到延安去了。"

"对啊，对啊。你知道她是谁么？是中央'文革'的副组长，你们当年交往的事情，你还记得么？"

"记得，越是年轻时候的往事，越是不会忘记。"

"你能给我们举几个生动的例子么？"高个子插话了。

"要举具体例子嘛，我一时又想不起来了。哎，反正解放前小报多，大大小小的花边新闻，很多小报上都登过，随便查查就能查到的。奇怪了，那些人审问我的时候，也喜欢问这些怪怪的问题，我不知说过几百遍了。对不起，我的头脑里又嗡嗡作响了。"

"讲些高兴的话题吧，"小个子提高了嗓门，"我们听说，中央首长多次接见过你。"

"是啊是啊，你们怎么知道的？"骆秀音顿时变得兴奋起来。

"报上登过。"

"对了，有的报上登了，有的没登。"

"看来你都记得。"

"那还用说。"

“中央首长一共接见过你几次?”

“次数嘛，我说不清了。”

“那一定不少啰。我们真替你高兴，骆秀音同志，能不能给我们回忆一下那些幸福的时刻呢?”

“你不是说，报上都登了嘛。”

“报上登的是公开接见。你刚才说还有没登的。”

“是的，还有没登的，”骆秀音亢奋得脸色发红，双眼晶亮，她说话间仰起脸来，充满了崇敬和怀念……

“是啊，被中央首长接见，那可是无上的光荣和最大的幸福，应该记录进历史的。我们羡慕极了，真想知道一点更详尽的情况、更多的细节，细节。你想得起来的，一定想得起来的。”小个子的话显得迫不及待，“你快告诉我们，首长每次接见你，是多长时间?在什么地方接见的?几次接见，留没留你吃饭?在不在一起吃，吃些什么菜肴?”

骆秀音愣怔了片刻，想起了什么似地问:“你问这些干什么?”

身在厨房的连茵芸越听越觉得不对劲儿，这两个人从北京千里迢迢地跑来，就专程来问这些事情么?国家领导人的事情，也可以这样打听么?特别是最后一句话，他们明明是要套问什么更神秘的人物。他们到底从哪个部门来，了解这些东西想干什么?而且，而且连茵芸还感觉，两个人的普通话不像是道地的北京人说的。她越想越不安，连忙在骆秀芬耳边说:“快，这两个人像特务，你出去阻止他们。”

退进厨房来的骆秀芬也越听越神情烦躁，她把手中的菠菜一扔，呼的一下站起来，冲进客厅说:“对不起，听声音我就知道，我妹妹的脑病又发了。她刚才说的都是胡话，你们不要记，也别把她的话当真。请走吧，你们看她的脸色啊，快走，快走!”

“嘟噜噜噜——”电话打断了连阿婆入神的回忆，听得完全沉浸在骆秀音命运中去的厉言菁无奈地抬起头来，心里说这电话来得真不是时候。电话又响了一声。钟点工接了电话，把无绳话筒递过来说:“连阿婆，是医院来的电话，好像是催你去看病。”

连阿婆一愣，继而说一声糟了，接过电话，听了几句，她马上一昂头，提高了声气连连抱歉:“对不起，医生，我和邻居一说话，就忘记了。现在我就赶来，马上赶来，我马上让钟点工下楼去拦出租车。”

通完电话，把话筒递还给钟点工，她仰起脸，双手轻轻一击掌，对厉言菁道：“你看我，言菁，光顾记着和你有约，把医生预约的检查忘了。对不起，只好以后再给你讲这些陈年往事了。”

厉言菁一听是体检，顿时站了起来：“这可是大事。连阿婆，你准备一下，我推你下楼。钟点工，你先下去给阿婆拦车。”

钟点工回进厨房洗了手，匆匆下楼去了。

厉言菁扶着连阿婆坐上轮椅的时候，一眼看到，连阿婆的身后，大沙发的靠垫压着一本厚厚的书，书脊是醒目的大红色。她很想知道这么高龄的连阿婆在读什么书，但连阿婆没对她说，也没留神到她诧异专注的目光而向她表示什么，她不好意思贸然发问，只得推着轮椅，走出702室。

## Ⅶ

偌大的办公室里很静，整天忙忙碌碌之中，难得有这么清静的时候，连电话也极少。

可是心里却怎么也平静不下来。

罗卉仰靠在转椅上，脱了半高跟鞋，一双脚翘在大办公桌上，把身子放平了，人就舒服一点。办公室的门一关上，就没人进得来，她尽可以放松一些。她装的是电脑识别门锁，只有自己的手掌放上去，办公室的门才能打开。

说真的，年龄逐渐大上去，近年来，站得久了，她就觉得腰酸腿疼的，特别容易疲乏。

可比身体更乏的，是她的心。舒宇虹打来的电话，把她的心境整个儿搅乱了。她也说不出这是怎么回事，舒宇虹神神道道的电话表明她仍是一会儿清醒，一会儿糊涂的。瞧，她连林璐后来嫁给了谁都想不起来，证明了大多数时候她还是昏昏乎乎的。但她终于能打电话了，说明她还是在慢慢地好转，在恢复她的记忆。

这不是好事嘛，罗卉以往不是经常觉得舒宇虹对自己是个拖累，是个甩不脱的负担么？她多么希望宇虹像过去一样，能恢复到常人状态，至少能对她的业务有一点点帮助，她们即使不成家，双双也可以在一块儿说说知心话，共同把公司经营得更加完美和出色。

而此刻，她为什么对宇虹的恢复感到隐隐的忧心呢？

罗卉长叹了一声，电话响了，是紫烨打来的，她的嗓音很有特点，与女中音歌唱家的声音相似，浑厚有力，和她的长相也很接近。从一开始认识她，罗卉就会想起同一知青点集体户里的韩灵，尽管韩灵的相貌比她还要中看一些，可罗卉仍觉得她的性格和韩灵有几分相像。

罗卉以为紫烨又是要求进更多的货，最近，紫烨的进货量越来越大，年年都是这样，夏天一过，秋风一起，护手霜、润肤液的进货量就会高上去。可紫烨今年似乎来得也太早了，现在夏天都还没过去呀，她已经和公司签了一大笔合同，可以想象，她从中赚的钱也相当可观了。她还想干什么呢，不料紫烨却在电话中提出，要请她吃晚饭，不谈一句生意。

罗卉对宇虹说了，要带上陈岚岚的信去华都大楼看她，就推辞道："光是吃饭，就免了吧。"

可是紫烨的一句话打动了罗卉。她说，那天她来拜访，看到罗卉的脸色不佳，一眼就看得出，罗卉需要休息。"我告诉你"，她说，"你钱赚得再多，身体亏了，就什么都没了。"她还呵呵笑着对罗卉道："我来教你，怎么样使单身女人活得更快活。"

紫烨若不提，罗卉都忘了，紫烨也是个单身女人，只不过她是结了婚又离婚的单身女人，罗卉知道紫烨就是想趁这机会和自己拉拉近乎，联络联络感情，于是就一口答应下来。

随后，罗卉就给宇虹打了个电话，说晚上有生意上的应酬，来不了啦。陈岚岚的信，下次带给你看吧。

宇虹平静地说了声没关系，你忙，就把电话挂断了。罗卉于是就稍作打扮，化了一点淡妆，去和紫烨吃晚饭了。

舒宇虹身体逐渐恢复以后，罗卉要轻松很多。不过宇虹对她不到华都大楼去表现得这么淡漠、这么无所谓，简直是无动于衷，她心里又多了一层困惑和疑虑。

紫烨约她到农业展览馆旁边的一个餐厅，请她吃泰国鱼翅。罗卉的车开进来的时候，身穿黑色丝绸套裙的紫烨已伫立在台阶上迎候她了。

"罗姐，"紫烨和她象征性地拉拉手的时候，爽朗地说："今晚我们什么也不吃，就吃鱼翅。听说这里的鱼翅捞饭好得很！”

“客随主便嘛。”罗卉嘴里是这么说，心里道：吃完你就明白了，价格也是好得很。

紫烨一副心宽体胖的样子，高高大大的身材，站在那儿十分引人注目，遗憾的是长着一张大大的扁脸，不中看。罗卉在她的身边一站，虽然年纪大了几岁，却仍是风韵犹存，细腻多了。

罗卉随着紫烨走进拐角上预订好的一间雅致的小包房内，相对入了座，空调开得凉悠悠的，很舒服。罗卉打量着墙上几张仿真的古画和墨迹，现在饭店酒楼的装修纷纷追求文化品位，追求一种返璞归真的情调，越来越古色古香了。

紫烨拍了一下巴掌，要了一瓶红葡萄酒，两人边尝着几小碟精致的冷菜，边等着鱼翅，随意地聊开了。

“来，罗姐，为我们的真诚合作，也为我们单身女人的幸福，我敬你一杯。干！”紫烨举着大半杯红酒，轻轻地和罗卉叩碰了一下，仰起脸来，一饮而尽。罗卉也是有酒量的，在杉木凼插队落户的日子里，苦闷至极的时候喝包谷烧酒，把酒量练出来了。后来到了生意场上，酒量帮了她的大忙，但她从来不轻易显露。男人们对有几分姿色的女子灌起酒来，有时候也是很不像样子的。而像今天这样，两姐妹相对小酌，罗卉觉得更没必要猛喝了。

她轻呷了一小口酒，瞅着给自己斟酒的紫烨说：“真看不出，紫烨你还是海量呢。”

“罗姐你赏光，能请到你，今天我是高兴，要喝个痛快。”紫烨一连挟了几筷菜，咀嚼着说：“不瞒你说，在县城里，我什么生意都做过，买卖服装，经营土特产、化妆品，倒小商品，做水晶，经销茶叶，都是小打小闹，赚的钱非常有限，经常是一笔生意做下来，不亏已蛮不错了。好不容易赚到一点，一会儿就贴到其他地方去了。直到经销了你的护肤霜、护手膏、润肤液，嗨，你说怪不怪，我一下子就做大了。罗姐，你的产品不得了，可以说是有奇效，不知招呼了我们多少小老板发财啊！来，我再敬你一杯。我喝光，你随意。”

紫烨端起酒杯，和罗卉轻碰一下，又是一饮而尽。

罗卉笑笑，还是极有风度地抿了一小口，说：“你也匀着点喝。翅还没上来呢。”

“没关系，不瞒你说，罗姐，白酒五粮液、酒鬼酒我能喝八两，不上头的茅台，一斤不在话下。你看看我，离婚以后，我的身体好着哪!”

喝了两杯酒，紫烨更显得红光满面，神采焕发，一脸意得志满的富相。

“看得出来的，你很健康，一点心事也没有。”罗卉也端起酒杯说，“来，为你的健康和生意，我也敬你一杯。”

说话间，红的醋、白的豆芽、绿的芫荽一一送上来了，紧跟着，热气腾腾的砂锅鱼翅上了桌，服务员小姐把盖子一揭，满桌色浓味醇，香气扑鼻，果然不同一般。

“吃啊，罗姐，趁热吃。”紫烨一面稀里哗啦出声地吃着，一面对悄没声息尝着鱼翅的罗卉说：“说真的，罗姐，无意中第一次听说你从来没成过家，我大吃了一惊。你现在都长得这么漂亮，年轻时不知美成个什么样子呢!”

罗卉向她露出一个礼貌的笑容。

“如果说过去你是为了事业，耽误了婚事，那么现在，你的事业做得如此成功，怎么会没男人爱上你呢！哼，那些狗男人真是瞎了眼。”

“是我自己不要。”听她开口大骂男人，罗卉淡然一笑说。

“这怎么可能，男人见了漂亮女人，都会像馋嘴狗一样拱上来的。罗卉，今天我们亲姐妹说说私房话，你别在意。”

“没事，你尽管说。”

“年轻的时候，你是不是有过一个十分倾心的心上人，后来甩了你，或是阴差阳错没好成。”

“哈呀，紫烨，我还没福气碰上这么浪漫的故事。”

“那么……”紫烨的语气拖得长长的，眼神怪怪地盯着罗卉，迟疑了片刻，还是放低了声音，问了出来，“你给我说真话，罗姐，你身体……是不是，那个……”

“我明白了，”罗卉笑着说，“你的意思是问我，身体是不是有病?”

“对，不过罗姐，没关系的，真有病，我们现在有钱，可以去看的。”紫烨以深知内情的语气说，“这几年，看不孕症的多啦！上海的医生就很了不得。”

“我可以十分坦率地告诉你，我在这方面，身体好好的，很正常，一点儿毛病也没有。”

“那就奇怪了呀，别说是罗卉姐你了。你看看我，长得这么丑，都结过婚了！知道男人是怎么回事了。”

“后来怎么离了呢？”罗卉完全是关切的。

“是我不要那狗男人的。他看着我能干，就想仗着自己长相漂亮，躺在我身上享清福，过好吃懒做的日子。”

“这种男人倒很少见。”

“是啊，一开始，我算是迁就他了。这家伙整天无所事事不说，还要喝酒、抽烟、搓麻将、赌钱，常常还是十赌九输，男人玩的东西，一样不能少，真是没素质透了……”

“恐怕还不止这些。”

“让你说对了，罗姐，最令我寒心的，是这畜生背着我竟然还在外头玩女人。有一次，是夏天，我满身是汗地赶回家中，推开门看见他和一个女人赤条条地躺在空调房里。你说，这种男人我要他干什么。不过，”紫烨突然朝门口瞅了瞅，一下放低了声音说：“离婚做了单身女人，说真的，不等于我不要男人。男人我还是要的。”

罗卉愕然地抬起头来，紫烨正瞪大了双眼盯着她，嗤声一笑，说：“你别紧张，罗姐，我那县城……不，不，现在县改市了，该叫城市了，对，我那城市里的铺面不大，就是个双开间，装修得也一般，可帮工还是需要的。我找的男帮工，除了要肯干，还要我看得上眼。不见得非要多么英俊，但总得像个男人。白天他给我干活，晚上我就让他陪我睡。”

“你这不是……”

“玩弄男性，对么，罗姐，我晓得你要这么说。我就是要玩弄他们，凭什么男人有了钱可以玩弄女性，明的暗的找多少都可以。我们女人有了钱，就不可以玩玩他们。哎呀，罗姐，你真的很纯呢。瞧你，听我这么说说，脸都红了！哈哈，真叫人想不到。”

罗卉虽比紫烨年长，但还真的从没和另一个女人这样坦率地谈论过如此敏感的话题。被紫烨一语道破，她双手掩脸支吾着：“我是酒上了脸。”说着，用诧异的目光望着紫烨。

紫烨满不在乎地说:“罗姐，你不要用这种眼光盯着我，今天约你出来吃饭，除了向你表示感激之外，我就是想要开导开导你。你知道我们几个在你这儿进货的女老板，背后怎么议论你么?”

“说我些什么?”罗卉极力显得不在乎地问。

“其实大家也是为你着想，看你生意做得这么兴旺，脸色却经常不好，有几次甚至还有点儿憔悴，化点儿淡妆根本掩饰不住。大伙儿就说，你这都是因为身旁没个男人，阴阳失调造成的。”

“嗨，你们也真是……”

“真的，罗姐，你不要怪我们，我们都是大老粗，做小生意出身，社会上三教九流什么人都搭讪，什么尴尬场面都经历过，什么脏话、下流话都听过、骂过，被人家骂，也骂别人，今天我这话是讲得粗一点，可确确实实都是大实话。你该好好找一个了。”

“好好找一个，”罗卉见她是真心诚意地在对自己掏知心话儿，眼前顿时晃悠悠出现了那个令她心仪的作家的脸，她感叹地接了上去:“谈何容易啊。”

“一时间找不到，”紫烨把面前的砂锅往边上移动一下，脸朝罗卉凑过来真挚地说道:“你就像我一样，找个临时的。”

“搭偏厦。”

罗卉脑子里响起插队落户时农民们习惯说的一个字眼。她不觉一怔，看到紫烨完全是一本正经的样子，不由摆手说:“这怎么可能。”

“怎么不可能?”紫烨正色道，“告诉你，那些个男人，好钓得很。没听说嘛，男追女，翻座山，女追男，捅层纸。就像捅破薄薄一层纸那么简单，你还不会做?”

罗卉万没想到紫烨请她吃饭，会缠在这么实打实的话题上。她低下头说:“我不像你，我年纪大了……”

“哎呀，就因为年纪大了，我们才为你着急呢。”谁知紫烨越说越上劲儿，“你看我，这些年里，换过三四个了，都比我年轻、比我小，现在家中还有一个，对我忠得很哪！我又不亏待他们，打工是打工的钱，陪我另外再给。从来没出过事情。你要觉得乏味了，看不上眼了，就打发他走人。”

鱼翅是什么滋味，罗卉都没吃出来，她埋着头说:“在你们那儿可以，在上海，像我这样，是不可能的。”

“怎么不可能，罗姐，你真是孤陋寡闻，上海滩像我这样的女老板，身边养一两只小狼狗的，是公开的秘密。我和她们聚会时，她们还都带来呢！”

罗卉垂下了眼睑，不愿继续这个话题：“紫烨，我们还是吃饭吧。”

紫烨一定也听出了她要结束这一话题的语气，一挥手说：“好、好、好，我服了你，不说了，不说了。反正我要说的意思，已经都讲了。做不做那是你的事儿。怎么样，这鱼翅的味道好么？吃完了翅，让他们上饭。白米饭拌鱼翅汁儿，就是标准的鱼翅捞饭。”

“味道好极了，”罗卉抬起头来，用了一句广告语，笑得很甜地说，“谢谢你的精心安排。”

一小盅泰国米做的饭送上来拌进砂锅，罗卉端起酒杯，和紫烨一饮而尽，然后专心地吃鱼翅捞饭。结账的时候，真是不便宜，两个人一顿饭，就吃去了一千一百多，紫烨付账的时候，罗卉情不自禁地想到，要在插队落户时，有这一千一百多现金，光棍寨杉木凼，五十几户人家、三百多口人，就能举行年终决算搞分配了。久经商场，吃过不知多少豪华宴，罗卉早已没这样的思维了，可不知为什么，紫烨一付账，罗卉今天又这样算计开了。这可能还是多少年里的插队知青情结吧。

紫烨挽着她的手臂出来，殷勤地送她到车旁，为她拉开车门之前，还俯身凑在她耳畔悄声说：“回去好好地想想我的话，罗卉姐，看开些，人嘛，一辈子图个啥，不就是欢欢乐乐。好，谢谢你赏光。拜拜！”

紫烨拉开车门，罗卉坐进去，紫烨又“嘭”一声关上车门，胖姑娘司机发动了红色的法拉利，回了一下头问：“回家么？”

“回家。”

这就是说，回她自己的家，一个人，独自个儿待着的家，私密性很强的家。这个家，别说旁人了，就是几十年的老朋友舒宇虹也没去过。这里离老城隍庙很近，按老上海的观念，这一地段算不上高档，和宇虹待着的华都大楼纯属两个档次。华都大楼是老外滩，今天划定的中央商务区，而她居住的高层周围，都是原先南市区的老城乡旧区，破破烂烂的房子组成了一条条长长短短的弄堂。“文化大革命”时期的七十年代，中国刚和日本实现了关系正常化，曾经风传，日本为补偿侵华战争对中国和上海造成的伤害，准备出资改建整个南市区老街坊，引得市民们议论纷纷，一整个夏天乘凉时都围绕着这一话题在做白日梦。

罗卉刚搬进新居的时候，从她的十八层楼往下看，远眺还可以，城隍庙九曲桥、外滩外白渡桥、浩荡的黄浦江、浦东的东方明珠、新崭崭的高楼群，甚至弯弯的苏州河，都能尽收眼底。俯首望下去看近处，那些个破街陋巷里的景观，黑色的屋顶、高低错落的阳台、到处晾晒的衣裳，哎呀，那景象实在不敢恭维。可这几年，这一片也在变了。

罗卉之所以选择这儿，就因为从发展的眼光看，这里的居民住房很快都要拆迁改造，前景十分美好；另一个具体的原因，那就是这儿离老城隍庙步行才五分钟，下楼后溜溜达达就到了，她一个单身女人，不愿意做饭吃，一天到晚随时都可以吃到饭食、面食和她喜欢的点心。当然，定下这儿的一套房子时，她还考虑到，这里去她上班的外滩、去华都大楼看望舒宇虹同样十分方便。

电梯把她送上十八层楼时，不知为什么，她觉得很乏，头有些晕，两个人对喝，还是喝得快了点。进屋以后，倒在长沙发上，一动也不想动。

窗外楼群的灯光像星星一般在闪烁，她的眼皮却直想耷拉下来。可是喝了一点红酒，她又有些兴奋，睡不着。紫烨的话，触动了她的心事，昏昏乎乎之间，紫烨的脸在她眼前和很久很久失去联系的韩灵的脸重叠在一起。她俩是一个人么？分明不是，可怎么在她的记忆里，她们那么相像呢。不是说相貌像，而是她们说出的话相像。当年，韩灵不也说过类似紫烨今天讲的话么？

韩灵是怎么说的，她是在一个什么样的情况下说的？

最初，什么迹象也没有。杉木凼的女知青们都晓得，只要韩灵在知青点集体户看家做饭吃，收工以后，回到集体户，韩灵总有新的惊喜在等待着大家。头一次惊喜最难忘，姑娘们还没走到知青点跟前，就闻到那股扑鼻的香味了。整天吃着盐水泡白饭、蔬菜蘸辣椒混日子的知青们，对荤腥、美味的菜肴特别地敏感。回进知青点厨房，那股诱人的香味儿更加浓郁了。

心急的罗卉冲到炉灶前，打开那只平时蒸馒头的特大号铝锅，哇！满满的一大锅牛肉，那久违的浓香顿时弥漫了整整一屋子。

“牛肉！哪来的？”

“韩灵，你真有办法！”

“这么多的牛肉，真正给我们开洋荤了。”

“土豆烧牛肉，我们过上赫鲁晓夫的共产主义啦。”

“韩灵，我真希望你天天看家，天天给我们准备好吃的。”

……

姑娘们当场欢呼起来，韩灵的脸上浮现着自得的、神秘的笑容，等大家嚷嚷完了，这才不慌不忙地说：“大家尽情吃，吃完了还有。”

哈，姑娘们又是一番惊喜，煮了这么一大锅，吃完了竟然还有。

“韩灵，你到底买了多少牛肉回来？”

“几十斤呗。”

“几十斤？多少钱？”凑在一起开伙食的姑娘们不解了。

“不要钱。”韩灵见一张张诧异的脸都盯着她，不再卖关子了，把她的底细一股脑儿全抖搂出来，“杉木凼寨上，一头小牛崽，失脚跌落在崖下死了。你们晓得，这里的老乡是不吃牛肉的，我花了一个劳动日的工分钱，外加一斤粮票，请老乡把牛肉割下来，背回杉木凼。没花大家的钱，也没费多大的事儿。唉，你们快洗洗手，趁热吃啊。不瞒你们说，我馋不过，已经吃下一碗了。嗨，小牛肉，不但香，还很嫩哪！在上海都吃不到。牛肉多，我放的土豆少，一会儿，吃掉点肉，再往锅里加土豆。”

她这么一说，姑娘们还有什么话讲呢。这里的老乡，认为牛一辈子在给人出力，死了以后得善待它。故而不食牛肉的风俗是大伙儿都晓得的，不管是大牯牛、嫩母牛，还是水牛、黄牛，在山坡上摔死了，都是就地掩埋。后来，大山洞那里有了内迁来的工厂，周围村寨有的农民就把摔死的牛连骨架带肉抬到街上，卖给远方来的工人们吃。工人们确认这是摔死的牛，争相买来吃，以至于最早只卖一角钱一斤的牛肉，现在也涨到四角了。但在偏僻如杉木凼这样的寨上，农民们还是一如既往地不食牛肉，也不把摔死的牛抬出去卖钱。他们的理由也很简单，牛为人辛苦一辈子，死了以后，再用刀去割它的肉煮来吃，心头过意不去。

上海来的女知青们没有这种心态，几十斤牛肉，连续几天里，大大改善了她们清苦的生活，韩灵也自然而然地成了姑娘们的核心，其地位一下子超过了罗卉。这以后，只要是轮到韩灵值日看家，她总有新的惊喜带给收工后的知青们。有一回是吃鹅肉，一回是吃鸡肉，最起码也有猪肉吃，问她是怎么买来的，用啥法子去买的，她就故弄玄虚地竖起一根食指，眯缝起双眼，神秘地说："暂时还得保密。"

姑娘们私底下也猜测了好久，不晓得韩灵哪来这么大的能耐。

插队几年了，在贫困清苦的杉木凼乡间，农民们屋头，只有过春节大年的时候，才能杀一头年猪，打打牙祭。因为家中杀得起一头猪的，必须在年终时喂肥了两头猪，一头以国家收购价交给食品站，才能在家中杀另一头猪。这一头猪杀下来，除了过年尝尝新，吃掉一点，缺钱的得拿几块肉抬去赶场时卖掉，换来一点现金，帮补家用。一时不缺钱的，也得把大部分肉腌起来、挂在梁上风干，做成腊肉、咸肉或熬成猪油，能干的农家还把肉制成火腿，总之是细水长流地慢慢吃。全家人一年到头的荤腥，全靠着它了。

知识青年们普遍不喂猪，要吃肉只有靠上海家中寄或是带咸肉、罐头肉。那几斤咸肉，经得起几回吃？平常日子，吃进肚里的，全是清汤寡水的粗茶淡饭，油水早被刮尽了。

韩灵就有这么大的本事，神不知鬼不觉地，经常弄点肉来改善大家的伙食。姑娘们不知她的底细，可每回还是吃得很香的。

事情的败露，完全出乎罗卉的意料。那天正逢盛夏，姑娘们随着妇女劳动力在坡上薅苞谷，太阳大，一人高的苞谷林里热浪灼人，舒宇虹热得脑壳晕，眼睛眯缝起来，脸涨得通红，妇女队长吹哨子喊歇气的时候，她悄悄对罗卉说，回去拿几颗六神丸来含。

罗卉朝灰白的泥土路上瞅了瞅，让她慢慢走，午间歇气，时间总是很长的，这一块苞谷地离杉木凼寨子又近，不会出什么事儿，不要急。

舒宇虹甩着双手沿田埂去了，罗卉拿草帽盖着脸，耳朵里听着婆娘、媳妇们东家长西家短摆龙门阵的声气，靠着苞谷土边的一棵青桐树干打瞌睡。罗卉也累了，大太阳底下干体力活，身子骨全绷紧了，这会儿全身心放松下来，忙里偷闲，也算得是最舒服的时候了。她得抓紧这当儿歇一阵，最好能睡着，睡到妇女队长的哨子响醒过来，才有精神把这一大块地的苞谷薅完呢。可是她只觉得迷糊了一会儿工夫，一阵脚步声就把她惊得睁开了眼，只见舒宇虹脸色煞白地来到她的身边，惊慌慌地挨着她坐下以后，"呼哧呼哧"直喘粗气。她看见舒宇虹的胸脯起伏波动得厉害，忍不住轻声问："六神丸取来了？"

"没，没有。"舒宇虹神情慌乱地答。

“没找到么?”

“不是。”

“那出了什么事?”罗卉坐直了身子，认真起来了，舒宇虹的貌美是远近闻名的，她一个人走回寨子，会不会在半路上遭哪一个莽男人欺负了。

舒宇虹瞥了罗卉一眼:“不是我。”

“那是谁?”

“韩灵。”

“她不是在屋头看家么?你碰见她了?”

舒宇虹见罗卉问得急切，摇了摇头，轻轻拉了罗卉一把:“你跟我来。”

罗卉随着舒宇虹来到一片青桐林子的背面，听舒宇虹说了回杉木凼寨子时撞见的情况。

舒宇虹悠然自在走近知青点集体户的时候，屋头静悄悄的，她以为韩灵在午睡，怕惊醒了她，故意放轻了脚步。

走到门前，大门从里头闩上了。舒宇虹绕到卧室的窗口，正犹豫着要不要喊醒韩灵，屋里传出了一个男人气喘吁吁的声音:“这下行了吧，这下……”

“比上回好一点，狗日的，真是憨包，连这也要老娘教，教你几回了，你都不长进。”

舒宇虹听得清清楚楚，这是韩灵的说话声。不过她不晓得，韩灵说的是啥子事。

泥墙茅草屋，窗户都是挖一个方方正正的洞，照例地不装玻璃，姑娘们用一顶斗笠，遮挡外面的目光。

舒宇虹听不出这是寨子上哪个男人的声气，忍不住轻轻一拨挡着的斗笠，往里头望去。

这一望，她顿时敛声屏息，几乎晕过去。

韩灵的床上，帐子放落了一半边，一个光身子的男人，扑在她裸露的身上，正在起落晃动。两双光脚，都露在床沿外边，不时地扯动着。

男人的声音又响起来:“哪个说的，老子这两回来，不是都把身子洗了又洗嘛。”

舒宇虹双眼一闭，一个猛地转身，怕惊动了他们一般，踮着脚尖，跑离了集体户。

宇虹说的声音又低又轻，可罗卉听来，仍觉得惊心动魄，脑子里是一片混乱，万没想到，韩灵瞒着众人，在农民当中找了一个相好。

“你看清没有，那男人是谁?”

“只看了一眼，他们又是那种姿势，没看清。”

“听声音呢?”

“好像，听声音好像，好像是……”

“说嘛，怕什么，我不会乱传的。”

“听声音像是卢光耀……”

“大队民兵连长!”罗卉心中一惊，怪不得舒宇虹不敢说，这家伙是杉木凼仅次于卢光飞的实权人物。

舒宇虹害怕地说：“你千万别轻易透露出去。”

“我明白。你放心，宇虹，就是问，我也不会说是你看见的。”

当天收工回到集体户，韩灵照例又有肉汤煮好了，虽是肉少汤多，姑娘们还是吃得有说有笑，情绪甚欢。唯独舒宇虹，光是挟着南瓜片下饭，一勺子汤也没喝。

她的古怪举止，连韩灵也注意到了，问她：“宇虹，你怎么不吃呀？嫌我煮得不好吃?”

“哪里，”舒宇虹尴尬地笑着，掩饰着说：“我是肚皮不舒服，不敢吃。”

夜里，瞅准韩灵去堰塘边洗衣裳，罗卉也端着一只盆，随她身后去了。堰塘水的哗哗啦啦声中，罗卉把事情跟韩灵挑明讲了，不过她没说是舒宇虹看见的，而是说自己撞见的。

“撞见就撞见了嘛，我晓得总有一天要被你们中的随便哪个人察觉的。”真没想到韩灵会这么平静，她轻描淡写地说：“他像馋猫盯着鱼一样地盯着我，我实在无法甩脱他，就利用他替大家买肉吃啊！买来的肉，你们都吃了，都说香，我也就值了嘛。”

罗卉仍有疑问：“他只不过是一个杉木凼大队的民兵连长，有什么资格给公社食品站长批条子买肉，他写条子去，只怕人家理都不理他。”

韩灵“扑哧”一声笑了：“这家伙鬼得很，也可以说是灵得很。上头有规定，凡是响应国家计划生育号召，在计划内生两个娃娃的，或是主动小产的，都可以由大队出证明，到食品站买二三斤肉。他让我写好条子，说明寨子上哪个妇女响应号召，需要按政策买肉三斤五斤，事儿不就办成了嘛！”

“写了条子，盖上民兵连的章子，也不行啊。这事儿得大队革委会出证明。”

“这有啥难的，他和卢光飞是嫡堂兄弟，又常去找卢光飞谈工作，知道卢光飞的公章放在家中的三抽桌左侧那个抽屉里。对卢光飞说民兵连有什么事情，需要盖个公章，卢光飞对他是绝对信任，让他自己去盖。他顺便就把我事先写好的一沓条子全盖上了章。你说妙不妙？”

罗卉也让韩灵说得笑起来，但她旋即又正色道：“可你也不值啊，韩灵，你是个大姑娘，没结婚，卢光耀可是有婆娘、有娃崽的有妇之夫。你这不纯粹是给他耍嘛。”

“这有什么嘛，”韩灵的嗓音粗粗地说，“他玩了我，我也玩了他呀。再说，你看看这光棍寨子杉木凼，哪个男人不是血红着眼睛盯住我们，我和他相好，还没其他人敢来缠我哩。”

……

客厅玻璃窗外，是夜上海一片璀璨的灯光，在高低错落的楼群之间明明灭灭，闪闪烁烁。黄浦江两岸，更是划出一道亮丽的弧光。

久远的杉木凼寨子上的往事和紫烨今天跟她说的话交织在一起，搅得罗卉的心绪阵阵波动。像紫烨说的那么去做，当然是不可能的。她简直不可能想象，和一个年轻的、陌生的体魄强健的男人亲昵，就是想一想那样的情形也会令人厌恶，她怎么可能做那样的事情，那还是她罗卉么？

可她又该怎么办呢，岁月在无情地流逝，年龄在一天天地大上去，钱嘛，赚得也不少了，不少和她一样干得出色的生意人，做梦都在想着开拓新的财路，开发新的产品，更多地占领市场份额，朝着亿万富翁前进，她却始终懒神无气的，不想去作更大的努力。不是她没有能力，是她觉得，赚更多的钱，对她来说意思不大。唉，她的归宿在哪里，她的感情又该依附在哪一个可以信赖的男子身上？

她的心头一片茫然。

# 八

门铃响了，姚征冬颇感意外，正值盛夏，暑热难当，他没约什么人来啊。郑夕对他是主动的，可他始终没把家庭的具体地址告诉过她。那会是谁呢，反正不会是厉言菁，她很尊重他，每次来都要事先打电话约好，绝不会唐突地闯来的。

他离座起身，走到门后面，从猫眼里往外瞅瞅，门口站着一个瘦小的女子，穿一身上海流行的连衫裙，他不认识。但也不碍事儿，也许又是居委会有什么琐事要通知吧。上海社区的网络继承了历史上的传统，是十分严密和高效的。经常待在家里的姚征冬逐渐也习惯了。

他打开了门，楼道里一股热浪迎面冲来，久待在空调屋里的姚征冬眼都花了，他不由得问："请问，你找谁呀？"

"姚老师，你不认识我了。"女子一开口，姚征冬吃了一惊，这不是他的钟点工小秋嘛，隔着猫眼，他竟然没认出来。定睛一看，真是小秋，不过也难怪他隔着猫眼认不出来，就是乍一眼看去，他也是会认错的。平时，小秋到他家里来，总是穿着十分随意的钟点工服装，平平淡淡，粗粗放放，一看就知是价廉物也廉的衣裳。可今天，小秋的打扮焕然一新，尽管只是穿了一件浅咖啡色的连衫裙，可这件连衫裙的质地很好，剪裁得十分贴身，把小秋的身材衬托得颀长瘦削、小巧玲珑，特别是领子，一个弧形圈到胸前，开了一个四四方方的口子，显出几分庄重和优雅，又不失大方和别致。最为醒目的，是她的颈项里戴了一条黄蜡蜡、光闪闪的金项链，细细的一圈，直晃人的眼。就连她随身拎着的那只尼龙包，也是新的。

姚征冬几乎看呆了，半天才醒过神来，解嘲地指着她一笑说："你这一打扮，让我认不出来了。"

"这样打扮不好么？"小秋往后退了一步，像是要让姚征冬看得更清楚些，一偏脑袋问。

走廊里有风，吹起了小秋的裙摆，使得她那淡雅的装束和文静的气质顿显几分飘逸。姚征冬定睛望着她，今天她把发式也改了，平时总是遮盖着额头的刘海儿全都梳拢抹到了脑后，一下子把她秀气的脸衬托得分外青春和蓬勃。仿佛直到此时，姚征冬才意识到，小秋是一个十分年轻和耐看的姑娘。

“好，好，这样一打扮，你就完全是个上海姑娘了。只是，今天又到星期四了么?”姚征冬费神地蹙着眉头细想，“我怎么觉得，你刚来过没几天。”

小秋的笑容里带着一点惶惑：“你记得是对的，姚老师，今天不是星期四。”

“那你怎么来了?”姚征冬向她招招手，“这么热的天，快进屋吧，有话进屋谈。”

他心里在猜测，小秋星期四也许有什么事，今天提前来这儿，是想调换时间，把事儿都做了。这在钟点工也是常事。

小秋随他进了屋，端坐在姚征冬跟前，抹了抹脖颈里的汗，双手交叉捏着十指，低着头说：“姚老师，今天我有空，是主动上你家来做事的。你那么好，打车送我看病，我没啥好报答你的，就来替你收拾收拾。你忙你的，我做我的事情，不碍你的事。”

姚征冬明白了小秋的心思，看着她胸前的汗把连衫裙也浸湿了，心中老大不忍地笑着说：“那都是我应该做的呀，瞧我这儿，没多少事啊。你一星期来一次，帮我都收拾干净了。”

“还说没多少事呢，看看你这屋子，杂志、报纸、材料，还有那么多书、茶叶罐、影碟，七七八八的东一堆，西一叠，东西堆得零零乱乱，灰尘也多，每次我一来，都把抹布抹黑了，再说，晚饭你吃什么，不是天天都在对付嘛。”

“我已经惯了。”姚征冬坦然地说。

“惯什么，习惯了一个人对付着吃饭，那会伤身体的。”

“我的身体没毛病。”姚征冬不便说，他在外面还有很多饭局，营养还是均衡的。

“等到毛病出来，就来不及了。”小秋不由分说道，“姚老师，你不知，小区里的人们在怎样议论你呢。”

“小区里的人们，怎样议论我?”姚征冬吃惊地问，他万没想到，他安安静静地住在这里，和什么人也不认识，谁也不招惹，谁也不接触，还是会被人议论。

“说你可怜啊!”

“什么，我可怜?”

“是啊，人家说你被出国的老婆甩了，连小孩也跟老婆走了，不愿跟你。你就是一个人过，孤苦伶仃的，没人煮饭给你吃，年龄大了，没女人愿跟你再相好，只好求居委会介绍我这个外地来的钟点工……哎呀，我不说了，反正，难听的话多着呢!”

姚征冬真是又好气又好笑：“你相信这些话么?”

“我不信，可我知道的，你这儿，确实需要一个人照顾。姚老师，今天是我自己来的，不算工钱。”

说着，小秋眨巴眨巴眼睛，定睛凝神、脉脉含情地望着他。见姚征冬没说话，她又紧张地抹汗了。

姚征冬看得出，小秋的目光里，还有着更深的含意。以往，他总是把小秋当作一个钟点工看待，表面上他相当客气，显得也很尊重她，实际上他连眼角也没细瞅过她一回，他们之间就是纯粹的雇佣关系，她做钟点工，他按说定的小时工钱付给她钱。今天第一次，他开始意识到了，小秋也是一个女人，一个年轻的、相貌秀雅的姑娘。她有着对于上海这座城市，对于自己的未来的很多向往。对于她的一片好心，他能说什么呢，断然拒绝她，或者冷冷地婉辞她，他做不出来。可是，听凭她像义务工一样地帮助他料理家务，久而久之，终归不是一个办法。

姚征冬正不知如何说的时候，电话响了。他操起电话喂了一声，电话是外省那位约他写稿的杂志主编打来的，他充分肯定了姚征冬写的那篇关于林月之死的文章，特别是姚征冬采访中三个林月的说法，尤其令人耳目一新，写得好、写得好。主编一连重复了两遍之后，又说，当地电视台已经读到了文章的校样，他们也对林月的话题很感兴趣，决定要做一档节目，想邀请姚征冬作为嘉宾。

“你看行么?”主编说到最后，客气地问。

在主编慢条斯理地陈述这件事情的时候，姚征冬心里已经认可了邀请。他觉得关于林月之死的话题，到外地去做，要比在上海本地做自由得多，有许多话儿，还可以在外地敞开讲，痛痛快快地讲，如华都大楼神秘的406房间，先后在406住过的三个美丽女子和她们的死，以及由华都大楼引发的一些和历史、和上海这座都市有关的想法，都能在电视采访中借题发挥地讲出来。他甚至觉得，只要厉言菁愿意，他还可以邀她一起去，到了外地，只需要告诉接待方她是自己的女友，人家也不会有什么想法的。主编是知道他的婚姻状况的，不会引出什么闲言碎语来的。思绪飞旋地转着，他一边接电话，目光一边追随着离座而起的小秋，只见她提着那只尼龙包，熟门熟路地走进厨房，已在那里忙碌起来。听到主编最后征询他的意见，他爽快地应道："你老兄的事，我还不是召之即来！"

"那好，谢谢你给我面子。"主编显然很高兴，"能请到你这么个大学者，电视台一定会隆重接待的。你有什么要求，尽管提。"

"什么要求啊？"

"比如想到省里什么地方转转啊，又比如报酬啊，你都可以提，别客气。反正电视台拉了赞助。据我所知，他们给嘉宾的报酬还是很可观的。"

"这些，就由你们定吧。我客随主便。"姚征冬心里忖度着，厉言菁真去，到定下了票子再说也来得及。

主编在电话里笑得十分响亮："谢谢你了，姚教授，那就这样，我让电视台尽快把请柬给你寄去，你看是寄单位还是家里？"

"寄家里吧。"姚征冬挂断电话，当即就想拨一个电话，把自己灵机一动产生的想法告诉厉言菁，看她愿不愿去，厨房里一声响动，习惯了单身生活的姚征冬不由抬起头来。

小秋端着一只杯子，微笑着走出厨房，来到跟前说："姚老师，你喝水。"

姚征冬指指桌上的茶杯，说："我已沏了茶。"

"瞧，你的茶都泡淡了，喝这个吧。"小秋拿过姚征冬的茶杯，虽然放了不少茶叶，可待在空调间里，喝水多，从早晨喝到现在，茶水都泛白了。

姚征冬接过小秋递给他的杯子，瞅了一眼，只见杯里是和她上回做的酸梅汤相似的果汁，笑一笑说："是酸梅汤吧？"

"你喝吧，喝了就知道。"

在小秋执拗的目光注视下，姚征冬抿了一小口，还是有些甜，却不酸，也没有杨梅味儿，很好上口。他品尝着，咂巴着嘴唇，转脸问："是什么?"

"你猜。"小秋把脸一偏。

姚征冬又尝一口，还是品不出味儿来，他胡猜着："是胡萝卜汁?"

"哪里呀，是野木瓜汁。"

"野木瓜汁，哪来的?"姚征冬自家的冰箱里没买这种饮料，在上海各种各样的会议和宴席上，他也没喝过这种饮料。

小秋笑了，她笑的时候竟有几分妩媚："我带来的。"

"你干吗给我带饮料啊?"姚征冬想起了她进门时随身带的尼龙包，原来她还带礼物来了！

"我听说，"小秋收敛了笑容，唯恐姚征冬生气，说："你们写东西的人，喝这种果汁好。"

"你听谁说的?"

"超市里的人说的。"

"卖什么东西的人，总说他的东西好。这叫卖什么吆喝什么，以后不准你带任何东西来了。这东西多少钱，我给你。"

"不要，不要，这是我送你的。"小秋的脸涨红了，争辩般说。

"我怎么能收你的东西呢，"姚征冬正色道，"你是来帮我干活的，应该喝我的饮料才对……"

"可你除了茶，冰箱里什么喝的也没有。"

姚征冬怔了一下，她说的是实话，上次的酸梅汤，还是她做的，他不也喝了嘛。他把手一挥说："我可以买呀！你买来了，我就该……"

话没说完，电话又响了，这一次的铃声显得特别响，响得都有些刺耳了。姚征冬拿过话筒："你好！"

"你好，征冬。"姚征冬一下听出来了，这是郑夕亲昵的声音，"你在干什么，有空见面么?"

姚征冬瞥了小秋一眼，故意把语气放得平静地说："你有什么事?"

"我想见你一面，和你好好聊聊，聊个彻底。"郑夕说话的声音，还是一如既往的响亮，冲击得话筒嗡嗡作响。小秋一定听出来了，来电话的是个女性。"你说，我们是在外头见面，还是我去你那儿。"

"在外头见吧……"

姚征冬迟疑着还没把话说完，郑夕就接过了话头："那好，在外头见，你快点下楼，我已经要到你门前了。我们见了面，再相约到哪儿去坐坐。"

姚征冬还是吃了一惊："什么，你已经要到我门前了？"

"是啊，"郑夕的回答有几分得意，"你不欢迎我到你家中去？"

"好，那好，我准备准备，你来以后就下楼。"含糊其词地应着，姚征冬挂断了电话，却并不忙着去更衣，而是转脸对始终站在跟前的小秋笑着说："小秋，对不起，你看我刚接朋友的电话，她要来，今天，你就不要在家里帮忙干活了，好么？"

小秋眨巴眨巴眼睛："这个朋友，他，他是到家里来，还是约你出去？约你出去，你就放心去吧。我替你收拾完了，自己会离去的。"

"不，不不，她，她是要到我新搬的家中来看看，参观一下，然后、然后我们再出去谈点事情……"

"我明白了，你是嫌我在这里碍事，我走，我马上去收拾一下摊开的东西就走。姚老师，我不会碍你事的。"说着，小秋疾疾地走进厨房，收拾她的东西去了。

她说收拾一下，可是磨蹭了好久，人影子还在厨房里晃。她怎么会有那么多的东西要收拾？

姚征冬不时地朝厨房瞅上一眼，话已说出了口，有客人要来，他不好抢先离开。而小秋就是不从厨房里走出来，他真害怕急性子的郑夕到了楼门口，等不及了，一路打听着找上门来，两个女人撞在一起，他夹在中间，说也说不清楚。

小秋终于从厨房里走出来了，仍是笑容满面、善解人意的一副平静样子。她手里还是拿着那只尼龙袋，不过里面装着的东西已掏空了，她的双手不自然地捏着空袋子说：

"姚老师，天气热，我给你拌了一些毛豆、咸菜，下稀饭吃很好的，还有几只咸鸭蛋，也是我带来的，你留着吃。"

"谢谢你，小秋，多少钱我给你。"说着姚征冬就要拿钱。人家对你这么好，你却要编着话赶她走，姚征冬心里有些不忍。

"不，这是我给你的，不要钱。我走了，姚老师。"说着，小秋从姚征冬跟前匆匆走过，打开了门。

姚征冬呆若木鸡地站在屋中央，听见门拉开的声音，他机械地抬起头来，小秋正向着他转过身来，重复了一句：“姚老师，再见。”

门又轻轻地掩上了，在门关上的那一瞬间，姚征冬清晰地看见小秋的目光里闪烁着晶亮的泪水，似还有着一丝的幽怨。

楼道里电梯门开启重又关上，继而又徐徐下降。姚征冬仍站着，这么对待小秋，他是不是有些过分了呢。他不是木瓜，看不懂小秋对他的一举一动、一言一行意味着什么，但他只能这样，装成一个木瓜。小秋那么年轻、那么单纯，一朵花儿还没开呢。仅从年龄上说，她正值青春年华，是标准的妙龄女郎。而他呢，他当她的父亲都行了。

姚征冬在屋中央转了一圈，他想等小秋走出小区，就下楼去，郑夕来了以后，到小区附近找一个茶馆或是咖啡屋聊，像郑夕说的，尽情聊。

门铃响了，姚征冬皱了一下眉头，一定是小秋有什么东西忘记拿了。他走过去打开门，不觉一怔，门口站着一脸笑吟吟的郑夕：“我来得快吧，征冬，哎呀，你这里真好找，我一点没费事，就找到你门口了。”

姚征冬往后退了一步，让她进屋。他有什么办法呢，人家已经上门来了，他总不能不让她进房间。

郑夕穿着一身黑色的丝绸长裙，领口、袖子都滚着醒目的白边，使她顿显几分青春的朝气。进了房间，郑夕闪身到一边，脱下脚上的皮凉鞋，双脚利索地趿进门口的草拖鞋里。

姚征冬刚一关上门，郑夕就把随身小包往地上一扔，张开双臂，向着他热情地扑了上来：“呀，你这屋里开着空调，真凉爽、舒服。”

姚征冬想到小秋刚才一身的汗，忙问：“你热么?”

“不热，我是坐出租来的。在小区门口没见到你，我就让出租车直接开进来了。下了出租车，几步路就进了你这楼里。”郑夕解释着，撮起两片嘴唇，热辣辣地有滋有味地吻了他一下，满意地说，“你这里真好，我早就预料到了。不会有任何人来干扰我们。”说着，她还环顾了一下四壁。

姚征冬眼前晃过厉言菁气咻咻的脸，是的，他答应过厉言菁，不再实施自己的计划，不再和郑夕逢场作戏，不再让郑夕陷入感情的深井不可自拔又抛弃她。可郑夕现在主动送上门来了，她想重温旧梦，她想和他建立一种持续的情人关系，以弥补她婚姻中的不足，只要他愿意，她甚至还会毫不犹豫地离了婚嫁给自己。

这当然是不可能的，他现在也不可能推开她，沉下脸来指着门让她出去。他要这么做了，依她的个性，一定会追问他这是为什么，她凭什么非要离开，她是什么都说得出、做得出的。他接受着她的热吻，心里说：这可是你要的，我没有来蒙你，也没来引诱你。

姚征冬回吻着郑夕，抚摸着她浑厚的、肌肤有些松弛的背脊。郑夕顿时显出陶醉之感，以更为奔放和热情的姿势，一面吻他一面发出阵阵好听的喘息，她扭动着身子说："和你在一起，我真愿意献出自己的一切，我更愿意接受你的一切。真的，征冬。"

她说话的语气令姚征冬感动，也许，时至今天，人生已经过去了大半辈子，她真的是爱他的，怀着对当年的歉疚爱他，怀着对今天的婚姻不满爱他，怀着对功成名就的仰慕爱他。他吻着她，隔着她穿的丝绸长裙轻柔地抚摸着她隆起的胸部，她俯下脸来注视着他细微的动作，他显得有些不自然了。她突然问："还记得当年，你夸我的乳房饱满丰实么？"

他嗯了一声，那时他仅仅是轻微地唯恐碰痛她一般地摸她，他说："你就是不让我看。"

她笑了，仿佛在为当年他那么听话自豪，她说："你还记得这个细节。"

"初恋的这种事是忘不了的。"

"那时候，我们都是纯真的。"

"是啊，那是多么纯洁的爱。"

"那你，还能找到当时的感觉么？"

终究几十年过去了，手上的感觉和当年美好的悦感截然不同。他轻摸着，似在回忆，又似在比较。

见他不说话，她扭动了一下身子："你说呀，说实话。"

"有点不同了，那个时候你还是一个少女。"他本来想说处女，话到嘴边，觉得太直露了，才改了口。

"你真敏感。"她把额头支在他的脸上说，"现在，现在你还想看么？"

没料到她会这么问，他迟疑了一下，那么一看，事态就会很快地急转直下，他反问道："你愿意么？"

"我脱给你看。"她爽快地说着，又重重地在他的左右脸颊上吻了两下，继而一个转身，把背脊对着他说：“你帮一下忙，给我把拉链拉下来。”

他在她的后脖颈找到了小小的拉链扣，轻轻往下一拉，拉链滑爽地拉到她的背脊上。

“拉呀，一直拉到腰那儿。你怎么连这都不懂，你那个前妻，从来没要你帮过忙么?”

“没有。”他回答着，笨拙地把拉链一下子拉到了她的腰部。

她利索地一弓腰，抬起脚，三下两下就把丝绸长裙脱了下来。她随意地把长裙扔在一旁，站直了身子，微带一点羞怯地瞅了他一眼，又含着那么几分自豪，几乎赤裸裸地站在他的跟前：“现在，你尽情地看吧。”

说着，她的双手抬起来，把乌发梳拢几下，整个儿拢到脑后，又把手伸到背后，解下了胸罩，丢在地上。她这一切都做得十分自然，仿佛这儿就是她熟悉的一个家。

房间里顿时弥散着她裸露的异性身躯的气息，好闻的带点儿刺激的气息。

姚征冬瞅着她一览无余的裸体，呼吸不知不觉地紧迫起来。

她挺立地站着，由于身高，身材颀长而修美，肩部和手臂不失润泽和优美，乳房高挺着，乳晕大大的，色彩很浓，乳头无力地有些下垂，整个乳房的美，全被这一微显往下耷拉的乳头破坏了。姚征冬看到她的腹部平滑，却已显松弛。她的身上只剩下了一条短裤。她像知道自己的弱点一样，双手捧起了自己的乳房，挤压了两下，似乎是要让它耸得更高一些，遂而抬起头来，颇含深意地瞅了他一眼，笑着对他说：“我真懊悔，当年没有给你看。说真的，那时候，它要饱满得多、大得多、也挺得多了。你、你就不想要它么?”

说着，她就媚笑着向他挨近过来。

她笑的时候眼角边满是鱼尾纹，仿佛要把她的整个眸子淹没掉。可姚征冬还是为她媚态的、摇晃着的身躯和雪白的肌肤所诱惑，迎了上去，她身上的那股醉人的气息似乎要把他淹没，他的手缓缓地抬起来，触摸着她滑爽细腻的皮肤和已显柔软松弛的肌肉。

“真舒服，真的，给自己倾心相爱的人抚摸，真的舒服。”

一团火焰燃烧起来，两人紧紧地拥抱在一起，贪婪地相吻着。郑夕一边有滋有味地吻着，一边带着惶惑的快乐断断续续地颤声说："太、太好、太好了，征冬，真的，我们会很幸福、很快乐、很陶醉的，真的、真的，你放开些、再放开些呀，不要拘谨呀，我们都是过来人了，征冬，我亲爱的，最近，就是和你重逢以来，我想这一天，想了好久好久了……"

宛如大地上泛滥的江河在奔涌，姚征冬一使劲儿，把郑夕悬空抱了起来，郑夕快活地咯咯笑出声来，捧着姚征冬的头，往自己隆起的一对乳房前凑。

门铃连续地响了，继而一个拳头重重地敲着门。

似乎有一盆冷水兜头浇下来，郑夕惊慌地叫了起来："谁在敲门，会、会是谁，我们不理他，不理他。可以么？嗯!"

沸腾的血液仿佛一下子凝固了，姚征冬的双手一松，脸转向门口那儿。他倒没像郑夕表现得那么懊丧，相反还有点儿庆幸这个不速之客在此时此刻敲响了门。

## H

骆秀音最后的日子，表面上看是十分平静的。故而，当年听说她上吊而死，放下来以后，尸体被两张大被单严严地裹起来放上担架抬走，华都大楼住户们的第一反应就是遗憾，就是没有亲眼见到这个大明星的尸体，遂而便是极大的不理解。

她不是已从牛棚里解放出来了么，她不是不必被押出去批斗了么，为什么这样经受不住？

和很多还被关押着失去自由的牛鬼蛇神相比，和很多天天被批斗打得头破血流的明星相比，她的情况好多了呀。她为什么非要选择死，而且死得这么惨，这么不得其所。

离开华都大楼不远的十字街头，高高的电线杆顶上，装着一只高音喇叭。每当黄昏来临，这只整天叫叫嚷嚷，不是呼喊口号，就是宣读公告，要不就是播放语录歌的大喇叭，就会播上一个小时的革命歌曲。

"文化大革命"中，流行的革命歌曲多了。可是这只高音喇叭，无论怎么调换曲目，有两首歌曲是雷打不动必播的，一首是《万岁毛主席》，另一首是《抬头望见北斗星》。

就像约好了似的，播到这两首歌曲的时候，骆秀音往往刚吃完晚饭。只要这两首歌的旋律一起，哪怕还有最后一口饭没吃，骆秀音也会搁下碗筷，悄没声息地走到406的窗户边去。窗户开着，她会转过脸去，虔诚地凝视着十字街头那边倾听，窗户若是关着，她会伸出手去自己打开窗户。每当歌里唱到“抬头望见北斗星”的时候，她总会情不自禁地仰起脸来，仰望着高远的星空。有时候，夜空中闪烁着晶亮的星星，她的嘴角就会露出一缕笑纹，两片嘴唇微微蠕动着，似在对谁喃喃自语。有时候，空中漆黑一片，乌云密布，一颗星星也看不见，她的脸上就会显出失望的神色，哭丧着脸，不断变换着角度，寻找夜空里的星星。秋末风凉，从窗户里吹进来，时常拂动着她两鬓的须发，她却毫没感觉地站着。

遇到秋风秋雨愁煞人的连续老阴天，空气潮湿得仿佛要把一切都粘住，高音喇叭里喧嘈得再厉害，看不见星星的骆秀音就会情绪低落，十分扫兴。

连茵芸和骆秀芬见她总是愁眉苦脸的，忍不住会轮换着逗她，故意和她说话，让她道出心中的苦闷。

“秀音，天冷、风寒呀，你关了窗门，坐下歇一会儿吧。”

“我挺得住。”

“天天夜来临时，高音喇叭放歌曲，你都要站在窗口，听啊、看啊，看什么呀?”

“我在盼。”

“盼？盼什么。”

“盼望春天呀。”

“冬天都还没到，春天早着呢。”

“它总会来的吧。”

“这话是巴金在书里说的……”

“说得对。”

“你到外面去，可不要说。巴金现在是黑老K，被斗好多次了，电视都转播了两次批斗实况。”

“不过春天是要来的呀。”

“没错。可是春天来了，‘文化大革命’不结束，春天来了又怎么样呢？”

“是啊，我还是拍不成电影，电影，扮演一个又一个角色，哎呀，我还有多少角色不曾扮演过啊。我想扮演秋瑾，我要扮演阮玲玉，我甚至渴望扮演花木兰、陈圆圆，这个陈圆圆的命运，一辈子总在跌宕，在大起大落，多有意思啊！现在可都成了梦……所以我就盼啊、盼啊。”

骆秀音和连茵芸说话，总是要说得含蓄一点，含含糊糊的，让人费神猜测。连茵芸不在的时候，她和自己的嫡亲姐姐骆秀芬说话，就要说得直率一些了。

“秀音，茵芸回家去了，你也该离开窗口，准备睡觉了吧。”

“阿姐，我睡不着。”

“要睡啊，人这一辈子，睡觉是最要紧的。俗话说，吃得下，睡得着，那就不会有病。你现在，吃得这么少，再加上睡不着，身体怎么会好。”

“躺在床上，我要想呀。”

“有什么多想的，多少事，都放在脑子后头，先睡觉。”

“阿姐，你可以，我不行啊，一想开，脑子里就像过电影，不、不，比过电影还厉害，什么画面都会映出来。”

“你到底在想些什么呢？”

“呃……”骆秀音转身望了阿姐一眼，欲言又止。

“你讲呀，音子，”秀芬叫她的小名，“我是你阿姐，你有什么不好说的呢。”

“阿姐，你说……国家领导人现在在做啥呀？”

“这个……我怎么晓得呀？我们小民百姓，哪……”骆秀芬想说哪有闲心管这么大的事情，还是顾好自己吧。

“也许，他们在接见外国来宾。”

“经常有的。他们接见了外宾，第二天报上要登的。”

“那么，他们总归有一点点空闲时间的吧。”

“这我就不晓得了。”

“空下来的时候，他们会想到我们这些被他们接见过的演员么？”

骆秀芬惊愕地瞪着妹妹，骆秀音一脸的严肃，不像是神经搭错的样子。秀音这是怎么啦？她缓缓地摇着头否认。她总觉得秀音的脑子里又在想入非非了，就是人没糊涂，也是钻进了牛角尖，国家领导人接见过多少人啊，他怎能想得起自己的妹妹。

“那么，阿姐，你说，我被从牛棚里放回家来，是不是他们下的指示?”

“不可能。”骆秀芬断然地摇头，“下了指示，就会有一句具体的话，没人敢贪污。”

“有时候他们忙，在文件上画圈，也作数的。他们会不会在和我有关的文件上画过圈?”

“我看也不像。”

“这倒是的，可、可说一句话，又能费什么事呢？不就是舌头上打个滚嘛。”骆秀音嘴巴里承认了，但她脸上明显露出绝望的眼神，让骆秀芬心惊。秀芬正想劝她，她又喃喃自语起来：

“这么说，那么多次的……接见……多么亲切，多么难以忘怀，多么……都，都似过眼烟云……一点儿印象也没有了……”

骆秀芬为秀音寒彻心田的声音震惊，急忙劝道：“秀音，现在最要紧的是你自己，你快别胡思乱想了，再这么想下去，我真怕你……”

骆秀芬没讲出口，她真怕自己的亲妹妹会想出神经病来。“文化大革命”以来，多少人因为想不通，跳楼自尽，多少人神志失常，成了神经病。

但她显然看得出，秀音还在想，还在盼着什么。秀音的神情、秀音的目光，都透露了这一点。

有时候，她会走到电话机旁，久久地凝视着那架多少天里也不响一下的电话，自言自语着什么。骆秀芬有一次悄没声息地走到她的身后，听到她在喃喃着：“领导日理万机，忙不过来。你总没那么忙吧，你怎么也不来个电话呢？那时，你在电话里怎么会有那么多的话？你……你在哪里呀?”

骆秀芬惊叫起来：“秀音，你在对谁说话啊?”

骆秀音陡地一个转身，似怕被人看穿似的，连连摇头否认：“不，我没对谁说，我只是在自言自语，自言自语。”

连茵芸对骆秀芬讲过一个细节，来探望骆秀音的医生，身上穿的白大褂里面，隐隐约约地露出鲜红的领章。那领章虽是小小的两片，但在白大褂的映衬下，显得特别刺眼，令人过目难忘。她说，骆秀音这一辈子，从来没同军队里的任何人打过交道。电影厂里，也只进驻了工宣队，为什么会有军队的人插手到她的案子里来呢?

这是一个不祥之兆。

话被连茵芸说中了，没过几天，华都大楼406门前，设了岗哨。两名高大的士兵，身穿笔挺的军装，腰里别着手枪，手里还拿着卡宾枪，威武雄壮地站在大门两侧。引得楼里一些倒大不小的小孩，远远地站在楼梯口，对两个解放军指指点点，猜测着他们拿的是冲锋枪还是步枪，枪里有没有子弹。

这事儿在华都大楼引起的轰动，比南京路上又贴出一张令人瞩目的大字报还要强烈。

表面上平平静静，关起门来，楼上楼下的家家户户，都在议论和猜测着这件事情。

有人说这是骆秀音有贵人相助，上层专门派人来保护她了！看来，从运动初期就纷纷扬扬传开的那些小道消息，不可全信，但也不可不信。瞧着吧，从此以后，再也没人敢随随便便地闯进她家，抄她的家，给她贴大字报，押着她出去批斗了。

有人又说别做美梦了，像她这种人还会有贵人相助，真是困扁了头。这明明是对她的变相隔离，考虑到她毕竟是海内外著名的演员，又常和高层人士接触，为防扩散，泄露机密，特别对她实行软禁。

消息很快由华都大楼传出，几天工夫，就传遍了上海滩。小道消息飞速传播的同时，和三十年代影坛相关的传闻，和伟大领袖的夫人江青有关的秘闻，一时间传得沸沸扬扬。上海人不敢指名道姓地提及江青，还发明了一个代名词:“三点水”。

受此影响最大的，是谁也不曾想到的连茵芸。406门口设了岗，不是骆秀音特别专案组的人员，一律都不准进门。

能够随意进出的，只有照顾她生活的姐姐骆秀芬一个人。连茵芸和骆秀芬约好了，一旦有了紧急情况，骆秀芬就到702来找她。没有特殊情况，骆秀芬只在每天出外买菜回来时，直接坐电梯上七楼，给连茵芸通个气。

命运注定了连茵芸要卷进骆秀音家的故事中去。406设岗后没几天的一个雨夜，连茵芸被一阵急促的敲门声吓得久久不敢开门。她把轮椅推到门后，费尽力气支起身子，抓住门上的手把，透过猫眼望出去，只见骆秀音上大学的女儿骆宁，小名叫菲菲的姑娘，浑身淋得透湿，站在门外。

连茵芸看清了她的身后左右不再有其他人，才打开了房门。

骆宁哭泣着扑倒在连茵芸的怀里，委屈得不住地蹬着双脚。连茵芸连忙掩上了房门，注意着不让她的哭声传到楼道里去，那年头，处处都是隔墙有耳啊。等她哭够了，连茵芸才让她把里外都湿透了的衣裳换下来，穿上连茵芸的有点老气横秋的衣裳，问清她竟然还没吃晚饭，就要她自己动手，把冷粥再热一热，先填饱了肚皮再说话。

自从妈妈被打倒以后，为了和家庭划清界限，表明自己的革命态度，和反动妈妈绝不走一条路，骆宁从来没去医院和牛棚里探望过妈妈。听说妈妈回家以后，本来每周还悄悄地回一次家的骆宁，时常会到连茵芸家里来坐一坐，讲一点学校里的情况，吃点水果。连茵芸从她窘迫的神情中看出她缺钱花，还会塞一点钱给她。可自从骆秀音回进家门，她已经几个月没有回家了。

填饱了肚皮，收拾着碗筷，骆宁就迫不及待地给连茵芸讲开了。当她坐在连茵芸的对面时，双手不自觉地抓扯着沙发套子，按捺不住惶恐和激动，小声而局促地讲了起来。

尽管她要求革命，渴望革命，强烈地希望加入红卫兵组织中去，可是哪一个红卫兵组织也不愿吸收她为成员。革命的造反派不要她，保皇派也不要她，连那些个两派都不沾边的逍遥派都不愿搭理她，好像她身上带着细菌似的。而她又偏偏仍住在学校里。

整天无所事事、百无聊赖之中，一个大她一届的男同学走进了她的视野。他总是在她最感孤独的时候出现在她的面前，为她从食堂买来饭菜，为她到伙房打来开水，陪伴她一起偷偷地去看大字报上的新内容。他竟然还有办法弄来供批判的内部电影票，约她一起去看电影。《武训传》《清宫秘史》一类的热门电影，骆宁都是在他的陪伴下去看的。头一次进电影院看批判影片的时候，碍于她的家庭出身，离电影院还很远，她就吓得胆战心惊，不敢往前走了，他像知道她的心思一般，变戏法似地从衣袋里掏出一只红卫兵袖章，要她戴上。她更害怕了，生怕在电影院里碰到熟人，说她冒充红卫兵，那罪名不是更大嘛。他眉头一皱，马上想出了一个办法，叫她把电影票和红卫兵袖章一起放在兜里，检票的时候，把红袖章和电影票故意一起掏出来，这样一来，电影院检票的自然而然会认为她是红卫兵，而她呢，又不必把袖章戴在手臂上给别人看见。她忐忑不宁地照此做了，果然啥事也没有！

他们恋爱了。

瞒着大学里的革命师生员工，也瞒着所有相熟的同班同学。他们爱得如火如荼，爱得没日没夜。反正学校里是停课闹革命，谁也不会来管他们。他们可以在马路上逛个通宵，然后找一个供应大饼、油条、豆浆的饮食店，狼吞虎咽地咀嚼着大饼油条，喝下满满一大碗豆浆，遂而相视而笑。回到学校宿舍一觉睡到午后。他们也可以趁着白天，他家里父母到医院上班去了，悄悄地溜回他家，放心大胆地相互倾诉永远说不完的情话，捎带煮上一顿好吃的面条或是馄饨，又赶在父母下班之前，回到学校来。

可这样的事情岂能瞒得住众人的眼睛，骆宁总觉得他们之间隐瞒得很好，学校里谁都不会知道他们感情的飞速发展，他们的约会每一次都是战战兢兢、悄无声息、从不声张的。

谁知道，今天傍晚，她像平时一样走向学校的大食堂去吃晚饭，食堂大门口站满了人，在争看一张大字报。远远地，她一眼就看见，“骆宁”两个黑体字写得很大，上面还用朱笔打了两个大叉叉。墨迹和红墨水都蘸得太浓了，远远望去，整张大字报上糊满了黑红两色的道道。

骆宁只觉得头顶上有千万枚针在狠狠地扎着，她收住了脚，不知所措地呆站在那儿。

恰在这时，正在用正常的语速播送一条语录的高音喇叭陡地发出一串刺耳的杂音，继而猛地提高了声音，一个男性大嗓门嚷嚷着：“现在播送本校最新贴出的一张大字报，现在播送本校最新贴出的一张大字报。大字报的标题是：骆宁，一条化成美女的蛇……”

高音喇叭如雷贯耳，骆宁大惊失色，身旁左右走过的同学都转过脸来瞅她，眼睛里露出各种各样的神色，有鄙夷的、有同情的、有讥诮的，还有小声提醒的：还往前走呢，快回吧。一句话使她收住了脚步，她双手捂着耳朵，返身就跑，尽管她不要听，害怕听，可在她发疯似地跑出学校大门之前，她还是听到了大字报上的全部内容。那些极尽挖苦的语言、那些含沙射影的嘲讽、那些充满仇恨的辱骂、那些直刺心窝的刻薄话，就像长箭一样向她射来。她只是恋爱了而已，她招谁惹谁了？

泪水夺眶而出，糊满了她的脸。出了校门，她又不敢大声哭泣。她只有甩动双手，大踏步地朝前走，走，拼命地走。

泪水哭干了，天也黑下来了，她浑然不觉。直到面对着一江浑浊的滔滔流水，直到看见那些标志性的楼群，她才惊觉到自己走了很长很长的路，已经走到外滩来了。

海关大钟又一次奏响《东方红》的时候，挟带着寒意的雨落下来了。她这时候感觉到了冷，感觉到了饥。都说外滩是上海的脸面，可此时此刻，外滩是如此冷清、如此凄凉。

风吼啸着掠过黄浦江面，她能到哪儿去呢，本来就是因为有家不能归，她才住宿在大学校园里。现在，她和恋人的爱情被公之于众，而且使用的是如此卑劣和下流的语言，把她描绘成一条主动去缠人家的化成美女的毒蛇，她怎么还有脸走进学校？

没处可去，没处容身。她是下意识地走到黄浦江边来的，她脑子里不止一次地闪过溺水而死的念头，可是瞅着拍击堤岸的江水，她突然惊觉到自己的家就在附近，华都大楼就在附近。死都要死了，她还怕什么呢，她应该去见妈妈一面，妈妈不知被折磨成什么样子了。心底深处，她是爱自己的妈妈的呀。妈妈是全国著名的电影明星，童年时代、少年时期，因为她有这么一个妈妈，她沾了多少光啊。别说小学、中学、大学里的同学们了，就是那些教过她的老师，只要一提及妈妈，他们不也情不自禁地会说上许多好听的话么？妈妈被打倒了，妈妈被批斗，揭发出那么多丑事，她是万万想不到的。她下决心和妈妈划清界限，为的是什么？不就是为了大学毕业时不至于被发配到偏远的边疆和蛮荒的乡村去么？不就是为了分配到一个好一点的工作么？

现在还有什么，她一切都不在乎了，她为什么不能去看看亲爱的妈妈呢？她为什么不能要求妈妈给她讲清楚，自己为什么跟着妈妈姓，自己的父亲究竟是谁，他犯了什么罪，他为什么总是躲在国外不回来？

骆宁就是这样跑回华都大楼来的，她万万没想到的是，家门口赫然设了岗，站了两个荷枪实弹的解放军。她迟疑的神情当时就被两个警惕的军人看出来了，他们问她鬼鬼祟祟地想干什么。她硬着头皮走了上去，强堆起笑容解释说她是骆秀音的女儿，在大学里读书，今天跑回家来，想取几件衣服。可两位军人把手一挥，不容通融地说："证明，是女儿也得有证明，校革委会开的证明，或者专案组开的证明。没有证明，谁都不能进去。"

骆宁还想说什么，甚至想和他们大吵一架，让妈妈听到她的声音开门走出来，但是她咽了一口口水，瞅了一眼乌洞洞的枪口，无奈地退到了电梯口，按了电梯。

电梯来了，她没有下楼，而是按了七楼。她自然而然地想到了和妈妈感情甚好的连阿姨，她记得连阿姨饱经沧桑，她知道连阿姨曾是个作家，以往她也常来的，她要把一切向连阿姨倾诉。

连茵芸从她绝望的眼神，从她断断续续、哭哭啼啼的倾诉中，从她叙述中偶尔停顿后仍不由自主的颤抖中，一下子看穿了她的心思。

听骆宁讲完以后，她装作什么都没感觉到，慢条斯理地抓过骆宁的手，在她冰冷的手背上摩挲着，淡淡地一笑说："你怎么会没地方去呢，你来对了，傻孩子，你就住我家，今晚就住在我家里。好好睡一觉，瞧你的脸色，你是真累了，好好地睡，睡一个够。"

"可以后呢，连阿姨，我、我已经是无路可走了。"骆宁又垂泪了，她是聪明人，她想得远，她知道住一晚可以，但她不可能长久地在连阿姨家住下去。华都大楼里警惕的居委会干部，很快就会知道她躲在702室，很快就会跟学校联系，很快就会把她的行踪报告给校革委会，她很快就会被一帮凶神恶煞的红卫兵揪到学校去批斗，剃成阴阳头，挂大黑板，坐喷气式，受尽折磨和凌辱。

连茵芸又是坦然地一笑，在她手背上轻轻地拍了一下："世界这么大，怎会无路可走呢，骆宁，快别这么想。"

"那我能躲到哪儿去？"

"你大妈妈骆秀芬乡下呀。"

"乡下哪个地方，我连大妈妈家的详细地址都不晓得呀。"

"你别心急嘛，你不晓得，我晓得啊。"连茵芸始终把话说得轻描淡写，仿佛一切都已深思熟虑，她从骆宁眨动的眼波中，已经看出了她眼里闪烁的亮光，晶亮的光、希望的光。

她告诉骆宁，大妈妈被从乡下叫出来照顾骆秀音，就在406住着，她每天早晨买菜以后，就会坐电梯到七楼来，一来给连茵芸捎来蔬菜，二来讲一讲妈妈的情况。天天都这样，从来没失约过。

“真的么，真的么？那就太好了。”

这一夜，骆宁睡得又香又沉，她终于打消了死的念头，重又对生活燃起了希望。

一切正如连茵芸设想的，第二天早晨，提着满满一篮菜，骆秀芬来到702室，见到了久未相见的骆宁。骆秀芬真是又惊又喜，哭了又笑，笑了又哭。她丝毫没有犹豫地接受了连茵芸出的点子，给骆宁说了乡下的地址，又详细地一一讲清楚到哪里坐长途客车，下了车换乘哪一辆车，到了家乡，还要步行三里路，那路怎么走，万一走岔了，怎么问路。她让骆宁放心，她会写一张条子，家中老头子王关宝和乡下几个表兄妹，看见她去了，不知会欢喜成一个什么样子呢。住，尽管住下去，大姨妈在乡下住了半辈子，不是也活得好好的嘛。

神不知鬼不觉地，骆宁在702又住了一晚。这是骆秀芬和连茵芸共同的想法，骆秀芬要把这事告诉秀音，看她还有啥要叮嘱女儿的，顺便还可以把骆宁需要的钱和放在家中的衣物什么的，趁第二天上午交给她。而连茵芸呢，则纯粹是希望和骆宁多聊聊，打消她脑子里消极、厌世的念头，并且让她到了乡下务必多写信来，就把信写到702来。也好让她的妈妈，知道她的信息。

骆宁就这么走了，就像几天以后，她所在大学的革委会宣称的那样，骆宁畏罪潜逃，莫名其妙地在偌大的上海滩消失了。

这事发生后没几天，专案组开始了对骆秀音新一轮的审讯和轮番轰炸，他们人数不多，少则三个人，多则五个人，一进门就直奔主题地开始一轮又一轮的逼问，什么难听的话，什么下流的话，什么问不出口的话，都能从他们的嘴里吐出来。

“骆秀音，你看你看，回家没多少日子，你的脸又白了，又恢复了妖气。你们当演员的，是会保养啊。我们对你这么好，现在，你总该老老实实地回答我们的问题了吧。”

“运动以来，我回答的问题，一向是老实的。”

“那么好，说说，你有哪些反革命的修正主义罪行？”

“多少年里，缺点错误，我在所难免。可说我的哪条缺点、哪个错误和反革命、修正主义沾上边，我真想不起来。”

“你他妈的诡辩！你要不是反革命修正主义，那谁是？”

“那就请你们给我指出来吧。”

“浑蛋，现在就是要你交代。”

“我要说的，已经说了。”

“跟你说，坦白从宽，抗拒从严；负隅顽抗，只能是死路一条。你还不放明白点。”

“政策我懂，但我实在想不起来，我的哪一点言行是反革命修正主义的罪行。”

“你自己是个什么样的人，还会不知道么？别装了，我们就来提醒你几句吧。日伪时期，全国人民都在抗战，你却红遍上海影坛；国民党回到上海，你更是红得发紫；解放后你又屡屡得宠。你是三朝元老，三朝大红人！你本事大得很哪！说，你究竟耍了哪些花招，勾结了些什么样的达官贵人？”

“我只晓得做人要做老实人，尽自己的能力演好每一个角色，演什么要像什么。”

“演姨太太就要像姨太太啰，演小老婆就要像小老婆啰，演荡妇就要像荡妇啰。哈哈，你真是演什么像什么呀！”

骆秀音垂下了眼睑，对于这种话，不作回答。

“触及你的要害了吧。”她的沉默，换来的是进一步的要挟和恫吓，“根据我们掌握的材料，你在各个时期，贩卖腐朽的资产阶级货色，勾搭各种达官贵人，都有一套本领。你明里嫁过几个丈夫，暗中又和多少男人睡过觉，你以为我们不知道么？告诉你，我们早就全都掌握了。”

“那你们还来问我干什么？”

“咚”一声，拳头重重地擂在桌子上，震得杯子也弹起来：“骆秀音，不准你嚣张。我们审讯你，只是看你老实不老实。社会上，你有个大名鼎鼎的绰号你知道么？”

“我不想知道。”

“不想知道，哼，你是知道了不敢说。为了打击你的嚣张气焰，在这里，我们偏要讲给你听。”

“悉听尊便。”

“这可是你同意了的，哈哈，人家叫你什么，公共厕所，公众的婊子！”看到骆秀音气得脸泛了青，嘴唇在发抖，泪水在眼眶里转动，这帮人发出了得意扬扬的大笑声。

“据我们所知，你私底下还有一位情人，神秘的情人。”笑毕，审讯者又一字一顿地说：“这人背景不小啊，他总在有意无意地为你说话，替你遮丑，是个通天的人物。说，他是谁？”

骆秀音转过脸去，淡淡地说：“那是你们瞎猜、虚构的。”

“浑蛋，点中你的要害，这下，你该老实交代了吧。”笑毕，他们又把真正的企图露出来了：“说，中央首长为什么会多次地接见你？”

“你们不是说我是公共厕所嘛！中央首长怎么可能接见我这种人？”

“呃……”审讯人员一下子傻了眼，不由得面面相觑。

“真是茅厕里的石头，又臭又硬！我们审讯了多少人啊，我看你是世上最狡猾的妖精！”

“啪”的一声，一个大耳光出其不意地打在她的脸上，骆秀音几个月不见阳光的、白皙的脸上，顿时泛起了五个清晰的手指印，嘴角缓缓淌出了鲜血。

“你这臭妖婆，不给你点厉害，你就是不见棺材不掉泪。说、说、说！不说，我们的忍耐心也是有限的。审问你一周了，老实告诉你，你听好了，你再和我们斗嘴胡搅蛮缠，再不说实话，明天，我们就给你挂上大黑牌，在大黑牌上写明你老妖婆的身份，押到大卡车上，在全上海所有的大小马路上游斗，足足游斗你一个月。让你在千百万上海人面前出丑，让你的丑闻传遍全中国、全世界！看你还敢嘴硬，看你再顽抗到底。你这臭遍全国的婊子！”

最后几句话，审讯者是用声嘶力竭的嗓音喊出来的。

躲在厨房里的骆秀芬都听得末日来临一般的恐怖，浑身冒气般发着颤，四肢直发抖。

随着一阵杂沓的脚步声重重地碰上门离去，骆秀芬好不容易喘匀了气，走进客厅。

骆秀音无声无息地晕倒在地上。

被惊吓得手足无措的骆秀芬又是掐人中，又是朝妹妹脸上喷吐冷水，又是不住地摇晃她的双肩，总算把她弄醒了。

那天傍晚，她没有吃晚饭，连一口她平时喜欢喝的稀粥也没喝；那一个黄昏，她没有走到窗户边聆听高音喇叭里的革命歌曲，她也没抬着头仰望夜空。骆秀芬在厨房里洗碗时，竟意外地听到电话铃声响了。她正想抹干手去接电话时，妹妹已经接了。骆秀芬关上了自来水龙头，敛声屏息地倾听着，只听到秀音哽咽着嘶哑的嗓门说了一句："救救我、你救救我呀!"骆秀芬忙往厨房外走，走到门口看得见妹妹接电话的地方，只见她一脸茫然地"啊、啊"应着，继而无力地挂断了电话。眼神里透出绝望的神气。骆秀芬走近妹妹身旁，用询问的眼睛望着她。她视而不见地一声没吭。

那一个漫长的夜晚，整夜都在落雨，深秋的夜雨，雨声长而淅沥，秋风刮得紧起来，似在呜咽，又似在咆哮。

上半夜，骆秀芬一直不安地守在妹妹的身边，她发现可怜的亲妹妹睡着了也不安宁，胸部起伏，不时地翻身，喘着粗气，有时还哼哼出声。直到夜深人静，妹妹才睡得沉一些，呼吸均匀了，也不再呻吟了。骆秀芬心里想，她是昏睡也好，是熟睡也好，睡着了总是好的。在她心目中，只有睡足了，妹妹才有精力和体力应付更难对付的明天啊。

她哪里会想到，骆秀音，她的亲妹妹，已经没有明天了。

过了半夜，窗外的雨似乎下得小些了，看着妹妹睡得已有些安然，疲惫至极的骆秀芬也回到自己的房里睡了。

她哪里知道，安然躺着的妹妹没有睡着；她哪里知道，当她睡熟了以后，妹妹会起床写下那几封信，一封给她这个姐姐，一封给亲爱的女儿；她哪里知道，没吃晚饭的妹妹还有力气爬上406室高高的窗台；她哪里想象得到，连看见一只老鼠都害怕得会叫起来的妹妹，竟然会腾空悬吊在卧室里。她始终不能明白，那根绳子，是怎么给妹妹套在窗框上头的钩子上去的。

华都大楼的406室，和楼里的所有楼层一样，天花板离地面足有3.2米高，悬吊一个人是绰绰有余的。

骆秀音死后的惨相不忍目睹。

天蒙蒙亮时分，骆秀芬是被马路上惊人的喧嘈惊醒的。房间里怎会这么凉啊，风怎会这么大？她记得很清楚，临睡时，她把每一扇窗户都关紧了呀！风把窗框吹得啪啪直响，她惊觉地离床起身，马路上的汽车喇叭声、自行车铃声直扑进屋子来，那声声嚷嚷和平时听惯的声气也不一样，好像在吵架，不，比吵架都让人惊心，什么事值得这样子大惊小怪啊？

她看到大开的窗户，长长的窗帘被吹得掀到屋中央，一阵不祥之兆袭上心头。她跑进妹妹的卧室，床上空无一人，被窝已经凉了。她抬起头来，一个黑影悬吊在半空之中，她吓得往后直退，退到门口，一跤跌坐在地上，什么都不知道了……

厉言菁怀着揪心的感觉听完连茵芸的叙述，在对往事的回忆中，骆秀音是死了，可她感觉到，这个故事并没有完。她的脑子里又浮起两个强烈的念头，骆秀音临终之前那个电话是什么人打来的？她要设法找到骆秀音的姐姐骆秀芬，她想读一读骆秀音临终之际写的信，她还想打听骆秀音的女儿骆宁现在在哪儿。

## Ⅷ

罗卉：你好！

我是陈岚岚，知青点集体户个子最高、年龄最小、胆子也最小的一个女孩，你还记得我么？

知道你发了大财，早就想给你写信了。但想到你现在是老板，事情多，肯定也忙，还可能造成误会，以为我一个穷妹子，专门给你写信，是不是想沾你的什么光，犹豫着，一拖再拖的，始终就没有写。那一天，偶然在电视上看到人家在采访你，听你主动讲起了插队落户的生活，还提及我们这帮曾经日夜相处的姐妹，挺惦记的。说真的，罗卉，我真没想到你还记得起我们这些人的名字，那晚上，我失眠了，久久地沉浸在痛苦往事的回忆之中，也一下子鼓起了我的勇气，要把自己当年瞒着你们以及离开后的情况，一五一十详详细细地向你倾吐出来。

你还记得么，刚到杉木凼插队时，我们十二个姑娘都因水土不服，身上、手臂上、腿脚上发出很多红红的疙瘩，奇痒难忍，擦什么药都无济于事。插队两三年过去了，集体户里发生了很多故事，躲避杉木凼男人无孔不入的纠缠，嫁个什么样的男人，成为我们最大的恐惧和心事。在这种度日如年的忧虑中，我们过的是什么日子啊。整天提心吊胆，不知如何是好，唯恐哪一天也像安小琼、姜云娣、林璐一样，糊里糊涂、莫名其妙地就嫁了人。

随着日子的流逝，你们的身上都不再发红疙瘩了，唯独我一个人，一到春暖花开、打田栽秧的日子，仍旧要发。你们见了，都说我是过敏体质，我还经常向你这个赤脚医生要扑尔敏等抗过敏的药，可吃了药也不好。为这事，我真烦恼透了。那些日子，已经发生了安小琼、姜云娣、林璐嫁人后出现的种种怪现象，杉木凼女知青心里都明白，那些个时时刻刻盯着我们的光棍汉，总有一天都要把我们一网打尽的。他们一方面是像所有的农村汉子那样，想讨一个婆娘；另一方面，确实也是从心底里觉得我们长得俏，有文化，脸色白净，讲究卫生。把一个这样的婆娘娶进家门是一桩很光彩的事情。

我虽然年龄最小，也开始遭到了骚扰，那个当会计的卢光俊，逮着机会就来找我，一会儿问我要肥皂，一会儿又要肥皂粉，一会儿又说要送我腊肉鸡蛋吃，还要带我去赶场扯花布，说，干不干活儿都没关系，到年终决算的时候，他自会把我的工分加上去的。他还给我说了一段顺口溜，以显示他的权力：队长花钱用嘴说，会计花钱用笔画，保管花钱用手抓。只要看见我一个人待着，哪怕是到堰塘边洗衣衫，他也会神不知鬼不觉地出现在我跟前，好多回，我也不知道他是什么时候跟在身后的。

真是恶心死了，也讨厌极了，可我又不敢声张，我怕啊。你们都说杉木凼卢家势力最大，得罪不得，将来一旦有机会上调，还得听他们的反映，求着他们呢。这算个什么事？

我被他缠得心慌意乱的，简直不晓得怎么办好。我真怕有一天也会像林璐那样，烦得六神无主了，稀里糊涂地嫁给了这个人！可我真不想嫁给卢光俊，别说他屋头有婆娘了，就是没娶婆娘，他那么矮，我那么高，和他做夫妻，我这辈子还不让人笑死。

农忙结束了，我的水土不服还不好。那天，邻近的飞岩寨上，一个叫小贞的年轻媳妇来杉木凼找你看病，看到我正在往大腿那些水泡泡上擦药水，小贞就说，飞岩寨上，尚家老太太会治这个病。

反正农忙刚过，要放几天假，干脆你就跟我回飞岩寨去请老太太看一下吧。

几年里，我被水土不服搅得痛苦极了，你们当时又都说好，我就随着相貌和善白净的小贞去了。

说是邻近寨子，走山路也得二十多里地哩，好在有小贞做伴，说说笑笑地，两个多小时就到了飞岩寨。

找到那个八十多岁的老太太，老太太细细看了我身上那些水泡，转进屋头就找出一些草药给我涂。好怪，被老太太的草药一涂，我身上当即就凉悠悠的，舒服多了。

慈眉善目的老太太说，我的病能治好，不过要治断根，得在飞岩寨上住几天。我一心要把这水土不服惹出的病治断根，就答应住下来。陪我去找老太太的小贞露出为难的脸色，她说她是新媳妇，在屋头说不上话。老太太耳朵特别灵，一摆手说：不住你家，不住在你家，就在我这里住吧。说着就把我带到里头一间小屋子。小屋里有张竹笆床，铺着白垫单，干干净净的，我就一迭连声地道谢，还说看病、住宿、伙食费，我都付钱。

在老太太家住了三天，我身上那些水泡不淌水了，也不痒了。我和老太太说好，请她用瓶子给我装点熬好的药水，明天，和她结完账，我就回杉木凼寨子。老太太连连摆手说：不要钱，不要钱。我会替你配好药，让你带回去的。

夜里，睡在竹笆床上，我在想，老太太和她的儿子、儿媳妇吃晚饭时硬是不愿收我的钱，明天我就把钱放在枕头底下，等我走出寨子以后，让小贞转告他们。

我暗自庆幸在飞岩寨遇到了一家好人，不但给我看病的老太太一脸慈祥，就是她那上了年纪的儿子、儿媳，还有两个和我一般大小的孙女儿，天天都对我那么亲切，陪着我在寨子团转四处玩。说老实话，看病住在老太太家的三天，是我插队落户以来，过得最快活的三天。

想着想着，我就睡着了。我怎么会想到，毫无防备的睡梦之中，我会被几天没露过面的老太太的孙子尚利强行了呢。

遭强暴后我就哭，尚利抱着脑壳坐在我身边，他的父母起来对我说，夜半三更的，快别哭了，让寨邻听见，别个要耻笑的。你也老大不小了，哪个女子不嫁人呢！我们家尚利，复员退伍回家，就在外头工地上打工，昨天难得回家一次，就看上了你，也是你们的缘分。不信，亮起灯你看他一眼啊！他是个好小伙。

灯亮起来了，泪水糊糊的，我还真看了他一眼。这一眼把我看得心怦怦跳。尚利还真不难看，年轻轻的，比起杉木凼那个下流的会计卢光俊，不知要强几倍呢。

从这一天起，飞岩寨尚家就不让我回家了。尚利的两个妹子天天陪着我说笑、玩耍，还嫂子嫂子地叫我，全家人见了我，也总是小心翼翼地赔着笑脸。就连那个小贞，也跑来劝我，说在飞岩寨上，尚家还真是个正派人户，劳力强，老太太会抓药看皮肤病，虽不是个医生，四乡八寨的，皮肤出了毛病来找她的，还真不少呢。在她家里，吃穿是不用愁的。杉木凼那个鬼地方，谁不知道啊，尽是光棍，你一定要回去，还不知哪天被一个又穷又憨的粗鲁莽汉子做了呢。

就是她这句话，让我死了心。我一想起整天找着岔儿来缠我的会计，就像吞了只虫子般浑身直起鸡皮疙瘩。

一天天在尚家凑合着，光吃好的，不干活，我慢慢不哭了，更主要的是，白天不露面的尚利，一到夜深人静，就会钻到我屋里来。他不再强行我，而是一味地说赔礼的话、好话、道歉的话，对我百依百顺。我说口干，他就化糖水给我吃，我说天天炒鸡蛋，就不会煮蛋汤嘛。第二天饭桌上准定会有蛋汤。

唉，罗卉，当时在那种情况下，我还指望什么呢，在杉木凼是干活，在飞岩寨也是干活，同样挣工分，同样接受再教育，我就这样认了命。再说，当时我觉得最见不得人的是，生米都煮成了熟饭，我已经是他的人了，就是跑回杉木凼，我已经不是个黄花闺女，又能有什么好结果。

我晓得，杉木凼的卢光飞听说我被飞岩寨尚家拐去了以后，派人来要过我。他说我完全是受骗的，不能怪罪于我，他说尚家破坏上山下乡，强奸女知青，告到县里要判刑。他说只要我愿意回杉木凼，一定欢迎，他说尚家胆敢不放人，他就让杉木凼的汉子们来抢，他还把我被拐到尚家的情况写信告诉了我上海的父母，我父母亲拍电报来让我立刻回去。

一时间空气搞得紧张极了，真怕他们来抢，我被尚家转移到附近一个寨子亲戚家躲了几天。

说实话，就在这些日子里，天天和尚利相处，我不知不觉接受了他。罗卉，都是一把年纪的人了，我得说实情，在知青点集体户，韩灵时常给我们这些姑娘讲的那些男女之间相好的话，多多少少对我是有影响的。头一次，我是睡梦之中糊里糊涂被尚利强行的，除了感觉到一点儿痛和委屈，我什么感觉也没有。

可以后，一次一次的，次数多了，我开始觉得尚利还不坏，晚上他不来陪我睡，我还睡不着呢。唉，夫妻夫妻，不就是两口子挨着这么过嘛。

这其间最主要的一个原因是，当时我已经有孕。可我又不好意思说，只是自己在心头拿主意，嫁鸡随鸡，嫁狗随狗，反正命运让我撞上了尚利，我就是他尚家的人了。再说，那时在尚家过日子，确实比杉木凼集体户好得多了，出工回来，我不需要煮饭，也不愁没吃的。

怀孕半年时，上海父母亲的又一封电报，把我催了回去。电报上说，妈妈为了我的事，气出了心脏病，性命垂危。

我就回去了，尚利当时答应我走，是因为迎亲酒在飞岩寨上吃了，我的身孕都有八个月了！他们尚家不怕我不回去了。

回到上海，妈妈的病好转了，她见我挺着大肚子，这才理解了我被迫嫁人的苦衷。不过她坚持说，你们没有取结婚证，不算正式婚姻，她坚持要我引产，打掉肚子里的杂种，然后在家中养好身体，在上海郊区或是江浙农村找一个老实男人就算了。

是我死活不同意，买了火车票回到了飞岩寨。回来不久就生下了儿子尚海。名字是我起的，因为我怀他的时候回了一趟上海。况且上海、尚海，喊起来很顺口的。

生下尚海本是件高兴事，我写信告诉了父母，可妈妈来信说，你不听我们的话，插队落户几年，难得回一趟家就挺着个难看的大肚子，给我们陈家在弄堂里丢尽了脸，你走了好久还有人在背后骂，以后我们不承认你这个女儿，你也永远不要回上海的家。

接到这样的家信，除了哭，我还能讲什么呢？

尚海半岁了，飞岩大队照顾我这个嫁给贫下中农的上海知青，叫我在飞岩民小教书，那是耕读小学，工分和照强劳动力一样评，一年给四百斤粮食，大米、苞谷各一半。

和农民比，这待遇算好得了。可其中的苦，只有我心头晓得。我白天背着孩子去上课；放学后，像所有的飞岩寨妇女一样，背着娃娃掏猪草，掏满了一大背篼，前头背着一天比一天重的尚海，后头背着猪草，回家来还要煮饭、煮猪潲、种自留地。

那时候给我看病的老奶奶已经躺倒要人照顾了，尚利包了生产队的副业榨油，为了赚一点钱，在榨油房得从清早干到夜深人静，四乡八寨挑着油菜籽来榨的人多啊，实在忙不过来，我天天晚上要给他去送饭。等到一切都忙完了，轮到我吃饭，总要到九十点钟了。常常是吃完头一碗饭，到盛第二碗饭时，连站起来的力气也没有了。

把尚海安排睡下以后，我还要批改作业，还要给哼哼不绝的老奶奶端水、倒茶。

忙到鸡叫半夜才得睡下，只觉得一合上眼，天怎么这样快就亮了？没办法，新的一天忙碌又开始了。

勤扒苦挣地做啊，没多长时间，我的体重从一百二十多斤，降到了九十来斤，我长得高，瘦成皮包骨头，好在吃得下、能睡，脑壳一碰枕头就睡着。真是苦极了，可我从没叫过一声苦。因为这都是我自找的，我脱离了你们这个集体，脱离了上海的家，自己酿的苦酒，只得自己喝下去。

可是尚利呢，从没关心过我，生米煮成熟饭，生下了娃娃，他认为我就是他的人了，时间一长，他再不把我当一回事，还嫌我劳力差，没力气，不会干活。反要我像飞岩寨上那些婆娘们一样，样样农活和家务活都拿得起、干得下来。今天要我挑粪浇自留地，明天要我学割马草，后天要我担水，总之双手一刻也不能停下。

年年冬天，我的双手全都裂开一条条的大口子，淌血水，一沾冷水就疼得钻心。

有一次，地区妇联主任闻讯来看我，大老远的赶到飞岩寨，找到尚家，正好我在坡上掏猪草，她就叫尚利妈带着到田里找到我，看见我背着孩子、双膝跪在田里掏猪草，她的眼圈一下子红了，说话声音也哽咽了，一把拉起我要我坐在田埂上歇一下。

她让尚利妈先回去，说要和我谈话。

尚利妈一走远，她的眼泪就淌下来了。她说知识青年上山下乡和工农相结合，怎么变成了这样？她问尚利现在干什么，家庭生活好么？见我不答，她凑近我说，来之前我了解过，尚利道德品质差，你一个远方来的人当时对他不了解，无奈之下才嫁了他。现在我出面替你们离婚，然后你就回上海去行不行？

天哪，这怎么行。我背上的第二个孩子尚宏才四个月，我怎么能忍心丢下两个娃娃，独自回上海。我和尚利是没谈过恋爱，可两个娃娃是我的亲骨肉啊，再说，妇联主任还不晓得我妈的信呢。所以她苦口婆心地劝我，我始终低着头，一声也不吭。

我是有苦说不出，不能答应她救我出苦海的办法呀。

最后，她重重地叹了一口气，给我留下一点钱，说：我今天来看你，和你说的话，你不能和他家任何人说。

罗卉，我直到今天都没对任何人讲过，是给你写信，才把苦水都倒了出来。

我就这样像每个普通农妇一样守在乡下，从 1972 年到 1978 年，年年被评为公社、县里、地区的劳动模范、积极分子。1979 年，被调到泗水公社当了计划生育专职干部。

从这一年起，我算是摆脱了没日没夜的沉重劳动，开始了新的生活。可是新的磨难又伴随着我。

罗卉，你干过赤脚医生，是晓得的，在偏远村寨上，在当地，这计划生育专职干部是一项最没人愿意干的工作，既难做又得罪人。泗水公社的头头都是本地人，他们深知这一点，光是会上讲得好听，会后什么实际工作也不做，还轻飘飘地对我说，你是专职干部，专职就是主要由你干。

为了干好这项工作，我真得罪了很多人，尚家那些亲戚，也都给我得罪完了。

我还碰到了无数危险。有一次，一个家伙拿着火药枪冲到公社我的宿舍要打我，一枪把整个窗户都打飞了，幸好那一晚我住在乡下，没回公社睡。还有一次，几个汉子在我回公社必然要经过的山垭口上堆满了大石头，说要等我走过时，活活地砸死我。

也是我命大，那天突然下雨发大水，桥被冲垮了，我改走了另一条路。

蛮荒山乡的人文化素质低，多子多福的思想严重，生了五六个女儿了，非得生个儿子才肯罢休。走村串寨地找到对象家里，人家不是跑出去躲，就是谎称干活去了。费尽周折找着了，当面坐着，也是给你一个冷面孔，说上一大堆话，人家就是不理你。说起来真可怜，到了吃饭时间，肚皮饿得呱呱叫，可就是吃不上饭。人家巴不得你快离开，谁会留你吃饭啊！为了完成指标，白天找不见人，我就只好晚上去找。那时我有肾结石，身体差极了。有一次突击搞计划生育，我的小便一连八天都是血尿。

领导知道了，也不喊我休息，直到后来连续高烧，我实在撑不下去了，住进医院才算了事。

罗卉啊，这倒霉的工作，我一干就是整整的十三年。唯一使我宽慰的，经过我苦口婆心地做工作，一年一年地讲道理，泗水公社的计生工作有了点起色。现在泗水三四十岁以下的中青年妇女，都不愿多生、超生了。婆家再怎么说，她们也会去做好节育措施。1991 年兼并乡镇，我才从乡调到县计生办。

报到头一天，就抽我去搞社教半年。你晓得分我在哪里，竟然是杉木凼所在的那个乡菁口。这真是山不转水转，转了一圈，我又转回来了。我心里说，也好，得空，我还能去杉木凼看看哩。

我们这个组一共五个人，我是副组长。多年搞计生工作，养成了我果断泼辣的性格，眼睛里也容不得半点沙子，见到不平事，我就要提出批评。也不知在哪里得罪了人，还是乡里怕我揭出啥见不得人的事情，工作刚一个月，就有人写信到社教工作办公室，说我和组长章其友乱搞男女关系，写得有鼻子有眼，而且还有时间、地点，是在当地哪一户有名有姓的老乡家中。

上头接到信重视啦，在工作组里乱搞男女关系，这还了得，马上派人来调查，一问那个被写到的老乡，老乡连声否认，说没有的事，绝对没有的事。陈岚岚一个人也从来没在我家住过。事情只好不了了之，我心头直奇怪，这诬陷信是什么人写的呢？

没等我弄清真相，怪事又来了。

那天我和章其友在邻乡开会，散会后他说，天黑了，先到他家住一晚，第二天一路去菁口。本来，我是想连夜赶到菁口去的，只因那截路有点远，足有八九里，近来又时常发生抢劫和强奸妇女的案件，我就跟着章其友去了他家。

在他家吃完晚饭，又和他几个兄弟打牌玩到半夜。夜里我和章其友家妈睡在一张大床上。

天蒙蒙亮，人还没睡醒，只听章其友家婆娘吵吵嚷嚷叫来了一帮寨邻乡亲，让他们一起来看，我和章其友睡在一张床上。

我当时就哭开了，天底下哪有这样无耻的婆娘啊。不知怎么回事，昨晚上和我一起睡的章其友家妈不见了，章其友闻讯赶来，当众揍了他那个麻子婆娘两个耳光，连声向我赔不是。

众人一哄而散，事后我才晓得，章其友难得回一次家，也没和麻子婆娘去睡。麻子婆娘就认定他和我睡在一起，一大早她摸到我睡的地方。章其友家妈又是个勤快人，天没亮就上坡干活去了。麻子婆娘转身就跑到村寨上去喊人来了。

直到章其友的两个兄弟赶来，对麻子婆娘说昨晚上他们三兄弟吃过夜宵，都在一个屋睡。章其友家妈从坡上回来，也说我整夜是和她睡在一起。这件事才算了结。

好事不出门，恶事传千里。本来是一件无中生有的事，不知怎么却传到了飞岩寨尚利的耳朵里。尚利承包榨油房有了点钱，腰包鼓了，可自从我有了正式工作，他总怕我看不起他，哪天提出和他离婚，在我面前有一种自卑感，说话声气都是低低的。我心里晓得，他肚皮里窝着火无从发泄。这一次我回家时，他终于翻了脸，凶神恶煞地逼问我，有没有这个事。我不耐烦地说没有，他二话不说，就把我捆绑起来，拿出一把锃亮的杀猪刀，架在我脖子上要我承认。我不承认，他就用皮带没头没脑地朝着我身上、头上一阵乱抽。老二尚宏从来没见过这个阵仗，吓得哭叫着扑过来让他不要打妈妈，被他手中的刀子狠狠一挡，当即划出了一个大口子，鲜血直淌。

尚利这是十足的心理变态，自从我挣上了国家工资以后，每次回家，他对我都特别客气，点头哈腰赔着笑脸，内心深处，他就是怕我会瞧不起他，提出和他这个没多少文化的农二哥离婚。

这一次，他认为抓到了我的把柄，就歇斯底里地大发作，恶狠狠地把我往死里打，想以此把我压服。

哪晓得事情适得其反。他如此恶毒地打我，连三个娃儿都从心里恨他，瞧不起他。

我被尚利打得遍体鳞伤，皮肤上全是青紫色，身上不剩一块好肉，一张脸都肿了起来。那一次，我整整哭了一夜，第二天，眼睛肿得都睁不开了。

尚利疯狂地打我都不解气，还在飞岩寨四处造谣，说我们工作组副组长和组长裹在一起乱搞，是一对狗男女。

他的心目中哪里还有我，哪里为我着想过，他当丈夫的都这么说，以后我还怎么做人，怎么在这块土地上工作。他这一顿打，打得那个狠心啊。罗卉，你是知道的，山乡里喝醉了酒的汉子打起婆娘来，那股恶毒的劲头，曾经是怎样震惊过我们的心。尚利这一顿打，彻底打掉了我们的夫妻情分，我的身子病了，肾绞痛发作了，更主要的是，我的心也寒了。

强撑着身子回到工作组，章其友见我这副样子，说下到村寨去老乡都要问长问短，还怎么开展工作。我又伤心又气，肾绞痛持续地发作，在床上翻滚呻吟。更要命的是我无路可走了，家回不了，工作又无法做，身上病痛难忍，章其友觉得事情是他引发的，就让我住到他的家里去。在他家住下来，天天打吊针，一连打了十多天吊针，身体才逐渐恢复过来。这时的我，身体好起来了，可心灵，罗卉，是彻底地绝望了。除了去菁口工作，我再也没有别的去处。

半年社教，三个家在县城的组员，一个月可以回县城探亲一次，而我，有家不能回，怕回去后又遭尚利打。章其友呢，不想回家去见麻子婆娘。他说娶麻子婆娘完全是包办婚姻，他从结婚那一天起就没爱过她。

正是在三个组员回县城探亲的一个雨夜，章其友打着手电筒走进了我的卧室，夜深了，我都脱去外衣要睡了，他抱住了我。

我不同意，拼命挣扎，还好声好气地对他说，你这么一做，外头的谣言不是变成真的了嘛。那才真正是黄泥巴糊在裤裆上，不是屎也是屎了。

他听我说完，还是抱紧我，说管不了那么多了，本来我们确是同志关系，什么事也没有，现在已经背上了黑锅。更主要的是，我心头是喜欢你，你就不念念在我家养病时，我天天照顾你的情意。

他说的是实情，在他家养病那半个月，他天天无微不至地关心着我，问寒问暖，听说吃鸡要惹发伤口，他就让他妈妈煮鸭子给我吃，还到山上采来补药炖给我吃。

我心一软，他就把我按倒在床上。之所以会依从他，还有一个原因，那就是被尚利毒打之后，我的心太孤独了，没一个人关心我，更没一个人来问候我。我的心也需要雨露的滋润和抚慰啊。

有了第一次，以后就不间断了，一有机会，我们就偷偷摸摸地搞在一起。但是，这不是爱情，罗卉，就是和他睡在一起，我心中也明白，我和他之间没有爱情。我这样说，罗卉，我想只有你能明白我的意思。

世上哪有不透风的墙啊，半年社教结束，我刚到计生办去上班，麻子婆娘就在县法院起诉，告我勾引她家男人。还跑进县妇联绘声绘色地说，我和章其友睡觉，做那些下流事，逼着她在床跟前看，还不许她别过脸去。真是丑恶极了。

法院要她拿出证据来，她说没证据，证据就是她的一双眼睛。

案子虽不成立，可这事变成了笑话，传遍了县城，传到四乡八寨，影响坏透了。

组织上为照顾我的家庭关系，把我调回了飞岩寨所在的菁口乡，尚利一见我回去，非骂即打，一开口就伤人，我想这日子实在过不下去了，就向法庭交了离婚书。

区法庭还没判，那一头麻子婆娘又在县法院告了，这一回她不知走了什么门道，竟然告我重婚。法院把我抓了，逮捕我的时候说是重婚罪，判我一年徒刑。

我不服，我在法庭上说，我和章其友认识，纯粹是因为一起参加社教，前后时间加起来都不足一年，发生关系是有的，连非法同居也算不上，怎么会是重婚呢？

法官说只要你承认发生关系就好，我们就能判，判我服刑一年，同时开除了我的党籍、工作籍。

章其友被判了两年，罪比我还重。

罗卉，你读我的信会觉得是在听天方夜谭吧，可这一切全是真的，确确实实是发生在我身上的故事。

失去了工作，我的三个孩子就惨了。两个儿子尚海、尚宏正在读高中，小女儿尚艺在读初中，他们一下子丧失了生活来源，一起失了学。

罗卉，我这三个孩子都很聪明、漂亮，就是为了他们，我才留在乡下，吃尽了苦头，眼泪可以泡饭吃。偏偏在他们成长的节骨眼上，在他们正需要求学的年头，我却给他们造成了这么大的伤害，给他们的一辈子造成了不可弥补的损失。被迫服刑的一年中，只要一想起这点，我就难过得痛不欲生。

出来后我就发疯一般地去找孩子，尚海到深圳打工求生去了，尚宏和尚艺农忙时回飞岩寨干活，农闲时就在县城里做小工谋生，自食其力。尚宏在县城边上的建筑队做小工，住在城关镇上，尚艺租住了一间小屋，在饭店里当服务员。

失去了一切的我挤进尚艺的小屋，整天想着今后的路该怎么走，愁得头发一把一把地掉。恰在这走投无路时，上海的爸爸打来电报，说妈妈早已故世，他最近也患食道癌，已是晚期，非常想见我一面，一定要我回去一次。

我身无分文，寸步难行，老二尚宏对我说，妈，寨子上新苞谷能收了，你回家去试试吧。

听了尚宏的话，我带着小女儿尚艺跑回了飞岩寨。幸好尚利在外头打工，不在家中。我就和尚艺去坡上扳新苞谷，罗卉你是知道的呀，刚成熟的新苞谷最难扳了。我和尚艺扳得满手打起了血泡也不敢停，回家来又用球鞋底来搓，好不容易搓得了三百斤新苞谷，卖掉得了九十元，娘儿俩喜滋滋地准备第二天出发奔上海，没想到尚利赶回家来了，是他兄弟打电话告诉他的，说我和尚艺回家来了。

这家伙一进门就拿刀子逼着我，问我还要脸不要，我吓得大叫救命。尚艺惊叫着爸爸扑上来拉开他，要他饶我一命，可他不肯放下刀，用劲一挥，削掉了尚艺一个手指尖上的皮，血淌不止。

听见女儿惨叫着在我们之间翻滚，我眼前一黑，心想我还有什么活头，不如死了好。我尖叫着要尚艺让开，让他来杀。尚艺的手指头不断地流血，把他也吓住了，他扔下刀子就跑了。

尚艺当夜找来草药捂住了受伤的手指，我们母女抱头哭了一夜。天蒙蒙亮时，昏睡中的我被尚艺摇醒，还是女儿脑壳清醒，她说得在天亮之前就离开，否则天大亮后不知还会发生些什么可怕 的事。

我们母女踩着露水跑到尚宏家，尚宏说他帮我借了三百块钱，我和尚艺就抓着这借来的钱，赶早上头一班车到了省城。

钱少啊，从省城回上海，我们买的是两张硬座车票。你想想嘛，罗卉，碰到这种事，几天几夜又没好好睡，爸爸、哥哥、姐姐都说我瘦得不认识了，我只得搪塞说身体不好。家里人又问我，为什么这么多年没一点音信，我心里说你们还不明白么？但是爸爸病成那个样子，我只得掩饰说，也没什么事儿，就不打招呼了。

半个月以后，爸爸病故，办完丧事，哥姐问我有什么要求，我说尚艺想在上海打工。哥姐说尚艺才多大，她又没读到多少书，要留下打工，只能干粗活儿或是当钟点工。问题不在这里，问题是尚艺和他们不熟悉，这么倒大不小的一个孩子，他们是管不住她的，要留下，干脆你一起留下。我说我还要回县计生办上班，他们说那种鬼地方你还没待够啊，你不要上班了，回去办个提前退休算了。还是尚艺的成长和将来要紧啊。

罗卉，我是有苦难言啊，就在我回来陪伴弥留之际的爸爸时，我接到了章其友从监狱寄来的信，他说只有两个月就满了，如果我不回去，他就追到上海来找我。天哪，我这是前世欠下了什么债啊，一个男人的没还清，另一个男人又逼上来了。

在这种情况下，我只得对尚艺说，你留在上海，慢慢找一点事干，我先回去。你不要和阿姨、舅舅他们讲我的事，你要听他们的话，无论如何在上海待下来。

尚艺一个劲儿地点头，看得出，她喜欢上海。才来没几天，她就向我发问，妈，上海这么好，你当时咋不回来，要留在乡旮旯。除了掉泪，我能跟女儿说什么呢？

就这样，罗卉，我拿着爸爸临终前给我的一千块钱又回来了，正是在买好了火车票的那个晚上，我在电视上看见了你，罗卉，当时，我真激动得马上想来找你，激动得一晚上没睡着。但细想想，多少年了呀，我们都不曾联系，你还会理我么？你现在是大富翁，而我呢，沦落到这个地步，也没脸来见你啊！还是先回去吧，回去后试着给你写写信再说。就这样，我又回去了。

到了县城，还了老二尚宏向人借的三百块钱，剩下的就到监狱去探望章其友，我给他买了点东西，同时也明确地斩钉截铁地告诉他，我和他没有任何关系，我从来也没爱过他，一切祸事都是他和他的麻子婆娘惹出来的，我给他们害苦了。

探完监我又到法院起诉了离婚。虽说又是扯不完的皮，遭来好多人在我的背后指指点点，可我还是把婚离了。

罗卉，现在的我就是这样，没有工作，没有家，就靠老二尚宏打点小工、我在县城街上做包子卖勉强活着。老大尚海在深圳打工，已经娶了婆娘，尚宏和我在小县城里相依为命，留在上海的女儿尚艺，至今还没找到工作。我的身体一直不好，肾结石发作时痛得在床上打滚，没钱医，想向银行贷款做点小生意，一分钱也贷不到。

罗卉，好姐姐，当年在知青点，我最小，说是初中生，其实是六九届，实实在在一个小学生，文化水平比你们低得多，写起信来东拉西扯，你一定要原谅我，一定要想办法帮助我，念我们曾在一个屋檐下生活过，念我苦了几十年如今却得到这样的下场。只有你晓得，我确实不是一个坏女人，从来没谈过一次恋爱，从来不懂得真正的爱情是怎么回事。真的，我可以发誓。

罗卉，求你在百忙之中抽出时间把这封信看完，给我想一条生活出路。

陈岚岚

# 九

门铃仍在响着，响得局促而又清亮，时不时还夹杂着几下敲门声。姚征冬瞅着门，脑子里一片空白。

郑夕搂紧他的两条光溜溜的手臂一下放松了，但她还凑近他的耳畔，顽固地哀求般问道："怎么办？不能不理他么？"

"不行，看来他晓得我在家。"

"那我……"郑夕像泄了气的皮球，说话的语气顿时慌起来，放低了声音，满腹狐疑地问，"这……会是什么人呢？"

"我也不知道。"姚征冬摇了摇头，但他心里是有点数的，他向她指了指自己的卧室，耳语般说，"你进我屋里去。"

郑夕颔首表示明白，再次叮嘱着："你慢点开门，慢点。"说着，她俯身三把两把捡起脱在地上的胸罩和连衣裙，光着脚丫快步走进了姚征冬的卧室，顺手关上了门。

门铃声在持续，仍是按两下，又跟着叩几下门。

姚征冬呆站了片刻，看到穿上衣服的郑夕又把卧室的门打开了，向他努了一下嘴。他朝门口走去，放大声答应着："来了，来了，是谁啊？"

打开门一看，门口站着一脸气恼的钟点工小秋："姚老师，刚才我走得太匆忙，忘了一样东西。"

"什么东西呀？"姚征冬故作镇定地问。

小秋的手举起来比画了一下："是我妈给的项链。"

姚征冬定睛一看，真的，小秋刚才进屋时戴在脖子上的金项链不见了。他皱了一下眉："你别记错了，不会掉在我这儿吧？"

"不会记错，我今天只到你这儿来过。"说着，小秋脱下自己的鞋，熟门熟路地趿上另一双草拖鞋。但在换拖鞋的时候，她的目光已经注意到了郑夕东一只西一只甩在地板上的拖鞋，有一只还是鞋底朝天甩在一边，特别刺目。

姚征冬也看见了两只拖鞋，心中一惊，他忙把目光移开了说："那你进屋找找吧。"

"好的。"小秋走进屋，直接往她刚才忙碌过的厨房里走去。往里走的当儿，她一眼看见了站在卧室门口的郑夕："这位阿姨是……"

"噢，她是我同事。"

郑夕堆起不自然的笑容，朝着小秋笑了笑说："你好，你是……"

姚征冬刚要介绍，不料小秋抢着说："我是照顾姚老师生活的小秋，常来的。阿姨，我没见你来过呀。"

说着，小秋直接走进厨房去了。她的带一点乡音的普通话，充满了自信。

姚征冬的目光从小秋的背影移到郑夕脸上，郑夕的脸已变了色，她的双眼冷若冰霜，淡淡地说："我走了。"

"我送送你吧。"姚征冬提议。

郑夕坚决地一挥手，不悦地说："不用送，不用。"

说着，她光着脚丫走到门口，穿上自己的鞋，打开屋门，愤愤地瞪了姚征冬一眼。姚征冬欲言又止地望着她，她"嘭"一声关上门，连一声再见也不说。

姚征冬耸了一下肩膀，望着门板，自觉无趣地摇了摇头。

"姚老师，找到了。"小秋一阵风般从厨房里冲到他跟前，手一抖，一条金项链出现在他的眼前，"我找到了，你看，就是这一条。你知道，姚老师，这是我离开家到上海来打工时妈给的，平时我都舍不得戴。今天到你这里来，难得戴一次，走出小区时，突然发现没了，我心里那个急啊！就慢慢在走过的路上找，找来找去也没找着。它会落在哪里呀？想来想去，只有在你这儿我动得最多，就又来敲你的门了。咦，那个年纪大大的阿姨呢？"

说着，小秋转脸四处张望。

"她走了。"

"走了么，怎么眨个眼就走了？"

"谈完事，她就走了。"

小秋使劲地眨着眼睛，不解地说："刚才，刚才你打完电话，不是说、说她来家里参观一下，就要一起出去么。"

“是的，”姚征冬只觉得头皮直麻，刚才他随口搪塞小秋的话，已经忘了，他只得硬着头皮支吾道，“后来，后来她临时又说有事，走了。”

小秋笑了，笑得好开朗：“这个阿姨看上去好老啊，快退休了吧。”

“没有啊，她比我小一岁。”

“看相貌都可以当你姐姐了，姚老师，你比她年轻多了。”

“你这是在恭维我了。”

“哪里呀，是真的，姚老师，不信你可以去问问人家。”

“我干吗要去问人家啊，”姚征冬被小秋说得笑了起来，“哈哈哈，我问人家什么，就说，喂，我是不是比你年轻，那不叫人笑话嘛，哈哈！”

看见姚征冬大笑起来，小秋跟着笑了，说：“其实，我下楼时，恰好看见那个阿姨从出租车上下来。”

“你看见她下车的？”

“看见的。只是她没看见我，或者看见了也没在意。”

电话响了，姚征冬过去操起话筒，刚喂了一声，郑夕的声音就劈头盖脸而来：“姚征冬，你不是个东西！”

“你是什么意思？”

“什么意思？你比我更清楚，哼哼，现在你是大人物了，是名人了，身边养着专门照顾你生活的妙龄女郎了，是人们常说的小秘吧，总算让我看见了。这姑娘多秀气，多会照顾你啊，见了我，一脸的反感和妒忌，她有多年轻啊，可能比你远去异乡的女儿还小吧……”

听她越讲越不像话，姚征冬连忙截住了她的话头道：“你说些什么呀，完全不是你想象的那么回事。她是……”

他想告诉郑夕小秋是无足轻重的钟点工，可话到嘴边，他惊觉到小秋就在屋里，也就咽了下去，不再说了。他不由往小秋站的地方瞅了一眼，小秋也正大睁着一双眼睛，看着他打电话。

“她是什么，你说不下去了吧，我替你说了吧。她是你的小情人，怪不得我几次说要到你家，你寻找种种理由不让我来呢。哼，还骗我说身旁没女人，你是吃着碗里的，想着锅里的，说不定还有杯里的呢。真是无耻！我，我真是瞎了眼，会以为你还和过去一样，怀着歉疚之心想来安慰你，怀着……”

几句话之间，她的怒火变成了发泄，发泄又变成了哽咽。

听她越说越不像话，姚征冬淡淡地说了一句："你想怎么认为，就怎么认为吧。"

说完，"啪"一声，挂断了电话。

"姚老师，是刚才那个阿姨打来的电话么?"听见小秋的问话声，姚征冬猛地一抬头，这才察觉到，小秋已经悄没声息地走到他的身旁。

一切都是瞒不住人的，姚征冬尽力使自己镇静，装得若无其事一些，他抬起头来，叹了一口气说："小秋，你走吧。有些事，我要想想。"

也许是他的语气有些凝重吧，小秋不安地点了一下头，转身离去。她走到门口，手抓着门把，回过头来，清晰地说："姚老师，那个阿姨是配不上你的，她太老了。"

说着，小秋拧开门，走了出去。

直到门"砰"的一声关上，姚征冬才醒悟过来，他失态地"噢"了一声，一屁股落坐在沙发上。

小秋对他的关切和好感，他觉得还好应付。她终究是个钟点工，还是个小姑娘，即使她表现自己的嫉妒，他也觉得有些好笑。可郑夕的吃醋心理这么重，却是他万万想不到的。莫非她还真的爱着自己，瞧瞧啊，她看见小秋以后，不分青红皂白地歇斯底里大发作，简直有点叫人莫名其妙。

更令他无可解释的是，觉察了郑夕的妒忌、气恼和愤怒以后，他并不快活。一开始，决定要和她恢复联系，保持接触，他不就是想诱惑她的感情，让她重燃爱火，重堕爱河，而后再对她施行情感的报复嘛。现在，事态虽没像他想象的那样发展，阴差阳错地，她也不悦了呀，她也不快活了呀，她也表现出了又气、又恼、又失望的情绪了呀，他怎么一点也感觉不到那种报复之后的欢乐和满足呢?

相反地，刚才接到她那个电话，他情不自禁地还想对她解释呢，还想申明她是误会，还迫不及待地想告诉她，她看见的小秋不是他的情人，而只是一个干粗活的钟点工呢。

这是怎么回事儿?

难道他在恢复了同她的联系以后也对她怀有感情了？不是这么回事嘛。特别是看到她一点就燃的暴躁情绪，不问清事实地大发妒忌之火，就是真正的情人，他也吃不消啊，他也不会轻易娶她为妻啊。

冷静下来，他已不愿给她拨去电话作解释了。她要认为小秋是他的情人，她要打翻醋坛子，她要伤心、落泪、愤怒得睡不着觉，就让她自个儿自作自受去吧。也让她尝尝他当年失恋后体验过的一切，也让她明白遭遇绝情的爱之后是个啥滋味。

这么自我宽慰着，姚征冬仍然感觉不到一丝的舒坦，相反，他的心里别别扭扭的，一点兴致也提不起来。

电话又响了，该不会又是郑夕打来的吧，他等电话响了三遍，这才拿起话筒："喂。"

"征冬，听出我的声音了么?"

他听出来了，这是厉言菁的电话，他的情绪顿时好了起来："怎么会听不出呢，我预感着就是你的电话。"

"征冬，我要和你见面。"厉言菁开门见山地说。

"有事儿么?"其实他也有事要对她说，但他还是这么问。

"有事儿，告诉你，连阿婆讲的故事，我都听完了，想尽快地讲给你听。那真是惊心动魄的。"

今天的情绪，整个儿被郑夕和小秋搅坏了，姚征冬也做不成什么事儿，能和厉言菁相见，无疑是一件快事，他爽朗地道："好啊，你愿讲多久就讲多久，我一定洗耳恭听。"

"还有更让你高兴的事儿呢，我从连阿婆那里，打听到了骆秀音的姐姐骆秀芬家的电话和地址，已经和骆秀芬联系上了，老太太很愿意见我们。我们一起去吧。"

"太好了，"这是真正令他兴奋的消息，姚征冬忍不住说，"我也有好消息告诉你，包是你喜欢听的消息，你快来吧。现在能来么?"

"能，能来，我给你打电话，就是这会儿想来呢。"厉言菁的声音，在电话里也是十分急切，"你等着，我一会儿就到，打的来。"

挂断电话，想到厉言菁很快就会到来，姚征冬不由激动得搓了搓双手。是啊，细想想，他们之间，已有一段时间没见面了。

# I

太阳火辣辣地把上海的马路照耀得一片亮白，透过出租车的窗户望出去，厉言菁仍觉得阳光炫目。

炫目的阳光像在下大雨，吓得人走路都贴墙躲着能阴凉些。

马路上的车辆、行人都不多，出租车轻捷地开得很快。可厉言菁仍觉得车速太慢，她的心里不住地催促着：快些，开得再快些。

和姚征冬通过话，放下电话，她就恨不得插上翅膀，一下子飞到他宽敞的无人打扰的家中去，扑进他的怀里，享受两人世界的欢悦。出租车上有空调，照理说并不很热，可她坐在车后座，仍感觉身上在淌汗。汗水从她的胸部沁出来，似细小的虫子一般淌过她的腹部，像有一双柔柔的手在轻触轻碰着，淌到她两条大腿的交叉处，引得她痒痒的、痒痒的。

她微合上眼，想象着一步跨进征冬凉爽的家中，躺倒在他怀里时那种舒适的感觉。她摸出纸巾，下意识地轻轻抹拭了一下额角，睁开眼看看，奇怪，脸上没有汗呀，那么，身上同样也不会有汗的，可为什么……这是怎么回事儿?

凝神一想，她恍然明白过来，不由得脸上飞起一片绯红。

想见到征冬的愿望太迫切、太强烈了，对一个男人，她从来没有过这么热烈的感情。不是么，她愿意为他舍弃出国，愿意为他搜集他写作所需要的一切材料，愿意代他充当一名记者的角色去采访。过去，她只是为方便拉广告、写作广告文学才象征性地去采访一下，回来根据厂方提供的文字，加上一些形容词和描绘，写一点溢美的文字。而现在，她却十分投入地去了解华都大楼的一切，倾听连阿婆讲那些陈谷子烂芝麻般的往事，不消记笔记，她就能把一切都记得那么清晰。这在过去，对她来说都是不可想象的事，可她现在都做了，而且做得那么尽心。

这都是因为爱情，爱情的力量强大得真是令她自己都觉得不可思议。她现在明白了，为什么有人会说，没有爱情的人生，不是真正的人生。哦，爱情，是一种陶醉，是一种欲望最为强烈的情感。她在认识征冬之后算是体会到了。

她十分珍视这份感情，把这份晚来的爱看成了生命中最宝贵的东西。连阿婆在谈及二十世纪这百年流转、世事沧桑中的爱情现象时，不是屈指评价过嘛，老人家说，对于中国人来讲，二十世纪的第一个十年，只能算在窒息中启蒙了爱的气息。“五四”以后，女性开始有了自主意识。到了三十年代，爱情似乎变得浪漫起来，但这浪漫和纸醉金迷混杂在一起。四十年代的爱显得最为低迷。崭新的五十年代，爱情和俭朴、纯洁、忠诚相提并论，但多少已经显示出政治爱情的端倪。流传广泛的关于“几大员”的说法，就是充分的证明。六十年代到七十年代，政治爱情取代了一切，且披上了革命的外衣。八十年代似乎出现了爱的回归，可金钱已给爱笼罩上了一层阴影。九十年代直至现在，爱情的表现花样百出，奇形怪状有之，恶形恶状也有之。尽管如此，人类呼唤和追求真挚爱情的强烈心愿，是永远不会消失的。正因为难得，其追求者则会更为执着。厉言菁觉得，连阿婆讲得太好了，对姚征冬的写作，太有启迪意义了。她甚至感到，这些话可以直接写进《上海：波动的婚恋史》中去。

思绪跑了野马，出租车不知不觉地已拐到了肇嘉浜路，厉言菁定睛一看，忙挥手说：“师傅，就在前面一百米靠马路边停，到了。”

下了车，热浪灼人，厉言菁“嘭”一声张开阳伞，左右环顾了一下，正是红灯，车辆都停在路口，她忙不迭地迈着快步过马路。

进入姚征冬居住的小区，楼房挡着太阳，稍许凉爽了一些。步入姚征冬所住的那幢楼里，她收了伞，又比室外凉爽一些。

上了电梯，电梯间里悬着一只电扇，嗡嗡直响，厉言菁轻拭了一下自己的额头，还好，走得快，没怎么出汗。她怕出汗，出一身透汗，准定是一副狼狈相。

来到姚征冬屋门口，她定了定神，这才揿响了门铃。

姚征冬笑吟吟地向她敞开了门，目光热切地示意她进屋，她身子一摆，迈步进了室内。真如她想象的，屋里凉爽极了，真是舒服，极为难得地，室内竟然收拾得一尘不染，每一样东西都摆放得井井有条。姚征冬走到她跟前，双手搭上她的肩，她一阵激动，把手里的伞和小包往地上一扔，双臂一张，扑进他的怀里，向着他昂起了脸。

他低下头来，耸起嘴唇轻轻地吻了她一下。

厉言菁接受着他的吻，浑身仿佛掠过一阵喜悦，哦，她和雷家田接吻，从未有过这种心醉神迷的感觉。

他离开了她的嘴，俯脸凝视着她。她觉得身上燃起一团火焰，这火焰是那么灼热，直从体内深处，似要喷涌而出。她嘴里发出一声含糊的哼哼，向着他贪婪地张开了两片涂了唇膏的嘴唇。

“我爱你，想你的时候，我就想吻你。”他说着，又把嘴唇贴在她的两片湿润柔和的嘴唇上。

“我也是，我……”她急急忙忙地表白着，来不及说完，就热烈贪婪地回吻着他，被他热吻着，她的头脑整个儿都是晕的，仿佛有电从全身通过，伴随着一阵一阵的惊喜和无可言传的酥麻。她几乎就要把在出租车上的奇妙感觉告诉他了。

他把她抱了起来，她一受惊，轻轻叫了一声，连忙搂住了他的颈子，把脸贴住他的头说：“你是我的，我一个人的。真的，征冬，我越爱越深了，一天比一天深。和你在一起，我整个人、整颗心都沉浸在幸福和喜悦里。”

说着，她扳过他的脸来，又投入地亲吻他，一边吻一边用力地晃着脑袋。

他把她抱坐在沙发上，她蜷缩在他的怀里，她凝定般望着他问：“你觉得我气色好么?”

“美极了，”他盯着她的脸由衷地说，“容光焕发，脸上的绯红像要溢出油彩来，一丝恼人的皱纹也没有，眼睛亮得像宝石，哦不，像钻石，不，不，比宝石、钻石还要出彩，哎呀，我都找不到语言来形容了。还有发式也美得诱人，乌黑一片。”

他每说一句，她的脸上就灿烂地笑一下。

他又说：“我一直在奇怪，你是怎么保养的?”

“我心态好、心地也好，总把人往好处想。尽管别人总说我傻，可我改不了，因而睡得也踏实。真的!”她申明一般对他说着，忍不住把在出租车上的微妙感受对他说了，遂而喃喃自语般问：“我这……会不会是人家说的，说的……”

“什么?”

“女人的风骚呀？”

“过去有过么？”

“从没有过。”

“不，那不是你说的骚，是爱……”

“对你的爱，强烈的、抑制不住的爱。”她一面扎实地吻他一面告诉他，“有时候半夜三更醒来，看见躺在身旁的丈夫，我脑子里会一片茫然地问自己，这个人是谁？怎么这样陌生？他睡着的时候怎么是这副模样？每当这种时候，我就会产生一股要离开他的欲望。那时候我总想，要是身边躺着的是你，那该有多好。我真想离开他了，好几次我都对自己说，离开他也是一件极简单的事情，带好一点随身替换的衣裳，提一个箱子，像今天这样叫上一辆出租车，走进你的家门，不就成了。你说是么？”

她看出来了，冷不防提这问题，他不觉一怔，但他立即掩饰着镇定下来：“是的。”

“你愿意接纳我么？”

“巴不得。”

“真的？”

“你做不到，要住下，你今天就可以不回去。你做得到么？”

她垂下了头，看见自己的胸脯在微微起伏，她没料到说着说着，会说到这么严峻的话题。但他没有回绝她，也没有犹豫，这就是说，他还是爱她的，这令她感动。这么说，主动权还是在她的手里，要她拿主意，不知怎么搞的，她的泪在涌上来，她抬起头来说：“是的，马上这么做，我做不到。”

他的手伸过来，在她的眼角上轻拭了一下，抹去她的一滴泪：“你准备什么时候做呢？”

“我想，我想……是这样，”她歪过身子，把自己整个儿躺在他的怀抱里，“等到去广州办完移民手续，确定他和儿子都能去美国了，我再跟他明确摊牌。”

“为什么非要等到那时候？”

“你等不及了？”她瞟了他一眼。他向她点头。她在他的脸颊上轻轻摸了一下说：“这样，对他和儿子的伤害，可以小一点。也可以表明，我连去美国都能放弃，离开他的决心有多大。再说，临走在即，时间有限，他想闹也没时间闹了。对你，也不会造成任何不好的影响。”

他紧紧地搂着她说：“你想得真周到。”

“涉及我的下半辈子，事关重大，我不得不细想。哎，到时候，你愿意娶我么?”

“愿意。”

“明媒正娶?”

“那还用说嘛。”

她体内那一股按捺不住的情焰又在燃烧了，她返身贴紧了他，睁大了一双有些迷茫的眼睛唤着：“征冬，我，我想要，要……我想要你。”

他又吻她了，一边吻她一边伸手解开她衣衫的纽扣，在她的乳房上抚摸着。她感觉到阵阵的舒适和欢悦，全身心在松弛和舒展。她回吻着他，双手忙乱地把他腰间的皮带松开，把手伸进去，抓住了他。她喜欢他健硕挺拔的身子和男子汉气概，喜欢他身上的气息和体味。雷家田虽然天天在厂里干体力活儿，但他的身上就是缺乏那股应有的魅力。对比之下，她觉得更难得了，她感觉姚征冬的整个身躯都是属于她的，她抚摸的时候都怀着一股深情。

“哦，真舒服，真销魂，言菁，你怎么会这样好的……”他呻吟般地在她耳畔说。

她也凑近他的耳朵，承诺似地安慰他道：“还会更好的，结了婚，会更美好的，你要相信我。我会天天晚上让你享受到新婚之夜的喜悦，你信么?”

“我信。现在我就觉得美极了。”

他说话的嗓音发着颤，她知道他也像她一样感觉到那种惶惑的幸福。他动情地叫着她：“言菁，我美丽娇小的妻子。”

她也轻轻喊他：“征冬，老公，我的好老公。”

他把她抱到镜子跟前，她往镜子里望去，这才发现，他们的身上已经脱得一丝不挂。她一阵娇羞地把自己埋进他的胸前，瞅着镜子里他怎么吻她，瞅着自己的乳房贴在他的身上，瞅着她周身抚摸着他的体魄，她觉得身上的情焰熊熊升腾起来了。

姚征冬的声音像从很远很远的地方飘来：“言菁，我的美妻。”

“你说，好老公。”

“我要你当我的奴隶。”

“怎么个当法?”她心中惊讶，嘴里仍温顺地问着。

“来，你跟我来，躺下，躺在这儿。”

她随着他回到沙发旁，躺倒在沙发上。

他坐在地上，双手在她的身上轻柔地游移着；她不知不觉地闭上了眼睛，感觉着他的手从她的乳巅，滑移到她的腹部，又从她的腹部，游动到她的大腿。她只觉得一阵比一阵酣畅的快感，似有一团小火随着双手的游移，烧灼着她的全身。

她不由得全身心地舒展开了，两条大腿也张开了。

他的手在拨弄她的草丛，她知道有一股流水洇湿了草地，悠悠地淌去，很快活。她似还在期待着什么的时候，一阵巨大的狂喜袭遍了她的全身，她忍不住欢悦地叫了一声，接着欣喜的波浪一阵一阵漫了过来，笼罩了她的全身。她知道他在亲她，她随着他的亲吻发出轻微的喘息，她的肚子跟着喘息波动起伏着，她的整个身子也随着这种波动起伏在收缩和舒张。她想控制自己，可她控制不住，反而晃着头，张着嘴，发出一声比一声尖锐的哼叫：“美，太美了，好老公，我喜欢，你，你不要停，好老公呀……”

她的两腿想去夹住他，她的双手逮住了他的头发，她想喊出：我甘心情愿当你的奴隶!

不待她喊出声来，一阵剧烈而痉挛的火焰，炽烈地升腾起来，她只觉得整个身子晃悠悠飘上了云空，在无边无际的云空中张开翅膀遨游，又好似潜入深不见底的海洋里，像自由的鱼类在透明的海水里无声地滑动起伏着。无比的欢畅舒展、淋漓尽致……

厉言菁睁开眼睛的时候，听见了姚征冬的呼吸。她定睛望去，姚征冬正低头凝视着她，她感觉到自己的眼睑边挂着激情的泪，不由得有些羞怯。他的嘴唇动了动，她听见他柔声问：“你感觉好么?”

她反问他：“你怎么会让我感到这么美好的?”

他笑了，俯下脸来吻她，并且跟她说，外省的电视台邀请他去当嘉宾、他想和她同去，问她愿不愿意，家里走得掉么?

她也随着他笑了，这么好的事情，她有什么不愿意的，只要他认为可以，不会影响到他，就是带她去往天涯海角，她也愿意。至于离家的理由嘛，那也不难找，她只要说原来工作的编辑部让她临时帮忙出个差，就万无一失了。只是，她迟疑地问他，她以什么样的名义去呢？

他说就以未婚妻的名义去。

她大睁双眼问："这妥么？"

他说有什么不妥的，外省的那位主编知道他是独身，平时通电话，谈完正事总还要关切地问一声，个人问题解决了没有。这次他把未婚妻带去，人家会觉得很正常。

厉言菁觉得，唯一心虚的就是自己了，反正雷家田不会晓得，而她心目中，已把姚征冬看成了真正的老公，去就去。不要太张扬就是了。

然后她告诉他，通过连阿婆，她已经联系上了骆秀音的姐姐骆秀芬，她就住在武夷路上，和老伴生活在一起，随时欢迎他们去。她问，今天什么时候去合适。

他一看表，时间已是十二点四十，伸了伸舌头说："光顾着亲热，你看看，中午都过了。干脆，我们现在到外面去，找饭店吃一顿午饭，然后就到老人家去。"

"不要去外面吃了，"厉言菁一蹦站起来，情绪甚好地说，"你这儿有什么吃的，我来煮。我们随便吃点再去。"

姚征冬搂着她说，他是衷心地要请她好好吃一顿饭，到像样一点的地方去吃。

她脑子里掠过姚征冬和郑夕在静安希尔顿吃饭的那一幕，但她像要甩脱烦恼般晃了晃脑袋说："只要你有这份心就行了，今天中午已过，我们就在家将就吧。"

"我主随客便。"

"你可真会将弯就拐呀。"

说话间，厉言菁兴致勃勃地带头走进厨房，打开冰箱寻找着吃的东西。姚征冬跟进来，不无自得地一一指点着告诉她，有馄饨、水饺、面条、汤圆，还有可以蒸来吃的玉米窝头、荞麦馒头。

"都是方便食品，"厉言菁转脸瞅了他一眼，不无怜悯地说，"征冬，我们真该早点成家了。到时候，我一定好好地服侍你，让你好结束这种混日子的光棍汉生活。"

姚征冬捧起她的脸，动情地吻了一下。厉言菁看得出，自己的话打动了他。她明白，这会儿两个人神清气爽、精力丰沛，都是经历了情投意合、水乳交融的性生活的缘故。她和雷家田在家里，从来不会有这么好的感觉。

厉言菁因陋就简，下了面条，做成拌凉面，两人吃了一个饱，收拾干净，离家下楼，打了一辆出租车到骆秀芬家去。

这是武夷路上的弄堂房子，一幢花园别墅的二楼，骆秀芬家有一前一后两间房子，中间夹着一间大卫生间，厨房在楼下公用。

“名义上是花园别墅罢了，”刚刚午睡醒来的骆秀芬老伴，满头白发的王关宝笑眯眯地指着窗外说，“你们看看这叫什么花园，花园里早十几年就造起了房子，把花园占去大半。”

姚征冬喝了一口茶，把杯子往茶几上一搁说：“有这种事，你们应该早点向房管部门反映啊。”

“反映啥呀，”王关宝还是笑眯眯地说，“造房子的就是房管部门。中国的事情就是这样，哈哈。”

看得出他是乐天派，明明讲的是人家侵犯他权益、十分令人气愤的事儿，他却像在讲别人的事儿一样，哈哈直笑。

“我在这里住了一辈子，六七十年了，花园洋房刚造好，我就住进来了。那时候的房子蛮气派，大半辈子过去，不像样了。”王关宝很健谈，不等姚征冬问话，他又说开了，倒是文静老太骆秀芬，始终含笑听着老伴讲，一声也不吭。好像她晓得，终归有她说话的时候。

厉言菁坐定下来，只觉室内简洁明快，一目了然。屋子里的陈设十分简陋，她和姚征冬坐的两把圈手椅是待客的，中间有一只小圆茶几，面对着的骆秀芬和王关宝两位老人，分别坐在一张陈旧八仙桌两边的方凳上。房间里有落地大壁橱，杂七杂八的东西肯定全放在壁橱里，故而房间显得特别洁简。唯一醒目的，是墙上挂着的两张照片。一张是骆秀音的半身照，厉言菁从来没有见过，照片能把一个人拍得如此十全十美，简直可说是风华绝代。另一张是骆秀芬和秀音姐妹的合影，两姐妹在照片上像双胞胎。看得出，因为要招待客人，老两口临时开了空调，屋里虽有了凉意，却还带一点余热。姚征冬疑惑地问道：“不是听说，‘文革’中为了照顾骆秀音，骆秀芬阿婆是从乡下赶上来的么?”

“哈哈哈，哈哈，你是在戳我的心境、揭我的短了。”王关宝又是一阵爽朗的大笑，他指着骆秀芬说：“是的，是的，她那时是在乡下，‘文化大革命’结束，她又回上海来了。”

看得出，姚征冬还是不明白，他在问：“这又是怎么回事儿?”

“说起来也很简单呀，”王关宝又笑了，“一九六〇年，国家发生自然灾害，开会传达说，全国九亿亩农田受灾，占总耕地面积的一半以上，其中有三至四亿亩农田遭重灾。油料总产量，比一九五九年减少了一半还多，是统购统销以来收的最低的一年。我那时在粮店里当会计，是晓得的呀，上海的粮库都快吃空了，存粮连一个礼拜也吃不到。你会说了，这一切，和我这个小民百姓没什么关系。”

“是啊。”姚征冬想不出这国家形势和王关宝会有啥关系。

“关系大呢，民以食为天，粮食紧张了，国家先是压低农村和城市居民的口粮标准……”

姚征冬插话说：“这件事我还有点印象。”

厉言菁的回忆也被他们的对话唤了起来，三年自然灾害那几年，家家都碰到粮食紧张，不够吃。政府规定，要在月末的二十六号，才能购买下一个月的口粮，于是，往往就在月末的二十五号那一天夜里，粮店门口就有人排队，等待第二天一早，粮店开门，就可以抢先买到下个月的粮食。她也无数次和姐姐一起，被妈妈喊去通宵熬夜排队买米，有好几次，二十五号的傍晚，周围弄堂里的人家揭不开锅了，来央求粮店开恩，无论如何买几斤米回家，把这一晚上对付过去，粮店那个瘦瘦高高的主任总是坚持原则，一口回绝。他的理由也很简单，我卖给你了，别人要买怎么办？那不吵翻天了。于是，粮店门口吵的有，哭着哀求的也有，看热闹说风凉话的更多，自然还有发牢骚的。

这种日子，厉言菁轻易不会忘。

“光是压低口粮标准不解决问题，国家困难大啊，”王关宝还是乐呵呵地回忆着往事，“第二年一开春，记得是四月，中央就动员百万干部下放农业生产第一线，只过了一个月，就大张旗鼓地动员城市人口下乡了……”

“他表现积极，”坐在旁边的骆秀芬手一抬插话了，“一定要我带着孩子回乡下去……”

“哎呀，哪是我要你回去，是国家要你回去……”

“还要赖，不是你积极，人家会逼我走么？”

“唉，这你就不懂了，你要赖着不走，还真有逼的，那多难堪。当时的文件里讲得清清楚楚，没有固定工作的家庭妇女、吃闲饭的、无业游民，都要走。当然，那时我是表现积极，在争取入党，我心想，符合条件的，一样要走，晚走不如早走，被人动员着走，不如自己走。就这样，她拖家带口地，回老家去了。现在想想，真是对不起她。”王关宝说着，还是笑。

骆秀芬指着老伴道：“结果呢，你的党还是没有入成，瞎积极。”

“当时就是争取嘛，”王关宝却丝毫不在乎，笑道，“争取争取，就有两种结果，一种是入进去了。还有一种入不了。入不了就入不了嘛，我不也活到现在，快快活活的。比你那名声大得全国都晓得的妹妹，不知好到哪里去了。”

随随便便的对话，一下子把厉言菁的思绪扯回到三年自然灾害的年头。她记得，那些日子里，妈妈下班之前，经常去厂里的食堂，把食堂里不要的豆腐渣要一点带回家来，和着面粉做成饼子，烙给他们姐弟几个吃。肚子饿啊，豆腐渣做的饼子，吃起来竟然那么香，那滋味儿和生怕落一点儿渣末到地的细节，厉言菁至今都还记得。

骆秀芬的声音打断了厉言菁的思绪：“你们应该看得出，我这家庭是上海一个普通人家，普普通通的职工，普普通通的家庭妇女，没有秀音那样显赫的地位和名气，下一辈也一样，都是普通人。”

“我们看得出来。”姚征冬点头。

“但我们生活得很开心呀，子女个个孝顺，连娶进门的媳妇和常来走走的女婿，都对我们十分地好。孙孙辈更不用说了，平时子女们单独住，节假日一到我们家里，亲得不得了，还硬拉我们上馆子，一会儿梅龙镇，一会儿老正兴，还有什么张生记、新开河。周围所有人都说我们是好福气。”

说得厉言菁也羡慕地眨眨眼，说：“你们的经济条件一定不错。”

“不，”骆秀芬手一摇纠正道，“我们没多少钱的，就老王那一点退休工资，但也够我们花了。你看看，吃我们尽挑素的，穿我们尽穿子女送的，有几件出客衣裳，一年到头也穿不了几次，够了。最主要的是，我们两个老人心宽体健，没啥毛病。你们听老王说话，声音多响。”

厉言菁连连点头："这是最要紧的。"

"是啊，平时我们散散步，去公园玩儿玩儿，吸一点新鲜空气，逛逛超市，东看看西瞄瞄，兴致来了，叫一辆出租车，到高架上兜一圈，看看原先熟悉的外滩，看看原先不熟悉的浦东。春秋季好天气，我们一起去城隍庙，还有那些新花样百出的地方，买点好吃的尝尝，让自己也学着浪费一下。"

"哈哈哈，哈哈哈。"最后这句话，把厉言菁和姚征冬都逗笑了。王关宝的笑声最响亮。

骆秀芬指着他说："这是他发明的。唉，说真的，我妹子秀音，这一辈子没我过得幸福、快乐，这一辈子她不称心的事情太多了！她嫁过、交往过几个男人，可以说这些男人没一个是等闲之辈，可又有哪一个男人真正爱过她。"

"是啊，"厉言菁不失时机地插上话去，"'文革'中，关于骆秀音有一位神通广大的情人的说法，流传甚广。可总没见一个确切的说法，有没有啊?"

骆秀芬说话的声音低了八度："我想是有的吧。就在她上吊前一两天，我见她从《鲁迅文集》精装本的封套里，取出一张照片，擦燃火柴烧了。照片上是个英俊的仪表堂堂的男人。我问她，这就是人家传得那个无所不能的人？他怎么戴着眼镜？秀音只点了一下头，转身走出了厨房。我也再没问过她。我想，这个人曾经对她是特别重要，她把一切希望都寄托在这人身上了。但在那个年头，这个人也救不了她，她就彻底绝望了。才走了那条路。唉，她总算也有个像她一样貌若天仙的女儿，可女儿同样红颜薄命、同样遇上了厄运……"

"听连阿婆说，"厉言菁忍不住问，"骆宁，骆菲菲慌慌张张躲避到您乡下去之后，又遇上了什么可怕的事?"

"在我那儿倒是把风头避过去了，"骆秀芬没说出骆宁的结局，先伤心地抹起泪来，"一年多之后毕业分配，她被分在一个农场里锻炼，快结束锻炼的时候，一个什么有权有势的干部看上了她，她不从，也像她妈妈一样，投了河。"

房间里沉寂下来，笑声消失了，空调细沙沙的操作声，显得分外清晰。

骆秀芬呜咽地悲泣了几声，王关宝连忙扯了几张纸巾递给她，她接过纸巾往脸上抹拭了几下，接下去哑着嗓门道："这一辈子，秀音多么爱演戏啊，无论是旧社会、新社会，为演戏让她受多少委屈、作出多大的忍让，她都愿意，可她这一生，又得到过几次真正的机会呢。她忍气吞声、她委曲求全、她任人摆布，她还是有那么多的苦闷和烦恼。作为她的姐姐，我最清楚了，其实除却演戏，她最渴望过的，就是我们今天这种平静温馨的家庭生活，她向往像常人一样享受天伦之乐，可她得不到。我不知对人说过多少遍了，做名人，特别是做大名人，没有我们老百姓开心啊！老王，是不是啊？”

“说得好，”银霜满头的王关宝又笑了，“说得对，所以我们就要使劲地活，好好活呀。”

“对，”姚征冬一击掌，激动地说，“你老人家今天说出的这一番话，是人生的哲理，大哲理啊！”

厉言菁转过脸去，望着有几分动情的姚征冬，情绪也受了感染：说得是啊。看来，今天提议找到骆秀芬家里来，征冬是有收获了。

## Ⅸ

第一遍读陈岚岚的来信，宇虹就哭了。罗卉看得清清楚楚，宇虹宽宽的肩膀先是情不自禁地耸动着，继而啜泣出了声，泪水从她那双大大的眼睛里夺眶而出，顺着她长得十分洋气的脸庞往下淌，淌过脸颊，转弯淌到她浑圆的下巴上。她的两片厚厚的表情丰富的嘴唇似欲卷曲般嚅动着。看得出，陈岚岚不幸的经历让她伤心极了。

罗卉完全能理解她的这一心境，她不也同样嘛，初读这封信时，她内心的震撼使得脑子里一片空白，久久地歪在沙发里，什么事情也做不下去。

此时此刻，她找不出任何话来劝慰宇虹，唯有保持沉默。这么说宇虹仍然极富同情心，这么说宇虹仍会怜悯人。这么说……宇虹开始读信时，她冲的两杯咖啡使得屋里溢满了香味，但她一点也不想喝，只是拿着小勺，轻轻搅动着。

“你准备怎么帮助陈岚岚？”罗卉的沉吟被宇虹的问话打断了，她仰起脸来，只见宇虹睁大一双泪眼，凝定般望着自己。

罗卉连忙试探地说：“你说呢？”

“赶快和她联系。还不知她现在怎么样了？”宇虹显现出少有的主见。

“收到信的当天，我就凭过去的记忆，拐弯抹角地问了好几个人，总算给她上海家里打过电话了……”

“找到岚岚留在上海的女儿了么?”宇虹迫不及待地问。

“没有。”

“那是怎么回事儿?”

“陈岚岚父母原先的住处，统统都拆迁了。一时打听不到，她女儿是随着哪个亲戚住，搬到哪儿去了。”

“那……”舒宇虹开朗美丽的脸痛苦地揪扯在一起，焦虑万分地摊开双手问，“那我们怎么办？到哪儿去找?”

罗卉摆了一下手：“不要急，宇虹，总有办法的。上海这里，我已经托人去打听了，真正找到了她的女儿尚艺，我会根据她的条件，给她找一个工作的。同时，我及时给陈岚岚写了回信……”

“有回音了么?”

“还没有。”

“怎么这样慢？她来信好几天了呀。”

罗卉淡淡一笑：“你忘了，当知青时，上海和杉木凼通信，单边一趟就是一个星期，来回要半个月呢。”

“那是过去，现在该快多了呀。”宇虹想当然地说。

“现在仍一样，我还听说，现在的平信更慢了哩。”

“怎么会这样，现在不是进步多了嘛。哎呀，烦死了烦死了!”舒宇虹说话间就抱住了连连晃动的脑袋，一脸的烦恼，神情像要哭起来。

这是她发病的前兆，罗卉当即站了起来：“你安静一点，宇虹，没关系的，我们有办法和岚岚联系上。只不过是早晚的事儿。”

“没什么，没什么，”舒宇虹朝罗卉摆着手，反过来安慰着她，“我就是不明白，我不明白的就是，岚岚向你求救，为什么不在信上给你写下电话，有电话多方便啊……”

罗卉“扑哧”一声笑了：“你想想，她穷成那副样子，哪来的电话呀?”

宇虹呆住了，一双眼睛瞪得老大，低头望着地板，像在寻找什么似的旋转着身子自言自语说：“是啊，是啊，我怎么这样糊涂。不过，罗卉，好怪、好怪的，刚才读着岚岚的信，她信上那种语气，我就好像听见了她在说话，回到了我们曾经生活过的那个知青点集体户，集体户里潮湿的那股味道，我都好像闻到了。真的，回到了我们十多个姑娘在一起的年月，姑娘们一张张脸全在我眼面前晃，晃着、晃着，脑子里就那么嘭的一声响，真的那样子响了一声，整个脑子豁然就开朗了，猛地亮堂了，就像电影里常演的那样。天灵盖打开了，啥都看清楚、看明白了，真的，好怪，好多忘得一干二净的往事，全都想起来了、我全都想起来了呀！罗卉。”

说话间，宇虹激动地双手一把逮住了罗卉，连连摇晃。

罗卉愕然望着她，讷讷地道：“你，你想起了什么？”

“头一个嫁给憨包农民卢光良的安小琼，揭发出来的内幕，我记起来了。”

“你说说看。”

“难道你不知道、你忘了么？”舒宇虹惊讶地问。

罗卉缓缓地一摆脑壳：“我怎么能不知道、怎么可能忘啊。”

“对，对啊，我把那些事忘了，全忘了，”舒宇虹使劲地摆着脑袋悲痛地说，“一读岚岚的信，就全想起来了嘛。”

可不是么，那是她们往昔岁月中一触就痛的伤疤呀。

真相的披露一点儿预兆也没有，上海的知识青年慰问团来到了山乡，听说有十二个姑娘集中在杉木凼插队，其中的几个已经深深地爱上了山乡里的一草一木，自愿嫁给了勤劳朴实的贫下中农，身体力行地实践了和贫下中农相结合。这样的先进事迹，竟然从来没有被表扬过、宣传过、报道过。上山下乡已经有几个年头了，最初号召的知青要做晚婚晚育的模范、要教育知青推迟婚期这么一种舆论，演变成从有利于知青真正扎根出发，允许他们考虑婚姻大事。并且还有人认为，知识青年和贫下中农相结合，才是真正地打破高贵者聪明、贫贱者卑下这一传统儒家观念的生动例子。

总之，慰问团一定要来探望杉木凼的有志青年，知青点集体户为他们的到来还做了大扫除，泥墙上刷了石灰，准备了伙食。杉木凼寨子上统一作出安排，那些出了嫁的知青，都到集体户来集中，然后再看时间是否允许，选择性地去看看出嫁女知青的婆家。

罗卉记得最清楚了，慰问团里一个三十出头的精明的女同志，姓路叫路雁的，坚持要去看望出了嫁的安小琼。

后来才晓得她是安小琼大姐的初中同学，多年的好朋友。受安小琼大姐的暗中相托，要来探望一下，嫁给农民的安小琼究竟生活得怎么样。

路雁给安小琼带来了一小旅行袋东西，里面装着果酱、猪油、白净细长的卷子面、饼干、年糕片、上海奶糖和糕点。

当慰问团的四五个干部，在县、区、公社三级干部的陪同下，和女知青们团团围坐在一起，亲切地喝水开始交谈的时候，安小琼还没到。路雁趁机机灵地拉了罗卉一把，对大伙儿说，你们先谈着，我让小罗陪着去叫安小琼来，顺便看看她的婆家，也算了却一个心愿。

罗卉心里清楚，踏进卢家院坝，头一眼看见卢光良家破破烂烂的泥墙茅草屋房子时，路雁已愣怔了一下。当她走进屋去，看到一屋眼神惊恐的大人、拖着鼻涕的小孩时，她脸上的笑容已经僵滞了。而当她和木呆冷漠的安小琼见了面，把她大姐托带来的旅行袋交给安小琼，安小琼还是一点笑容也没有的时候，路雁已经琢磨出苗头不对来了。

安小琼当着眼睁睁围上来的卢家老小的面，木讷地打开旅行袋的拉链，众人不约而同齐刷刷地伸过手来，把糖果、饼干、果酱抢过去当着客人的面就吃的时候，路雁的脸当即变了色。

安小琼无动于衷地揭开锅盖，把一包一包裹得紧紧的卷子面拆开，下到滚水中去，又一碗一碗撩起来，拌上盐巴、辣椒、猪油时，家中的老少又纷纷扑上去，争先恐后地抢过面碗，稀里哗啦没几分钟就吃了一个精光，连被辣椒染得红红的面汤也没剩下。

整整五斤面条，全都下进锅里，当安小琼自己想吃的时候，煮混了的面汤水里已经捞不起一根面条来了。

卢光良嚷嚷着："我只吃到一碗、我只吃到一碗。"把碗筷往边上一扔，抢过果酱瓶子，把食指伸进去，刮着瓶子里剩余的果酱，歪起脑壳、伸长舌条津津有味地吃着。安小琼只得又添一把柴，将火烧大，重新煮开水，把年糕片下进汤锅里。煮了一锅红油年糕汤，让一家老少吃个够。而她自己，则只舀了几片年糕吃。

路雁看呆了，她抢过几步去，拖住安小琼就往外走。来到寨子边几棵大树边，没人注意她们的地方，她一边垂泪一边问安小琼："那男人明明是个傻瓜，你为什么要嫁给他？难道你是瞎子？你真变成戆大了，有什么隐情你给我说出来，说，我是慰问团的一员，我有责任维护知青权益，我可以给你做主！你说呀，快说！”

讲到后面她愤怒得几乎吼了起来。

安小琼胸脯起伏着，拉长了脸光是压抑地哭，就是不吭声。

路雁愤愤不平地说：“这叫什么呀，和贫下中农相结合就得这样啊。不行，这事儿不会完，你快给我说，说出真相来……”

“她说不出口，我说！”大树后面突然闪出了一个气冲冲的三十多岁的农妇，罗卉认得，她是大队支书兼革委会主任卢光飞的婆娘，一个平时在杉木凼寨子上寡言少语的女人，走路经常垂着眼睑。路雁大约也认出了她是刚才在屋里抢面条吃的女人之一，指着她说：“好，你说。”

安小琼的脸埋在大树干后面，“哇”一声哭了，卢光飞婆娘指了一下安小琼，扯直了嗓门尖声拉气地说：“这个不要脸的烂婆娘，名义上嫁的是憨包兄弟卢光良，关起门来，实际上天天和我的男人睡，把我的男人抢去钻一个被窝，嫁进卢家之前，她就怀上卢光飞的娃娃了……”

罗卉只觉得自己眼前金星乱飞，脑袋好像炸了开来，整个身子都在颤抖。

这一真相的披露，无疑是在杉木凼扔了一颗炸弹。满寨上下都在讲着这件事情，路雁岂肯罢休啊，中共中央刚刚发了关于保护知识青年合法权益的二十一号文件，黑龙江枪毙了奸污女知青的罪犯。慰问团出面和县里面交涉，卢光飞被逮捕判刑十年。这家伙借口以谈工作为名，强行奸污了活泼单纯的安小琼，致使安小琼怀孕。为了掩盖他的丑行，更为了长期霸占安小琼，他名义上让安小琼嫁给自己的憨包兄弟卢光良，实际上一到夜深人静就钻进安小琼的被窝。安小琼生下的那个儿子，就是卢光飞的。

“我就是想不起来了，罗卉，”舒宇虹眼里闪着泪光说，“可怜的安小琼，后来怎么样了？我这记忆中，怎么没一丁点儿她的印象呢。”

在杉木凼寨子上称王称霸、在家中又是顶梁柱的卢光飞一被抓走，卢家老小把所有的仇恨都汇聚到安小琼的头上，安小琼在卢家待不下去了，在杉木凼也无脸待下去了，县知青办出面干预，解除了她和憨包卢光良实际不存在的婚姻关系，让她带着儿子，转移到猫猫岩农场去了。

“她带着孩子，关系转到猫猫岩农场以后，我就再没听说过她的消息了。”罗卉的双眼凝视着茶几上的咖啡杯，摇了摇头说。

舒宇虹把脸转向她，充满希望地说：“等和陈岚岚联系上以后，一定能晓得安小琼现在的情况。你说是么，陈岚岚毕竟长期生活在那里呀。”

“可能的。”罗卉点了一下头。

“那么，其他人呢，”舒宇虹兴致甚高地紧接着问，“集体户里另外几个姑娘，她们后来怎么样了？”

“你问哪一个？”

“我都想晓得。比如说韩灵，她后来去了哪里？”

“韩灵的命算是好的，她回上海不久，就去了日本。起先几年也不顺，日子长了，她可能是想穿了，结果嫁给了一个日本老头。听说那老头很有钱，韩灵吃穿是不愁了。”罗卉淡淡地说。

“姜云娣呢？”

“跟着她男人李荣生，结伴到县城做了几年小生意，大概有了点积蓄，两口子干脆跑进省城，开了一家米粉馆，做起了小老板。”罗卉思忖着道，“是前年还是大前年啊，她还回上海探过一次亲，和我通过一个电话。我问她是不是就此认命了？她说，不这样混下去，又能怎么样呢？”

舒宇虹点着头，眨巴着眼睛问：“那个唱歌唱得最好听的林璐，现在呢？”

“不晓得。”罗卉摇了摇头说，“只听说，她也跟着卢光祥到一个什么矿去打工，结果在工地上待了没多久，就失踪了。”

“失踪了？”

“是啊！从此再没她的消息。有人猜测，她是和什么人私奔了，也有人传，她是被矿老板看上的。究竟是怎么回事儿，吃不准。宇虹，”她不想宇虹的思绪长久地沉浸在不堪回首的往事之中，又想试一试宇虹的记忆，就把话题岔开说，“不要光说别人了，说说你自己吧。你还记得那个男人么？”

“男人？”舒宇虹脸上呈现出疑惑之色。

“你和我说起过的那个人呀，从小屋的门里过来的那个男人。”罗卉用手指了一下小屋。

“噢，记得，”就像有阳光照耀到宇虹的脸上，刚才还笼罩着她脸庞的愁惨阴郁一扫而光，她一边点头一边浮起明媚的笑容，“我记得。”

“他真是从小屋门里过来的？来，你坐下说。”

舒宇虹挨坐到罗卉的身旁，端起咖啡，轻呷了一口："逃过来的……"

"怎么会是逃过来的？"罗卉皱起了眉头，"你细细说。"

宇虹昂起脸来，似在回想着，两眼越睁越大，说："是真的。那天，气候闷热，身上潮黏黏的，我在外面兜了一圈，外滩的黄浦江上也没有风，反而出了一身汗，回来我就洗了个澡。刚走出浴室，正想穿衣裳，就听见小屋子里有声音……"

罗卉见舒宇虹的神情完全进入了回忆的状态，把一切细节都回想起来了，就低下头，拿起一把咖啡勺，轻轻搅动着杯中的咖啡，听着她讲。

咖啡伴侣放得少了一点，咖啡的色彩还是浓浓的。罗卉端起杯子，微呷了一口，苦涩的味道中透着果香，甜美而又芳醇，回味无穷。

舒宇虹说话的声音很轻、很投入，可罗卉听来却是那样的惊心动魄，特别是她讲到那个陌生的裸体男子惶恐之际躲进小屋里，宇虹身不由己挨上前去的时候，呼吸清晰可闻，说话的声音都在发颤，罗卉只觉得脸红心跳，神经别剥别剥发胀，她低下头去，不敢朝宇虹望一眼。

房间里突然没声音了，静得有点异样。

舒宇虹轻轻咳了一声，罗卉一惊，手中的小勺子落在咖啡盘上，发出清脆的一声响。

罗卉没有抬头，只是问："就是这样？"

"就是这样。"

"宇虹你跟我说实话，那，那个男人，真的没强迫你。"

"没有，是我情不自禁贴到他身上去的。也不知怎么回事儿，从板壁上的小洞眼里，看到他和隔壁女人那么欢乐，我的身体都发热了，看见他活生生地出现在我的面前，我全身心涌起一股挨近他去和他亲近的愿望。"

"事后，你没感觉到痛苦？"

"没有啊，我只觉到一种温暖的舒适、一股火热的快感、一阵甜美的兴奋，全身心都在涌过暖流，我想疯狂，我想叫，我想手舞足蹈，可我什么都记不住了……"

"真这样？"

"反正舒服得像要昏过去一样，什么都不知道了。罗卉，你还记得么，我们下乡不久，韩灵说过的那些话，我们总觉得是下流话的，其实她没有乱说，就是那样的。”

罗卉不无悲哀地瞅着宇虹，她恍然觉得仿佛和宇虹之间隔着一层玻璃，又好似跟宇虹变成了一个人。是的，她和宇虹都是年过四十的女人，照理她们早该明白这一切，享受到这应享受的一切，像常人一样。可她们从未得到过，宇虹竟然是在这么一种奇特的状态下感受到性爱的。而她呢，至今都还没体会过！哦，宇虹现在说一些什么，都已经不重要了，重要的是她道出了事情的真相，重要的是她可以去找隔壁的那个娇小美丽的女子，通过她就可以找到那个白白占了宇虹便宜的男人了。也许，这个偷情的女子还不知道呢。可见，男人都不是好东西！

是的，一会儿她就得去找305的女主人。

# 十

录像大厅里灯光通明，嘉宾席上更是雪亮一片，温度顿时升高了。三台摄像机从不同的角度对准了他，姚征冬亢奋而又镇定自若地坐着，面对时不时向他挑起话题的主持人，显得坦然自信。

他不慌不忙地诵读了三十一岁自杀的西尔维亚·普拉斯的诗句：

年仅三十岁，
却有几次想要像猫一样死去……
死，是一门艺术，
所有的东西都如此，
我要使之分外精彩。

他用异国女诗人自白般的诗句，引出关于林月的死：

欲望奸污爱情，
寒霜凝成花朵，
露珠凝成星星。
死亡的丧钟，
死亡的丧钟，
有人已将它敲响。

现场上的气氛随着他的朗诵，一下子变得鸦雀无声。

斜对着他坐在阶梯上的，是从社会上请来的现场观众，二三十位省城里的各界人士，各个年龄层次的都有。他们穿着漂亮的服饰，看得出，这些人都经过精心的化妆打扮，个个显得神采奕奕。邀请姚征冬来的主编和专题片导演都对他说了，是录播，让他放开谈、尽兴地谈。

可能是对上海的著名主持人林月之死这一话题了然于胸，而且有了深沉的思考，他谈得相当顺畅。面对镜头和主持人、现场观众的发问，他深入浅出、妙语如珠、侃侃而谈，已经激起现场几次自发性的热烈掌声。

这会儿，主持人提出了一个颇具挑战性的话题："照姚先生刚才的分析，我们已经了解，林月是一位有着特殊的、不被外人所知的复杂性格的女士。那么，她的这种性格，在上海这样一座现代化的大都市里，是怎么形成的呢？"

漂亮的主持人提问的时候，姚征冬的目光不经意地朝台下瞅了一眼。他没看到厉言菁的神情，但他知道，厉言菁始终坐在那里。录制刚开始的时候，她还拿着自己带来的照相机，拍了几张照片。能让她自始至终地见到自己当场接受采访，充分满足了他的自尊心，在这儿，他始终处于聚焦的中心，处于人们关注的中心，这是他高兴的事。

他把声音放低了一些介绍说，稍具一些历史知识的朋友都知道，在六十年代初期，由于三年自然灾害造成城市物资供应普遍紧张，从而引发了百万干部下放农村和千万城市居民下乡这一举措，进一步强化了中国从五十年代开始的户口管理制度。

其实从一九五八年开始，作为中国最大的城市之一，上海就实行了户口管理制度，严格地控制人口迁进。在三年自然灾害以后，户籍制度显得更为严厉。特别是像上海这样在中国数一数二的大城市，从那以后，逐渐就变得迁出容易迁入难了。

户籍政策一经强化没多长时间，有一张上海户口成了人们十分珍惜的事情。也就是从那时起，从开埠起以八方杂处、百业纷陈、充满活力的上海，逐步建立起了一个超稳的社会结构。

外省市的人想要调进上海来，难于上天，生活环境和物资供应明显优于其他地方的客观条件，又使得每一个上海人无形中有了一种优越感。他们以大上海自居，以见多识广自傲，上海人没有意识到，他们已经对催发当代上海人特殊的上海意识起了不可估量的作用。

每一个上海人都非常看重他的那一张上海户口，珍视上海生活提供给市民的种种便利和优越性。慢慢地，中学毕业生不愿再报考外地的大学，担心将来没法回到上海。去外地插队落户的男女知识青年和支援内地建设的职工，想方设法都要回归。只要能回上海，可以不惜一切代价，甚至于可以放弃已在外地建立的家庭。《孽债》的故事就是这么产生的。

当然，上海人也渐渐变得看不起外地人，小市民中不少人把上海之外的所有人都叫作“乡下人”，为此引发外省市人的极大不悦和反感，就是一个充分的证明。

姚征冬在慢条斯理地一一道来时，注意到了观众席上热烈的反响，好些人不时地点头表示赞同，还有些人在交头接耳、窃窃私语，不少人脸上露出了会心的微笑，这一切都是他预料中的。

他端起桌上的杯子，蛮有风度地喝了一口水，接着往下阐述。

这种被普通上海人习惯称作户口冻结的情况，对上海人身份的认同和现代上海几代人性格的形成产生了很大影响。

先说老人们，他们虽然大多是从外地移居而来的，却不再像传统的老人们那样做叶落归根之想。说粤语的不想回到广东去，说宁波话的不想回到浙江各地去，说苏州话、常州话、杭州话的也不想回到这些离上海近在咫尺的城市去。以往，在上海传统的滑稽戏中，经常可以听到演员模仿各地方言唱的滑稽，演来惟妙惟肖，令人常常捧腹大笑。但在今天的青年一代中，滑稽戏市场正在淡化。生在上海、长在上海的一代人，苏北、绍兴、潮州这些原籍，对于他们来说，已是十分的遥远，只是在填写身份表格的籍贯一栏时，才起一点作用。相反，上海话也变成了规范、纯净的一种语言，而不是上海本地的浦东话。上海话成为上海人自我认同、区别上海人和外地人的依据。奇怪的是，在很长一段时间里，讲一口上海本地地道浦东话的人，马上会被认作是乡下人。顺便提一下，随着浦东的开放开发，真正道地的浦东话正在消失中。

这话刚一落音，观众席和台下的座位上，“哄”的一声又响起了阵阵议论声。

姚征冬明白，演讲的效果出来了，他漫不经心地瞅了主持人一眼，见这漂亮的、个头高挑的姑娘正向着他赞许地点头，就接着往下说道：“正是在这种社会文化的氛围之下，产生了现在一代处世精明、行动敏捷、讲究实惠、重视规范规则、遵纪守法的上海人，他们不再是冒险家乐园里的上海人，他们不再是野心勃勃、浑水摸鱼的上海人，他们不再是旧社会称之为大染缸中的上海人，他们崇尚个人本位、实际利益，习惯于在有序的生活中过着太平、闲静、安宁、乐惠的日子，并力争在这种日子里创造着他们的业绩。林月，就是在这样的土壤中产生的一个当代上海女性，勤勉、忠于职守、善解人意，凭着上海女性的好胜心和聪明的悟性，可以说，她在自己的工作岗位上，把她的一份事业做到了极致，甚至于创造了令人难以置信的辉煌。但是所有的人都忽略了，她终究是个人，她仍是一个女人，一个普通的女性，她像所有的女人一样，渴望着被人关心和爱，尤其是被她倾心相爱的丈夫所爱。是的，她有很多崇拜者，她有很多追星族，但她碰到了一个晚归的丈夫。就像远航的船儿需要港湾，就像一个人在外面把事业再怎么做得如日中天，还是需要一个温馨的家、一个可以倾诉衷肠的亲人。可以说这是像她这样情感丰富的女人心灵最大的顶梁柱。林月恰恰没有，就在她取得了很多普通人难以得到的一切时，她发现自己的爱情却是一场难圆的梦，她发现所有的人都崇拜自己、尊重自己，唯独自己最爱的人却和她分道扬镳、同床异梦，最终背叛了自己。这确实是一个残酷的现实。那么我们要问了，像她这样一位众人瞩目的成功女士，像她这么一位经常被鲜花、掌声、闪光灯包围着的美貌女性，为什么会被自己的亲人背叛呢？”

一阵掌声响了起来。

姚征冬颇觉意外地仰起了脸，这些话都很普通，没啥特别动人的地方啊，只不过是用了一句引出下文的诘问罢了，不该有这么热烈的掌声啊。

主持人看出了他的困惑，不失时机地插上了话：“姚老师，你精彩的论述深深吸引了场上、场下的观众，连我也被您感染了。就请您和我们继续探讨下去吧。”

“谢谢，”观众反应这么热烈，使得他不得不怀着感激之情轻轻道了声谢，遂而接着往下说，“原因就在于当林月兢兢业业地把自己的一切奉献给她热爱的电台主持人事业时，已在不知不觉间和丈夫拉开了距离。上海所有探究林月夫妇感情生活的人都认为，林月的事业做得十分成功，她的丈夫不过是个不为人知的三流演员；林月在上海滩名声赫赫，社会关系广泛，她的丈夫却经常捞不着戏演，在文艺界的聚会场合，林月还时常拜托导演在上戏时别忘了他；林月作为著名的主持人，经常有人请她出去讲课、朗诵演出、主持音乐会，收入也不菲，而她的丈夫由于一年到头没戏演，只能打打麻将，到一些基层走走穴，组织一次又一次的广告文学、旅游文学创作，编一本又一本没多大价值的书，拍一个又一个刻意抹去广告色彩的专题片……”

“听你这么介绍，姚老师，”现场观众席上一个女大学生忍不住了，举手插话说，“是应该林月甩了她那个不中用的男人，而不是像现在这么一个结果。”

姚征冬微笑地瞅着戴眼镜的女大学生，颇有风度地点点头说：“你很敏锐。你的结论也是对的，表面上看来也确乎是这样，客观的情况似乎也正是这样。所以会有那么多议论林月之死的文章讲来讲去讲不出个所以然。但事实上，不要说众多的局外人，就是作为妻子的林月自己，都不晓得，她的丈夫仅仅在表面上是一个三流演员，那只是他的一个公开身份，可以给人信任的身份而已。事实上，他已在这些年里，演变为一个非常善于赚钱、捞钱、抓钱的文化经纪人。”

“难道林月的收入，还抵不上一个三流的演员？”主持人都有些不相信。

“比如你们省里，有一处风景名胜想要提高知名度，进行一次大规模的宣传，他说我可以给你请来著名的作家、著名的大报记者、著名的摄影师，在报刊、电台、电视台发文章、做节目、制作专题片，最后还可以完整地出一本图文并茂的书留下来，以便于你们今后还可以送给各级领导和客人。对于风景区来说，多少年搞一次活动，要的就是宣传效果，敢于出钱。他会像模像样地拿出一份预算来，出场费多少，交通费多少，食宿费多少，作家、记者、摄像师、导演、编辑费用多少，稿费多少，一切都合情合理。当然，作为经纪人，他的一份不菲的报酬也写在上面。景区的同志会觉得，一切都是他在里里外外、上上下下帮忙操作，给他这一点钱也值。他们不知道的是，他预算上的名人出场费标明是二千元，实际上他只给对方三百元。那些个被他请来的大小名人呢，谁都知道他是电台名主持林月的丈夫，好些人还是通过上林月的节目和他们夫妇相识的，一来都是朋友，二来出去旅游一趟，管吃、管住、管玩，多少还有几个零花钱，即使有时觉得少了，文人面子薄，谁也不好意思讲。你们想想，一个人身上他赚一千七，一次他请二三十个，仅这一项他就赚多少？深知内情的人说，每组织一次活动，他至少就要赚几万。这年头，什么人不想宣传自己啊，什么地方不想发展旅游啊，一年到头，这样的活动他能组织二三十次。算算他能赚多少钱？我没给他细算过，但是林月一死，人们议论的风头一过，他就在上海郊区，买下了一幢二百多万的别墅。没点儿实力，他有能力买么？”

录像现场鸦雀无声，姚征冬自己都觉得，这一段话说长了，可没想到，人们会听得那么专注入神。

“不知不觉的几年里，他已成为一个名副其实的新贵。而在成为新贵的过程中，他又有了一个新欢、一个年轻美貌的红颜知己、一个深知他发家内情的得力助手、一个志同道合的搭档。他离不开这个女人，也不愿与这个女人分手。而这个女人呢，更愿和他待在一起，共同生活。其实，当这一态势形成，林月在他眼里，已成了昨日黄花，在他们之间，分手只是早晚的事儿。”

“那就分手好了，”一个少妇模样的漂亮女子忿忿地站了起来，接过现场一位助导的话筒，站起来说，“林月和她丈夫相比，一点也不逊色。她蛮可以离了婚，走自己的路，为什么还要如此痴情得想不开？”

姚征冬朝这位美丽的少妇笑了一下说：“很多人也曾像你一样说过。这个问题就要涉及林月的具体经历和个性来谈了。还因为林月是个口碑非常好的主持人，还因为她时时处处一举一动考虑着自己的形象和影响。她特别在乎人们的反应、人们的议论，也就是人言的看不见的威力。尤其是当她的丈夫背叛她的传言越来越瞒不住时，她的精神先被摧垮了。所谓人言可畏，历史上有，今天也避免不了啊！在某种程度上，也可以说，是恐惧人言的心理，毁灭了林月作为一个有成就女性的人权和应有的自尊。”

如潮的掌声又一次响了起来。

节目告一段落，姚征冬很快被现场观众包围起来。一个带了姚征冬一本著作的读者先请他签名，这是姚征冬几年前出的一本书，半新旧了，姚征冬不由得和他交谈了几句，遂而其他观众也拿着各式笔记本，争先恐后地请他签名。看到这一热烈的场面，厉言菁站在一边，不停地按着快门。

时间不早了，电视台导播和领导带着满意的笑容连声说好，客气地邀请姚征冬和厉言菁一起去江边吃夜宵，姚征冬说晚餐吃得那么丰盛，笑着摆手婉辞了。

车子把他们送回宾馆，省城里最好的宾馆。姚征冬住的是一个豪华套间，客厅里除了一组高档的大小沙发，最醒目的，是茶几上放着一束鲜艳的插花，写字台上配有一盘用保鲜膜覆盖着的新鲜水果。玻璃壁橱里还摆放着几件陶瓷工艺品。偌大的房间，一个人住，未免太空了。

一进里屋，床边柜上就醒目地摆放着一张晚报，那上面登着刚来那天记者对姚征冬的专访，还有他一张神采飞扬的特写照片。

姚征冬的自尊心和虚荣心又一次得到了很大的满足，他俯身细细地端详着自己的照片，心里真想让离他而去的前妻也能见到这一切，感受到这一切。遗憾的是她永远也不可能知道他今天的风光了。

他庆幸这次邀请厉言菁来了，让她实地亲身体验和感受一下，她心里是会留下深刻印象从而更爱他的。

厉言菁住在离他房间不远的一个标准间，不知她客房里有没有报纸。

姚征冬走进盥洗间，趁着刚做完节目的兴奋，舒舒服服地洗了一个温水澡。

走出喷淋间，穿上毛茸茸的雪白浴衣，面对镜子梳理头发时，他看到自己在镜子里双眼炯炯、红光满面的形象，心中都暗自吃惊，忙碌了一整天，精神怎会这么好。

是啊，吃得好、住得好、玩得好、招待得好，上了电视还有报酬，既有名又有利，精神怎会不好，自我感觉怎会不好。今天录播之前，电视台的制片把一只信封塞给他，连连小声说：一点薄酬、薄酬。他虽然没数，现在还放在包里，可主编早就告诉他了，听说杂志社给他的头条报酬是一万元，这一次电视台也破例，给了他嘉宾费三千。这在内地省台是破例的。

他拿了晚报，坐在沙发上，正想细看晚报上的专访，电话响了，他知道是厉言菁打来的，这两天夜里都是这样，回客房沐浴洗漱之后，她就打一个电话过来，看看他房间里有没有客人。他操起话筒，果然是言菁，她劈头就说："看见晚报了么?"

听她清亮的声气比他还要兴奋，他说："正在看呢。"

"我能过来么?"

"来吧。"

电话挂断了，他手里虽然仍拿着报纸，可已没心思看了。几步路，她顷刻就到了，他站起来，环视着客房，窗帘早严严密密地拉上了，里边卧室的床也摊好了，套房里特别静，静得让人情不自禁浮想联翩。

门铃响了，他走过去小心翼翼地打开门，她进屋关上门，双手放在背后，靠在门上，一歪脑袋，笑吟吟地瞅着他。

“怎么啦?”她换穿了一件蓝色白点的连衣裙，拿着一只细长的手机，既俏丽又自在，却并不像往常那样迫不及待地扑进他的怀里，他不由得有些诧异。

“我要好好地看看你。”

“有什么好看的。”

“好看。”她固执地说，“你那么出色、那么博学善辩、那么伟大、那么……”她找不到形容词了，冷不防扑上来，紧紧地搂住他，在他的脸颊上出声地吻了一下，说，“你是我的。一想到你这么出众的人，属于我一个人，我的心里就甜甜的。”

他也被她真挚的表白打动了，不由紧紧地环抱着她，在她润泽的红唇上吻了一下。

她在他的怀里扭动了一下，凑近他的耳畔说：“刚才冲淋时，想到又能和你在这么高级的套房里，度过甜蜜美好无忧无虑的一夜，我激动得浑身都颤动起来。我们要好好享受这良宵美景，是么?”

“是的。”他半搂半抱着她朝里屋走去。

她仰脸向他努着红唇，手机往沙发上一扔，双手环抱着他，在他的背脊上摩挲着。

他们退进了卧室。她支配他一般把他推倒在床上，扑在他的身上，吻像雨点般落在他的脸上。她吻得贪婪而又扎实，不留一丝儿间隙给他，她的吻渐渐往下移动，移到他的胸前，移到他的腹部，哦，从没有人这么吻过他。遂而她消失了一般，他正在诧异，她已移坐在地上，捧起了他的一只脚在摩挲。他感觉到有点儿瘙痒，不由昂起脸来偷偷瞅她，他的心里顿时涌起一阵热潮。她双手捧着他的脚，似在细细地端详，出乎意料地，她陡地低下头去，把一个个热吻，投在他的脚背上，她吻得专注热烈，几乎似在舔着他的脚背。一阵惬意的暖流，从他的脚背往他身上涌来。他顿时感觉到一股前所未有的亢奋，身躯似在漂浮起来。

他的眼里噙满了泪，这个女人是爱他的，深入骨髓地爱他，他一定也要好好待她，把她迎娶进家，好好爱她，让她的未来快活、让她跟了他以后美满幸福。

手机响了，是她丢在外间沙发上的手机响。他感觉她停顿了一下，继而她又执着地吻着他了，而且，她的吻又从脚背上慢慢地往上移动、移动。

手机再次响起，恼人地骚扰着他们。她有些恼火地昂起脸来，望着外面。他支身抬起头来，轻声对她说："你还是去接一下吧，去，今晚的时间充裕着哪。"

"接完电话我就把它关了。"她一甩披散的头发，不悦地起身，跑了出去。

姚征冬吁了口气，听见她接电话的声音一下子变得有些异样："……喂，你说什么，嗯，连阿婆病重，住进了医院，怎么啦？她说什么？哦，要我尽快回去，好、好。隔壁306那个女的？好的，我明白了。这里的事差不多办完了，可以提前回来，开开还好吧，嗯，那就好，再见！"

姚征冬明白了，这是她丈夫打来的电话，催她回去。

她拿着手机若有所思地走进屋来，对他说："看样子，我们去省里各景点玩儿的计划，要改变了。"

"没关系，你有事儿，我们就尽早回去。反正正事儿已经办完了。"他大而通情达理地说着，向她抚慰一般招了招手。她的丈夫还提及306的女人，那必定就是舒宇虹了，不知说了些什么，他还想问她一下呢。

唉，他和舒宇虹之间的那件事，总是他的心病。

## J

还没进家门，上电梯的时候，冷大姐一见她，就说："你可回来了。连阿婆一住院，就报病危，医生捎出话来，说连阿婆请你尽快去，有要紧的话对你说，哦，老人家好像还有什么事要对你交代。催两次了！看看，时常和你聊天，聊出感情来了。我有种直觉，连阿婆要对你讲的事儿，有点儿非同寻常。就给你丈夫讲了。"

"昨晚一接到雷家田的电话，我连玩儿的项目都取消了，一大早就去弄机票往回飞。"厉言菁一手提着电视台和杂志社送的土特产，一手捋了捋淋了几点雨丝的鬓发说，"谢谢你啊，及时给我们传递消息。连阿婆的病情还稳定么?”

电梯已经到了，冷大姐不忙着开门，压低了声音，带点神秘地说：“听去医院看她回来的邻居讲，说她这一次，恐怕翻不过门槛，熬不过去。要不，你难得出差，我怎么还给你传话呢，就怕你按计划出差回来，见不着她了。”

“这么严重?”厉言菁不由吃了一惊。

“就是啊，大热天里都是好好的，一入秋凉爽了，没想到反而……唉，人啊，还是想开点好，说去就去了，很多事情都是想不到的。”冷大姐说完，“哐当”一声，把电梯门打开了。

回到家里，空荡荡的没一个人。雷家田在上班，厉言菁是有思想准备的，儿子开开也不在，家里的冷清不由令她有些恼火。窗外在下着上海入秋以后的第一场雨，雨点子敲击着空调外机壳笃笃作响，光线晦暗得让人提不起一点儿精神来。房间里潮黏黏的，在飞机上吃了东西，肚子不饿，这会儿烧晚饭又太早，厉言菁在屋里原地打了个转，一时还找不到什么事情做，她突然有了一种这个家并不需要她的失落感。她给自己倒了杯水，一屁股坐倒在沙发上。

随姚征冬出去这么几天，虽然她的身份还是虚的，介绍她的时候，她总是甜甜地微笑着，不作声地向对方点头。可她仿佛已经进入了角色，有意无意地把自己看作姚征冬的未婚妻。和征冬在一起，住舒适的宾馆，吃讲究的宴席，出入都有小车和陪同，一切都由人家接待方安排得称心如意、舒舒服服，一点不用费心。就连这次突然决定飞回上海，人家也是一直把他俩送上飞机。哦，这真是一次难忘而又美好的旅行。现在乍一回到她本身的生活状态中来，她有些不习惯了。

喝了两口水，她想既然是为连阿婆赶回来的，不如现在就到医院去吧，现在正好是医院探望病人的时间，看她有什么重要的话对自己讲。

说动就动，厉言菁把一杯水喝完，上了一趟卫生间，抹了抹绷得有点发紧的脸，带上雨伞，拉开了房门。

一进电梯，冷大姐扬起眉毛赞许地说：“你还真当一回事儿，到家休息也不休息，就往医院赶啊，知道不知道连阿婆住的医院。”

厉言菁点点头说知道，听连阿婆说起过。如果回来得晚，让她给雷家田或是开开说一声。

在华都大楼门前要了出租车，心慌意乱地赶到医院，厉言菁没费啥事儿，就打听到了连阿婆的病房。推门进屋，连阿婆一个人安宁地躺着。厉言菁环顾了一下，这是一间二人病房，连阿婆旁边那张病床上，铺着白色的垫单，空着没住病人。

厉言菁走近连阿婆的床头，只见老人闭眼睛睡着，打皱的眼睑蝉翼般抖动着，脸色微微有些潮红，脸颊明显虚肿，嘴唇在不自觉地嚅动。

可能是厉言菁的呼吸让她感觉到了异样吧，连阿婆的眼皮颤动了几下，睁开了眼睛，定睛瞅着厉言菁。

厉言菁微笑地向她点头："连阿婆，把你惊醒了。"

"你到底来了，我真怕见不着你了。"连阿婆说话的声音虽十分虚弱，仍很清晰，她摆动了一下手指，示意厉言菁坐下。

厉言菁一面坐一面连忙说："快别这样说，连阿婆，你会恢复得像原先一样精神的。"

"你不要安慰我，我心里有数的，我这支蜡烛，燃得够年头了，现在是燃到最后……快熄灭了。"

连阿婆的眼里滚动着泪水，厉言菁暗自愕然，心里不安起来，她见连阿婆费劲地伸手到枕头下去，忙说："你要拿什么，我替你拿。"

连阿婆缩回了手，说："好，你拿吧，本来就要交给你的，在枕头底下，钥匙，华都大楼702的房门钥匙。"

厉言菁的手伸进枕头底下，果然摸到了一把钥匙。厉言菁把钥匙举得高高的，细细端详着做成洋娃娃形状的钥匙链。

连阿婆脸上带着宽慰之色，轻声说："你拿着它，到我家里去，打开书柜的门，第三排书上面，放着一只陈旧的牛皮纸袋，纸袋里面，有一本笔记本，硬壳红封面，'文革'中很流行的那一种……"

"找到这本笔记，给你拿来，是么？"厉言菁想当然地问。

"不，不要给我拿来，我看过多遍了。你拿着，也许，对你有用……"

"是你多年写的日记么？"

"不是。"

"那么……"

“这是骆秀音的女儿，就是那个学名叫骆宁、小名叫菲菲的漂亮姑娘，从她姨妈家避风头回来，分到泰州的农场去劳动锻炼后写下的日记。里面真实地记录了她当时的思想，困惑、烦恼、苦恋、不解，特别是她对她的母亲既爱又恨的复杂感情……”

厉言菁不解地说：“既爱又恨的？”

“是啊，就是那么回事儿。”连阿婆以肯定的语气道，“你看一下，会觉得很有价值的。”

“这本日记，怎么会在你手里的呢？”厉言菁忍不住问。

“这也是那个年头好些人常有的事儿，不记日记嘛，不甘心，记了呢，又怕出事，常常是东藏西掖的。菲菲也是这样，在她那年从农场唯一一次回上海探亲的时候，她把它留在了我那里，说放在她住的集体宿舍里，实在不安全。我就收下了，代她保管着。唉，我哪想得到，她会走绝路呢。现在，交给了你，我就放心了。要不，我一走……”

“连阿婆，你快别这么说。”

“这是规律，你别安慰我。要不，日记本落在我那外甥的儿媳手里，也许她随便一翻，就会丢进垃圾箱去。”

“我记住了，连阿婆，我会把它找出来，保管好的。我相信，对于写东西的人来说，它会是宝贵的原始材料。”厉言菁心里说，即使自己没多大用处，对于征冬来说，肯定是有价值的。

“这就好了，这就好了，”连阿婆像交代了一件大事一般，不住地颤声说着，遂而，她的手激动地摆了两下，慌慌张张地说，“你，你不要走，不要走，我还有要紧事儿跟你说。不要走。”

“我不走，阿婆。”厉言菁心里在奇怪，她一点也没表示要走的意思啊，连阿婆是怎么啦？她忙道，“你要不要喝口水，慢慢说。”

“好的，喝口水。”

厉言菁用床头柜上的杯子，给她倒了小半杯温开水，连阿婆只喝了两口，就说不要了。她的情绪仍有些躁动，眼珠也转动得快起来，两只手不安地一动一动。

厉言菁心中不忍，劝慰道：“连阿婆，你知道的，我家里没什么事儿，可以多陪你坐一会儿，坐到晚上也没关系。有什么话，你尽可以慢慢地告诉我。今天说不完，明天还可以说……”

“不，”起先，听着厉言菁说话，她不断地点头，脸上还露出欣慰之色，听到最后，她突然又打断了厉言菁的话说，“今天就说，现在就说，说出来，说出来我才放心。要晓得，这些话，憋在我心头，已经好久了，已经一辈子了。我要说，说出来才，才……”

连阿婆激动地咳出声来。厉言菁俯下身去帮她轻拍着胸口，让她平静下来，可是她额头上泛着一片晶莹的亮色，情绪上仍很激动。

“连阿婆，我听着您说呢。您别紧张……”

“我是有点紧张，”连阿婆一把攥紧了厉言菁的手说，“紧张，言菁，你，你还记得我给你讲的406死去的第一个女人庄欣娜么？”

“记得啊，连阿婆，她是被坏人包饺子丢进河里淹死的，那么惊心动魄的事情，我怎么可能忘。”

“记得就好、就好啊，”连阿婆的身子往枕头上拼命地靠去，她的脸上一阵亮、一阵暗，眼神有些迷离，“听了以后，你，你有过疑惑……或者说，有过怀疑么？”

“没有啊，连阿婆，”厉言菁赶紧申明，“我相信您说的都是千真万确的事情。”

“千真万确的，当然是千真万确的，连细节也是真实的呀。”连阿婆重复着说，“我怎么可能骗你。可是，言菁，你想过么？庄欣娜真的死了么？”

厉言菁惊骇地瞪大了双眼，她感觉连阿婆有些语无伦次了。那一切，不都是她亲口告诉自己的嘛。她记得，有一些老人，临终之前，是会出现痴呆现象的，连阿婆莫非也有点脑子发昏了？痴呆症的先兆？

她轻声说：“阿婆，是你告诉我的呀，莫非……”

“是的，是的，我只告诉了你事情的真相，”连阿婆一字一顿地说，“可这真相后头的内幕，我一直瞒着你，没有讲。”

“还有内幕？”

“是啊，世上多少事儿，是有内幕的呀。”

“那么，庄欣娜之死，还有什么内幕啊？”

“有啊，你留神没有，我跟你讲的时候，说到庄欣娜迷上的那一位京剧名角儿时，没有提到他的名字。”

“对，你只是说庄欣娜被他迷得神魂颠倒，他京戏唱得好，又会，又会来事儿，特别善于讨得女人欢心。”

“他是有名字的呀。”连阿婆淡淡一笑。

“他叫什么?”

“俞绛。”

“俞绛?”

“没错儿，要是他也像所有的人一样活下来，活到解放以后，恐怕也是一个京剧艺术大师了。”

“那是可能的。”

“可惜他死了，死于非命，死得不明不白。”连阿婆眼里的泪，从布满细纹的眼里夺眶而出，顷刻间淌了一脸。

厉言菁甚为震惊，连阿婆提起这个人，为何这般伤心呢？她从床头柜上抽取了几张纸巾，轻轻地替连阿婆抹拭着泪痕。

连阿婆费劲地动着嘴唇，说：“谢谢。”

厉言菁听她的声音不对，忐忑不安地轻声唤着：“连阿婆……”

连阿婆把手一抬，说：“如果我跟你说，庄欣娜没有死，你会不会吃惊呢?”

“真的?”

“你看，不用回答，你已经吃惊了。”连阿婆破涕为笑地指了指她，“瞧你脸上，一脸的愕然。”

“那么，你说的，那一个被包饺子死去的女子，又是什么人呢?”

连阿婆用苦涩的声气说：“唉，那只是碰巧死去的一个漂亮的妓女罢了。”

“不对啊，连阿婆，我也是听您说的，那个，那个大老板严泳臣，不是还替庄欣娜操办丧事了嘛！他会认不出真假来?”厉言菁越听越觉得糊涂了。

连阿婆的手又抬了一下说：“你是没经历过旧社会啊。像这样子被害死的女子，都是被破了相血肉模糊的，脸早就认不出来啦。”

“啊!”厉言菁又是一惊，“可，可你不是还说，庄欣娜当年的死，都登了报的嘛。”

“雷家新嫂嫂，言菁，我没对你白讲，你，你都记得呢。是的，是登了报，可这事儿，这——就同我的作用有关了。”

“你的作用?”

“是啊，言菁，你怎么到现在还没听明白，我……我，我就是当年那个庄欣娜呀!”

厉言菁惊得几乎要离座站起来，只觉得连阿婆的话如打雷一般：“你——这，这是真，真的?”

连阿婆大口大口地喘着气，好像溺水后刚被人救起来一样，气喘吁吁地说：“当年，被偷偷摸摸的爱情迷昏了头的我，一听见俞绛让人用石灰弄瞎了眼，心头就明白了，严泳臣已经察觉了我们之间不同寻常的感情，我的末日也来临了。我被吓得吃不下饭、睡不着觉，头整天涨得像要裂开一样，只感到随时随地都会有人来加害于我。听到有人按门铃，我要紧张半天，在猫眼里看了一次又一次，才打开门。唉，那些日子，简直是坐卧不宁啊。”

“我可以想象的出来。”

“你是想象不出来的呀，言菁。唉，那些天里，我的生活整个儿都被恐怖的氛围笼罩着。我把严泳臣平时送给我的那些值钱的东西，悄悄地转移到用笔名连茵芸购下的702房间里去。也是我命不该绝啊，那些天里，恰好我经常投稿的一张小报采访到无名妓女被破相包饺子抛尸的消息，这种事在旧社会是司空见惯了的，当新闻发也没啥价值。我就给了平时相熟悉的小报记者一笔钱，让他先随同上海的报纸尽力渲染我突然失踪的消息，几天之后，又由他们报纸发布庄欣娜尸体被打捞起来的消息。严泳臣果然信以为真了。”

“那……你当时躲到哪儿去了呢?”

“我的故乡，离昆山不远的一个四面环水的小镇陈墓（现锦溪），在那里深居简出。直到看报读到严泳臣死了，我才以连茵芸的名字，彻底改换了装束、发式重新回到上海来，住进702这套房子。”

厉言菁仍感困惑：“连阿婆，你胆子真不小，你就不怕华都大楼的住户认出你来。”

“认不出来，认不出来。”连阿婆颇为自信地摆着手说，“那年头，世道乱，搬进搬出的人多啊！不说别的了，就是看门的，也换了一批又一批呢，有白俄，有红头阿三，有日本兵，有苏北人，也有绍兴人，还有过一个小裁缝。小裁缝不但一面看门一面做衣裳，在上海滩站住了脚，后来听说，还把他乡下全家老少五口一起接到上海来了。唉，那年头谁管谁啊，记都记不住。再说，我住在406的时候，又不是明媒正娶，进进出出都把妆化得浓浓的，打扮得完全像个富家少妇，从不和邻居搭讪。那种动荡的日子，人人信奉的是各人自扫门前雪，各人管自家的事都管不过来，谁还愿管闲事啊。”

“这倒也是。”

“而且，我也不是傻瓜一个啊，”连阿婆说，“我素面朝天，再不化妆打扮，从头到脚改变了形象，衣着打扮和庄欣娜完全不一样，像个刚出校门的穷大学生，朴朴素素的，即便有个别人说我和庄欣娜长得相像，也就是相像而已。没人真怀疑。倒是严泳臣死去以后，我才逐渐听说，弄瞎俞绛的眼睛，教训教训庄欣娜，都不是严泳臣干的……”

“那又是谁的主意？”厉言菁又好奇了。

“都是严泳臣三个大小老婆风闻以后，花钱买通了白相人做下的勾当。”

“怪不得，”厉言菁恍然大悟地说，“你上次讲到严泳臣的时候，一点也不恨他呢。”

“恨他干啥？作为一个男人，他也算得一个人物啊。”

厉言菁听得心怦怦跳，使劲地眨巴着眼睛，一团的困惑不解。连阿婆感觉自己来日无多，临终之际，为什么非要把关于她身世的真相，告诉自己呢？

她没有答案，凝神定睛地瞅着连阿婆，她陡地发现，连阿婆皱纹细密的额头上，沁出了一片晶亮的汗珠。她眼神里透出的，是如释重负的欣慰之情。她躺在那里，舒心地吁着气。

望着她，厉言菁突然觉得，离自己这么近的连阿婆，身上仍存着许多谜，许多难破难解的谜。

“你要问，我为什么要把这一切都对你说，是么？”沉默了一阵，连阿婆又开口说。

这真是奇了，连阿婆怎么能一下子就看穿自己的心思呢？厉言菁苦涩地笑了笑，不由信服地点了点头。

厉言菁笑说："那是阿婆喜欢我，把心里话都给我说了。"

连阿婆宽慰地一笑："这当然也是一个缘由，可更要紧的是，我要对你说，雷家新嫂嫂，言菁，我们女人，不要指望依靠哪一个男人，再出色的男人、再强大的男人、再有本事的男人、钱再多的男人，都是靠不住的。这个世界，说是男人的世界，达官贵人的世界，却也是顶靠不住的男人的世界。过去靠不住，现在也靠不住啊。你好了，有机会到美国去，去吧，还是去吧。去靠自己、靠自己、靠自己……"

连阿婆不断地重复着这三个字，越说越轻，越说越乏力，后来只见她的嘴唇在嚅动，却没声音发出来。厉言菁定睛一看，连阿婆双眼微合，睡着了。

厉言菁看她脸颊上、额头上还有汗，抽了两张纸巾，轻轻地给老人拭去汗渍。一位护士小姐走进来，说阿婆睡着了，示意厉言菁可以离去了，厉言菁机械地点了一下头，又坐了片刻，掩上门，退出病房。

不知为啥，连阿婆最后那些话，让厉言菁心里觉得沉甸甸的。阿婆的话里好像还有话，隐藏着什么含义。难道连阿婆看出她厉言菁另有所爱？想想也不会呀，她和姚征冬之间的恋情，华都大楼里，不会有什么人知道啊，难道连阿婆是从她平时的神情举止上看出来的？

那么，她为什么会说不要靠男人的话呢，为什么要她出国去呢？这些话，似乎就是有针对性地对她说的，她不是想放弃出国机遇、离婚跟姚征冬结合么？她不是刚和姚征冬出去了一次，进入了一个心心相印的爱情蜜月期么？这个老人，真是一个谜，她仿佛能洞悉人的心灵似的。走出医院的时候，厉言菁才察觉还有好多话没问连阿婆。不是么，直到现在，她都不晓得连阿婆的脚是怎么会瘫的？是不是像人家传说的那样，被人挑断了脚筋。还有，那一次去她住的702，看她在读的那一本红书脊的厚书，究竟是一本什么样的书，都是谜啊。

医院门口，车来人往，熙熙攘攘，正是上海秋雨时节的黄昏，交通最为拥挤的时候。云层浓厚。恰好一辆出租车在门口下客，厉言菁不待下车客人碰上门，就跑过去，坐进了出租车，对司机报了华都大楼。

平时一刻钟的车程，这会儿下班高峰时段，出租车走了半小时，才把她送到华都大楼门口。

华灯初上，天色已晦暗下来，厉言菁走进电梯，冷大姐边关电梯门边朝她叫："哈呀，你和连阿婆真有缘，一去就能坐一下午。这么晚回来，烧晚饭要来不及了。告诉你啊，306 的罗卉又找过你了。"

"她有事儿？"

"看样子是有事儿，她打听你多回了。哎，你不下？"电梯到了三楼，冷大姐打开电梯门，见厉言菁不走出去，不由提醒她。

厉言菁摸出连阿婆的钥匙一扬说："连阿婆让我替她取点东西，我先去帮她把事情办了，再下楼回家。"

"好啊，"冷大姐又关上电梯门，热情地说，"一会儿，我就告诉罗卉，说你回来了，让她来找你。"

"好的好的，谢谢你。"

陈旧的老爷电梯嘎嘎响着又往七楼上开去。

## X

罗卉给厉言菁打了几次电话，这一次总算打通了，她自报家门说是隔壁 306 的女主人，她们照过面，她是通过开电梯的冷大姐打听到 305 的电话号码的。

厉言菁说她知道，最早还是她主动为核实户籍的事打听过 306 的罗卉。

罗卉笑了，说："对、对、对，难得你还有印象。"

从电话上听得出来，厉言菁很谨慎，始终在悉心细听，保持着沉默。直到罗卉说完了，她才轻声问："有事么？"

罗卉说想约她谈谈。

厉言菁说她随时可以到家里来。

罗卉眼前浮现出厉言菁的丈夫拒人于外的神情，就说："最好能在外面谈，到你家里谈不方便。这件事不便于在你家人面前谈。"

在电话里，厉言菁顿时警惕起来，她问是什么事儿，急么？

罗卉说很急，她早就想弄清这件事情的真相了。

厉言菁迟疑了一下，说："哎呀，我们一家刚接到去广州办移民签证手续的通知，能不能等我们回来再约时间。"

罗卉一听，反而急了，她说事情倒是并不复杂，但最好别拖了。老堵在她的心头，总是一件事情。

厉言菁让步了，她问："那么你想什么时候谈呢？"

罗卉说："你要是有空，我们现在就找一个安静的地方去喝点咖啡。"

"现在呀，"厉言菁又犹豫了，"现在外面不是在下雨么？"

罗卉说："下点雨没关系，我有车，可以马上开过来，你准备好了就下楼，我的车十五分钟以后到华都大楼的门口。"

听得出，厉言菁还是有些勉强，但她总算答应了。

罗卉不由吁了口气。

她走进隔壁总经理办公室旁的化妆间里，稍稍补了点妆，穿着贴身的紫罗兰青果领秋衫，走出了办公室。

车子开到华都大楼门前时，天仍在下着淅淅沥沥的小雨，纤小秀美的厉言菁已站在门口等着了。罗卉隔着车窗细细端详了她几眼，厉言菁化了妆，还抹了口红，一般来说，到了她这个年龄抹了口红，会给人一种别扭感，可她抹了口红，却增添了几分美。罗卉顿时觉得这女子不但有着一种难言的韵味，还有几分性感。心里便越发觉得，她那丈夫是配不上她的。见她正专注地盯着自己的车，罗卉推开车门，向她招了招手。

厉言菁一眼看见了，把随身小包捂在胸前，低着头小跑着上了车。

坐上车子，厉言菁环顾了一下车厢，惊叹着："哎呀，你这车真漂亮，里面布置得舒适温馨。"

罗卉淡淡一笑："你喜欢就好。"

车子在细雨中轻捷地拐上金陵路，汇入拥挤的车流，开开停停。罗卉的眼角感觉得到厉言菁在打量着自己，不由转过脸，朝她笑了一下。

"不一定要去喝咖啡了，有什么事儿，就在你这车里说吧。"厉言菁不自然地直了直腰，提议说。

罗卉一想也是，驾着车，并不相对坐着，谈让人有些难堪的话题，可能比面对面、四目相对喝着咖啡聊要更好一些。

"也行。"罗卉注视着马路上的车况，用轻描淡写的语气道："还记得么，我曾经到你家问过的事儿。"

"什么？"她答话的语气虽然很轻，但罗卉还是听出了她声音里隐隐的不安。

“那一天，我一回到华都大楼306的家中，就感觉到家里的气氛有点异样，房间里来过人，而且是男人。”

“你的感觉真敏锐。”

“是的，家里长期只有女人生活，这一方面就特别敏感。”

“看你俩的年龄和我也差不多，怎么会都没个家呀？”

罗卉苦笑了一下：“家是有的，华都大楼306是一个家，我在另外一处，也有一个家。坦率地说，我和舒宇虹都没嫁过人。”

厉言菁脸上露出惊愕之色：“真不敢想象，你，你和舒宇虹都是非常漂亮的，怎，怎么会……”

“话说起来就长了，今天不谈吧。”罗卉又把话题拽回来，“那天，我感觉到家里来过人，而且发生过不同寻常的事情，就问舒宇虹是怎么回事儿，她承认是的，是有一个男人来过。可当我问她，这人是谁，叫什么名字，怎么进来时，她讲不清楚了。你知道，宇虹的脑子受过刺激，有时候记不住事儿。看她那糊涂的样子，我心里真是很急的。”

说到这儿，罗卉故意停顿了下来，转脸瞥了厉言菁一眼。

厉言菁声气轻轻地问：“后来她记起来了么？”

“想起来了。”

“她怎么说？”

前头的车子又堵住了，罗卉透过车窗望出去，前面是西藏路口，正遇红灯。罗卉把脸转过来，凝定般瞅着厉言菁说：“她说那个男人，是从你家储藏室门里过来的。他过来时，浑身上下没穿衣裳。”

厉言菁顺下了眼睑，罗卉看得分明，她的眼睑在紧张地颤动。

罗卉接着说：“糟糕的是，他一过来，就和舒宇虹发生了男女之间的那种事……”

厉言菁浑身一震，腰挺直了，陡地瞪大了双眼，脸整个儿变了色，说：“怎么可能！这——你不是说，舒宇虹的脑子……她一定是记错了。”

说话的瞬间，厉言菁的眼里噙满了泪。胸脯情不自禁地起伏着，仿佛喘气也局促了。

“事情就是发生了，”罗卉肯定地说，“也许我该讲得更详细一些。走进306，我之所以那么敏感，是因为我首先在房间的地板上发现了血，舒宇虹身上淌下的血。我告诉过你，她没结过婚，至今为止还是一个处女，和我一样是老处女，我才那么震惊地追问她。凑巧的是那天气候闷热，她散步回来刚洗过澡，正在抹干身子时，她听到了从你家储藏室传过来的异样的声音，她循声查找，好奇地从墙壁洞眼里看见了你和那个男人正在做爱……”

一声喇叭的骤响，惊得罗卉坐直了身子，她一看，西藏路口上已亮起绿灯，前面的车已开远了。后面的车见她的车停着不动，鸣喇叭催呢。

她敏捷地发动车子，追着前面的车子，过了西藏路。

车厢里一片静寂，罗卉转过眼角去，只见厉言菁的胸脯剧烈波动着，一张脸，涨得通红通红。

路比先前顺畅起来，只是前面的车太多，长长的车队还是开不快。罗卉边驾车边接着说：“从宇虹的讲述中，我想象得出你们当时的情形，因为她说她的情绪心理正是受了你们的感染，如果那个男人不过来，这一画面在她的记忆里也不会轻易抹去。不幸的是，那一刻你的丈夫回来了，喊门喊得那么响，心急慌忙之中，处于无奈境地的他就逃了过来。他要不逃过来，你家中不知会发生一些什么；可他逃过来以后，发生的一切，也是你永远想象不出来的。事后，他把一切告诉过你么?”

罗卉没有听到回答。

车子拐进淮海路，又停顿下来。罗卉转过脸去，厉言菁双手捂着脸，耸动着双肩，抑制不住地啜泣着。她哭泣的时候，全身上下克制不住地发着一阵一阵的寒战。捂在脸庞上的手指尖，都在不由自主地发抖。

罗卉没有想到，这女人对那男子会爱得那么深。原先她只是怕厉言菁否认，才决定把事情挑明了讲。现在看来宇虹说的一切都是真的。瞧这女人，她这么一哭，就把她和那男人的关系全承认了。她陷得真深。罗卉暗自感叹着，陷得越深就越痛苦啊。这是没有办法的事情，罗卉曾经想当然地以为，厉言菁和那男人的婚外情不过就是最常见的那种婚外情罢了：男人明显不如女人，于是女人不甘于青菜萝卜汤般寡淡无味的生活，找了一个钟情的男人，填补感情的空白，她不想打翻那一锅汤，所谓家中红旗不倒，外面彩旗飘飘。红杏出墙不过是刺激的调料罢了。

厉言菁此刻伤心成这样，大大出乎罗卉的意料之外。

车队又前行了，罗卉专心驾着车，跟着前行的车子，一一穿过成都路、思南路、瑞金路、陕西路、襄阳路，顺畅地开进了东湖宾馆草坪边的7号楼门前。

雨还在下，东湖宾馆绿色的草坪笼罩在雨帘中。罗卉停下车，对已在一路行驶中逐渐平静下来的厉言菁说："对不起，为了弄清事情真相，我不得不这么说。"

"没关系，"厉言菁抹拭着脸上的泪，仰起脸来，镇静着自己说，"挑明了事情真相，你想怎么样呢?"

"这样吧，我们下车坐定了再谈。"罗卉双手扒着方向盘，用息事宁人的语气道："你先下车，在门口等我一会儿。我去停好车就来。"

厉言菁推开车门，下车后"砰"的一声关上了门。

罗卉把车开到湿漉漉的草地边，停好车，一位侍应生已撑着一把伞，等在她的车门边。

罗卉在侍应生的招呼下走到7号楼门前，指了指楼门前的"大公馆"三个字，问站在台阶上的厉言菁："到这儿来过么?"

"没有。"厉言菁摇头。

"可是一说这公馆的名字，过去的上海人没有一个不晓得的。"罗卉淡然一笑，见厉言菁诧异地望着自己，她又指指楼门前的牌匾说："在上海话中，大和杜读起来是一个音。大公馆，就是杜公馆，杜月笙的公馆。"

看见厉言菁恍然大悟地点头，罗卉晓得厉言菁想必也知道旧社会上海滩赫赫有名的三大亨之一杜月笙系何许人也，就不再多作解释，一边随着穿丝绸旗袍的引路小姐往里走，一边对厉言菁说："现在的社会风气呀，随便什么人都被发掘出来为经商服务，叫么叫杜公馆，叫得名气很响亮，很多商界人士以到这里吃过饭、喝过咖啡为荣，似乎是某种身价的显示。其实啊，没几个人知道，杜月笙从来没到这里来住过。"

罗卉发现，不但厉言菁露出了疑讶之色，就连引路的小姐也停下了脚步，微笑着说："罗总，这里是道道地地的大公馆，杜月笙当年就住我们7号楼。"

"谬误，谬误，一代一代传下去，假的也会变成真的了。"罗卉提高了一点声音说，“杜月笙的家，住在宁海西路那边，旧社会叫华格臬路。”

引路小姐不服了：“那么，为啥我们这里叫杜公馆呢？”

“这是上海滩当年另外一位大亨，叫金廷荪的，承包发行航空奖券发了财，特意造好送给杜月笙的。杜月笙自己没住过，抗战胜利以后，他以六十万美元卖给了美国领事馆。和杜月笙有这么一点关系，现在的人为了招徕客源，人为炒作，大公馆大公馆的就叫开了。”罗卉笑着说。

“罗总你真是见多识广。”引路小姐不再和她争辩，恭维起她来。

罗卉摆了一下手：“哪里，我这还不是在商场上听老上海说的。”

小姐抢先一步，来到咖啡厅门口，往里指了一下说：“里面请，今天下雨，没几位客人，罗总你可以进去随意挑合适的位置坐。”

咖啡厅里光线晦暗，两个角落里，只有两对客人在喁喁细语。罗卉一挥手说：“我们不坐这儿，坐在后面这一间里。”

小姐微笑地说明道：“罗总，这里面最低消费是每一位88元。”

“那我们就坐咖啡厅罢。”厉言菁说。

“不，”罗卉摆摆手，率先走进屋去：“先来两杯再说。”

这是一间布置得更为考究的咖啡屋，典雅的硬木圈手椅和西式沙发组成几个小小的单元，栗壳色的墙壁上挂着毛泽东、克林顿、梦露的照片，窗台、壁炉架上，放置着几件仿老上海三十年代的艺术品。罗卉领着厉言菁一一观赏，凑近她耳畔说：“他们自视高雅、别致，其实有点不伦不类。”

厉言菁轻轻哼了一声。

咖啡送进来了，杯沿上一堆雪白的泡沫，罗卉伸手示意厉言菁在圈手椅上入座，端起杯盘，呷了一口说：“贵是贵了点，味道不错，挺香的，你尝尝。”

厉言菁只是拿起勺子轻搅着咖啡，并不吃，见服务员退下去了，偌大的房间里只有她俩，她抬起头来问：“你特意找我，还想说什么？”

罗卉见她直奔主题，也就不再绕圈子，搁下杯盘说：“我就想知道，这男人是谁？”

“了解了又怎么样呢？”

“他怎能这样随随便便地拣了人家便宜，一溜了之呢？”罗卉不无愤然地说。“这男人算什么……太，太不像话了嘛！”

“如果仅仅是气愤，想要发泄，我可以向你和舒宇虹道歉。”厉言菁说，她从杯里取出咖啡勺，端起杯子，喝了两口咖啡，沉吟着说：“因为这件事，我也有责任。”

罗卉看得出，尽管她在喝咖啡，但她一系列的动作都是无意识的，她只是在掩饰内心的不安罢了。不过，她说的也有道理，自己如此穷追猛打，一定要搞清楚那个男人是谁，究竟想要达到什么目的呢？是出于对男人本能的仇恨，想出口气报复他，可以说最初听明白这件事，她就是这么想的。要晓得，当年为守住姑娘的那点贞操，她们付出了多少代价啊！不夸张地讲几乎是一辈子的代价。没料到舒宇虹糊里糊涂之间，就把自己献出去了。而当她察觉舒宇虹并不后悔这件事时，她还是执意要弄清楚他的真实身份，是产生了把舒宇虹一股脑儿推给他、逼着他娶宇虹的念头。这样，自己不就轻松了么，自己不就可以卸下背负多年的包袱自由了么？好像有过这样的想法，但是，可能么？且不说这对宇虹是极不负责任的，就是对自己，负责了么？临到头来，她还是迟疑的。

“看得出，”沉默了一阵，罗卉重又拾起话头，“你是很爱这个人的。他是谁？”

“曾经……或者准确地说，就是在今天之前，我深爱着他。”罗卉惊愕地看到，说话间，厉言菁又哭了，泪水抑制不住地涌出她的眼眶来，“我的一颗心全扑在他的身上，他成了我的一切。我准备选择一个适当的时机离婚，嫁给他，服侍他，陪伴着他白头到老。可现在，我，我已经……”厉言菁放下自己手中的杯盘，双手捂住脸，又哭起来。

罗卉移坐到厉言菁身边，轻轻拍着她耸动的肩膀说：“知道了真相，看清了他的真面目，你后悔了？”

“岂止是后悔。我是伤心，寒彻骨髓的伤心，我简直不知自己怎么活了啊。”

“那你告诉我，这人是谁？”

“哦不，”厉言菁抬起头来，满脸是泪地向罗卉摇着头，“我不会告诉你的，不会，不会。就让一切都由我来承受吧。谁叫我不顾一切地爱上他呢，谁叫我会迷上他的呢。你不知道，他的身上有那么多的光环，炫目的光环、耀眼的光环，我为他做了多少事啊。连阿婆保存的骆宁的笔记，我拿到手，一看对他有价值，第二天就想给他送去，他说有报告会，没空，我想都没多想，就请特快专递送给了他。自从和他相爱以来，我仿佛就是为了他而活着。噢，谁能想到，他会做出这种事。迷，我真的是迷，迷昏了迷惨了……”

罗卉的手抚慰般地搁在厉言菁的肩上，她能感觉到厉言菁随着哭泣带来的浑身上下的颤抖，持续不间断地颤抖通过她的手敏感地、不停地传染给她的心灵。强烈得像地震，她明白，那偶像般的情人，像泥塑挨了透水浇一般，在厉言菁的心理崩溃了。她意识到，厉言菁是又一个受骗的、痴情的女子。

罗卉的双眼瞪得直直的，所有的思维仿佛都在这一瞬间停滞了，脑子里一片空白。

# 十一

厉言菁迫不及待地请特快专递送来的这一本红封面的笔记，确实相当有价值。

这是骆宁作为女儿，对她所不理解的母亲骆秀音身世和经历的拷问，对她母亲种种行为和灵魂的拷问。以及当她自己也经受了恋爱的洗礼、下泰州农场劳动中再次遭受侵害、逐渐成熟以后对母亲心情的一丝原谅。

哦，美丽的著名女性的命运，总是有神秘莫测的一面。美貌总是使得她们比一般的女人容易达到目的和取得成功，可美貌也往往使她们经常摆脱不了男人们玩物的命运。

姚征冬只读了一部分，就觉得这本笔记不仅仅是一份材料。他越往下读，越产生一种冲动，真的，只须稍稍加以整理，光这一本笔记，简直就是一本书，而且出版后会迅速得到好评和议论的书，甚至还有可能引起轰动。

不过他这几天没心情，往往读几页就会沮丧地把笔记本搁在一边，遂而心烦意乱地在屋子里来回走动。他把两场报告会推辞了，他谢绝了几次策划研讨，连上海电视台请他当嘉宾，他也婉辞了，理由都是身体不适。他更静不下心来写东西。强迫自己坐到电脑面前，打开电脑，脑子里浮现出来的，往往是厉言菁俏丽动人的形象。

随着时间的推移和时光的流逝，他愈加感觉到从内心深处涌出来的爱，是的，他爱她，不因为她的善解人意，也不因为他们之间的性事水乳交融，这些当然也是重要的。最初他俩相爱时，正是和她在一起时感觉到亢奋、性欲的高潮和满足，使得他迷恋她。没有开始阶段性事上的和谐与欢悦，没有他们心灵上时时感觉到的投契，不会有他离不开她的感觉。不知不觉地，他觉得她已经进入了他的心灵，他什么时候都会情不自禁地想到她，怀着一股柔情思念她，感觉得到她灵动的眼神和脸部的表情，甚至嗅得到她的体味和喘息。他深深地懂得，仅仅是性欲，那是没有贵贱高低之分的，那也是事过之后容易忘记的，就如人们会忘记某一道美味佳肴的味道似的。而爱情则不同，爱是因人而异的，对于所爱对象的每一句话，每个动作表情和细节，都成为构成迷人回忆的源泉。这已经和美貌、性情包括缺点无关。这是一种成为习惯般的由热烈趋向恒久温情的爱。为了她，他会谴责自己和舒宇虹发生了的性行为；为了她，他会克制那么强烈的对郑夕的报复欲望；为了她，他愿意做出更多的牺牲，只要那是值得的。天天在家里，闲暇下来，他会自然而然地想到，当这套新房里有了她以后，生活会是什么样子。她会如何在屋里走动、收拾房间、做家务、休息……想着、想着，他的脸上就会浮现出笑意来。

可这些天里他时常感觉到隐隐的不安，感觉到怕失去她的恐惧，感觉到一种从未有过的隐忧和怅然。

她已经好些天没和他联系了，这是以往没有的事。在他俩这一段时间的交往中，总是她焦急地打电话找他，总是她焦虑地约他幽会，迫切地想要和他会面，现在回想起来，这一切是多么美好。

是的，她常常让他感到，没有了他，她简直就不得安宁。他也想当然地以为，这是他在爱情上的优势。

而这一次不同了，她只在临走之前给他打了一个电话，说他们全家已经接到美领馆的通知，要去广州办手续。

他问只需一个人去，还是全家去？

她说全家去。

他问是坐火车去，还是坐飞机。

她说坐飞机去，办完事儿就轻松了，回来坐火车。

他说办这么个手续要几天，她说不知道，有手续材料带得不全的，跑几次的都有，不过他们会尽可能带齐一切材料的。宁可多带些复印件，也不会少带一份。争取尽快办完，越快越好。办完以后，可能还要在广州耽搁几天。

他问为什么？

她说从来没有全家人一起到过广州，想在广州这座城市和各个景点玩一玩，也让家人高兴高兴。

听到这话，姚征冬沉默了片刻，他尽量往有利于自己的方面想，她这么做，也许是在最后一次尽慈母和贤妻的责任。于是他说，那你方便的时候给我打电话。

她说全家在一起，恐怕不大方便。

他绕来绕去，最后终于问了一句：“那么离婚的事儿，你准备什么时候跟丈夫摊牌呢？”

她明显地停顿了一下，迟疑地说：“这个事儿啊，我会选择时机的。”

他说祝你成功，她不知道是没听见，还是听见了故意不回答，反正她是把电话挂断了。

这在他们两人的通话中是少有的事。

就是这个电话，使得他忐忑不宁，产生了种种猜测和隐忧。不仅仅是关于离婚的那几句话。那几句话也是意味深长的，她不说什么时候跟丈夫摊牌，她也不说准备怎么讲。如果她决定不去美国，那她必须在办理手续之前跟丈夫摊牌。手续都办了，还会不去么？那不是多出一件事情来。除非她是在离开上海前，或是动身后在办理手续之前，否则的话……在说到离婚以前，所有的话也都是问了她，她才答的，姚征冬觉得她的话说得都很简短，他问一句，她答一句，况且她说话的语气，也是淡淡的、冷冰冰的，像是话中有话，话中含着什么怨气。

什么怨气呢？姚征冬实在想象不出来。以后的几天里，姚征冬越分析这一次通话，心中越是没底。往常他们在上海通话，都是缠缠绵绵的，挂断以前，总要说上几句情人之间亲亲密密的话。而这一次，要分别好几天了，从头至尾，都没有一句这样的话。这不是出鬼了么？

是什么原因呢，姚征冬实在想象不出来。从他的直觉，他们之间的关系，发展到这一次她以未婚妻的名义，陪伴他一起去外省做电视节目，是到达了亲密无间的巅峰时期。也正因为这样，他们才会正式讨论关于她离婚的事宜。可现在，一点儿征兆也没有，她一下子冷下来了。难道她过去只是在蒙哄自己，难道她心灵深处仍然像大多数上海人一样，对去美国有着一种期盼和向往。

认真缜密地回想他们相爱以来的每一个细节，姚征冬都不认为她会欺骗自己啊。问题出在哪儿呢？他怎么想也想不出来。这就是他郁闷烦恼的原因，这就是他无法静下心来的原因。他还没办法跟人说。他和厉言菁之间的关系，又没有公开，他只能把这种烦躁埋在心里，默默地独自忍受。

门铃响了，会是什么人不请自来呢？别是厉言菁为了给他一个惊喜，意外地闯来了。不管是谁吧，此时此刻来，姚征冬还是欢迎的。反正他待着也做不成事儿。

走去开门的时候，姚征冬凑近猫眼瞅了一眼，他一眼认出来了，是钟点工小秋。姚征冬乍一眼看到她，还愣了一下，再一细想，今天是星期四，是小秋该来的日子，瞧瞧，心里有事儿，日子都过忘了。姚征冬打开房门，眼前不觉一亮，小秋穿了一件鹅黄色的抽褶珠片高领衫，配了一条藏青色的过膝裙，脚上的凉鞋换成了半高跟的，这使她站在他的跟前，顿显一种亭亭玉立的活泼感。原先那个头发老是遮着脸，穿着粗布衫的钟点工小秋，俨然换了一个人。

他看得出小秋变了，而这种变化的根本原因，就是为了在他面前显示她的存在。他心里是知道的。

"姚老师，你好。"小秋声音脆朗朗地招呼着。

他微笑着点头，没话找话地说："小秋，你这么早就来了。"

"不早了，姚老师，你看都九点多了。"

"噢，九点多了么？"姚征冬不觉自语道，"那真不早了。"

"是不早了，姚老师，你吃早点了么？"

"啊，早点，是的，我……我还没吃。"姚征冬这才想起，起床洗漱以后，他沉浸在对厉言菁的思绪之中，还没整早饭吃呢。

"这么晚了，还没吃早点啊。我给你做来吃吧。"小秋说着，径直朝厨房走去。

"啊，不用，不用，小秋，还是我自己来吧。下面、下馄饨我还是会的。"

姚征冬急忙说着，往厨房间跟进去。雇用小秋的时候，说好她是不做饭、不下厨的，只是为他收拾房间。

小秋进了厨房，已经熟悉地拿起锅子，打开龙头放水了。姚征冬伸手过去夺锅子，小秋一把拉住了他的手腕说："姚老师，你就不要跟我客气了。瞧你笨手笨脚的，哪像做家务的样子啊。"

姚征冬只得作罢，缩回了手说："让你做饭，怎么好意思啊。"

"这有啥不好意思的。"小秋把锅子放上煤气灶，打开了煤气，转回身对姚征冬说："姚老师，你在我生病时，对我那么好，我给你下碗面，算个什么呢。以后不要这么说了。"

"好，好，我不说了。谢谢你。"

"还谢呢，多见外啊。你就去等着吧，我一会儿就做好。哎，你吃什么呀？"

"吃面，就吃面。"

姚征冬觉得，在说客气话时，自己简直不是小秋的对手。瞧她呀，巧牙利舌的，全是她的理。他只得淡淡一笑，退出了厨房。

不多一会儿，小秋双手端着一碗葱花鸡蛋面，连筷子一起放在桌面上，招呼姚征冬快吃。

误了时间，姚征冬确实也有点饿了，撩起面条，津津有味地吃了起来。

小秋拉了一张椅子，坐在他的斜对面，双眼眨巴眨巴地瞅着他问："姚老师，味道还好么？"

"这事儿就是奇怪，"姚征冬边吃边说，"同样是鸡蛋葱花面，我下的，就是没你做的好吃。不是盐放多了，就是太淡，只能对付着吃。"

"那么，姚老师，我天天过来，给你做饭吃，好不好？"

姚征冬抬起头来，小秋仰脸望着他，双眼瞪得大大的，充满了期待的神情。姚征冬摇了摇头，小秋的脸色刷地一下变了，几乎就要哭出来。姚征冬连忙解释说："小秋，不瞒你说，我曾经请过人，可我这一个人的饭菜，实在不好做啊。"

"你就吃那么点儿，有啥不好做的。"

姚征冬苦笑着说："小秋，你没往细处想啊，菜做多了，我胃口小，吃不了。做少了呢，一两个菜，吃起来又没味儿。嗨，还是让我对付着过吧。"

"长期对付，怎么行呢，不是要把身体也对付坏了嘛！"小秋认真地说，"姚老师，你让我来做，我天天让你吃得舒舒服服的，又不浪费。"

"你能有什么高招？"姚征冬不解了。

"那你别管了！"小秋一摆手说，"就从今天的中饭和晚饭开始，一会儿我就出去买菜……"

"哎，哎，哎……"姚征冬摆手阻止道，"就是要做，也得给你加工钱啊，你看该……"

话没说完，就被小秋截住了："你是怕多付工钱啊，姚老师，我不要钱，我天天挤时间来替你做饭吃。这总行了吧。"

"不行，"姚征冬搁下了手中的碗筷，正色道："我也不是怕多付工钱，你付出了劳动，我就应该给报酬。"

"行啊，姚老师，"小秋慌得连说话的声音也发抖了，"那你看着给，愿给多少都行。"

"你得说个数。"

"我说不上来，姚老师。我就是愿意给你干活，白干也成。上你家里来，不像到其他人家里去，我感到厌烦，感到不自在，只想干完活快点离去。在你这儿，干多久的活我也不觉得累。你知道，在我的家乡，干起农活来，要累得多了！只可惜造纸厂污染了河道，污染了农田，我……我又遭过罪，只得到上海来打工。说真的，姚老师，刚来上海时，我一点也不习惯，做的饭菜，东家也不要吃。这些年，我好不容易摸到了上海人的口味。看见你面条吃得这么香，我打心底里高兴。真的，姚老师。"

"小秋，你为什么要对我这么好。"

小秋"哇"的一声哭出声来，她伸出双手，一把拽住了姚征冬的手臂，连连摇晃着，嘶声哭泣道："你还看不出来呀，姚老师，我，我……"

姚征冬心里也慌了，他劝慰着说："小秋，你别哭，有话好好说……"

话没落音，小秋离座而起，滚倒在他的怀里，两手紧紧地搂着他，放声大哭起来："姚老师，我就愿看见你，就愿服侍你。你是有大学问的人，我晓得我配不上你，可我不说话，不打扰你，就在你身边服侍你，还不行么?"

姚征冬瞅着小秋，只见她怕冷似的缩在他的怀里，身子颤抖着，朝他昂着脸，两行热泪，顺着她瘦削的脸颊滚落下来。

姚征冬伸出一只手，轻轻地抹去小秋脸上的一行泪水，说："小秋，不是你配不上我，而是我配不上你。你那么年轻，是人们常说的，一朵花正在盛开的年龄……"

小秋的双手一把抓住了他的手，耸起嘴唇，在他的手背上投下一个个的热吻。姚征冬试着抽出手来，抽不动，只得接着说："而我，几乎可以当你的父亲了。"

小秋把他的手贴在自己瘦小的脸上，申辩一般叫着："不，姚老师，你是我老师……”

姚征冬无奈地笑了一下：“小秋，你不知道，真的，你不知道，看见你，我时常想起我的母亲……”

“啊！”小秋骇然叫了一声。

姚征冬仍在顾自往下说：“我可怜的、一辈子都在辛劳和屈辱中生活的母亲。”

姚征冬站了起来，把惊吓得瞠目结舌的小秋轻轻地推回到椅子上坐下，拖着僵直的身躯，一步一挪地走进卧室，“嘭”一声关上了门。

把小秋悲凉的哭声，隔在了门外。

## K

电梯门开了，身穿金红闪光丝绸旗袍的小姐礼貌恭顺地做了一个请的手势，厉言菁走出了电梯。

迎面是一个气势宏伟的大堂，辉煌的灯光把整个大堂照耀得映出满楼的喜气。一路走去，大堂里、走廊两侧，放满了溢出阵阵清香的奇花异草。厉言菁不无惊异地扫了一眼，只见仙人球、仙人柱、金琥、苏铁、发财树、荷兰铁和一盆盆鲜花摆放有致，令人恍如置身于大自然的生态园林之中。

厉言菁的嘴角不由露出一缕讥诮的笑纹，真没想到，要谈这么严峻的话题，姚征冬竟然还有兴致选择如此带有诗情画意的地方。

从广州办完赴美手续回到上海，一接到姚征冬打来的带有抱怨情绪的电话，厉言菁压抑了很久的郁闷和愤怒终于爆发了出来，她冲着话筒，劈头盖脸地向他肆意发泄了一通：“你还有权利来怪罪我，我不怪罪你已经算好的了，你想想你都干了些什么……”

他插进话来问了一句：“我干什么了？”

“还以为我不知道呢，那天你躲进了306，明明撞见了舒宇虹，你为什么要撒谎编一套话来骗我。你刚刚和我发生了那种事情，怎么眨眼工夫又和素不相识的女人发生关系？况且人家还是一个有病的女人。你……你当真是畜生、是文化流氓么？你这么无耻，如此荒淫，深深伤害了我们的感情，伤透了我的心。你知道么，我乍一听到事情真相的时候，只觉得天都塌下来了。你怎么可以这样游戏人生，我细细回想，自从我们相识以来，你始终都在欺骗我、玩弄我、蒙我……”说着说着，厉言菁泣不成声。

他一直在电话那头听着，一句话也不说，一声也不辩解，直到她的哭声轻一些了，他才小声问她，能不能允许他解释?

于是就有了今天这次约会。厉言菁断然拒绝了他上门来，也不愿意再到他的家里去。她怕到了他家那种私密性很强的环境里，他软磨硬缠，她又成了他感情的俘虏。

他就提议到离她家近一点的地方来，随意吃一点便餐。

她知道这个地方，从华都大楼步行过来，不过就是六七分钟。平时在楼门前走来走去，她也看到这里是个景观酒楼，就是没上来过。没想到，今天上了楼，竟然是这么富有情调的地方。

她心里说，他对上海的酒楼如此熟悉，大约也是常来的。这个人真是深不可测、捉摸不透呀。

更令她吃惊的是，领餐小姐指点着她走入的，是一长排惹人惊喜且可爱的小木屋。

拉开门，迈过高高的门槛，走进屋去，不由让她愈加暗自愕然。不仅屋内的色彩典雅温馨，尤其让她没料到的是，宽敞的窗户外头，竟然就是浦东明亮璀璨的夜景，一幢幢灯光映照得通体透明的高楼大厦，在黄浦江畔历历在目。而往下俯视，亮如白昼的外滩平台上，各色游人喧声如潮，对对情侣相挤相挨，靠在江堤边喁喁私语着。

这一幕休闲美景，反衬着她和姚征冬之间紧张的关系，不由厉言菁觉得有些滑稽。

姚征冬坐在背着门的角落里，神情不自然地瞅着她，手一伸说：“你到底来了，坐，坐吧。”

桌子上已经点好了三四样冷盘，有甜枣、海蜇、盐焗鸡、油爆虾什么的，厉言菁哪有心思和他坐在一起吃饭，她垂下了眼睑，生硬地说：“你说吧。你不是要解释嘛，你说呀!”

“我们……”姚征冬的手掌一摊，笑着说，“我们边吃边谈，好么?”

“要吃你吃，我已经吃过晚饭了。”

“那好，那好，我也不吃了。”姚征冬刚拿起的筷子，重又放在桌上，“谈完了再一起吃。唉，要说，我实在也没什么可说的，那天的情形当然也是有具体原因的，细节我就不追述了，反正，千错万错，都是我的错。在这件事情上，我对不起你，言菁。真的，我……”

“我还以为你又有高论了，原来你也理屈词穷了呀，原来你也知道见不得人啊。”厉言菁冷冷一笑说，“你说，你为什么要这样做，你这同一个流氓没什么差别吧，你想没想过，你这么一做，是怎样地伤害了我们的感情，我视为神圣的愿为之献身的爱情。说实话，在心底深处，我都已经把自己的下半辈子交给你了。可你，你……上一次你同那叫郑夕的女人鬼混，我就应该看穿你的本性，可我鬼迷心窍，相信了你的解释，我真是瞎了眼。嘿嘿嘿，今天，你终于承认，你是个花心男人，你喜欢玩弄女性，你流氓成性……”

“不，不是这样，言菁。”姚征冬有些着急地打断了她越说越气愤的话。

“那又是什么，你说呀，说出你的理由来呀。”

“我带来了一些材料，也许多少能说明一点问题。”

厉言菁的手一伸：“拿来，给我呀。”

“给你以前，我有个要求。”

“你还有要求……”

“是的，我想知道，这次去广州，你的手续办了没有？”

厉言菁的脸勃然变了色：“这已经和你无关了。既然你带了材料来，你给我啊。噢，对了，还有那本日记，骆菲菲红封面的日记。你带来了么？”

“带来了、带来了，你电话里已经说了，我怎能不带来呢。不过，我把日记复印了一份，你不会介意吧？”姚征冬转身从自己的包内取出一只蓝色手提文件布袋，一边递过来，一边说，“都在里面，你可以拿回家去看。”

厉言菁接过来，顺手就扯开了拉链，她先从布袋里面取出骆宁那一本陈旧的红封面日记瞅了一眼，遂而两眼定定地望着姚征冬，正色道：“你复印可以，但是以后任何时候、在任何地方引用，都要事先告诉我。”

“那当然。看样子，你对这本日记也有考虑？”

“这就不关你的事儿了。”厉言菁淡淡地说着，把红封面日记本放进包内，又从里面抽出一本复印件装订簿，只见厚实的白纸封面上，一行粗体黑字，赫然跃入她的眼帘：男人如酒，没有好酒量，不要轻易去消受他。

厉言菁无声地冷笑了一下，姚征冬一定是为自己找了许多辩解的理由和材料。她刚要往下翻，姚征冬又说了：“还是回家去看吧。看完以后，再听我说。”

“我偏要在这里看。”厉言菁恼怒了，“这里面有什么见不得人的东西，我为什么不能在这里看？我就在这里看，跟你说我已经吃过晚饭了。你吃你的饭，我看材料，不是互不相干么？”

“好好好，你看你看，”姚征冬息事宁人地说，“你尽管看，这里的材料全都是从报刊、杂志上剪贴复印的，没一点儿见不得人的东西。”

厉言菁不再搭理他，接着往下看。

这是一份报纸的整版报道，大题目是：荣誉光环下的阴影。

正文之前的黑体字醒目地写着：

**如花似玉的小蜜在爱巢中被神秘暗杀**
**遗留的日记惊曝出百万巨贪的嘴脸**
**我们灿烂的时代中也有些人在腐烂发臭**

厉言菁记得，在什么报纸上读到过这篇报道，写的是一个头上顶满各种各样荣誉头衔的人物，暗中包养了一位情妇。情妇被害，警方在搜寻她被害的罪证时，发现了这个女子写下的生活日记。日记里虽然没有提供任何破案线索，却详细记载了和她有过关系的所有男人的姓名。其中把她秘密包下来的，恰恰是省城里的一位名人企业家。

看了大标题下的两小段内容，厉言菁就想起了自己读过的好些详尽细节，于是就翻过一页，看下面一份。

这显然是从杂志上复印来的文学报道，题目也格外引人注目：桂冠诗人生前尽享荣誉神话，秘密恋人临终戳穿风流艳事。

说的是英国享尽盛誉的桂冠诗人泰德·休斯，在他的妻子，同样也是诗人的西尔维娅·普拉斯自杀以后，悲痛欲绝、离群索居、隐逸多年闭门思念故人的美满神话，被他的秘密恋人揭破真相。原来他不仅有多位情人，而且在感情上从来没有对哪一位忠诚过。

厉言菁又一页一页地往下翻：

这是一个威风八面，上能通天、下能横行的信用社主任。可在他表面的道貌岸然背后，却先后包养几个情妇。花在一个女人身上最多的钱，达到两千一百多万。他对情人有求必应，尤其是自己宠爱的情妇，他送价值几十万元一只的劳力士女表和钻戒，送高级轿车，豪华别墅。几年时间里，侵吞公款两亿三千元。光包下一个四川成都的美貌姑娘，两年里就挥霍上千万元。他自以为逃到国外就能继续过花天酒地的生活，却不料在和国内情妇通话百般温柔时，终于露出马脚，被抓获归案。

66岁的奥地利总统托马斯·克雷斯蒂抛弃第一夫人艾迪特，迎娶了多年的秘密情人玛戈特·吕夫勒；昔日的秘密情人宣告“守得云开见月明”，终究熬出了头，取得情场的胜利。

菲律宾总统难辨真假公主，埃斯特拉达承认有多名情妇；

密特朗总统两个特别的葬礼，家人为他举行一个，情人和私生女为他举行一个；

情妇丑闻缠身，官方长官辞职；

约翰逊的情妇透露，精心策划的大阴谋；

印尼总统瓦希德，香艳照片频曝光；

总经理阶层，雷同的情史；

红粉绯闻炸弹，撼动日本政坛；

剧组里的秘闻录、名导演的大胃口、女演员的明星路；

七天前告别三十年发妻，德克勒克昨日再婚；

……

越往下看，厉言菁翻得越快，细细地看过前面几篇报道复印件，她心里已经明白，这些材料的大致内容了。姚征冬精心准备了这么多名人、要人红杏出墙的故事，无非就是想为自己的行为间接地做一辩解罢了。

她合上了复印本，在手中掂了掂，抬眼望着他说：“把这些东鳞西爪的材料搜集起来，要花很长时间、很大的功夫呢。”

“搜集好几年了，”姚征冬仰起脸来，两眼探究地望着她，慢慢咀嚼着嘴里的菜肴说，“看到报纸杂志上有公开的报道，我就剪贴下来。”

“这么说，”厉言菁话中有话地说，“早在多少年前，你就想到要为自己的不轨行为做辩护了？”

“不，不，那你误解了。”姚征冬放下手中的筷子，连连摆手说：“我搜集这些材料，纯粹是为了写作那本《上海：波动的婚恋史》。”

“你把写作的材料，复印给我看，是什么意思呢？”

“意思嘛，”姚征冬把双手搁在桌面上，无意识地摩挲了几下说，“就是想，就是想恳求你能够原谅我。能么？言菁，那些事情里，好几个夫人也原谅了她们的男人的……”

“对不起，我不行，姚征冬，”厉言菁的脸色一变，打断了他的话说，“你知道，当我察觉了事情的真相，我全身发凉，我浑身都在颤抖……”

“对不起。”

“你知道我恨成什么样子了么？”

“咬牙切齿。”

“我恨不得拿把刀杀了你。”说着，厉言菁憋了很久的眼泪夺眶而出，她任凭泪在脸颊上淌着说，“姚征冬，世界上有些事情，是可以原谅的，可有些事情，却绝对不能原谅。就是说原谅了也没用，我不能想象和你在一起，还会享有爱的激情。我把爱看得十分神圣。你把一切给毁了！不，你不要插话，不要打断我。什么话也不要再说了，不要再找我了。我们的故事到此为止。”

“言菁……”

“听我把话说完。我本来不想再见到你，不想和你说任何话了，你是聪明人，女人到了这一步，情也就断了。后来想想，我很快就要和家人一起远去美国，何必走得不明不白呢。于是答应来同你见这最后一次面，当面锣、当面鼓，把话给你讲明白，省得将来牵丝攀藤没个完，心里总是个事儿。当然，我也想顺便再听听，你究竟还能找出什么理由为自己辩解。哈哈，哈哈哈！”

厉言菁大声笑着，眼睛里却在不住地流泪。

姚征冬目瞪口呆地瞅着她，她不及待他有任何反应，转过身来，拉开小木屋的门，愤然跨出门去。

门在她身后很快地关上了。

## Ⅺ

看得出，听说陈岚岚的女儿尚艺找到了，已经和她联系好，马上就可以到她寄住的姨妈家相见，舒宇虹显得出奇地兴奋，那神情好像是她找到了自己的亲骨肉，一迭连声地问着罗卉："你怎么打听到的？她长得怎么样？在上海找到工作了么？陈岚岚知道我们要去和她见面么？陈岚岚什么时候可以来上海？"

罗卉驾驶着小车，一边拐弯一边耐心地告诉她："不是你时常催着我，快去找她、快去找她嘛！告诉你，我心头也急啊，可是，上海这么大，找一个小姑娘，就像大海里捞针，叫我从哪里着手啊。还是陈岚岚接到了我写去的信，从她生活的山区老街上，打来了长途电话，告诉了她妹妹家的详细地址和电话号码，我才和她联系上的。陈岚岚当然知道我们要去和她女儿见面啰，她给尚艺也打了电话。她自己呢，一时半会的，还来不了上海。"

"那是为什么？"舒宇虹插嘴问。

"为什么，我也这么追问她。她起先在电话上死不肯说，说讲起来时间太长，电话费太贵了。还是我让她挂断电话，又把电话拨过去，催着她说，她才讲的。"

"她怎么说？"

"她说同她一起判刑的那个姓章的男人放出来了，追着要和她结婚。她对章其友说，过去的一切都过去了，全是阴差阳错、七颠八倒把事情搞乱了。她并不爱他，再说他还是个有妇之夫，怎么能犯重婚罪。那个男人不依不饶，说他马上就和麻子婆娘离婚，离了婚就和她结婚。他就这么死皮赖脸地追逼着她，她若敢不答应，或者逃回上海，他就追到上海来，让她下半辈子永远不得太平。说着说着，陈岚岚就在电话里哭了。"

"别听那男人的，他是吓唬她，叫她快回上海来。"舒宇虹忿忿地说，"简直无法无天了。"

"我也这么跟她说了。"

"那她怎么还不来？"

"她说你们不了解这个章其友，他现在已经什么也没有了，工作单位没有了，工资没有了，麻子婆娘也不要了，家也没有了，赤条条无牵挂，敢说敢为，说出口就会做到，万一真的追到上海来了，他什么都做得出来。陈岚岚怕会连累一家子，连累到自己的兄弟姐妹。”

“这么说，陈岚岚只得留在那块地方了。”

“她说暂时留在那儿。”

“那她怎么办？罗卉你快想想办法，救救陈岚岚吧，我们再不能看着自己的姐妹遭罪了。”舒宇虹说这几句话时，心里是真正地焦急，她的眼圈红了，一双漂亮的眼睛里噙满了同情和担忧的泪。

罗卉驾着车，转过脸去深感忧虑地瞅了舒宇虹一眼。她腾出自己的一只手去，搁在宇虹情不自禁颤抖的手背上，连连拍了两下安慰她说：“我的心情和你一样急，不过事情还得慢慢来，一件一件做。我们这不是去和她女儿尚艺见面了么？”

“还不知她阿姨，对这小姑娘好不好呢？”舒宇虹从罗卉的掌心里抽出了自己的手，叹了口气说。

“去看了就知道。”罗卉说着，又瞥了宇虹一眼，专心地开起车来，“快到了。”

刚才的那一长段对话，舒宇虹一点儿都没停顿，罗卉说出一句，她就紧跟一句，有好几句话，罗卉没说完，她就插进话头来了。可见舒宇虹的意识和敏捷都在恢复，她身上再没那种病态的迟钝和僵滞了。随着她意识的清醒，她就会逐渐变成像过去一样的正常人，能料理自己的日常生活，能做一点简便的事情，自然，许许多多的往事，她也会回忆起来。

罗卉的脸上笼罩着一层浓浓的阴影，她觉得气闷，于是按下车窗，瞅了瞅马路边上的门牌号，把车向一条弄堂拐进去。

尚艺寄住的家倒不难找，弄堂不深，是那种六层楼的老式工房。她家在二楼，提着小包和纸袋的罗卉一敲门，门就打开了，一个瘦瘦高高的小姑娘站在门边，脸色黑里透着红，穿着一身明显小了的衣裳，冲着她俩就亲热地喊着：“罗阿姨，舒阿姨。”

带一点贵州口音的普通话，让舒宇虹激动得一把拉住她的手，连声叫着：“哎呀，活脱脱是一个当年的陈岚岚，就是比陈岚岚黑一点、也更瘦一些。你妈妈当年比你白净，对了，个头比陈岚岚还高一点呢。”

“是的，我比阿妈要高两公分。”尚艺机灵地说，“两位阿姨，你们坐，就在这儿坐。”

也只能就在这小厅里坐了，罗卉随着尚艺走进屋去，已经发现家里就只有尚艺一个人。她留神多看了几眼。这种房子，说是两室一厅，其实就是两室半的房子，进门是小厨房，厨房边是卫生间，设计得不怎么科学。厨房进去就是所谓的厅，只有六个平方大小。两间正房，也不大的，一间大的十四五个平方，看来是尚艺的阿姨、姨父住的。那间九平方左右的小间，则是他家的小孩住的了。厅里陈设简单，一张小方桌，靠壁放着一张单人弹簧床。罗卉指了指小床问：“你平时就睡在这里？”

“是的，要等阿姨做完事情，表弟做完作业，我才能睡觉。”尚艺始终目不转睛地盯着她们，拘谨地说。

罗卉从桌肚里拉出两张轻巧的方凳，一张让宇虹坐，自己面对尚艺坐下，说：“尚艺，你也坐啊。”

尚艺不坐，一转身说：“我给你们倒两杯开水。”

“我们不渴，不喝水。”罗卉一摆手，但尚艺还是走进小厨房去了。顷刻工夫，她端着两杯白开水进来了，放在桌子上。

“尚艺，”宇虹双手捧着桌上的玻璃杯，转动了一下问，“你在上海找到工作了么？”

尚艺在小床上腰背笔挺地坐下，拘谨地点着头说：“在商场里当营业员，阿姨托人介绍的。”

“多少钱一个月？”罗卉问。

“试用期六百块。够吃饭了，比在贵州的乡镇上也好。说是说得很好的，三个月的试用期一满，签正式合同，可以拿到八九百，以后表现好，还可以加，不过，不过……”尚艺犹豫着，没说出口。

“不过什么，你讲呀，对阿姨有什么不可以说的。”舒宇虹催她。

“不过三个月快到了，商场里就说，现在生意清淡，不需要增加人，三个月期满，就把我们辞退了。”尚艺嗓音清朗朗地说，“原来说的话也不作数了。听上海的小姐说，我们一辞退，老板就再找一批试用的。这样循环下去，他们就老招收试用工，开低工资，很坏的。我这回是第二次试用了，还不知到期会不会签正式合同。”

“现在怎么是这副样子，这不是公然地骗人嘛！”从来没听说过社会上这种事情的舒宇虹忿忿地道，“罗卉，帮帮她呀，你帮帮她呀。”

罗卉给了宇虹一个亲切的笑脸，转而问尚艺：“你是初中毕业，还是高中毕业?”

“初中毕业，”尚艺的脸红了，“那年，我考上高中了，可是家中没钱，饭都没得吃，哪里还有钱上学……”

“真可怜。”宇虹动情地叫着。

“那么，你这次试用，什么时候到期?”

“我快做两个月了……”

罗卉截住了她的话头：“做到这个月底，你不要去做了。”

“那我干什么?”

“你去读书。我们帮你找一所学校。”

“罗卉阿姨，那就让我把这一次试用期做满吧。”尚艺想了想说，“我好肯干的，商场里管事儿的经常夸我。万一这次期满，和我签了正式合同，我就能赚钱让妈妈和哥哥来上海了。一家人打工，赚的钱就多一些。”

罗卉沉吟了一下说：“那也好。不过我跟你说明白，这一次试用期做满，如果再不签正式合同，你就别去打工了……”

“没了打工收入，”尚艺低下了头，声音一下子变小了，“我就得在阿姨家白吃白住了。”

“你去读书，”罗卉用不容置疑的口吻道，“学费我承担，每个月再给你六百块，就当你仍在打工。但是你一定得好好读书，不要急着赚钱。在上海，一个初中生，你永远也不可能找到一份像样儿的工作。你说好么?”

“哎呀，罗卉阿姨，你真是太好了！怪不得妈妈来电话说，你们会来帮助我的。”尚艺欢喜得脸都涨红了，她拍了一下巴掌说，“有书读，我一定好好用功。”

“那好，”罗卉把提来的纸包放在桌上说，“这里面是一点吃的东西，给你和你阿姨一家的。还有两千块钱，是给你的，你自己去挑选几件合身的衣裳，算是我们两个阿姨给你的见面礼。我们已经联系上了，有什么事儿，你尽管给我打电话。记住了么?”

“记住了，罗卉阿姨。”尚艺激动得脸色绯红绯红，泛出青春的光泽，说话的嗓音都在发抖。

“那我们就告辞了。”罗卉拉起尚艺的手，摇了两下，领先往外走去。

尚艺送出门，又跟着送到楼下的小车旁边，一迭连声地说着：“谢谢阿姨，谢谢阿姨。”

坐进车子前，舒宇虹拉着尚艺的手，依依不舍地说：“记住了，常给我们打电话。”

“我会的、我会的。阿姨再见、阿姨再见！”

车子开出了弄堂，开进了马路上的车流之中，快快慢慢地前行着。

一路上，往华都大楼开去，宇虹都没再说话，罗卉几次转脸望着她，她都蹙着眉，心事重重的样子。

到了华都大楼门口，罗卉望着她说：“宇虹，你上楼去，我公司里还有点事儿，有空再过来。”

“你不上去了？”宇虹嗓音干哑地问。

“有事么？”

“我有话想和你讲。”

那干嘛一路上不讲呢。但罗卉没把不悦说出来，抿了一下嘴说：“你先下车，华都大楼附近不好停车，我找个地方停了车，马上过来。”

宇虹下了车，站在马路边等她。

罗卉把车拐出去，找到泊位把车停好走回来，宇虹仍站在华都大楼的门前等着。罗卉和她并肩走进楼门，问她：“什么事啊，瞧你忧心忡忡的。”

舒宇虹有些忧怨地瞅了罗卉一眼，嘴唇动了动，没说出话来。

开电梯的冷大姐看见她们，笑着说：“真难得看到你们两姐妹同出同进的，出去买东西啊。”

罗卉简短答道：“看一个朋友。”

回到306，罗卉倒了两杯葡萄汁，和舒宇虹相对坐在沙发上，笑着说：“这下可以说了吧。蛮好的事情，一起去看了尚艺，什么事惹得你不高兴了？”

舒宇虹端起杯子，喝了一口葡萄汁，搁下杯子的时候，她把杯子在茶几上一推，用不满的语气说：“罗卉，你是老板不是？”

“是啊，现在人家都这么叫我。”

“是老板，你为啥这样小气？”

“我小气？”罗卉觉得她的话有些好笑，不由露出了笑容问，“说说看，我哪里小气了？”

“哪里都小气了，你的话都说出口了，让尚艺干到月底别干了。”舒宇虹噘着嘴不满地说，“小孩子懂事儿，说要干到下个月底期满，你就马上改了口，答应她了。”

“是啊，尚艺有尚艺的考虑，她终究不是我们的小孩，我们不能一见面，就让她什么都听我们的。”罗卉一听宇虹的话，心中明白了，她是在嫌自己对尚艺好得还不够。就耐心解释道，“再说，让尚艺多接触接触上海社会的实际，经受一点磨炼，对她也有好处。”

“好，这条算你有理。”舒宇虹摊开一只巴掌，接着道，“你都已经支持她读书了，每月为啥只给她区区六百元？这点点钱，够她什么用，你给得太少、太少了！岚岚的信不是你拿给我看的么，她们母女现在这么苦，有机会就该多帮助她们。”

罗卉正色道：“我们主动去看尚艺，已经在帮助她们了。至于六百元这个数目，也不是我随意定的……”

“那你是根据什么定的？”

“事前我征求过公司里一些同事的意见，也多方打听过。现在一个全住宿的外地大学生，在上海读书，一般家庭提供给他们的生活学习费用，在四百到八百之间。”罗卉平心静气地说，“当然条件好的家庭，超过八百达到一千、甚至一千多的也有。经济条件差的家庭，不足四百的也有。一般家庭，给孩子的钱，往往在五六百之间。我取了一个中上的水平，你凭什么嫌我小气、给得少呢？”

“那就算不少，尚艺现在的状况你看到了呀，她住在那个小间里，家人出出进进的，床又那么小，一个大姑娘，多可怜啊。”舒宇虹说着，眼圈红了，“我们住得这么大、这么宽敞，你为什么不邀她来和我们同住呢！”

“那不行。”罗卉心中直觉好笑，这个宇虹，她以为我是在搞慈善事业呢，就是搞慈善，也不能这么做啊。别看她神智在恢复正常，思维也变得敏捷了，但她考虑问题，还像个涉世不深的姑娘呢。

“为什么不行？我们平时不都觉得孤独么？”

“宇虹，有一句老话，你听说过么?”

“什么话?”

“救急不救穷。”

“好像……”

“这句话自古传到今，是有道理的。普天之下，可怜的穷人多着哪。说远的，我们插队落户的贵州，还有多多少少温饱没解决的农民啊，几百万，你有心救，救得了么? 说近的，就是上海的十字街头，那些讨饭叫花子，是真是假的都有，你怎么去救?”

“可尚艺是岚岚的女儿啊!”

“不错，尚艺是岚岚的女儿，看上去也还是个正派人。可就是岚岚，我们也有好多好多日子没相见了呀，这十几二十年，生活发生了多么巨大的变化，我们之间的了解也是不多的呀! 急什么呢，来日方长嘛。”罗卉说着说着，突然想起了宇虹本就是个病人，这些年里，她几乎没接触过社会，根本没啥社会经验，语气渐渐缓和下来，笑着说，“宇虹，你的心意我明白，你想对岚岚好、想对尚艺好，也都是对的。可我们做事情，总得有理、有利、有节嘛。你说对不对?”

随着罗卉苦口婆心的解释，舒宇虹的脸逐渐开朗起来，露出了微笑：“你总是对的，你什么时候错过呢。我们杉木凼十二个女知青，个个都落入了山寨婚姻的罗网，不就是你挣扎出来了嘛!”

“还有你。”

“啊，是的，还有我，我也没被农民强娶过去。可我们这一辈子，不也同样被毁了么?”

“是啊，当我们该嫁人的时候，我们不想嫁；而当我们想嫁人的时候，这个世界上我们可以嫁的男人都找不到了。”罗卉长长地叹了口气，无限感慨地说，“宇虹，看样子，这就是我们两个的命。”

“不，不对，罗卉。”舒宇虹的脸色陡地一变，一双眼睛瞪得老大，整张脸刹那间泛出异样的光彩，“我想起来了，想起来了……”

罗卉的心中一慌：“想起什么了?”

“想起来了，杉木凼寨子上，也有一个人要娶你的。”舒宇虹伸出食指，指着罗卉道。

“是哪个?”罗卉的心头又一紧。

“卢光元。”

“有这么个人么?”

“有的、有的呀，罗卉你怎么忘了，那个时候你当赤脚医生已经当出了名，杉木凼周围团转、四乡八寨的老百姓，都来请你去给他们看病。你给他们看好了，他们就送腊肉、鸡蛋、老母鸡、蔬菜、白果什么的给你吃，连我也跟着你讨了不少便宜。你咋会忘了?”

罗卉淡然地轻声说：“你这一讲，我倒有点想起来了。”

“你不该忘的，那些寨邻乡亲们请你出诊看病，时常是在晚上，你一个人走夜路害怕。我问你怕啥子，你就说怕鬼丁哥叫、怕茅草丛里钻出毒蛇、怕不怀好意的野男人。”舒宇虹脸上的神情整个儿沉浸在回忆之中，眼睛也随之眯缝成一条线。

罗卉脸上露出勉强的笑意：“瞧你，连这些细节也记起来了。”

“当真的呀，”奇怪的是，舒宇虹一讲起山乡里的往事，口气也跟着变成了山寨上的乡音，“看见你怕成那个样子，我经常陪着你一起去。晴天有月亮的日子，是最幸运的，山路好认，走得也快。没有月亮，不下雨，也还好对付，我们打着手电筒，一边说话一边赶路，要不了多久的也到了。最怕的是那种刮大风下大雨的黑夜，路上黑得啥也看不见不说，路滑、坡陡，一不小心就要摔跤，山风吹得树林里发出一声声的怪叫怪嗥，听得我们两个心头一阵阵地发怵。有一次，我一跤滑倒在湿漉漉的地上，你冲过来拉我，两脚没踩稳，我们两个人一起滚下了山坡，浑身上下沾满了湿泥巴，回到杉木凼寨子上，都成了两个泥人了。”

“那真是一段不堪回首的日子。”罗卉面对着宇虹，眼睛却视而不见地不知望着哪儿，她沉吟般说，“要不，我们两个咋会变成生死之交的朋友呢。”

舒宇虹却像没听见罗卉的话似的说：“久而久之，知道夜间你出诊都由我陪着，白天都是你一个人进出，卢光元就钻了这个空子。”

一阵手机响，打断了舒宇虹的回忆。罗卉摸出手机接听：“喂，我是啊，噢、噢，好的，我知道了，我马上过去，我就在离公司不远的地方，很快就到。”

罗卉边关手机边对宇虹说："公司里有外地来的客户等着，我得赶过去。我们有空的时候，再一起回忆那段日子吧。"

"你去吧，去。"舒宇虹泥塑木雕一般坐着，只是把手抬起来，机械而僵硬地摆了两下，"去、去。我还要想想，好好想想。好多好多的往事啊，怎么说着说着，全浮现在我脑子里来了？哎，真是奇怪了，那些事情，原先，我怎么一点也想不起来呢？"

罗卉担忧地瞅了她两眼，蹑手蹑脚地拎着自己的小包，走到门口，轻轻地拨开房门，走出去之前，她又回头望了宇虹一眼，宇虹还是那副样子，呆痴痴僵滞地坐着，两片嘴唇掀动着，喃喃自语着什么，手臂弯曲着，笨拙地一抖一晃。

罗卉轻轻地关上房门，站在门外，她又伫立了片刻。只听见屋内的舒宇虹，陡地爆发出一阵尖锐的笑声："哈哈，想起来了，我都想起来了！"

站在门口的罗卉，不由自主地浑身一震。她又在门口呆立了一阵，这才迈着沉重的脚步，往电梯口走去。

## 十二

门铃响的时候，姚征冬还昏昏糊糊地躺在床上。眨了眨眼，确定了果真是门铃响，他一惊坐起身来，望了一眼卧室里的钟，确实不早了，已经九点二十。

他一骨碌起了床，门铃又执拗地持续响着。

“来了、来了！”姚征冬穿着一身睡衣，就往门口走去。

门口站着钟点工小秋，她还是穿着那一身秋装，鹅黄色的抽褶珠片高领衫，藏青色的过膝裙，只是脚上的半高跟凉鞋，换成了一双皮鞋。小秋笑吟吟地盯着他，乐呵呵地说：“姚老师，你还没起床呀。”

看她欢快的模样，就仿佛一个星期前，他们之间，什么事儿也没发生过似的。

姚征冬揉了一下眼睛，怔了一下说：“是的，睡过头了。你……进屋来吧。”

其实他早晨醒过一次，算计着厉言菁的丈夫雷家田该上班去了，他给厉言菁拨了一个电话。他还想给她解释一下，还想挽回他们之间的关系，这么由着自己的感情去行事，也不是不甘心。厉言菁的话已经说得明明白白，由于他和舒宇虹之间发生了那种事情，亵渎了他们之间的感情，深深地伤害了她，他俩的爱情已经完了。她改变了主意，决定和丈夫、儿子一起办好赴美签证，远走他乡。他所有的努力都不可能起作用了。他却还是给她拨去了电话。

厉言菁的态度出奇地好，可以说是很客气，话也说得挺柔和、挺中听的，一点也不刺激人。可就是话语声气里，已没有了一丝感情。她说，事情都已过去了，不要再提了，不，她没有生气，她只是一度把事情想象得过于美好罢了，她把和谐的性爱当成了纯真的爱情，她忽视了情爱的真谛，其实生活的原始色彩和想象本来就是两码事。没什么，不要再作任何解释了。谢谢他还想着给她打电话，真正办好了一切手续，动身去美国的时候，她也是会给他来电话告别的。她不会那么没有礼貌地不辞而别，他们终究相好过一场嘛。她也不曾后悔过。

听听她的口气，好像事情过去了很久很久一样。

姚征冬还能说什么呢，他鬼使神差地、固执地拨电话过去，不就是要作一点说明和解释么？说明、解释的目的又是什么呢，无非就是想表明他是一个真实的人，他不是有意欺骗她。他也想告诉她，不要把爱情想象得过于美好，现在，人家不等你说，已经明白了这个道理。你还说什么呢。

姚征冬感觉从未有过的沮丧，一阵深深的孤独和落寞感，袭上了他的心头。厉言菁虽然还没有走，他拿起电话还能听到她的声音，但她离开他却已是十分遥远，那不是空间的距离，而是感情和精神上的距离、心灵的距离。

他失去她了，这是肯定的。

他还有什么呢，前妻和女儿走了，走得那么彻底，几乎是消失了。她们在外国的住址、联系电话、E－mail，他都没有。若干年以后，他成了满头白发的老头，或者是秃顶，满脸的皱纹，就是在马路上迎面与前妻或是女儿碰见，也许都不认识了。这是极有可能发生的事，别说女大十八变，会变得人不认识，就是前妻，也是要变的呀。上一次她回来和他离婚，他乍一眼看见她的时候，不也差点不认识么？

自从郑夕认定他和小秋有情以后，和他也不通话了，他知道她是真生气。从这一点看得出，她现在对他倒是有真情的，他相信只要自己拿起电话来，主动和她通话，他们还会重温旧梦的。问题是他对郑夕没有感情，燃不起那股爱的激情，他与她逢场作戏，纯粹是为了报复她当年的负情。

最要紧的是，厉言菁和他完了，如果说前妻和女儿的事情早已发生，郑夕本就是假戏真做，那么对于和厉言菁的爱，他倾注了全身心的热情，这种爱反过来也唤起了他似乎早已沉睡了的激情。他是认真的，他心灵深处期待着她的离婚，向往着和她的幸福结合。

而如今，一切都完了，他还有什么呢？一个可以倾注衷肠的亲人也没有了。

“姚老师，你身体不舒服么？”姚征冬的思绪被小秋的声音打断了。

“啊，噢，”姚征冬一怔，连忙掩饰地说，“没，没有啊。”

“没有，那你怎么站在这半天了，木头人一样，一句话也不说。”小秋的嗓音又在他身后俏皮地响起。

“我睡得太沉了，”姚征冬解释道，“是想醒醒神。”

“我看你也像没睡醒一般，姚老师，那你就在沙发上坐坐吧。”小秋一指沙发说。

“好，好的。”

姚征冬挪到沙发边坐下了。

小秋跟着走到他身旁，又问：“你刚起床，肯定没吃早点，想吃些什么，我先给你煮。好么？”

“那就下一碗馄饨吧。”姚征冬不再客气。

“好，你等着，我一会儿就下出来。”小秋利索地走进厨房。

厨房里的响动提醒了他，一会儿工夫馄饨就会下出来。可他还没洗脸刷牙呢，姚征冬支身站起来，走进了卫生间。

姚征冬机械地挤牙膏，放水，刷牙时，思绪仍顽固地在混沌的脑子里盘旋着。他的身边就剩下小秋了，小秋姑娘对他的关心、照顾和嘘寒问暖，是显而易见的。上周他那么冷漠地对待了她，在她面前关上了房门，她还甚觉委屈地哭了。事后，她主动给他打来电话，问他要不要她天天来煮饭。他说暂时不要，你还是一个星期来一次吧。她今天又啥事儿也没发生般地来了。她心里想些什么他是明白的，尤其是她那么反感地对待了郑夕以后，姚征冬就更清楚了。

小秋是个好人，一个年轻的凭诚实劳动打工过日子的纯朴姑娘，他的身旁也需要这么一个人，如果换了旁人，也许确实可能娶她的。但是唯独他，不可能也绝不会做这样的事儿。她以后还要来当钟点工，他必须得把这一点跟她说穿，他们今后才可能平等和睦地相处。

“姚老师，馄饨下好了，来吃吧。”小秋的动作真是快，一会儿工夫，就在外面叫他了。

姚征冬答应一声，搓了一下毛巾，洗了把脸，走到饭桌边，一碗热气腾腾的小馄饨已搁在桌上。小秋站在边上，手一指说：“快吃吧，你这早点吃得太晚了。”

“谢谢你。”姚征冬说着，坐了下来，手指了指餐桌边的椅子，“小秋，你也坐。”

“我要去帮你擦玻璃窗，玻璃上都是灰尘了。”小秋说着就要走。

姚征冬一摆手：“不忙的，你坐，我有话说。”

“说什么呀？”小秋有点不自然地坐下了。

姚征冬舀了一只馄饨吃，小秋连忙向前凑凑：“味道好么？”

“速冻的，将就吃吧。”

“你喜欢吃新鲜的，姚老师，下一次我替你包，好方便的。”

“小秋，你真能干。”

“这算啥呀，什么人都会干的。哪像你姚老师做的事儿，别人都不会干。”

姚征冬笑笑：“你知道我做的是什么事儿？”

“做学问的大事儿呀，他们说，你姚老师是大名人，写了很多文章，好些地方请你作报告，请你上电视，请你……哎呀，姚老师，你不知道，连我都沾了你的光呢！”小秋一迭连声说。

“你怎么会沾我光呢？”姚征冬不由笑问。

“是真的，姚老师，听说我在给你当钟点工，好多人都请我去做呢。那些人问，这个人靠得住么？介绍人就说，怎么靠不住，她在帮姚老师做，人家就争着请我去。现在我忙也忙不过来。”

这倒是姚征冬想不到的，他埋头吃了两只馄饨，说：“小秋，你还了解我些什么？”

“什么都了解，姚老师，”小秋昂着头，不无自傲地说，“你家里的角角落落我都打扫过，你的很多东西，放在什么地方，我都知道。有一回，你自己不也问过我么，雨伞放哪儿了？我一取就给你取出来了。”

姚征冬被她说得笑了：“真的，你把它放进了橱柜，我就找不到了。昨晚上，卫生间的清洁剂用完了，我想找一瓶，就是找不到，只好又去超市买了一瓶。”

“你看你姚老师，你有多糊涂，你还有好几瓶，我还问过你，怎么一下子买这么多，你说是什么活动发的。我都给你放在橱顶最上面一格，一抬头就看到了。你连自己家里的东西都找不到，你这日子怎么过？人家都说，姚老师，你该找个人了。就是不要找比你老的女人，比你老的照顾不了你，反而还要你照顾呢。”

“哈哈，”姚征冬又被小秋说得笑了，“小秋，你怎么老提那个人？”

小秋也跟着笑，笑毕，她眨着一对清秀的眼睛问："我说的不对么？那么老的女人，就是配不上你。"

"那么你说，什么样的女人，配得上我呢？"

小秋的眼睑垂下了，说话的声气也一下子低了八度："我也不知道，你，你使劲找啊，睁大眼找啊！"

"小秋，其实你对我的了解，都是表面上的。那只是我的一部分。"说着话，姚征冬觉得，今天是个难逢难遇的说明情况的好机会，于是字斟句酌地说，"你不了解真正的我……"

"真正的你，不就坐在我面前么？我看得清清楚楚。"小秋抬起了头，陡地提高了声音，两眼睁得大大地，大胆地直视着他说，"姚老师，我咋不了解你了，我都了解。你是做学问的大学者，是名人不算，你离了婚，你的老婆和女儿都甩下你这个书呆子不要你了。你一个人守着空洞洞的大房子过日子，什么都不会，煮饭、炒菜、洗衣裳，你都照顾不了自己，你连雨伞放哪儿、洗洁精放哪儿都不知道。你，你太……太需要一个疼你的、关心你的、愿意服侍你的、从心底深处爱你的人了……我，我说的不对么？小区里、楼房里的那些人，都在这么说呢……"

说着，说着，小秋的眼里淌出了晶莹的泪珠，无声地顺着她瘦削的面颊淌下来。

姚征冬有些手足无措地望着她，他的手移向纸巾盒，扯出一张纸巾、又一张纸巾，拿在手里，想要替她拭泪，又觉不妥地瞪着她，仿佛那纸巾的分量很重似的，就是不知怎么递过去。

小秋一把夺过他手里的纸巾，一边抹着泪，一边赌气地说："就你聪明，以为人家什么都不知道。"

姚征冬把最后一只馄饨吃完，端起碗来，把碗里剩下的汤也一齐喝光，连碗带勺一起放在桌上，说："你真的不知道呢，小秋，你了解我出身的家庭情况么？"

"认识你就足够了，我要了解你家干什么？"小秋用纸巾使劲地抹去脸上的泪痕，满不在乎地说着，拿过姚征冬放在桌上的碗和勺，离座而起，走进了厨房。

姚征冬跟在她的身后走进厨房，望着她的后脑勺说："你不知道，我的妈妈和今天的你一样，也是一个保姆。只不过，在我小时候，上海人都把保姆叫佣人，或者娘姨。”

小秋把碗勺放进水斗，又把刚才下馄饨的锅从煤气灶上一并拿进水斗，开了龙头，边洗碗边头也不抬地说：“那有什么关系，难道你看不起你妈妈，也看不起我么？”

“不，不是这样。”

“那你告诉我这个干什么？”小秋突然一个转身，双眼灼灼地逼视着他说，“是的，现在我知道了，你妈妈曾经是佣人，是娘姨，和今天的我一样，这一点也不影响我对你的看法，相反我觉得和你更接近了。你妈妈呢，她现在还健在么？我很想去看看她老人家。”

姚征冬摇了一下头，话语沉重地：“她已经过世多年了。”

“噢……我又不懂了，姚老师，你一讲起你的妈妈，为什么这样紧张？这没什么难为情的呀？不要说我原来不知道，就是现在知道了……”

姚征冬摆手打断了她：“你不知道，你还是不知道，小秋，你听我讲完，好不好，不要打断我的话，耐心地听我讲完，好不好。”

“好啊，”小秋爽快地答道，随手把已洗净的碗勺和小锅一起利索地收拾在橱里，一面抹干手一面说，“我听你讲，听你去讲。”

说着，她又走出厨房，神情微显激动地坐回到桌旁的椅子上。

姚征冬没忙着坐回去，他取了两只咖啡杯，冲了两杯速溶咖啡，端到桌子上，这才坐下，对小秋说：“喝吧，不甜你还可以加点糖。”

小秋把咖啡移到自己跟前，只是低下头去嗅着香味，并不喝。

姚征冬也没喝，他双手捧着咖啡杯，两眼瞅着杯中的咖啡，放低了声音说：“因为妈妈是佣人，我家里很穷……”

“穷又不是罪过。”小秋又插话了，但她一眼看见姚征冬的脸色，伸了伸舌头，不再吭气了。

“穷不是罪过，”姚征冬点了点头，叹了一口气说，“可我从小就被人看不起。至今我还记得，我们家住在一条穷街的弹格路上，这条路上的住房，都是东倒西歪的，往往这家的窗户，顶着另一户人家的门，那家的屋顶，又和旁边一户的阳台几乎齐平。住在这样的棚户区里，喝的是公用水龙头里的水，自然也就没有卫生设备、没有煤气，家家户户每天都要倒马桶、生煤球炉子。只要在家里，上半天总要先闻够了臭气，再忍受煤球炉的四处弥散的烟气，可以说这是每户人家必做的功课。”

说到这儿，姚征冬呷了一口咖啡，自嘲地苦笑了一下：“由于妈妈是在资本家家里干活的佣人，家里穷，我经常穿打补丁的衣裳，穿人家扔掉了不要的鞋子，穿人家穿过的衬衣，看过了期的报纸杂志。这些都是妈妈从她帮佣的老板家里带回来的，实事求是地说，好些衣裳和鞋子都没有坏，有的还是半新旧的，能穿。但我的心里总不是滋味。当然有时候她还会带回一些好吃的点心和水果。这一切使得从小自尊心很强的我已经感觉很自卑了。可是更自卑、更让我困惑和想不通的是，我从小没有爸爸……”

“哦?”小秋抬起头来，睁大眼望着他，她越听越专注了，“那是为什么?”

“稍长大一些，我也这样问妈妈。而每当这时候，妈妈不是把话题扯到别的地方去，就是说些不知所以的话。到了谙一点人事的年龄，我想妈妈一定是有难言之隐，就不再逼问她了。可我心里烦躁极了。我们班上有个同学，他的父亲在解放前当过八个月的交通警察，老师说，什么交通警察，是反动政府的警察，是伪警察！那个同学委屈得什么似的，多少日子都觉得在班上抬不起头来。我心里说，就是伪警察也比我强啊，我连父亲是干什么的都不知道呢。我不仅羡慕父亲是伪警察的同学，我还羡慕过父亲是资本家的同学，父亲是包打听的同学，父亲是工商地主的同学，这些同学的家庭出身是不好，可他们讲得清楚，不像我，讲也讲不清楚。”

“那你爸爸到底是干什么的呢?”小秋也被他说得心痒了。

姚征冬皱着眉头说：“后来，强调阶级斗争，学校里填表格，每个学生必须如实填写家庭出身，也就是说要讲清楚你爸爸是干什么的。我回家问妈妈怎么填写，妈妈说要去问问人家。隔开几天，我又催妈妈，说表格要交了，妈妈说，她已经问过了，我们这么穷，是劳动人民，应该如实填写工人。你死去的爸爸是个工人，烧锅炉的工人，就填工人吧。我就填了工人，交上去了。”

“这下你可以安心了吧。”小秋吁了一口气。

“可我心里头纳闷啊，”姚征冬摇了摇头，又喝了一口咖啡说，“我爸爸既然是工人，只不过不幸遇到事故死了，有什么不可以说的呢。你知道，工人多光荣啊，工人又不是地主、富农、反革命、坏分子、右派分子。终于在一个雨夜，我看妈妈的情绪蛮好，就向她提出了这个问题。外面在下雨，雨声淅沥，妈妈难得地倒了一杯茶，坐在我对面，告诉我，不到二十岁那年，她嫁了一个在厂里烧锅炉的工人，两口子一个烧锅炉，一个给老板家里当佣人，日子过得清苦，可还是过得去的。结婚第二年，妈妈有了我，当她有了七个月的身孕时，就辞去了老板家帮佣的活，一边安心休息，一边做点家务，谁知待在家里不到一个月，灾祸降临了，厂里锅炉爆炸，爸爸被炸死了。就这样，我一生下来，就没有父亲。妈妈坐满月子，只好又去老板家里帮佣，一个人辛辛苦苦地把我拉扯大。那一年，从来不算命的妈妈，抱着我去算了一次命，没料到那个算命的瞎子，把妈妈的命算得特别准。妈妈就让他也算算我的命，算命先生对她说我的命冲，是因为怀了我，爸爸才会遭此灾祸。要保证你这儿子一辈子平平安安，你就不能把他爸爸遭冲死的事情告诉他。告诉了他，阴间里的鬼是要爬出来抓他魂的……"

"这都是封建迷信!"小秋忿忿地说。

"可我妈妈信啊。"

"你知道了事情真相，几十年了，不很好么?"

姚征冬没接小秋的话，沉吟着说："我就这样相信了妈妈的解释，心中一块石头落了地。思想负担没有了，家里仍然穷啊，虽说是新社会，可在上海这地方，穷还是被人看不起啊。我仍旧住在弹格路的破街上，后来我搞社会学，了解到这种由卵石、块石铺就的路面，自上海开埠以来就存在了，在五十年代达到鼎盛时期，全上海有四百多条，总长度竟有八十万米，蛮普遍的。但弹格路就好像是穷的标志，况且我在班上又没什么突出的地方。直到'文化大革命'，造反的浪潮掀起来，红卫兵运动很快地把我冲到了风口浪尖上。开头我说了，我们班上很多人的家庭出身都不好，不是小业主，就是资本家，要不就是五类分子，或者听上去像那么回事儿的职员，历史上又或多或少地犯过这样那样的错误。那年头，也不知是怎么回事儿，一些纯粹的职员，算是好的了。有几个同学家里是工人，却又被人查出父亲解放前参加过什么黄色工会。有的一直说家里是革命干部、劳动模范的，家庭出身没话说了吧，运动一来，说是被打倒了，模范成了修正主义的样板，革命干部成了历史上的叛徒。反正没几个是好人，没几个家庭是清白的。就在这股风潮下，我时来运转了。同学们说我死去的父亲是烧锅炉的工人，虽然算不上是真正的产业工人，但终归是工人，很难得的。于是，他们推举我当了红卫兵头头，‘三结合’时很快地又让我当上校革委会副主任，分管学生工作和毕工组工作，特别是这个毕工组工作，非同一般，那就是参与决定毕业分配啊。我手里的权大了，凭我一句话，可以把人分配在上海工矿，也可以把人分配去外地农村，那是一个天、一个地的差别啊。有些同学，根据家庭情况，根据当时的分配政策，是一定要下乡的，但去黑龙江、内蒙古、云南、贵州是下乡，到上海郊区农场也是下乡啊。这些人一辈子的命运全都掌握在我的手里，你想想我的权有多大。”

“多大？”年纪尚轻，没有经历过当年岁月的小秋体会不到那种时代氛围，她有些茫然地问。

姚征冬只得给她解释：“可以说那是我这辈子第一次尝到登峰造极、风光一时的滋味。在学校里，上楼下楼、进礼堂到操场上，都是前呼后拥的，吃饭的时候，早有人帮我把饭菜端来了，而且食堂里的鱼和排骨，给我吃的都是最大、最好的。我睡在学校的红卫兵造反总部里，一天二十四小时都有人侍候着。比我待在家里强多了！也正是在那时候，你说的老女人，那个叫郑夕的女同学，和我好上了。起先我们在一起谈革命理想，慢慢地我们谈情说爱，溜到下半夜的马路上去吃夜宵，逛马路，再后来我们在红卫兵总部的办公室里偷偷摸摸地亲嘴、拥抱，我毫不犹豫地把她分配在上海最好的仪表局。她还叫我快点给自己选一个好单位，留一条后路，双双有了工作以后，就可以一辈子生活在一起。我说我家里没住房，她说没关系，她家有一间亭子间，现在就是她住着。小秋，你看你的脸色那么难看，这都是多少年前的事儿了。”

“那她后来怎么没嫁你。”

“你听我说呀，就在我得意扬扬不知天高地厚忘乎所以的时候，学校里贴出了一张大字报，用粗浓的墨汁揭发，说我欺世盗名，欺骗组织和广大革命的师生员工，隐瞒反动的家庭出身，明明是反动资本家的私生子，却冒充什么工人子弟、红五类……”

“是真的么？”

“是真的。小秋，大字报用极其下流的语言描述了我妈妈和她帮佣的老板勾搭成奸的过程，我只觉得一大桶墨汁和着糨糊兜头浇了下来，浑身冰冷，眼里直冒金星，天都要塌下来了。就是在那时，郑夕冲着我，狠狠地吐了一口唾沫，斩钉截铁地骂我是骗子、是披着羊皮的狼，说恨不得揍我一个大耳光。”

“我说她不是好人吧，你还理她。”小秋说，“那么，烧锅炉的爸爸是怎么回事儿呢？”

“哎呀，那都是我真正的父亲编出来，让我妈妈来蒙我的。生我前后，他厂里正好死了一个烧锅炉的光棍。”

“后来呢？”小秋眨巴着双眼，动情地问。看得出，她完全听入迷了。

“还用说么，把我开除红卫兵造反组织，大会、小会批斗我，立即把我的名额分配到农村。还有人说要把我送进监狱、送去劳改。幸好我是个学生，又加上大多数同学都已分配。整了我几天，总算把我放回家了。小秋，那真不是人过的日子，你想想，我那时比你现在小得多，还是一个嘴上没毛的中学生啊。回到家里。我把在学校忍受的怨气，受到的侮辱，自己的怒气，通通发泄到了妈妈的身上。你可以想象我是多么残忍，你可以想象我是多么凶狠，我拍桌子打木凳，我摔杯子砸碗，我把箱子也掀翻了，我还撕扯衣裳，用剪刀把窗帘剪成碎布条，闹够了我蒙上被子又哭又吼地睡在床上。我怕声音太大被邻居们听到报告学校又来斗我，我只敢对妈妈肆意地吼叫。其实妈妈是个胆怯的、善良了一辈子的女人。树叶子落下来都怕打破了头。一双眼睛里总是露出怯弱的、惊恐的光。她从外公那里学得一手推拿矫治的绝招，常常免费给弄堂里患罗圈腿的小孩按摩揉搓，治好了几个小孩子，我长大了还有人提及。可我却对她大叫大嚷，诅咒谩骂，跺脚舞手，肆意发泄，我真是个懦夫，一个畜生……”

“姚老师，你没事儿吧？”

“没事儿，小秋。”

“那你怎么哭了啊？”

“第二天我睡到很晚才起床，走出家门我一眼就看到墨汁未干的大字报，粗体黑字写着……写着妈妈清早从离家不远的高楼顶上跳下来畏罪自杀了。小秋，是我害死了妈妈呀……”

姚征冬双臂一圈，趴在桌子上，双肩剧烈耸动着，痛彻肺腑地大哭失声。

## L

电话响，厉言菁正在起油锅炒虾仁，停不下来，待她把爆炒虾仁盛进盘子，再走到电话旁去，电话不响了。她有些遗憾地瞅了电话一眼，不知是什么人打来的。自从和姚征冬断绝了那层关系，电话少多了，有时候一天到晚也没人来电话。她的生活恢复到刚下岗时的那种状态，平静得有点发闲了。

听说现在有了来电显示，她想换一架电话。雷家田却说，花那钱干什么，已经在办赴美手续，走都要走了，何必浪费呢。她咕哝了一句：一架电话，不过一百多块钱嘛，有了它心里就明白多了。雷家田却振振有词地拍着《羊城晚报》说：你看看、你看看，最近这段时间号头走得多快，照这速度，一两个月时间，我们全家就走了！你还要添置东西，真是的。你又不是大老板！

要在往常，厉言菁非同他争吵起来不可。可现在，她淡淡一笑，忍了，走进了厨房。她有什么办法呢，嫁的就是这么一个男人，她要和他过下去，就得忍。再说，回过头去想想和姚征冬发生的那一场婚外恋情，他一无所知，她的心头还有点儿隐隐的内疚。对于雷家田，她还是那么个评价，人是老实的，有点小气，欠缺的就是性事上差劲点儿。但是，这世界上哪来十全十美的人呢？刚接触时，姚征冬多好，好得全身都笼罩在耀眼的光环里，好得简直没话说了！谁能想到他背着人就干出那么种事儿来。

正是抱着这种心理，这些天里，她特别爱在厨房里给家田和开开做一些好吃的，今天是香酥鸡，明天是蟹黄蛋，后天是腌笃鲜……她是有一点厨艺本事的，现在充分发挥出来，让他们天天回家来有个惊喜。她呢，也以此减轻一点心中隐隐的负疚感。听说，到了美国以后，要吃道地的中餐，不是那么容易了。不是没时间做，而是佐料不一样，做出来的味道也不一样。在美国的公婆最近的电话多了起来，几乎每一次，他们都要说到，美国不是天堂，来到美国，也要做的。要做好吃苦的准备。

想到去了美国还要上班，忙忙碌碌地立一个新家，她尤其珍惜现在这段时间，竭尽所能地让家田和开开感受到上海这个家的温暖。

她回到厨房，捻开煤气阀，把砂锅端上去。砂锅里是老鸭汤，她放了扁尖、火腿、咸肉，味道很好的。

电话又响了，她小跑着出去，操起电话，电话里是开开的声音："姆妈，我要和同学聚餐，不回来吃晚饭了，再会。"

没等她问话，小家伙已经把电话挂断了，电话里一片嘈杂声，开开一定在外头打的公用电话。厉言菁知道，他说的同学，肯定是哪个女生，开开要去美国了，他们之间更热络了。有时候电话打进来，她去接，电话里传来小姑娘嗲嗲的声音。

厉言菁搁下电话，感叹着，孩子大了，他有他的一片天地，他哪里想到做母亲的心思呢。正要离开，电话又响起来，厉言菁再次操起电话，这一回是家田打来的，他说厂里晚上要加班，不能按时回家了，让她和开开先吃晚饭，不要等他。厉言菁不悦地说，走都要走了，你还加什么班呢。不料家田说，正是想到快要离开上海、离开厂里的同事们了，就想和他们在一起多待会儿。

她还有什么好说的呢，随口说了一句，回来时当心点，就把电话挂断了。家田和开开都不回家吃，她再忙碌又有什么意思呢。

走进厨房，她把煤气阀关掉，把炒好的菜罩上，洗净了手，回到房间里，她无所事事，直觉得难耐地乏味。她不由得走近三开门大橱的镜子跟前，端详着镜子里自己的脸庞。她的脸看上去还是那么年轻，没有明显的皱纹。可只有她心头明白，她老了。她朝着镜子捋起了浓浓的一绺乌发，贴着头皮的发根处，闪烁着一片白光。她的头发一过四十就白了，这些年里，每两周焗一次油，是她雷打不动的功课；和姚征冬热恋以后，不到十天，她就进一次美发店。只是因为她掩饰得巧妙，连姚征冬也不曾察觉。这一段时间里，和姚征冬已经分手，她进美发店的间隔拉长了。瞧，白发又从发根处露出来了。她沮丧地往后退去，退去，退到茶几边，一屁股坐在沙发上，一无所欲地待着。

她随手打开了电视，电视里正在播放《案件聚焦》，天哪，这是谁？这不是512的冯小末嘛，不到半年时间，她怎么变成了这副样子？头发花白了，简直老得认不出了！她害死了丈夫曹宏炎，不知道是怎么判的？电视上说她揭发有功，判她死缓，那么说冷大姐传的话有点道理。可判死缓也够重的了，512一家人算是完了！荧屏上一闪，又开始播广告了。厉言菁懊悔没早一点开电视，完整地看到这条消息。她甚觉遗憾地木呆呆坐着。

不煮晚饭，她还能干什么。一个人吃晚饭，那就简单了，下碗面，舀上老鸭汤，拌些浇头，加上一勺虾仁，既简便又爽口。电话又响了，今天这是怎么了，电话一个接一个打进来。这个电话会是谁打来的呢？

她拿起话筒，喂了一声，电话里没有声音，“啪”一声挂了，这会是谁呢？

她立刻想到了姚征冬，炒虾仁时听到第一声电话响，她就想到他了。他想给她打电话，又怕遭到她的抢白，犹犹豫豫的，拨通了电话，等她一过去接，他又把电话挂了。一定是这么回事儿，这个人，也真是的。

她也时常想他，这是真的，说不想那是假话，他们相好那一段，简直是心醉神迷、轰轰烈烈，是她这辈子都难以忘怀的往事。冷静下来的时候，她也想过，能不能原谅他，他已经认错了，只要她坚持，他肯定也会向她保证，永远不再犯同类的过失。可是思来想去，她觉得不行，把和他的恋情想象得太美好了，他的行为给这一首美妙的乐曲横插进一声粗暴的怪嗥，给她视为神圣纯洁的爱投下了一个难以抹去的污点。只要想到他和那个精神有病出奇美丽的舒宇虹在306发生过那种事儿，她的脑际就会闪现出很多乌七八糟的画面，混乱的画面。她就像遭到电闪雷击一般，浑身颓丧不堪。不行，对姚征冬，她再也不会有过去那股激情和狂放的爱了。

哦，爱情是需要珍惜的。

他深深地伤害了她。

她不会主动给他电话，除非到办完一切手续，买好赴美机票，要走了，她才会给他打去一个告别电话。

他不是曾经想报复伤害过他的人么？她这也是对他的报复，对他不计后果的所作所为的报复。

她退回到沙发里，总有一种要出什么事儿的不祥之兆，可细想想，一切都很平静，不会出什么意外。她从靠垫下摸出一本书来，这是连阿婆原来读过的那一本书《克里姆林宫秘史》，是斯大林当年宠爱的情妇薇拉·亚历山大罗夫娜·达维多娃的回忆录。

闲在家里没事儿的时候，厉言菁都在读这本书和从姚征冬那儿要回来的那一本骆菲菲生前的日记。一本读乏了，她就翻读另外一本。这些天里，她已读了大半，五百多页了。她移开夹在书里的书签，接着往下读，斯大林已经老了，可他还时常和达维多娃相会。达维多娃不但要为斯大林服务，还要和斯大林身边的那些显贵和亲信周旋，由于她具有绝色的美，男人们都想着和她亲近，向她献殷勤、讨好她、巴结她、最终想占有她。可能是她这一辈子见得太多了，她对厉言菁都耳熟能详的那些名字像高尔基、肖洛霍夫、小托尔斯泰、贝利亚、莫洛托夫、伏罗希洛夫、马林科夫……都有和以往不同的看法。特别是那个写下《静静的顿河》的肖洛霍夫，关于他这本书究竟是自己写的，还是来自另一个哥萨克作家费多尔·德米特里耶维奇，同样身在白银时代富有才华的作家皮里尼亚克提出了很多证据，书里作了详尽的叙述。也许连作者都觉得这是一个大家都关切的问题，书里把这一长段文字特别用另外一种字体排了出来。

读着、读着，厉言菁就读到了这一段：

我不明白，为什么人们在告别大海时，总有一股惆怅之情。我捏着几枚硬币，游了很远很远，并在那远离岸边的地方松开了手。硬币无声无息地沉入海底。上帝呀，但愿它们能给我带来幸福……

对于她来说，这一段没头没脑的文字颇费猜测，它和前后文都不搭界，像一段神秘的隐语。厉言菁读了三遍，也没弄明白这些话的意思，也许这是女主人翁对于自己飘摇不定的命运的预测吧。

厉言菁更不能明白的是，已经走进晚年的连阿婆，为什么要挑选这么一本书来读。这本书里写的都是俄罗斯很久远的往事了，和连阿婆的生活会有什么关系。

她不懂。所以读着读着，厉言菁经常会走神，会合上书本，端详着这一本书脊鲜红的回忆录出神。这本书写得太严酷了，里面的那些赫赫有名的人物，怎么一个个都像是小丑，甚至是色鬼。也许作者确实是在追求真实，可渲染得太过分了，很多人物和事件反而显得有些滑稽，显得不真实了。

厉言菁重新换上了骆菲菲的日记本来读。

如果说《克里姆林宫秘史》揭露的真相和内幕使厉言菁感觉惊讶的话，

那么，骆菲菲的日记让她感觉到的却是震惊。

厉言菁从来没见过，一个女儿会用这样的语言谈论自己的母亲。是的，骆菲菲像所有的女儿一样，爱她的母亲，为她母亲的名声，为她母亲曾取得的成就，感到沾沾自喜般的骄傲；可在她的字里行间，她也恨母亲，她诅咒母亲，谩骂母亲，她是怀着一股爱恨交织的感情写到她的母亲。

每每读到这些文字的时候，厉言菁就有一种惊心动魄的感觉，她从未有过这样的阅读体会，读几页就会有一种喘不过气来的窒息感，她就会停下来。但是时间一长，或者是读其他东西感到乏味的时候，她又会像有瘾一样地再把这本日记打开。

她抽出书签，接着前些天读到的地方往下看。

已是晚秋天气，天黑得早一些了，家里的光线晦暗下来。待在这种氛围里读早逝的骆菲菲留下的日记，再合适不过了。

她读到了一些什么呀，厉言菁不由把眼睛越瞪越大。

这是大字报披露的骆秀音的交代材料，原汁原味，注明了选的是骆秀音自己老实交代的。天哪，作为女儿的骆菲菲，竟然把它在日记中原文抄录下来了。

骆秀音交代，她这一辈子和数不清的男人上过床，题目当然是造反派出的，可她交代出来的有名有姓的男人，就有十七个！

旁边粗体字的眉批，肯定是愤怒的骆菲菲写的：荡妇！真是不要脸。

这些个男人的姓名，作为女儿的骆菲菲，听也没听说过，闻所未闻。而且从造反派的追问中，仍可以感到，骆秀音还有男人没交代出来。

是啊，美貌是多少女人赖以自信和自傲的资本，不是么，古往今来的诗人、作家、甚至哲学家们，不都是这么写的么？美貌使得漂亮的女人们能轻而易举地享受生活，在她们成为男人们的掌中玩物时，同时也满足了她们永难餍足的虚荣心。

可是，很少美丽的女人能意识到，美貌也会惩罚她们，当女人们开始意识美貌也该诅咒的时候，往往她们已经人老珠黄。

厉言菁的眼睛盯住了日记本上骆菲菲写下的这么一段文字：

哦，我自小在公众场合，在电影院漂亮豪华的休息厅里，在妈妈精心保存下来的摄影集里，看到的妈妈都是天使般的形象。妈妈是无可挑剔的、美好的象征，至今我都记得多少同学在集体去看电影时，走进电影院的大厅，看见妈妈美得像仙女的大照片时，脸上露出的充满了羡慕的眼神和投给我的笑脸。哦，在我自小到大的成长过程中，妈妈是多么严厉而一本正经地教育我，要当一个好孩子，要做一个正直、诚实、纯洁的姑娘。为了我曾经的淘气、调皮，为了我没有第一批加入少先队，戴上红领巾，为了我的学习成绩老是不能名列班级前茅，为了中学时班上一个男生比旁人更多地接近了我，哪怕妈妈生气得骂我、打我、流眼泪，我都不曾怀疑过，妈妈这是为了我好，为了我更有出息。可妈妈自己为什么会是这个样子，她为什么如此虚伪，如此地在我面前装模作样，看看她的所作所为呀，她是一个多么无耻的女人！难道她生来就是天使和荡妇的化身？

读到这一节文字，厉言菁的心怦怦直跳，只觉得整个灵魂被撼动了，她情不自禁地合上了日记，这是多么坦率、真实的写照，作为女儿的骆菲菲笔下的名演员骆秀音，才是生活中真实的骆秀音。她是一个天使，她也是一个荡妇，或者更准确地说，天使和荡妇的两重性在她的身上并存。

厉言菁联想到前几年读到的一本厚厚的骆秀音的传记，文笔写得很美，许多段落充满了诗情画意，整本书都是用崇敬的语调写成的。正文之前选用了几十张骆秀音的照片和解放前后的剧照。报纸不但对这本书作过重点介绍，还在连载栏目里作过长篇的选载，引得读者们议论纷纷。但这本书从头到尾都是溢美之词，痛斥了“文革”中“四人帮”和造反派对她的残酷迫害和无耻的诬蔑，书里充满了对她英年早逝的惋惜之情，对她杰出的表演艺术的赞颂。其中当然也写到了她们的母女情深和妈妈被害的惨相，却唯独没有写到骆菲菲日记中真实披露的一切，和作为女儿的她爱恨交织的矛盾心理。

是啊，她们母女俩确实是“文化大革命”的受害者，难道她们不也受自己多情善感的个性和命运的摆布，是她们独自个性和命运的受害者么？

厉言菁陡地感到眼前一亮，她仿佛一下子明白了，连阿婆为何在弥留的日子里，一定要把红书脊的秘史和骆菲菲的日记交到她手里的意图了。不是么，大学者姚征冬一看这本笔记，就说它会是一本很好的书的材料。真的，只要把它写出来，这定是一本真正有价值的书！

一个亮点！

令她的认识升华的一个亮点。

为意识到这一点，厉言菁兴奋得有点坐不住了，她甚至有点感激家田和开开不回家吃饭了。是的，到了美国，一旦适应了那里的环境，有了安定的生活，她首先要做的，就是把这本书写出来。姚征冬不是把骆菲菲的日记都复印了么？对了，得再打一个电话去，明确地告诉他，她要据此写一本书，请他不要再在自己的书里引用骆菲菲的日记。

电话又响了，厉言菁接电话的时候，才发现天暗下来了，她冲着话筒情绪甚好地轻轻喂了一声。

“是厉言菁小姐么?”一个陌生女人的声音客气地说，“我是连茵芸阿婆的亲戚，她快不行了，医生说她撑不过今晚。方才清醒时，她说你是她相处最好的邻居，她想见你一面，你有空么?”

“有空有空。”一听电话，厉言菁就像浑身着了火似的连声答道，“我来，我马上赶过来，马上。”

匆匆挂断电话，她的头皮抽紧了，心急火燎一般拿起小包，衣裳也顾不得换，头发也来不及梳，踢去脚上的拖鞋，穿上皮鞋，“砰”的一声关上门，就往电梯口冲。

下了电梯，跑出华都大楼的门，她直接冲到马路中央，伸出双臂，一辆当头开过来的小车迅速地打转车头，从她身边绕过，司机从车窗口探出头来，恶狠狠骂了她一声：“寻死啊！”

厉言菁疯了一般，不管不顾地拦下了迎面开过来的第一辆出租车，拉开门坐了进去。

出租车往医院疾驰而去，厉言菁口里不断地默念着：连阿婆连阿婆，你千万千万等等我，一定要等等我，我还有多少话要对你说，还有多少没闹明白的事要问你啊。啊，对了，我还要把今天刚感悟到的你的心愿跟你说，好好地感谢你的一片深情厚谊呢。

当厉言菁气喘吁吁跑到连阿婆的病床前时，一张白被单已经整整齐齐地覆盖在连阿婆的身上，连头一起都蒙上了，被单下呈现出连阿婆身体的曲线。病床边的示波器上，一条水平黑线停顿在苍白的屏面上。护士小姐已在拆下输液架、推出病房去。

病房里一片沉寂，静得令人难耐。一个比她年轻的圆脸少妇对她说："你就是我们阿婆的邻居厉言菁吧。她在十分钟之前去了，再也抢救不过来，真遗憾，阿婆没有看到你一眼。我也是在给你打电话前几分钟赶来的。"

厉言菁瞅了她一眼，这女子想必是连阿婆外甥的儿媳了，她圆溜溜的丰满的脸上没一点悲伤的神情。一阵巨大的悲恸从心头涌上来，厉言菁心头空落落的，双手捂着脸，忍不住啜泣起来。她边哭边说："连阿婆是个好人……好人……"

推出病房之前，哭得满脸是泪的厉言菁坚持要掀开白色被单，最后瞅连阿婆一眼。

连阿婆显得出奇地安宁，厉言菁又嘶声哭了，哭得比先前更响：连阿婆，你真的走得那么安详么？你怎么走得那么快，我还有话要对你说呢，你的身上还有很多未解开的谜呢，是什么人挑断了你的脚筋？害得你下半辈子只能在轮椅上生活。这些坏人得到报应了么？还是仍旧生活得相当自在和悠闲？

走出医院的时候，天黑了，马路上一辆接一辆匆匆开过的车子，开亮了车灯。下雨了，是秋雨，雨不大，稀稀落落的，在刺眼的车灯光影里，更像人的眼泪。

连阿婆，那是老天在为你垂泪吧。

厉言菁不想马上招手要出租车，她沿着人行道慢慢走去，腿脚沉重得几乎迈不动步子，她就这样慢吞吞地走着，任凭带着深深凉意的雨点拂在自己的脸上。

她的脸颊发烫，脑袋热得像要胀开来，什么都不能思考，眼前晃动的车流、步履匆匆的行人、忽高忽低的喇叭声、闪闪烁烁的灯光，她都视而不见，听而不闻，只感到世界一片茫然、茫然……

出租车把她载回到华都大楼的门口时，天完全黑了，下过一阵的雨停了。手里拿着司机找回的零钱推开车门时，厉言菁一眼看到，隔壁306的舒宇虹，穿戴着一身像模特儿似的靓丽衣裳，光彩照人地站在大门口。真奇怪，这中式绸衣裳穿在她的身上，倍添了几分洋气，令她愈加精神焕发了，引得下班时分的路人，不断地把目光频频投到她那美得逼人的脸上。

厉言菁像被电击了一下，想到姚征冬就是和这个女人发生过令她不能忍受的那种事情，她不由放慢脚步，凝神多瞅了这位有些病态的美人一眼。

哦，这个女人，真的是美得令人炫目。男人是很难抗拒她身上那种美的诱惑的。

## Ⅻ

舒宇虹的病是被吓出来的。

不论是上海来的女知青，还是杉木凼寨子上的乡亲，谁都一致公认，她是他们见过的最美的姑娘。

初到杉木凼插队落户的时候，她无论走到哪儿，都被乡亲们的目光牢牢地盯着，眼皮眨也不眨死死地瞅着。她待在哪儿，总有人想方设法找出种种理由往她身旁凑。

连卢光飞吹哨子喊开群众大会，只要舒宇虹一进会场，她的身边总会密密麻麻地聚上一堆人。

寨子上男人们私底下说起她来，都用少见多怪的语调拖得长声吆吆地说："怪得很呢，这个女娃儿的身上，硬是香的。"

那些血气方刚的光棍汉子，凑在一块儿讲起女人，更是说得直率："哎呀，老子要是得她睡一晚呀，让我去死我都干。"

安小琼没嫁人之前，舒宇虹到水井边去挑水，常常是水还没从井里打上来，水桶和挑水的扁担就被身边的年轻汉子夺过去了。轮到她在集体户值班，知青点的茅草房周围团转，总是有寨子上的年轻小伙和光棍汉子寻找种种理由转悠，只要一见她露面，就会有人笑容满面装作路过和她搭讪扯上几句闲话。要不就有人直接跑进知青点来，给她送刚推的豆腐，新鲜的鸡蛋，问她想不想吃腊肉，吃鲜嫩的童子鸡，要不要把水缸挑满。当她一而再再而三地表示什么都不要时，那些个汉子们就故意来问她要感冒药、要咳嗽药水、要用鸡蛋和她换粮票去赶场，要邀请她去他们家里玩、让她教自家的女人如何把衣裳穿得更漂亮、让家中的姐姐妹妹教她绣袜垫、推包谷。

自从女知青们一个个落入有心计的杉木凼汉子婚网里以后，没嫁人的姑娘，似乎每个人都感觉到了具体的威胁。唯独没有一个男人，敢于明确地表现出追逐舒宇虹的欲望。

谁都觉得她漂亮得像个仙女，美得像一个精灵，若是有人过早地表现出想占有她的愿望，那这个人必定要遭来一整个寨子人的仇恨。

可是舒宇虹的危机感和恐惧却比任何人的都强，她的神经总是处于高度的紧张状态，无论是白天还是夜晚，无论是跟着集体一起出工，还是在寨子上做事情，或是到街子上赶场，她总觉得好多好多双眼睛在盯着自己，杉木凼寨子上没讨到婆娘的汉子，个个都想把她娶回家里去。

每逢一个女知青出嫁，她的恐惧就增添一分。一天黄昏，天刚刚擦黑，杉木凼寨子上家家户户都在生火煮晚饭，寨路上挑水的、洗菜的、牵牛扛犁回院坝的、上坡割草回来的，一片喧嚷安详的生活气氛。她在井边清洗完一件内衣，端着脸盆回集体户，正悠闲地沿着寨路走着，粗大的梓木树身后面，冷不防窜出一个黑影，从背后伸出两条手臂，一把抱住了她，就往树身后拖。吓得她魂飞魄散，身子一直，手一松，脸盆“咣当”一声落在地上，尖声拉气没命地大叫起来，引得旁边几个院坝里跑出好多人，那粗莽的黑影才松开手，往地上一蹲跑远了。

寨邻乡亲们闻讯围住了她，七嘴八舌地争相询问她是怎么回事儿，看清了那个龟儿子的脸貌没有?

舒宇虹哭泣着道，除了看见一双兽性的眼睛瞪着她直往脸上凑之外，她啥都记不得了。

而当一场惊吓过后，舒宇虹低头寻找她的脸盆和清洗干净的衣裳时，地上只有一只打碎了几片搪瓷的脸盆，那件贴身的丝绸内衣也不见了，怎么找也找不到，消失得无影无踪了。

马上有人讪笑着说，这个家伙，一定是把宇虹姑娘的内衣顺手牵羊拿回家去，晚上贴在身上睡了。

从此以后，舒宇虹彻底变了，变得已经有了一点疯癫的症候。

她不敢一个人待在知青点上，她不敢一个人去赶场，她也不敢在出工时一个人躲到暗处去方便，无论做任何事情，她都要约上一个人，相约相伴着去做。而她跟得最多的，相处得最好的，就是罗卉。

卢光元瞄上了罗卉以后，她显得更紧张了，说话不是神秘地压低了嗓门，就是陡地吊高了声气，要不就眼珠子一阵乱转，仿佛墙角后头就躲着野男人，随时有可能窜出来骚扰她们。半夜里，知青点的姑娘们还会被她莫名其妙的哭声吵醒。问她是怎么回事儿，她泣不成声、没头没脑地说，一个个嫁出去的人，安小琼啊，林璐啊，姜云娣啊，都没有好下场。要像她们那样活着，还不如死了的好。

这是一个春日，阳光照在草坡上，散发出一股好闻的清香气息，林子里传来雀儿的啼鸣，沟渠里的流水，淙淙潺潺地响着。

一大早，宇虹陪着罗卉去邻近寨子出诊，给一个腰背处生疮的老奶奶换药。回杉木凼的路上，看到满坡满岭的花儿都开了，舒宇虹欢喜得什么似的，她不停地招手叫着："罗卉，你看啊，这路边的草叶子，被太阳光一照，都是透明泛光的。"

"是啊，"走在前头的罗卉也放慢了脚步，手搭凉棚，朝着坡上望去，一片翠悠悠的景致，真是迷人。路边的荆棘树丛中，一朵一朵的刺梨花，艳丽醒目，开得繁极了。她不由对身后的宇虹说："真难得看到这么好的风景，宇虹，要喜欢，你就采几朵花回去。"

"要得，那我就采了。"舒宇虹高兴得用山乡里的话回答着。

"好。"

"你等我啊，不要走远了。"

"等你，我就在前头的山石上坐着等你，你慢慢采吧。"

前头路边的草坡脚，有一块光溜溜的山石，正是干农活累了的人经常歇气坐的。罗卉快走几步，从肩上卸下药箱搁在一旁，坐在山石上等宇虹。

花儿真多，一会儿工夫，宇虹已经采了一小堆捧在手里了，她还低着头、勾着腰兴致勃勃地在采呢。让她多采一会吧，罗卉已经很久没有看到她这副喜吟吟的模样了。

远远地眺望宇虹沐浴着阳光，在鲜花盛开的草坡上的形象，罗卉不由得引出阵阵浮想。像舒宇虹这么美的姑娘，若是在上海，该是正处于幸福的热恋之中吧。也是这么春光明媚的时节，该是在公园里、小河旁嬉戏吧。岂止宇虹是这样，若是自己在上海，不也一样么？

今天的太阳真亮，怪不得宇虹要说，把草叶都照得透明了。罗卉仰脸望了一眼，舒宇虹的身影仍在草丛间闪烁，反正时间还早，离吃晌午饭还有一大段时间呢。让她多玩一会儿吧。

罗卉用手掌搓了一把脸，没想到宇虹的精神这么好。天蒙蒙亮就起床出寨子赶路，她有些犯困，怪不得古诗里要说，春眠不觉晓呢。

有风从垭口那儿拂来，还送来阵阵花香，真好闻。草束晃动着，带着泥土的芬芳，伴着绿草的清甜。罗卉把脸转向山垭口，那儿的山要更大一些，山上是一片树林，密密的，有些幽深。听杉木凼的老乡说，大跃进的时候，乱砍滥伐大炼钢铁，要不，山上一大片都是密林，那才真正是林子。

有个人影子一闪，罗卉还没弄清是怎么回事儿，就感到自己被扑倒了。起先她还以为是野兽，山里面有大猫、豹子，老乡们时常提醒她的，出诊时一定要小心。被压倒在草坡上，她才意识到这是个人，一个野兽般粗蛮的汉子，把一整个身子全都压在她的脸上，使她啥子都看不清楚。但汉子粗蛮刺鼻的气息她是闻得出来的。

罗卉惊慌地叫起来，可她凄厉的锐叫刚喊出口，嘴巴就被一只厚实粗粝的巴掌狠狠地堵住了。

她觉得一阵憋闷，仿佛要窒息一般，男人身上那股难闻的气味，几乎要把她恶心得晕过去。这一瞬间，她明白了，为什么姜云娣会轻而易举地遭李荣生奸污。可她不是姜云娣，罗卉从“吭哧吭哧”急促的喘气声辨认出，这是长期以来对她怀有奸心的卢光元，她睁大眼看清了，这个畜生的一张脸整个儿扭歪了。他的一只手重重地压住罗卉的嘴巴，不让她叫喊出声，另一只手野蛮地撕扯着罗卉的衣裳，嘴里还恶狠狠地吱唔出声：“老子让你喊，喊……老子非把你整了不可……”

罗卉挥起双手乱打乱晃，她推搡着、抵挡着、挣扎着，两只手不起作用，她想勾起脚来踢，可卢光元像一大块石头一样，把她压得死死的，怎么也使不出劲来。罗卉被他的手堵得喘不过气来，反抗的力气也越来越小，越来越无力，她几乎绝望了，脑袋无望地胡乱晃动着。

“哗啦”一声，卢光元把她的衣裳撕烂了，他得意地狞笑起来：“哇，好白的胸脯，哈哈，你还不是老子的，告诉你，你要再不依了老子，下一回，老子就把你打昏了往死里整……”

话没落音，这家伙的脑壳往天空一昂，发出一声痛苦的惨叫，两脚一阵阵在地上乱跺：“啊，痛死老子了，脖子要豁烧起来了，痛断了……”

他号叫着，双手紧紧地抱着后颈项，脚步错乱地跑远了。

太阳光照得几乎昏晕过去的罗卉眼前金星乱冒，她用手遮住眼睛，使劲地坐起身子，看到舒宇虹手里挥舞着一把毛茸茸的绿叶，狠狠地往地上一扔，朝着卢光元逃去的方向嚷嚷着："豁死你，豁死你这臭畜生，叫你再敢欺负人。"

太阳光把宇虹愤怒得通红的脸，照耀得格外动人。

罗卉双手捂住脸，她感觉到宇虹在身旁蹲下来了："罗卉，他……他没伤着你么?"

"没有，"罗卉扯掖着被卢光元撕破的衣衫说，"宇虹，谢谢你救了我。谢谢，我，我没闹明白，你是用啥东西把他赶跑的?"

"豁麻。"舒宇虹眼睛指着扔到地上的一把豁麻说："听到你那声喊，我转脸就看见卢光元害你了，怎么办呢怎么办呢？我浑身都在发抖，明晓得他在强奸你，可要我救你，我是没那个力气的呀！正在六神无主时，我一眼看见了绿油油的豁麻，想起刚下乡无意中被豁麻豁痛时那种火灼火燎的难受劲，就有主意了！我采起一大把豁麻，飞快地跑了过来……"

"哈哈，"罗卉被她说话时忿忿的神情逗笑了，"都说你平时胆子小，宇虹，这回你胆子变大了。"

舒宇虹的双眼瞪得溜圆："一见他光天化日之下都敢来强奸你，手上有把镰刀，我都会砍过去的。"

"这个浑蛋，他盯我不是一次两次了。"罗卉咬牙切齿地说，"前不久的一天黄昏，就在寨子边上，他冲到我跟前就摸我的脸。我咒骂他，他死皮赖脸地又把手朝我胸前伸来，当时我真是气得浑身冒火，手上要有把锄头，我恨不得……"

"劈死他!"

罗卉使劲点着头，两眼灼灼放光地望着宇虹："真遇上这种事儿，你敢不敢，宇虹?"

"我怎么不敢，"宇虹不假思索地说，"上一次在寨子上，那个黑影死命拖我，我就想了，不把这种烂流氓杀死，我早晚要落到他们手中。"

"是啊，"罗卉两眼瞅着坡上晃动的草丛，自言自语地说，"这哪是人过的日子。"

舒宇虹哭丧着脸说："不是人过的日子，我们也要过啊。罗卉，我们是两个女人，又没多少力气，哪干得了这种事儿。你看你，刚才只一下，就被他压在地上，动也动不得了。我呢，那一瞬间，惊慌得手脚都软了，心突突地跳……”

“我倒有个主意。”罗卉声气低低地说。

“快说说看。”舒宇虹迫不及待地催促着。

于是罗卉就讲起了杉木凼寨子后头坡上深不见底的消坑，那深渊一般幽暗吓人的消坑，宇虹也是有印象的。初来杉木凼插队时，卢光飞组织老贫雇农给知青们忆苦思甜，那些老人说起过，横行乡里的土匪们杀人时，为了少费力气，就把人拖到消坑边，寒凛凛的刀尖、乌洞洞的枪口逼着，轻轻一推，就把人推进消坑里去了。不用费枪子儿，也不见血，连推落进去后的惨叫，也轻得听不见。初来乍到时，农民们再三叮咛过外来的姑娘们，没事别往后头坡消坑边去，一不小心落下无底洞般的深坑去，小命儿就没了。

舒宇虹很少到那里去，罗卉到邻近寨子去出诊，时常要从那里过，只不过晓得路边那裂缝就是消坑，不会往那里走。罗卉说有一次还是下午，她出诊回来，走过后头坡时，卢光元忽然就像幽灵似的出现了，直朝着她疾步走来，吓得她简直不知如何是好。幸好有两个娃儿牵牛上后头坡来吃草，她才躲过了那一劫。

春风拂上脸来，暖洋洋的，让人觉得好舒服。满坡是秀丽的山乡景色，连空气都是清香的。

舒宇虹听着罗卉的点子，顿时兴奋起来，她完全赞同罗卉的想法。她甚至还感觉到按捺不住的亢奋。是的，罗卉说得对，一旦做成功了，那就一了百了，清静得多了，况且还能把那些不怀好心的野汉子们吓住，让他们再不敢打女知青们的主意。事实上，后来的事情也真是这样，杉木凼寨子上的光棍们收敛得多了。性命，总是头等重要的。

罗卉那天又出诊了，她要翻过后头坡到干田坝寨子去，照例地舒宇虹陪伴着她一起去。寨子上不少人都晓得，只要去一趟干田坝，回来总得是天擦黑时分了。

一切都像她俩料算的一样，只不过没啥大的刺激，舒宇虹甚至觉得太平淡了。她浑身的劲头刚提起来，她手里提的棍子还没高高地扬起来派上用场，事情就结束了。

是的，离开干田坝的时候她们向老乡要了一根棍子，说是怕狗，好打狗，老乡就选了一根硬木的棍子给她们。

回到后头坡的时候，天还没到擦黑时分，不过太阳落坡了。山脚下传来熟悉的寨邻乡亲们的说话声、吆喊声、说笑声。

舒宇虹走在后面一点，这是预先说好了的，好让卢光元有机会出现。稀奇的是，这一次，这个龟儿子没有扑出来，像上回那样把罗卉扑倒。他是迎面向罗卉走来的，一点也不避讳，罗卉还和他说了几句话。

舒宇虹晓得罗卉身上带了尖刀，可她在后面看得清清楚楚，罗卉没有摸出刀来。舒宇虹紧张地把棍子抓得紧紧的，随时都准备冲过去，朝着卢光元的脑壳狠狠地打去。她的掌心里都是汗，把棍子也染湿了。可不等她冲到跟前，事情已经完了。

舒宇虹不晓得罗卉是如何征服凶蛮的卢光元的，反正卢光元表现出难得的斯文，伴着罗卉赶前落后地走了一截路，他没把罗卉扑倒，远远地舒宇虹还听到了笑声，是罗卉清脆的笑声或是卢光元得意的笑声，舒宇虹讲不清了。

舒宇虹使劲地眨着眼睛，她们什么都没看见，听到笑声她有些诧异，可能那一瞬间她转脸朝山脚下声音传来的地方望了一下，一切就发生了。她正在困惑发生了什么，待她定睛望去，眼前只见罗卉一个人了。卢光元不见了！罗卉在消坑边站了片刻，就远远地离开了，越离越远、越离越远。

“罗卉——”舒宇虹大声喊着，挥舞着棍子追过去，快追上罗卉的时候，她摔了一跤，顺着草坡滚落到山水沟里。

这一跤摔下去，舒宇虹就什么也不知道了。

现在回想当时的一切，舒宇虹记得，罗卉好像转过身跑过来扶她了，把她扶起来了。罗卉不扶她，她怎么爬起来呢，她又怎么始终和罗卉在一起呢？

但是那些细节，她是历历在目，完全记得的。记得一清二楚，就好似发生在昨天一样。

舒宇虹把所有这一切在电话里告诉罗卉的时候，罗卉什么也没说，她只说你煮晚饭了么？宇虹说没煮，她被这些恼人的往事缠绕着，一件事也做不成。

罗卉说很好，你下楼来吧，我马上开车过来，我们出去吃晚饭。

于是舒宇虹就开始化妆打扮，她找出罗卉给她挑选的衣裳，焕然一新地走进电梯。看到冷大姐愕然的目光，舒宇虹不无自豪地问了一声：“漂亮么?”

“漂亮，漂亮极了!”冷大姐惊叹地道。

舒宇虹在华都大楼的门口没有久等，她倒宁愿多等一会儿，让熙熙攘攘的路人多瞅她几眼。宇虹察觉到，好几个人擦身过去以后，还回过头来望她。

罗卉的车开来了。这是一辆进口的高级轿车，舒宇虹认得出来。车门打开，舒宇虹坐了进去。

罗卉定睛瞅了宇虹一眼，把车开到金陵东路。正是下班高峰时候，小车汇进马路上的车流，再也开不快了。

车窗外的霓虹灯闪闪烁烁。上海真是变了，大变样了，变得和宇虹去插队落户以前，完全不一样了。

宇虹对罗卉说，一切我都记起来了，记得那么清晰。不过那是我们的秘密，我们两个的秘密，我对谁也不会说的，永远也不会。

罗卉的眼睛眯缝着，她似用眼角瞅着宇虹，又像是密切注视着车窗外的动静，轻轻地动情地说：“宇虹，看得出，你又变为一个正常人了，这有多么好啊。我盼这一天，盼了多少年呀。”

舒宇虹点着头，哽咽着说：“让我们携手，重新开始吧，我不笨，多少能帮你做一点事儿的。”

“我相信，”罗卉说着，把一只手伸过来，抚摸着宇虹的手背，摩挲了一下说，“让我们重新开始吧。”

小车鸣了一声长长的喇叭，跟着光影闪烁的漫长的车队，往前方驰去。慢吞吞地刚开到福建中路口子上，遇到了红灯。舒宇虹见车子又停下来，不耐烦地按下了车窗，往外望去。人行道上熙来攘往，都是匆匆的下班的人流。路边店铺里的灯光，耀眼地泻到人行道上来。空气中弥漫着烤鸭的香味，红灯跳绿灯，罗卉重又启动车子，车子刚开到马路中央，舒宇虹转过脸来，朝着罗卉挥手叫道：“停车，罗卉，快停车!”

这种时候怎么能停车呢？罗卉放慢车速，转脸问：“你怎么了?”

“你快停车啊!”舒宇虹两眼直盯着人行道嚷嚷:“我看见他了!”

“你看见了谁?”罗卉大惑不解地问。

舒宇虹的双手忙乱地扒拉着车门，双眼目不转睛盯着人行道说:“快停车，让我下去！我看见他了，看见他了……”

“他是谁?”罗卉的脸也转过来，朝车窗外望去。

“就是他，从305过来的那个男人。罗卉开门呀!”舒宇虹的手指着车窗外的人行道。

罗卉顺着她手指的方向望去，不由愣住了:那不是著名社会学家姚征冬嘛，她曾经请他到公司来讲过课的。她不由得问:“你指的是他?”

“是他，是他，就是他……”舒宇虹拍打着车门。

“嘟嘟、嘟嘟嘟……”一阵接一阵汽车的喇叭声，在十字路口不约而同地鸣响起来，把舒宇虹的声音盖没了。其中还夹杂着刺耳的警笛。罗卉只得迅疾地把车开过马路，跟着前行的车队驶去。舒宇虹把头探出车窗，使劲往后张望。

夜的上海，喧嚣而又璀璨。这是已在凉下来的深秋的夜。